KB266087

붉은 언덕의 노래

인류 최초의 전쟁, 그리고 그들의 사랑

붉은 언덕의 노래

2026년 04월 30일 초판 1쇄

지은이 김인수
펴낸이 노영호
펴낸곳 책을담다
편 집 장준
디자인 장준
홍보.마케팅 김태훈

출판등록 제2025-000119호
주 소 03138 서울시 종로구 돈화문로 8길 26 1358빌딩 3층 304호
전 화 010-8897-7019
팩 스 02-488-2040
ISBN 979-11-996404-4-3 (03810)
정 가 22,000원

책을담다에서는 책에 관한 기획이나 원고 투고를 기다리고 있습니다.
출간을 원하시는 분은 7015com@hanmail.net으로 연락처와 함께
기획안과 원고를 보내주세요.

목 차

이 소설을
하늘나라에 계신 엄마께 바칩니다.

프롤로그

　나는 지금 어딘가에 와 있다. 사방을 둘러보니 황량한 들판이다. 멀리 숲과 산이 있어 그나마 마음이 평온해진다. 저 멀리 높은 산꼭대기와 볕이 들지 않는 구석에는 군데군데 얼음이 남아있다.

　나의 인기척에 놀라 나뭇가지에 앉아있던 새 한 마리가 푸드덕 날아가고, 펼쳐진 숲에는 여러 종류의 동물 떼가 뛰어다닌다.

　'기원전 10,976년의 제벨 사하바',
　내가 있는 시공간이다. 그 한복판에 서 있다. 푸르른 하늘 아래 광활한 땅은 한눈에 봐도 시원스럽다. 척박한 곳도 있고 초원도 펼쳐져 있다. 사람들은 좀처럼 눈에 띄지 않는다. 아마 그들은 눈에 잘 띄지 않는 땅속이나 동굴 속에서 살고 있을 것이다.

　이곳은 나일강 상류 지역이다. 빙하기 말의 급격한 기후변화로 인해 지구의 대부분이 가뭄에 시달렸지만, 이곳만은 그 피해가 심하지 않았다. 살아남기가, 살아가기가 그나마 수월했다.

　오래전 갑자기 지구는 사람이 살기 힘들 정도로 기온이 급격하게 내려갔다. 한참 후세의 사람들은 그걸 빙하기라고 부른다. 이곳에서 사는 사람들은 이유도 모른 채 얼어붙은 땅에서 굶주림에 시달리며 추위와 싸워야 했다.

　비단 인간만이 아니다. 힘들기는 살아있는 것들이 전부 다 그렇다. 털로 덮여있지 않거나 추위에 견디지 못한 동물들은 일찌감치 죽었으나, 살아남은 동물은 시간이 갈수록 점점 적응했다.

　인간이나 동물이나 견디고 살아남는 것 자체가 엄청난 도전이다.

이제 나는 이곳에서 본 전쟁과 사랑 이야기를 전하려 한다.

이곳에 와서 제일 먼저 만난 사람은 툼바와 가족이다. 툼바는 젊은 청년이다. 짝이 있고, 태어난 지 얼마 안 된 아들이 있다. 한 집안의 가장이 된 툼바의 가장 큰 바람은 가족이 굶주리지 않는 것이다. 매일 매일 무엇이든 입에 넣을 수 있는 식량을 마련하는 게 중요한 일 중의 하나이고, 살아가게 만드는 이유이다.

사실 툼바만 그런 게 아니다. 툼바와 함께 살아가는 사람들 모두 그렇다. 그만큼 살아남는 게 쉽지 않은 세상이다.

툼바의 부족에서 가장 우두머리인 족장은 람보르다. 그는 족장이 되는 순간 개인의 삶은 잊었다. 람보르 족장 그것이 곧 자기 이름이라고 부족원에게 천명했다. 기골이 장대한 그는 사냥의 대가이다. 정기적으로 부족의 젊은 남자들을 이끌고 사냥과 물고기잡이에 나선다.

그것도 갈수록 쉽지 않다. 사냥감도 줄어들었고, 부족원이 늘어나면서 충당하기도 쉽지 않다. 거의 모든 식량은 공동으로 얻고, 나눈다.

툼바가 사는 지역은 그나마 추위를 막거나, 사냥하기에 좋은 곳이라 한동안 평온한 날이 이어졌다. 크고 작은 강이 흘러 동물들이 많이 몰려들기에 사냥감이 부족한 적은 거의 없었다.

툼바는 살아오면서 다른 부족 사람들의 존재를 의식해본 적이 별로 없었다. 당연히 다른 부족과의 싸움은 생각조차 하지 않았고, 상상 속에서도 존재하지 않았다.

같은 부족 안에서의 다툼도 잘 일어나지 않았다. 가끔 부딪치는 경우가 있어도 심각하지는 않았다. 대부분 족장의 말 한마디에 아무 일도 없었던 것처럼 멈췄고, 평소의 모습으로 돌아가곤 했다.

설령 다른 부족의 존재를 알고 있다 해도 신경 쓸 필요가 없었다. 이 세상에 존재하는 사람은 각자 태어나고 자리 잡은 땅에서 잘 살아가면 그만이다. 서로 괴롭히거나 해칠 이유 없이 온전히 주어진 독립적인 생활 공간에서 살아가면 된다. 하지만 최근의 분위기를 보면 그렇지 않다. 언제부터인지 모르게 부족 외의 사람들이 자주 눈에 띄고, 그것도 한두 명도 아닌 여러 명이 무리를 지어서 나타난다.

시간이 갈수록 그러한 모습이 더 잦아지기에 어느새 툼바의 머릿속에는 심상치 않은 느낌이 슬그머니 올라왔다. 빠른 시일 내에 람보르 족장을 만나 얘기를 나눠봐야겠다고 생각했다.

그날 아침, 툼바는 땅속에 자리 잡은 동굴집에서 잠을 깼다.

눈을 돌려 보니 미르셀과 이제 태어난 지 얼마 되지 않은 루미가 곤히 자고 있다. 눈에 넣어도 아프지 않을 두 사람이다. 이렇게 세 사람이 툼바의 가족이다. 그들을 보고 있자니 먹을 것을 구해와야 한다는 생각이 제일 먼저 떠올랐다. 반사적으로 벌떡 일어났다.

밖과 안의 경계, 땅 위와 땅속을 구분 짓는 나무 덮개를 손으로 밀어내자 벌써 햇살이 온 땅을 비추고 있다. 척박한 땅에 반사되어 빛나는 햇빛은 생명의 빛이자 끈이다. 햇빛이 선물하는 온기가 있기에 그나마 생명을 이어갈 수 있음을 툼바는 알고 있다.

최근에 새로 만든 돌창을 손에 들고 길을 나섰다. 아무거나 눈에 띄는 놈으로 잡아 오랜만에 배를 든든하게 채우고 싶다는 욕구가 밀려온다.

집을 나와 넓게 펼쳐진 구릉 지대로 나아갔다. 사방은 고요하고 적막하다. 아직 잠에서 깨어나지 않았는지 동물의 그림자 하나 보이지 않는다.

이 땅에도 별난 곳이 있다. 마치 사막의 오아시스와도 같은 곳이다. 그곳을 람보르 부족은 해또르라고 부른다. 해또르에는 이곳저곳에서 몰려든 동물들이 모여 있다. 동물들을 따라 사람들도 몰려든다.

그곳은 누구의 소유도 아닌 모두가 누릴 수 있는 땅이다.

툼바는 지금 그곳으로 가고 있다. 저 멀리 우뚝 솟아 있는 산이 보인다. 후루투산으로 '날아가는 산' 이라는 뜻이다. 마치 하늘을 향해 커다란 날개를 펼치고 있는 듯한 모습이기에 그렇게 이름을 붙였다고 전해진다.

후루투산은 매우 중요하다. 언제, 어디서나 방향을 유지하는 데 있어 기준이 된다. 특히 밤하늘의 별과 후루투산만 있으면 어디서든 방향을 잡을 수 있고, 멀리 떠나서 사냥할 때도 돌아오는 길을 염려하지 않을 수 있다.

지금도 후루투산을 보면서 걷고 있다. 주위는 야트막한 구릉으로 이루어져 있고, 군데군데 낭떠러지같이 움푹 패어있는 구덩이가 곳곳에 있다. 빠지면 쉽게 나오기 힘들기에 조심해야 한다. 심지어는 짐승들도 빠져나오기 어렵고, 발견하더라도 꺼내올 수도 없다.

그저 매사에 조심하는 게 상책이다.

툼바는 하늘의 해를 보며 시간을 가늠한다. 조금만 더 가면 해또르가 보일 것이다. 특히 오늘은 날씨가 좋기에 물을 마시러 온 동물들이 그곳에 많이 있을 거라 기대한다. 비록 혼자이지만 어떤 동물이든 작은 새끼 한 마리 정도는 쉽게 잡을 수 있을 거라는 자신감이 밀려온다.

'후두둑 후두두두둑~~~' 해또르에 거의 다 왔다고 생각하는 순간 어디선가 소리가 들렸다. 무언가가 움직이는 소리다.

재빨리 몸을 숙인 툼바는 소리가 나는 쪽으로 살금살금 기어가다시피 했다. 잘하면 오늘 먹을 것을 빨리 구할 수 있을 것 같았다.

갑자기 멀리 앞에서 시커먼 물체가 움직였다. 분명 방금 소리를 낸 것이 틀림없었다. 툼바는 생각할 겨를도 없이 손에 쥐고 있던 돌창을 있는 힘껏 던졌다. '퍽~~~' 둔탁한 소리와 함께 물체가 엎어지는 게 눈에 보였다.

툼바는 엎드려서 한동안 움직이지 않았다. 아무런 소리도 들리지 않았고, 움직이는 것도 없었다. 조심스레 고개를 들었다.

돌창은 무엇인가에 박힌 채 빛나는 창끝이 하늘 높이 솟아 있었다. 사냥은 성공했다. 우쭐한 기분이 들었다. 집에서 기다릴 미르셀의 모습이 떠올랐다. 제법 젖살이 오른 루미의 뽀송뽀송한 얼굴도 눈에 아른거렸다. 가장의 역할을 제대로 해냈다는 뿌듯함에 마음은 벌써 집에 가 있을 정도로 흥분이 밀려오는 것을 참을 수 없었다.

벌떡 일어나 쓰러진 물체 쪽으로 이동했다. 그런데 그만, 조금씩 다가갈수록 눈에 선명하게 들어오는 모습에 툼바의 눈은 커져만 갔다. 입에서는 절로 혼잣말이 터져 나왔다. '아닌데, 이게 아닌데... 어쩌나...'

순간, 툼바는 그 자리에서 쓰러졌다.

이것이 시작이었다. 후세 사람들이 전쟁이라고 부르는 일이 이날, 툼바의 창끝에서부터 벌어졌다.

하지만 툼바는 미처 몰랐다. 그의 손에서 날아간 한 자루의 돌창이 인정사정 볼 것 없는 전쟁이라는 참혹한 악의 향연을 펼쳐간다는 사실을.

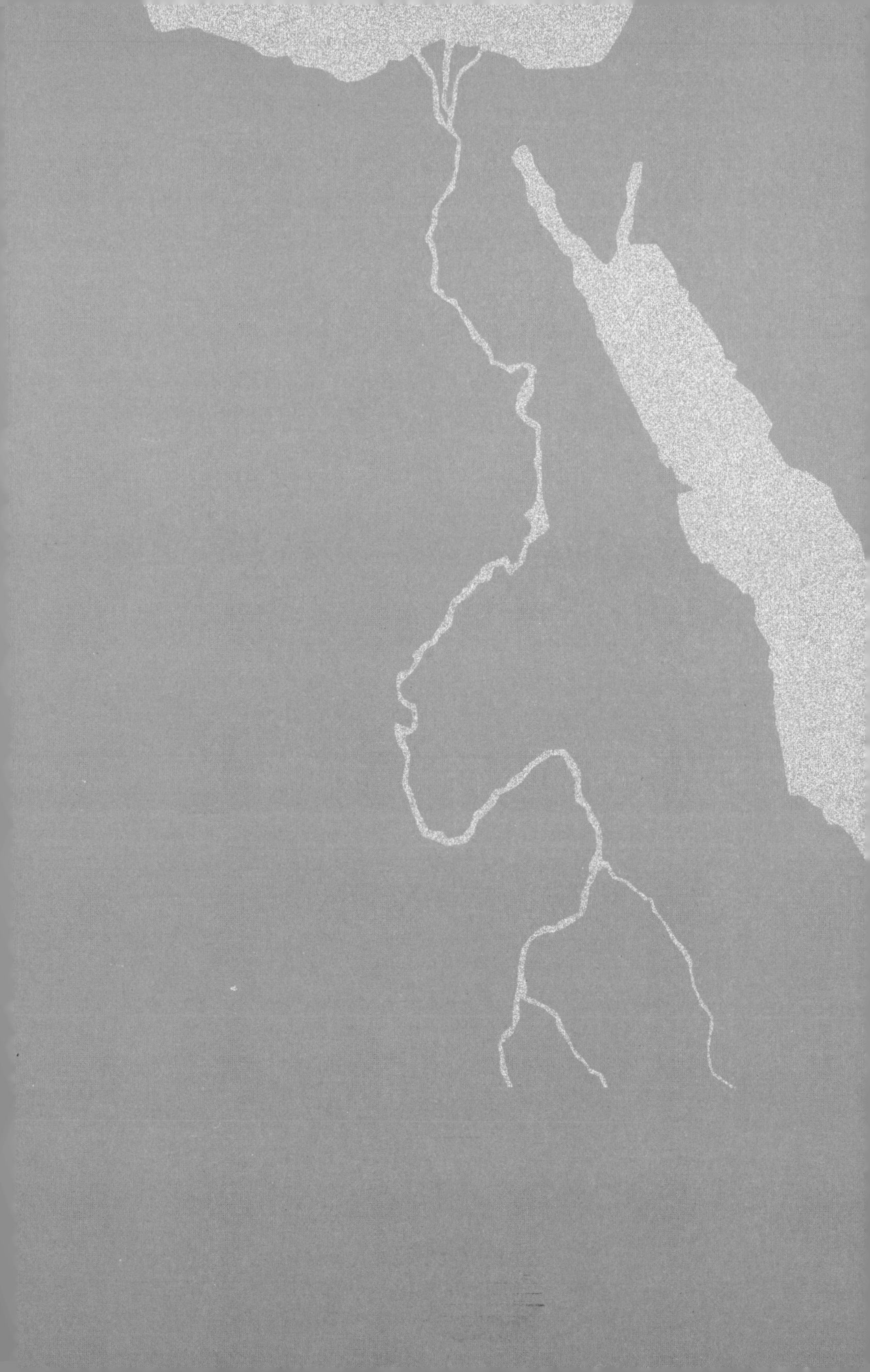

I 부

1. 해는 떠오르고

사람이 살아가면서 마주치는 현실은 늘 한계가 있다.
주어진 시공간은 물론 상황과 조건, 갖가지 틀과 제약 등으로 인해
모든 걸 삶에 다 담아내지 못한다.

그렇게 풀어내지 못한 많은 이야기는 지금도 어딘가에 깊숙이 묻혀 있다.
그 속에는 여태껏 상상조차 하지 못했던 이야기가 무수히 들어있다.

해가 떠오르며 지하 틈 사이로 실같이 가늘고 날카로운 햇살이 스며들었다. 미르셀은 품에 안은 루미를 조심스레 내려놓고 일어났다. 옆에 누워있던 툼바는 보이지 않았다. 벌써 밖에 나간 것 같았다. 며칠째 먹을 게 없어 고민만 하던 툼바의 굳은 얼굴이 떠올랐다. 입구에 늘 세워두었던 돌창 막대기가 없기에 그가 어디 갔는지를 짐작할 수 있었다.

혼자였다면, 아니 둘만이었더라도 이토록 고민하지도 않았을 것이다. 하지만 아들 루미가 생겼다. 무슨 일이든 가족을 위해 먹을 것을 구해야 했다. 이 척박한 땅에서 채 인간다운 삶을 살아보지도 못하고 일찍 죽어간 수많은 생명을 보아왔기에, 자기 아이만큼은 제대로 키우리라 다짐했다. 툼바를 만나 가정을 이루고, 아이를 가진 것도 그와 함께라면 무엇이든 자신 있다는 믿음에서였다.

미르셀은 부족 사람들과는 다른 특별한 무언가가 있다. 누구나 그녀의 다양한 지식과 예지력을 인정한다. 앞날을 예측하고 위험을 예감하는 능력이 뛰어난 족장 람보르도 중요한 행위나 의식을 앞두고는 늘 그녀에게 미리 물어보곤 한다. 그런 신뢰가 쌓여 어느새 부족 내에서 권위를 인정받게 되었다.

가정을 이룬 후 루미를 낳았을 때는 부족 전체의 뜨거운 축하를 받았고, 그 이후 부족원의 사랑을 독차지할 정도였다.

툼바는 미르셀과 맺어진 게 마치 천하를 얻은 것 같다고 했다. 그녀 역시 툼바와 함께 있으면 든든하고 편안했다. 언제나 그녀의 마음을 꽉 채우고도 남았다. 처음에는 그게 어떤 감정인지 잘 몰랐다. 하지만 시간이 지나고 툼바가 어떤 사람인지, 마음속에 무엇이 담겨 있는지 알게 되면서 그를 더 좋아하게 되었다.

미르셀과 툼바는 그들이 태어나고 자란 곳을 벗어나 본 적이 없다. 부족 이외의 사람은 제대로 본 일도 드물다. 자기 부족처럼 살아가는 사람들이 어딘가에 있다는 것을 어렴풋이 짐작할 뿐이다. 솔직히 말하면 부족 사람들은 그런 데 신경 쓸 겨를이 없다. 그들에게는 당장 살아남는 게 중요하기 때문이다.

두 사람은 같은 또래다. 철이 들고 나서도 특별한 계기가 있기 전까지는 서로 말을 나눈 적도 거의 없다. 남자와 여자의 역할이 명확하게 구분되어 있던 부족의 규칙 때문이다. 부족원이 함께 모이는 날이나 잔치가 아니면 서로 얼굴을 마주할 기회조차 드물다. 부모로부터 툼바에 대한 칭찬을 들은 후에야 그와 이야기해보고 싶다는 생각이 들었을 정도다. 부모 말로는 보기 드문 젊은이라고 했다.

그런 툼바가 미르셸의 머릿속에 강하게 새겨진 것은 그가 족장에게 건의했다는 어떤 사연을 듣고서였다.

힘하고 힘든 조건, 척박한 땅에서 살아가는 데 있어 가장 중요한 것은 먹고 사는 문제이다. 부족의 남자들은 먹을 것을 구하기 위해 사냥에 나서면서 늘 신께 기도한다. 사냥터에 도착하면 모두 무릎을 꿇고 하늘을 올려다보며 한목소리로 기도문을 외운다. 조상 대대로 내려온 기도에는 용서와 감사가 담겨 있다. 자기들이 먹고 살기 위해 죽여야 하는 동물에게 먼저 용서를 구하고, 같은 생명체임을 잊지 않는다는 존중의 고백이다. 그리고 그렇게나마 먹고 살 수 있도록 허락해 준 신께 감사하는 걸 잊지 않는다.

그런데 사냥이 끝난 후에도 기도를 올리자고 족장에게 처음으로 제안한 게 툼바였다. 기도하고 나면 마음이 편안해지고, 힘이 솟는다는 툼바는 먹기 위해 잡은 동물 앞에서도 기도할 줄 아는 남자이다.

그 이야기를 들은 이후로 미르셸의 마음속에는 툼바가 남자로서 깊이 자리 잡았다. 생명의 양식이 되기 위해 죽어가는 동물에게도 용서를 구하고 매 순간 감사할 줄 아는 사람, 그런 남자라면 자신의 삶을 맡겨도 괜찮을 거라고 믿었다.

며칠 전이었다. 루미가 잠들자 툼바는 미르셸의 손을 잡고 밖으로 나갔다. 밤하늘엔 셀 수 없이 많은 이름 모를 별들이 반짝이고 있었다. 경이로웠다. 그 별들을 바라보며 툼바는 저 별마다 자신들과 같은 이들이 살고 있을지도 모른다고 생각했다. 어떤 별인지, 얼마나 멀리 있는지 알 수는 없어도, 마음만은 별들에 닿을 수 있을 것 같았다.

툼바가 사냥할 때마다 기도하는 것처럼 미르셸은 밤하늘의 별들을 바라보며 자주 기도했다. 그들의 가정이 오래오래 행복하기를, 부족이 평안하기를 항상 마음에 품었다.

자리에 앉자 툼바가 조용히 입을 열었다.

“고마워요. 내 옆에 있어줘서. 예쁜 루미도 낳아주고.”

“나도 고마워요. 꿈만 같아요. 난 당신과 루미만 있으면 세상 모든 걸 다 가진 것 같고 그 어떤 것도 부럽지 않아요.”

“그런데 요즘 들어 책임감 같은 게 느껴져요. 전엔 몰랐는데, 지금은 달라졌어요.”

미르셀은 놀랐다. 툼바의 입에서 나온 책임감이라는 말이 더없이 미덥게 느껴졌다. 순간, 람보르 족장의 모습을 떠올렸다. 책임감이 무엇인지 누구보다도 잘 알고 있는 사람, 그에게서 느껴졌던 무게가 툼바에게서도 묻어 나왔다.

“나도 그래요. 당신과 루미가 내게 온 이후로 내 안에서 무언가 달라졌어요. 그래서 당신이 책임감을 느낀다는 말을 충분히 이해해요.”

“우리 무슨 일이 있어도 함께 하면서 루미 건강하게 키워요.”

툼바가 잠시 눈을 돌리며 이어 말했다.

“그런데 요즘 밖은 예전 같지 않아요. 뭔가 알 수 없는 움직임들이 자주 나타나고 있어요. 족장님도 전보다 생각이 많아지신 것 같고.”

“맞아요. 언젠가 말씀하실 때 나도 느꼈어요. 제사나 큰 행사를 앞두고 물어오신 적은 있었지만, 평소에 그랬던 적은 없었거든요. 다짜고짜 앞날이 어떻게 될 것 같냐고 하시길래 저는 별일 없을 거라고, 평상시와 다르지 않을 거라고 대답했지만, 뭐랄까 성에 안 차신 느낌이었어요. 솔직히 말하면 심상치 않은 느낌이 들어요. 뭐라고 딱 꼬집어 말할 수는 없지만, 꼭 무슨 큰일이 일어날 것만 같은…”

평소와는 다르게 미르셀이 말꼬리를 흐렸다.

“거기까지만 생각해요. 미르셀의 예감을 무시하는 건 아닌데, 그래도 아무 일 없을 거라고 난 믿어요. 지금까지 살아온 대로 루미 잘 키우면서 행복하게 살면 되는 거예요.”

어둠은 사정없이 밀려와 주위를 더 짙게 물들였다. 눈빛도 표정도 읽을 순 없었지만 미르셀은 툼바의 마음을 충분히 알 수 있었다. 자기 식구를 끝까지 지키겠다는 의지와 다짐이 그 거칠고 두툼한 손을 통해 전해져 왔다. 더군다나 지금은 캄캄한 어둠 속에서 함께 마주 잡고 있으니 더 애틋한 감정이 솟아올랐다.

하늘의 별들도 숨죽이고 그들을 지켜보는 듯했다. 말하지 않아도 서로 통하는 것, 그 감정은 대체 무얼까? 어디에서 시작되는 걸까? 머릿속에서는 끝없는 물음들이 솟아 나왔지만 이내 떨쳐냈다. 지금은 오직 하나, 툼바와 손을 마주 잡고 있다는 것만이 중요했다.

미르셀은 늘 현재에 집중했다. 더 원하는 것도 없었다. 지금처럼만 살 수 있기를 바랄 뿐이었다.

그날 밤, 그들을 조용히 품어주고 있는 별들 아래서 서로를 향한 마음이 잔잔하게 깊어갔다.

미르셀은 훌훌 자리에서 일어나 밖을 살폈다. 이미 세상은 환히 밝아 있었다. 밖으로 나간 지 꽤 되었을 텐데도 툼바는 돌아오지 않았다. 루미를 혼자 둘 수 없어 그저 애타는 마음으로 기다릴 수밖에 없었다.

옆을 돌아보니 루미는 여전히 단잠에 빠져 새근새근 숨소리를 내고 있다. 척박한 환경에서도 건강하게 잘 자라주는 아이가 그렇게 대견하고 예쁠 수가 없다. 이 모든 게 툼바가 있기에 가능한 일이다.

이상하리만치 마음이 조급해졌다. 그래서일까 몸이 그대로 움직였다. 일이 손에 잡히지 않았고, 괜한 마음에 문을 열었다 닫았다 하면서 서성거렸다. 밖으로 완전히 나가면 좀 더 멀리까지 볼 수 있을 테지만 루미를 품에서 떼어놓을 수는 없었다. 그저 문틈 너머로나마 툼바의 인기척이 가까워지길 애타게 기다렸다.

시간이 지날수록 마음속 조급함이 점점 커져만 갔다. 혹시 무슨 일이 생긴 건 아닐까? 얼마 전부터 밖이 이상하다고, 알 수 없는 움직임이 있다고 혼잣말처럼 걱정하던 일이 떠올랐다. 그게 현실이 된 건 아닐까?

기다림이 길어질수록 간절해졌고, 간절한 만큼 불안의 싹이 올라왔다. 전에 없던 일이었다. 무언가 좋지 않은 예감이 그녀의 온몸을 감싸오고 있었다. 미르셀은 안절부절못했다.

그 시각, 툼바는 땅바닥에 쓰러져 있었다. 그 앞에 또 다른 무언가가 쓰러져 있었고, 둘 다 미동조차 없었다. 하늘은 갑자기 어두워졌고, 멀리서 찬 바람이 거세게 불어왔다.

잠시 기절했던 툼바는 이내 깨어났다. 몸과 마음이 얼어붙을 정도로 충격을 받았던 그는 정신을 차리고 상황을 살폈다. 우려했던 일이 눈앞에 펼쳐져 있었다. 그가 던진 창에 맞은 것은 동물이 아니었다.

떨리는 가슴으로 가까이 다가가 보니 한 남자아이가 쓰러져 있었다. 몸에 털가죽을 두르고 머리엔 장신구를 하고 있었는데 평범한 아이 같지 않았다. 어린 듯 보였지만 키가 제법 크고 뼈대도 굵었다. 하지만 아이의 등에는 그가 던진 돌창이 깊숙이 박혀 있었다. 툼바가 던진 것이었다.

절대 일어나서는 안 될 최악의 상황이 눈앞에 펼쳐졌다.

툼바는 고개를 돌렸다. 차마 그 피투성이 현장을 마주할 수 없었다. 지금껏 동물을 사냥하며 살았지만, 사람에게 창을 던진 적은 없었다. 실수든 고의든, 그런 일은 상상조차 할 수 없는 일이었다. 더구나 그는 동물을 죽일 때조차 기도를 잊지 않는 사람이다. 부족 외 사람을 만날 기회조차 없었지만, 만나더라도 해를 입힌다는 것은 있을 수 없는 일이었다.

그런데 지금, 그 말도 안 되는 일이 버젓이 일어났고, 다른 누구도 아닌 자기 자신이 장본인이 된 것이었다.

툼바는 막막한 마음에 하늘을 올려다보았다. 갑작스레 어두워진 하늘처럼 눈앞도 캄캄했다. 실수지만 너무도 참혹했다. 어찌해야 할지 도무지 판단이

서지 않았다. 지금쯤 애타게 기다리고 있을 미르셀이 가장 먼저 떠올랐다. 여전히 새근새근 잠들어 있을 루미, 그리고 람보르 족장의 얼굴도 스쳤다. 족장의 얼굴이 순간 무섭게 변하는 듯한 환상이 지나갔다.

'이걸 어쩌지…'

잠시 망설이다가 벌떡 일어났다. '이건 혼자 처리할 문제가 아니야. 빨리 돌아가 족장님께 알려야 해.' 마음을 정하고 나니 몸이 바람처럼 움직였다. 지금까지 그렇게 빨리 달려본 적이 없을 정도로 미친 듯이 마을을 향했다.

어느새 족장의 처소 앞에 도착해 있었다.

족장이 머무는 처소는 겉으로 보기에는 다른 사람의 집과 별반 다르지 않다. 특별히 크거나 요란한 장식도 없고, 그저 평범하다. 이는 족장의 검소한 성품 때문이기도 했지만, 눈에 띄지 않게 만들겠다는 그의 의지도 담겨 있었다.

다만, 집의 위치만큼은 확연히 다르다. 뒤로는 산이 천혜의 요새처럼 버티고 있고, 양옆에는 높은 구릉이 날개처럼 펼쳐져 있다. 마을 전체가 한눈에 내려다보이는 위치이다. 어느 누가 봐도 대단하다는 생각이 절로 들만한 곳이다. 족장은 집터 하나를 정하는 데에도 지형을 꼼꼼히 고려할 만큼 치밀하다.

그곳에서 람보르 족장은 혼자 산다. 자기는 부족의 모든 사람과 결혼한 사람이라고 말한다. 특히 부족의 어른들이 혼인을 권할 때면 손사래부터 치며 부족을 위해 기꺼이 목숨을 바치기 위해서는 가족에 대한 미련이 있어선 안 된다고 입버릇처럼 말하곤 했다.

"뭐라고? 다시 한번 말해봐. 너 혼자서 해또르까지 사냥을 나갔었다고? 그런데 잡은 게 동물이 아니라 사람이라고?"

툼바가 족장의 처소에 들어간 지 얼마 안 되어 고성이 터져 나왔다. 지금까지 이렇게 큰 소리가 난 적이 거의 없었다.

족장의 질문은 끊임없이 이어졌다.

툼바는 당황했다. 어느 정도는 예상했으나 족장이 이토록 다급하고 강하게 나올 줄은 몰랐다. 그만큼 상황이 심각하다는 뜻일 터였다.

툼바는 족장 앞에 무릎을 꿇고 지금까지 있었던 일을 차근차근 고했다. 한 치의 거짓이나 변명 없이 사실 그대로를 전했다. 아직 죄책감과 두려움에서 완전히 벗어나지는 못했지만, 갈수록 마음은 차분히 가라앉고 있었다.

시간이 지나자 족장도 조금은 누그러진 듯했다. 상기된 얼굴과 다급한 말투와는 달리 눈빛은 이내 냉정을 되찾은 듯 보였다. 무엇보다 솔직하게 말하는 툼바를 믿고 있다는 느낌이 들었다.

툼바는 다소 안도했다.

"일단 마음을 진정시켜라. 이미 벌어진 일이니 지금부터 차분히 대처하자. 가장 시급한 건 현장을 다시 확인하는 것이다. 잠시 후 그곳으로 나와 함께 가자. 그리고 우리가 예상치 못한 일이 벌어질 수도 있으니 룽가는 몇몇 더 모아라. 서둘러라."

람보르의 말이 끝나자 그를 보좌하고 있는 룽가가 즉시 뛰쳐나갔다. 여기저기 다니며 사람들을 부르는 소리가 족장의 거처 안까지 들려왔다. 앞으로 무슨 일이 벌어지고, 얼마나 크게 번질지 모른다는 생각에 애써 회피하고 있었던 두려움이 서서히 밀려왔다.

몸이 부르르 떨렸다. 어디론가 도망치고 싶다는 생각마저 들었다. 미르셀과 루미도 모르게 아무도 없는 곳으로 가서 몸을 숨기고 싶다는 충동까지 일었다. 이 순간, 눈앞에서 조금씩 걷혀가는 안개 속의 진실을 마주할 용기도, 자신도 없었다. 그는 겉으로는 강해 보였지만, 실은 무척이나 마음이 여렸다.

람보르 족장은 한 부족을 이끌기에 전혀 부족함이 없는 인물이다. 젊은 나이에 갑작스레 족장의 자리에 올랐지만, 그 후로 오랫동안 부족을 안정적으로 이끌어 왔다. 부족 내에서 그의 권위는 절대적이다. 부족원 모두는 겉으로만이 아니라 마음속으로도 족장을 따르고 있다.

그는 족장으로서 해야 할 가장 기본적인 것들, 이를테면 인간으로서 가장 기본적인 의식주를 챙기는 것부터 부족을 안전하게 보호하는 일들을 충실히 행했다. 그러면서도 늘 배우고 생각했다. 하늘의 움직임을 통해 날씨를 예측해 미리 알렸고, 땅의 형세를 보며 부족이 살아가고 있는 지역을 안전하고 탄탄하게 구축해 나갔다. 지금까지는 없었지만, 혹여 모를 사람의 위협이나 동물의 침입에 대비해 마을을 요새처럼 만들었다. 람보르라는 뛰어난 족장 덕분에 부족원은 그 안에서 편안하게 살아갈 수 있었고, 풍요 속에서 날로 융성해졌다.

부족원 대부분은 마을의 동굴이나 땅속에 거처를 마련하고 살고 있는데, 툼바 가족처럼 혼인하거나 아이를 낳아 식구가 늘어나면 부족원 모두가 힘을 합쳐 새 거처를 마련해 주었다.

무엇보다도 족장으로서 람보르의 탁월함은 부족의 생존에 있어서 가장 중요한 사냥에 있었다. 그는 함부로 사냥하지 않았다. 삶을 이어갈 수 있는 정도면 충분하다고 항상 강조했다. 예비 식량만 약간 비축하면 그 이상 욕심부리지 않았다.

사냥할 때는 치밀했다. 어떤 동물을 잡을 건지, 몇 명을 선발해 어디로 보낼지, 남은 사람들은 어떤 역할을 맡을지까지 세밀하게 준비했다. 사냥터에서는 개개인의 능력과 특성에 따라 조를 편성하고 더 구체적으로 임무를 부여했다.

사냥에 이은 분배도 공정했다. 꿀벌은 혼자 꿀을 먹지 않는다고 말하며, 정확하게 분배했기에 사냥이 끝나면 모든 사람이 만족했다. 이러한 족장의 역량 덕분에 지금까지 부족원 누구도 식량이 부족해서 곤경에 처하거나 굶은 적이 거의 없었다.

부족원이 의존하는 식량은 크게 두 가지다. 멀리 나가서 잡아야 하는 동물들의 고기와 물고기, 부족의 생활터 주변에서 키우고 있는 채소가 식량의 전부나 마찬가지다. 특히, 고기는 그들이 살아갈 수 있는 가장 큰 에너지원이다. 특별히 먹지 못하는 동물이 없었기에 해또르 지역에 가면 이변이 없는 한 항상 먹잇감을 가지고 올 수 있었다.

하지만 채소 등의 식물은 다르다. 얼음으로 뒤덮이지 않은 건조한 땅에서 자랄 수 있는 게 그리 많지 않다. 그중에는 먹을 수 없는 독초도 있었기에 조심해야 했다. 부족의 선조들은 동물들이 먹는 모습을 유심히 지켜보면서 동물이 먹으면 사람도 먹을 수 있다는 걸 알아차렸고, 점차 마을 주변에 심고 기르면서 멀리 가지 않아도 구할 수 있도록 했다. 그런 채소를 기르고 뜯는 건 여자들의 몫이다.

잡은 고기는 어른과 아이를 구분하지 않고 가족 수만큼 균등하게 나누고, 과일이나 채소는 공동의 몫 외에 더 채취한 것은 가질 수 있게 했다. 네 것 내 것을 따지지 않는 마음이 부족의 장점이자 힘이다. 이렇게 공동의 것을 우선시하면서도 개인의 능력 또한 존중했다.

툼바나 솔론처럼 젊고 힘이 세고 빠른 사람은 사냥에 기여하고 헌신하면서 보람을 느끼도록 했다. 여자와 나이 든 노인이나, 힘이 약한 사람은 다른 일들을 맡아서 했기에 불만은 없었다.

람보르 족장의 가장 큰 장점은 남의 말을 잘 들어주는 것이다. 모르는 것은 솔직하게 인정했고, 더 나은 의견은 기꺼이 수용했다. 부족 전체가 모일 때면 어린아이조차 자유롭게 말할 수 있었고, 중간에 끊거나 자르는 법이 없었다. 누구의 말도 경청하는 그의 태도로 인해 많은 사람의 생각을 모을 수 있었다. 이러한 분위기 덕분에 누구든 거리낌 없이 말할 수 있었고, 서로 존중하는 모습이 자연스레 자리 잡았다. 툼바의 제안을 받아들여 죽은 동물들 앞에서도 모두 기도하도록 한 것은 그의 성품을 잘 보여주는 것이었다.

부족은 람보르 족장이라는 걸출한 지도자를 세우면서부터 날로 풍요로워지고 융성해졌다.

툼바는 족장을 마음속으로 흠모하고 동경했다. 그 마음은 점차 꿈으로 이어졌다. 언젠가는 자신도 람보르 족장처럼 부족을 이끄는 존재가 되어 아들 루미를 포함한 다음 세대가 거친 환경 속에서도 꿋꿋하게 살아갈 수 있도록 돕고 싶었다.

족장을 돕는 사람이 여럿 있지만, 그중에서도 미르셀은 남달랐다. 남다른 지혜와 총명함으로 족장에게 훌륭한 조언자 역할을 했고, 여자들의 생각과 감정을 대변하며 무한한 신뢰를 받았다.

이런 미르셀에게 툼바는 오늘 벌어진 끔찍한 상황을 어떻게 전해야 할지 막막하고 두려웠다.

잠시 후 준비를 마친 룽가가 돌아와서 족장에게 고했다.

"툼바, 일단 나와 같이 가자."

상황이 중하다는 것을 느낀 람보르는 직접 현장을 확인하겠다고 일어섰다. 툼바와 룽가, 그리고 룽가가 모은 몇몇 청년만 데리고 돌창을 손에 든 채 서둘러 길을 나섰다. 한시가 급했기에 앞장서서 바람처럼 달려갔다.

맨 앞에서 달리는 툼바의 머릿속엔 아무 생각도 떠오르지 않았다. 그는 그저 뒤따라오는 족장의 거센 기운만을 느끼며 앞만 보고 나아갈 뿐이었다. 평소보다 훨씬 멀게 느껴졌다. 아니, 어쩌면 영원히 그곳에 닿지 않았으면 하는 마음이라 그런지도 몰랐다.

일행이 해또르 지역에 도달했을 때, 앞에서 달리던 툼바가 갑자기 멈춰 섰다. 그는 한참 동안 한 곳을 뚫어지게 바라보고 있었다.

"여기야? 이곳이 맞아?"

그리 크지 않은 족장의 목소리가 그 어느 때보다 무겁게 들려왔다.

"네. 여기입니다. 정확합니다. 그런데... 그런데..."

"왜? 아이는 어디 있는 거야?"

"그게 이상합니다. 분명 이곳이 맞는데 아이가 없습니다."

툼바는 사냥할 때처럼 땅에 몸을 바짝 붙이고 기어가며 위치를 다시 가늠했다. 한 치의 오차도 있을 수 없다고 확신했다.

"틀림없습니다. 바로 이곳입니다. 동물들이 끌고 간 건지, 아니면 누가 와서 데려간 건지."

툼바는 무언가에 홀린 듯한 표정으로 고개를 갸우뚱거렸다.

"좀 더 가까이 가보자."

람보르는 앞장서 그 지역을 살피기 시작했다. 그러던 중 어느 순간 눈이 갑자기 커졌다. 한 곳을 뚫어지게 응시했다. 꿈쩍하지 않고 그 자리에 선 채 오랫동안 바라보고만 있는 모습에서 심상치 않은 기운이 흘러나왔다.

툼바는 조심스럽게 족장의 옆으로 다가가 그가 바라보는 방향으로 시선을 돌렸다. 그 순간 심장이 멎을 듯했다.

"족장님, 저... 저게."

툼바는 놀란 마음을 가누지 못해 제대로 말도 잇지 못했다.

람보르가 성큼 다가가 바닥에 놓인 물체를 집어 들었다. 그것은 아이 형상의 작은 나무 인형이었다. 인형의 등에는 뾰족한 돌칼이 박혀 있었고, 그 주변에 피가 뿌려져 있었다. 그것이 전부 아이의 피인지는 알 수 없었다. 눈앞에 펼쳐져 있는 것이 죽은 아이의 부족이 남긴 것이라면, 이는 섬뜩한 경고임이 틀림없었다.

갑자기 멀리서 찬 바람이 강하게 불어오기 시작했다. 몸이 으스스 떨려왔다. 바람은 스치는 땅마다 헤집어 흙먼지를 일으키며 세차게 지나갔다. 바람이 다가올수록 시야는 점점 더 흐려졌고, 곧 한 치 앞도 가늠할 수 없을 정도로 거세졌다.

툼바의 세상은 순식간에 뿌옇게 변해버렸다.

람보르는 인형을 손에 든 채 아무 말 없이 바라보고 있었다. 그의 눈빛은 깊고도 심각했다. 툼바와 룽가, 람보르 청년들은 숨죽인 채 바라볼 수밖에 없었다. 그가 인형을 들고 서 있는 모습은 그 자체로 무언가를 말하고 있는 듯했다. 잠시 후, 람보르는 나무 인형을 원래 자리에 조심스레 내려놓고 돌아섰다.

일행은 묵묵히 오던 길을 되짚기 시작했다. 돌아갈 때는 달리지 않고, 빠른 걸음으로 나아갔다. 툼바의 머릿속은 온통 섬뜩한 나무 인형으로 가득 차 있었다. 그런 형상을 태어나서 처음 보았기에 가슴이 서늘해지다 못해 심장까지 부르르 떨렸다. 어떻게 마을로 돌아왔는지도 모를 만큼 정신이 혼미했다.

부족의 마을로 들어서자 람보르는 툼바에게 집으로 돌아가 있으라고 한 뒤, 룽가와 함께 자신의 처소로 향했다. 청년들도 집으로 돌아갔다. 족장에게 제대로 인사했는지조차 기억나지 않을 정도로 툼바는 충격에서 벗어나지 못했다. 겨우 집에 도착한 뒤 정신을 추스르느라 안에 들어가지도 못하고 멀리 밖에서 서성이고 있는데, 룽가가 다급하게 달려오는 것이 보였다.

"툼바, 툼바~~~"

멀리서부터 소리치는 모습에 족장이 다시 그를 찾고 있다는 걸 직감할 수 있었다. 툼바는 서둘러 처소로 향했다. 아직 남아있는 충격의 찌꺼기마저 털어버리고 마음을 다잡으며 지금부터는 무슨 일이 닥치더라도 정신을 똑바로 차려야 한다고 스스로 계속 되새겼다.

족장의 처소 안에는 그 혼자만 있지 않았다. 언제 왔는지 족장을 중심으로 여러 사람이 둘러앉아 있었다. 면면을 보니 모두 족장을 도와 부족을 이끌어가는 사람들이었다.

툼바가 들어서자 순간 정적이 흘렀다. 누구도 선뜻 입을 열 생각도 하지 못하고 있었다. 마치 짙은 어둠이나 안개에 싸였던 거대한 비밀의 문이 열리기를 초조하게 기다리는 듯한 긴장된 침묵이었다.

얼마나 시간이 흘렀을까, 마침내 람보르가 입을 열었다.

"자! 다 모였으니 이렇게 소집한 이유를 말하겠다. 예상치 않은 일이 벌어졌다. 지금까지 무탈하고 평온하게 살아왔던 우리 부족에게 커다란 일이 닥칠 조짐이 있다. 그래서 이렇게 상의하고자 서둘러 모인 것이다."

그의 말은 낮게 깔렸지만, 말끝에서 비장함이 묻어나왔다.

"툼바는 오늘 아침에 무슨 일이 있었는지 자세하게 말하라."

툼바가 앞으로 나섰다. 잠깐 사이에 마음 정리가 되었는지 여전히 침통한 얼굴이지만 눈빛은 살아있었다. 잘못은 인정하되 비굴하지 않겠다는 결기도 느껴졌다. 막상 앞에 서니 오히려 담담했다.

툼바는 아침에 일어나서부터 그때까지 있었던 일을 하나도 빠뜨리지 않고 모두 고했다. 족장에게 보고도 하지 않은 채 혼자서 사냥을 나간 이유도 솔직하게 밝혔다. 가족을 위해 식량이 필요했기 때문이고, 그로 인한 처벌은 달게 받겠다는 뜻도 분명히 전했다.

어렵고 긴박한 상황이 닥치면 누구나 자기를 변명하기 바쁜 게 본능일 터인데, 툼바는 그러지 않았다.

차분하고 진솔한 툼바의 고백이 이어지자 사람들은 숨소리도 내지 못한 채 묵묵히 귀를 기울였다. 창을 던지고, 사람이 쓰러진 얘기를 할 때는 '이런,,, 저런...' 하는 탄식이 흘러나왔다. 하지만 누구 하나 툼바를 비난하거나 나무라지는 않았다. 아마도 그동안 툼바가 보여준 성실함과 부족을 위한 헌신을 인정하기 때문일 것이었다.

상황을 다 설명하고 나니 툼바의 등에서는 식은땀이 흘렀다. 그러면서 비난하지 않고 이해하며 받아주는 부족원 모두의 마음에 고마움을 느꼈다. 위기 속에서도 서로를 돌봐주며 함께 마음을 모을 수 있다는 것, 그것이 부족의 진정한 힘이라는 생각이 들었다.

심각한 표정으로 듣고 있던 람보르가 무겁게 말을 이었다.

"지금껏 말한 대로 툼바가 오늘 혼자 사냥을 나갔다가 큰 일을 저질렀다. 내가 현장을 다녀온 바로는 사람이 죽은 게 틀림없다. 툼바의 말에 따르면, 죽은 자는 어린아이이고, 그 차림새가 평범하지 않았다고 한다. 자세한 정황은 더 살펴야겠지만, 죽은 자가 우리 부족원이 아닌 것은 확실하다. 어쩌면 앞으로 예상치 못한 상황으로 번질지도 모른다. 지금까지 우리 부족이 겪어본 적 없는 일이 닥칠 수도 있다. 그만큼 심상치 않다는 말이다."

부족이 처한 상황을 간결하게 정리한 람보르는 나무 인형에 대해선 일부러 언급하지 않았다. 괜한 공포심을 불러일으키고 싶지 않았다. 이미 지금까지 한 말만으로도 모두의 마음에 긴장감을 심어주기에 충분할 것이었다.

"룽가, 너는 빨리 남자들을 준비시키고, 미르셀에게 가서 내가 찾는다고 전해라. 남자들에게 먼저 지시할 게 있으니, 툼바가 집에 도착하면 그때 오라고 해라. 시간이 없으니 서둘러라."

룽가가 나가자 람보르는 모인 사람들을 둘러보며 말했다.

"심상치 않다고 말한 것은 자칫하면 부족원의 목숨이 위협받는 일이 벌어질 수 있다는 뜻이다. 잘 해결되면 다행이지만 그렇지 않고 큰일로 번진다면, 우리 부족 전체의 생존이 걸릴 수도 있다. 그러니 지금부터는 비장한 각오로 함께해 주기 바란다."

얼마 지나지 않아 밖에서 웅성거리는 소리가 들려왔다. 룽가의 전달을 받은 남자들이 하나둘 모여들었다. 잠깐 사이에 부족 남자들이 거의 다 모인 듯했다. 사냥할 때를 제외하곤 이렇게 많이 모인 적이 거의 없었다. 그들을 보자 툼바는 마음이 든든해졌다.

람보르는 무리 중에서 툼바를 포함해 체격이 좋고 경험 많은 이들을 따로 불러 세웠다.

"잘 들어라. 중대한 일이 벌어져 이렇게 불러모았다. 지금 우리는 예상하지 못했던 일을 겪게 될지도 모를 상황에 직면해 있다. 최근에 우리 영역 근처에서 낯선 자들이 가끔 눈에 띄었다. 내 생각에 먹을 것을 찾아 모여드는 거라 짐작된다. 그런데 오늘 우려하던 일이 터졌다."

우려하던 일이 터졌다는 말에 모두가 놀란 듯 주변이 술렁였다. 웅성거림이 커지면서 긴장이 번져갔다.

람보르는 잠시 가라앉기를 기다렸다가 말을 이었다.

"툼바가 사냥을 나갔다가 동물로 착각해 누군가를 죽였다. 지금까지 짐작건대 다른 부족의 아이일 것이다. 그 부족도 이미 알아차린 듯하고, 가만있지 않을 가능성이 크다. 앞으로 어떤 일이 벌어질지는 아무도 모르기에 이에 대비해야 한다. 우리가 어떻게 대처하느냐에 따라 부족의 운명이 달라질 수도 있다. 다만, 한 가지는 확실하다. 족장으로서 나는 어떠한 일이 있어도 우리 부족을 위험에 처하지 않도록 할 것이다."

강한 호소력을 담은 족장의 말에 비장한 의지가 느껴지자 무리의 표정도 이내 엄숙해졌다.

람보르는 부족 마을을 지키기 위해 그 자리에 모인 남자들을 작은 무리 단위로 편성하고 책임자를 지정했다. 모든 조치는 일사불란했고, 주저함이나 망설임이 없었다. 마치 오래전부터 이런 날이 있을 줄 알고 준비해 온 사람처럼 움직였다. 처음부터 끝까지 족장의 일거수일투족을 지켜보면서 툼바는 다시 한 번 진정한 지도자의 위엄을 느꼈다.

람보르의 마음속에는 수만 가지 생각이 떠올랐다가 사라졌다. 전에는 느껴 본 적 없는 강한 압박감이 밀려왔다. 그는 부족원의 성향과 능력을 평소에 다 알고 있었다. 누구는 어떻게 써야 하고, 누구에겐 무엇을 맡겨야 한다는 것도 속속들이 파악했다.

람보르는 늘 사람에 주목했다. 평소에나 사냥을 나갈 때 어디에서든 지켜보았다. 사람의 진가는 평소와는 다른 상황에 맞닥뜨렸을 때, 전혀 예기치 않은 어려움이나 위기에 처했을 때 드러난다고 여겼다.

배가 부르고 등이 따스하면 다툼이 일어날 가능성이 줄어든다. 배가 부를 때는 맛있는 음식이 눈에 들어오지 않듯이 편안할 때는 그 편안함을 있게 해준 것에 대해 고마움을 잘 느끼지 못할 때가 많다. 당연하게 여기기 때문이다. 그건 사람이나 동물이나 다 마찬가지일 것이다.

모든 건 욕망으로부터 비롯된다. 무언가 원하는 게 있을 때 그 욕망의 크기만큼 다툼도 커진다는 이치를 람보르는 꿰뚫고 있다. 그래서 그런 상황이 닥칠 때는 더 유심히 사람을 살폈고, 하나하나 머릿속에 담아두곤 했다.

여자들과 아이들에게는 더 각별하게 신경 썼다. 예상치 못한 급박한 상황이 벌어지면 어떻게 보호하는 게 안전할지, 식량과 도구는 또 어디에 감춰야 하는지를 그의 머릿속에 훤하게 그렸다. 그러하기에 지금도 당황하지 않고 대처할 수 있는 것이다.

다만, 한 가지가 그의 마음을 불안하게 했다. 그건 앞으로 마주해야 할 상대가 누구인지, 어떤 부족인지 모른다는 점이었다. 람보르는 지금이 부족의 가장 큰 위기임을 직감했다. 부족을 향해 예기치 않은 거대한 운명이 거침없이 다가오고 있었다. 두려움마저 느껴졌다. 애써 외면하려는 듯 고개를 흔들며 몸을 부르르 떨었다.

해는 벌써 중천에 올라 있었다.

"자! 이제 밖으로 나가 각각 자기가 맡은 바대로 움직여라. 특히 여자와 아이들은 안전한 지역에 머물 수 있도록 챙기고, 별도의 지시가 있을 때까지 무기를 준비하면서 만약의 사태에 대비하라. 지금부터 조금이라도 주저하거나 동요하는 자는 용서하지 않겠다."

"할루할루!(람보르 부족의 구호) 족장님의 명령대로 따르겠습니다."

무리는 우렁찬 대답과 함께 재빨리 흩어졌다.

툼바는 즉시 집으로 달려갔다. 루미도 벌써 잠에서 깨어나 칭얼거릴 것이었다. 생각한 대로 미르셀은 애타게 그를 기다리고 있었다. 육신을 넘어 영혼의 짝인 미르셀을 위해서라면 툼바는 이 세상 그 어떤 것도 할 수 있고, 그 누구도 두렵지 않았다. 자기 자신이 목숨을 바쳐야 할 대상은 오직 미르셀과 루미, 그리고 그를 아끼는 람보르 족장과 부족뿐이었다.

"툼바, 무슨 일 있어요? 대체 어디 갔다가 이제 온 거예요?"

미르셀은 바깥세상의 소란을 짐작만 할 뿐 정확하게는 모르는 듯했다. 평상 시처럼 툼바의 품을 강하게 파고드는 미르셀의 몸짓에 당황하면서도 순간 아찔함을 느꼈다. '이 사랑스러운 여자를 내가 위태롭게 만들면 어쩌지.' 라는 생각에 가슴이 저렸다.

툼바는 양손으로 미르셀의 두 뺨을 어루만지며 격렬하게 입술을 탐했다. 그 어느 때보다도 뜨거운 전율이 등골을 타고 흘렀다. 몸은 마음보다도 먼저 반응했다. 그 느낌이 너무나도 강렬해 계속 끌어안고 싶은 마음이 간절했으나 지금은 그럴 때가 아니었다.

"미안해요. 별일 없었지요? 루미는?"

"조금 전에 깼어요. 아빠를 찾는 듯 칭얼대며 두리번거리다가 이제는 혼자 잘 놀고 있어요."

"놀라지 말고 들어요. 지금 상황이 심상치 않아요. 어쩌면 큰일이 벌어질지도 몰라요. 내가, 내가 일을 저질렀어요."

툼바의 입에서 다짜고짜 심상치 않다느니, 큰일이 벌어진다느니, 자기가 일을 저질렀다느니, 하는 엄청난 말이 연이어 쏟아져 나오자 미르셀의 표정도 점점 굳어졌다.

"그게 무슨 말이에요? 큰일이라고요? 당신이 뭘 크게 잘못한 일이라도 있는 거예요? 마음 가라앉히고 차분히 말해봐요."

오히려 미르셀이 툼바를 다독였다.

"아침에 해또르 지역으로 혼자 사냥을 나갔다가 멀리서 뭔가 움직이기에 사냥감인 줄 알고 창을 던졌는데, 확인해 보니 창에 꽂힌 게 동물이 아니라..."

미르셀의 안색이 더욱 창백해졌다.

"아니, 동물이 아니라면 사람이었단 말인가요? 누구예요? 우리 부족원이에요?"

"확실치는 않으나 정신이 없는 중에도 기억나는 건 아이이고, 처음 보는 사람이었어요. 그런데 더 황당한 건 황급히 돌아와 족장님께 자초지종을 고하고 함께 그 현장에 가봤더니 시신이 사라져 버리고 등에 돌칼을 꽂힌 피 묻은 인형만 있었어요. 족장님은 그길로 급하게 돌아와 부족의 남자들을 소집했어요. 룽가한테 말씀하신 걸로 봐서 미르셀 당신도 곧 찾으실 것 같아요."

미르셀은 비로소 알았다. 툼바가 오기 전에 룽가가 먼저 와서 족장이 자기를 급하게 찾으신다고 했다. 툼바가 집에 돌아오면 바로 족장의 처소로 오라고 해서 궁금하던 참이었다.

머릿속에는 동시다발적으로 많은 생각이 떠올랐다. 지금 어떤 일이 일어나고 있는지, 앞으로 어떤 일이 벌어질 건지 희미한 그 실체가 조금씩 뚜렷하게 다가왔다. 더 이상 꾸물거릴 게 아니었다.

"그러잖아도 룽가가 다녀갔어요. 족장님이 찾으신다고요. 당신이 돌아오면 곧장 오라고 했으니 바로 가볼게요. 너무 걱정하지 마세요. 족장님 말씀 들어보고 상의하고 올게요. 그동안 좀 쉬면서 마음을 가라앉혀요."

미르셀은 서둘러 자리에서 일어나 집을 나섰다. 그날따라 세상을 향하여 여는 문이 훨씬 더 무겁게 느껴졌다. 방안에 홀로 남은 툼바는 한쪽에서 놀고 있는 루미를 품에 안았다. 따뜻한 아이의 온기가 가슴속으로 스며들어왔다. 차마 해서는 안 될 실수를 저질렀다는 회한이 차가운 마음을 녹이면서 서러운 눈물이 되어 흘러내렸다. 안고 있는 루미의 가죽옷 위로 뚝뚝 떨어져 내렸다.

미르셀의 당부와는 달리 시간이 가도 마음은 가라앉을 줄 몰랐다.

모두를 내보내고 나서 람보르는 혼자 조용히 눈을 감았다. 잠깐일지언정 온전히 혼자만의 시간으로 들어갔다. 이제 부족에게 중요한 때가 왔음을 느꼈다. 족장이 되고 나서 매일 그런 시간을 가졌다. 이를 '지혜의 시간'이라고 불렀다. 한 부족의 생존을 책임진 자로서의 고뇌가 크기에 하늘과 자연으로부터 지혜를 구하지 않을 수 없었다. 모든 건 합당한 순리가 있기 마련이고, 순리는 하늘과 자연의 뜻임을 깨닫고 있었다.

'지혜의 시간'은 참으로 신비로웠다. 생각이 깊어지면서 지혜의 근원에 다다르는 기분이었다. 그곳에선 지혜의 샘물이 솟아 나왔다. 이름 모를 숲속에서 혼자만이 찾아낸 작은 옹달샘처럼 찾고자 하는 답이 마음을 적시며 위로하고, 어떻게 해야 하는지 길을 알려줬다.

지금 람보르는 그 소리에 귀를 기울였다. '운명은 때론 전혀 예기치 않은 길로 우리를 이끈다. 어쩔 수 없는 상황이 닥치면 그걸 운명이라고 할 수밖에 없다. 달리 이해할 수 있는 단어가 없을 테니까. 사람은 누구나 주어진 운명 속에서 살고 있다. 다만, 그걸 받아들이고 안 받아들이고는 전적으로 자기 자신에게 달려 있다.' 람보르는 가슴속으로 파고 들어온 운명이라는 단어에 집중했다. 그 시간이 자신에게 알려준 이유가 있을 것이었다.

'지혜의 시간'에 머무는 시간이 길어지면 길어질수록 생각이 뚜렷해졌다. 어느 정도 길이 보이면 앞으로 자기가 무엇을 해야 하고, 무엇을 하지 말아야 할 것인가를 정해야 했다. 구체적으로 어떻게 해야 할 것인지도 미리 정할 필요가 있었다. 미르셀의 지혜는 그다음에 구할 일이었다.

담대한 성격의 람보르도 평소와는 다르게 마음이 초조해졌다. 다른 부족원 앞에서는 내색하지 못했지만 혼자 있을 때는 그도 역시 똑같은 사람이었다. 그런 마음이어서일까, 어느샌가 생각이 흩어졌다. 원하는 곳으로 깊이 들어가지 못하고 주변에서만 자꾸 맴돌았다. 멀리서 손짓하는 쪽으로 빨리 다가서야 하는데 제자리를 뱅뱅 도는 듯한 느낌이었다. 입을 꽉 다문 채 앉아있는 그의 모습은 비장했다.

부족원 누구나가 다 믿고 따르는 족장이 되기까지 람보르는 순탄한 삶을 살아오지 않았다. 위기가 없었던 것은 더더욱 아니다. 자기 자신의 안위보다 부족원을 먼저 위하면서 온갖 어려움과 역경을 견디고 지금의 위치까지 올라온 그였다.

그런 그가 몇 년 전에 참으로 가슴 아픈 일을 겪었다. 부족 안에서 그 일을 언급하는 것조차 금기가 되다시피 한, 어떤 사람에 대한 것이었다. 람보르에게는 마치 목구멍에 걸려 빠지지 않는 큰 가시처럼 잊을 수 없는 사람, 어느 날 홀연히 부족의 곁을 떠난 재무르라는 존재였다.

재무르는 람보르의 둘도 없는 친구이면서 한편으로는 우열을 다투는 경쟁자이기도 했다. 어렸을 때부터 함께 자라면서 누구보다도 친하게 지냈고, 모든 면에서 앞서거니 뒤서거니 했다. 부족원은 그런 두 사람을 다 좋아했고, 어떨 땐 일부러 부추기면서 경쟁을 시키기도 했다.

재무르는 람보르 못지않게 유능했다. 신체적인 조건도 그렇지만, 특히 사냥 기술은 타의 추종을 불허해 부족 내에서는 일인자라고까지 불릴 정도였다. 사냥감의 종류에 따라 적절한 사냥도구를 마련했고, 사냥감의 움직임을 보고 그 움직임을 예측하여 사람을 배치했다. 그에게 사냥은 단순히 먹을 것을 얻는 행위를 넘어 사냥감과의 싸움이었다. 그리고 놀라운 건 그 싸움에서 단 한 번도 패한 적이 없었다는 점이었다.

반면에, 밖으로 드러나 보이는 출중함으로 인해 인간적인 부분은 묻혔다. 매사에 냉혹할 정도로 냉철하기 때문이었다.

그는 오직 앞만 보고 전진하면서 뒤나 옆을 돌아보지 않았다. 성취와 승리에 집중했고, 사소한 감정에 연연하지 않았다. 그런 만큼 마음에 품고 있는 욕망의 크기 또한 남달랐다. 무엇보다도 친구인 람보르에게 지는 걸 못 견뎠다.

그런 여러 가지가 작용하다 보니 뛰어난 능력에도 불구하고 결정적인 순간에 부족원의 신뢰를 얻는 데 있어 장애가 되었다. 전임 족장이 갑자기 사고로 죽고 난 후 원로회의를 통해 후임 족장을 선출할 때 나타났다.

재무르는 크게 좌절했다.

람보르가 족장으로 선출되고 난 이후에는 갈등이 생겼다. 재무르를 따르는 부족원도 많다 보니 갈라지면서 단합이 흐트러지는 조짐도 꿈틀거렸다.

재무르는 평소에 람보르의 사냥과 분배 방식에 대해 그리 달갑게 여기지 않았었는데, 여기서 더 나가 드러내놓고 반대하는 일이 벌어졌다. 그의 주장은 성과가 많고 기여도가 큰 사람이 더 많이 가져야 한다는 것이었다. 엄밀히 따지면 당연히 맞는 말이었다. 무리 중에서 다른 사람보다 공을 많이 세우거나 욕심 많은 사람 몇몇이 재무르의 의견에 적극적으로 동조하고 나서면서 갈등이 커졌다.

이렇게 재무르와 람보르 두 사람의 아슬아슬한 관계로 인해 부족은 언제라도 곧 터질 시한폭탄을 안고 있는 듯했으나, 겉으로 보기엔 평온했다.

재무르는 나아갈 때와 물러설 때를 정확히 알고 행동했기에 더 이상 큰 문제를 일으키지 않고 생활했다. 겉으로 보기엔 부족 전체가 별다른 이견 없이 하나가 되어 움직이는 듯 보였다.

그러나 잠잠한 게 아니었다. 불타는 야심은 그를 2인자의 자리에 편안하게 머물도록 하지 않았다. 재무르는 스스로 불씨가 되길 주저하지 않았고, 시간이 갈수록 불길은 더 거세졌다. 그런데도 그의 욕망은 채워지지 않고 계속 허공에서 겉돌았다. 모두가 람보르 족장을 신뢰하고 존경하기에 그가 비집고 들어갈 틈이 허용되지 않았다. 달리 뾰족한 수가 없는 현실을 그로서도 인정할 수밖에 없는 상황이었다.

그러던 중 어느 날, 아무도 예기치 못한 일이 벌어졌다. 일 년에 한 번인 부족 전체의 제사를 앞두고 대대적으로 사냥을 나갔던 곳에서 재무르가 홀연히 사라졌다. 모두 사냥에 정신이 팔려있느라 그의 마지막 행적을 기억하는 사람은 없었다. 부족원이 총동원되어 여기저기 찾아다녔지만 끝내 발견되지 않았고, 돌아오지 않았다.

그날 이후로 그의 생사를 아는 사람은 아무도 없었다.

재무르가 없어졌다는 사실에 가장 큰 충격을 받은 사람은 람보르였다. 친구인 자기에게조차 아무런 언질도 없이 떠났다는 걸 믿을 수 없었다. 함께 한 시간이 아무 의미 없었음을 자책하며 삶의 무상함도 느꼈다. 시간이 지나면서 람보르 부족은 재무르의 부재를 받아들였다. 개중 어떤 사람은 그저 혼자서 잘난 척하다가 길을 잃어 동물의 먹이가 되었을 거라고 막연히 추측하기도 했다. 못 찾아도 어쩔 수 없다는 체념이 자리 잡으며 수색은 중단되었고, 갈수록 서서히 잊혀 갔다.

부족은 그에 대해 최대한의 성의를 보였다. 살아남았을 가능성이 거의 없다고 판단하고, 성대하게 장례식을 치렀다. 남겨두고 간 물건들을 모아 무덤도 만들었다. 모든 게 족장인 람보르의 뜻이었다. 사람을 귀히 여기는 마음, 한 생명이 천하보다 귀하다는 신념을 품고 있는 람보르이기에 가능한 일이었다.

재무르의 장례식날 람보르는 누구보다도 비통해하고 슬퍼했다. 늦은 밤까지 오랫동안 홀로 눈물을 흘리며 통곡했다. 보는 사람들이 다 안타까워할 정도였다. 그렇게 재무르가 떠나고 난 후에도 람보르는 한동안 그를 잊지 못했다. 안타까움을 넘은 서운함이 컸고, 때론 불안함을 넘은 불편함으로 뇌리에 자리 잡았다.

'지혜의 시간'에서 깨어난 람보르의 이마엔 땀방울이 송송 맺혀 있었다. 그 시간이 그냥 눈을 감고 조용히 앉아만 있는 시간이 아니라, 온몸으로 자신의 기를 내뿜고 세상의 기운을 다시 집어넣는 순환을 몸이 증명하고 있었다.

참으로 이상한 건 그동안 기억 속에 묻혀 있었던 재무르라는 존재가 람보르의 뇌리에 불쑥 들어왔다는 것이었다. 전혀 예상하지 못한 일이었다. 생각의 끝에서 그가 기다리고 있었다. 얼마나 생생한지 마치 살아있는 모습이었다.

'무엇일까? 무슨 의미일까? 혹여 죽지 않았을 수도 있다고 생각하긴 했지만, 정말 살아있는 것일까? 혹시 앞으로 다가올 일이 재무르와 관련 있는 것일까?' 람보르의 머릿속을 비집고 들어온 생각은 꼬리를 물고 계속 이어졌다. 그 바람에 다른 건 정리할 엄두도 못냈다.

정신을 차리고 보니 어느덧 미르셀이 올 시간이었다. 그녀를 만나 조언을 구하면 될 거라는 안도감에 곧 평정을 되찾았다. 툼바의 짝이지만, 람보르에게 있어서도 그녀는 든든한 존재였다.

문밖으로 나온 미르셀은 무거운 마음으로 람보르 족장의 처소로 향했다. 불안함을 가라앉히려고 일부러 눈을 높이 들었다. 저 멀리 눈과 얼음에 덮여 있는 산이 태양의 빛을 받아 반짝였다. 싱그러운 바람은 여전했고, 그 끝에 달콤한 향기가 실려 왔다. 다른 때 같으면 자연의 아름다움에 경외하면서 하늘을 향해 기도했겠지만, 지금은 그럴 경황조차 없었다. 짧은 거리가 엄청나게 길게 느껴졌으나 서두르지 않았다. 그녀에게도 정리할 시간이 필요했다. 대체 어떤 일이 일어나고 있는 건지, 족장을 만나면 무슨 말을 해야 하는지 머릿속이 복잡한 만큼 입술이 말라왔다.

걸어가면서 마음의 평정심을 찾은 미르셀은 그들이 몸담고 살아가는 자연에 답이 있음을 느꼈다. 자연의 일부인 인간은 그 이치와 섭리에 따라야만 순탄하게 살아갈 수 있을 것이라는 평소의 생각으로 정리되었다. '세상의 모든 것은 다 상대가 있다. 하늘이 있고 땅이 있고, 낮이 있으면 밤이 있다. 당연히 삶이 있으면 죽음이 있다. 그렇게 상대가 있는 세상 속에서 사람들은 살아가기에 상대가 무엇인지 알지 못하면 세상의 이치를 깨닫지 못할 것이다. 툼바가 벌인 일로 인해 알지 못하는 어떤 부족과 맞닥뜨려야 하는 것은 필연일 것이다. 그 부족이 우리의 상대가 될 것이다. 문제는 그 부족이 어떻게 나오느냐에 따라 우리의 대응도 달라질 수 있다. 냉철하게 상대의 행동을 예상하고, 차분히 준비하면 된다.' 그렇게 정리하자 마음이 한결 차분해졌다.

람보르는 안으로 들어오는 미르셀을 반갑게 맞았다. 미르셀은 고개 숙여 인사했다. 초조함을 애써 감춘 족장의 얼굴에 반가운 빛이 번져 나왔다. 족장의 마음을 충분히 짐작하고도 남음이 있었다. 한 부족을 이끌어가는 족장이라는 자리의 무게가 확 느껴지는 동시에 그녀에 대한 족장의 신뢰가 오늘따라 더 묵직하게 다가왔다.

미르셀은 부족 안에서 단순히 한 사람의 여자라는 존재를 뛰어넘었다. 족장을 포함하여 모두가 인정했고, 어느 순간부터는 그녀 자신도 자연스럽게 그 중압감을 기분 좋게 감당했다.

람보르 부족은 미르셀을 지혜의 여인으로 불렀다. 그녀의 지혜가 어디서 나오는지 다른 사람들은 알 수도, 가늠할 수도 없었다. 그건 자연과 세상을 향한 경외와 끝없는 사유로 인함이었다. 샘처럼 솟아나는 물음과 이어지는 명상은 그녀를 더 넓고 깊은 세상으로 인도했다.

미르셀은 어릴 때부터 그녀의 주위에서 일어나는 것들을 당연하게 받아들이지 않았다. '해는 왜 매일 떠올랐다가 지는지, 바람은 어디서 생겨나서 불어오는지, 왜 어떤 땅은 얼음으로 덮이고 어디는 파릇파릇 풀이 돋아나는지, 이 땅 위에 동물들은 얼마나 많이 살고 있는지, 우리 부족과 같은 사람들은 어디에서 어떻게 살아가고 있는지...' 물음이 한 번 시작되면 걷잡을 수 없이 쏟아져 나왔다. 그로 인한 사유가 하나둘 쌓여 지혜의 원천이 된 것이었다.

그녀의 부모는 미르셀이 외할머니의 지혜를 고스란히 물려받은 것으로 여겼다. 외할머니는 현명했다. 비록 병적이리만치 자신을 드러내기 싫어했기 때문에 아는 사람이 별로 없었지만 미르셀의 부모는 확실히 알았다. 자기들이 낳은 딸이 할머니를 쏙 빼닮았다는 것을.

다만, 그 능력을 숨기지 않고 드러내면서 부족원을 위해 노력하는 모습이 외할머니를 훨씬 능가했기에 대견하게 생각했다. 그러더니 급기야는 족장에게 조언까지 하는 위치에 이르렀고, 부족 내에서 더할 나위 없이 중요한 사람이 된 것이었다. 마치 신녀(神女)와도 같은 존재인 그녀를 부족원 모두는 좋아하고 의지했다.

미르셀이 자리에 앉자마자 람보르는 잠시의 쉴 틈도 주지 않고 아침부터 일어난 상황을 설명했다. 목소리엔 감출 수 없는 떨림이 묻어나왔다. 미르셀은 가끔 고개를 끄덕이며 아무 말 없이 경청했다. 빛나는 눈빛은 여전했지만, 이야기가 이어질 때마다 표정은 점점 심각해졌다.

어느새 할 말을 마친 람보르가 조용히 그녀를 바라보았다.

이제 공은 미르셀에게 넘어왔다. 늘 그렇듯이 진가는 위기일수록 빛났다. 그녀는 한참 동안 족장을 바라보았다. 두 사람의 눈빛이 허공에서 부딪쳤다. 다소 부담스러울 수 있는 상대의 눈길을 두 사람은 서로 피하지 않았다. 초조, 불안, 염려, 위로 등 인간이 가진 많은 감정이 짧은 순간에 다 쏟아져 나오면서 힘이 되었다.

"족장님~~"

나지막한 목소리로 족장을 불렀다. 그런 다음 차분히 입을 열었다.

"말씀 잘 들었어요. 오늘 아침에 무슨 일이 일었는지 오기 전에 툼바에게 대강 들었어요. 왜 저를 부르셨는지도 짐작하고 있어요. 족장님은 언젠가 이렇게 예기치 않은 큰일이 벌어질 거라 예감하고 준비해 오셨죠? 자세하게 말씀하시진 않았지만 전 알고 있었어요. 사실, 저도 그랬으니까요. 매일 하늘을 보면서 해와 달을 향해 기도할 때마다 부족의 안위를 빌고 있는데, 곧 큰일이 일어날 거라는 느낌을 받고 있었어요. 툼바가 나가는 걸 알았더라면 막았거나, 아니면 조심하라고 신신당부했을 텐데 그러지 못해 아쉽고 죄송해요. 하지만, 이건 결코 툼바만의 잘못은 아니라고 생각해요. 그가 아닌 다른 누구에 의해서라도 이 일은 결국은 일어나고야 말 일이라고 생각해요. 시간의 문제이지 우리 부족으로선 피할 수는 없는 일이죠."

"그렇소. 어느 정도는 예상했소. 마음속으로 어느 정도 대비하고 있었기에 심각할 정도로 혼란스럽거나 당황스럽지는 않소. 다만, 아직 완전히 준비되어 있지 않다는 게 문제요. 그래서 미르셀의 도움이 필요하오. 부족의 안위를 위해서 말이오."

　족장은 그녀에게 부탁하고 있었다. 큰일을 위해서라면 누구에게든, 얼마든지 기꺼이 낮출 수 있다는 겸허함이 풍겨왔다.

　"족장님, 우리가 상대해야 할 부족에 대해 아직 잘 모르지만 가장 중요한 건 그들의 입장이에요. 그들이 어떻게 나오느냐에 따라 우리의 대응도 달라질 수 있어요. 그러니 차분한 마음으로 하나하나 풀어가면서 준비해야 해요."

　"맞는 말이오. 나도 지금부터 차근차근 준비할 것이오."

　"족장님, 주제넘지만 한 가지 더 말씀드릴 게 있어요. 툼바가 다른 부족의 아이를 죽인 게 확실하기에, 어쩌면 우린 지금껏 한 번도 겪지 않았던 일에 휘말릴 가능성이 있어요. 서로 싸우게 되는 상황으로 내몰릴지도 몰라요. 그렇게 흘러간다면 우리가 집중해야 할 일은 어떻게 해서든 싸우지 않도록 노력하는 거예요. 우리의 생각과 의지만으로는 이루기 어렵지만, 확고한 신념을 품고 상대를 설득해야 해요. 서로 싸우면 양쪽에서 많은 사람이 죽어 나갈 거예요. 그렇게 되면 절대 안 돼요. 최선은 싸우지 않는 것임을 누구보다 족장님께서 잘 아실 거라 믿어요."

　"그 점은 나도 잘 알고 있소. 무슨 일이 있어도 싸우지 말아야 한다는 것을. 우리는 지금까지 별다른 일 없이 잘 지내왔기에 이 일로 부족의 평안을 깨뜨릴 수는 없소. 비록 뜻하지 않은 안타까운 일이 닥쳤지만 나는 족장으로서 최선을 다해 해결해 나갈 것이오. 상대방이 어떻게 나올지 모르겠지만 미르셀의 말대로 싸우지 않는 쪽에 중점을 두고 최선을 다하겠소."

　"족장님, 싸우지 않겠다고 하는 것은 단지 우리의 생각이고, 의지일 뿐일지도 몰라요. 우리 힘만으로는 막을 수 없을 수도 있어요. 우리가 힘이 있고, 능력이 뒷받침되어야 해요. 그래야만 최악의 경우 부득이하게 싸우게 될지라도 신속하게 싸움을 끝내서 최소한의 희생으로 이길 수 있어요. 이는 전적으로 족장님의 현명한 판단과 우리 부족의 능력, 그리고 어떠한 상황에서도 흔들리지 않는 부족의 단합에 달려 있어요. 모두가 지금부터 철저히 대비해야 할 거예요. 족장님께서 하셔야 할 일이 많을 테니 저와 여자들도 힘껏 도울게요.”

미르셀의 말은 거침이 없었다.

“좋은 의견 잘 들었소. 너무 앞서가는 게 아닌가 싶었는데 미르셀의 말을 들으니 정리가 되었소. 내 지금부터 치밀하게 준비하리다. 말한 대로 이번 일은 툼바만의 잘못이 아니오. 누구에게든 언젠가는 일어날 일이었소. 툼바가 너무 상심하지 않도록 돌아가서 잘 위로해 주시오.”

람보르 족장의 얼굴은 한결 편안해져 있었다.

“한 가지만 더 부탁하오. 툼바와 루미를 챙기기도 힘들 텐데 너무 많은 짐을 맡겨 미안하오. 지금부터 나는 여러 가지 상황에 대비할 것이오. 그러다 보면 미처 노인과 여자, 아이들을 충분히 챙기지 못할 수도 있소. 그래서 부탁하오. 그들을 안전하게 잘 보살펴 주시오. 남자들이 아무 걱정 없이 오직 임무에만 집중할 수 있도록 말이오.”

“네. 아무 걱정하지 마세요. 부족의 여자들과 힘을 합쳐 잘 해낼게요.”

“그리고……”

지금까지 거침이 없었던 족장의 입에서 그다음 말이 쉽게 나오지 않고 있었다. 분명 중요한 한마디가 더 남아 있을 거라 생각했다. 궁금함을 참고, 차분히 기다렸다.

“이건 개인적인 일인데, 아까 ‘지혜의 시간’에 머물다 보니 몇 년 전에 사라진 재무르가 계속 머릿속에 떠오르는데 왜 그런지 모르겠소. 이번 일과 뭔가 연관이 있을 듯한 불길한 예감이 드니 말이오.”

순간 미르셀은 놀랄 수밖에 없었다. 벌써 죽었다고 여긴 사람인 재무르라는 이름이 족장의 입에서 흘러나올 줄은 생각조차 하지 못했다.

“워낙에 큰일이 벌어졌기에 별의별 생각이 다 떠오를 거예요. 재무르님은 족장님께서 늘 마음에 품고 계신 분이니 그럴 수 있어요. 혹여 다음번에도 또 그런 일이 있으면 말씀해 주세요. 다만, 지금은 당장 집중하셔야 할 일이 많으실 테니 너무 깊게 생각하지 마시고, 뜻하신 대로만 밀고 나가세요. 우리 부족의 운명이 족장님께 달려 있으니 힘내시고요."

"알겠소. 그 마음 고맙소."

미르셀은 고개 숙여 인사하고 부리나케 족장의 집을 나섰다. 평상시는 조용하고 다소곳했지만 나서야 할 순간이 되면 거침없는 미르셀이었다. 평소 마음에 품고 있던 생각을 족장에게 그대로 전해주었기에 아쉬운 것도 없었다. 람보르 족장이 잘 해낼 거라 믿었다.

그건 단지 미르셀의 느낌만은 아니었다. 막연했던 람보르의 마음도 차분하게 정리되었다.

당면한 문제는 지금껏 한 번도 경험해보지 못한 일이 곧 그들 앞에 펼쳐질 거라는 것이었다. 무엇보다도 상대를 알아야 하고, 그 상대가 어떻게 나오느냐에 따라 다양한 대응 방안을 마련해야 했다. 그리고 끝까지 싸우지 않고 평화적으로 해결하려고 노력하되, 어쩔 수 없이 싸워야 하는 상황이면 최대한 빨리 이겨야 할 것이었다. 무엇보다도 마음에 걸렸던 노인과 여자, 아이들을 보살피는 문제를 미르셀이 책임지고 맡아준다는 것에 마음 든든했다.

미르셀이 떠난 방안에는 그녀만의 신비로운 향취가 남아 있었다. 미르셀이라면 맡은 일을 충분히 해낼 수 있을 것이기에 든든하고 고마우면서도 한편으로는 미안했다. 때론 힘든 상황이 오래 펼쳐질지도 모르는데 그 무게를 오롯이 짊어질 그녀가 가엽기까지 했다.

그 생각은 미르셀도 마찬가지였다. 집으로 돌아오는 길에 한 부족의 명운을 짊어진 람보르 족장을 떠올렸다. 엄청난 무게를 짊어진 그가 애처롭기도 하면서 기꺼이 감당하고자 하는 그 기개가 믿음직했다. 동병상련이었다. 그렇게 두 사람의 운명을 넘어 그 땅에서 살아가고 있는 모두에게 피할 수 없는 숙명의 그림자가 서서히 다가오고 있었다.

미르셀은 집에 오자마자 툼바에게 푹 쉬고 있으라고 말하고는 서둘러 다시 일어났다. 툼바의 표정을 보니 무척이나 궁금해하는 눈치이면서도, 차마 묻지 못하고 있는 듯했다. 자세하게 말해줄 여유가 없었기에 애써 모르는 척했다. 일어서면서 옆에서 놀고 있는 루미를 바라보았다. 오늘따라 이상하리만치 엄마를 찾지 않았다는 사실을 떠올렸다. 젖을 입에 물려주기만 하면 힘차게 빨았고, 다 먹은 후에는 혼자서도 잘 놀았다. '루미도 이런 일이 생길 줄 알았을까?' 미르셀은 나가려다 말고 루미를 품에 안았다. 꼭 끌어안았다 놓으려고 하니 혼자서도 잘 놀았던 루미가 엄마의 체온을 느끼려는 듯이 강하게 품을 파고들면서 젖을 찾았다.

자식의 꿈틀거림을 가슴으로 느끼는 순간 미르셀의 온몸에 전율이 일었다. 새끼를 품은 어미의 본능이었다. 이 세상 모든 살아있는 것들이 품고 있을 그 마음이었다. 마치 순식간에 살갗에 소름이 돋아나는 것처럼 본능이 몸 전체에서 솟아오르고 있었다. 그건 나와 내 가족, 내 부족을 지켜내야 한다는 것이었다. 물러서면 죽는다는 걸 모를 리 없었다. 루미가 힘차게 젖을 빨 때마다 툼바의 손에 안타깝게 죽어간, 얼굴도 모르는 아이의 모습이 겹쳐지면서 미안함에 뜨거운 눈물이 흘렀다.

더 이상 지체할 수 없기에 애써 루미를 떼어놓고 곧 집을 나섰다. 그녀가 다급하게 나선 이유는 여자와 아이들을 위해서였다. 어느 정도 시간이 흘렀기에 이제는 그들 대부분도 소식을 들어 알고 있을 터였다. 속으로 많이 궁금해하고, 걱정하고 있을 것이었다. 빨리 만나서 그들의 동요하는 마음을 누그러뜨려야 했다.

미르셀의 머릿속에는 앞으로 해야 할 일들이 훤하게 그려졌다. 누가 시키지 않아도 알아서 해야 했다. 그녀는 부족의 여자들에게 있어 절대적인 존재였다. 모두가 그녀를 귀하게 여기며, 남다른 지혜와 예지력에 의지했다. 고민거리가 생기면 언제든지 찾았고, 그럴 때마다 따뜻하게 품어주면서 전하는 조언에 위로와 평안을 얻었다. 특히 여자들만이 품고 있는 은밀한 사연들에 대해서는 람보르 족장을 비롯한 그 누구도 쉽게 들어줄 수도, 해결할 수도 없었기에 더 그랬다.

부족 여자들은 대부분 순종적이고 헌신적이었다. 미르셀을 중심으로 화합하면서, 조금이라도 불편한 문제가 생기면 시끄럽지 않게 대처했다. 람보르 부족이 오랫동안 평온한 삶을 이어올 수 있었던 이유 중의 하나도 현명한 부족의 여자들로 인함이었다.

일상생활에서 여자들이 하는 가장 중요한 일은 먹을 것을 찾고, 만들고, 준비하는 것이다. 남자들이 때에 맞춰 동물을 잡거나 먹을 것을 구해오면 그것을 손질하고, 조리하고, 저장하는 것은 전적으로 여자들의 몫이다. 먹을 수 있는 채소나 식물을 기르는 일도 중요하다. 얼음으로 뒤덮이지 않은 땅에서 자라는 식물 중에서 먹을 수 있는 것을 찾아야 했고, 씨앗을 채취해 마을 뒤쪽에 마련한 땅에 심어 길렀다.

그 일에서도 미르셀은 뛰어난 실력을 발휘했다. 자연에서 보물을 캐내듯 뛰어난 지식과 감각으로 먹을 수 있는 식물을 찾아내고, 그것들을 키워냈다. 부족 내 다른 여자들에게도 방법을 가르치면서 구별할 수 있는 능력을 키워줬다. 어떤 식물이든지 모양과 빛깔, 냄새를 느끼면서 먹을 수 있는 건지를 알아냈다. 직접 맛을 보고 먹어보기까지 하면서 몸의 변화를 느끼는 등 아주 세밀하게 파악했고, 어디에 좋은지를 꼼꼼하게 정리했다. 먹지 못하는 식물의 경우에는 다른 효용이 있어 상처 난 곳에 바르면 금방 낫는다는 것까지도 알아내면서 그 약효를 줄줄이 꿰고 있을 정도였다.

이러한 미르셀의 노력은 척박한 땅에서 살아가는 부족원에게 있어서 매우 유용했다. 먹을 것에 대한 고민을 어느 정도 덜 수 있었다. 당연히 미르셀의 말이라면 전적으로 따르며 신뢰했다. 람보르가 미르셀에게 부족의 노인들,

여자들과 아이들을 보살피는 일을 안심하고 맡길 수 있었던 것도 그런 연유였다.

미르셀은 분명하게 알고 있었다. 지금 람보르 족장이 맡긴 일을 제대로 해내는 것이 장차 부족의 명운을 결정할 중요한 일임을, 불확실한 미래를 향한 강한 버팀목임을.

여자들과 아이들을 만나 다독거리는 중에도 내내 머릿속에서 지워지지 않고 있는 게 있었다. 대화가 끝날 때쯤 족장이 꺼낸 이름이었다.

'재무르, 재무르..,' 미르셀의 마음에서도 사라지지 않고 있었던 이름이었다. 그런데 그 재무르라는 이름을 오늘 족장이 꺼낸 것이었다. 그 순간에는 애써 대수롭지 않게 여기며 람보르 족장의 마음을 달랬지만, 시간이 지나면서 왠지 알 수 없는 불안과 긴장이 마음속에서부터 조금씩 일어나고 있었다. 하지만 언제까지 그 안에 머물 수는 없었다. 이제는 빠져나와야 했다.

'그래. 지금은 그 부분에 신경 쓸 때가 아냐. 할 일이 얼마나 많은데...' 생각을 정리하자 금세 홀가분해졌다.

미르셀을 보내고 밖으로 나온 람보르는 곧바로 부족 청년들이 모여있는 곳으로 달려갔다. 모두가 바쁘게 움직이고 있었다. 늘 따라다니는 룽가를 시켜 툼바를 불러오게 했다.

"툼바, 만약에 누군가가 쳐들어온다면 싸울 무기가 있어야 해. 사냥할 때 쓰는 돌창을 다 가져오게 하고, 주변에 있는 돌덩이들도 군데군데 모아. 자칫하면 싸움이 아주 크게 벌어질 수도 있으니 많이 준비할수록 좋을 거야. 한 사람도 빠짐없이 전하고."

잠시도 지체할 수 없는 족장의 명령이었다. 다른 보이지 않는 쪽에서 기민하게 움직이고 있는 미르셀처럼 툼바도 잠시도 쉴 틈 없이 족장의 명을 충실히 따랐다.

람보르는 툼바에 이어 다른 사람을 불렀다. 솔론이다. 툼바보다 나이도 많고, 부족원 중에서 키가 제일 크고 훤칠한 청년이다.

솔론은 태어날 때부터 범상치 않았다. 솔론의 엄마가 들에 나갔다가 깜빡 잠들었는데 시뻘건 해가 입안으로 들어오는 꿈을 꾸었고, 이후 솔론이 태어났다고 했다.

부족원은 대대로 하늘에 높이 떠 있는 해와 달을 숭배해 왔다. 해와 달은 그들이 마음으로 의지하는 특별한 대상이었고, 험한 세상을 살아가게 만드는 에너지이자 원동력이었다.

솔론의 부모가 이상한 꿈을 꾸고 난 후 태어난 솔론은 그 꿈 이야기만으로도 어렸을 때부터 다른 사람들의 주목을 받았다. 뭔가 범상치 않은 인물이 될 거라는 기대가 그에게 쏠렸다. 그런 까닭인지 일찍부터 족장의 뒤를 이을 강력한 후계자로 주목받는 위치에까지 올라왔다.

그는 매사에 생각과 행동이 올바르기에 칭송이 자자했다. 하지만 그런 주위의 칭찬이나 자랑에도 결코 자만하거나 교만하지 않았다. 람보르 족장을 도와 부족을 위해 헌신했고, 궂은일이 생기면 제일 먼저 나섰다. 툼바와도 친해 사냥을 나갈 때면 항상 붙어 다닐 정도였다. 지혜롭고 용맹하면서 착했다.

품성과 능력을 다 갖춘 솔론이기에 그의 주위에는 사람들이 모여들었다. 툼바도 솔론에게 많은 것을 배웠다. 그의 옆에만 가면 힘과 용기를 얻고 몸과 마음이 따뜻해지는 걸 느꼈다.

람보르는 부족의 많은 청년 중에서 솔론을 가장 신뢰했다. 그래서 언제든 가장 중요한 임무를 그에게 맡기곤 했다. 솔론과 툼바, 미르셀이 자기를 충실히 도우면 그 어떤 일도 능히 해낼 수 있을 거라 확신할 정도였다.

무슨 일이 일어날지 아무도 모르지만, 만약의 사태에 대비하기 위한 람보르 부족의 준비는 그렇게 하나 둘 시작되었다.

람보르 부족이 사는 공간은 널따란 구릉지이다. 뒤에는 룽산이라 부르는 큰 산이 자리 잡고 있으며, 양옆은 높고 낮은 언덕으로 이어지는데 그 언덕 옆은 확연히 다르다. 동쪽은 높은 산 능선으로, 서쪽은 깊은 계곡으로 치닫는다.

룽산 밑의 언덕에는 대대로 이어온 조상들의 묘지가 자리 잡았고, 그 뒤로 들어가면 군데군데 동굴들이 뚫려 있다. 동물을 사냥하거나 물고기를 잡은 후에는 고기를 그 동굴 안에 넣어 보관한다. 오래 두고 먹을 것은 특별히 햇볕에 바짝 말려 건조한 곳에 두고, 먹을 순서에 따라 동굴 속에 넣어 신선도를 유지하도록 한다.

룽산은 람보르 부족에게 있어 보배와도 같은 곳이다. 그 넓은 품에 자리 잡은 부족 마을은 멀리서 보면 마치 천혜의 요새와도 같다. 동물들이 들어올 만한 공간에는 커다란 나무들을 자르고 이어 높은 울타리도 둘러쳤기에 그 무엇도 함부로 침범할 수 없다. 람보르 부족은 그 안에 옹기종기 모여 살면서 채소를 기르고, 잡아 온 동물을 키우기까지 했다.

요새와도 같은 마을은 단 한 군데만 뚫려 있다. 해또르에서 마을로 이어지는 통로이다. 그 입구만 평탄하게 뚫려 있어 사냥을 나갈 때면 대부분 그 길을 이용한다. 마을 주위를 낮이나 밤이나 청년들이 번갈아 지키면서 부족원을 보호한다.

상황이 긴박하게 돌아가는 중에도 람보르는 홀로 앉아 조용히 생각에 빠져들었다. 그의 머릿속에는 주변의 지형이 선명하게 떠올랐고, 예상되는 상황이 그려졌다. 만약에 일이 잘못되어 다른 부족이 쳐들어온다면 외부에서 마을에 이르는 중앙 통로만 잘 막으면 될 것이었다.

부족의 땅 양옆은 비교적 높은 산과 계곡으로 이어지고 있기에 들어오기도 쉽지 않았다. 만약에 그쪽으로 들어온다고 해도 주요 길목만 막아내면 충분히 승산이 있을 것이었다.

생각을 거듭할수록 람보르의 의지가 불타올랐다. 비록 자신이 죽는 한이 있어도 부족을 위해 반드시 막아내야 한다고 스스로 마음을 다졌다.

족장의 지시를 받은 솔론과 툼바는 부족의 전사들과 힘을 합쳐 차근차근 준비해 나가기 시작했다. 여전히 웅성거리는 움직임은 있었지만, 누구 하나 드러내놓고 불평하거나, 맡은 일을 소홀히 하는 사람은 없었다.

람보르가 준비상태를 직접 확인하러 현장에 나오자 어디서 나타났는지 금방 솔론이 다가왔다.

"족장님, 앞쪽에 오십 명, 양옆에 각 이십 명씩 배치하고, 후방과 중앙에 있는 족장님 주위에 각각 열 명씩을 배치해서 대비할 것입니다. 무기는 각자 돌창과 나무창을 쥐고 있고, 개인마다 여벌의 창이 더 있습니다. 돌덩이는 사냥을 나갈 때마다 주워왔기에 양이 충분하고, 각각 알맞게 분배했습니다. 특별히 앞쪽의 무리에서 눈이 좋고 잘 달리는 다섯 명을 뽑아서 마을 앞에 이르는 언덕 밑 바윗가에 내보냈습니다. 혹여나 수상한 자들이 접근하면 즉시 알리도록 했습니다."

"그래, 수고 많다. 지금부터 우리는 모두 전사이다. 아무 일도 일어나지 않으면 다행이지만, 혹여라도 다른 부족이 쳐들어온다면 반드시 막아내고 부족을 지키자."

람보르는 자기 의도에 어긋나지 않게 준비를 끝낸 솔론의 어깨를 두드리며 격려했다. 손끝으로 돌덩이같이 단단하고 강한 근육들의 움직임이 마구 꿈틀거리며 전해졌다.

갑자기 멀리서 낯설지 않은 소리가 들렸다. 맨 앞에 내보낸 전사로부터 들려왔다. 람보르가 뽑은 정찰조였다. 앞에서 일어나는 상황을 빨리 알려서 뒤에 있는 부족원이 대비할 수 있는 시간을 벌어주기 위해서였다. 촌각을 다툴 정도로 시급할수록 그 중요성은 더했다.

신호 수단으로는 멀리까지 소리가 퍼져나가는 뿔 나팔을 사용했다. 동물의 뼈와 물가에 사는 조개 등으로 만들었는데, 형태에 따라 가늘고 길거나, 굵고 얕게 퍼지는 등 다양했다. 이는 사냥할 때도 유용했다. 부족원끼리는 그 소리만 들어도 무슨 신호인지 서로 알아들을 수 있도록 충분히 익혔다.

솔론이 금방 알아채고 람보르에게 고했다.

"족장님, 앞에 나간 정찰조가 내는 소리입니다. 아마도 무언가를 발견한 것 같습니다."

"알았다. 모두 동요하지 말고 단단히 준비하도록 하라."

람보르는 돌창을 들고 솔론과 같이 앞으로 나갔다. 툼바는 나머지 열 명과 함께 그 뒤를 따랐다. 그 안에는 티아라도 포함되어 있었다.

티아라는 솔론처럼 부족 내에서 뛰어난 전사로 통한다. 혼인해서 아이까지 있다. 건장한 체격에 눈빛이 형형하여 처음 보는 사람은 기죽을 정도이다. 한 가지 흠이라면 성격이 급하고 다혈질인 것인데, 사냥에서는 누구보다도 앞장서며 용맹했기에 흠을 가리고도 남았다.

티아라의 모습을 보는 순간 툼바는 한결 마음이 놓였다. 그들과 함께 람보르 족장과 부족을 지킨다는 것이 그렇게 든든할 수 없었다. 족장과 함께 앞으로 나가 확인해 보니 부족의 마을 앞에서 낯설고 수상한 사람들의 움직임이 있다는 보고였다. 그리곤 금방 움직임이 멈추었다고 했다.

람보르 일행이 한참 동안 주시해도 별다른 움직임이 없었다. 계속 기다릴 수는 없었다. 한순간도 방심하지 말고 계속 주시하면서 특별한 움직임이 있으면 즉시 알리라고 지시하고 돌아섰다.

람보르는 전사들이 있는 곳을 일일이 돌아다니며 격려했다. 족장을 따라 부족의 마을로 돌아오는 툼바의 머릿속에 갑자기 미르셀이 떠올랐다. '만약에 싸워야 한다면 그 전에 미르셀과 루미를 볼 수 있을까?'

그의 생애에서 처음 겪어보는 엄청난 일이 쉴새 없이 밀려오는 통에 툼바의 마음은 미처 정리할 수도 없을 만큼 혼란스러웠다. 좀처럼 안정을 찾기가 쉽지 않았다. 두려움과 긴장감이 크면 클수록 그 순간을 모면하고 싶은 마음과 미르셀의 품에 안겨 깊은 잠에 빠져들고픈 욕구도 커졌다.

하지만 그런 소박한 바람과는 달리 운명은 툼바를 한 번도 가지 않았던, 생각해보지도 못했던 길로 끌고 가고 있었다. 거부할 수 없는 힘이었다.

이제 다시 돌아올 수도 없고, 끝이 보이지 않는 그 길로 발을 내디뎠음을 툼바는 직감했다.

2. 처음 마주하며

지구의 한 귀퉁이, 운명의 시간과 장소에서 마침내 그들이 마주 섰다.
아무런 말 없이 형형한 눈빛만이 오고 갔다.

그날, 그 자리에서 그들은 운명이라는 말도 모른 채 운명을 맞이했다.
반드시 만나야만 하는 사람, 결코 피할 수 없는 일,
그 순간이 운명인 걸 알지 못했다.
잠시 세상의 모든 시간이 멈췄다.

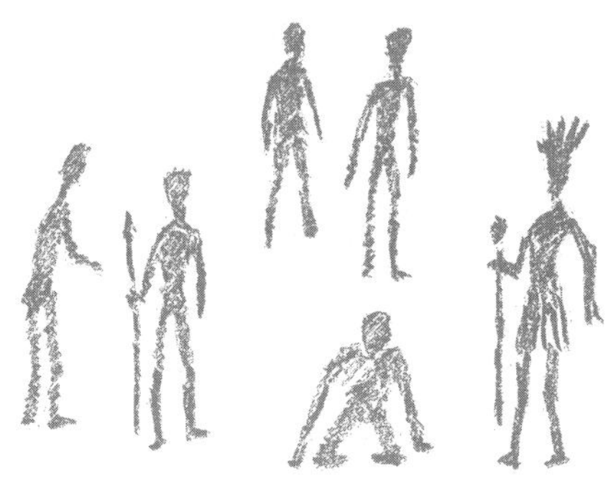

사람이 살다 보면 전혀 생각지도 않은 일을 겪는다. 생각지도 않은 일이라는 말에는 여러 가지 의미가 있다. 생각이 얕아 미처 닿지 못하는 경우이거나, 상식적으로 일어날 수 없는 일일 때도 쓴다. 그런데 사람의 진가는 바로 그 생각지도 않은 일을 겪고 감당해 나갈 때 드러난다. 그 일을 어떻게 대하고, 받아들이냐에 따라 다른 것이다.

다음 날 아침, 일찍 잠에서 깨어난 람보르는 앞으로 닥칠 일을 생각하면서 주어진 모든 것을 기꺼이 감당하겠노라고 다짐하며 처소를 나섰다. 그는 지금 어디를 향해 길을 나설 생각이다. 기다리지 않고 먼저 움직이기로 한 것이다. 시간이 많지 않음을 알기에 서둘렀다. 솔론을 포함하여 툼바와 룽가 등 몇몇 만이 그의 뒤를 따랐다.

람보르가 지나갈 때마다 부족 청년들은 주먹을 불끈 쥔 채 그들의 족장을 응원했다. 부릅뜬 두 눈에서 뻗쳐나오는 눈빛과 꽉 다문 입술로 자신들의 강한 의지를 전했다. 충성심은 말이 아닌 행동으로 증명하는 것임을 알고 있기라도 하듯 표정부터 달랐다. 그 모습을 보는 것만으로도 람보르의 가슴에서는 피가 끓었다.

부족원의 말 없는 응원을 받으며 일행은 마을 입구를 지나 앞으로 나아갔다. 가고 있는 목적지가 어디인지는 그들도 잘 모르지만, 일단 해또르 지역까지만 가면 될 거라 여겼다.

아니나 다를까 해또르 지역 근처까지 다다라 묵묵히 걸음을 옮기는 중에 저 멀리서 어떤 무리가 움직이는 것이 보였다. 조금씩 가까워지자 모습이 조금 더 자세히 보였다. 겉으로 드러난 것만 보더라도 그들의 부족과는 확연히 달랐다. 그러고 보니 최근 들어서 가끔 보였던 사람들이 바로 저 사람들인 듯했다.

어느샌가 그리 멀지 않은 곳에서 금세 건장한 남자들이 모습을 드러냈다. 한 눈에도 낯설었다. 무리 중 한 명은 몸에 짐승 가죽과 깃털로 화려하게 장식했고, 손에 무엇인가를 들고 있었다. 평범하지 않은 모습이 꽤 높은 위치에 있는 사람인 듯했다.

처음 겪는 상황이 가져오는 긴장에도 아랑곳하지 않고 람보르는 앞으로 나아갔다. 그의 발걸음엔 주저함이 없었다. 마치 그들의 움직임에 따라 자동으로 반응하는 것 같았다. 솔론과 툼바도 무리의 맨 앞에서 족장을 따라갔다. 혹시 저들도 람보르 부족을 찾아오는 게 아닐까, 라는 느낌이 들었다. 그렇다면 외나무다리에서 우연히 만난 셈이었다.

툼바는 어쩌면 자기가 실수로 죽인 아이의 부족일 수도 있는 무리를 눈앞에서 대하니 더 긴장되었다. 지금 밟고 있는 땅이 예전과는 다른 단단함으로 발바닥에 부딪혔다. 마치 무언가가 힘주어 자신을 받쳐주고 있는 듯했다. 그리고 순간 엄청난 무게가 그의 어깨 위에 얹혀 있다는 걸 느꼈다.

아주 짧은 순간이지만 수많은 생각이 스치면서 마음 구석구석을 채우기 시작했다. 이 순간에 세상의 누가 자기처럼 이렇게 엄청난 무게를 짊어지고 있을지 그 중압감에 숨이 막혀오는 것 같았다.

툼바는 이내 현실로 돌아왔다. 어떠한 일이 있더라도 견뎌내야 했다. 미르셀과 루미를 위해서라도, 부족의 안위를 위해서라도 제대로 처신할 거라고 다짐했다. 자기 자신이 저지른 일에 대해 피하지 않고 책임져야 한다는 생각만이 툼바를 각성시켰다.

두 부족이 서로를 향해 다가가면서 점점 더 가까워졌다. 확실히 그들은 툼바의 부족과는 달랐다. 몸에 걸친 가죽옷은 비슷했으나 머리에는 형형색색의 천으로 만든 두건을 둘렀다. 문양은 서로 같은데, 매달고 있는 장신구가 달랐다. 아마도 그것으로 서로를 구분하는 게 아닐까 싶었다.

드디어 두 부족은 서로 눈빛을 볼 수 있고, 말을 주고받을 수 있는 거리까지 도달했다. 누가 먼저랄 것 없이 그 자리에 멈췄다. 커다란 체구, 부리부리한 눈, 그을린 몸에서 강한 기운이 생생하게 전해져왔다. 분명 보통 부족은 아니었다.

전사는 전사가 알아본다고 했던가? 어느새 툼바의 마음속에서는 묘하게도 그들과 한번 겨뤄보고 싶다는 생각이 스멀스멀 일어나고 있었다.

옆에 있는 족장은 그 어떤 말도, 움직임도 없이 태산처럼 버티고 서 있었다. 요동치는 마음을 애써 누르며 툼바는 그들을 예의 주시했다. 갑자기 스친 생각은 그들이 언제, 어떤 돌발행동을 할지 모르니 자기 자신과 족장을 보호해야 한다는 것이었다. 그래서 그런지 몸이 저절로 족장 근처로 다가갔다.

마주 선 자들 역시 한동안 움직임이 없었다. 서로 말은 통하지 않을 것이나 그래도 눈빛으로, 손짓과 몸짓으로 뜻을 전할 수 있을 거라 여겼다.

침묵은 계속 이어졌다.

툼바는 이렇게 가까이에서 다른 부족을 직접 만나는 게 처음이었다. 낯설면서도 묘한 긴장감이 솟았다. 사냥을 나갈 때마다 어렴풋하게나마 다른 부족들의 존재는 인식하고 있었지만 이런 일로 만나게 되리라는 건 상상조차 하지 못했었다. 이는 그들도 마찬가지일 것이었다. 불안감의 뒤편으로는 호기심도 밀려왔다. 그들이 과연 어떻게 나올지, 무슨 말을 하고 어떤 행동을 할지 궁금했다.

시간은 더디 흘렀다. 마치 몇 시간이 지난 것처럼 길게 느껴지던 잠깐의 시간이 흐르고, 마침내 가장 화려하게 장식한 사람이 갑자기 앞으로 나섰다. 가까이에서 자세히 보니 검게 그은 얼굴이 무척이나 강인해 보였고, 눈빛도 강렬했다. 굳이 차림새까지 보지 않아도 첫인상에서부터 평범한 사람으로는 보이지 않았다. 혹시 저들 부족의 족장이 아닐까 싶었다.

성큼성큼 걸어 나온 그는 조금의 주저함도 없이 자신의 가슴팍을 손바닥으로 퍽 퍽 두드리면서 '야르~ 야르~'라고 소리쳤다. 생전 처음 들어보는 말이었다. 그리고는 한 치의 망설임도 없이 들고 있던 창으로 땅에 무언가를 그려 나갔다. 군더더기 하나 없는 그의 간결한 동작은 마치 춤을 추는 모습을 연상케 했다.

잠시 후 그가 일어서자 눈에 드러났다. 한눈에 봐도 사람 몸에 큰 창을 쿡 찔러 넣은 모습이 그려져 있었다.

툼바만이 확실히 알았다. 당시 쓰러진 아이의 모습이 정확하게 그려져 있는 것으로 봐서는 그가 실수로 죽인 아이가 그들의 부족 사람이라는 것이 분명해졌다. 그렇다면 아이의 시신을 가져간 것도 저들일 것이었다.

그림을 그린 이는 손가락으로 그림을 가리키면서 입을 굳게 닫고 있었다. 눈은 여전히 이글거렸다.

바라보고 있던 툼바의 가슴이 철렁했다. 마치 그가 자기 자신의 심장을 향해 창을 던진 듯 섬뜩했다.

숨죽이며 지켜보고 있던 족장과 솔론도 이제는 그게 무슨 뜻인지 알아챘을 것이다. 돌창의 생김새가 지금 툼바가 손에 들고 있는 것과 같았다. 그러니 이는 아이가 창에 찔려 죽었다는 걸, 그 아이를 죽게 한 것이 우리 부족이라고 확실하게 지목하고 있었다.

당시에 몹시 당황했던 툼바는 빨리 그 사실을 알리려는 데 급급했기에 돌창을 그대로 놔두고 왔던 것이 실수라면 실수였다. 그 사실까지 숨김없이 족장에게 고했는지도 긴가민가했다.

등 뒤로 식은땀이 흐르는 것을 느끼며 툼바는 눈을 돌려 족장을 바라보았다. 마주한 상대방을 노려보고 있는 족장의 큰 눈에서도 쉴 새 없이 광선 같은 빛이 뿜어져 나오는 듯했다.

그 모습만으로도 앞에 마주 선 두 남자가 토해내는 기운은 대단했다. 기세 싸움이란 게 이런 거구나 싶었다. 그 모습에서 강한 결기가 느껴지면서 소름이 돋을 정도였다. 족장은 부족원 앞에서도 늘 강한 모습이었지만, 그 순간엔 그야말로 세상에서 가장 강한 남자로 다가왔다.

그렇게 뚫어지게 앞만 바라보며 서 있던 중 생각지도 못한 일이 벌어졌다. 갑자기 람보르 족장이 툼바의 시야에서 사라진 것이었다. 어느새 족장은 땅에 엎드린 채 미동조차 하지 않고 있었다. 한 치의 망설임이나 주저함이 없었던 족장의 행동은 참으로 놀라웠다. '족장님이 무릎을 꿇다니.' 지금껏 단 한 번도 이런 일이 없었기에 툼바는 물론 솔론도 깜짝 놀라고 당황해서 어찌할 바를 몰랐다.

상대방 앞에 엎드린 족장은 그들을 향해 깊이 고개를 숙였다. 그 행동은 간결하고 분명하면서도 수백 마디의 말보다도 더 진정성이 있었다. 두말할 나위 없이 어린아이를 죽인 죄를 인정하고 부족을 대표하여 사죄한다는 뜻을 분명하게 담은 행동이었다. 그 엄숙한 모습을 옆에서 보고 있자니 마치 정중한 의식을 치르고 있는 듯했다.

당혹감과 더불어 말로 표현할 수 없는 경외심이 가슴 속에서 솟구쳐 올라왔다. 툼바도 더 이상 망설이거나 주저할 게 없었다. 족장을 따라 무릎을 꿇고 엎드려 고개를 숙였다. 이어 솔론과 룽가, 따라온 람보르 전사 모두가 함께 꿇어 엎드렸다.

족장 옆에 엎드린 채 온몸으로 이 상황을 겪어내고 있는 툼바의 마음속에서는 후회와 미안함이 걷잡을 수 없이 솟구쳤다. 눈물이 나오려 했지만 그들 앞에서 함부로 눈물을 보일 수도 없는 일이었다. 끓어오르는 마음을 간신히 억누르느라 어금니를 꽉 깨물었다. 말아쥔 주먹을 손톱이 박힐 정도로 더 힘껏 말아쥐면서 겨우 참아냈다. 그 순간은 세상이 숨을 죽인 채 그들만 내려다보고 있는 듯했다.

힘겨운 시간이 꽤 오래 지나가고 있었다. 침묵 또한 길게 이어졌다.

얼마나 지났을까 그들의 입에서 무슨 소리가 들렸다. 고개를 들어보니 손을 위아래로 움직이면서 뭐라고 소리치고 있었다. 손 모양을 보니 아마도 일어나라고 하는 것 같았다. 족장을 따라 몸을 일으켜 일어섰지만, 여전히 긴장을 늦출 수 없었다.

그들은 더 가까이 다가와서 적극적으로 의사를 표현했다. 서로 말이 통하지 않았기에 손짓으로, 땅에 그림을 그려가면서까지 소통했다. 다른 부족들을 이렇게 가까이에서 본 것도 처음인데, 서로의 뜻이 통할 수 있다는 걸 알고 나니 멀기만 한 존재라고 느꼈던 사람들이 새삼 가깝게 느껴졌다.

하지만 툼바의 그런 순박한 마음과는 달리 현실은 냉혹했다. 이윽고 그들은 손을 들어 다른 그림을 가리켰다. 땅에 그린 두 번째 그림이었다.

그 그림은 보는 것만으로도 충격적이었다. 전혀 예상하지 못했고, 차마 상상조차 할 수도 없는 장면이 떡 하니 펼쳐져 있었다.

순간 툼바의 입에서 '설마, 이걸 요구한다고?' 족장과 일행이 모두 무릎 꿇고 사죄했는데 다 소용없다는 말인가? 어떻게 이렇게까지 요구할 수가 있지, 라는 말이 마구 쏟아져 나오려다 목에 걸린 채 말문이 막히고 말았다.

처음 그림 옆에는 누워있는 동물 열 마리와 다른 어린아이의 모습이 그려져 있었다. 그런데 동물들 옆에 그려진 아이의 몸에도 떡하니 창이 박혀 있었다. 누가 봐도 실수로 죽은 그들 부족의 아이처럼 우리 부족 아이도 똑같은 모습으로 요구한다는 게 담겨 있었다. 함께 동물들도 바치라는 뜻일 것이었다.

놀라기는 족장도 마찬가지인 듯했다. 꽉 말아쥔 손이 부들부들 떨고 있었다. 사냥해서 얻은 동물을 바치는 것은 충분히 이해하고 받아들인다 하더라도 우리 부족 아이까지 요구하는 걸 보면 보통 일이 아니었다. 심상치 않다는 생각이 툼바의 머릿속을 스치며 하늘이 노래졌다.

'어린아이라면, 내가 죽인 아이와 같은 우리 부족의 아이를? 내가 저지른 일이니 설마 이제 갓 태어난 우리 루미를… 안 돼! 내가 죽는 한이 있더라도 루미는 안 돼!' 짧은 순간에 끔찍한 생각이 스쳐 가자 갑자기 다리가 풀리며 툼바의 몸이 휘청거렸다. 솔론의 손이 슬그머니 툼바의 손을 꽉 잡았다. 쓰러지면 안 된다는 무언의 메시지였다.

잠시의 충격에서 깨어난 툼바는 애타는 심정으로 족장을 바라보았다. 이제부터는 람보르 족장의 시간이었다. 족장인 그의 결정에 모든 것이 좌우될 것이었다. 그 자리에서 상대방 부족의 뜻에 따르겠다고 하면 모든 게 그렇게 될 것이었다.

아무 말도 없는 양쪽의 대치는 생각보다 오래 계속되었다. 지루하고도 고통스러운 시간이 흐르는 동안 람보르는 아무런 말도 없이 계속 서 있었다. 그 모습은 세상의 모든 고뇌를 한 몸에 이고 있는 듯했다. 상대방 부족의 인내심도 대단했다. 그들 역시 아무런 말이나 불필요한 행동 없이 오직 람보르 부족 일행을 지켜보고 있을 뿐이었다.

마치 폭풍전야와도 같은 시간이 흘렀다. 언제부터 솟았는지 모를 식은땀이 이제는 등 뒤뿐만 아니라 툼바의 온몸에서 마구 흘러나오며 다리까지 흘렀다. 계속되는 침묵이 툼바의 마음을 옥죄면서 견디기 힘들게 했다.

'으으윽~~~'

얼마나 지났을까, 미동조차 하지 않던 족장의 입에서 갑자기 신음 같은 비명이 터져 나왔다. 익숙한 소리였다. 툼바는 가끔 그 소리를 들은 적이 있었다. 족장이 무언가 크게 결심할 때마다 나오는 외침이었다. 하지만 지금의 소리는 평소와는 또 달랐다. 그 어떤 맹수의 포효보다도 큰 울림으로 다가왔다. 곧 그의 결심이 무엇인지 분명하게 밝혀질 것이기에 툼바는 긴장하며 족장의 행동을 지켜보았다.

순간 족장은 다시 한번 강하게 외치더니 창을 든 두 손을 하늘 높이 치켜들었다. 상대방 부족도 깜짝 놀라는 것 같았다.

모두 눈을 들어 그 모습을 올려다보았다. 족장은 조금도 흔들리지 않고 온몸을 다해 하늘을 향했다. 한참을 그렇게 있다가 마주한 상대방 부족을 노려보면서 창을 든 두 손을 들어 교차하면서 그들 앞으로 내밀었다. 서로 가로지른 채 하늘 높이 솟은 창끝에서는 불이 뿜어져 나오는 듯했다.

그랬다. 그 몸짓은 거부의 표시였다. 세상에 존재하는 그 어떤 말보다도 강한 거부, 즉 너희들의 요구를 받아들이지 않겠다는 뜻이 담겨 있었다.

람보르 족장의 움직임이 멈추자 이번엔 반대로 그들이 당황하고 있었다. 그렇게 나오리라고 미처 예상하지 못한 듯했다. 그러나 이어지는 표정과 말투에서 그들 역시 쉽게 물러나지 않을 거라는 게 느껴졌다.

툼바는 앞으로 헤치고 나갈 일이 쉽지 않고, 어쩌면 걷잡을 수 없는 급류 속으로 휘말려 들어갈 수도 있겠다고 생각했다.

고의가 아니다. 생각지도 못한 실수로 인해 벌어진 안타까운 일이다. 그에 대해 일말의 주저함도 없이 무릎 꿇고 엎드려 머리 숙인 채 진지하게 사과한 족장이다. 하지만 그걸 받아주지 않고 사냥한 동물은 물론 부족의 아이를 바치라는 요구는 아무리 생각해도 이해되지 않았다.

동물들을 잡아 마련하는 것도 결코 쉬운 일은 아니지만, 그건 그래도 받아들일 수 있다. 하지만 의도하지 않았던 실수에 대해 고의로 갚는다는 건 있을 수 없는 일이다. 그걸 거부한 것은 람보르 족장다운 당연한 결정이었다.

강한 안도감의 끝자락에 진한 피비린내가 묻은 채 밀려오는 것 같아 툼바는 욕지기를 느끼며 두 눈을 질끈 감았다.

상대방 부족은 람보르 부족의 거부 의사를 알아차린 후 잠시 당황한 듯했으나, 곧 본래의 모습으로 돌아왔다. 이어지는 행동은 신속하고 단호했다. 그야말로 미리 약속이나 한 듯이 땅 위에 그려진 그림을 발로 쓱쓱 문질러 지워버린 후, 자기들끼리 뭐라고 크게 떠들더니 일말의 여지도 주지 않고 돌아섰다. 잠시 스친 그들의 눈엔 활활 타오르는 불꽃이 시뻘겋게 넘실대고 있었다. 성큼성큼 사라져가는 그들의 모습에서 이제는 피할 수 없는 운명이 그들에게 닥쳐올 것을 직감했다.

툼바는 하늘을 올려다보았다. 지금 그들의 모습을 다 지켜보고 있는 하늘은 어떤 대답을 할 것인지 마음속으로 묻고 또 물었다. 믿을 건 오직 굴하지 않는 의지와 강한 힘이라고 외치는 소리가 어디선가 들려오는 듯했다.

람보르 족장은 움직이지 않고 서서 멀어져가는 그들의 모습이 보이지 않을 때까지 바라보고 있었다. 무슨 생각을 하는지는 알 수 없어도 이 세상의 고뇌가 그 순간 그의 어깨 위에 모두 내려앉은 듯했다. 하지만 그는 조금의 흔들림도 없이 두 발을 땅 위에 단단히 딛고 오래도록 서 있었다.

한 부족의 족장으로서 람보르는 그가 할 수 있는 최선을 다했다. 하지만 상황은 나쁘다 못해 절망스럽기까지 했다. 싸움이나, 피 흘림 없이 해결할 수 있기를 바라며 무릎까지 꿇고 용서를 구했건만 그들은 끝내 람보르 부족 아이의 죽음을 원했다. '그 요구를 어찌 받아들일 수 있겠는가? 예기치 않은 실수로 인한 죽음과, 그에 상응하는 고의적인 죽음이 어찌 같을 수 있단 말인가? 어찌 아무 죄도 없는 부족 아이의 가슴에 창끝을 겨눌 수 있단 말인가?' 꼬리를 물고 이어지는 생각만으로도 살이 떨렸고, 심장이 벌렁거렸다.

람보르는 마음속으로 하늘을 향해 기도했다. 오직 부족의 안위를 위한 기도였고, 부족을 잘 지켜낼 수 있도록 힘과 용기를 달라고 간절히 구했다. 휑한 바람이 불어오는 허허벌판 위에 서서 꼼짝도 하지 않은 채 온몸으로 바람을 맞았다. 그러는 사이에 크고 작은 생각들이 끊임없이 명멸했다. 그의 머릿속엔 차마 생각하기도 싫은 참혹한 상황들이 스쳤다. 머리를 흔들었다. 애써 불길한 마음을 털어내면서 조금 더 냉철해지기로 했다. 무엇보다, 방금 마주한 그들과 과연 싸울 수 있을 것인지부터 살펴봐야 했다. 어떻게든 싸움을 피할 수 있는 길이 있다면 피해야만 했다. 그러다가 도저히 피할 수 없다면 기꺼이 싸워 이겨야 했다.

가장 고민되면서도 혼란스러운 부분은 상대방에 대해 전혀 모른다는 점이었다. 사람 수가 어느 정도 되는지, 얼마나 센지 가늠할 수 없으나 겉으로 드러나는 모습을 보면 만만하지 않을 것이었다. 그러니 어쩔 수 없이 싸워야 한다면 피해를 덜 보면서 최대한 빨리 끝내야 했다.

부족의 형편을 돌아보았다. 그가 족장이 되고 나서 부족원도 많이 늘어나고 규모와 활동 영역도 비교할 수 없을 정도로 커졌다고는 하나 기껏해야 싸울 수 있는 남자들만 따지면 채 백여 명 조금 넘었고, 노인과 여자, 아이들이 많았다.

하지만 외적인 면은 부족할지 몰라도 자신감은 충만했다. 서로에 대한 믿음이 강했다. 족장인 자기 자신을 정점으로 어린아이에 이르기까지 하나로 뭉쳐 있고, 흐트러짐이 없다는 점이 부족의 가장 큰 강점이었다. 의견을 구할 때는 매우 다양하고 거침없다가도 족장이 결심하고 난 이후에는 일사불란했다. 그렇게 위로부터 아래로까지 똑같은 마음으로 뭉쳐 있기에 어떤 일이 벌어진다고 해도 두렵지는 않았다.

사실, 그 누구에게도 얘긴 안 했지만, 람보르는 언젠가는 이러한 일이 일어날 거라 어느 정도는 예상했다. 평온한 날들이 이어질 때도 쉬지 않았다. 부족에게 일어날 수 있는 최악의 상황을 늘 머릿속에 상정하며 대비해 왔다.

람보르는 최악의 경우엔 그들 부족의 방식대로 '눈에는 눈, 이에는 이'로 갈 수밖에 없다고 생각했다. 하지만 그냥 쉽게 갈 수는 없었다. 할 수만 있다면 끝까지 막아야 했다. 한 번 꿇은 무릎이다. 부족을 위해서라면 백 번이고 천 번이고 더 꿇을 수 있다. 부족의 안위 앞에서 족장의 자존심은 중요하지 않다고 생각했다.

순간, 그의 머릿속에 아주 좋은 생각이 갑자기 떠올랐다. 머릿속에서 막혔던 문이 막 열리고 있음을 깨닫자 잠시도 머뭇거려서는 안 될 거라는 걸 직감적으로 느꼈다. 그 문은 새로운 곳으로 향하고 있었다.

옆에 서 있는 솔론과 툼바를 돌아보았다. 잔뜩 긴장한 그들의 표정이 얼굴 전체에 담겨 있었다. 툼바는 오랫동안 생각에 잠겨있던 족장이 천천히 뒤로 돌아서며 자기들을 쳐다보자 마치 커다란 산을 마주하는 듯했다.

람보르의 입이 열렸다.

"솔론, 툼바, 실망하지 마라. 아직 끝이 아니다. 희망의 끈은 언제나 우리 앞에 놓여 있다. 그 끈은 간절한 마음으로 잡으려고 하는 사람만이 잡을 수 있다. 잡을 수 있을 때까지는 포기하지 마라. 희망이라는 끈의 끝이 조금이라도 보이는 한은 절대 포기해서는 안 된다."

람보르의 말엔 그 어느 때보다도 강한 힘이 실려 있었다. 그 의지는 절망의 끝에서 희망을, 죽음 앞에서 생명을 향하는 듯한 용틀임이었다.

툼바의 심장은 덩달아 쿵쿵거렸고, 마음속에서는 뜨거운 눈물이 솟구쳤다.

조금 전까지 가슴을 옥죄던 불안감은 어느새 멀리 사라지고 없었다.

"사실 나도 어떻게 해서든 좋은 방향으로 뜻을 모으고 싶었다. 우리가 고의로 그런 것이 아니라 실수였기에 진솔하게 사과하고, 서로가 받아들일 수 있는 선에서 합의하고 싶었다. 하지만, 여기는 마음을 터놓고 대화하기에 적당한 곳은 아니다. 지금은 그들이 그냥 돌아서는 모습을 지켜보고만 있었지만, 곧 다시 찾아갈 생각이다. 우리의 진정성을 담아 그들에게 사과하면서 성의를 보이고 싶다. 그때는 솔론과 툼바 단둘이 가라. 나를 대신할 수 있는 적임자인 솔론과, 이 사태의 당사자인 툼바가 가서 사죄하면 그들의 마음이 풀어질 수도 있을 것이다. 그들이 좋아할 만한 식량들을 가장 좋은 것으로 챙기고, 우리 부족을 상징하는 각종 장신구와 생활에 필요한 도구들도 가져가서 다시 한번 용서를 구하는 것이다."

족장의 입에서 뜻밖의 말이 흘러나왔다. 그들이 돌아가면서 다 끝난 줄 알았는데 그게 아니었다. 할 수 있는 한 모든 걸 다해보겠다는 족장의 의지가 무서울 정도로 강하다는 걸 툼바는 느꼈다.

"무슨 일이 있어도 싸워선 안 된다. 싸움은 도저히 피할 수 없는 최후의 순간, 최악의 상황에서만 받아들여야 한다. 싸워서 얻는 그 어떤 빛나는 승리도 안 싸우는 것만 못함을 명심해라. 우리가 어떤 부족이더냐? 그동안 다른 부족과 싸우지 않았다. 먹고 살기 위해 어쩔 수 없이 동물들을 죽일 때조차 기도하는 부족이다. 이런 일로 싸운다면 앞으로 여기저기서 수많은 싸움이 벌어질 것이다. 그 속에서 죽어가는 것은 결국 아무런 죄가 없는 사람들, 특히 노인과 여자, 어린아이들이다. 그러니 무슨 일이 있어도 서로 죽고 죽이는 일이 있어서는 안 될 것이다. "

족장의 말 하나하나엔 그의 평소 신념이 들어있었다. 다른 때에도 늘 족장을 우러러봤지만, 오늘은 전율을 느낄 정도로 대단해 보였다. 대체 그의 한계는 어디까지인지 궁금해졌다.

툼바는 슬그머니 눈을 들어 족장의 얼굴을 뚫어지게 쳐다보았다.

람보르는 그런 툼바의 눈길을 아랑곳하지 않고 말을 이어갔다.

"솔론과 툼바는 모든 걸 걸고 싸움을 피하는 방법을 찾아야 한다. 그건 비겁한 게 아니라 용감한 것이다. 수단과 방법을 가리지 말고 지혜를 모아 대처해라. 지금부터 빨리 준비하고, 될 수 있으면 내일 바로 떠나라. 지체할수록 불리해질 수도 있다. 지금 그들이 돌아간 방향으로 따라가면 틀림없이 찾아갈 수 있을 것이다. 돌아가는 즉시 준비하고, 떠날 준비가 다 되면 내게 와서 고하라."

람보르의 말이 끝나자마자 툼바가 기다렸다는 듯이 말을 이었다.

"족장님 잘 준비하겠습니다. 다만, 한 가지 말씀드릴 게 있습니다. 내일 상대방 부족을 만나게 되면 어떤 일이 벌어질지 아무도 장담할 수 없습니다. 어쩌면 저와 솔론은 살아서 돌아오지 못할 수도 있습니다. 저로 인해 평온한 삶을 살아왔던 부족이 큰 소용돌이에 휩싸이고, 자칫하면 큰일로 번질지도 모른다는 생각에 지금껏 마음이 편치 않았습니다. 이 자리에서 족장님께 솔직하게 고백합니다. 저는 족장님과 우리 부족을 위해서라면 기꺼이 제 한 목숨 내놓을 각오가 되어 있습니다. 하지만 솔론은 아닙니다. 솔론은 족장님을 도와 우리 부족을 이끌어 갈 사람이고, 아직 해야 할 일이 많습니다. 그러니 부디 저 혼자 다녀올 수 있도록 허락해 주십시오. 그리고... 만약에 제가 돌아오지 못한다면 미르셀과 루미를..."

툼바는 감정이 북받쳐 차마 말을 잇지 못하고 끝내 족장 앞에 무릎을 꿇었다. 큰 눈에서는 그동안 수없이 참았을 눈물이 하염없이 흘러내렸다. 무릎 위로 뚝뚝 떨어지는 눈물이 더해질수록 듬직한 어깨도 들썩이고 있었다.

묵묵히 바라보고 있는 람보르와 솔론, 룽가의 눈에도 금세 이슬이 맺혀왔다.

"제 한 목숨 바쳐 책임지고 속죄하겠습니다. 족장님, 부디 미르셀과 루미를 지켜 주십시오. 흑흑~~~"

툼바의 울음이 통곡으로 이어지자 옆에 있던 솔론 역시 무릎을 꿇었다.

"아닙니다. 족장님. 툼바만 보낼 수는 없습니다. 저도 같이 가겠습니다. 무슨 일이 있어도 툼바를 홀로 내버려 두지 않고 함께 할 겁니다."

솔론의 목소리는 강하고 단호했다. 툼바의 손을 잡으며 솔론도 눈물로 호소했다. 툼바와 솔론의 눈물, 그것은 두 사람만의 눈물이 아니라 람보르 부족 전체의 눈물이었다.

람보르는 하늘을 올려다 보았다. 그의 눈시울도 어느새 벌겋게 붉어졌다. 오래도록 황량한 벌판에 남겨진 그들의 등 뒤로 애절한 눈물을 머금은 한 줄기 바람이 스쳐갔다.

이내 감정을 추스른 람보르 족장 일행은 왔던 길을 돌아 다시 발걸음을 옮겼다. 올 때와 다름없는 모습이었지만, 마음은 하늘과 땅 차이였다.

툼바의 발걸음은 더 무거웠다. 앞으로 다가올 일들이 쉽지는 않을 것이었다. 처음으로 발을 디딘 낯선 땅에서 발바닥을 통해 전해오는 울림은 새로운 운명을 향해 나아가고 있는 한 사내의 마음속 깊이 파고들었다.

걸어가는 내내 아무도 입을 열지 않았다.

툼바는 족장의 마음을 헤아렸다. 비록 소통이 어렵더라도 그 자리에서 더 설득할 수 있을 텐데 왜 일말의 여지도 없이 단호하게 거절했는지 궁금했다. 신중하고 결단력이 있다는 건 알고 있지만, 이번은 의외였다. 다시 더듬어 보니 그의 말 한마디에 답이 있었다. '마음을 터놓고 대화하기에 적당한 곳' 이라는 말이 떠올랐다. 그랬다. 족장은 진정으로 그들에게 다가가고 싶은 것이다. 짧은 시간에 황량한 벌판에 서서 마음을 전하기가 쉽지 않다는 사실을 꿰뚫고 있었다. 그가 부족의 족장이라는 사실이 더없이 미더웠다.

무엇보다도 감사한 건 그들에게 보여준 족장의 단호한 태도였다. 그런 위급한 상황에서 부족의 아이를 내놓으라는 상대방의 제의를 단칼에 거절한 것은 람보르 족장이 아니면 누구도 쉽게 결단할 수 있는 문제가 아니라는 걸 툼바는 알았다.

하지만 람보르도 사람이었다. 모든 걸 다 걸겠다고 다짐하고 또 다짐했지만, 알 수 없는 두려움으로부터 완전히 벗어나기는 어려웠다. 아니, 정확하게 말한다면 두려움이 아니라 불안감이었다. 그들을 만나러 갈 때는 미지의 세계에 발을 내딛는 것처럼 두려움이 앞섰는데, 돌아가는 길엔 실체를 드러내고 있는 불안감이 두려움을 넘어섰다. 한 부족의 안위를 책임지고 있기에 더 그럴 수밖에 없었다.

따지고 보면 지금 그들이 마주하고 있는 현실은 누구의 잘못이라기보다 언제든지 일어날 수 있는 일이었다. 단지 예기치 않은 불행일 뿐이었다. 살다 보면 어느 한쪽의 불행이 다른 한쪽에게는 행운으로 작용하는 경우가 있을 테지만 지금은 그렇지 않았다. 툼바와 그 아이에게 일어난 불행이 두 부족의 불행으로 이어질 수도 있었다. 그 불안감이 답답한 람보르의 마음을 점점 더 옥죄고 있었다.

돌아가는 길이 더 멀게만 느껴졌다. 아름다운 자연의 모습도 눈에 들어오지 않았다. 온통 앞으로 다가올 일과 해야 할 문제에만 집중했다. 그러던 중 한 생각이 람보르의 머릿속에 떠올랐다. '만약에 어느 누군가가 그 불행을 기회로 바꾸려 한다면? 그걸 빌미로 다른 걸 채우려 한다면?' 그에겐 불행의 순간이 분명 기회가 될 수도 있을 것이고, 뜻하지 않은 다른 길을 발견한 것일 수도 있을 것이었다.

여기까지 생각이 미치자 람보르의 마음은 조금 전에 마주했던 야르 족장에게로 향했다. '만약에 야르 족장이 자기 아들의 예상치 않은 불행한 죽음을 다른 방향으로 이용하기로 마음먹는다면 어떻게 될까? 아들은 이미 죽었으니 안타깝지만 어쩔 수 없는 일이고, 우리 부족에게 도저히 받아들일 수 없는 제안을 한 다음에 거절하면 그걸 빌미 삼아 욕심을 부린다???'

아무리 생각해도 그럴듯했다. 그들이 일부러 의도하지는 않았겠지만, 언제

부턴가 호시탐탐 이런 기회가 오기를 기다리고 있었을지도 모를 일이었다. 그 렇게 생각하니 갑자기 온몸에 소름이 돋았다. 하지만 이는 어디까지나 람보르 개인의 추측일 뿐이었다. 누구에게도 말할 단계는 아니었다. 상황을 조금 더 지켜봐야 했다.

툼바는 한 발자국 뒤에서 족장을 따라가면서 수시로 그의 얼굴을 바라보았 다. 미동도 하지 않고 입술을 꽉 다문 듬직한 족장의 모습을 보면서도 툼바의 마음에는 좀처럼 평안이 찾아오지 않았다. 아니, 이제 평안은 기대조차도 하 지 않았다. '과연 이 순간이 지나가기는 할까? 만약에 지나간다면 어떤 식으 로 지나갈까?' 머릿속에 스치는 복잡한 생각들과는 달리 세상은 평온했다. 햇 볕은 밝게 내리쬐었고, 바람은 여전히 싱그러웠다. 묵묵히 앞을 향해 걸어가 는 람보르 족장 일행을 하늘은 그냥 지켜보고 있었다.

아직은 싸울 때가 아니라고 한 족장의 말도 계속 맴돌았다. 사라졌다 싶으면 다시 떠오르면서 마음을 뒤집었다. 내가 싸우고 싶지 않다고 해서 피할 수 있 는 건지, 상대방이 죽기 살기로 덤벼들어 불가피하게 싸울 수밖에 없을 땐 어 떻게 해야 하는지 도무지 갈피를 잡을 수 없었다.

툼바는 꼬리를 물고 일어나는 생각을 지워버리려는 듯 머리를 흔들었다. 분 명 족장은 그런 것까지 다 염두에 두고 있을 거라고 믿으면서, 한발 앞서가는 그의 뒤를 묵묵히 따랐다.

마을로 돌아온 람보르 족장 일행을 맞이한 건 긴장되고 초조한 심정으로 기 다리고 있는 부족원이었다. 족장의 처소 앞에는 많은 사람이 모여 있었다. 굳 어 있는 일행의 표정을 보고 대략 짐작한 듯 분위기는 착 가라앉았다. 그 누구 도 선뜻 말을 꺼내지 못한 채 서로의 얼굴만 바라보고 있었다.

툼바는 죄인이 된 심정으로 고개를 숙이고 있었다. 숨이 막힐 것 같은 정적 속에서 족장의 입에서 무슨 말이 흘러나올지 기다리고 있었다.

드디어 람보르의 입술이 떨어졌다. 상대방 부족과의 일이 잘 성사되지 않았

음을 전했고, 솔론과 툼바가 다시 그들을 찾아갈 것이라고 했다. 부족원 모두
는 불안해하지 말고 일상으로 돌아가되, 어떠한 상황에도 대처할 수 있도록
경계를 늦추지 않도록 명령했다. 말투는 부드럽지만, 그 속에 강한 의지가 들
어있었다.

부족원 누구도 동요하지 않았다.

족장을 보좌하는 룽가가 누구보다도 먼저 움직였다. 청년들로 조를 짜서 날
이 샐 때까지 마을 울타리 주위를 계속 돌게 했다. 여자들에게도 일러 조심하
라고 하고, 만약의 사태에 대비하도록 했다.

솔론은 몇몇 청년과 함께 부족이 공동으로 사용하는 창고를 들락거리면서
가지고 갈 물건들을 챙겼다. 툼바도 함께 거들겠다고 했지만, 솔론이 막아섰
다. 미르셸과 루미가 기다리고 있으니 빨리 집으로 가서 함께 시간을 가지라
고 했다. 어렵고 힘든 상황 속에서도 세세한 부분까지 챙겨주는 솔론의 마음
에 툼바는 감동했다. 그런 만큼 투지 또한 커져만 갔다.

툼바가 볼 때 솔론이 뛰어난 게 바로 그런 점이었다. 타인에 대한 진정한 배
려는 자기희생을 전제로 하는 것임을 그는 행동으로 보여주었다. 평소에는 남
을 위하는 듯하다가 막상 위급한 순간이면 본성이 드러나고 제 욕심만 채우는
사람들이 많은데 솔론은 그러지 않았다. 이번에도 마찬가지였다.

그 순간 조금 전 마주쳤던 상대방 부족의 모습이 문득 떠올랐다. 그들은 과
연 어떤 사람들일지 궁금했다. 모든 사람이 람보르 족장이나 솔론만 같으면
얼마나 좋을까 싶은데, 그건 이상일 뿐이었다. 앞으로 그들을 상대해야 한다
고 생각하니 머리가 지끈거렸다. 이런저런 생각의 골짜기를 헤매다 보니 어느
새 모든 걸 밀어내고 미르셸이 머릿속에 꽉 차올랐다. 한시라도 빨리 보고 싶
었다.

떠나기로 약속한 시각은 내일 통 트기 전이었다. 이른 새벽에 솔론과 만나
람보르 족장에게 인사하고 떠나기로 약속하고 부리나케 집으로 향했다.

돌아서는 그의 등을 솔론이 두드려주었다.

툼바의 발걸음이 빨라졌다. 지금까지 그를 옥죄었던 답답함과 긴장감은 어느새 저 멀리 사라졌다. 미르셀을 빨리 보고 싶었다. 지금 가장 많이 힘든 사람은 누가 뭐래도 그녀일 것이었다. 툼바가 엉뚱한 일을 벌이는 바람에 모두에게 큰 걱정과 부담을 안겨줬으니 얼마나 속앓이를 할까, 라는 생각에 미치자 그녀에게 더없이 미안했다. 그런 그녀를 위해서라도 제대로 처신할 거라고 마음을 굳게 먹었다.

집으로 돌아온 툼바는 안으로 들어가기 전부터 다급하게 미르셀의 이름을 불렀다. 툼바의 목소리를 듣자마자 부리나케 달려 나온 미르셀은 아무 말도 없이 툼바의 가슴으로 뛰어들었다. 그녀의 향이 코끝으로 스며들었다. 사랑하는 사람의 몸에서 나는 향은 그 어떤 꽃의 향기보다도 진하고, 달콤했다. 그녀가 있기에 이 세상은 더없이 아름답고 향기로운 꽃밭이 되었다.

미르셀을 품에 꼭 안은 채 살짝 눈을 돌려 루미를 보니 세상 모르게 자고 있었다. 쌔근쌔근 잠든 루미의 숨소리를 뒤로 한 채 다시 품 안의 사랑에게 자신의 모든 걸 집중했다. 안고 있을수록 그녀가 내뿜는 향에 점점 취해갔다. 이젠 정신이 몽롱할 정도였다. 이 세상에서 그 향기를 온전히 맡을 수 있는 단 한 사람이 바로 자기 자신이라는 게 툼바의 자랑이었다. 남들에게 섣불리 드러낼 수 없는 그만의 은밀한 비밀, 그것만으로도 가슴은 늘 벅찼다.

미르셀을 끌어안은 손에 힘이 가해졌다. 연약한 몸이 마치 연체동물처럼 툼바의 넓은 품으로 감겨 들어왔다. 달콤한 입술이 닿는 순간 툼바의 몸이 떨려왔다. 들키고 싶지 않은 마음에 더 힘껏 끌어안았다. 그녀를 안고 있는 것만으로도 몸의 세포 하나하나가 열리며 벌써 황홀한 경지에 오른 듯했다. 하늘이 이보다 더 높을 수 없었고, 별과 달이 이보다 더 빛날 수 없었다. 그 순간엔 다른 모든 것도 눈에, 귀에, 머릿속에 들어오지 않았다. 세상엔 오직 단 한 사람밖에 없었다.

미르셀도 그런 툼바의 마음을 누구보다도 잘 알고 있었다. 그녀의 남자는 한 없이 강한 듯하면서도 더없이 여리고, 자기가 없으면 한순간도 살아갈 수 없을 것 같은 사람이다. 그러면서도 람보르 족장의 총애와 부족원의 기대를 한 몸에 받으며 부족의 미래를 양어깨에 짊어지고 있다. 젊은 나이지만 또래보다 생각과 행동은 늘 어른스럽고 의젓하다. 묵묵히 부족을 위해 헌신하는 모습도 믿음직스럽다. 람보르 족장과 툼바, 솔론만 있으면 부족의 안위는 걱정 없을 거라는 나름의 확신도 있었다.

미르셀은 그런 툼바를 마음으로 떠받들었다. 그 앞에서는 늘 어린 소녀의 마음으로 되돌아갔다. 툼바와 루미 곁에만 있으면 더 바랄 것이 없었다. 부족을 위해 열심히 나서는 것도 그를 위해서였다.

두 사람 사이에서 태어난 루미는 사랑의 결실이자 상징이다, 툼바가 부족의 희망이듯, 루미가 부족의 미래이다. 그 희망과 미래가 모두 자기 자신의 것이라는 사실이 미르셀의 가장 큰 자랑이다.

"아무런 소득이 없었어요. 아직 다 끝난 건 아니지만 쉽게 끝날 것 같지 않아 두려워요. 모든 게 다 내 탓이에요. 내가 조금 더 침착했어야 했는데... 족장님과 부족원 모두에게 미안하고, 누구보다도 당신에게 가장 미안해요."

툼바의 눈에서 뜨거운 눈물이 터져 나왔다. 그는 수시로 울음을 터트리는 울보이다.

"아니에요. 미안해하지 말아요. 언젠가 누군가에게는 꼭 일어날 일인지도 몰라요. 단지 당신한테 일어난 것뿐이에요. 어쩌면 차라리 다행이라고 생각해요. 아마도 다른 누구에게 일어났다면 상황은 더 나빠졌을 수도 있어요. 일이 벌어졌을 때 혼자 해결하려고 하지 않고 바로 달려와서 족장님께 고한 건 정말 잘한 거예요. 그러니 너무 미안해하지도 말고, 상심하지도 말아요."

"그렇게 말해주니 고마워요. 내내 마음이 무거웠는데 당신의 말을 들으니 한

결 가벼워지는 것 같아요. 이제부터 힘을 내고 오직 앞으로 헤쳐나갈 일만 생각할게요. 지금 내 곁에 당신이 있다는 것이 얼마나 큰 행운인지 당신의 존재만으로도 힘이 솟아요. 당신과 루미를 위해, 그리고 족장님과 부족을 위해 내 모든 걸 다 바칠 거예요.”

족장 앞에서 그렇게 많은 눈물을 흘렸었는데, 마치 그녀를 위한 눈물을 따로 남겨 놓았던 듯 한 번 터진 눈물은 가라앉지 않고 점점 더 많이 쏟아져 내렸다. 양팔로 끌어안은 그녀의 하얀 목덜미 위로 뜨거운 눈물이 흘러내렸다.

처절한 툼바의 몸짓에 미르셀의 마음은 무너져 내렸다. 그의 눈물이 흐르고 닿는 곳마다 미르셀의 살결은 갈라지고 찢어지는 듯했다. 눈물은 이내 날카로운 비수가 되어 온몸을 파고들었다. 어느덧 그녀의 눈에서도 펑펑 쏟아지고 있었다.

그러는 동안 툼바의 몸은 뜨거워져 가고 있었다. 달뜬 툼바의 두 손이 어느새 미르셀의 옷 속을 파고들었다. 전혀 예상치 못한 몸짓이었다. 순간 그녀는 당황했다. 서두르는 툼바의 다급한 손짓에도 그랬지만, 그 동작에 주저함이 없이 반응하고 있는 자신의 몸에도 놀라지 않을 수 없었다.

미르셀은 천천히 크게 숨을 들이켰다. 앞으로 벌어질 일을 상상할수록 얼굴은 화끈거리고 몸은 점점 더 뜨거워졌다.

툼바의 손바닥은 이미 달궈져 부드러운 살을 스치며 한 장 한 장 꽃잎을 펼쳐갔다. 그녀도 더 이상 참지 않았다. 온몸으로 화답했다. 툼바의 입술이 입으로, 목덜미로, 가슴으로 점점 내려가면서 몸이 열리고 꽃이 피어났다. 달콤한 향기의 실체가 하나둘 드러나고 있었다.

꽃도 한 가지가 아니었다. 목덜미에 피는 꽃, 가슴에 피는 꽃, 배꼽을 지나 은밀한 곳에 이르기까지 몸에서 피어나는 꽃들은 꽃잎의 모양과 색과 향기까지 송이송이 모두 달랐다.

어느새 둘만의 방 안은 화려하고 신비로운 꽃들로 채워졌고, 갈수록 향기는 더욱 짙어졌다. 툼바가 움직일 때마다 미르셀의 몸에서 꽃잎들이 떨어져 내렸다. 형언할 수 없는 새로운 향기들이 피어나면서 두 몸을 휘감아 내렸다. 새삼 사랑하는 이의 알몸이 얼마나 아름다운지 툼바는 깨달았다. 그전까지는 사실 부끄러운 마음에 제대로 쳐다보지도 못했다.

툼바는 몽롱해져 가는 정신을 온 힘을 다해 붙들고 있었다. 온몸의 세포는 벌써 항복하여 무장해제된 상태였다. 그건 자유였다. 두 사람은 아무런 속박도 없는 세상으로 한 물결이 되어 점점 번져나갔다. 내내 마음을 짓눌렀던 부담과 불안이 언제 있었나 싶었다.

미르셀의 몸에서 피어난 꽃들은 어느덧 하나둘 이내 벙긋벙긋 벌어지기 시작했다. '툭~툭~투두둑~' 여기저기서 수많은 꽃봉오리가 열리면서 활짝 피어났다.

절정으로 향하는 툼바의 손길은 집요했다. 소리 없이 은밀하게, 그러면서도 지칠 줄 모르게 그녀의 몸을 탐했다. 그동안 숱하게 품었음에도 여전히 미지의 세계로 남아 있는 황홀함의 끝이 대체 어디일지 궁금했다. 그건 마시고 또 마셔도 채워지지 않는 지독한 갈증과도 같았다.

터질듯한 가슴에 입술이, 손가락이 닿을 때마다 미르셀의 몸은 민감하게 반응했다. 입에서는 연신 뜨거운 신음이 터져 나왔고, 몸은 스스로 요동쳤으며, 머릿속에선 불꽃들이 저마다의 빛을 내뿜으며 하늘로 퍼져나갔다. 서로의 은밀한 숨소리는 이미 가장 높은 별을 향해 솟구쳐 오르고 있었고, 달콤한 샘물이 계속 솟아 나오며 두 사람을 점점 하나로 만들었다.

희열에 빠져들면서 그녀는 지금까지와는 차원이 다른 황홀경으로 들어가고 있다는 걸 몸과 마음으로 느낄 수 있었다. 피해갈 수 없었고, 마다하고 싶지도 않았다. 생전 처음 느껴보는 열락의 바다에 맨몸으로 뛰어들어 활활 타오르고 싶었다. 설령 온몸이 다 타서 재가 될지라도 결코 멈추고 싶지 않았다.

그러면서도 한편으로는 이것이 어쩌면 살아서 누리는 툼바와의 마지막 사랑이 아닐까 하는 불길한 예감이 스쳤다. 그런 생각이 커질수록 더 애절했다. 마음은 극과 극을 넘나들면서 정신을 차릴 수 없을 지경이었고, 몸은 몸대로 한없는 열정의 바닷속으로 빠져들면서 헤맸다.

두 사람은 연이어 밀어닥치는 쾌감에 어찌할 바를 몰랐고, 숨쉬기조차 힘든 격렬한 몸부림에 가슴 속 깊은 곳의 심장마저 밖으로 터져 나올 것만 같았다. 자신의 몸이 왜 이렇게 변해가고 있는지 놀랍기만 했다. 이윽고 뜨거운 불꽃의 중심에 다다르자 툼바는 자신의 온몸을 감싸 안고 그 불길의 한가운데로 뛰어들었다. 그러자 상황은 금세 역전되었다. 이제는 미르셸이 더 적극적으로 툼바를 몰아갔다. 큰 파도의 꼭짓점에서 금방이라도 터져버릴 듯 거친 호흡으로 밀고 들어올 때마다 크게 숨을 골랐다. 뜨거운 불덩이 같은 툼바의 몸을 어루만지며 그를 이끌었다. 어르고 달래며 품어나갔다.

미르셸은 그의 귓속으로 연신 주문을 불어 넣으면서 집요하게 두 사람을 기다리고 있는 절정의 사다리를 밟아 올라가기 시작했다. 툼바는 끝까지 잘 버텼다. 지금 둘이 치르는 이 의식이 얼마나 숭고한지를, 어쩌면 이 순간이 지나면 두 번 다시 오지 않을 것 같은 절박하리만치 애달픈 행위라는 걸 느꼈다. 오직 하늘과 그들 두 사람만이 알고 있는 피 끓는 절규라는 걸 잘 알고 있었다. 이미 죽기를 각오한 툼바는 비록 죽을 때 죽더라도 미르셸의 향기와 몸짓만큼은 영원히 가슴에 품은 채 떠나고 싶었다.

그들의 사랑은 오르락내리락하면서 끝날 줄을 몰랐다. 두 사람이 내는 숨소리와 신음이 가득한 방안은 뜨거운 열기까지 더해 문을 연다면 사방을 덮은 추위마저 다 녹일 것이었다. 시간이 갈수록 밤의 색깔은 짙어졌고, 밖으로 통하는 작은 틈들 사이로 푸른 달빛이 파고들었다. 달빛은 그들의 사랑을 몰래 엿보면서 무아지경에 빠진 두 육체를 완전히 다 비치다가도, 때론 조금씩 사그라지면서 오직 한 군데만 비추기도 했다. 만개한 꽃들 사이로 달빛이 펼치는 신비로움까지 더해 인간이 표현할 수 있는 최상의 춤사위가 펼쳐지고 있었다.

신기한 것은 두 사람의 몸짓이 빨라질 때마다 루미는 점점 더 깊은 잠에 빠져들었다는 것이다. 두 사람은 미처 돌아볼 틈도 없었지만, 달빛에 슬쩍 비친 루미의 천진난만하고도 편안하게 잠든 귀여운 얼굴이 이를 증명했다. 루미에겐 진한 향기와 사랑의 신음이 더할 수 없이 달콤한 내음과 감미로운 자장가로 다가간 듯했다.

드디어 끝이 보이기 시작했다. 미르셀이 뿜어내는 향기는 점점 더 짙어졌고, 두 사람의 몸에서 샘솟는 사랑의 물이 서로를 감싸며 강처럼 흘렀다. 정녕 새로운 세계였다. 인간이 다다를 수 있는 쾌락의 극치, 아무에게나 문이 열리지 않는 천상의 황홀경에 빠져들었다.

툼바는 마치 생의 마지막이라도 되는 듯 끝없이 끝없이 불꽃을 피웠고, 툼바의 마음을 알고 있는 미르셀도 온몸과 온 마음을 활짝 열어 그 불꽃을 빚냈다. 이 세상이 무너지더라도 끝까지 같이 할 남자, 모든 걸 다 바쳐서라도 지켜 주고 싶은 남자, 그 남자가 지금 자기의 몸과 마음을 완전히 다 가져버린 툼바였다. 절정에 오른 미르셀의 입에서 신음과 함께 연신 달콤한 사랑 고백이 쏟아져 나왔다. 세상에서 가장 아름다운 항복 선언이었다.

지칠 줄 모르는 툼바의 몸에서 드디어 생명의 씨앗이 뭉클뭉클 터져 나오기 시작했다. 그녀의 몸 안 깊이 들어가면서 마침내 꽃을 터뜨렸다. 미르셀의 앙다문 입술 사이에서 참을 수 없는 지극한 기쁨의 신음이 터져 나왔다. 끝이 어딘지 몰랐던 한없는 미로, 피어나고 또 피어나던 광활한 꽃밭, 넘치고 또 넘치던 꿀 같은 샘이 동시에 터지면서 화려한 한 송이 꽃으로 활짝 피어났다.

그 순간 하늘의 달도 수줍은 듯 잠시 숨어버렸다. 달빛마저도 사라진 캄캄한 세상에서 오직 두 사람의 빛만이 아롱아롱 피어올랐다.

두 사람은 한동안 서로 꼭 끌어안은 채 움직이지 않았다. 아무것도 생각나지 않고, 어느 것도 움직일 수도 없었다. 이 세상에 오직 단둘만이 있는 그 느낌 속에서 영원히 빠져나오고 싶지 않았다.

사랑하는 이에게 자신의 모든 걸 다 내어준 툼바는 그 순간 한 줌 재로 남았다.

툼바와 미르셀은 이내 깊은 잠에 빠져들었다. 작게 뚫린 공간 사이로 숨죽이며 두 사람을 내내 지켜보던 달님도 빛을 거두면서 이내 다른 곳으로 몸을 돌렸다. 덩달아 뜨거운 기운도 잦아들었다. 이내 평온한 어둠이 그들을 포근하게 덮어주었다.

얼마나 시간이 흘렀을까? 어디선가 갑자기 미르셀의 목소리가 울려 퍼졌다.

"안돼~~~ 안돼~~~"

사방이 컴컴한 가운데 아무런 움직임도 없고 오직 미르셀의 애절한 목소리만이 허공을 맴돌았다.

"무슨 일이야~~~? 미르셀"

툼바는 정신없이 미르셀을 찾아다녔다. 그러다가 어떤 한 장면을 마주하고는 얼어붙은 채 서 있을 수밖에 없었다.

낯선 곳에서 누군가가 미르셀의 몸을 덮치고 있었다. 연약한 그녀는 누군지 알 수 없는 거대한 사람의 손에 잡힌 채 버둥거리고 있었다. 몸이 움직일 때마다 옷이 뜯겨져 나갔다. 옆에는 내팽개쳐진 루미가 악을 쓰면서 울고 있었다.

툼바는 소리를 질렀다. 그리고 그 거대한 몸을 향해 자기 자신을 던졌다. 그런데 이상했다. 웬일인지 입에서 소리가 나오지 않았고, 아무리 애써도 몸은 움직이지 않았다. 눈앞에서 벌어지고 있는 사랑하는 이의 처절한 몸짓을 그저 무력하게 지켜볼 수밖에 없었다.

그러는 동안에도 미르셀의 몸은 사정없이 짓밟혔다.

"안돼~~~ 안돼~~~"

이제 그 소리는 툼바의 소리가 되어 메아리처럼 허공에 울려 퍼졌다. 여전히 그들에게는 닿지 않는 모양이었다.

상황은 점점 더 악화되고 있었다. 어느새 하얀 속살이 사정없이 드러나면서 끝내 미르셀의 울음이 터져 나왔다. 이 악물고 버티는 미르셀과 그런 엄마를 바라보는 루미의 울음이 합해져 집안이 떠나갈 듯이 울리고 있었다.

하지만 거대한 몸은 집요했다. 인정사정 두지 않았다. 그녀의 정숙함을 무지막지하게 짓밟고, 고결함까지 한낱 나뭇잎처럼 사정없이 부스러뜨리려는 무지막지하게 공격해 왔다.

미르셀은 온 힘을 다해 버티고 저항했다.

마침내 미르셀의 은밀한 곳에 그 거대한 몸이 다다른 순간 툼바는 다시 있는 힘껏 소리치면서 젖 먹던 힘을 따 짜내어 몸을 날렸다. 다행스럽게도 이번엔 제대로 들어갔다.

"미르셀~~~ 루미야~~~"

'쿵' 하는 소리와 함께 툼바는 눈을 질끈 감고 온 힘을 다해 그 거대한 몸을 강하게 밀어냈다.

미르셀과 루미는 무사했다. 절체절명의 순간에 툼바가 온몸으로 막아냈다. 그러면서 번쩍 눈이 떠졌다. 사방은 어두운 가운데 고요했다.

툼바는 이상한 예감에 벽에 붙어있는 몸을 움직이지도 못하고 그대로 꼼짝 않고 누워있었다. 손과 발을 꼼지락거렸다. 그리곤 이내 깜짝 놀라 벌떡 일어나 미르셀과 루미를 찾았다.

"미르셀~~~ 루미야~~~"

집안을 울릴 정도로 크고 간절한 툼바의 외침을 듣고 미르셀이 잠에서 깼다.

"툼바~ 툼바~ 무슨 일이에요?"

희미한 어둠 속에서 미르셀이 보였다.

툼바는 생각할 겨를도 없이 그녀를 품에 안고 울음을 터트렸다.

"미르셀~ 미르셀~~~ 아무 일도 없었던 거지?"

잠시 동안 툼바의 품에 안겨 있던 미르셀은 이내 무슨 일이 벌어졌던 건지 파악했다.

"툼바, 전 괜찮아요. 당신 좋지 않은 꿈을 꾼 모양이에요. 아무 일도 없어요. 저도 루미도 이렇게 잘 자고 있잖아요."

"꿈이라니~ 꿈이었던 거야? 당신 정말 괜찮은 거지?"

툼바의 등에서는 식은땀이 흘러내렸다.

"괜찮아요. 정말 괜찮아요."

"당신이 어떤 알 수 없는 거대한 사람으로부터... 아~ 정말 끔찍한 꿈이었어. 휴~~~"

차마 입에 담기조차 싫었다. 크게 한숨을 내쉰 툼바는 미르셀을 품에 끌어안으며 온몸으로 감쌌다.

"다행이야. 꿈이었다니 정말 다행이야. 내가 지킬 거야. 무슨 일이 있어도 내가 지킬 거야. 설령 내가 죽는 한이 있어도 당신과 루미만큼은 꼭 살릴 거야. 그러니 아무 걱정하지 마."

"당신이 죽다뇨. 무슨 그런 말을. 그런 일은 절대 없을 거예요. 우린 이 땅에서 오래오래 잘 살아갈 거예요. 그러니 다시는 그런 생각하지 마요. 괜히 안 좋은 꿈만 꾸잖아요. 자 아무 걱정하지 말고 어서 자요. 내가 안아줄게요."

아직 동이 터오기 전이었다.

한바탕 난리를 치른 툼바는 그녀의 품 안에서 다시 잠에 빠져들었다. 그런 툼바의 모습을 내려다보며 미르셀은 아직도 땀이 몽골몽골 솟아있는 그의 이마를 손으로 조용히 쓰다듬어 주었다.

사랑의 절정과 끔찍한 악몽을 넘나들며 툼바의 밤은 그렇게 지나갔고, 새로운 날이 시나브로 다가오고 있었다.

툼바는 조상들의 삶에 관심이 많았다. 아주 오래전부터 바로 위의 부모 세대에 이르기까지 그들의 삶에 한없는 존경과 감사의 마음을 품었다. 주로 사람들의 입에서 입으로 전해져 오는 이야기는 놀라웠다. 지금보다 더 혹독한 환경에서 어떻게 살아남을 수 있었는지 실제 듣고도 믿어지지 않을 정도였다. 그럴수록 존경심은 커져만 갔고, 지금까지 잘 이겨내 온 부족원에 대한 믿음으로 이어졌다.

과거에 살았던 조상들이 있었기에 그들이 존재하는 것이고, 지금을 잘 살아내야 그 삶이 후손들에게까지 이어질 거라는 걸 툼바는 마음에 새겼다. 춥고 황량하며 척박한 땅일지라도 견뎌내고 살아남는 것이 선조와 후손을 잇는 역할을 다하는 것이라 믿었다.

선대 부족원 중에는 목숨을 내걸고 부족을 지킨 사람들이 많다고 했다. 그들의 삶은 사라지지 않고 전해지면서 부족의 자랑이자 전통으로 이어졌다. 어렸을 때는 부모에게 수시로 들었고, 부모가 사고로 세상을 떠난 후로는 람보르 족장에게 영웅담 같은 조상의 이야기를 들으며 자랐다. 그럴 때마다 그들의 희생과 헌신 덕분에 지금처럼 평온하게 살아갈 수 있음을 잊지 않았다.

특별히 기릴 만한 조상은 마을 뒤편 언덕배기에 별도로 마련된 땅에 모셔 해마다 특별한 날을 정해 뜻을 기렸다. 거룩한 죽음에 대한 합당한 예우이자, 살아있는 자들의 숭고한 다짐이었다.

그 앞에 설 때마다 툼바는 그분들처럼 모든 걸 다 바치지는 못할지라도 최소한 상대방의 불행과 아픔을 내 일처럼 여기며 진정한 위로와 도움이 될 수 있는 사람이 되겠노라고 다짐하곤 했다.

부족 사람들은 늘 함께 살아가기에 개인의 욕망보다는 집단의 동질의식을 우선한다. 이 모든 것의 중심엔 람보르 족장이 있다. 부족원 모두가 람보르 족장을 신뢰하기에 족장을 중심으로 힘을 합치면 어떠한 일이라도 능히 헤쳐나갈 수 있다는 걸 조금도 의심치 않았다.

그런 부족원을 누구보다도 아끼고 좋아하는 툼바는 다른 사람을 위해서라면 자신의 모든 걸 걸 수도 있는 이타심과 헌신을 어릴 때부터 배우고 실천하려고 노력했다. 자기 자신의 능력을 부족을 위해 사용할 수 있다는 게 자랑스럽고, 큰 능력을 발휘하기 위해 스스로 갈고닦는 데 소홀하지 않았다.

하지만, 이번에 일어난 불행한 일은 툼바도 전혀 예상하지 못했다. 비록 혼자서 독단적인 행동을 했지만, 평소에 툼바가 어떻게 살았는지 부족원 모두 잘 알고 있기에 큰 위기가 닥쳐올 것 같은 불안한 상황에서도 그 누구 하나 툼바를 탓하거나 원망하지 않았다.

툼바는 자연을 경외했다. 거대하고 위대한 자연 속에서 인간은 한없이 작으면서도 한편으로는 얼마나 위대한 존재인지를 스스로 터득하고 깨달으며 자랐다. 어느 것 하나도 허투루 보아넘기지 않았다. 하늘의 움직임과 땅의 변화를 유심히 관찰하면서 민감하게 반응했다.

미르셀을 만나고 사이가 깊어지면서 툼바는 놀랄 수밖에 없었다. 자기보다 더 넓고 깊게 자연과 세상을 품으며 살아가는 사람이 있다는 걸 알았기 때문이었다. 그녀에게 빠져들었던 이유였다.

미르셀의 세계는 컸다. 그녀는 당장 먹고사는 문제에만 매달리지 않았다. 하루하루 살아내는 일이 힘겨웠음에도 그녀는 하늘과 세상의 움직임을 두루 살피면서 앞으로 부족이 살아갈 세상, 다가올 미래에 대해 끊임없이 관심을 쏟았다.

미르셀은 특히 날씨에 민감했다. 시간이 지날수록 사는 지역을 둘러싼 날씨와 자연환경이 달라지고 있고, 변화하고 있다는 걸 직감했다. 산으로 들로 다니면서 공기의 흐름, 기온의 높고 낮음을 예의 주시하고 살폈다. 부족의 삶에 있어 날씨가 미치는 영향은 상당했다. 날씨가 살아가는 데 도움이 될지, 아니면 위협이 될지 아무도 모르는 일이었다.

당장 눈앞에 닥친 어려움은 가뭄이다. 좀처럼 비가 내리지 않는 날씨는 척박한 땅을 더 척박하게 만들면서 사람들의 삶을 어렵게 했다. 갈수록 땅과 나무는 말라가고 있었고, 풀이 나 있는 곳이 줄어들었다. 먹을 것이 순식간에 사라져갔다.

　부족의 주 사냥터인 해또르와 모두아 지역엔 강이 흐르고 있지만 갈수록 물의 양이 줄어들고 있고, 다른 부족으로 보이는 무리가 멀리에서나마 조금씩 눈에 띄는 것으로 보아 식량을 마련하기가 갈수록 쉽지 않을 것이었다.

　미르셀은 이러한 변화를 툼바와 람보르 족장에게 수시로 전하면서 충분한 식량을 마련해야 한다고 조언하곤 했다. 부족은 이미 오래전부터 모든 식량을 공동으로 구하고, 나누면서 부족원 누구든 굶지 않도록 준비하고 있지만 안심할 수준은 결코 아니었다.

　부족원이 먹는 주된 식량은 뿌리 열매인 슈무끄이다. 땅에 심으면 넝쿨이 우거지면서 덩이가 줄줄이 매달린다. 흙을 파서 채취한 다음에 껍질만 벗기면 바로 먹을 수 있고, 불에 구워 먹으면 더 달콤하고 맛있다. 땅속에 넣어두고 저장하면 오랫동안 먹을 수 있어서 최고의 식량이기에 집마다 저장하고 있다.

　람보르 족장은 식량 저장 정도를 늘 파악하면서 만일의 상황에 대비했다. 족장의 가장 큰 임무 중의 하나가 부족원이 먹을 식량을 충분히 확보하는 것이기에 소홀함이 없도록 신경 썼다.

　식물을 채집하는 것도 중요한 일 중의 하나이다. 여자들은 때에 따라 무리를 지어 먹을 수 있는 채소들을 찾아 나서곤 했다. 추운 날씨와 혹독한 환경을 이겨내고 볕이 드는 양지에서 풀과 채소가 자라고 있음을 알고 찾아다녔다. 비록 척박한 땅일지라도 인간이 발품만 팔면 자연은 여전히 풍부한 먹거리를 아낌없이 내어주었다. 슈무끄 외에도 칡 등 뿌리식물들과 나무에 열리는 다양한 열매들이 영양공급원이 되었다.

　독이 있거나, 먹으면 안 되는 식물들을 구별하는 지혜는 조상 대대로 이어져 내려온다. 미르셀은 틈만 나면 부족의 여자들에게 이를 가르쳤다. 거기에서 더 나아가 스스로 배우고 터득했다. 동물들이 어떤 식물들을 주로 먹는지 면밀하게 관찰하면서 더 많은 먹을 수 있는 식물을 확보하기 위해 애썼다.

여자들이 특히 신경 쓴 것은 보관과 저장이다. 혹여 남자들이 사냥에 실패하더라도 굶지 않도록 고기를 따로 저장해 두고 있다. 금방 먹을 것은 동굴 안의 시원한 곳에 보관하고, 오래도록 놔둘 것은 별도로 손질했다.

고기를 오래 저장하려면 두 가지가 있다. 하나는 불을 피워 연기를 쐰 다음에 말리는 것과 다른 하나는 짠맛이 나는 가루를 뿌려 말리는 방법이다. 해또르 주위에는 이를 만들 수 있는 바위가 있다. 돌도끼로 잘게 쪼개서 큰 돌로 빻으면 짠맛이 나는 가루가 되는데 고기에 뿌려 햇볕에 바짝 말리면 두고두고 먹을 수 있었다. 아무리 환경이 척박하고 어렵다고 해도 람보르 부족은 미르셀과 여자들의 지혜 덕분에 굶지 않을 수 있었다.

나무 위에 있는 새알과 곤충들도 단백질을 보충하는데 매우 좋은 먹을거리다. 딱정벌레 유충과 해또르 물가에서 잡는 물고기는 단백질이 부족하지 않도록 해 줬다.

해또르 중심부를 흐르는 강은 부족이 살아가는데 생명과도 같은 물줄기다. 넓은 강이 잔잔하게 흐르지만 중간중간 급류가 거세게 굽이치는 곳이 있다. 큰 물고기는 그런 곳에 더 많고, 강한 물살을 거슬러 올라가는 성향이 있다. 그런 습성을 알아야 많이 잡을 수 있다. 거친 물살을 죽기 살기로 거꾸로 거슬러 올라가는 생존을 위한 몸부림은 언제봐도 경이롭다.

툼바는 단지 먹을 것을 얻는 데만 그치지 않았다. 자연이 주는 다양한 모습을 통해 인간을 둘러싼 오묘한 생명의 신비를 배워나갔다.

사냥과 고기 잡는 일을 포함하여 위험이 따르는 일들은 남자들의 몫이다. 부족의 물고기를 잡는 법은 단순하면서도 효과적이다. 주로 나무창으로 고기를 잡는데 나무 끝을 돌칼로 깎아 뾰족하게 만들고 불에 그슬리면 단단해진다. 단단해진 창끝은 물속에서 오래 사용해도 쉽게 물러지거나 부러지지 않는다.

또 하나는 개미집에서 애벌레를 잡아 바구니에 넣어 물고기를 유인하는 방법이다. 아침에 넣어 두었다가 저녁에 가보면 바구니 가득 물고기들이 들어가 있다. 크게 힘쓰지 않아도 쉽게 물고기를 얻을 수 있어 유용하지만, 갈수록 애벌레를 잡는 일이 쉽지 않다.

급류가 흐르는 강에서 물고기를 잡는 일은 언제나 위험하다. 자칫하면 물에 휩쓸려 목숨이 위태로울 수도 있기에 긴장해야 한다. 급류의 한 가운데 물살이 모이는 곳에 나무와 잎사귀로 엮어서 만든 바구니를 정확하게 집어넣어야 한다. 무리 중에서 가장 노련한 사람이 이를 담당한다. 물속에 넣는 바구니는 생김새가 독특하다. 입구는 크고 끝으로 갈수록 가늘어지게 만들어 물살을 이길 수 있도록 했다. 큰 물고기들이 거슬러 올라가다가 힘이 빠지면 뒤로 밀려나면서 바구니 안으로 들어간다.

강엔 물고기가 풍부해 지금까지 고기잡이할 때마다 허탕 치는 일은 거의 없었다. 생각보다 큰 물고기가 걸려들면 모두 흥에 겨워 함께 노래를 부른다.

"고기를 잡았네~~ 고기를 잡았네~~ 큰 고기를 잡았네~~ 나는 최고의 어부라네~~ 나는 최고의 어부라네~~"

노랫소리는 세차게 흘러가는 물소리, 새소리와 더불어 자연이 부르는 합창에 녹아 들어간다. 이는 단순한 노래가 아니라 소중한 것을 내어주는 자연에 감사하고, 더 많은 식량을 구하며 부족의 평안을 바라는 기도이다.

람보르 부족은 물고기도 아무 때나 잡지 않았다. 사냥도 정해놓고 하듯이 물고기도 정해놓고 잡았다. 하루에 한 번 물고기를 잡으면 모두가 함께 먹을 수 있는 양이 되기에, 굳이 더 잡으려고 욕심을 부릴 필요도 없었다. 어린 물고기와 알이 가득 찬 물고기는 잡자마자 바로 살려주면서 더 많은 물고기를 낳아 돌아올 수 있기를 기원했다. 그런 것 하나까지도 소홀히 여기지 않는 모습은 선조들로부터 대대로 이어져 온 삶의 지혜이자 생존 방법이다.

사냥을 나가거나 물고기를 잡는 주된 수단은 돌로 만든 도구이다. 돌창, 나무창은 물론 주먹도끼, 긁개(가죽을 손질하는 돌), 밀개(나무껍질을 벗겨내는 돌) 등을 사용한다. 돌창은 강도와 무게로 전해지는 순간적인 충격이 강하기에 주로 큰 동물들을 잡는 데 사용하고, 나무를 깎아 만든 창은 토끼나 다람쥐처럼 작고 빠른 동물에 더 효과적이다. 동물을 잡으면 대부분 그 자리에서 바로 해체한다. 돌을 깎아 뾰족하게 만든 긁개로 가죽을 가르고, 돌칼로 살을 베어낸다.

이 모든 일에 주먹도끼, 돌칼, 돌창, 긁개, 밀개, 나무창 등 돌과 나무로 만든 도구는 매우 유용하다. 그래서 남자들은 시간만 나면 돌을 갈고, 나무를 깎아 불에 달구는 일을 소홀히 하지 않았다. 도구를 만드는 돌은 주위에 즐비하다. 그들이 자주 다니는 해또르 지역에는 무르지 않고 단단한 돌들이 많은데 그중에서도 색깔이 검어 검돌이라고 부르는 돌이 있다. 돌 중에서 가장 단단하기에 무기나 도구는 거의 이 검돌로 만든다.

만드는 방법은 어렵지 않다. 돌을 깨뜨리는 게 가장 큰 일이다. 큰 돌에 작은 돌을 부딪쳐서 떼어내기도 하고, 단단한 동물 뼈나 뿔을 대고 다른 돌로 내리치기도 한다. 검돌은 단단해서 깨뜨리기가 쉽지는 않지만, 요령을 터득하고 나면 그리 어려운 일도 아니다.

그렇게 만든 돌들은 모양과 형태에 따라 다양하게 쓰인다. 가장 크고 날카로운 돌은 주먹도끼로 주로 동물을 사냥하는 데 사용한다. 특히 한쪽은 뭉툭하고 다른 쪽은 날카로워 찍고 자를 수 있는 날이 동시에 있으면 최상급으로 여겨 좋은 돌도끼를 가지고 있는 청년들은 사냥도 능숙하게 잘할 수 있었다. 뭉툭하기만 하거나, 날카롭기만 한 돌들은 생긴 모양에 따라 다양한 용도로 사용한다. 무엇을 땅에 박을 때는 뭉툭한 돌을, 사냥한 동물에게서 털과 가죽을 벗겨낼 때는 날카로운 돌을 쓴다. 이 밖에도 가죽을 손질해 옷을 만들기도 했고, 나무껍질을 벗겨내는 데도 사용한다. 돌을 만들다가 뾰족하고 긴 모양의 돌이 생기면 나무 끝에 묶어 돌창으로 쓰거나 아니면 옷을 만들 수 있도록 가죽에 구멍을 뚫는데 쓸모 있다.

람보르 부족은 이렇게 돌을 이용해 도구를 만들고 사용하는 데 있어 매우 능숙했다.

그중에서도 람보르 족장은 특별했다. 돌로 만든 도구들을 또 다른 용도로 유용하게 사용하곤 했다. 동굴에 있는 암벽이나 곳곳에 자리 잡은 커다란 바위에 그들의 이야기를 돌로 파고 새기면서 남기는 일이다. 하늘과 땅의 이치와 섭리를 그들의 가슴 속에만 품고 있지 않았다. 후손들이 그들의 뒤를 이으며 영원히 살아갈 것이기에 살아가는 방법과 지혜를 포함한 모든 것을 틈나는 대로 벽과 바위 위에 새기고 그렸다. 사람과 동물의 형상은 물론 그들의 사냥 모습까지도 빠짐없이 남겼다. 현실에 충실하면서도 미래를 꿈꾸는 람보르 족장이기에 할 수 있는 일이다.

부족원은 누구라도 먹을 것에 대해 욕심부리지 않았다. 하루에 먹을 분량 정도만 분배하고 나면 모두 감사하는 마음으로 먹고, 더 이상 탐내지 않았다. 하늘에 감사하고, 자연에 순응하면 굶지 않고 살아갈 수 있을 거라는 걸 철석같이 믿었다.

람보르 부족의 주된 식량 확보 수단은 사냥이다. 사냥에도 규칙이 있다. 여자들은 사냥할 수 없고, 남자들도 일정 기준 이상이 되어야 참가할 수 있다. 사냥을 통해 부족의 남자들은 강인한 체력을 기르고, 사냥감이라는 목표에 집중하면서 일사불란하게 움직이는 법과 단합하는 법을 배운다. 그런 면에서 사냥은 단순히 식량을 마련하는 차원을 넘어 부족원이 집단으로 움직이고 훈련하는 가장 적절하고 효과적인 행위이다.

남자들의 능력은 누가 사냥을 더 잘하느냐에 따라 판가름 나고, 이는 부족 내에서 그가 행사할 수 있는 영향력으로 직결된다. 족장을 선출할 때도 부족에 대한 기여도와 사냥 실력이 큰 요소로 작용함은 물론이다. 사냥은 작은 사냥과 큰 사냥으로 구분하는데, 작은 사냥은 족장의 허락하에 몇몇이 아무 때나 나갈 수 있지만, 큰 사냥은 한 달에 한 번 족장을 포함 거의 모든 남자가 참가하는데 이는 사냥을 넘어 부족의 가장 큰 행사요, 일종의 의식과도 같다.

남자들이 큰 사냥을 나가는 날이면 여자들과 아이들은 공터에 모여 불을 피우고, 슈무끄를 가져와 음식을 준비한다. 남자들이 사냥감을 들고 의기양양하게 돌아오는 순간부터 부족의 잔치가 열린다. 사냥감이 많든 적든 빈손으로 오는 경우는 거의 없기에 모두 설레는 마음으로 사냥터에 나간 남자들을 기다린다. 그러한 시간이 부족원의 마음을 하나로 만들어 가는 계기가 된다.

사냥에서 돌아오면 남자들은 즉시 불을 피우고, 잡아 온 동물을 잡는다. 동물을 죽일 때도 기도를 잊지 않는다. 사냥터에서 이미 해체해서 가져온 고기는 바로 굽고, 메고 온 동물은 돌칼로 가죽을 벗기고 손질하여 바로 먹을 고기와 저장할 고기를 나누어 구분해 둔다. 부족에는 호로처럼 동물을 해체하는 역할을 전담하는 청년도 있다.

잔치는 그야말로 부족원의 화합과 소통을 위한 자리이다. 맨 중앙에 족장이 자리 잡으면 그 옆에 부족의 원로들이 앉고, 비어있는 공간에 남자와 여자들이 군데군데 모여 앉아 서로 얘기를 나눈다. 아이들은 신나서 왔다 갔다 뛰어놀며 잔치 분위기를 달군다. 평소에는 서로 말 한마디 건넬 기회가 거의 없는 젊은 남자와 여자도 이때만큼은 누구에게라도 스스럼없이 다가갈 수 있다.

대화 요청은 주로 남자가 먼저 하지만, 간혹 용감한 여자들은 나서길 주저하지 않는다. 그럴 때면 족장이나 원로들은 대부분 못 본 척하고 몇몇은 슬며시 웃음을 짓기까지 한다. 어디서나 큰소리치는 남자가 빠지지 않듯이 툼바 부족에도 여자들 앞에만 서면 다음에는 더 커다란 사냥감을 잡아 올 거라고 큰소리치는 남자들이 있다.

그들이 그렇게 목소리를 높이는 이유가 있다. 웬만해서는 잡기 어려운 매머드나 코끼리, 들소 같은 큰 사냥감을 잡게 되면 부족원 전체가 실컷 먹고도 남기 때문에 그것을 잡거나 결정적인 공을 세운 남자는 그날의 주인공이 되고, 일약 여자들의 우상으로 떠오르기 때문이다.

그런 까닭에 흥이 무르익으면 남자들은 서로 경쟁적으로 큰소리치고, 그럴 때마다 사방에서 큰 웃음이 터져 나온다. 남자들은 서로의 실력을 잘 알기 때문에 웃고, 여자들은 자신들에게 잘 보이기 위해 허풍을 떠는 모습이 귀여워서 웃는다. 아이들은 어른들이 웃으니까 마냥 좋아서 따라 웃는다.

그런 분위기에도 불구하고 여자들의 판단과 평가는 대체로 냉철하다. 사냥이 끝난 후에 떠돌아다니는 이야기를 모아보면 금방 알 수 있다. 누가 허풍이 센지, 누가 큰소리만 치는지를 사냥터에 가보지 않고서도 여자들은 꿰뚫어 보고 있다. 그걸 모르는 남자들만 여자들로부터 인정 받고, 마음에 드는 여자의 환심을 사기 위해 무턱대고 목소리를 높이는 것이다.

사냥이 끝난 날은 그렇게 마을이 떠들썩할 정도로 웃음이 넘쳐났다. 사냥감을 많이 잡은 날은 당연히 분위기가 더 흥겹지만, 설령 그렇지 못한 날에도 부족원 모두는 넉넉한 웃음을 잃지 않았다.

툼바와 미르셀이 서로를 좋아하는 마음을 알고, 키워간 것도 바로 사냥을 마친 후에 열린 부족의 잔치를 통해서였다. 사실, 툼바는 미르셀이 일찍부터 점찍은 남자이다. 사냥 나가서 신께 감사하며 기도하고, 인간을 위해 희생될 수밖에 없는 동물을 생각하며 또 기도하는 툼바의 마음을 알고 있기에 자신의 배필로 손색이 없다고 생각했다.

툼바는 허풍이 없었고, 매사에 늘 겸손했다. 용감하면서도 때론 수줍어하는 것도 미르셀의 마음에 들었다. 하지만 서로 눈이 마주치고, 예사롭지 않은 눈빛이 오고 감에도 불구하고 툼바는 좀처럼 용기를 내지 못했다. 그 마음을 알아챈 미르셀이 용감하게 먼저 다가간 것이었다. 그전에 부족의 많은 청년이 미르셀에게 특별한 관심을 보이면서 실제 행동으로 옮기는 이도 있었지만, 그 누구도 미르셀의 마음을 얻지 못했다.

람보르 부족에 있어 배필을 선택하는 주도권은 여자들에게 있다. 남자들이 다가선다 해도 결정은 여자들에게 달려 있다. 그중에서도 미르셀의 경우에는 더 치열했다. 많은 남자가 흠모하는 대상이지만 그녀는 맘속으로 오직 한 사람만 품고 있었다.

미르셀은 어느 순간부터 자신과 툼바의 사이에서 아이가 태어나면 지혜롭고, 용맹하면서도 따뜻한 마음을 가진 탁월한 사람으로 자라날 거라는 확신을 품고 있었다. 현재와 미래를 꿰뚫는 미르셀의 통찰력은 벌써 부족의 미래인 다음 세대로까지 향하고 있었다.

그 두 사람이 급격하게 친해진 계기가 있었다.

어느 날, 사냥에서 전에 없었던 큰 성과를 거두었는데, 하필이면 툼바에게는 악몽과도 같은 일이 벌어졌다.

재무르가 사라지고 난 후에 웬만해서는 직접 사냥에 나서지 않고 통제만 하던 람보르 족장이 그날은 직접 나서면서 부족원의 사기는 한층 고양되었고, 분위기는 뜨거워졌다. 족장 앞에서 자신의 실력을 맘껏 뽐내며 인정받겠다는 의욕들이 참가한 남자들의 마음속에서 불타올랐다.

람보르는 사냥조를 3개 조로 나누고 각각 자신과 솔론, 툼바를 조장으로 편성했다. 툼바의 조에는 젊은 사람들 위주로 배치했고, 자신은 어느 정도 나이가 든 사람들로 편성된 조를 맡았다.

그렇게 한 이유가 있었다. 그날 사냥 장소는 해또르 동쪽의 모두아 지역이었는데, 강물이 흐르는 해또르와 멀지 않으면서 풀밭이 넓게 펼쳐져 있는 곳이었다. 중심부에는 숲이 우거진 작은 야산이 있고 다른 곳보다 풀이 많아서 들소나 영양같이 제법 덩치가 큰 동물들이 많이 살고 있었다.

모두아 지역은 혹여나 다른 부족들과 접촉할 가능성이 있어 가급적 가지 않는 곳이었는데 그날따라 람보르 족장은 부족원을 대거 이끌고 자신이 직접 나선 것이었다. 아마도 재무르의 이탈로 인해 뒤숭숭한 분위기를 바꾸고 변함없이 강력한 지도력을 발휘하겠다는 족장의 강한 의지가 반영된 거라 툼바는 생각했다.

이 사냥에서 툼바는 가장 젊은 층을 이끌고 모두아 지역을 멀리 우회하여 동에서 서로 포위하면서 좁혀오는 임무를 맡았다. 남서쪽과 북서쪽은 각각 족장과 솔론이 이끄는 중장년층이 맡아 거대하게 포위했다. 이는 단순한 사냥과 의식을 넘어 부족원의 역량 전체가 총 결집된 대규모 집단행동이었다.

사냥 계획을 들은 남자들은 술렁거렸다. 지금까지 이런 적이 없었기 때문이었다. 여자들도 이 소식을 듣고 덩달아 들썩거렸다. 부족이 살아온 이래 가장 큰 사냥이 될 것이기 때문이었다. 분위기가 달궈지면서 과연 무엇을, 얼마나 잡아올 것인가 내기하는 여자도 있었다. 혼인한 여자들은 자기 배필이 이번 사냥에서 혁혁한 공을 세워 람보르 족장과 부족원에게 인정받고 중요한 위치에 오르길 대놓고 바라고 있었다.

사냥 당일의 날씨는 좋았다. 맑고 쾌청했다. 기온도 활동하기에 적당했다. 날이 환하게 밝으면 멀리에 있는 산까지 선명하게 보일 것이었다.

마을에서 출발하는 것은 사냥 지역에 따라 달랐다. 람보르 족장이 전날 구체적으로 설명하고 임무를 주었기에 나머지는 각 조가 알아서 할 일이었다.

툼바조는 가장 멀리 가기에 일찍 출발했다. 룽가가 각 조의 움직임을 파악하여 족장에게 보고했고, 툼바와 솔론조가 다 출발한 다음에 족장도 채비를 갖춰 떠났다.

툼바조는 이동 거리가 멀고 가장 넓은 지역을 담당했기에 다소 부담이 있었지만, 모두 젊은이들이라 충분히 감당할 자신이 있다고 큰소리쳤다. 그는 자신의 조를 다시 3개로 나누어 자신이 중앙에 서기로 했다.

사전에 치밀하게 연습했다. 구체적인 행동 요령을 일러주고, 목표물을 발견하게 되면 근거리에 있는 동물은 직접 조준하여 쓰러뜨리도록 했다. 사냥 대상이 다소 먼 거리에 있으면 중앙으로 몰아가면서 포위망으로 몰고 들어가라고 일렀다. 이때 중요한 것은 개인별 간격이었다. 자칫 잘못하면 포위망이 뚫려 다른 사람의 수고가 헛될 수 있기 때문이었다.

안전에 대해서는 더욱 특별히 강조했다. 포위망을 지키느라 정면에서 달려오는 동물에 큰 상처를 입거나 자칫하면 목숨을 잃을 수도 있었다. 부족원 중에는 사냥하다가 목숨을 잃은 사람도 적지 않았고, 크게 다쳐서 여전히 팔다리를 자유롭게 쓰지 못하는 사람도 있었다.

정면에서 달려드는 동물을 잡는 가장 좋은 방법은 바위나 나무 뒤에 재빠르게 몸을 피한 다음 동물의 측면에서 공격하는 것이었다. 힘이 강하게 밀려오는 정면을 회피하고, 가장 약한 지역인 측면을 공격하는 것은 사냥에 있어 기본 중의 기본이라고 람보르 족장은 누누이 강조하곤 했다. 그러기 위해서는 대단한 담력이 필요했다. 너무 빨리 피해버리면 동물이 빠져나가거나 다른 쪽으로 방향을 틀 수 있고, 너무 늦게 피하면 자칫 위험해질 수 있기 때문이었다.

판단이 빠르지 않으면 사냥감을 얻는 것은 고사하고 본인의 신체가 위험에 노출되면서 다치고, 때론 목숨마저 잃을 수 있다는 족장의 당부를 모두 깊이 새겼다. 하지만, 알고만 있다고 되는 것이 아니기에 남자들은 평소에도 머릿속으로 그러한 상황을 그려가면서 수없이 연습하곤 했다. 연습에 비례해서 사냥 실적이 올라간다는 걸 모두 잘 알고 있었다.

동이 터오면서 가장 먼저 모두아 동쪽 지역에 도착한 툼바는 먼저 기도했다. 이어 조원들에게 사냥 계획과 구체적인 방법을 한 번 더 강조하고, 도구들을 잘 챙기라고 일렀다. 사전에 다른 조와 약속한 시각에 맞춰 사냥을 시작할 생각이었다.

사냥에 나서면 누구나가 다 공을 세우려고 눈에 불을 켜지만, 툼바는 그러지 않았다. 지금까지 겉으로 드러내놓고 욕심을 낸 적은 한 번도 없었다. 하지만 이번에는 달랐다. 어느새 조금 가까워진 미르셀에게 자신의 존재를 확실하게 각인시키고 싶었다. 그러기 위해서는 이번 사냥에서 혁혁한 공을 세워야 했다. 어쩌면 이번 사냥이 미르셀과 맺어지기 위한 관문인 셈이나 마찬가지였다.

조원들도 아마 툼바의 속내를 내심 눈치채고 있는 듯했다. 굳은 의지를 담은 표정 속에서도 가끔 입꼬리가 올라가는 미소가 슬쩍슬쩍 보이는 걸 보면 아무리 감추려고 해도 그런 마음이 드러나는 모양이었다.

툼바는 탁월한 사냥 실력을 만천하에 보여줌으로써 마음에 두고 있는 미르셀을 짝으로 만들 거라고 주먹을 불끈 말아쥐었다.

람보르 족장의 신호로 드디어 사냥이 시작되었다.

툼바조는 소리 없이 앞으로 나아갔다. 목표물을 발견하기 전이라도 은밀하게 이동해야 했다. 마침 바람 방향도 맞바람이라 후각이 예민한 동물들이 눈치채지 못할 것이었다.

사냥에서 가장 중요한 점은 창을 던지거나 찌르는 게 아니라 동물들에게 접근하는 것이다. 아무리 능수능란하게 창을 다뤄도 사냥 대상에게 가까이 접근하지 못하면 헛일이다.

동물들의 후각은 참으로 경이롭다. 인간보다도 몇십 배나 더 발달한 것 같다. 아마도 야생에서 살아남기 위한 생존 본능일 것이었다.

사냥을 잘하는 사람은 이러한 점을 잘 고려하고 이용했다. 바람의 방향을 파악하여 이동함으로써 사냥감이 눈치채지 못하게 가까이에 다가갈 수 있었다. 창을 던질 수 있는 거리까지 다다르면 이미 절반은 성공한 것이나 다름없었다.

목표물에 접근하면 조장의 신호에 따라 돌창과 나무창을 집중적으로 던졌다. 동물들이 놀라 흩어지거나 도망가면 목이 터지게 함성을 지르고 나무를 두들기며 사냥감을 혼란에 빠지게 했다.

사냥 실력과 사냥감을 얻은 결과가 용맹과 지도력을 나타냈기에 젊은 남자들은 나이 든 사람들의 지혜를 배우며 사냥 기술을 익히고 숙달하는 데 힘을 기울였다.

툼바가 족장이나 부족원 모두에게 인정을 받은 것은 사냥 실력으로 인해서였다. 그날 툼바의 계획은 처음엔 차질없이 이행되었다. 조원들은 미리 지시한 대로 정확하게 움직였다. 아직은 다소 멀지만 모두아의 중심부까지 최대한 은밀하게 당도하면 그 안에서 최소한 커다란 들소 한 마리는 충분히 잡을 수 있을 거라 확신했다.

그런데 숲에 가까이 다가갈수록 툼바의 마음은 전에 없이 쿵쾅거리기 시작했다. 좀처럼 안정되지 않았다. 참으로 이상한 일이었다. 조원들에게는 신중하라고 강조했으면서도 정작 자신은 흥분에 싸여 있었다. 온통 미르셀만 생각하다 보니 욕심이 미리 앞선 탓이었다.

그 순간 갑자기 옆에서 목표물을 발견했다는 신호를 보내왔다. 툼바는 손을 들어 조원들을 멈춰 세웠다. 모두 엎드려서 풀로 몸을 가렸다. 고개를 들어 앞을 보니 대여섯 마리의 크고 작은 들소 떼가 한가로이 풀을 뜯으며 다가오고 있었다.

가까이에 있는 사냥감은 조 단독으로 사냥할 수 있는 권한이 있기에 툼바는 그 들소 떼를 사냥하기로 정했다. 제일 작은 새끼는 살려주기로 하고 가운데에 있는 적당한 크기의 들소를 목표물로 지정했다. 창을 던지는 거리나 각도로 봐서도 가장 무난했다.

툼바는 즉시 손을 들어 조원들에게 목표물을 알렸다. 이제 조금 더 가까이 가서 최적의 거리가 되면 툼바의 신호에 따라 일제히 돌창과 나무창이 날아갈 것이었다. 조원들이 던진 창 중에서 반만 명중해도 들소는 버티지 못하고 금방 쓰러질 것이었다.

쿵쾅거리는 소리가 더 커졌다. '조금만, 조금만 더 가자. 하나 둘 셋~~~' 툼바는 마음속으로 숫자를 센 다음에 드디어 신호를 보냈다. 돌창과 나무창이 공기를 갈랐다. '슈슈슉~~~' 평소에 창 던지는 연습을 계속 한 덕분인지 조원들의 창은 한 지점을 향해 집중되었다. 언뜻 보기에도 대부분 목표물에 명중했음을 알 수 있었다.

목표물이었던 들소는 몇 발자국 도망가다가 이내 쓰러졌다. 누가 던졌는지 몰라도 커다란 돌창 하나가 목표물 옆에 있는 가장 큰 들소의 뒷부분에 박혀 덜렁거리는 모습도 보였다. 아직 완전히 끝난 것은 아니지만 일단 성공이라고 생각했다.

그러던 중 예상치 않은 일이 생겼다. 목표물의 옆에 있다가 빗나간 창에 엉덩이 부분을 맞은 가장 큰 들소가 흥분하더니 쓰러진 들소를 넘어 갑자기 툼바가 있는 방향으로 미친 듯이 내달리기 시작한 것이었다. 사냥에 성공했다는 기쁨에 들떠 조원들이 미처 대비하지 못한 위험한 상황이 벌어진 것이었다.

긴박한 그 순간에 나온 툼바의 행동은 그야말로 조건반사적이었다. 자칫하면 조원들이 위험할 수 있기에 소리쳐서 조원들을 흩어지게 했고, 벌떡 일어나 들소를 자기 앞으로 유인했다. 큰 소리를 내며 창을 휘두르고 있는 툼바를 발견한 들소는 곧장 툼바를 향해 돌진했다.

분위기는 순식간에 돌변했다. 어느 누가 봐도 위태로운 일이 벌어질 것 같은 상황이었다. 하지만 툼바는 뛰어난 전사였다. 코앞에서 덤벼드는 엄청난 크기의 들소를 보자, 그의 안에 잠재되어 있던 투사로서의 본능이 깨어났다. 조금도 물러서지 않고 눈을 똑바로 뜬 채 들소를 바라보며 몸을 낮췄다. 마침내 몇 발자국 앞에까지 들소가 달려들었을 때 툼바는 모두아 숲이 울릴 정도로 쩌렁쩌렁한 목소리로 함성을 지르며 들소의 옆으로 몸을 날렸다. 그러면서도 시선은 끝까지 들소를 놓치지 않았고, 오른손에 든 날카로운 돌창을 들소의 목덜미에 깊숙이 쑤셔 넣었다. 그 순간 들소의 뿔이 장딴지에 와 닿는 느낌이 들었고, 날카로운 통증이 느껴지면서 몸이 공중으로 날아올랐다.

툼바는 이내 땅 위로 굴러떨어지면서 정신을 잃었다. 귓가에는 '와~' 하는 함성과 '아~' 하는 탄식이 동시에 들려왔다.

조원들은 재빨리 달려들어 툼바를 품에 안았다.

얼마의 시간이 흘렀을까, 툼바가 겨우 정신을 차려보니 얼마 떨어지지 않은 곳에 목덜미에 커다란 돌창이 박힌 집채만 한 들소 한 마리가 나자빠져 있었다. 툼바가 정확하게 급소를 찔렀던 것이다.

갑자기 종아리에 심한 통증이 느껴졌다. 살이 찢겨나간 자리에서 피가 철철 흐르고 있었다. 조원들은 서둘러 풀을 엮어 툼바의 종아리를 묶었다. 피만 멈추게 하고 빨리 마을로 돌아가 치료하기로 했다.

비록 툼바가 다쳤지만, 그날의 사냥은 대성공이었다. 툼바 조에서만 들소 두 마리를 잡았다. 하지만 이는 의도하지 않은 것이었다. 한 마리로 충분히 만족했음에도, 큰 들소가 달려들었기 때문에 어쩔 수 없이 부족원의 안전을 위해 창을 던질 수밖에 없었다. 비록 살기 위한 행동이었지만 죽은 들소에게 툼바는 미안한 마음을 가졌다. 야생에서는 인간이나 동물이나 어쩔 수 없이 죽고 죽여야 한다는 걸 알고 있지만, 무분별한 살상은 없어야 한다는 것 역시 늘 마음에 품고 있었다.

다른 들소들은 놀라서 모두아 숲 반대편으로 도망갔으니 아마도 족장과 솔론 조에서도 수확이 있을 거라 여겼다.

툼바의 예상은 맞았다. 족장과 솔론 조가 각각 한 마리씩을 잡아 그날은 무려 네 마리의 들소를 잡는 큰 성과를 거뒀다. 푸짐하다 못해 넘쳤다. 성대하게 잔치를 벌이며 실컷 먹고도 남아, 나머지는 짠 돌가루에 절이거나 연기에 쬐어 뜨거운 햇볕에 말려서 보관해 놓으면 오랫동안 두고두고 요긴하게 먹을 수 있을 것이었다.

툼바의 부상을 보고받은 람보르 족장은 깜짝 놀라면서 더 이상의 사냥을 중지하고 즉시 전 부족원에게 복귀 명령을 내렸다. 조원들이 교대로 툼바를 업은 채 마을로 향했다. 잡은 들소를 옮기는 것도 결코 쉬운 일은 아니었다. 그 자리에서 일정 부분 해체하여 들고 갈 수 있게 나누고, 부족원 전체가 짊어진 뒤에야 겨우 마을로 옮길 수 있었다. 모두 옮기면 내장까지 손질해서 다 먹을 수 있겠지만 들고 갈 손이 모자라 내장 일부는 그 자리에 남겨 놓았다. 남은 것은 다른 동물들이나 새들에게도 좋은 먹이가 될 것이었다.

성공적인 사냥과 더불어 툼바가 부상당했다는 소식은 빠르게 전해졌다. 그 중 눈치 빠른 사람이 제일 먼저 미르셀에게 알렸다. 미르셀은 깜짝 놀라 마을 입구까지 달려 나왔다. 그녀의 손에는 나뭇잎으로 감싼 물건이 들려 있었다. 상처가 났을 때 피를 멈추게 하고, 상처를 아물게 하는 이끼와 약초였다. 하르 삐리라는 이 신효한 약초는 돌에다 짓이겨 상처에 직접 덮거나, 말렸다가 가루로 빻아 상처에 뿌리면 신기하게도 통증이 금방 가라앉고 곧 살이 아물었다. 이는 부족 대대로 내려오는 요법으로 약초는 주로 여자들이 채취하여 보관하고 있었다. 쉽게 구하기도 힘든 이끼와 약초 뭉치를 미르셀이 두 손 가득 들고나온 것이었다.

툼바는 신속하게 마을 입구의 공터로 옮겨졌다. 미안하고 부끄러운 마음에 미르셀의 눈도 마주치지 못하고 툼바는 멀뚱멀뚱 먼 산만을 바라보고 있었다. 미르셀은 주위의 시선에 신경 쓰지 않고 서둘러 나뭇잎을 풀어내고 상처가 난 부위를 물로 깨끗하게 씻었다. 그리고 조금도 주저함이 없이 상처에 입을 대고 온 힘을 다해 피를 빨아냈다.

아무도 예상치 못한 미르셀의 행동에 툼바가 가장 크게 놀랐고, 지켜보고 있는 람보르 족장과 부족원도 모두 눈을 동그랗게 뜨고, 입을 벌린 채 바라보고만 있었다.

일어선 미르셀은 입안 가득 고인 피를 뱉어냈다. 서둘러 상처에 하르삐리 즙을 뿌리고, 말린 하르삐리 가루를 바른 뒤 이끼를 넓게 펴서 덮었다. 쓰러지자마자 조원들이 재빨리 조치하면서 큰 출혈은 막았지만 마을에 도착할 때까지도 조금씩 피가 흐르고 있었는데 미르셀이 치료하자마자 툼바는 순식간에 다 나은 듯한 느낌을 받았다. 상처에 입을 대면서까지 온 정성으로 치료하는 미르셀의 모습은 분명 모두의 예상을 뛰어넘는 행동이었다. 그걸 지켜본 남자들은 오히려 다친 툼바를 부러워하기까지 했다.

치료가 끝나고 나서야 묘한 분위기를 느낀 미르셀의 볼이 빨개졌다. 그러면서 자기도 놀랐다. 그야말로 본능적으로 움직인 것이었다. 쑥스러움을 감추기라도 하듯 무심한 척 마무리에 전념했다. 이끼로 덮은 상처 부위를 큰 나뭇잎으로 감싼 다음 넝쿨 줄기로 신속하게 묶었다. 당황하거나 주저함이 없이 침착하게 단숨에 처치하는 미르셀의 모습을 보면서 다들 감탄을 감추지 못했다.

그렇게 한바탕 소동이 끝나고 벌어진 그 날의 사냥 잔치에서 주인공은 단연 툼바와 미르셀이었다. 람보르 족장은 부족의 사냥 역사상 가장 최고의 성과를 거두었다고 평가하면서도 툼바의 부상에 대해서는 우려를 표함과 동시에 다음부터는 각별히 조심할 것을 당부했다. 그러면서 부상을 감수하면서까지 조원들을 안전하게 지킨 툼바의 정신력과 희생정신을 격려했다. 아울러 다리를 다친 툼바를 위해 마음과 정성을 다해 치료해 준 미르셀의 아름다운 마음이 부족원 모두를 감동시켰다고 칭찬했다.

그날의 주인공이 된 툼바와 미르셀을 부족원 모두는 앞다투어 칭찬하면서 누가 먼저라고 할 것도 없이 그들을 짝으로 인정했다. 다행히도 툼바의 부상은 생각했던 것보다 심각하지 않았고, 큰 성과를 거둔 기쁨이 컸기에 람보르는 보관하고 있던 오래된 쎄르까지 부족원을 위해 흔쾌히 내놓았다.

쎄르는 부족원에게 있어 특별한 마실 거리이다. 향기로우면서도 독한 향과 진한 맛을 풍기고, 마실수록 점점 더 기분이 좋아진다. 깊은 산 속에 있는 열매를 따서 동물의 위장으로 만든 주머니 속에 담아 땅속이나 깊은 동굴 안에 오랫동안 놓아두면 저절로 맛이 변한다. 어느 열매든지 다 나름의 특성이 있지만, 대개 작은 열매들이 향도 좋고 맛도 좋다.

하지만 아무 때나 맛볼 수 없었다. 많이 마시면 정신이 어질어질했기에 사냥할 수 있는 나이가 되어야 허락되었고, 무엇보다도 족장의 허락이 있어야 마실 수 있었다. 주로 마을 뒤편에 있는 선조들의 무덤을 찾아 제를 지낼 때 올리고 마셨지만, 이번처럼 족장이 허락한 특별한 날에는 즐길 수 있었다.

쩨르까지 등장한 그날 밤의 잔치를 부족원 모두는 모처럼 마음껏 즐겼다. '할루할루~'를 외치고 노래를 부르는 등 신나는 시간이 이어졌다. 사냥 잔치가 무르익어가고 밤이 깊어갈수록 미르셀의 사랑을 얻어낸 최고의 사냥꾼 툼바의 입에서는 연신 웃음이 터져 나왔다. 그 옆에 있는 미르셀의 뺨은 타오르는 모닥불처럼 점점 더 붉고 뜨겁게 물들어갔다.

그 이후 두 사람은 잔치가 있는 날만을 기다렸다. 툼바는 미르셀을 위해서라도 사냥에서 많은 성과를 거두려고 노력했다. 다른 청년들보다 신체적인 조건과 지략에서 월등한 툼바이기에 대부분 좋은 성과를 거둘 수 있었다. 솔론과 룽가, 티아라 등 일부만이 툼바의 적수가 될 수 있었다.

솔론은 람보르 부족의 공식적인 짝인 툼바와 미르셀 간에 오고 가는 애틋한 마음을 누구보다도 잘 알고 있기에 사냥을 나가면 표나지 않게 툼바를 밀어줬다. 부족에서 가장 탁월한 두 청년이 뭉쳤기에 결과는 항상 보나마나였다.

사냥 잔치가 열릴 때마다 만나는 시간이 이어지면서 툼바와 미르셀의 사랑은 갈수록 깊어졌다. 그들의 사랑이 뜨거우면서도 단단해질 수 있었던 것은 서로의 노력도 있었지만, 람보르 족장과 솔론과 같은 사람들이 곁에서 알게 모르게 도와준 덕도 컸다. 어느덧 두 사람의 사랑은 개인적인 차원을 넘어 부족의 관심을 끄는 일이 되었다.

툼바와 미르셀도 어느덧 부족원의 그러한 시선을 기꺼이 받아들이게 되었고, 마침내 많은 사람의 축복 속에 부부의 연을 맺었다. 람보르 부족에서 가장 아름다운 한 쌍이라고 누구나 인정하는 짝이 되었다. 얼마 지나지 않아 루미라는 예쁜 아이도 태어났다.

하지만 두 사람의 사랑이 순탄하게 이어진 것만은 아니었다. 생각지도 못했던 어려움도 있었고, 차마 드러낼 수 없이 남몰래 속앓이할 때도 있었다. 특히, 미르셀의 경우는 더 그랬다. 미르셀을 짝사랑하는 정도를 넘어 심각한 위협이 될 정도로 다가온 한 남자로 인해서였다.

그는 바루라는 청년이었다. 바루는 툼바와 비슷한 또래인데, 유달리 부끄럼을 많이 타고 남 앞에 나서기 싫어했기에 부족 내에서는 존재감이 크지 않았다. 부족원 전체가 모일 때는 빠지지 않았지만, 좀처럼 입을 열지 않고 조용히 자리만 지켰다. 동물을 사냥하거나 물고기를 잡는 일 등에 있어 소외되었기에, 주로 마을에 남아 여자들을 도와주든지, 아니면 어른들을 보살피는 역할을 해오고 있었다.

그런 바루가 미르셀을 좋아하는 것까지는 이해할 수 있지만, 그 감정을 행동으로까지 표출한다는 것은 상상할 수 없었다. 그 일이 터지기 전까지는 툼바나 미르셀도 바루에게 그런 면이 있으리라곤 짐작조차 하지 못했다.

툼바는 바루를 안타까이 여겨 먹을 것도 챙겨주고, 때로는 일부러 말동무도 되어주며 가까이하려 했고, 미르셀도 여자들과 함께 일하는 바루를 더 각별하게 챙겨주곤 했다.

하지만 남자들의 세계에서 소외되면 될수록 바루는 점점 더 움츠러들었고, 마음은 미르셀을 향한 짝사랑으로 이어졌다. 바루에게 있어 그녀는 그야말로 세상에서 가장 아름답고 따뜻한 여신 같은 존재로 각인되었다.

반면에 그를 대하는 미르셀의 마음은 더없이 순수하기만 했다. 안타깝고 불쌍했기에 다른 사람들보다 더욱 신경 쓰고, 챙겨준 것이 문제라면 문제였다. 바루가 그녀의 마음을 오해하고 착각했던 것이다.

어느 날 밤의 일이었다. 여느 때와 같이 사냥 잔치로 좋은 시간을 보낸 미르셀이 서둘러 집으로 돌아가던 중이었다. 툼바는 조금 일찍 집에 갔고, 미르셀은 여자들과 함께 일을 마무리하느라 늦었기에 혼자 가고 있었다.

미르셀이 집에 다 왔을 무렵 캄캄한 어둠 속에서 갑자기 한 남자가 뛰쳐나왔다. 깜짝 놀란 미르셀은 뛰는 가슴을 진정시키며 앞에 나타난 남자를 예의 주시했다. 바루였다. 순간 마음이 놓였고, 미르셀의 얼굴에는 다시 환한 미소가 지어졌다.

“어머~ 바루 무슨 일이예요? 아직 집에 안 들어갔어요?”

“저~ 저~”

바루는 말을 잇지 못하고 그저 땅바닥만 쳐다보면서 발가락으로 땅만 파고 있었다. 밤도 깊고 평소와는 다른 분위기를 눈치챘지만, 미르셀은 모르는 척 밝고 차분한 목소리로 다시 말을 건넸다.

“바루. 오늘 잔치 재밌었어요? 잘 도와준 덕분에 준비를 잘할 수 있었어요. 족장님도 사냥해 온 남자들 못지않게 준비한 여자들의 노고가 크다고 칭찬을 아끼지 않으셨는데, 제가 보기에는 바루가 제일 고생했어요. 무거운 것도 혼자 다 나르고, 곳곳에 불도 다 피우고. 툼바에게도 바루가 최고라고 자랑했어요.”

미르셀로부터 뜻하지 않은 칭찬을 받은 바루의 얼굴은 처음에 나타났을 때보다 훨씬 더 부드러워져 있었다. 바루가 왜 갑자기 이렇게 나타났는지는 아직 알 수 없었으나, 그녀의 침착한 대응과 칭찬이 바루에게 먹혀들고 있다는 걸 느낄 수 있었다.

“고...고마워요. 우리 부족원 중에서 나를 남자로 봐주는 사람은 미르셀 뿐이에요. 난 바보 같아서 아무도 남자 취급도 안 해주고, 사냥에도 끼워주지 않는데 그런 내게 관심을 보여주고, 나의 존재를 인정하는 미르셀이 있기에 지금까지 살아올 수 있었어요.”

바루의 말은 사실이 아니라 착각이었다. 남자들이 바루를 사냥에 끼워주지 않은 이유는 바루를 무시해서가 아니라 바루의 안전을 위해서였다. 사냥은 그들이 살아가는 데 있어 꼭 필요하지만, 그보다 더 위험한 일도 없다. 자칫 잘못하면 다치거나, 심할 경우 생명이 위협받을 수도 있다. 물고기를 잡는 것도 마찬가지다. 급류에 한 번 휩쓸리면 살아나올 방법이 없다는 걸 그들은 알고 있다. 그러니 순간적인 판단이 부족하고 행동이 굼뜬 바루를 사냥이나 물고기 잡이에 데려갈 수는 없었다.

바루 본인도 잘 알고 있을 테지만, 마음 한구석에서는 늘 자신이 부족원에게 쓸모없는 존재라고 느끼고 있던 것이었다.

미르셀도 바루가 이렇게까지 심각하게 생각하리라고는 미처 알지 못했다.

"미르셀은 다른 사람들하고는 달라요. 부모님 외에 나를 진정 인정하고 따뜻하게 대해준 사람은 람보르 족장님과 미르셀 밖에 없어요. 족장님은 높으신 분이라 다가가기 어렵지만, 미르셀은 가까이에 있기에 매일 얼굴 보면서 하루하루 살아갈 수 있었어요. 제 곁에 미르셀만 있으면 세상에 아무도 없어도 괜찮아요."

어느새 분위기가 이상하게 흘러가고 있었다. 단순한 대화가 아니라, 일종의 고백과도 같았다. 순간 심상치 않다는 걸 느꼈다. 더 이상 들어서는 안 된다는 생각에 서둘러 말을 끊었다.

"바루, 고마워요. 그렇게까지 생각할 줄은 몰랐어요. 그런데 바루가 잘 모르는 게 있어요. 우리 부족원 중에서 바루를 인정하지 않는 사람은 단 한 사람도 없어요. 툼바도 바루가 여자들을 잘 도와주어서 자기들이 안심하고 사냥을 나가거나, 물고기를 잡을 수 있다고 입에 침이 마르도록 칭찬하곤 해요. 부족의 여자들도 모두 바루에게 고맙게 생각하고요."

"아니에요. 그건 날 위로해주려고 하는 말일 뿐이에요. 난 내가 쓸모없는 사람이라는 걸 알아요. 그래서 죽고 싶을 때가 많아요. 지금까지 미르셀을 보면서 참고 또 참아온 거예요. 미르셀이 내 곁에 없으면 난 바로 죽을 거예요."

바루의 입에서 끝내 듣지 말아야 할 말이 터져 나왔다. 그의 고백은 강렬했고, 그만큼 위험했다.

미르셀은 이 순간을 현명하게 잘 넘겨야겠다고 생각하며 호흡을 가다듬었다.

"절 그렇게까지 생각해 주어서 고마워요. 바루는 절대 쓸모없는 사람이 아니에요. 이 땅에서 살아가는 사람 중 소중하지 않은 사람은 단 한 사람도 없어요. 만약 그랬다면 신이 태어나게 하지 않았을 거예요. 생김새가 다르고, 능력이 다르지만 그건 그냥 다를 뿐이죠. 우리는 서로 다른 사람들이 모여 있기에 서로의 능력에 맞게 부족을 위해 일하고, 또 부족한 점들은 이해하고 보완해 주면서 사는 거예요. 바루가 얼마나 친절하고, 많은 도움이 되는데요. 아마도 부족 여자들한테 가장 인기 있는 남자가 바루일 걸요.”

미르셀은 바루의 눈을 피하지 않고 똑바로 바라보며 힘주어 말했다. 오히려 바루가 그녀의 눈을 마주치지 못했다. 아무런 말도 하지 못한 채 애꿎은 땅바닥만 계속 발로 헤집고 있었다.

“그러니 용기를 내야 해요. 지금과 같은 모습으로도 충분하지만, 혹시 다른 남자들처럼 사냥이나 물고기를 잡으러 가고 싶고 자신감이 생기면 언제든지 족장님께 말씀드리세요. 그게 어려우면 저나 툼바에게 말해요. 그러면 다 도와줄 수 있을 거예요. 저는 믿어요.”

그 정도면 충분히 마음을 위로하고, 달랬을 거라 여겼다.

“이제, 밤이 깊었으니 가서 쉬어요. 내일 낮에 다시 얘기해요. 사람들이 신경 쓰이면 단둘이 얘기할 수 있는 장소도 있으니 걱정하지 말고 푹 자요.”

그런데 미르셀의 말이 끝나자마자 그가 한 걸음 앞으로 다가왔다. 순간적으로 그의 얼굴이 코앞에 있었다. 미르셀은 흠칫 놀랐다. 더 놀란 것은 그와 동시에 두 손으로 그녀의 양어깨를 잡았다는 것이었다. 이어 자기 쪽으로 끌어당기면서 더 한 행위로까지 이어가려 한다는 게 느껴졌다.

그 순간 머릿속이 하얘졌다. 엄청난 위기감이 등골을 스치며 내려왔다.

“난 미르셀을 좋아해요. 언젠가부터 보기만 하면 심장이 뛰곤 했어요. 그래서 남몰래 내 멋대로 마음에 담아왔어요. 이제 난 미르셀이 없으면 못 살 것 같아요. 내 마음을 받아줘요. 만약에 받아주지 않으면 당장 여기서 죽어버릴 거예요.”

이제 큰일이었다. 이런 행동까지 할 거라 전혀 예상하지 못했기에 놀랐다. 이대로 더 이상 나가서는 안 되는 일이었다.

"바루, 진정해요. 이러지 말아요. 난 이미 툼바의 여자라는 걸 바루나 부족 사람들이 다 잘 알잖아요. 내게 이러는 건 옳지 않아요. 지금까지 그래왔던 것처럼 늘 곁에서 도와주고 할게요. 제발 날 놔줘요. 이렇게 내 몸에 손을 대면 안 돼요. 만약에 여기서 더 나간다면 그땐 돌이킬 수 없는 일이 일어나고 말 거예요. 제발 바루 멈춰줘요. 난 바루가 좋은 사람이라는 걸 믿어요."

어떻게 해서든 마음을 돌리려고 간절한 마음으로 달래고 또 달랬다. 하지만 그녀가 단호하면 할수록 바루 또한 그칠 줄 모르고 집요했다.

"이래서는 안 된다는 걸 나도 알아요. 하지만 안 되는 걸 어떡해요. 제발 내 사랑을 받아주세요. 날 버리지 말아요. 누구한테도 인정받지 못하고 무시당한 채 하루하루 지옥같이 힘든 날들 속에서도 내가 살아올 수 있었던 것은 미르셀이 있기 때문이에요. 그냥 좋아요. 밥을 먹지 않아도, 할 일이 없어도 난 그냥 좋아요. 미르셀이 내 옆에 있다는 것만으로도 살아갈 이유가 돼요."

바루의 입에서 예상치 못한 말이 술술 터져 나왔다. 그렇게나 말을 잘할 줄은 이전에는 미처 몰랐었다. 인내하면서 끝까지 침착함을 잃지 말아야 한다고 마음을 다잡았다.

잠깐 사이에 별의별 생각이 머리를 스쳤다. 이 세상에 태어난 사람은 나쁜 사람은 없고, 단지 그 사람을 둘러싼 상황이 그렇게 몰고 갈 뿐이라는 게 미르셀의 평소 생각이었다. 그러니 그런 상황만 잘 넘기게 되면 다시 원래 있던 자기의 자리로 돌아갈 수 있을 거라 믿었다.

지금도 마찬가지였다. 이 일이 밝혀지면 아마도 바루는 앞으로 더 어려운 처지에 빠질 것이고, 부족 전체에 큰 파장을 일으킬 게 분명했다. 그러니 더 이상 확대되지 않도록 막아야 하고, 여기서 끝내야 했다.

사람을 믿고 사랑하는 미르셀의 성품과 지혜는 위기의 순간에 빛났다. 미르셀의 간청이 이어지면서 그녀의 어깨를 잡은 손아귀 힘이 어느 순간부터 약해지는 걸 느꼈다.

미르셀은 용기를 내어 과감하게 바루의 손을 내려 맞잡았다. 그리고 진심으로 마음을 전했다.

"바루, 날 좋아해 줘서 고마워요. 하지만 그냥 좋아하는 것과 이성으로서 사랑하는 것은 별개의 문제예요. 그건 한쪽의 일방적인 마음으로 될 수 없어요. 남녀 간의 일은 서로의 마음이 같아야 해요. 그러니 여기서 멈춰야 해요. 더 나가면 안 돼요. 나와 우리 부족원은 다 바루를 믿어요. 그러니 자신감을 가지고 용기를 잃지 마세요. 나와 툼바가 늘 옆에서 도와줄게요. 오늘 있었던 일은 아무에게도 말하지 않을게요."

진정성 있는 미르셀의 말이 점점 그의 마음을 움직였다.

"내가 바루를 좋아하는 건 남자와 여자로서의 마음이 아니에요. 우리가 같은 부족이기에 품는 거예요. 바루는 심성이 착하니 나뿐만 아니라 모두가 좋아하고 도와주려고 해요. 내 말이 무슨 말인지 알죠? 분명한 것은 오늘 이런 일이 있었다고 제가 달라지거나 변하지 않을 거예요. 예전과 똑같이 대할게요. 앞으로 어려운 일이 있으면 내가 도와줄게요. 오늘 잘 참아주고, 내 말 들어주어서 고마워요."

미르셀의 손에 잡혀 있던 바루의 손이 스르르 풀리면서 늘어졌다. 어느새 그의 눈에서 커다란 눈물방울이 뚝 뚝 떨어지고 있었다. 원래 심성이 착하고 순진한 남자였다. 타고난 소심한 성격으로 인해 남자들과 잘 어울리지 못하면서 자존감이 많이 떨어졌지만, 충분히 회복할 수 있고 언제든 당당하게 나설 수 있는 사람이었다.

미르셀은 흥분하지 않고 침착하게 대응하길 잘했다고 스스로 속으로 칭찬했다. 바루는 곧 미르셀에게서 떨어져 옆에 있는 나뭇등걸 위에 걸터앉은 채 묽은 똥을 뚝 뚝 떨구는 새처럼 말없이 눈물만 흘렸다. 미르셀은 끝까지 최선을 다했다. 바루에게 다가가 아무 말도 없이 손을 잡은 채 그 마음을 진심으로 위로했다.

바루가 눈을 들어 미르셀을 바라보았다. 그의 눈물은 쉽게 그치지 않았다.

"미안해요. 미르셀. 내가 잠시 미쳤었나 봐요. 이러면 안 되는 줄 알면서 순간 정신이 나갔어요. 미안해요."

"괜찮아요. 바루. 이젠 괜찮아요. 다 잘 될 거예요. 오늘 아무 일도 없었어요. 내일이 되면 다시 새로운 기분으로 잘할 수 있어요. 이제 집에 돌아가서 푹 자요. 나도 들어갈게요."

손으로 두 눈을 훔치며 눈물을 닦아낸 그는 아무 말 없이 고개를 푹 숙인 채 멀어져갔다.

뜻하지 않은 구애를 간신히 받아내고, 물리치면서 미르셀은 순수한 한 남자의 마음이 다치지 않길 마음속으로 기도했다. 그 순간 툼바의 얼굴이 떠올랐다. 툼바가 옆에 있었다면 깜짝 놀라 흥분은 했겠지만, 잘했다고 칭찬했을 것이다. '사랑하는 사람의 손길은 더할 수 없이 따사로운 사랑의 표현이지만 그렇지 않은 사람의 거친 손길은 용납될 수 없는 폭력일 뿐이다.' 툼바와 바루의 손길을 떠올리며 생각했다.

미르셀은 약속을 지켰다. 전혀 내색하지 않고 평소와 다름없이 행동했다.

그 일 이후 바루의 행동은 확연하게 달라졌다. 미르셀을 만나면 눈도 못 마주치고 어려워했다. 밖에 나오는 일도 거의 없이 혼자 생활했다. 옆에서 보는 것만으로도 많이 안타까웠다.

그 일을 통해 미르셀도 느낀 게 많았다. 변함없이 사람을 대하면서도 상황에 맞게 잘 처신하려 더 노력했다. 다른 사람에게 친절과 호의를 베풀 때도 신경 썼다. 사람에 따라서는 일반적인 행동도 특별하게 받아들일 수 있음을 유념했다. 또한, 자기 혼자 깨닫는 것으로 끝나지 않고, 또래의 여자들과 아이들에게도 처신하는 법을 알려주었다. 부족원 간에 불필요한 다툼이나 불미스러운 일이 있어서는 안될 것이었다.

폭풍이 지나간 뒤에 고요가 찾아오듯이 한동안 평온한 날들이 이어졌다.

시간이 가면서 툼바와 미르셀이 나누는 대화는 더 깊어지고 넓어졌다. 다방면에 걸친 얘깃거리의 공통적인 주제는 자연과 세상과 사람으로 귀결되었다. 그들은 이 땅에 특별한 존재로 태어나, 살아가고 있다는 걸 온몸과 마음으로 깨우쳐갔다. 아울러 자기들과 함께 살아가는 다른 사람도 모두 특별하고 소중한 존재임을 인식했다. 두 사람만 알고 있지 말고 할 수만 있으면 많은 사람에게 전하여 알게 하자고 약속했다. 함께 얘기를 나누는 시간이 더해가면서 세상이 마치 안개 속에 있는 것과 같다는 걸 느꼈다. 알면 알수록 불확실했다.

'안개는 분명히 있는 실체를 보이지 않게 하거나 흐릿하게 한다. 어떤 경우에는 오히려 안개를 이용해 숨기도 한다. 그런 안개 속에서 누구는 헤매고, 다른 누구는 헤쳐간다. 그리고 일부는 아예 안개가 꼈다는 것조차 모르고 살아가기도 한다. 그런 세상에서 안개를 제대로 바라보고 거둬내면서 살아가는 게 올바른 인간의 길일 것이다.'

툼바와 미르셀은 세상을 돌아보면서 부족을 둘러싼 안개를 거둬내는 데 조금이라도 보탬이 되도록 노력하자고 다짐했다. 모든 게 불확실한 세상에서 인간이 걸어가야 할 길을 하나하나 알고 실천하면서 같은 또래들과 마음을 나눴다. 자기에게 주어진 몫을 다하면서도 함께 나아갈 수 있도록 앞장섰다.

가장 크게 마음을 쓴 건 자라나는 아이들을 포함하여 후세 사람들이 더 안전하고 편안하게 살아갈 수 있도록 하는 일이었다. 그들이 겪었던 어려움을 똑같이 반복하지 않기를 바랐다. 알고 느끼고 경험했던 것들을 지금의 삶에서만 끝내지 않도록 어딘가에 새기고 남겨 후손들이 배우고 기억했으면 했다.

람보르 족장은 툼바와 미르셀의 건의를 받아들였다. 기록하는 일은 지금까지는 족장을 포함하여 특정한 사람만 할 수 있었다. 그런데 그 일을 부족원 누구나, 언제든지 할 수 있도록 허락했다.

부족원은 눈에 보이는 모습과 형상대로, 마음속으로 느끼는 대로 바위와 돌과 땅 위에 그려나갔다. 각자가 그리는 방법이나 모습은 달랐지만 무얼 말하고자 하는지 서로 잘 알았다.

그리는 곳도 다양했다. 누구는 쉽게 지워지는 흙이나 모래 위에 그렸고, 또 누구는 사람들 눈에 잘 띄지 않는 곳에 있는 돌에 정성을 다해 새겼다. 돌창을 만들 때 쓰는 강한 검돌이 마을 근처에 널려있기에 깨뜨려서 뾰족하게 만들면 약하고 무른 돌 위에 어렵지 않게 새길 수 있었다. 새기는 것도 돌이고, 새겨지는 것도 돌이었다.

부족 사람들이 자주 모이는 중앙의 공터에는 아예 함께 모여 그리면서 통할 수 있는 땅이 정해져 있었다. 그곳은 아이들에게는 놀이터이기도 했다. 수시로 모여서 함께 놀면서 더러는 속으로만 좋아하고 있던 사람에게 용기를 내어 마음을 표현하기도 했다.

다만 마을 뒤에 있는 동굴 안의 넓은 공간만은 달랐다. 그곳엔 여전히 아무나 그릴 수 없었다. 족장이나 족장이 지정한 사람이어야 했다. 내용도 하늘과 자연의 이치나 부족에게 일어난 중요한 일로 한정했다. 그 행위는 일종의 의식과도 같았다.

그렇게 그들이 겪고 나눈 수없이 많은 내용이 매일매일 그들의 땅에 그려지기도 하고, 사라지기도 했다. 어느새 부족의 마을 곳곳에는 크고 작은 흔적들이 새겨지고 심어졌다. 이미 이전에 조상들이 남긴 흔적들을 보면서 그들을 떠올리고 기억하듯이 후손들도 그러할 거라 여겼다. 그들의 삶이 잊히지 않는 의미로 남는다는 게 얼마나 대단한 일인지 생각할 때면 툼바와 미르셀은 가슴이 뛰었다. 루미까지 태어나면서 그 마음은 더 강렬해졌다.

언젠가 해 질 무렵 루미를 재워놓고 모처럼 오붓하게 둘이 마을 주위를 산책한 적이 있었다. 그때 서로 나누었던 대화가 툼바의 가슴 속에 오랫동안 남아 있었다.

"참으로 신기해요. 당신과 나, 그리고 루미 이렇게 함께 살고 있다는 것이 꿈만 같아요."

"미르셀, 나도 그래요. 아마 모르긴 몰라도 내가 더할걸요. 그런 마음이 드는 게. 난 날마다 그런 생각에 잠겨요. 혹시 꿈이 아닐까 싶어 꼬집기까지 하는 걸요."

"그래서 사실 두려운 것도 있어요. 이렇게 좋은 날들이 언제까지 이어질지. 우리의 삶이 그렇잖아요. 곳곳에 위험요소가 도사리고 있으니까요."

평소의 미르셀답지 않게 그런 생각을 한다는 게 낯설게 느껴졌다. 더군다나 두렵다는 말까지 나왔기에 더 그랬다.

"매사에 밝고 긍정적인 당신이 두려워하다니요? 왜 그런 생각을 해요. 그동안 아무 일도 없었잖아요. 우리 부족은 지금까지 살아온 대로 앞으로도 문제없이 잘 살아갈 거예요. 그러니 아무 걱정하지 말아요."

"나도 그러길 간절히 바라고 원해요. 그런데 세상일이라는 게 우리의 맘과 뜻대로 이루어지는 건 아니잖아요. 전혀 예상하지 못했던 일이 닥칠 수도 있으니 준비하는 건 나쁘지 않아요. 다른 사람은 몰라도 족장님과 솔론, 당신처럼 우리 부족을 이끌어 가는 사람들은 특히 더 그래야 해요. 부족원이 누굴 믿겠어요?"

툼바는 고개를 끄덕일 수밖에 없었다.

"당신 말이 옳아요. 지금까지 당신 말을 듣고 따르면 안 되는 일이 없었죠. 무엇을 염려하는지 알았으니 방심하지 않도록 할게요. 하지만, 설령 무슨 일이 있어도 난 당신과 루미를 반드시 지켜낼 거예요."

"고마워요, 나도 당신을 믿어요. 그리고 중요한 게 있어요. 당신은 우리 식구만의 툼바가 아니라, 우리 부족의 툼바라는 사실을 잊지 마세요. 더 멀리 보고, 더 넓게 생각하셔야 해요. 족장님을 도와 우리 부족을 지키는 일에 더욱 힘을 쏟아요."

자기 자신이나 가족보다 부족을 먼저 생각하는 미르셀이기에 할 수 있는 말이었다. 왜 틈만 나면 그런 말을 하는지 툼바는 이미 잘 알고 있었다. 그건 아마도 툼바가 부족을 위해 큰일을 할 수 있길 바라는 기대와 희망의 표현일 것이었다.

미르셀은 무엇이든 숨김없이 털어놓고 말했지만, 전에 있었던 바루와의 일만큼은 끝끝내 말하지 않았다. 사람에게는 질투와 미움이라는 감정이 있고, 그것이 어떻게 관계를 해치는지 알고 있었기에 말하지 않는 것이 더 낫다고 믿었다. '큰불은 작은 불씨에서부터 생겨나고, 큰 어려움은 아주 사소한 일로부터 시작된다. 어떤 일은 차라리 모르는 편이 좋을 것이다. 부족의 단합을 깨뜨리는 일이 일어나서는 안 된다.' 행여나 툼바가 그를 미워하고, 부족의 다른 청년들까지 경계하며 의심하는 일이 벌어지면 바람직하지 않은 방향으로 흘러갈 것이기 때문이었다.

"근데, 미르셀. 예나 지금이나 우리 부족의 청년들은 당신에게 참 관심이 많아요. 당신이 내 짝이 되기 전까지는 그러려니 했는데, 루미까지 태어났음에도 여전히 그런 걸 보면 당신에겐 특별한 매력이 있는 것 같아요. 내가 미처 알지 못하는..."

툼바는 말끝을 흐렸다. 미르셀은 마치 속내를 들킨 듯 화들짝 놀랐다. 겉으로는 아무렇지 않은 척 태연했지만, 마음은 요동쳤다.

"에이 그럴 리가요? 내가 당신 여자란 걸 모르는 사람이 없는데요. 너무 걱정하지 말아요. 제가 잘 처신하면 돼요. 그런데 족장님과도 그런 문제들에 대해 얘기를 나눠요. 청년들 짝을 맺어주자고요. 그나저나 전 요즘 꿈자리가 뒤숭숭해요. 저도 조심할 테니 당신도 조심하세요. 큰일을 할 사람은 작은 것부터 살펴야 해요. 작다고 소홀히 여기거나 무시해선 안 돼요. 행동 하나하나에도 신경 쓰세요."

"알았어요. 당신이 한 말 무슨 말인지 알아요. 나도 우리 청년들이 좋은 짝을 맺고 아이를 낳아 우리 부족이 더 융성하고, 강해질 수 있도록 도울게요.

내 곁에 당신이 있는 한 나는 아무것도 걱정하지 않아요. 고마워요. 당신은 나에겐 너무 과분한 사람이라 고마울 뿐이에요.”

　“과분하다니요? 그런 말씀 하지 마세요. 정말 그렇다면 당신도 내게 과분해요. 내게 예쁜 루미를 선물한 사람이 당신이니까요. 나도 아무 걱정 안 해요. 당신만 내 곁에 있다면 난 어떤 일이든 헤쳐나갈 자신이 있어요. 나와 루미는 걱정하지 말고 당신 하는 일에 소홀함이 없도록 하세요.”

　두 손을 꼭 잡고 함께 걷는 길, 그 길은 단순히 산책이 아니었다. 두 사람만의 인생길을 걸어가고 있는 것이었다. 혼자서는 결코 멀리, 오래 걸어갈 수 없을 것이었다. 쉽게 지치기도 하고 힘들 것이기에 함께 가야 했다.

　툼바와 미르셀은 시간이 갈수록 서로를 더 깊이 느꼈다. 서로를 그냥 만나지 않았다는 걸, 하늘이 허락한 운명이란 걸 마음 깊이 새기고 있었다. 그건 이 세상에 오직 두 사람만 알면 되는 것이었다.

　그날 그들이 주고받은 것은 말이 아니라, 마음이었다.

　스쳐 가는 바람은 잔잔했으며, 밤의 어둠을 더 짙게 만드는 하늘의 별들은 전에 없이 더 반짝였다. 아마도 그들의 대화를 엿들었던 게 아닌가 싶었다.

　그 별들만큼이나 두 사람의 눈동자도 영롱하게 빛났다.

3. 기억할 그 이름

그때 그곳 그 자리에서 싸움이 시작되었다. 우리가 전쟁이라고 부르는.

그 이후에, 전쟁은 어디에나 있었다.
사람이 있는 곳이면 늘 따라다녔다.
심지어 혼자일 때조차 마음속에는 자기만의 전쟁이 끊이지 않았다.

람보르 족장은 한 부족의 수장답게 특별한 정신세계를 지니고 있다. 그를 지켜보거나 대화를 나누는 사람들은 대부분 그 세계를 차마 가늠할 수조차 없다고 느꼈다. 날마다 빠짐없이 갖는 '지혜의 시간'이 그를 더 깊고 넓게 만들어 갔다. 그 시간은 그에게 있어 명상이며, 수양이고, 고행이다.

지금 람보르는 그 시간 안에 들어가 있다. 단전에 의식을 두고 크게 심호흡하면서 세상을 향해 몸과 마음을 활짝 연다. 그 모든 것을 다 받아들일 때마다 세상과 하나가 된다는 걸 느낀다. 또 다른 자신이 드높은 하늘에서 자신을 내려다보고 있는 것 같다.

람보르는 그들이 터전을 잡은 해또르 지역을 벗어나면 곳곳에 그들과는 다른 부족들이 살아가고 있음을 알고 있다. 그들의 땅에서 그리 많이 떨어지지 않은 곳에 나일이라는 어마어마하게 큰 강이 흐르고 있고, 그 옆으로 앗바라강이 나일강으로 이어진다. 강을 따라 갖가지 풀들이 자라고, 동물들이 모여 살고 있다. 그러니 강줄기를 따라 여기저기에 사람들이 모여 살아갈 것이었다.

사람들은 서로의 땅에 자기들만의 터전을 이루며 영역을 지켰다. 서로 왕래하거나 침범하지는 않았다. 오래전 조상 때부터 그렇게 살아왔다고 들었다.

그런데 최근에 와서는 분위기가 조금씩 달라지기 시작한다는 걸 느꼈다. 정확히는 알 수 없으나, '지혜의 시간'에 머물수록 다른 부족들의 모습이 머릿속에서 명멸했다. 지금까지는 각자의 자리를 지키며 살아왔지만, 앞으로는 달라질 것이라는 예감이 강하게 밀려왔다. 생각이 깊어질수록 그건 막을 수 없는 일이라는 느낌마저 들었다. 개인이나 부족의 의지와 희망을 넘어서는 일일지도 몰랐다. 살아내기 위한 몸부림이 여기저기 꿈틀거리는 세상에서 부족의 모든 걸 책임져야 하기에 자연과 사람을 향한 관심은 아무리 해도 지나치지 않았다.

람보르는 족장으로서 부족원 눈에는 누구보다도 강인한 남자로 보이지만, 개인적으로는 두려웠다. 지금처럼 어려운 날들이 계속된다면 인간은 물론 동물들도 살아남기가 버거운 지경에 처할 수도 있다는 걸 알기에 더 그랬다.

그런 상황에선 서로의 경계를 세우며 영역을 인정하는 버팀목이 점점 약해지리라는 것을 예상하는 건 어렵지 않았다. 언젠가 그것이 무너지게 되는 날이 올 것이고, 그 이후엔 오직 치열한 생존 경쟁만이 시작될 것이었다. 그 순간이 혹여 눈앞에 닥친 바로 지금일 수도 있다는 생각에 이르자 마음이 절로 무거워지면서 두 손을 부여잡고 간절히 빌 수밖에 없었다.

무릇 한 집단의 지도자라면 평범한 사람의 삶과는 달라야만 한다는 걸 누구보다도 잘 알기에 람보르는 항상 겸손하고, 끝까지 인내해야 한다고 스스로 주문을 걸었다.

'지혜의 시간'에서 빠져나올 때쯤 입에서 '제벨 사하바!'라는 말이 절로 터져 나왔다. 평온한 삶을 위한 간구를 담아 신과 조상을 향해 간구할 때마다 붙이는 그 기도는 람보르 부족에게 있어 단순한 간구를 넘어 일종의 구원이자 생명과도 같다.

부족원은 사냥을 나갈 때나 중요한 일이 닥쳤을 때, 마음으로 기도하며 늘 '제벨 사하바!'를 되뇐다. 이는 '우리를 지켜주소서!'라는 뜻으로, 하늘과 땅과 인간을 잇는 간절한 바람이자 통로이다. 우리라는 말속에는 부족을 넘어 이 세상의 모든 존재까지 담겨 있다.

람보르는 틈만 나면 자기 자신과 부족을 위해 기도하고 또 기도했다. 그 뜨거운 가슴에서 터져 나온 '제벨 사하바!'는 그들의 터전 깊숙이 알알이 박히고 새겨졌다.

최근 들어 람보르의 기도가 더 길고 깊어졌다. 상대 부족과 처음 만나고 난 이후에 람보르는 많은 생각에 잠겼다. 그들에 대해 알아야 했기에 과연 어떠한 사람들인지 집요하게 파고들었다. 지금 당장은 가장 큰 위협일 수 있지만, 이 사태를 잘 해결하면 어쩌면 나중에는 가장 좋은 동반자요, 중요한 협력자가 될 수 있다는 것도 염두에 뒀다. 앞으로 어떤 상황이 전개될지 장담할 수는 없지만, 그 상황을 헤쳐나가는 것은 오로지 자신의 의지와 부족의 단합된 힘이어야 한다는 것은 분명했다. 주어진 운명은 개척하면서 바꿀 수 있음을, 그것 또한 족장인 자신과 부족의 운명에 예정되어 있기를 바랐다.

람보르는 부족원 중에서 솔론과 툼바를 가장 믿었다. 이번 일을 겪으면서 그 믿음은 더 강해졌다. 자신의 실수로 벌어진 일에 대해 회피하지 않으면서 스스로 해결해 나가려고 하는 툼바는 보기에도 믿음직스러웠다. 솔론은 람보르가 가장 신뢰하는 부족원답게 매사에 부족의 일을 자기 일처럼 발 벗고 나서고 있기에 더더욱 믿을 수 있었다. 어떤 곳에든 일이 벌어나기 전에는 큰소리 치다가도 막상 터지면 숨기 바쁜 사람들이 있게 마련이지만 그 두 사람은 그러지 않았다.

무엇보다도 긴박한 상황에서 잘못을 인정하고 기꺼이 책임지겠다는 툼바의 진정성에 람보르는 감동했다. '그런 솔론과 툼바 두 사람을 이제 저들의 땅으로 보내야 한다. 살아 돌아올 수 있을지 없을지 장담하지 못하는 상황에서 가장 아끼는 두 사람을 보내는 것이 썩 내키지는 않지만, 누군가 이 실타래를 풀어야 한다면 그들이 적임자이다. 다만, 그나마 안심되는 것은 툼바만 홀로 보내지 않고 지략이 뛰어나고 진중한 솔론이 함께 간다는 것이다.' 람보르는 속으로 이렇게 되뇌며 두 사람이 힘을 합치면 어떠한 어려움이 닥친다 해도 충분히 헤쳐나갈 수 있을 거라고 믿었다.

이제 공은 툼바에게 넘어왔다. 비록 실수였다고 하나 그로 인해 벌어진 일이기에 그가 직접 나서는 것은 당연했다. 지난 며칠이 마치 몇 년의 세월이 흐른 듯 느껴지지만, 따지고 보면 아직 시작도 하지 않은 것이었다. 곧 본격적으로 시작될 것이고, 앞으로 닥칠 일은 지금까지 겪었던 것보다 더 크고 무거울 거라 생각했다.

운명의 시간은 숨 가쁘게 흘렀다. 멈춘 듯하다가 다시 또 다가오며 끊임없이 이어졌다. 툼바는 느꼈다. 그 누구에게나 살아있는 모든 시간이 운명의 시간이라는 걸. 그것은 그냥 주어지는 게 아니라 자기 자신이 매일 새롭게 열어가는 것임을 점점 깨달아가고 있었다.

힘든 건 미르셀과 루미와의 헤어짐이었다. 지금까지 한 시도 떨어진 적이 없었는데 잠시나마 떨어져야 한다는 게 가슴 아팠다. 어쩌면 다시 못 돌아올지도 모른다는 두려움이 견디기 힘들 정도로 무겁게 가슴을 짓눌렀다. 차마 입 밖으로 꺼내진 못했지만, 목숨마저 내놓을 각오를 하고 나서는 길이기에 더 비장했다. 어쩌면 생의 마지막일지 모르니 미르셀과 루미의 얼굴을 가슴에 더 깊이 담고 싶지만, 금방이라도 울음이 터져 나올 것 같아 차마 자세히 쳐다볼 수조차 없었다.

그렇게 애써 외면하는 사랑하는 이의 눈길을 미르셀 역시 찢어지는 가슴으로 품고 있었다. 그저 아무것도 모르는 루미만이 엄마의 품에 안긴 채 또랑또랑한 눈을 크게 뜨고 아빠를 바라보고 있었다. 툼바는 자신의 눈앞에서 반짝이는 두 개의 별을 보면서 언제까지나 지키겠노라 마음속으로 다짐했다.

애처로운 눈빛으로 툼바를 바라보기만 하던 미르셀은 끝내 참지 못했다. 눈에선 어느새 굵은 눈물방울이 소리 없이 흘러내리고 있었다. 툼바는 가만히 그녀를 끌어안았다. 여린 몸이 넓은 품 안으로 쏙 들어왔다. 뜨거운 눈물이 툼바의 팔뚝 위로 뚝뚝 떨어졌다. 더없이 냉철한 그녀지만 툼바 앞에서는 여리고 가냘픈 한 여자에 불과했다. 자기가 아니면 과연 누가 이 두 사람을 지켜줄 것인가, 이내 툼바의 눈에서도 뜨거운 눈물이 솟구쳤다.

누가 먼저랄 것도 없이 두 사람은 서로의 입술을 포갰다. 뜨겁게 하나가 된 두 사람의 마음은 서로의 몸을 오가면서 공명을 일으키며 소리를 키우고 있었다.

"나랑 약속해요. 무슨 일이 있어도 나와 루미 곁으로 꼭 살아서 오겠다고요. 안 그러면 당신을 보내지 않을 거예요. 당신이 없으면 나나 루미나 하루도 못 살아요. 당신이 없는 세상은 생각할 수도 없어요. 그러니 꼭 살아서 돌아와야 해요. 어려운 길 떠나는 당신에게 이러고 싶지 않은데 나도 내가 왜 이러는지 모르겠어요. 그러니 제발 나와 루미를 위해서 살아 돌아올 거라고 약속해줘요."

울음 섞인 미르셀의 말이 툼바의 마음을 갈기갈기 찢으며 파고들었다.

"약속할게요. 꼭 살아서 돌아올게요. 당신과 루미를 남겨 놓고 난 안 죽어요. 아니, 못 죽어요. 나 아니면 이 세상에 누가 당신과 루미를 지킬 수 있어요? 나 툼바 말고는 그 누구도 할 수 없어요. 그러니 꼭 살아서 돌아올게요.

아무 걱정하지 말고 나 돌아올 때까지 루미 잘 보살피고 있어요. 당신이 잘 해낼 거라 믿고 떠날게요."

겨우 눈물을 거둔 툼바는 부둥켜 안은 미르셀과 루미를 뚫어지게 바라보았다. 루미의 해맑은 눈동자와 마주친 그 순간 툼바는 자기도 모르게 흠칫 머뭇거렸다. 비록 찰나의 순간이지만 왠지 모를 섬뜩한 느낌이 들었기 때문이었다. 황급히 눈을 돌렸다. 떠올려서는 안 될 생각이 어린 루미에게 들킨 것 같아 어찌할 바를 몰랐다. '어쩌면… 그들이 원한다면 루미를…' 툼바는 절로 고개를 가로저었다. '안돼, 안돼, 내가 죽는 한이 있더라도 그건 있을 수 없는 일이야. 암, 그래야 해.'

두 팔에 다시 힘을 주어 미르셀과 루미를 꼭 끌어안은 채 툼바는 마음을 다 잡았다. 어느새 울음을 그친 채 자신을 바라보는 미르셀의 마음을 헤아렸다. '혹시 그녀 역시 어느 정도 눈치채고 있는 건 아닐까…' 툼바의 마음은 끝없는 심연으로 가라앉았지만 이내 툴툴 털어버렸다. 금방 잠들어 버린 루미의 뺨에 오래도록 입을 맞추고 난 후, 구석구석 집안을 둘러보면서 마치 영영 떠나는 사람처럼 사랑하는 가족과의 작별 의식을 마쳤다.

루미를 내려놓고 툼바와 미르셀은 함께 집을 나섰다. 아직도 밖은 희미한 어둠 속에 잠겨있었다. 아직 동은 터오지 않았지만, 밤새 짙었던 어둠은 이제 조금씩 걷히고 있었다.

약속한 장소에는 솔론이 먼저 나와 있었다. 그들은 곧바로 람보르 족장을 찾아 인사했다. 이른 새벽인데도 불구하고, 툼바 일행이 떠난다는 소식을 들은 부족원이 하나둘씩 광장으로 모여들었다. 어느새 많은 사람이 모였다. 상황이 상황인지라 모두의 표정은 엄숙했고, 숨소리도 나지 않았다. 침묵은 람보르 족장이 나타날 때까지 길게 이어졌다.

이제 주사위는 던져졌다. 어쩌면 사지(死地)가 될 수도 있는 낯선 곳으로 떠나는 두 사람, 가파른 절벽 끝에 선 듯한 부족의 운명을 양어깨에 짊어진 솔론과 툼바가 부족원 앞에 나섰다. 그 자리엔 오직 정적만이 뒤덮고 있었다. 눈빛으로는 걱정과 더불어 더없이 뜨거운 격려를 보내고 있었다.

모여 있는 부족원 한명 한명을 일일이 쳐다보면서 툼바의 마음은 더 무거워졌다. 미르셀은 차마 앞에 나서지도 못하고 뒤에서 두 손을 모으고 고개를 숙이고 있었다. 그 순간에도 기도하고 있었다.

툼바는 어금니를 깨물며 또다시 울컥하며 약해지려는 마음을 다잡았다. 자기 가족과 부족원을 지키기 위해서라면 어떠한 어려움이 있어도 헤쳐나갈 것이고, 절대 물러서지 않겠다고 굳게 다짐했다. 그 마음이 부족원에게 전해질 거라 믿었다.

사실 그랬다. 툼바와 솔론이 처한 상황을 보면서 그곳에 가는 게 내가 아니어서 다행이라고 생각하거나 안도하는 사람은 단 한 명도 없을 것이었다. 모두 같은 마음일 것이었다. 툼바와 솔론이 아니더라도 람보르 족장이 명하면 부족원 누구라도 머뭇거림 없이 그 자리에 설 거라는 믿음이 있었다. 그들은 먼저 부족이 있고 나서야 개인이 있을 수 있음을 마음으로 새겼다.

미르셀은 그런 부족원의 마음을 헤아리고 있기에 감사했다. 아직 간밤의 열락으로 인한 흥분이 채 가시지 않았고, 조금 전의 애절함과 애틋함도 여전했지만, 이제 기꺼운 마음으로 툼바를 보내야 했다. 이대로 툼바를 따라가고 싶은 게 솔직한 심정이었다. 만약에 여자들이 앞에 나설 수 있는 상황이거나, 혹여 족장이 자신을 보내주기만 한다면 따라가서 누구보다도 이 상황을 잘 추스를 자신도 있었다. 하지만 현실은 그렇지 않았다. 나설 수도, 차마 보내 달라고 할 수도 없었다. 더더군다나 루미를 떼놓고 갈 수는 없는 노릇이었다.

부족원과 인사를 나누던 툼바가 뒤쪽에 서 있던 미르셀 앞으로 다가와 손을 잡자 미르셀은 뜨거운 사랑을 담아 조용하게 말을 건넸다.

"당신은 꼭 살아 돌아올 거예요. 제 말을 믿어요. 부족의 명예를 걸고 당당하게 다녀오세요. 어떤 일이 있어도 당신답게 행동하세요. 무사히 돌아오는 순간까지 기도하고 있을게요.”

당신답게 행동하라는 말이 툼바의 마음속에 들어와 박혔다. 허공에서 눈길이 부딪쳐 빛났다. 두 사람은 지극한 마음으로 서로를 달래주었다.

람보르 족장이 처소에서 나왔다. 솔론과 툼바를 중심으로 모여 있는 부족원과 눈빛으로 인사를 나눈 람보르는 조금도 머뭇거리지 않고 엄숙하게 입을 열었다.

“이렇게 이른 새벽부터 모여주신 여러분 모두 고맙습니다. 다 알다시피 지금, 솔론과 툼바 두 사람이 참으로 어려운 길을 나섭니다. 우리 부족의 운명을 걸머지고 가는 길입니다. 다 알다시피 우리는 지금까지 겪어보지 못한 상황에 처해 있습니다. 뜻하지 않은 일로 낯선 부족을 만나게 되었고, 반드시 해결해야 할 일을 마주하고 있습니다. 그들이 무엇을 원하고 받아들일지, 앞으로 무슨 일이 벌어질지는 아무도 모릅니다. 어쩌면 우리가 겪어보지 못한 위협이나 위험에 처할 수도 있습니다. 차마 입에 담고 싶지는 않지만 솔직하게 말씀드립니다. 만약에 일이 잘못되면 여기 있는 솔론과 툼바는 살아 돌아오지 못할 수도 있습니다. 이 두 사람은 어쩌면 돌아오지 못할 수도 있는 길을 나서려고 하는 것입니다. 하지만, 난 믿습니다. 이들은 우리 부족의 기둥이고 미래입니다. 희망입니다. 제게는 더없이 충직한 동반자입니다. 우리 부족의 앞날이 이 두 사람에게 걸려 있습니다. 그러니 반드시 살아 돌아올 거라 믿습니다. 우리가 할 일은 오직 단 하나, 두 사람이 살아서 돌아올 수 있도록 신께 간절히 비는 것뿐입니다. 모두 기도합시다. 제벨 사하바, 제벨 사하바!”

‘제벨 사하바, 제벨 사하바!’ 람보르 족장의 연설에 이어 모두가 외치는 주문이 마을을 넘어 세상으로 퍼져갔다. 같은 마음으로 보내는 부족원의 응원이 하늘을 찔렀다. 아직 채 동트기 전인데도 그들의 빛나는 눈빛으로 인해 주위가 환해졌다.

툼바는 가슴이 저려오는 걸 느꼈다. 심장이 폭발할 것만 같았다. 살짝 눈을 돌려 다시 한번 더 미르셀 쪽을 쳐다보았다. 미르셀도 툼바를 바라보고 있었다. 그녀의 눈빛이 강렬하게 뿜어져 나와 툼바를 휘감았다. 그 속에서 서로를 향한 깊은 마음이 오고 갔다.

툼바와 미르셀, 그들은 그렇게 또 한 번의 작별 인사를 나눴다.

부족의 운명을 걸머진 대장정이 시작되었다. 여전히 귓가에 맴도는 미르셀과 람보르 족장의 말을 마음에 품고 툼바는 뿌옇게 밝아오는 세상을 향해 나아갔다. 옆에는 믿음직한 솔론이 있었고, 마음에는 미르셀과 루미를 담았기에 두렵거나 외롭지 않았다. 람보르 족장과 부족원의 기대와 희망을 양어깨에 짊어졌다고 생각하니 오히려 비장하기까지 했다.

마을을 벗어난 두 사람은 곧바로 해또르 지역으로 방향을 잡았다. 들판의 어둠은 눈에 보일 정도로 시시각각으로 사라져갔고, 이미 먼 곳에서부터 하늘이 밝아오기 시작했다. 사방이 조금 훤해지고 나서야 산과 들의 모습이 제대로 눈에 들어왔다. 후루투산을 보면서 방향을 잡으면 될 터였다.

이내 늘 보던 익숙한 풍경이 눈에 들어왔다. 해또르 지역까지는 비교적 넓고 곧은 길이 이어져 있고, 길가 옆에는 무성한 숲과 나무들이 우거졌다. 사시사철 물이 흐르는 큰 강이 있기에 가능한 일이다. 이렇게 좋은 땅이니 여기저기서 동물이건 사람이건 몰려들 수밖에 없을 것이다.

길은 끝도 없이 이어진다. 멀리 바라다보이는 높은 산 위엔 아직도 얼음이 덮여있지만, 손을 뻗으면 잡힐 듯 가까이에 있는 사방의 숲속은 온통 푸르르다. 넓게 펼쳐져 있는 들판엔 이름 모를 풀들이 무성하게 자라나고, 여기저기 크고 작은 동물들이 무리 지어 뛰어놀고 있다.

툼바는 문득, 사냥을 나갈 때와 지금이 다르다는 걸 느꼈다. 분명 발걸음도 달랐다. 그런 생각이 들자 이 길이 사냥을 나서는 길이면 얼마나 좋을까 싶었다. 그러면 이렇게 발걸음이 무겁지도 않을 것이고, 살아 돌아오지 못할 수도 있다는 불안한 고민 따위는 하지 않아도 될 터였다.

옆에서 걸어가는 솔론은 아무 말이 없었다. 무슨 생각을 하고 있는지 알 수가 없었다. 그냥 앞만 보고 발걸음을 내디딜 뿐이었다.

어느 정도 시간이 흐르자 제법 마음이 풀렸다. 사방에서 시원한 바람이 불어왔고, 공기도 싱그러웠다. 해또르 지역을 지나 조금 더 들어갔다. 다행히 길은 여러 갈래로 흩어지지 않았다. 그들이 어느 곳에 사는지는 모르지만, 처음 만났을 때 걸어왔던 방향은 확실히 알고 있었기에 그쪽으로 가면 분명히 만날 수 있을 거라 여겼다.

두 사람은 각자 하나씩 큰 짐을 메고 있었다. 잘못한 것에 대해 사과의 뜻을 전하면서 전달할 물건들이었다. 말로만 하는 것보다 물질로도 성의를 보이면 더 누그러지지 않을까 싶었다. 부족원이 피땀 흘려 마련한 양식이었지만 이 일이 잘 해결되기만 한다면 두 배 세 배를 뛰어서라도 꼭 채워 넣을 거라고 툼바는 다짐했다.

해또르 지역이 보이지 않을 때까지 완전히 벗어나자 지금껏 보지 못했던 생소한 풍경들이 눈에 들어왔다. 묘한 기분에 심장의 움직임도 빨라졌다. 익숙하고 안전한 곳을 벗어나는 건 위험이 따르기에 정해진 영역 안에서만 살아가는 그들이다. 간혹 미지의 세계에 대한 호기심이 일기도 하지만, 벗어날 생각은 해본 적도 없다. 그런 그들에게 다가온 새로운 땅은 신기하기만 했다.

하지만 언제까지 낯선 풍경에 마냥 취해있을 수는 없었다.

솔론은 툼바에게 지금 걸어가고 있는 지형을 눈에 잘 익혀놓으라고 했다. 산과 들의 모습은 어떠한지, 구릉은 어떻게 나 있는지, 부족의 마을로 들어올 수 있는 길과 통로는 어디 어디인지, 무엇보다도 부족원 눈에 띄지 않고 쉽게 접근할 수 있는 지역은 어디인지 등을 꼼꼼하게 살피라고 말했다.

그 말을 듣고 나니 툼바는 정신이 바짝 들었다. 구경하느라 정신이 팔려서는 안 될 일이었다. 지금이 얼마나 중요한 때라는 걸 잠시 망각했던 자신이 어처구니없었다.

'이런 상황에서도 남다른 생각을 하다니 솔론은 정말 대단해', 툼바는 속으로 인정하지 않을 수 없었다. 걸어가면서도 다른 부족이 접근해 온다면 어디로 올 수 있는지 하나하나 머릿속에 담아두면서 가고 있는 그를 보면서 모든 것에 정성을 기울여야만 이룰 수 있다는 족장의 말이 떠올랐다.

솔론은 지금 그걸 행동으로 실천하고 있었다. 순간순간 최선을 다하면서도 최악의 상황에 대비하고자 하는 철저함이 솔론으로부터 툼바가 가장 먼저 배워야 할 점이었다. 그때부터 눈에 보이는 풍경이 다르게 보이기 시작했다. 생각 하나, 관점 하나로 인해 세상이 달라진다는 걸 느꼈다. 솔론에게 말은 안 했지만 속으로 그렇게 하겠노라 다짐하며 나아갔다.

메고 가는 짐이 무겁기에 솔론과 툼바는 중간중간에 쉬면서 숨을 골랐다. 처음에는 마음이 무거웠지만, 갈수록 조금씩 여유를 찾았다. 가슴을 짓누르고 있는 부담과 긴장을 풀 겸 둘은 이런저런 얘기를 하며 걸었다. 그동안 마음에 품었던 것을 주저함 없이 털어놓았다. 앞으로 어떤 일이 벌어질지 아무도 모르기에 두 사람은 서로에게 더 집중했다. 그 길지 않은 시간 동안 툼바는 솔론에 대해 새로운 걸 많이 알게 되었다. 세상을 이해하고, 바라보는 그의 식견은 람보르 족장에 못지않았다.

툼바는 점점 그에게 깊이 빠져들었다. 솔론과의 대화가 끊길 때면 툼바는 다시 자기만의 생각에 잠겼다. 눈앞에 보이는 멋진 풍경들과는 달리 머릿속에서 점과 선이 오락가락하면서 생각을 끌고 왔다. '원래 하나였던 점이 두 개로 나눠질 때 방향이 다르면 점점 더 벌어지게 되어 있다. 그러니 처음부터 같은 방향으로 나아가는 것이 중요한 것이다. 방향이 같아야만 때론 하나이고, 또 때론 둘인 듯 끝까지 같이 갈 수 있기 때문이다. 나는 끝까지 솔론과 함께 나아

갈 것이다. 행여나 조금이라도 벌어진다면 빨리 같은 방향으로 움직여서 솔론과 다시 만날 것이다.'

끝도 없이 이어지는 생각에 빠져 있던 툼바를 깨운 건 나지막이 건너온 솔론의 목소리였다. 솔론을 바라보며 주위를 살피니 어느새 제법 많이 걸어왔다는 느낌이 들었다. 두 사람은 큰 나무 뒤에서 잠시 쉬어가기로 했다.

"툼바, 많이 긴장되지? 우리 앞에 어떤 일이 펼쳐질지 모르니 당연하겠지. 만약에 잘 수습되지 않고 일이 커지면 어쩌나 싶은 건 나도 마찬가지야. 그러나 이제 돌이킬 수 없지. 이 길이 너와 내가 걸어가야 할 운명이라면 모든 걸 하늘에 맡기자. 다 잘될 거라고 믿자. 다 잘 될 거야…"

솔론은 마치 주문이라도 외우는 듯이 '다 잘 될 거야' 라는 말을 몇 번이고 반복했다. '다 잘 될 거야. 다 잘 될 거야….' 속으로 따라 하다 보니 툼바의 주먹이 불끈 쥐어졌다. 그 말에 은근 힘이 있었다.

"솔론, 미안하고 고마워요. 저 혼자 가야 하는 데 이렇게 함께 해줘서요. 처음엔 잘 몰랐는데 지금까지 오면서 보니 혼자였다면 어땠을까 싶어요. 아마 훨씬 더 힘들었을 거예요. 솔론이 있어서 얼마나 든든하고 힘이 되는지 몰라요. 앞으로 어떤 일이 벌어지더라도 함께 하면 헤쳐나갈 수 있을 것 같아요. 정말 다 잘될 거예요."

툼바는 솔직하게 마음을 표현했다.

"그런데 말이에요, 사실 깜짝 놀랐어요. 이곳으로 오는 중에도 우리가 걷고 있는 땅의 모든 걸 놓치지 않는 솔론을 보면서 말이에요. 산과 숲과 들판의 특징을 하나도 빼놓지 않고 눈에 담고, 마음에 그리는 걸 보고 역시 다르구나 싶었어요. 솔론을 따라가려면 전 많이 멀었구나 싶어요. 앞으로도 솔론에게 많이 배우고 싶어요."

"그렇게 생각해 주니 고마워. 툼바는 지금도 충분해. 우리 부족에서 최고로 강한 전사잖아. 용기와 책임감 면에선 오히려 나를 능가하고도 남아. 사실 나도 람보르 족장님을 모시면서 배운 거야. 족장님은 사냥을 나가셔도 주변의 모습과 특징을 다 머리에 담으셨어. 하다못해 바람의 움직임과 냄새까지도 놓치지 않으셨으니까. 우리가 자연에 몸을 맡기고 순응하며 살아가기에 무엇보다도 자연을 알아야만 된다고 하신 거야. 그때부터 나도 습관이 된 셈이지.”

하나라도 더 가르쳐 주려고 하는 듯 솔론의 말은 계속 이어졌다.

“족장님은 이러한 일이 언젠가는 닥칠 거라고 분명히 예상하셨을 거야. 그러면서 마음속으로 준비하고 계셨던 거지. 지도자는 평온한 중에도 늘 위기의 순간을 대비해야 한다고 하셨어. 지금은 잘 안 하시지만, 처음엔 사냥을 나갈 때마다 내게 말씀해 주셨지. 만약에 상대가 누구든 싸워야 하는 일이 생긴다면 하늘의 이치와 땅의 이점을 누가 더 잘 이용하느냐에 따라 결과가 달라질 거라고 말야. 그때부터 나도 사냥을 할 때라든지 틈만 나면 우리 마을을 둘러싼 지형을 머릿속에 담아두었던 거야.”

솔론이 바라보는 눈이 툼바보다 한 단계 높았던 연유였다. 그는 이 순간을 위해 오래도록 준비해 온 듯했다.

“툼바의 눈에는 이 땅이 거의 비슷하게 보이겠지만 절대 그렇지 않아. 하나하나 자세히 들여다보면 다 달라. 땅을 볼 때는 가장 먼저 높고 낮음을 보고, 사방으로 통하는 땅인가를 살펴야 해. 그래야 하는 이유는 분명하지. 만약에 적과 싸울 때 높은 곳에 있으면 훨씬 더 유리하겠지. 위에 있으니 먼저 볼 수 있고, 높은 곳에서 낮은 곳으로 움직이니 힘을 절약할 수도 있잖아. 돌창이나 나무창을 던져도 위에서 아래로 던지는 것이 더 멀리 나가고, 위력도 더 강하다는 걸 누구나 다 알지. 그래서 그런 땅을 먼저 차지하고 있는 쪽이 당연히 유리한 거야.”

그의 말은 계속해서 거침없이 흘러나왔다.

“그런데 반대로 그런 곳을 적이 먼저 차지하고 있다면 어떻게 해야 할까? 당연히 바로 빠져나와야겠지. 그곳에 계속 머물다가는 불리할 테니까. 이렇게 땅의 생김새에 따라 우리의 행동도 달라져야 하는 거야. 당연히 땅의 모양을 미리 알고 이용하는 사람이 모든 면에서 유리할 테지. 채소를 기르기 좋고, 동물을 키우기 좋은 땅이 따로 있듯이 싸울 때도 마찬가지야. 싸우기 유리한 땅에서 싸워야 이길 수 있어."

참으로 대단했다. 툼바는 갈수록 빠져들었다.

"또 하나 중요한 게 있어. 쉽게 갈 수는 있지만 돌아오기 어려운 땅을 가릴 줄 알아야 한다는 점이야. 이런 땅에 한 번 발을 디디면 돌이킬 수 없어. 막판에 몰려 어쩔 수 없이 죽음을 각오하고 들어간다면 모르겠지만, 그렇지 않다면 처음부터 발을 들여놓으면 안 돼. 상대적으로 이런 땅으로 적을 유인할 수 있다면 유리하겠지. 계속 얘기하지만 싸움의 승패는 땅을 얼마나 잘 이용하느냐에 달려 있다고 봐도 될 정도로 중요한 거야."

정말 그랬다. 그중에서도 이길 수 있는 땅이 따로 있다는 말이 실감 나게 와닿았다. 솔론의 말대로 그런 땅을 누가 먼저 차지하고 있느냐가 중요할 것이었다. 돌아오기 어려운 땅이라는 말을 들으면서는 혹여나 지금 가고 있는 곳이 그런 땅이 아닌지 불안하기까지 했다. 마음속으로 지금 그가 향하는 땅이 돌이킬 수 없는 땅이 아니길 빌었다.

툼바는 지금 부족이 차지하고 있는 마을은 싸우기에 유리한 땅인지를 물었다. 솔론은 한 치의 망설임도 없이 답했다.

"우리 마을은 뒤에 험한 산이 천혜의 요새처럼 버티고 있고, 양옆엔 높은 구릉이 마치 날개처럼 펼쳐져 있잖아. 앞은 지금 우리가 지나온 것처럼 해또르와 모두아 숲이 펼쳐져 있지. 그러니 우리 부족의 땅은 마을을 이루기에 매우 적합한 곳이라고 할 수 있지. 그래서 선조들께 감사해야 해. 또한, 외부의 위협에도 안전해. 일단, 마을로 들어올 수 있는 통로가 아주 제한적이야. 이는 어떠한 일이 생겼을 때 동시에 빠져나오기가 힘들다는 게 단점일 수 있지만, 그 단점보다는 장점이 훨씬 더 커. 어떤 적도 쉽게 접근하기 힘드니까. 그리고 다른 곳보다 지대가 높다는 장점이 커. 누구라도 접근해 오면 금방 알아차릴 수 있으니까. 특히, 족장님의 처소는 그중에서도 마을 전체가 한눈에 내려다보이는 가장 높은 곳에 자리 잡고 있어서 눈앞에서 펼쳐지는 상황을 제일 먼저 보고 판단할 수 있어.”

솔론의 말을 듣자 툼바의 마음은 한결 가벼워졌다. 순간 미르셀과 루미의 얼굴이 가장 먼저 떠올랐기 때문이다. 설령 자기 자신에게 어떤 문제가 일어날지라도 부족원 모두가 앞으로도 안전하게 잘 보살펴 줄 수 있을 거라는 생각에 그동안 그를 짓눌렀던 큰 돌덩이 하나가 치워진 것 같은 기분이었다.

솔론의 식견과 지혜는 툼바를 놀라게 했다. 이 중차대한 순간에 솔론이 자기의 옆에 있다는 것이 얼마나 다행한 일인지 다시금 깨달으며 툼바는 마음속으로 신께 기도했다.

잠시의 휴식을 마친 두 사람은 계속 나아갔다. 똑같아 보이는 길이 계속 이어졌다. 하지만 솔론의 말을 듣고 난 후에는 길도 다 똑같지 않음을 알았다. 어떤 일이 벌어지느냐에 따라 그 쓰임도 다를 것이기에 하나도 허투루 보이지 않았다. 그러는 사이에 두 사람은 그들을 기다리고 있는 운명의 순간으로 점점 가까이 다가서고 있었다.

어느 순간 갑자기 온몸에 긴장감이 더해졌다. 길의 느낌이 달라졌다. 지금까지 걸어왔던 황야의 길이 아니라 무언가 사람의 발길이 닿고, 손길이 더해진 듯했다. 그 길에 올라선 순간부터 몸의 근육이 달리 반응했다. 전해지는 느낌은 발바닥에서부터 시작해 종아리를 거쳐 허벅지로 올라왔다. 마침내 그들이 상대해야 할 다른 부족의 땅에 들어왔음을 직감적으로 알아차렸다. 창을 잡은 손에도 힘이 더해졌다.

툼바와 솔론은 서로를 쳐다보면서 눈빛을 주고받았다.

‘휘이익~~~~~툭 툭 툭~~~’ 그리 크지 않은 소리와 함께 갑자기 무언가가 두 사람 앞에 떨어졌다. 어디에선가 날아온 나뭇가지와 돌덩이들이 우수수 흩어져 내린 것이었다. 누군가가 던진 게 분명했다.

솔론과 툼바는 마치 얼음처럼 얼어붙은 채 제자리에 멈추어 섰다. 한 걸음만 더 내디뎠더라면 몸 어딘가에 맞았을지도 모를 일이었다. 아니, 어쩌면 그것까지 계산해 던졌을 수도 있었다. 자기들의 운이 좋은 건지, 아니면 그들이 그렇게 절묘하게 던질 정도로 대단한 실력을 지닌 것인지는 모르지만 온몸에 소름이 끼쳤다.

보이지 않았던 자들이 이내 하나둘 모습을 드러냈다. 차림새를 보아하니 지난번에 왔던 자들과 비슷한 치장을 하고 있었다. 분명 야르 부족일 것이었다. 그들은 두 사람을 보고 멈추라는 손짓을 한 다음 어디론가 재빨리 움직였다. 필시 누군가에게 알리거나, 다른 누군가를 데리고 올 모양이었다.

솔론과 툼바는 멈춰 선 자리에서 꼼짝도 하지 않았다. 그 짧은 순간이 엄청나게 길게 느껴졌다. 마치 이 세상 땅덩이 전부의 무게를 온몸으로 지탱하고 있는 기분이었다.

예상은 맞아떨어졌다. 잠시 후에 이내 한 무리가 수풀 속에서 모습을 드러내면서 다가왔다. 가까이 올수록 몇몇은 눈에 익었다. 지난번에 보았던 사람도 있는 듯했다. 차림새나 하는 행동으로 보아 아마도 이 부족 내에서 어느 정도 위치를 차지하고 있는 사람이 아닐까 싶었다. 그때보다 더 범상치 않게 보이면서, 이제부터는 만만치 않은 싸움이 될 거라는 예감이 강하게 스쳐왔다.

무리는 얼추 열 명이 넘었고, 대장인 듯 보이는 한 사람을 둘러싸고 둥그렇게 서 있었다. 그들의 눈빛은 하나같이 형형했다. 대낮임에도 불구하고 강한 빛이 쏟아져 나오는 듯했다. 기세 싸움에서 절대 밀리지 말아야 할 것이었다. 솔론도 툼바와 같은 생각인 듯 입을 꽉 다물었다. 그 순간의 중압감은 이루 말할 수 없었다.

순간, 지나가던 바람이 멈칫거렸다. 그 자리에 있는 사람 모두가 예상치 못한 일이 일어났다. 커다란 나무 한 그루가 넘어가듯 순식간에 툼바가 땅바닥에 온몸을 대고 엎드린 것이다. 양팔을 일직선으로 쭉 뻗은 상태에서 머리를 땅에 대고 쥐죽은 듯이 꼼짝도 하지 않았다. 솔론이 미처 말릴 새도 없었다.

그들도 당황한 모습이었다. 그 상태로 침묵이 꽤나 길게 이어졌다.

한참 동안 엎드려 있던 툼바는 일어나 무릎을 꿇었다. 그의 눈은 상대방의 우두머리인 듯한 사람의 눈을 쳐다보고 있었다.

솔론은 알았다. 모든 것은 자기의 책임이니 잘못에 대한 합당한 벌을 받겠다는 표현이었다. 하지만 그 혼자 놔둘 순 없었다. 솔론도 그들 앞에 무릎을 꿇고 고개를 숙였다. 부족을 대표해서 온 자리기에 조금도 회피하고 싶지 않았다. 분명 어떠한 반응이 있을 거라 여기며 기다렸다.

얼마나 지났을까, 누가 팔을 잡는 듯했다. 고개를 들어보니 상대 부족의 청년들이 다가와 두 사람을 일으켜 세웠다. 그들은 손에 무기를 들고 있었다. 툼바와 솔론도 부족 내에서는 가장 건장한 편에 속했는데, 그들은 더 우람하게 보였다.

툼바는 여전히 긴장을 풀지 않은 채 그들의 행동을 주시했다. 상대방의 우두머리가 돌아서자 함께 온 무리도 아무 말 없이 우두머리를 따랐다. 어디론가 두 사람을 데리고 갈 모양이었다. 등에 메고 온 짐은 어느샌가 벗겨져 그들의 손에 들려 있었다. 지금은 그들이 원하는 대로 할 수밖에 없었다. 양팔을 잡은 젊은이들의 손에 힘이 가해졌다. 툼바도 같이 힘을 주었다.

그리 오래 걷지 않았을 즈음 넓은 공터가 나타났다. 일행은 공터를 우회하여 커다란 산처럼 보이는 곳을 향했다. 조금 더 걸어가자 눈앞에는 마치 거대한 동물들이 입을 벌리고 있는 것처럼 곳곳에 동굴이 뚫려 있는 바위 절벽이 나타났다.

그중 하나로 들어갔다. 동굴의 입구는 그리 크지 않았는데 안으로 들어갈수록 눈이 휘둥그레졌다. 끝이 보이지 않을 정도로 깊다는 걸 짐작했다. 조금 더 깊이 들어가니 가운데 부분이 위로 높이 뚫려 있었고, 뚫린 틈으로 강렬한 햇살이 들이치고 있었다. 희미한 어둠 속에서 유독 한 곳으로만 빛이 쏟아지는 모습은 보는 것만으로도 신비로웠다. 마치 다른 세계에 발을 디딘 것 같았다. 해또르 지역에도 크고 작은 동굴들이 있었지만 그리 멀리 떨어지지 않은 곳에 이렇게 기이한 동굴이 있을 거라고는 상상해보지도 못했다.

툼바와 솔론은 환한 곳을 지나고 나서도 한참이나 더 들어갔다. 구석진 그곳에는 나무로 만든 창살이 빼곡하게 늘어서 있는 방이 여러 개 있었다. 두 사람은 서로 떨어져 따로 갇혔다. 솔론이 보이지 않자 툼바는 막막하고 두려웠다. 함께 있을 수만 있다면 안심할 텐데 떨어져 있다는 것만으로도 두려움이 엄습해왔다.

툼바는 정신을 바짝 차려야겠다고 마음먹었다. 어려운 상황일수록 꼿꼿이 살아나는 삶의 의지가 내면 깊숙한 곳에서부터 스멀스멀 올라왔다. 떠나기 전에 미르셀이 한 말이 떠올랐다. '툼바, 어떤 상황이 닥칠지는 아무도 모르지만 분명한 것은 그 어디든 다 사람이 사는 데라는 걸 잊지 말아요. 사람의 도리를 모르고 그 길을 완전히 벗어난 사람들이 아니라면 살아가는 건 다 비슷할 거예요. 대부분 같은 욕망을 품고 있고, 비슷한 생각을 하면서 살아가게 마련이죠. 그러니 누구를 만나든, 어떤 상황이든 절대 당황하거나 동요할 필요 없어요. 지금까지 당신이 해온 대로 당당하게 처신해요. 그래도 혼란스러우면 저하고 나눴던 대화들을 떠올려 보세요. 그러면 잘 헤쳐나갈 거라 믿어요. 솔론과는 끝까지 믿고 함께 행동하세요. 무슨 일이 있더라도 서로 의심하지 말고, 믿어야 해요.'

솔론과 끝까지 함께 하며 의심하지 말고 믿어야 한다는 말을 마음에 새기자, 다시 자신감이 차올랐다. 어느새 정신은 팽팽해져 있었다.

그런 툼바의 긴장된 마음과는 달리 밖에서는 아무런 움직임도 없었다. 발소리 하나 들리지 않았다. 솔론이 어디에 있는지 모르니 더 답답했다. 크게 소리쳐 불러보고 싶은 마음이 간절했으나 섣불리 행동할 수 없었다. 그저 견뎌내야만 했다. 어떠한 일이 있어도 흔들리거나 약해지지 않고 버텨야만 했다.

지금부터는 오직 자기와의 싸움이었다.

얼마나 시간이 흘렀는지 가늠할 수 없었다. 어두운 골방 속에서 그렇게 대략 하루 정도의 시간이 흐른 듯했다. '지금 내가 있는 곳은 어디일까? 솔론은 어디에 있을까?' 답답함은 여전하지만, 모든 걸 다 받아들일 각오가 섰기에 두렵지 않았다. 홀로 견디며 끝까지 부족의 명예를 지킬 거라고, 루미에게 부끄럽지 않은 이름을 남기겠노라고 단단히 마음먹었다.

그들은 오래도록 아무런 조치도 없이 툼바를 마냥 내버려 두었다. 처음에는 매우 이상하게 여겼으나, 시간이 지나면서 그들의 의도를 대략 짐작할 수 있었다. 일부러 이렇게 하는 거라 여겼다. 불안하게 하고, 초조하게 만들기 위한 고도의 노림수가 있을 터였다. 그런 만큼 지고 싶지 않았다. 평정심을 잃지 않으려 애쓰면서, 솔론도 잘 참아낼 거라 믿었다.

골방에서의 생활은 그리 불편하지 않았다. 때에 맞춰 음식과 물을 받았고, 바닥에는 거친 동물 가죽도 깔려있어 잘 만했다.

툼바는 틈만 나면 허리를 꼿꼿하게 펴고 앉아 내면 속으로 들어가고자 했다. 람보르 족장과 미르셀이 중요한 일을 앞두고 늘 그렇게 하기에 툼바도 따라 하곤 했었다.

하지만 지금은 그것조차 쉽지 않았다. 생각이 모이지 않고 자꾸만 흐트러졌다. 눈만 감으면 온통 미르셀 생각뿐이었다. 심지어는 사방에서 그녀의 향기만이 풍겨 나오는 듯했다. 생각만 해도 미르셀이 보고 싶어 참을 수 없었다. 세차게 머리를 흔들고 나서야 겨우 그 생각에서 빠져나올 수 있었다.

'미르셀과 루미를 위해서라면 나의 모든 걸 다 바칠 수 있다. 미르셀도 그런 나의 마음을 알고 있다. 과연 나의 운명은 어디로 향할까?' 그 마음이 짙어질수록 눈물이 흘러내렸다. 온몸에서 솟구쳐 오르는 듯한 뜨거운 눈물이 그의 마음을 대신해주고 있었다. 어느 순간 사랑하는 그녀를 두 번 다시 볼 수 없을지도 모른다는 두려움이 밀려와 눈물은 더 뜨거웠다.

동굴은 어둡지만 익숙해지다 보니 눈도 차츰 적응되어 지낼만했다. 온종일 혼자 갇혀 지내는 것도 힘들지 않았다. 짙은 안개와 칠흑의 어둠 속에서 헤매던 툼바의 마음도 어느 정도 정리되었다.

본의 아니게 시간이 주어지자 툼바는 지나온 일들을 하나하나 들여다보았다. 지금까지 무슨 일이 있었는지, 앞으로 해야 할 일은 무엇인지에 대해 스스로 질문해 가면서 답을 찾아갔다. 듣고, 배우고 느꼈던 모든 일이 주마등처럼 스쳐 지나갔다. 평소에는 미처 돌아보지 못했던 부분이었다. 혼자만의 시간이 얼마나 소중한지 새삼 느낄 수 있었다.

평정심을 찾은 툼바의 마음은 냉철하게 다져지면서 시간이 갈수록 굳고 단단하게 무장되어 갔다. 이젠 눈빛은 흔들리지 않았고, 몸은 요동치지 않았다. 어느새 한 번씩 음식과 물을 주러 오는 사람의 발소리조차 관심을 두지 않게 되었다.

그러던 어느 순간, 오래도록 주위를 감싸고 돌던 정적을 뚫고 뭔가 심상치 않은 기운이 느껴졌다. 그 기운을 알린 건 낯선 발소리였다. 예민할 대로 예민해진 감각은 낯선 누군가가 가까이 다가오고 있다는 걸 알렸다.

살며시 일어난 툼바는 뒤로 물러나 몸을 벽에 바짝 기대고 숨을 죽였다. 아직도 어둠에 싸여 있어 어렴풋한 형체조차 보이지 않았으나, 발을 내딛는 소리는 점점 더 가깝게 들렸다. 소리의 주인공은 다른 곳이 아닌 분명 툼바를 향해 다가오고 있었다.

이내 발소리가 멈추더니 그제야 형체가 희미하게 드러났다.

"툼바, 툼바~"

나지막한 소리는 분명 툼바를 부르는 것이었다. '나를 부르다니, 여기에 나를 아는 사람이 또 있나? 혹시 잘못 들은 것은 아닐까?' 익숙하지 않은 목소리에 마음이 혼란스러웠다. '혹시 환청인가? 아니면 솔론이 풀려나서 부르는 건가?' 분명 솔론의 목소리는 아니었지만 그렇게까지 생각할 만큼 툼바는 머릿속이 어지러웠다.

"솔론~ 혹시 솔론이예요?"

긴가민가하면서 툼바는 나직이 되물었다. 아무런 대답이 없었다. 침묵은 꽤 오래 이어졌다. 목소리의 주인공은 아직 모습을 드러내지 않고 있었다.

"툼바~ 혹시 날 기억하는지 모르겠네. 나 재무르야."

순간, 툼바는 잘못 들은 줄 알았다. 재무르, 몇 년 전에 사라졌던 그 재무르가 지금 자기 곁에 와 있다는 게 믿을 수 없었다.

"재무르라고요? 재무르님은 몇 년 전에 우리 부족을 떠나 생사조차도 모르고 있는데, 그 재무르님이 진짜 맞아요?"

"그래, 맞아. 내가 그 재무르야. 앞으로 다가갈 테니 직접 봐."

목소리의 주인공이 더 가까이 다가왔다. 툼바도 등을 기대었던 벽에서 떨어져 조심스럽게 발을 내디뎠다. 나무로 만든 창살 문에 가까이 가서야 비로소 상대방의 얼굴을 볼 수 있었다.

분명 재무르였다. 모습이 약간 달라지긴 했으나 금방 알아볼 수 있었다. 전혀 뜻하지 않은 곳에서 그의 얼굴을 마주하게 되니 가슴이 뛰며 심장이 얼어붙는 것 같았다.

"재무르님... 살아계셨군요. 그동안 우리가 얼마나 찾아다녔었는데요. 람보르 족장님은 정말 서럽게 우셨어요. 그런데 이렇게 살아계시다니 꿈만 같아요. 부족 사람들이 알면 얼마나 좋아할까요? 그런데 여긴 어쩐 일이예요? 제가 여기 있는지 어떻게 알고 찾아오셨어요?"

툼바의 입에서는 쉴 새 없이 말이 쏟아져 나왔다. 재무르가 살아있고, 지금 자기 눈앞에 있다는 사실로 인해 툼바는 자신이 갇혀 있다는 것조차 잠시 잊을 정도로 흥분해 있었다. 그 와중에도 장례식까지 치렀다는 말은 입 밖으로 꺼내지 않았다.

툼바의 흥분을 가라앉힌 건 재무르였다.

"툼바! 지금부터 내 말 잘 들어. 그동안 많이 힘들고 궁금했을 거야. 내가 차근차근 얘기해줄 테니 자리에 앉자."

나무 창살을 사이에 두고 툼바와 재무르는 마주 앉았다.

"그 당시 나는 내 발로 부족을 떠났어. 도저히 있을 수 있는 상황이 아니었어. 람보르 족장과 부족원이 싫어서 떠난 건 아니고, 그냥 람보르 족장 밑에 있는 것 자체가 괴로웠어. 하늘에 두 개의 태양이 있을 수는 없다는 생각이 들었어. 내가 교만했던 탓이지. 그래서 아무한테도 말하지 않고 무작정 혼자 뛰쳐나왔던 거야. 지금 얘기하자면 너무 길어지니 나중에 틈나는 대로 자세히 말해줄게. 지금은 그 얘길 나눌 만큼 시간이 그리 많지 않아."

재무르는 침착했지만, 뭔지 모를 다급함도 느껴졌다. 이유를 알 수 없는 불안감이 전해져 왔다.

"지금 툼바가 있는 곳은 야르라는 부족의 마을이야. 얼마 전에 이 부족 족장의 아들이 죽었어. 또래 몇 명이 놀러 나갔다가 혼자 더 멀리까지 갔나 봐. 돌아오지 않기에 찾아 나섰다가 해또르 근처에서 죽어있는 걸 발견한 거야. 나중에서야 그 일에 우리 부족이 관련되어 있고 당사자가 툼바라는 걸 알고 많이 놀랐어. 툼바가 일부러 그런 게 아닐 테지만, 두 부족 모두에게 생각하지 못했던 불행한 일이 벌어진 건 사실이야. 툼바를 이런 곳에서 보게 되니 반가운 마음에 우선하여 몹시도 마음이 아파."

그동안 이기적이고 냉정한 사람인 줄로만 기억하고 있던 재무르의 입에서 따뜻한 말이 흘러나오자 조금 낯설기도 하면서, 한편으로는 마음이 놓였다. 적어도 재무르가 위험한 존재라는 느낌은 들지 않았다. 그러면서도 재무르가 왜 여기에 있는지, 왜 그런 말을 하는지 궁금했다.

재무르의 말은 계속 이어졌다.

"얼마 전에 람보르 족장과 함께 야르 부족을 만났지? 그 무리 중에서 야르 족장을 봤을 거야. 그는 람보르 족장 못지않게 뛰어난 사람이야. 족장에게는 아들이 세 명 있는데, 이번에 죽은 아들이 가장 어려. 문제는 그 아들이 족장의 사랑을 한몸에 받고 있었다는 거야. 어떤 부모든 그렇겠지만 아들을 잃은 족장의 상심은 이루 말할 수 없을 정도야. 그게 지금 우리가 당면해 있는 현실이야."

재무르의 입에서 나온 우리라는 말이 가볍게 들리지 않았다. 그가 어떤 위치에 있고, 뭘 하고 있는지는 여전히 오리무중이지만 우리라는 말에서 같은 편이라는 믿음이 진하게 묻어 나왔다. 이 문제가 결코 쉽게 끝날 것 같지 않다는 느낌이 강하게 밀려왔지만, 재무르가 이를 해결하는 데 있어 큰 도움이 되지는 않을까 하는 기대감도 생겼다.

그야말로 적지에서 만난 천군만마였다.

"야르 부족에게는 전통이 있어. 혹시 지난번에 알아챘을 수도 있겠지만 이들의 대응방식은 철저하게 '눈에는 눈, 이에는 이'야. 누구에게도 예외가 없어. 고의건 실수건 따지지 않아. 언젠가 부족원 중 누가 실수로 다른 사람의 아이를 다치게 한 일이 있었는데, 족장은 그 사람의 아이도 똑같이 그런 일을 당하게 했지. 이 원칙이 무서우리만치 엄격해서 매사에 조심해야 해. 그래서 그런지 몰라도 야르 부족은 일체 잡음이 없고 일사불란해. 심지어는 족장이 죽으라고 하면 죽는 시늉까지 할 정도야. 겉으로만 보면 야르 부족만큼 단합이 잘 되어 있는 부족은 세상에 없을 거야."

툼바는 재무르의 말을 빼놓지 않고 머릿속에 담으면서도 '그렇다면 재무르는 여기서 대체 뭘 하는 거지?' 라는 의문이 계속 떠올랐다. 그런 툼바의 마음을 알아차렸을까, 재무르가 결국 말을 꺼냈다.

"내가 뭐 하는지 궁금하지? 야르 부족과 함께 한 지 벌써 몇 년이 지났어. 그때 무작정 뛰쳐 나와서는 오랜 시간 홀로 있었지. 여기저기 많은 땅을 돌아다

니면서 이 세상이 얼마나 넓은지 몸으로 느꼈어. 그걸 혼자서만 알고 있으면
안 되겠다 싶어 우리 부족이 하는 것처럼 틈만 나면 돌 위에 새기고 그랬어.
그러다가 우연한 기회에 사냥하고 있던 야르 부족을 만났고, 족장 앞에 불려
갔어. 내가 돌 위에 그린 것들을 보고 족장은 범상치 않게 여겼는지 자기와 함
께 하자고 제안했어. 그래서 지금은 야르 부족원과 똑같은 대우를 받고 있어.
그리고 내 입으로 말하긴 쑥스러운데, 혼인도 해서 야르 부족의 여자와 같이
살아”

툼바는 중간에 재무르의 말을 끊고 참 다행이었다고, 아주 잘 되었다고 말해
주었다. 죽었는지 살았는지도 몰랐던 사람이 이렇게 버젓이 살아있고, 더군다
나 혼인까지 했다고 하니 바로 반응하지 않을 수 없었다.

“이번 일이 우리 부족과 관련이 있고, 그 중심에 툼바와 람보르 족장이 있다
는 걸 알게 되어 안타까워. 그런데 한편으로는 이 일로 인해 우리가 다시 만나
게 되었으니 뭔가 뜻이 있을 거란 생각도 들어. 내가 어떻게든 중재 역할을 할
수 있지 않을까 싶기도 하고. 양 부족 사이에서 말이 통하는 내가 있는 게 참
으로 다행이다 싶어. 그래서 야르 족장에게 찾아가서 솔직하게 다 얘기하고,
허락이 떨어지자마자 바로 달려온 거고.”

전혀 알지 못하는 생소하고도 두려운 곳에서 툼바를 위해 이렇게 애써줄 수
있는 재무르를 만났다는 것이 꿈만 같았다.

“이제 어느 정도 알겠지? 야르 족장은 절대 물러서지 않을 거야. 그의 요구
는 딱 하나, 우리 부족도 똑같은 대가를 치러야 한다는 거지. 비슷한 또래의
아이가 희생되어야 한다는 뜻이야. 내가 조심스럽게 물어봤지만 야르 족장은
요지부동이야. 또 하나의 문제는 시간이 많지 않다는 거야. 함께 온 친구가 솔
론 맞지? 워낙 출중한 친구라 나도 잊지 않고 있어. 잘못하면 툼바와 솔론도
위험해. 어쩌면 부족에게 돌려보내지 않고 두 사람을 죽일지도 몰라. 야르 족
장은 굉장히 냉정하고 무서운 사람이거든. 내가 제일 걱정하는 게 바로 그 점

이야. 하지만 내가 어떻게 해서든 툼바와 솔론이 무사히 돌아가도록 힘쓸 테니 믿어봐.”

재무르의 입에서 엄청난 말이 흘러나오자 툼바는 말문이 막혔다. 대화를 이어가지 못할 정도였다. 눈앞에 닥친 현실이 실감 나게 다가왔다. 막막한 상황, 낯선 땅에서 믿을 건 아무도 없었다. 몇 년 전에 사라져 생사조차 몰랐던 재무르만이 지금 자신이 꽉 쥐고 있어야 할 마지막 끈이라는 생각이 들었다. 그마저 없다면 어떨까, 생각하니 막막함이 더해졌다. 그의 존재가 이젠 구원자처럼 다가왔다.

“고마워요. 고마워요. 재무르님.”

그 말 밖에는, 달리 더 할 말이 없었다. 암울한 상황에서 솟아나는 한 줄기 희망의 빛이 자기를 외면하지 않고 여전히 비추고 있음에 안도했다.

툼바를 떠나보낸 미르셀은 일이 손에 잡히지 않아 마음이 심란했다. 계속 칭얼대는 루미에게 젖을 물려 겨우 잠을 재우고 난 후, 조용히 눈을 감고 그녀만의 생각에 빠져들었다. 눈을 감은 채 가만히 호흡하면서 내면 속으로 깊이 들어갔다. 그 안에는 아무도 없었다. 사랑하는 툼바도 보이지 않았다. 오직 한 줄기 빛만이 쏟아져 들어오면서 미르셀을 끌어당기고 있었다. 점점 더 깊이 들어간 곳에서 평안을 구했다.

세상의 번거로운 일이나 걱정되는 일이 모두 다 사라졌다. 커다란 거름망이 중간에 놓여 있어서 그곳까지 데리고 들어가지 못하게 막아 놓은 듯했다. 다행이있다. 그곳에서까지 번잡한 생각 속에 빠져 있다면 어땠을까 싶으니 그렇지 않은 게 감사했다. 할 수만 있다면 기도의 시간에 오래 머물고 싶었다.

그러던 중 갑자기 이상했다. 순식간에 평안이 사라져 버린 것이었다. 작은 틈을 비집고 툼바가 들어왔다. 미르셀은 알 수 없는 끈이 툼바와 자기 자신을 이어주고 있다는 걸 느꼈다. 툼바의 표정, 눈빛, 손짓 하나하나가 머릿속에 뚜렷하게 다가왔다.

지난밤의 격정도 떠올랐다. 마치 마지막 의식인 듯 모든 걸 다 바친 듯했던 툼바였다. 말은 안 했지만, 그가 어떤 마음이고 어떻게 행동할지는 짐작하고도 남음이 있었다. 분명 목숨을 바쳐서라도 부족이 위태로워지는 걸 막을 사람이었다. 큰 싸움으로 확대되지 않도록 자기의 모든 걸 바칠 수 있는 남자였다. 부족 전체와 사랑하는 가족을 위해서라면 자기 자신조차도 기꺼이 내던질 수 있는 사람이 툼바라는 걸 알기에 두려웠다.

무슨 일이 있어도 제발 우려하고 있는 선택만은 하지 않길 바랐다. 떠나는 툼바를 보면서도 끝내 말하지 못했던 단 한 마디, '툼바! 제발 그것만은 하지 마세요. 어떠한 일이 있어도 루미와 날 떠나면 안 돼요.' 마음속 외침이 가슴에서 요동치면서 또다시 뜨거운 눈물이 흘러내렸다. 간절한 바람이 야르 부족의 땅에 있는 툼바에게 가 닿길 틈만 나면 기도했다.

툼바를 찾아가 속마음을 털어놓은 재무르는 이후 수시로 툼바에게 들렀다. 솔론도 찾아간다고 했다. 안부를 물으니 잘 지낸다면서 그 역시 툼바의 소식을 궁금해하고 있다고 전했다. 솔론하고 함께 있기만 해도 불안감이 덜할 텐데 참으로 안타깝지만 어쩔 수 없는 일이었다. 이 역시 참아내고 이겨내야 할 것이었다.

재무르는 부지런했다. 냉철한 면은 조금도 변하지 않았으나, 말투나 태도는 과거보다 훨씬 더 부드러웠다. 진정성도 묻어났다. 그런 재무르의 재발견에 어느새 툼바도 그를 향한 마음의 문을 열고 있었다.

재무르는 그동안 그에 대해 품고 있었던 생각이 잘못된 편견이었음을 알게 해주었다. 그가 부족을 떠난 이후에 한동안 떠돌았던 그에 대한 안 좋은 소문 역시 사실무근이었다. 그의 능력에 대해서는 말할 필요도 없었다. 부족 내에선 람보르 족장에 필적하는 유일한 사람이었다. 람보르 족장이나 재무르를 아는 사람이면 누구나 사람의 능력은 어느 정도는 선천적으로 타고난다는 걸 믿을 거라 여겼다.

하지만 그를 만나고 그동안에 있었던 일들을 전해 들으면서, 선천적인 것보다 더 중요한 건 현실에 안주하지 않고 끝없이 배우는 것임을 알게 되었다. 사람이 살아간다는 것은 그를 둘러싼 큰 세상을 온몸과 마음으로 받아들이면서, 자기의 세상을 만들어 가는 일이라는 것도 새롭게 배웠다. 주어진 환경과 여건에 순응하기도 하고 도전하기도 하는 과정에서 그 사람의 성품이나 실력도 익어간다는 걸 재무르는 한층 더 성숙해진 그의 모습과 행동을 통해 몸소 가르쳐 주고 있었다.

툼바는 그와의 만남 자체에 감사했다. 지금은 생사기로에 서 있는 심정이기에 지푸라기 하나라도 잡고 싶은 마음인데, 이렇게 믿고 의지할 수 있는 재무르가 눈앞에 있다는 것만으로도 든든했다. 그는 절체절명의 순간에 만나 직접적인 도움을 주는 조력자이고, 세상의 섭리와 삶의 이치를 먼저 깨닫고 전해 주는 스승과도 같았다.

그런 마음은 재무르도 마찬가지였다. 그도 툼바와의 인연에 놀라면서, 뜻하지 않게 어려움에 직면한 부족을 위해 할 수 있는 일이 있다는 것에 감사했다.

광야에서 혼자 헤매며 인생의 오묘함을 깨달아 나갔던 지난 시간이 떠올랐다. 끝을 알 수 없는 시간과 공간의 씨줄과 날줄이 빚어내는 인생의 무한함과 광대함은 설명할 길이 없었다. 이 땅에 얼마나 많은 사람이 사는지는 모르지만 같은 인생을 산 사람은 아무도 없고, 지금이나 앞으로도 없을 것이다. 각자가 걸어가는 길은 끝날 때까지 아무도 모르고, 그 누구도 알 수 없을 것이다. 인간이 할 수 있는 일이란 그저 주어진 삶을 온전히 받아들이며 감사하고 겸허하게 살아가는 것뿐이라고 여겼다. 툼바와 얽혀 있는 일이 당장은 끝이 보이지 않을 정도로 복잡하지만, 그렇게 생각하면 잘 풀릴 수 있을 거라 긍정적으로 받아들이며 믿기로 했다.

양쪽을 오가는 재무르의 노력은 눈물이 날 정도로 필사적이었다. 양 부족에 걸쳐있는 처지인지라 처음에는 매우 조심스럽게 접근했지만, 좀처럼 이견이 좁혀지지 않자 속마음을 숨김없이 드러냈다.

"툼바, 이제 결정해야 해. 시간이 없어. 족장이 정한 시간이 하루 밖에 안 남았어."

그가 말하는 결정은 람보르 부족의 아이 한 명을 희생해야 한다는 것을 뜻했다. 툼바는 재무르의 마음이 어디에 가 있는지 궁금했다. 그 역시 정말 어쩔 수 없는 일이니 받아들여야 한다고 생각하는 게 아닐까 싶었다. 달리 다른 해법이 보이지 않기에 누가 봐도 그렇게 하는 것이 순리일지도 모른다.

하지만 재무르라면 다를 거라 믿었다. 자기에게 주어진 운명에 순응하지 못하고 뛰쳐나갔던 사람이기에 충분히 이 상황을 극복해 낼 다른 방책을 품고 있을지도 모른다고 생각했다. 그런데 그 역시 한계에 와 있는 걸까?

지금 맞닥뜨리고 있는 상황이 얼마나 어렵고도 심각한지 가슴이 답답해져 왔다. 솔론과 속 시원히 의논이라도 할 수 있으면 얼마나 좋을까, 라는 생각만 계속해서 들었다.

"야르 족장은 부족원의 절대적인 지지를 받고 있어. 능력이 뛰어난 것은 물론이고, 무서울 정도로 냉철하면서도 어떨 때는 잔인하기까지 하지. 그야말로 피도 눈물도 없어. 그의 요구가 억지라고 생각할 수 있겠지만, 현실은 그렇지 않아. 만약에 그의 요구가 받아들여지지 않으면 싸움이 일어날 것은 불 보듯 뻔하고, 사방에 피비린내가 진동할 거야."

재무르의 입에서 피비린내라는 말이 나올 때는 실제로 어디에선가 그 냄새가 풍겨오는 듯했다.

"물론, 야르 부족도 지금까지는 다른 부족하고 싸워본 적은 없기에 신중하기는 마찬가지야. 하지만 그냥 넘길 수 없는 일이라는 사실 만큼은 조금도 물러서지 않고 있어. 이런 상황인데도 내 처지가 애매해서 어떻게 딱 부러지게 도와줄 수도 없으니 답답하기만 해. 드러내놓고 우리 부족 편을 들기가 어려운 분위기라는 뜻이야. 문제는, 그들의 요구를 받아들이지 않으면 그냥 넘어가기는 쉽지 않을 거야. 솔직히 말하면 야르 부족은 싸울 각오까지 하고 있어."

재무르의 얼굴이 점점 더 굳어졌다. 툼바도 마찬가지였다. 그의 말을 듣는 내내 불편했는데, 야르 부족이 싸울 준비를 시작했다는 말까지 들으니 끝없는 낭떠러지로 떨어지는 것 같았다.

"재무르님, 죄송하고 고마워요. 계속 생각하고 있지만 이렇게 중요한 사안을 저 혼자 결정할 수는 없어요. 솔론과 대화할 수조차 없으니 더 답답해요. 그런데 야르 부족 사람들은 몇 명이나 돼요? 만약에 싸워야 한다면 싸울 수 있는 젊은 사람들의 숫자가 궁금해요. 만약을 위해 대비하는 차원에서라도."

"그건 나도 정확하게는 모르지만 확실한 것은 우리 부족보다 많다는 거야. 잔치할 때는 대략 3백 명 넘게 모이는 것으로 보았는데, 그보다 더 많을 수도 있어. 이 동굴은 툼바가 상상하는 것보다도 훨씬 더 크고 깊거든. 그러니 장성한 남자들만 따지면 못해도 얼추 2백 명 가까이는 될 거야."

숫자상으로도 야르 부족은 강성했다. 젊은 남자들의 수는 거의 두 배 가까이 되는 듯했다. 큰일이었다. 싸우면 어떻게 될지 눈앞에 그려지면서 두려움이 밀려 들어왔다.

앞에 놓인 마지막 끈을 잡는 듯한 기분으로 재무르에게 말을 건넸다. 지금까지 일관되게 생각해 왔던 것이었다.

"재무르님, 다시 한번 분명하게 말씀드릴게요. 우리 부족은 람보르 족장님과 부족원 모두가 한결같아요. '눈에는 눈, 이에는 이'를 받아들일 수 없다는 생각이에요. 저들이 굳이 똑같은 희생을 원한다면 제가 나설게요. 제가 저지른 일이니까 제 목숨을 바칠 각오가 되어 있어요. 하지만 아무 죄도 없는 아이를 내놓을 수는 없어요. 일부러 그런 것도 아니고, 실수인데 똑같이 요구하는 건 있을 수 없는 일이에요. 그러니 어려우시겠지만 제발 재무르님이 끝까지 야르 족장을 설득해 주세요."

재무르의 얼굴이 굳어졌다. 툼바가 목숨을 바칠 생각까지 한다고 하니 놀라는 모습이었지만, 좀처럼 표정이 풀리지 않으면서 더 이상 어찌할 수 없다는 체념까지 묻어나왔다.

"내가 툼바라도 받아들이기 쉽지 않을 거야. 하지만 이건 꼭 알아야 해. 처음에 툼바가 목숨이라도 내놓겠다는 비장한 마음을 보였음에도 야르 족장이 받아들이지 않은 이유를 말야. 만약에 그랬다가는 지금까지 부족을 통치해 온 그의 권위가 무너질 수도 있다는 위기감 때문일 거야. 내가 보기에도 야르 족장은 단 한 번도 원칙을 어기지 않았어. 그러니 이건 누가 대신 죽고 안 죽고의 문제가 아냐."

재무르의 눈빛은 언제 힘이 빠졌냐 싶게 다시 뜨겁게 타올랐다.

"그래도 할 수 없다니 어쩔 수 없지. 나도 마지막이라는 심정으로 한 번 더 노력해 볼게. 하지만 장담하지는 못해. 최선을 다했는데도 야르 족장이 툼바의 의견을 받아들이지 못한다면 그땐 할 수 없는 거야. 이후에 그가 어떻게 나올 건지 기다리는 수밖에. 다만 한 가지 확실하게 약속할 수 있어. 툼바와 솔론이 이곳에서 그들의 손에 허망하게 죽게는 내버려 두지는 않을 거야. 무사히 빠져나가 부족으로 돌아갈 수 있도록 내가 힘껏 도울게."

"고마워요. 재무르님. 만약에 살아서 돌아갈 수만 있다면 람보르 족장님께 재무르님이 살아있고, 덕분에 무사히 돌아올 수 있었다고 꼭 말씀드릴게요. 그런데 한 가지 염려스러운 게 있어요. 혹시나 저와 솔론 때문에 재무르님이 위험해지지 않으면 좋겠어요. 같은 부족이라서 감싸고 돈다는 오해를 받게 되면 자칫 지금까지 쌓아온 입지가 흔들리지 않겠어요? 도와주시는 건 고마운데 재무르님이 곤란해진다면 제 마음이 계속 불편할 것 같아요."

"걱정해 줘서 고마워 툼바. 너무 염려하지 않아도 돼. 나는 이곳에 온 후로 야르 족장의 신임을 받기 위해 많이 노력했어. 그래서 지금은 야르 족장이 가장 먼저 찾는 사람이 되었어. 자만하는 건 아니지만 신임받는 위치에 있다고 생각해. 같은 부족 사람도 아닌데 그러한 위치에 오르기란 쉽지 않다는 걸 툼바도 짐작할 수 있을 거야. 피나는 노력으로 여기까지 왔으니, 걱정하는 것처럼 쉽게 무너지지 않을 거야. 그렇다고 방심하지 않을 테니 걱정하지 말고.”

“그렇겠죠. 재무르님의 실력이야 워낙 탁월하니까 야르 족장이 금방 알아보았겠죠. 용맹하고, 사냥도 잘하고. 그건 우리 부족 사이에서도 누구나 다 인정하는 점이잖아요. 그런데 궁금한 게 있어요. 혹시 야르 족장은 재무르님의 어떠한 면에 반하신 거라고 생각해요?”

갑작스러운 툼바의 질문 때문에 심각하게 끝날 것 같은 대화의 분위기가 다소 엉뚱한 방향으로 흘렀다.

“글쎄... 생각해 본 적은 없는데, 뭐랄까 내가 남긴 흔적을 보고 하늘과 땅의 움직임을 살피면서 두루 통달하려고 하는 모습에 끌린 것 같아. 한 부족을 이끌어 가는 족장의 위치에 있는 사람이라면 자연과 세상을 두루 살피면서 돕는 조언자나 조력자가 필요할 테니까. 지금은 야르 족장이 부족을 이끌어가는 데 있어 올바르게 판단할 수 있도록 옆에서 돕고 있어.”

“우리 부족의 경우에는 람보르 족장님도 훌륭하시고, 또 미르셀이 옆에서 많이 조언하고 있어서 안심되지만, 혹시나 재무르님이 야르 족장에게 어떠한 조언을 하고 있는지 제게도 가르쳐 주실 수 있으신지요?”

대놓고 물어오는 태도가 당돌하다고 생각했는지 재무르는 툼바를 유심히 쳐다보았다. 그의 눈빛은 흔들림 없이 반짝이고 있었고, 마치 툼바의 속내를 완전히 꿰뚫어 보는 듯했다.

툼바가 생각한 것보다 훨씬 속이 단단한 젊은이라는 걸 재무르는 인정했다. 부족의 운명을 좌우할 수 있는 엄중한 순간에 직면해서 그 위기를 극복하기 위해 거침없이 자기의 목숨까지 내놓겠다는 말은 아무나 할 수 있는 게 아니었다. 그러면서도 끝까지 무언가를 배우고 받아들이겠다는 그 의욕이 믿음직하게 다가왔다. 툼바의 생각과 행동 하나하나는 그야말로 평소에 재무르가 추구하는 이상적인 인간다움 그 자체였다.

툼바는 자기를 뚫어지게 바라보고 있는 재무르의 시선을 피하지 않고 정면으로 마주했다. 두 남자의 눈빛이 허공에서 부딪치면서 순식간에 팽팽한 긴장이 흘렀다.

"툼바가 알고 싶다면 얘기해줄게. 지금까지 누구에게도 말하지 않았던 거야. 야르 족장이 날 받아들이고 난 후, 난 제일 먼저 부족원과 족장의 뜻이 하나가 되어야 한다고 했어. 아무리 뛰어난 족장일지라도 휘하의 부족원이 진심으로 따르지 않으면 소용없는 일이니까. 그건 모래 위에 지어놓은 집처럼 금방 허물어질 거야. 다음으로는 부족을 이끌어 가는 기본 정신을 굳건히 세우라고 조언했어. 야르 족장이 대단한 건 내 말을 잘 받아들이고, 매사에 진심으로 대했다는 거야. 중요한 일이 생기면 솔직하게 알렸고, 큰 결심이 필요할 때는 나에게 두루 물어보면서 의견을 구했어. 그러다 보니 점점 야르 족장이 하는 일을 이해하게 되었고 이렇게 함께 하는 사이가 된 거지."

재무르의 말을 듣고 있자니 다른 부족의 품에 들어와서 이토록 인정받는 위치에 올라올 때까지 얼마나 뼈를 깎는 노력을 기울였을지 짐작이 되었다.

그의 타고난 성격도 성격이지만, 그런 큰 야망을 품고 있었기에 친구인 람보르 족장의 밑에서는 더 견디지 못했을 것이었다. 람보르 족장이라는 큰 나무와도 같은 존재가 가로막고 있었으니 얼마나 고뇌가 컸을까? 당시 그가 람보르 부족 안에서 겪었을 번민과 아픔이 이제야 제대로 이해되었다.

이제 확실히 알았다. 재무르는 살기 위해 스스로 뛰쳐나갔던 것이었다. 새삼 그의 모습이 한층 더 크게 다가오면서 마음에 품었던 뜻을 야르 부족 안에서 실현해가고 있는 모습이 존경스럽기까지 했다.

사뭇 진지한 가운데 재무르의 말은 계속 이어졌다.

"오랜 시간 동안 광야에서 지내며 내가 깨달은 하늘과 땅의 이치, 그리고 세상의 모든 움직임을 야르 족장에게 조언했지. 좁고 한정된 땅에서 살아가는 우리이기에 다 알 수는 없지만, 이 세상을 움직이는 이치가 있다고 믿어. 참으로 놀라운 건 우리보다 먼저 살았던 조상들이 그냥 되는대로 살다 간 게 아니란 거지. 그들은 흔적을 남겼어. 그들만의 방식대로 돌에, 동굴에 그림으로 그리고 표현했어. 그 안에 담긴 가르침은 참으로 놀라워. 그걸 보고 배우면서 난 깨달았지. 사람이 제대로 살아가려면 하늘과 땅의 움직임에 관심을 가지고 귀를 기울여야 한다는 걸. 그 이후에 내가 맞이한 세상은 완전히 달라졌어. 계절의 변화, 낮과 밤, 더위와 추위, 바람, 폭풍, 눈 등 인간을 둘러싼 모든 움직임은 다 나름의 규칙이 있다는 걸 알아챘어. 인간이 땅에서 번성하려면 이러한 이치를 이해하고 예측해야 해. 그래야만 미리 대비하고 준비할 수 있어."

재무르의 입에서 흘러나오는 얘기에 툼바는 시간 가는 줄도 모르고 점점 빠져들었다.

"땅도 그냥 생겨나고 우리가 어쩌다 차지하고 있는 것 같지만 그렇지 않아. 이용하는 사람에 따라 얼마든지 바뀔 수 있어. 땅의 생김새, 땅이 주는 이점과 불리점, 나아가서는 땅의 기운까지도 온몸으로 느끼고 마음으로 받아들여야 해. 특히 지도자라면 모름지기 하늘과 땅을 둘러싼 천하의 움직임을 겸허하게 받아들이고, 때를 따라 잘 이용할 줄 알아야 해."

'람보르 족장도 그런 말을 자주 하곤 했는데, 재무르도 그렇게 생각하고 있다니', 그 역시 탁월한 경지에 올랐다는 걸 툼바는 느꼈다.

"그래도 가장 중요한 건 사람이야. 하늘의 운, 땅의 운보다도 더 중요한 게 사람의 운이란 말이지. 그래서 한 사람 한 사람을 정말 소중하게 대해야 해. 특히, 한 부족을 이끄는 지도자는 말할 것도 없지. 람보르나 야르 족장의 위치가 얼마나 무거운지 툼바는 아직 잘 모를 거야. 나도 부족을 뛰쳐나가기 전까지는 잘 몰랐어. 이곳에 와서 야르 족장과 지내면서 보고 느끼다 보니 깊이 깨닫게 된 거야. 덕분에 람보르 족장도 더 깊이 이해할 수 있었지. 지도자는 현명해야 해. 많은 걸 알아야 하고, 아는 데서 그치지 않고 그걸 잘 이용하고 활용하는 지혜가 있어야 하지. 그래야만 언제, 어떠한 순간에서도 부족이 위태롭지 않고, 부족원이 안전하고 행복하게 살아가게 만들 수 있어.”

드디어 주제가 사람으로 향하자 툼바는 귀를 쫑긋 세웠다. 늘 관심 있는 부분이기에 더 그랬다.

“사람이 가장 중요하니 한마디 더 하지. 사람을 대할 때는 어진 마음으로 대해야 해. 처음 야르 족장을 만났을 때는 그에게 이런 부분이 많이 부족하다고 느꼈어. 실력과 능력이 탁월하고 용맹스럽긴 했지만 어질지 못했어. 내가 숱하게 조언하면서 지금은 많이 달라졌지만, 아직도 부족하다고 난 생각해. 누구보다도 탁월하고 용감한 데 어진 마음이 따라가지 못해서 아쉬워. 하긴, 모든 면에서 완벽한 사람이 어디 있겠어.”

그러면서 재무르는 마음속에 담아둔 중요한 얘기까지 솔직하게 털어놓았다.

“지금 람보르 부족이 처해 있는 이 어려운 상황은 사실 아무것도 아냐. 죽은 아이를 생각하면 안타깝지만, 야르 족장이 조금만 더 어질기만 하면 쉽게 해결될 수 있어. 문제는 그가 고집하는 ‘눈에는 눈, 이에는 이’ 라는 원칙이지. 나도 동의하지 않는 그것을 야르 족장은 절대 물러서지 말아야 할 최후의 보루처럼 여겨. 그 원칙에는 어진 마음과 용서가 빠져 있어. 나라면 그런 원칙은 택하지 않을 거야. 혹여 있다고 해도 상황에 따라 달라야 하겠지. 인간 세상에서는 원칙도 중요하지만, 그보다는 사람을 사랑하는 어진 마음과 용서가 훨씬 더 중요한 가치라고 난 확신해.”

역시 재무르였다. 지금 자신의 처지가 그러니 어쩔 수 없이 야르 족장을 돕고 있지만, 마음속으로는 동의하고 있지 않다는 뜻이었다. 그 마음을 솔직하게 얘기해 준 것만으로도 툼바는 가슴이 벅찰 정도로 위로가 되었다.

“끝으로, 부족을 다스리는 규율에 대해 생각해보자. 이 문제도 중요해. 사람이 모여 사는 곳이기에 매사에 기준과 원칙이 있어야 하고, 잘한 사람과 잘못한 사람에게 주는 상벌이 엄격해야 한다는 뜻이야. 지금 우리가 처한 상황이 바로 이 부분과 연결되어 있어. 어짐과 용서, 원칙과 상벌의 사이에 있다는 것이지. 자기 자신에게는 엄격해야 하고, 다른 사람에게는 너그러우면서 관용을 베풀어야 해. 야르 족장이 내걸고 있는 '눈에는 눈, 이에는 이' 라는 것도 야르 부족 내에서는 원칙으로 내걸고 받아들일 수 있지만, 다른 부족에게까지 그걸 강요하는 건 아니라고 나는 생각해. 그런데도 야르 족장이 저렇게 나오니 안타까운 거지."

재무르는 두 부족이 맞닥뜨리고 있는 상황을 정확하게 꿰뚫어 보고 있었다. 무엇 때문이고 무엇이 문제인지, 그 시작과 끝을 제대로 잡고 있었다.

"야르 족장이 부족을 이끌면서 가장 잘하는 게 바로 원칙을 지키는 건데, 지금은 그 원칙에 발목이 잡혀 있다고 봐야지. 자기 자신부터 한 치의 어긋남이 없이 엄격하게 지키려고 하니 더 풀리지 않는 거야. 툼바가 볼 때는 야르 족장이 되지도 않는 고집을 부린다고 생각하겠지만 그에게는 물러날 수 없는 부분인 셈이야. 이제 이해되지? 야르 족장은 이 원칙에 맞게 부족을 이끌고 있고, 청년들을 훈련 시키고 있어. 사냥할 때는 물론이고, 부족을 위협하는 일이 생기게 되면 당장 써먹을 수 있도록. 결론적으로 야르 부족은 툼바가 생각하는 것보다 훨씬 더 뭉쳐있고, 강하다는 걸 알아야 해."

오래 이어진 재무르의 말을 듣고 나니, 툼바는 어설프게나마 하늘의 이치와 인간 세상의 섭리를 어느 정도 터득한 느낌이었다.

그러면서도 재무르의 말속에서는 언뜻언뜻 바닥 모를 야심도 느껴졌다. 혹시 재무르가 족장이 되어 야르 부족을 지배하려는 마음까지 품고 있는 건 아닌가도 싶었다. 너무 앞선 생각이고, 아직이야 다 알 수는 없는 일이겠지만 옛날에 보았던 재무르의 모습을 생각하면 충분히 그러고도 남았다.

아직 그를 향한 마음이 완전히 열리지는 않은 탓일까, 툼바는 순간 재무르가 무섭다는 느낌이 들었다. 지금이야 옛정을 생각해서 잘해주고 있지만 언제든지 돌변할 수도 있지 않을까 하는 생각에 다다르자 갑자기 소름이 돋았다.

같은 부족이라고 경계심을 풀어선 안 될 일이었다. 끝까지 내색하지는 말아야 했다.

"재무르님, 고마워요. 오늘 주신 말씀 하나도 잊지 않고 제 마음속에 소중히 담을게요."

속내와는 다르게 나온 감사의 말은 그래도 진심을 담고 있었다.

"아마 곧 야르 족장이 자네들 두 사람을 부를 거야. 말 그대로 최후의 담판이 벌어지겠지. 단단히 준비해. 그 만남이 끝나면 더 이상 돌이킬 수 없는 일이 펼쳐질지도 모르니."

재무르는 여기까지 말하고선 자리에서 일어섰다. 시간이 꽤 흘렀다. 쉽지 않을 텐데도 그렇게까지 배려해준 재무르에게 툼바는 고맙다는 말 밖에 다른 어떤 말도 할 수 없었다.

이제는 오로지 툼바의 시간이었다. 무력한 자신의 처지에 더해 여러 가지 정리되지 않은 생각까지 밀려오며 마음이 무거웠다. 그냥 아무것도 하지 않고 쉬고만 싶었다. 할 수만 있다면 피하고 싶었다. 그래도 힘을 내야 했다. 툼바는 재무르가 해줬던 말들을 하나하나 다시 떠올리며 앞으로 그에게 닥칠 일을 예상하고, 어떻게 해야 할지를 고민했다. 미리 생각해 두지 않으면 결정적인 순간에 가서 흔들릴 수도 있을 것이었다.

주저하지 않고 행동하려면 어느 쪽이든 분명하게 정하고, 굳게 마음먹어야 했다.

툼바와 헤어진 재무르는 곧장 야르 족장이 머무는 곳으로 발걸음을 옮겼다. 족장의 거처는 동굴들이 뺑 둘러싼 넓은 광장이 한눈에 내려다보이는 높은 곳에 자리 잡고 있다. 멀리서 보기에도 범상치 않은 곳처럼 보이는 요새 중의 요새이다.

족장의 거처에는 아무나 들어올 수 없다. 젊고 건장한 청년들이 번갈아 가면서 문 앞에서 족장을 호위하고 있기에 대부분은 그 앞에서 용무를 보고 돌아서기 일쑤고, 허락이 있는 경우에만 발을 들여놓을 수 있다.

하지만 재무르의 경우는 예외였다. 언제라도 안으로 들여보내라는 족장의 지시가 있었기에 그는 아무 때나 별다른 확인 과정 없이 안에 들어갈 수 있었다.

안에는 여러 공간이 있는데 족장이 주로 머무는 방은 한눈에 봐도 으리으리하다. 그 넓은 공간에는 그동안 야르 부족이 사냥해서 잡았던 크고 작은 동물의 뿔이나 뼈로 채워져 있다. 정교하게 뼈를 이어붙이고 가죽을 씌워 놓아 마치 살아있는 것과 같은 모습으로 서 있는 동물도 있다.

그러니 방에 들어온 사람이라면 족장이 그들이 살아가고 있는 세상의 모든 사람과 동물들을 다스리는 지배자가 아닐까 싶을 정도로 그의 권위를 느낄 수밖에 없었다. 묘한 향내까지 풍겨 나오며 형언할 수 없는 신비감이 항상 주변을 둘러싸고 있는 느낌이다.

야르 족장은 생김새도 범상치 않다. 누구든지 그를 직접 대면하면 기가 눌릴 정도로 풍겨 나오는 기운이 대단하다. 번듯한 이마, 큰 눈망울에 불이 뿜어져 나올 듯한 눈빛, 약간 튀어나온 광대뼈, 두툼하고 꽉 다문 입술, 햇볕에 그을려 거무스름한 얼굴색이 어우러져 강인한 전사이자, 용맹한 지배자의 모습 그대로이다.

복장과 치장은 늘 화려하다. 외형적인 것을 통해 족장의 권위를 맘껏 드러내고 과시하기에 누구든지 그 모습을 보는 것만으로도 저절로 위축될 정도이다. 한 치의 빈틈도 보이지 않고 용납하지 않겠다는 게 외모에서부터 느껴진다. 그래서 그런지 다소 어두컴컴한 족장의 방 가운데에, 그것도 높은 자리에 그렇게 앉아있는 그를 보면 누구든지 작아질 수밖에 없다. 재무르가 그렇게 생각할 정도니 다른 부족원은 굳이 말할 필요조차 없을 것이었다.

야르 족장도 람보르 족장처럼 혼인을 하지 않았다. 직접 물어보지 않아 이유는 알 수 없지만, 그 역시 부족을 위해 모든 걸 바치겠다는 신념을 품고 있는 게 아닌가 싶었다. 그런 야르 족장이 자기 부족도 아닌 다른 부족의 재무르를 신임한다는 건 믿기 어려울 정도로 놀라운 일이었다. 아무리 재무르가 탁월한 지혜와 식견을 가지고 있었다고는 하나, 그걸 단박에 알아차린 그는 누가 뭐래도 비범한 인물이다.

어렸을 때부터 승부욕이 강했던 재무르는 람보르 족장과 함께 자라면서 친구인 그를 의식하며 살았다. 누구에게도 지지 않겠다는 욕심이 컸기 때문이었다. 끊임없는 경쟁의식이 그를 단련시키고 나아가게 하는 이유이자 동기였다. 그 당시엔 어쩌면 그것만이 삶의 모든 의미였다.

그런 노력 덕분이었을까, 어떤 면에서는 람보르 족장을 능가할 정도로 빼어나다는 소리까지 들을 정도였다. 부족의 품에 있을 때는 조상들로부터 전해 내려오는 지혜를 자기 것으로 만들면서 생각을 정리했고, 뛰쳐나온 후에는 툼바에게 털어놓은 대로 홀로 산하를 떠돌며 자연과 세상의 이치를 더 깊이 깨닫고, 인간의 삶을 들여다보며 자기만의 판단과 행동 기준을 세워나갔다.

그렇게 잠시도 쉬지 않고 뼈를 깎듯 정진한 재무르였기에 야르 족장을 만나 기회를 잡을 수 있었던 것이었다. 준비된 사람만이 눈앞에 다가온 기회를 잡을 수 있다는 걸 그는 행동으로 보여준 셈이었다.

재무르가 들어오는 걸 본 족장이 먼저 말을 건넸다.

"어서 오시오. 두 사람을 만나봤소?"

나지막하면서도 묵직한 족장의 목소리가 흘러나왔다.

"네. 족장님. 만나고 왔습니다."

들어오기 전부터 어떻게 얘기할 것인지 머릿속으로 정리했지만, 막상 족장 앞에 서니 재무르도 쉽게 말문을 열지 못했다. 다른 때와는 달리 긴장한 탓이었다. 호흡을 가다듬고 아랫배에 힘을 주었다.

"두 사람에게 족장님의 강한 의지와 부족의 규율에 대해서 정확하게 전했습니다. 다만, 두 사람은 아직 제대로 받아들이지는 못하고 있습니다. 자기 부족과는 다른 상황이기에 그럴 수 있다고 생각합니다. 그러나 한 가지 확실한 건, 비록 실수였다고 하지만 잘못을 분명히 깨닫고 있고 책임을 회피하지 않겠다는 점입니다. 특히 당사자인 툼바는 자기의 목숨을 바쳐서라도 용서를 구하고, 족장님의 노여움이 풀리시기를 간절히 바라고 있습니다. 제 생각엔 그 청년 혼자만의 생각인 듯한데, 아마도 떠나올 때부터 미리 각오한 듯합니다. 족장님께 자기의 진정한 마음을 꼭 전해달라고 간곡하게 부탁했습니다."

"스스로 자기의 목숨을 내놓겠다니 보통 친구는 아니군. 젊은이가 그러기 쉽지 않은데 용기와 기개 하나만큼은 높이 평가하오."

"네. 제가 어릴 때부터 보아와서 잘 압니다. 충분히 그러고도 남습니다. 두 젊은이는 람보르 족장이 가장 신임하는 부족의 기둥과도 같은 친구들입니다. 제가 떠난 이후로 상황이 어떻게 변했는지는 알 수 없으나, 아마도 제 생각이 맞을 것으로 판단합니다."

"람보르라고 했나? 그쪽 족장이? 그 족장도 보나 마나 대단한 인물이겠군. 재무르의 말이 맞다면 자기가 가장 아끼는 두 사람을 사지에 보낸 것이니 그 의미가 무엇이겠소? 만약에 내가 저 두 사람을 죽인다면 그에게는 최고의 심복이자 유능한 전사를 동시에 잃는 것일 텐데, 그런 상황에도 보냈다는 것은 나름대로 성의가 보였다고 생각하오. 사실, 람보르 족장이 직접 찾아와서 우리 부족에게 사죄했다면 더 좋았겠지만 말이오."

재무르는 침을 꿀꺽 삼켰다. 침이 넘어가는 소리가 들릴까 싶어 긴장했다. 야르 족장의 말에선 툼바와 솔론, 그리고 람보르 족장에 대한 호감이 묻어나왔다. 성의를 인정하고 높이 평가한다는 말에선 한 줄기 희망의 빛이 비치는 듯했다. '그렇다면 그 성의를 받아들이겠다는 뜻인가?' 재무르는 숨을 멈추고 족장의 다음 말을 기다렸다.

"그래서 이 상황을 바라보는 재무르의 의견은 어떻소?"

기대하는 답은 주지 않고 족장은 오히려 재무르에게 물어왔다. 지금의 말 한 마디가 양 부족의 앞날에 매우 중요한 순간으로 작용할 것이 틀림없었다.

재무르는 서두르지 않았다. 족장의 눈을 바라보면서, 차분하고 담담하게 말을 꺼냈다.

"족장님, 제 생각을 조금 길게 말씀드려도 되겠습니까?"

"무엇이든 말해보시오."

"저는 족장님을 보좌하는 사람으로서 누구보다도 족장님의 뜻을 잘 헤아리고 있습니다. 족장님께서 강인하고 흔들림 없는 모습으로 부족을 이끄시고 다스리시는 걸 지켜보면서 늘 경외하고 흠모하고 있습니다."

재무르는 먼저 족장에 대해 최대한의 찬사를 아끼지 않았다.

"이번 사태를 바라보는 제 생각은 이렇습니다. 저는 두 부족이 다르다는 점을 먼저 말씀드리고 싶습니다. 람보르 부족에겐 람보르 부족의 삶이 있고, 야르 부족에겐 야르 부족의 삶이 있습니다. 지금껏 각자가 그런 삶을 누려왔습니다. 우리 야르 부족의 경우엔 족장님의 지도력으로 인해 풍요롭고 강성합니다. 이처럼 척박한 환경 속에서도 별다른 어려움 없이 살아갈 수 있는 이유는 다 족장님께서 스스로 먼저 원칙을 지키시면서 부족을 이끄시기 때문입니다."

재무르는 중간중간 우리라는 표현을 하며 동질성을 강조했다.

"하지만, 람보르 부족은 우리와는 다릅니다. 당연히 람보르 족장도 족장님과 다릅니다. 우리와 같은 잣대로 판단하면 이해되지 않는 부분이 있게 마련입니다. 그들은 이번 일을 정말 실수라고 생각하고 있고, 실수한 만큼의 대가를 치르겠다는 뜻을 명확하게 밝히고 있습니다. 심지어 당사자인 툼바라는 젊은이는 자기의 목숨을 내놓겠다고까지 합니다. 이런 정황을 볼 때 그들은 충분히 성의를 다하고 있다고 생각합니다. 그런데 그 성의와 대가가 우리의 요구와는 다릅니다. '눈에는 눈, 이에는 이'가 아닙니다. 족장님의 귀한 아들이 죽었다고 해서 자기 부족의 아이 목숨을 내놓는다는 걸 받아들이지 못하고 있습니다. 결론적으로 말씀드리면 제가 아는 람보르 족장은 결코 자기들 부족의 아이를 내놓지 않을 거라 생각합니다. 그러니 우리 부족의 선택은 두 가지입니다. 족장님께서 그들의 방법대로 속죄를 허락하시는 것, 아니면 끝까지 원칙을 고수하시면서 대결을 이어가는 것입니다. 만약에 족장님께서 제게 둘 중에 어느 것이 더 좋겠냐고 물으신다면 저는 앞엣것을 건의하고 싶습니다. 무슨 일이 있어도 싸움만은 안 된다고 생각합니다. 이는 양 부족 모두에게 큰 해를 끼칠 것입니다. 람보르 부족도 만만치 않기에 설령 싸움에서 이긴다 해도 우리 역시 상당히 큰 타격을 입을 것임이 불을 보듯 뻔합니다. 그러니 족장님께서 은혜를 베푸셔서 그들의 간절한 뜻을 받아주시는 게 최선이라고 생각합니다.”

재무르는 갈수록 열변을 토해냈다. 방에 들어올 때의 긴장감은 어느새 비장함으로 변해 있었다.

그의 말이 끝나자 야르 족장은 재무르를 주시하고 있던 시선을 거둬 천장을 올려다보았다. 그리곤 많은 장신구와 박제된 동물이 늘어선 넓은 방 안 구석구석을 둘러보았다. 재무르의 말을 머릿속에서 다시 곱씹어보면서 생각을 정리하는 듯했다.

재무르는 홀가분한 심정으로 족장의 반응을 살폈다.

“내게 솔직하게 말해주어 고맙소. 재무르의 마음은 알겠소. 서로 입장이 다르다는 말이 맞소. 그들이 어찌 우리와 같겠소. 더군다나 지금 이런 상황에서 람보르 부족과 싸우게 된다면 어찌 재무르가 받아들일 수 있겠소. 이는 지극히 당연하오.”

순간 재무르는 움찔했다. 혹여나 족장이 자기 말을 곡해하며 받아들이고 있는 건 아닌지 싶었다. 그래도 흔들리지 말아야 했다.

“저들의 입장을 충분히 이해하나, 받아들일 수 없는 게 있소. 다른 부족이 저지른 일로 인해 우리 부족이 지금까지 지켜온 원칙을 무너뜨릴 수는 없다는 것이오. 그것은 우리 부족을 지탱케 하는 생명줄과도 같소. 내가 가장 아끼는 아들이 죽었지만, 그들이 적대감을 가지고 저지른 일이 아니라는 걸 알기에 인간적으로는 받아들일 수도 있소. 그러나 거듭 말하지만 나는 부족의 전통을 지켜야 할 족장이오. 내 일이라고 해서 내 맘대로 용서할 수도 없고, 내 아들이라고 해서 다른 부족에게까지 강경하게 나가는 것도 아니라는 걸 확실하게 하고 싶소. 부족의 다른 아이가 죽었어도 나는 똑같이 요구했을 것이오. 이미 일어난 것은 어쩔 수 없긴 하나, 앞으로 나 역시 어쩔 수 없는 길을 가고자 하오. 오직 '눈에는 눈, 이에는 이'를 결코 저버릴 수 없소. 나를 이해하고 따라주리라 믿소."

족장의 입에서 직접 '눈에는 눈, 이에는 이'라는 말이 흘러나오자 한 줄기 밝은 빛이 들어오는 듯했던 재무르의 가슴이 일순간에 암흑으로 변해버리고 말았다. 혹시나 하면서 잠시 기대했었는데 역시 어쩔 수 없었다. 이젠 다른 방도가 없었다. 더 이상의 협상도 필요 없을 것이고, 더 이상 물러날 곳도 없었다. 람보르 부족의 입장으로 보면 이미 최선은 물 건너갔음이 분명했다.

재무르의 머릿속에는 앞으로 펼쳐질 일들이 그려졌다. 이제 람보르 부족의 선택은 똑같은 아이 한 명을 내놓거나, 아니면 야르 부족의 응징을 받아들이거나였다. 수적으로 훨씬 더 우세한 야르 부족이 쳐들어간다면 람보르 부족이 막아낼 수 있을지도 의문이고, 막아내더라도 얼마 동안 버텨낼지 우려스러웠다. 한쪽에선 청년들의 비명과 신음이, 다른 한쪽에선 여자들의 정겨운 노랫소리와 아이들의 해맑은 웃음소리가 귓가에 들리는 듯했다.

이 싸움을 막을 수 있는 사람은 여전히 자기 자신밖에 없다고 생각하면서도, 당장 눈앞에 가로막혀 있는 벽이 너무 높고 두터워 달리 뾰족한 수도 보이지 않았다. 눈앞에 람보르 족장이 있다면 마음을 터놓고 밤새도록 의논하고 싶은 마음이지만 그럴 수도 없는 현실이 아쉽기만 했다. 그 마음은 안타까움을 넘어 재무르를 아득한 나락으로 떨어뜨리고 있었다.

이번 일을 겪으면서 재무르는 사실 많이 놀라기도 하거니와 이것이 결코 우연만은 아니라는 생각에 사로잡혔다. 부족을 떠나와서 지금 자기 자신이 야르 족장 곁에 있는 이유가 어쩌면 이번과 같은 일을 해결하라는 것임을 운명처럼 받아들이고 있었다.

'그런데 만약에 막지 못해서 결국 두 부족이 싸우는 일이 벌어진다면?' 상상조차 하기 싫었다. 야르 부족에 몸담은 채 자기 부족을 칠 수는 없는 일이었다. 그렇다면 여기에 더 머물러 있을 이유가 있을까 싶었다. 람보르 부족의 품을 훌쩍 떠났듯이 다시 광야로 나가야 하나 심각하게 고민하지 않을 수 없는 상황이었다.

하지만 지금 당장 뛰쳐나갈 수도 없었다. 뛰쳐나가고 싶지 않았다. 이제는 자기 곁에 쓰화가 있기에 자유로운 몸이 아니라는 이유도 있지만, 무엇보다도 야르 족장의 곁을 지키면서 두 부족의 평화로운 앞날을 위해 노력하고 싶은 마음이 간절했다. 끝까지 포기해서는 안 되는 이유였다.

"족장님, 그러면 두 젊은이는 어떻게 하시겠습니까?"

"내가 직접 가서 그들을 만나야겠소. 더 이상 시간을 끌 필요가 없소. 재무르에게 말한 대로 그들에게 내 생각을 확실히 전하고 결정하라고 요구할 수밖에 없소. 재무르는 나를 따르시오."

족장은 한 치의 망설임도 없이 바로 행동에 옮겼다. 방문을 나서는 그의 얼굴에서 무언가를 결심한 듯한 강한 인상이 느껴졌다. 큰 돌덩이가 가슴을 짓누르는 듯한 무거운 마음으로 재무르는 족장의 뒤를 따랐다.

발걸음이 무거웠다. 광장으로 내려가는 길이 그날따라 천 길 낭떠러지로 향하는 기분이었다.

척박하고 메마른 땅 어느 한쪽에서 한 사내가 지금껏 해본 적 없는 운명의 주사위를 던지려 하고 있을 때, 다른 한쪽에 있는 사내 역시 같은 운명을 만지작거리고 있었다. 같은 시대에 같은 장소에서 드디어 마주한 두 사람, 예기치 않은 기운이 그들로부터 스멀스멀 피어나고 있었다.

솔론과 툼바를 보내고 나서 람보르는 그냥 손 놓고 있지 않았다. 앞으로 닥칠 일을 준비했다. 솔론과 툼바가 어려운 상황을 잘 해결하고 돌아오면 다행이겠지만, 혹여나 그렇지 않을 수도 있었다. 더 나아가 두 사람의 신변에 무슨 일이 일어날 가능성도 배제하지 않았다. 그렇게 된다면 우려하고 있는 큰일로 번질 것이 자명했다.

미르셀과도 수시로 만나 일어날 일들을 예측하고, 상의했다. 온통 툼바에 대한 염려로 꽉 차 있으면서도 부족의 앞날을 걱정하는 미르셀의 마음은 람보르 족장에 못지않았다. 무엇보다도 그녀에게는 돌보고 보살펴야 할 부족의 노인들과 여자들, 아이들이 있었다. 불안하긴 마찬가지였지만 겉으로는 조금도 내색하지 않았다. 오히려 다른 사람들의 품고 있는 불안을 다독이며 잠재웠다. 그런 미르셀을 옆에서 지켜보면서 람보르는 이 가녀린 여인의 강인한 의지에 다시금 감탄할 수밖에 없었다.

람보르 족장의 지시를 받은 부족원 모두는 바쁘게 움직였다. 생전 처음 겪는 일로 인해 마을의 공기는 무겁게 가라앉았고 분위기는 뒤숭숭했지만, 족장과 미르셀을 굳게 믿고 있기에 크게 동요하지는 않았다. 저마다 각자가 해야 할 일이 무엇인지도 잘 알고 있었다.

미르셀은 수시로 여자들과 아이들을 만나 살폈다. 남자들이 싸움에 대비한 만반의 준비를 하는 동안 여자들도 나름대로 해야 할 일이 있기에 미리 확인하고 알아서 움직이도록 했다. 그런 미르셀로 인해 람보르는 마음 한구석에 있는 부담을 떨쳐낼 수 있었다.

람보르가 가장 먼저 한 일은 야르 부족이 쳐들어올 것에 대비하는 일이었다. 부족원 한 명 한 명에 대해서 속속들이 파악하고 있었기에 특성과 능력을 고려하여 총 세 개의 집단으로 나누었다. 그 세 개의 집단을 부족의 마을 입구

전방에서부터 마을이 있는 후방지역에 이르기까지 순차적으로 배치하여 만약의 사태에 대비하는 게 그의 복안이었다.

맨 앞에 배치할 1선 집단은 가장 용맹하면서도 빠른 청년들 위주로 하되, 더 앞에 내보낼 정찰조는 특별히 눈이 좋고 발이 빠른 자들을 뽑았다. 이들 집단은 선봉대라 이름 지었다. 이곳에 부족의 모든 역량을 집중할 참이었다. 여하한 경우라도 마을 안쪽으로 들어오지 못하도록 그 앞에서 막아내야만 했다. 만약에 뚫려버리면 그 이후의 상황은 어떻게 될지 장담하기 쉽지 않았다.

마을을 감싸고 있는 지형은 동쪽은 산악, 서쪽은 계곡지대이다. 그 어느 쪽도 쉽게 들어오지 못할 천혜의 요새이다. 이러한 땅의 형세나 여건 등을 볼 때 선봉대를 강하게 편성하여 잘 준비하면 충분히 승산이 있을 것이었다. 특히, 마을로 이르는 중앙의 큰길 쪽만 잘 막아낼 방도를 찾으면 큰 어려움이 없을 거라 여겼다.

2선 집단은 예비대로 명명하고 편성했다. 1선 집단이 버티지 못하고 무너지게 되면 신속하게 지원하는 임무를 부여했다. 아울러 적이 우회해서 들어오지 못하도록 양 측면을 경계하는 임무까지 담당하도록 했다. 예비대도 선봉대 못지않게 중요한 임무를 맡았다. 선봉대가 뚫리게 된다면 부족을 지켜낼 그야말로 최후의 보루였다. 앞에서 벌어지는 상황에 신경 써야 하고, 양쪽 측면도 대비해야 하는 예비대이기에 선봉대보다도 더 완벽한 준비와 노력이 필요했다.

3선 집단은 후방대이다. 선봉대와 예비대를 지원하면서 동시에 후방으로 들어오는 적으로부터 여인들과 아이들을 보호하는 것이 주 임무였다. 당연히 후방대의 임무는 선봉대나 예비대보다도 훨씬 다양하고 복잡했다. 신경 써야 하고 해야 할 일이 많았다. 앞에서 싸우다 다쳐 후방으로 보내진 사람들을 돌보면서 치료도 해야 하고, 싸움이 장기전으로 들어갈 상황에 대비해 전사들이 먹을 식량을 준비하고 전달하는 역할까지 맡아야 했다. 후방대가 어떻게 잘 움직이느냐에 따라 앞에 있는 선봉대와 예비대까지 영향을 받을 것이기에 그 중요성은 다른 집단에 비해 뒤떨어지지 않았다.

이렇게 편성이 끝나자 람보르는 각 무리를 이끌 책임자를 선발했다. 당장 솔론과 툼바가 없었기에 일단 이들을 대신할 전사를 세웠다. 매사에 희생하고 헌신하면서도 용맹한 시주르, 바요, 마키루가 그들이었다. 사냥을 나갈 때면 그들의 활약은 솔론과 툼바에 못지않았다. 룽가와 티아라, 도두는 지금처럼 족장인 자신의 옆에서 돕도록 했다. 이들만 있으면 든든했다.

이제부터가 중요했다. 야르 부족이 쳐들어올 상황을 구체적으로 상정하면서 창과 주먹도끼 등을 들고 훈련했다. 지금까지 동물들을 사냥하는 것 외에는 어떤 도구나 무기도 사람을 상대로 사용해 본 적이 없었다. 하지만 이제는 상황이 달라졌다. 비록 사람일지라도 위협을 가한다면 그냥 가만히 당하고 있을 수는 없었다. 저들이 쳐들어온다면 얼마만큼의 규모일지, 또 어느 정도 강한지도 몰랐기에 주어진 시간을 훈련에 쏟아야 했다.

다행스러운 건 부족의 단합된 힘이었다. 톨룸가를 비롯한 원로들이 든든한 힘이 되어주었고, 용감한 청년들을 비롯해 여자들까지 모든 부족원이 한마음으로 뭉쳐 있었다. 이렇게 같은 마음으로 함께 하고 있기에 람보르는 어떠한 일도 능히 해낼 수 있다고 믿었다. 단순한 자신감이 아니라 해낼 수 있다는 자기효능감이다. 부족 전체가 지금껏 그렇게 생활해왔고, 사냥을 통해 단련해왔기에 만약의 사태가 벌어져도 충분히 그 힘을 발휘할 것이었다.

이렇게 람보르 부족이 만약의 사태에 대비해 나가고 있는 사이, 야르 부족에게 잡혀 있는 툼바는 결국 마주해야 할 자기만의 최후의 결전을 준비하고 있었다. 재무르가 떠나고 난 후 홀로 남게 된 툼바는 조용히 눈을 감고 깊이 호흡했다. 이내 주위는 고요 속으로 빠져들면서 내면 깊숙이 들어갔다. 홀로 있는 상황이 계속되면서 생긴 불안함도 사라졌다.

툼바는 분명 야르 족장이 직접 찾아오거나, 아니면 자기를 부르러 올 것이라고 짐작했다. 이제 더 이상 물러날 곳이 없는 상황이 펼쳐질 것이었다. 어쩌면 바로 그 자리에서 툼바와 부족의 모든 것이 좌우될지도 모를 일이었다.

툼바만의 최후의 결전은 바로 그가 야르 족장과 대면하는 장면이었다. 그걸 머릿속에 집어넣자 만약에 미르셀이 곁에 있었다면 뭐라고 조언할지 궁금했다. 잠시 생각에 빠지면서 미르셀과 나눴던 대화를 떠올렸다. 떠나올 때 신신당부했던 말이 선명하게 살아나면서 불안한 마음이 조금씩 가라앉았다.

그 순간, 툼바의 머릿속에 두 아이의 얼굴이 동시에 떠올랐다. 한 명은 죽은 야르 족장의 아이, 다른 한 명은 아들 루미였다. 한 아이는 죽었고, 다른 아이는 살아있다. 죽음과 삶, 죽은 야르 족장의 아들과 살아있는 자기 아들을 가르는 두 단어가 마음에서 강하게 부딪쳐왔다.

그러자 고요해지던 마음이 다시 요동쳤다. 죽음과 삶은 한순간이고, 멀리 있는 게 아니라 늘 함께 하는 것임을 깨닫자 자기의 어처구니없는 실수가 더 뼈저리게 다가왔다. 하지만 다 지나간 일, 언제까지 그 수렁에 빠져 있을 수만은 없었다.

툼바는 이내 머리를 흔들며 그 생각에서 빠져나왔다. 어느새 야르 족장의 아이는 사라지고 루미만이 보였다. 마음을 진정시키자 이내 현실적인 문제에 집중할 수 있었다. 핵심은 야르 족장이 내건 '눈에는 눈, 이에는 이'에 대처하는 것이었다. '야르 족장의 아이 또래라면 부족 내에선 티아라의 아들밖에 없는데…' 그 아이를 떠올리자 티아라가 길길이 날뛰며 눈앞으로 달려드는 듯해서 움찔했다. '그럴 수는 없어, 내 잘못으로 인해 티아라의 아들을 죽게 만든다고? 안 돼. 차라리 내가 감당해야 해. 그렇다면 루미를?' 이번에도 차마 떠올리기조차 두려운 마음이 밀려왔다.

좀처럼 정리되지 않는 툼바의 머릿속에서는 별의별 생각들이 다 뒤엉켜 날아다녔다. 하지만 피하지 않았다. '끝까지 냉정해야 해. 이건 부족의 운명이 걸려 있는 문제야. 사사로운 인정에 끌려 큰일을 망쳐서는 안 돼. 지금 이걸 결정할 수 있는 사람은 오직 나 하나뿐이야. 람보르 족장님도, 솔론도, 미르셀도 할 수 없는 일. 내가 해야만 해.' 머릿속에서는 처절한 마음으로 외로운 사투를 벌이고 있었다.

얼마나 지났을까? 여러 사람이 들어오는 듯한 소리가 들리더니 갑자기 주위가 부산해졌다. 드디어 때가 온 것이라 여긴 툼바는 벌떡 일어나 벽에 붙으며 주위에 귀를 기울였다. 아니나 다를까 몇몇 야르 청년이 툼바가 갇혀 있는 곳으로 성큼성큼 다가오더니 문을 열고 안으로 들어왔다. 그들은 아무 말도 없었다. 올 때와 마찬가지로 양쪽에서 툼바를 잡고 어디론가 데려가려고 했다. 분명 야르 족장에게 데려가는 거라 생각했다. 어쩌면 그곳에서 솔론도 만날 수 있을 거라고 기대하니 묘한 흥분까지 일었다. 긴장된 순간에도 솔론을 볼 수 있다는 생각에 마음이 급해졌다. '흐음~~~' 툼바는 깊게 숨을 들이마시고, 다시 길게 내쉬며 마음의 평정을 유지했다. 며칠 사이에 스스로 생각하기에도 놀라울 정도로 깊어져 있었다.

툼바는 최후의 결전을 향해 발을 내디뎠다.

드디어 툼바가 야르 광장 안으로 들어섰다. 주위에는 벌써 많은 사람이 몰려와 있었다. 분위기를 보니 야르 족장은 먼저 와 있는 듯했다. 걸어가면서 양쪽에 늘어선 사람들을 힐끗 바라보니 툼바를 주시하는 야르 사람들의 눈빛이 낯설면서도 표정이 다 제각각이었다. 적대하듯이 노려보는 사람, 가엾다는 듯 애처롭게 바라보는 사람, 눈살을 찌푸리는 사람, 무심한 듯한 사람 등 각양각색이었다. 어쩌면 그들은 다 똑같은데 툼바 자신이 그렇게 느끼는 것일 수도 있었다. 그럼에도 분명한 건 그들 대부분의 눈초리가 부드럽지 않다는 점이었다. 만약에 이런 부족을 상대로 싸운다면 쉽지 않을 거라는 느낌이 밀려왔다.

툼바가 걸어가고 있는 반대편에서도 웅성대는 소리가 들려왔다. 고개를 내밀고 바라보니 솔론이 다가오고 있었다. 애써 반가운 표정을 감추며 계속 솔론을 주시했다. 이윽고 중앙에 모인 두 사람의 눈이 마주쳤다. 야르 청년들이 눈치채지 못할 정도로 고개를 살짝 끄덕이면서 마음을 담아 눈으로 인사했다.

솔론의 눈빛을 보니 조금의 요동도 없었다. 태산같이 장중한 모습을 보니 힘이 솟았다.

마침내 툼바와 솔론, 두 사람이 야르 부족원 앞에 섰다. 여기저기 소란했던 모습이 금세 정리되었다.

재무르가 야르 부족원 앞으로 나서며 크게 말했다.

"저들을 족장님 앞으로 데리고 와라."

야르 청년들이 두 사람을 그들의 족장이 앉아있는 앞으로 이끌었다. 그리곤 무릎 안쪽을 발로 쳐서 야르 족장 앞에 꿇어 앉혔다.

툼바는 고개를 뻣뻣하게 들고 야르 족장을 바라보았다. 솔론도 마찬가지였다. 야르 족장은 광야에서 만났을 때보다 더 위엄있게 보였다. 각오는 하고 왔지만 피어나는 긴장감은 어쩔 수 없었다. 손바닥에서 슬그머니 땀도 솟아 나왔다. 야르 족장의 입에서 무슨 말이 나올지 온통 관심은 거기에 가 있었다.

드디어 그의 입이 열렸다. 생각 외로 말이 길게 이어졌다. 표정은 변하지 않았고, 목소리의 톤도 높지 않았다. 무슨 뜻인지는 알아듣지 못하지만, 부드럽게 들리지는 않았다. 겉으로는 분노하면서도 마음속으로는 냉정을 유지하고 있는 듯했다. 그의 모습에선 범상치 않은 기운이 느껴졌다.

족장의 말이 끝나자 다시 재무르가 앞에 나서며 족장의 말을 옮겨 전했다.

"두 사람은 들어라. 그대들 부족이 내 아들을 죽였다. 일부러 죽인 것은 아니라는 그 말을 나는 믿는다. 그렇다고 해서 그대들의 죄가 없어지는 것은 아니다. 나와 우리 부족에겐 그 누구도 피해갈 수 없는 원칙이 있다. '눈에는 눈, 이에는 이'다. 조금이라도 양보하거나 물리칠 생각이 없다. 내 아이와 똑같은 또래의 남자아이를 바쳐라. 나는 싸움을 원하지 않는다. 우리의 요구를 받아들이면 그런 일은 일어나지 않을 것이다. 오늘 이후 다가오는 일곱 번째 날에 처음에 만났던 곳에서 다시 만나기로 약속한다. 이번에도 내가 직접 가겠다. 그대들도 족장이 나와야 할 것이며, 양쪽 각각 열 명을 데리고 나올 수 있다. 할 말이 있는가?”

야르 족장은 무자비한 사람은 아니었다. 싸움으로 번지는 걸 원하지 않는다고 했다. 하지만, 그는 그의 원칙에서 한 발도 벗어나지 않고 있었다. 그것이 가장 큰 난관이었다. 야르 족장 앞에서 직접 툼바가 자기 목숨을 바치겠다고 했음에도 받아들이지 않았다. 그가 말하는 ‘눈에는 눈, 이에는 이’가 향하는 것은 오직 같은 또래의 람보르 부족 아이였다.

재무르가 전하는 야르 족장의 말을 들으면서 툼바의 머릿속에는 부족의 아이들 모습이 하나둘 스쳐 지나갔다. 모두 다 천진난만하고 귀여운 아이들이었다. 그 아이들은 비단 낳아준 부모의 아이들뿐만 아니라 부족 전체의 아이들이었다. 툼바도 어려서부터 그렇게 모두의 사랑을 받으며 자라났다. 재무르가 툼바를 기억하는 이유도 어렸을 때부터 사랑을 주었기 때문일 것이다.

툼바는 어금니를 깨물었다. 어느 정도는 예상했지만 전 부족원 앞에서 야르 족장이 꺼낸 ‘눈에는 눈, 이에는 이’라는 말을 다시 들으니 그 무게감이 엄청났다. 이내 정신을 차리고 솔론을 바라보면서 고개를 끄덕였다. 자기에게 맡겨달라는 신호를 보낸 것이었다. 솔론은 다소 의아해하는 듯했지만, 표정에는 변함없는 믿음이 묻어나왔다.

이제는 온전히 툼바의 시간이었다. 모든 걸 다 던지고자 마음먹은 한 사나이는 그의 앞에 닥친 운명을 피하지 않았다.

“저도 한 말씀 드리겠습니다.”

야르 족장의 허락이 채 떨어지기도 전에 일어서면서 툼바가 입을 열었다.

“먼저 저의 불찰로 인해 야르 족장님의 귀한 아들이 안타깝게 죽은 것에 대해 깊이 사죄드립니다. 아울러 이번 일로 인해 충격을 받고 함께 비통해하고 있는 야르 부족원 모두에게도 같은 마음을 전합니다. 거듭 말씀드리지만 그건 분명 실수였습니다. 족장님도 인정하셨습니다. 지금도 후회막심입니다. 조금 더 신중했더라면 일어나지 않을 일이었습니다. 그 지역은 제가 잘 알고 있는 지역이고, 늘 동물들이 나와서 움직이는 곳이었기에 그날 제 눈앞에 있었던 게 설마 동물이 아니라 사람일 거라고는 상상조차 하지 못했습니다. 모든 게 방심했던 저의 불찰입니다."

툼바의 목소리가 점점 더 커지면서, 커진 목소리만큼 간절함도 더 크게 묻어 나왔다.

"분명한 건, 실수라고 해서 잘못을 피해갈 생각은 전혀 없습니다. 보잘것없는 제 목숨을 바쳐서라도 용서받고 싶습니다. 하지만 족장님께서 저의 목숨보다는 오직 같은 또래 아이의 목숨을 원하신다는 걸 알기에 이곳에 온 후 며칠 동안 혼자만의 시간을 보내면서 많이 고민했습니다. 이제 저의 결심을 말씀드리고자 합니다."

길게 이어진 툼바의 말이 끝나고 여기까지 말한 것을 재무르가 야르 족장에게 그대로 전하자 순간 주위가 술렁거렸다. 툼바의 입에서 나온 결심이라는 말이 그렇게 만든 것이었다. 한참 동안 툼바를 바라보던 야르 족장이 조용히 왼손을 들어 올렸다. 웅성웅성하던 좌중은 이내 쥐 죽은 듯이 조용해졌다.

툼바의 입이 떨어지자 가장 먼저 당황한 사람은 역시 솔론일 것이었다. 툼바가 무슨 말을 할지 불안해하는 모습이 느껴져 왔다. 툼바는 그런 솔론의 시선을 일부러 무시했다. 그 눈빛을 보게 된다면 마음이 약해질지도 모르기 때문이었다.

"허락하신다면 저는 즉시 부족에게 돌아가서 저희 족장님께 야르 족장님의 뜻을 전하겠습니다. 다만, 한 가지 간곡하게 부탁드릴 청이 있습니다."

툼바의 말을 듣고 난 야르 족장은 자기의 뜻대로 하겠다는 말에 어느 정도 만족하는 듯한 표정을 지으면서, 한 가지 청이 있다는 말에도 관심을 보였다.

"제 부탁은 반드시 들어주셔야 합니다. 저희 부족에도 아이들이 많이 있습니다만, 이번에 안타깝게 희생된 족장님의 아들 또래는 단 한 명밖에 없습니다. 그 아이는 태어날 때부터 신체가 불편해 부족원 모두가 특별히 더 아끼고 있습니다. 불편한 몸을 갖고 태어난 것이 그 아이의 잘못이 아닐 터이고 맘껏 뛰어놀지도 못하는데, 어른들의 잘못으로 아무런 죄가 없는 그 아이를 희생시킬 순 없습니다. 그래서 다른 대안을 제시하려고 합니다. 사실, 제게도 아이가 한 명 있습니다. 사내아이인데 이제 겨우 갓난아기입니다. 족장님께서 제 아들이라도 대신 받아주신다면 기꺼이 바치겠습니다."

끝까지 감정을 억누르며 말을 마친 툼바의 눈에서는 기어이 눈물이 터져 나왔다. 야르 부족원 앞에서 눈물을 보이는 게 수치스러운 일이기에 끝까지 참으려고 했지만, 마음과는 달리 한 번 터져 나온 눈물은 멈추지 않았다.

야르 족장과 툼바를 지켜보면서 두 사람의 말 한마디 한마디에 귀를 쫑긋 세우며 듣고 있던 야르 부족원은 숨소리조차 내지 않았다. 그리고 마침내 툼바가 자기 아들을 바치겠다고 하면서 눈물을 쏟아내자 다시 웅성거리기 시작했다. 개중에는 슬쩍 눈물을 훔치는 여자도 있었다. 이제 갓난아기인 자기 아들을 바친다는 툼바의 말이 어떤 의미인지, 그 말이 갖는 무게가 얼마나 대단한지 그들 역시 당연히 알고 있을 것이었다.

동굴 안에는 툼바의 흐느낌만 크게 울려 퍼지며 한참 동안 이어졌다. 그 정적을 깨뜨린 것은 예상외로 솔론이었다.

"아니, 안 돼. 툼바! 지금 무슨 소릴 하는 거야. 루미를 바치다니, 그건 있을 수 없는 일이야. 안 돼."

옆에 꿇어앉아서 조용히 듣고 있던 솔론이 거칠게 일어서며 소리쳤다. 그 기세가 만만치 않았기에 지켜보던 모두가 깜짝 놀랐다. 앞으로 뛰쳐나가려는 솔론을 옆에 있던 야르 청년들이 막아섰다. 그리곤 솔론의 어깨를 강하게 누르며 다시 꿇어 앉혔다. 솔론은 여전히 씩씩대고 있었다. 애써 솔론을 외면했던 툼바는 그제야 솔론을 내려다보면서 눈을 정면으로 마주했다. 서로의 절절한 마음이 전해지면서 부딪치는 눈빛이 처연했다.

"야르 족장님께서 저의 부탁을 꼭 들어주시길 원합니다. 제 목숨을 바치고자 했으나, 거절당했기에 할 수 없이 제 아들을 바쳐야만 하는 아비의 심정을 충분히 헤아리신다면 이것은 들어주실 거라 믿습니다. 허락하시면 돌아가서 반드시 약속을 지키겠습니다. 만약에 약속을 어길 시에는 저와 저희 부족에게 돌아올 어떠한 응분의 대가도 기꺼이 감수하겠습니다."

통곡에 가까운 흐느낌을 멈춘 툼바는 이내 냉정을 되찾고 애써 담담한 목소리로 말을 끝냈다.

그제야 야르 족장이 입을 열었다.

"알았다. 네 아들을 바치겠다는 마음을 충분히 헤아렸다. 어린 아들을 바쳐서라도 네 잘못에 대해 속죄하고, 책임을 다하겠다는 그 마음이 가상하구나. 비록 같은 또래는 아니지만 어린 사내아이이니 원칙을 벗어났다고 할 수는 없지. 너의 제안을 받아들이마. 내일 이곳을 떠나서 네가 말한 대로 행하라. 일곱 날의 시간을 주겠다. 대신, 솔론이라고 했지? 너와 같이 온 친구는 모든 일이 다 마무리될 때까지 내가 인질로 계속 데리고 있겠다."

솔론을 풀어주지 않고 계속 데리고 있겠다는 야르 족장의 말에 툼바는 깜짝 놀랐다. 다시 솔론을 바라보았다. 자기로 인해 솔론까지 이런 고초를 겪고 있다고 생각하니 몹시 마음이 아팠다.

어느새 솔론의 눈 주위도 벌겋게 되었다. 툼바를 원망하는 눈빛은 찾아볼 수 없고, 오히려 툼바를 안타까워하면서 염려하는 마음이 가득했다. 풀려나지 못하고 다시 갇혀야 한다는 청천벽력같은 소리를 들었음에도 미동조차 하지 않는 솔론을 향해 툼바는 미안함을 담아 말없이 고개를 숙여 인사했다. 꼭 다시 만날 거라는 무언의 약속이 다시 눈빛으로 오고 갔다.

야르 족장은 할 말만 하고는 자리에서 일어나 사라졌다. 그를 뒤따르던 일군의 무리와 지켜보고 있던 야르 사람들이 하나둘 빠지면서 삽시간에 모두 물러났다. 어느새 그 자리엔 재무르와 솔론, 툼바 세 사람과 이들을 다시 데려갈 청년들 몇 명만 남아있었다.

재무르는 옆에 있던 청년들을 잠시 물러나게 하고 솔론과 툼바 곁으로 다가왔다. 그 역시 툼바가 자기 아들 루미를 속죄양으로 삼겠다는 데에 충격을 받은 듯 쉽게 말을 꺼내지 못하고 있었다.

"툼바, 정말 괜찮겠어? 지금 이게 어떤 상황인지는 알고 있는 거지? 방금 야르 족장 앞에서 자네 아들을 바치겠다고 한 거야. 이젠 더 이상 돌이킬 수 없다는 것도 알아?"

재무르는 다그치듯 물어왔다. 하도 어마어마한 일이라 혹여나 잠시 정신이 나간 툼바가 헛소리를 한 것이 아닐까, 제정신으로 돌아오면 사태를 제대로 알게 되지 않을까 싶은 마음이 그 다그침 속에 묻어났다.

"안 됩니다. 툼바의 말대로 하면 절대 안 됩니다. 다시 얘기해야 합니다."

먼저 입을 연 것은 솔론이었다.

"지금 툼바는 많이 혼란스러운 상태입니다. 차분히 마음을 가라앉히고 다시 생각할 시간을 주십시오. 세상에 어떤 아비가 자기 자식을 죽이라고 내놓을 수 있습니까? 그것도 갓난아이를. 툼바의 목숨 하나 가지고 안 된다면 거기에 보태 제 목숨까지도 거두어 주십시오. 야르 부족의 아이 하나에 툼바와 저 두 사람의 목숨을 내건다면 야르 족장도 다시 생각해 볼 여지가 있지 않겠습니까?"

솔론의 입에서 나온 말은 더 충격적이었다.

"솔론, 무슨 소리예요? 말도 안 되는 소리 하지 마세요. 제가 제정신이 아니라뇨? 저 멀쩡해요. 아무 생각 없이 말한 게 아니라, 지금까지 많은 날을 고민하면서 여기까지 온 거예요. 저야 잘못한 당사자니까 어떤 벌이라도 받아 마땅하나 솔론은 아니에요. 앞으로 우리 람보르 부족을 이끌어 갈 사람인데 어찌 그런 말을 할 수 있어요? 목숨을 가벼이 여기면 안 된다는 걸 저보다도 더 잘 알지 않아요. 부족의 품으로 돌아가지도 못한 채 여기서 허무하게 끝낼 순 없어요. 말도 안 되는 소리 말아요. 만약에 람보르 족장님이 아신다면 우리 두 사람 다 용서하지 않을 거예요. 그러니 제발 제발...”

이번에는 툼바가 목소리를 높였다. 야르 족장에게 울면서 간절하게 호소하던 그가 아니었다. 잠깐 사이에 사람이 바뀐 듯했다. 두 사람의 목소리는 동굴 안을 쩌렁쩌렁 울렸다. 상황이 상황인지라 재무르는 말리지 않고 두 사람을 지켜보고만 있었다.

“툼바, 나도 제정신으로 말하는 거야. 우리가 이곳으로 올 때는 어떻게 해서든 야르 족장을 설득하여 이번 일을 잘 마무리하려 했던 거지 그 누구를 희생시키겠다고는 안했어. 그건 우리 마음대로 할 수 없어. 더군다나 루미가 네 아들이라고 해서 그 아이의 목숨까지도 네가 결정할 수는 없는 거야. 아이는 비록 부모가 낳았더라도 부모의 소유가 될 수 없다는 걸 너도 모르진 않을 테지. 인간은 누구든지 독립된 존재이고, 하나의 소중한 생명이니까. 그러니 절대 네 맘대로 할 수 없어. 그건 나부터 용납할 수 없어. 무슨 말인지 알겠어?”

솔론의 목소리도 시간이 갈수록 더 커졌다. 툼바는 솔론이 이렇게까지 강하게 나오리라고는 생각하지 못했다. 문득, 재무르라면 어떻게 할 것인지가 궁금했다. 하지만 직접 물어볼 수도 없기에 조용히 바라보았다.

재무르는 툼바의 눈을 외면하지 않았다.

“툼바~~~ 솔론~~~”

재무르가 나지막하지만 강하게 두 사람을 불렀다. 그의 입에서 단 한 마디, 이름만 흘러나왔을 뿐인데도 그 목소리는 잠시 흥분되었던 솔론과 툼바의 마음을 가라앉혔다.

“이제 둘 다 마음 가라앉혀. 워낙에 중대한 일이기에 이해하지만 이럴 때일수록 냉정해야 해. 흥분에 휩쓸리면 일을 그르치기 쉬워. 냉정해야만 상황을 조금 더 객관적이고 냉철하게 바라볼 수 있다는 걸 명심해.”

“네. 재무르님. 죄송해요.”

툼바가 먼저 고개를 숙였다. 솔론도 미안함을 표했다.

"참으로 안타까운 일이고 가슴 아픈 일이라 내 마음도 무거워. 아울러 두 사람을 흔쾌히 도와줄 수 없는 내 처지가 한스러워. 마음 같아서는 야르 족장님을 만나 제발 용서해 달라고 내가 무릎 꿇고서라도 빌고 싶은데 자칫 잘못하면 람보르 부족 편을 든다는 오해를 살 수 있으니 쉽게 행동할 수도 없고."

재무르의 고뇌를 모르는 바는 아니었다.

"이처럼 어렵고 힘든 순간에 재무르님이 저희 곁에 계시는 것만으로도 이미 충분히 감사하고, 과분할 정도로 고마워요. 만약에 재무르님이 안 계셨다면 더 많이 힘든 건 물론이고, 아예 이 상황 자체가 수습되지 못했을 거예요. 양쪽을 다 오고 가면서 통할 수 있는 재무르님이 계셔서 다행이에요."

"고맙긴. 뭐 고마운 일을 했어야 말이지. 그나저나 어쩌지, 오늘 야르 족장과 모든 부족원 앞에서 툼바가 아들을 바치겠다고 말했으니 이를 다시 되돌리기는 쉽지 않아. 야르 족장은 성격상 자기가 한 말을 번복하지 않을 거야."

진한 안타까움이 재무르의 말끝에서 묻어나왔다.

"정말 마지막으로 재무르님이 나서주시면 안 될까요? 어떠한 이유로도 툼바 아들은 안 됩니다. 만약에 루미를 대신 바친다는 소식이 우리 부족에게 알려지면 난리가 날 겁니다. 루미가 어떤 애인데요."

솔론이 지푸라기 하나라도 잡는 심정으로 다시 재무르에게 매달렸다.

"그렇다고 해서 달리 대안이 있는 것도 아니잖아. 죽은 야르 족장의 아들과 비슷한 또래의 다른 아이를 내놓을 수도 없는 거잖아. 참, 그 아이는 몸이 불편하다고 했지? 혹시 누구의 아이야?"

"재무르님이 기억하실지 모르겠는데 티아라의 아이 테미입니다."

"아~ 티아라, 당연히 기억하지. 그때는 아이가 갓 태어났을 때라 아이 이름은 가물가물하지만 내가 어찌 티아라를 기억하지 못할 수 있겠어. 그런데 티아라의 아이는 어디가 불편해?"

"네. 태어나면서부터 다리가 불편했어요. 자라면서 점점 나아지겠지 했는데 아직도 좋아지지 않은 상태예요."

"그랬구나. 그러니 부족원이 더 많이 정을 쏟았겠지. 야르 족장의 아들과 같은 또래라는 이유만으로 티아라의 아이를 내놓는다면 내가 봐도 당사자는 물론 부족원 사이에서도 큰 반발이 있을 거야. 그렇다고 툼바 말대로 루미를 내놓을 수도 없고… 진짜 이거야말로 이럴 수도 없고, 저럴 수도 없는 상황이네. 그건 그렇고, 만약에 이 자리에 람보르 족장이 있다면 어떻게 생각할까?"

재무르의 입에서 람보르 족장이 튀어 나왔다. 오래전에 부족을 떠나왔지만, 그의 머릿속 한편에 친구인 람보르 족장이 강하게 자리 잡고 있다는 걸 알 수 있었다.

"글쎄요. 람보르 족장님이 지금 이곳에 계신다면 어떻게 하실까요? 사실 부족을 떠나올 때 족장님과 거기까지는 얘기를 나누지 않았어요. 어떻게 해서든 정성을 다해 노력하면 야르 족장을 설득할 수 있다고 여기셨어요. 물론, 야르 족장이 한 발짝도 물러나지 않을 정도로 꽉 막힌 사람인 줄 생각하지 못하셨을 수 있어요. 하지만, 만약에 이 자리에 족장님이 계신다면 제 생각엔 그 누구의 희생도 받아들이거나 허락하지 않으실 거라 믿어요."

솔론이 단호하게 선을 그었다. 람보르 족장에 대한 존경과 신뢰가 묻어나오는 솔론의 모습을 잠자코 바라보고 있던 재무르의 표정이 묘하게 굳어졌다.

이번엔 툼바가 말을 이었다.

"솔론의 말이 맞아요. 절대 허락하지 않으실 거예요. 람보르 족장님은 누구보다도 아이들과 젊은이들을 아끼는 분이세요. 족장님이 매사에 열심히 하시는 것도 아이들에게 더 좋은 세상을 만들어 주기 위한 것이라고 입만 열면 말씀하셨어요. 앞으로 살아갈 후손들이 편안하고, 안전한 세상에서 살아가도록 할 책임이 지금 우리에게 있다고 하셨어요. 그런 족장님이 부족의 아이를 내놓는다는 건 상상할 수도 없는 일이예요."

솔론에 이어 툼바 역시 람보르 족장에 대한 존경의 마음을 조금도 숨기지 않고 드러내자 재무르는 이제 인정한다는 듯 잠시 스쳐 갔던 굳은 표정도 풀리고 말았다.

"그래, 그건 나도 짐작할 수 있어. 내가 알고 있는 람보르 족장은 분명 그런 사람이니까. 그렇다면 말야, 툼바 네가 루미를 바치겠다는 것도 말이 안 되는 거잖아. 이건 해결책이나 돌파구가 없는 거야. 아주 심각한 문제에 빠진 거야. 이것도 저것도 할 수 있는 게 아무것도 없어. 야르 족장은 이제 더 이상 한 발짝도 물러서지 않을 거고, 람보르 족장은 야르 족장의 요구를 절대 받아들일 수 없을 테니. 그렇다면 우리는 어쩔 수 없이 서로가 원하지 않는 그 길로 갈 수밖에 없는 것인지..."

재무르는 의미심장한 표정을 지으며 말끝을 흐렸다.

"그렇게 된다면 아마도 지금까지 상상할 수도 없었던 엄청난 일들이 벌어질 거야. 람보르든, 야르 족장이든 그 누구도 감당하지 못할 거야."

재무르는 독백처럼 중얼거렸다. 섬뜩하게 들려왔다. 솔론과 툼바는 무슨 말을 해야 할지 몰라 서로의 눈만 쳐다보고 있었다.

"자! 일단은 가자. 여기서 우리끼리 이야기한다고 지금 당장 답을 찾을 수도 없는 문제이니 일단은 가서 쉬면서 조금 더 생각해보자. 하늘이 무너져도 솟아날 구멍이 있다고 했으니 분명 우리가 알지 못하는 해법이 생길 수도 있을 거야. 나도 나름대로 할 수 있는 역할을 찾을 테니까. 끝나기 전까지는 우리 절대 미리 포기하지 말자."

재무르의 말에 다시 힘을 얻고 두 사람은 일어섰다. 재무르가 신호를 보내자 곧 야르 청년들이 달려와 두 사람을 양쪽에서 에워쌌다. 그리고 그들이 갇혔던 곳으로 이끌었다. 재무르도 끝까지 따라왔다.

툼바는 솔론과 함께 있게 해달라고 요구하고 싶었지만 그런 부담까지 주고 싶진 않았다. 그의 권한으로 할 수 있는 일이 아닐 수도 있거니와, 자칫 무리하게 되면 야르 부족 내에서 입지가 어려워질 수 있기 때문이었다. 그들 앞에 닥치는 모든 걸 그냥 운명처럼 받아들이기로 했다.

그 시각, 야르 족장은 그 나름대로 상황을 정리하고 있었다. 비록 잡혀 와 있지만 아무리 봐도 툼바와 솔론 두 사람은 걸출한 젊은이들이었다. 곁에 두고 있는 재무르도 전폭적으로 신뢰할 만한 인물인데 두 사람까지 보고 나니 새삼 람보르 부족이 뛰어난 부족이라는 생각이 들었다.

순간 야르 족장의 머릿속에 한 생각이 섬광처럼 스쳐 지나갔다. '그래, 그거야. 그렇게 해 봐야지.' 무언가 생각난 듯 벌떡 일어나 누군가를 찾았다.

잠시 후 한 사내가 은밀하게 야르 족장의 거처로 찾아들었다. 키는 그리 크지 않으나, 눈은 예사롭지 않게 반짝였다. 깡마른 체구임에도 결코 약해 보이지 않았다. 행동이 진중해 서두름이 없었고 차림새에서도 위엄이 묻어나왔다. 마치 홀로 수행하고 있는 사람처럼 깊고 고요한 모습이 범상치 않았다.

야르 족장은 자리에서 벌떡 일어나 그의 두 손을 잡고 반갑게 맞아들였다. 그렇게까지 반갑게 맞이하는 걸 보면 매우 신뢰하는 사람인 듯싶었다.

"어서 오시오, 소투. 내 긴히 할 얘기가 있어서 급하게 불렀소."

"족장님! 부족한 저를 이렇게 불러주시는 것만으로도 기쁩니다."

소투라고 불린 사람은 족장에게 깍듯하게 예를 갖춰 응대했다. 말과 행동에서 풍겨 나오는 절제가 품격을 훨씬 더 높여주고 있었다.

야르 족장의 말이 이어졌다.

"아주 중요한 문제가 있어서 불렀소. 소투도 알다시피 지금 우리 부족과 람보르 부족 간에 예기치 못한 일이 생겼소. 내 아들이 저들 청년의 손에 죽었소. 물론 실수였다고 사죄했고, 나 역시 인정하오. 그렇다고 해서 그대로 받아들이고 넘어가기도 어렵소. 우리 부족이 지켜온 규율을 깰 수 없기에 같은 대가를 요구한 상태요."

"네. 족장님. 잘 알고 있습니다. 어려운 상황에도 굴하지 않고 시종일관 원칙대로 부족을 이끌어 가시는 족장님의 모습을 보면서 마음속으로 대단하신 분이라고 생각하고 있습니다."

소투의 칭찬에 야르 족장은 기분이 좋은 듯 표정이 밝아졌다.

"그런데 말이오. 내 솔직한 속마음은 따로 있소. 사실 이번에 어이없이 죽은 내 아이는 참으로 불쌍한 아이요. 내가 오직 부족을 위해 헌신하겠다고 혼인도 하지 않고 있지만, 소투도 알다시피 사실 아이 몇 명을 두고 있소. 그 아이가 갑자기 죽었으니 나도 그렇지만 아이 엄마는 얼마나 힘들겠소. 내색하지 못하고 오직 아이만 보고 살아가는 사람인데 더 그렇지 않겠소. 내가 비록 한 부족의 족장이지만 여자와 아이를 생각하면 똑같은 사내이고 아비이지 않겠소. 내 어디 가서 이런 심정을 털어놓을 수 있겠소. 그건 그렇고, 이번에 아주 탐낼 만한 두 젊은이를 알게 되었소."

"두 젊은이라뇨? 우리 부족 중에서 말입니까?"

"아니오. 이번에 일을 저지른 당사자인 람보르 부족의 툼바와 솔론이라는 젊은이요. 그들이 직접 사죄한다고 우리 부족을 찾아왔소. 방금도 만나고 왔는데 그 두 사람은 정말 탐날 정도로 대단하오."

"족장님께서 대단한 젊은이들이라고 칭찬하시니 무척 궁금합니다. 분명 그 이유가 있을 거라 여겨집니다. 조금 더 말씀해 주실 수 있습니까? 그래서 앞으로 그 두 사람을 어떻게 하실 생각인지도요."

야르 족장은 소투에게 그들과 나눴던 일에 대해 자세히 설명했다.

"하지만 이건 분명하오. 아무리 그들이 뛰어나고 탐나더라도 그들의 제안을 들어줄 순 없소. 우리 부족의 규율을 깨뜨린다는 것은 말도 안 되오. 그래서 말인데, 내가 꼭 하고 싶은 게 있소."

야르 족장은 갑자기 목소리를 낮추며 소투쪽으로 고개를 더 내밀었다.

"솔직히 말해, 그 두 젊은이를 내 곁에 두고 싶소. 그들 부족에게 다시 돌려

보내고 싶지 않다는 말이오."

야르 족장은 속내를 숨기지 않았다.

"네? 그게 무슨 말씀이십니까? 죽이지 않고 살려두는 것도 모자라 족장님 곁에 두고 싶다니요? 그들이 그렇게 탐날 정도로 대단한 젊은이들입니까?"

"그렇소. 소투도 만나보면 금방 느낄 것이오. 얼마나 대단한 자들인지. 우리 편이 될 수만 있다면 재무르 못지않게 우리 부족을 위해 큰 역할을 할 젊은이 들이라는 생각이 드오."

"그렇다면, 저를 부르신 이유는..."

"맞소. 소투가 짐작하는 바와 같소. 그 둘을 내 사람으로 만들어 주시오." 야르 족장의 요구는 명쾌했다. 소투는 의외로 담담하게 받아들였다.

"족장님의 마음이 정 그러시다면 한번 해보겠습니다. 그 정도로 인정하시는 젊은이들이라면 최선을 다해 우리 편으로 끌어들이겠습니다."

"내 그대만 믿겠소. 필요하다면 재무르와 상의해도 좋을 것이오."

"알겠습니다."

소투는 공손하게 인사를 하고 문을 나섰다. 군더더기 하나 없는 말투와 몸 짓이었다. 걸어가는 내내 소투는 족장이 재무르를 통하지 않고 자신한테 말한 이유에 대해 생각했다. 필요하면 재무르와 상의해도 좋다는 말은 재무르와 함 께 처리하라는 말로 받아들였다. 사실, 족장의 입에서 그 두 사람 얘기가 나온 순간부터 소투는 마음속으로 재무르를 찾아가 상의해야겠다고 생각했기에 조 금도 망설일 이유가 없었다. 누구보다도 재무르가 그들에 대해 잘 알고 있을 것이니 솔직하게 말하고 도움을 청하고 싶었다.

직접 집에까지 찾아온 소투를 보고 재무르는 의아했다. 이렇다 할 깊은 친분 도 없을뿐더러, 자주 얼굴을 보는 사이도 아니었기에 더 그랬다. 오래간만에 만나는 소투의 모습에선 뭔지 모를 신비로움도 느껴졌다.

"네! 뭐라구요?"

　소투의 얘기를 다 들은 재무르는 크게 놀랐다. 앉았던 자리에서 벌떡 일어나 소투를 바라보았다.

　"그게 대체 무슨 말씀이십니까? 여기까지 와서 중대한 협상에 임하고 있는 그들을 우리 편으로 끌어들이라뇨? 그들을 배신자로 만들겠다고요? 이건 있을 수 없는 일입니다. 그들이 응하지도 않을뿐더러 설령 회유가 성공했다 하더라도 두고두고 욕먹을 것입니다. 그리고 궁금한 게 또 있습니다. 만약에 두 사람을 회유한다면 지금까지 족장님이 강하게 요구한 람보르 부족의 아이는 포기한다는 말씀입니까?"

　다소 흥분한 재무르와는 달리 소투는 차분했다. 미동조차 하지 않았고, 얼굴엔 표정 변화도 없었다. 그는 차분하게 말을 이어갔다.

　"그렇게 흥분하실 줄 알았소. 재무르님의 마음을 충분히 이해하오. 그래도 마음 가라앉히고 앉아서 얘기 나눕시다. 내 말을 더 들어보시오. 솔직히 말해 람보르 부족 아이에 대한 문제까진 미처 의견을 나누지 못했소. 하지만 내 생각엔 그것과는 별개인 듯하오. 족장님이 욕심이 많다는 건 재무르님도 알고 있지요? 아마도 두 가지 다 얻으려고 하시는 듯하오. 족장님이 직접 부족원 모두 앞에서 강하게 얘기했는데 설마 부족의 규율을 어기시기야 하겠소?"

　그건 소투의 말이 맞을 것이었다. 재무르가 보기에도 분명 그럴 거라 여겼다.

　"그렇다면 더더욱 안 될 일입니다. 해서는 안 되는 일이고, 성사되기도 쉽지 않습니다. 두 사람이 뛰어난 젊은이들이기에 인정하고 곁에 두고자 하는 족장님의 마음이야 충분히 이해합니다만, 두 사람이 절대 넘어오지 않을 겁니다."

　재무르는 툼바와 솔론 두 사람이 어떠한 회유에도 넘어가지 않을 거라며 그들의 계획에 제동을 걸었다.

　"쉽지 않을 거라는 건 나도 짐작하고 있소. 그래도 혹시 그들에게 제안이라도 한 번 해보는 건 어떨지 재무르님의 의견을 들어보러 온 것이오. 해보지도 않고 포기할 순 없잖소?"

"저는 못 합니다. 소투님이 그들에게 직접 하신다면 제가 막을 수야 없겠지만, 별 소득이 없으실 거라고 생각합니다."

재무르는 완강했다. 단호한 그의 말속에 냉랭한 분위기가 배어있었다. 이런 어색한 상황이 이어져서는 안 된다고 생각한 소투는 더 이상 재무르에게 매달리지 않았다.

"재무르님의 마음은 잘 알겠소. 정 그렇다면 나머지는 내가 알아서 하리다. 다음에 또 봅시다."

소투는 용건만 마치고 이내 일어섰고, 뒤도 돌아보지 않고 멀어져갔다.

재무르는 방금 자기 앞에 앉아있었던 소투가 그가 알고 있는 그 사람이 맞나 싶었다. 내내 자신감 넘치는 말투와 눈빛, 행동에선 범상치 않은 기운도 느껴졌다. 솔론이나 툼바가 그를 만난다면 주눅감이 들 것이었다.

재무르와 헤어진 소투는 곧바로 솔론과 툼바가 갇혀 있는 곳으로 향했다. 늘 봐오던 곳이었지만 오늘따라 조금은 낯설었다. 이제껏 한 번도 말을 주고받지 않은 다른 부족의 청년들을 만나러 가는 것이고, 그것도 그냥 만나러 가는 게 아니니 꼭 기분 좋은 일만도 아니었다.

소투는 족장이 이 일을 자기에게 맡긴 이유를 충분히 알고 있었기에 꼭 성사시키고 싶었다. 어떻게 할지를 생각하면서 걸음을 옮기다 보니 금방 두 사람이 갇혀 있는 곳에 당도했다. 머릿속에선 여전히 재무르의 모습이 떠나지 않고 있었다.

어디선가 강한 바람이 불어왔다.

4. 감도는 전운

소수의 탁월한 사람들은 언제, 어디서든 선각자요 선구자다.

거대한 폭풍이 밀려올 때면 맨 앞에 서서 온몸으로 막아낸다.
그러나 누구는 그 소용돌이 속으로 사라지고, 또 누구는 끝내 남는다.

하룻밤이 지나고 나서 툼바는 홀로 풀려났다. 내내 툼바를 지키고 있던 청년들 몇몇이 들어와서 눈을 가리고 밖으로 데리고 나갔다. 나뭇잎을 포개서 만든 눈가리개 틈으로 빛이 새어 들어왔다. 오랜만에 맡는 바깥의 공기가 신선했다. 자연이 준 생명의 공기를 마음껏 들이마셔 폐 속에 가득 담았다. 다만 남겨진 솔론을 생각하니 이내 마음이 무거워졌다.

눈가리개가 벗겨지면서 야르 부족의 마을이 한눈에 들어왔다. 넓은 땅이 눈 앞에 펼쳐졌다. 지나다니는 몇몇 사람만 눈에 띌 뿐 사방이 휑했다. 그걸 보노라니 야르 부족이 왜 이 아름다운 땅 위에서 살아가지 않고 컴컴하고 음침한 동굴 속에서 살아가는지 이해되지 않았다.

물론, 자기네 부족 사람 일부도 크고 작은 동굴 안에서 살고 있지만, 부족 전체가 땅속에 들어가 있다는 사실이 한편으로는 불쌍하기까지 했다. 척박한 땅에서 살아남기 위해 어쩔 수 없이 선택한 삶의 모습이라 생각하면서도, 한편으로는 그래서 자기들만의 세계에 갇혀 폐쇄적인 집단이 되어버린 게 아닌가 하는 생각도 들었다. 새삼 자기 부족이 큰 복을 받았음을 깨달았다.

거기까지 생각이 미치자 혹시 야르 족장이 자신들의 터전이 마음에 들지 않던 차에 해또르 지역에서부터 부족의 마을에 이르기까지 좋은 곳에 자리 잡은 람보르 부족의 땅을 탐내는 것이 아닐까, 하는 의구심마저 슬며시 고개를 들었다. 이는 어디까지나 툼바의 짐작이었지만 허무맹랑한 것만은 아닐 것이었다. 야르 부족도 사냥하러 모두아와 해또르 지역까지 와 봤을 것이니 분명 어느 지역이 살기에 좋은 곳인지를 이미 짐작할 수 있을 거라는 생각이 들었다.

그러자 이번 사태도 다시 보였다. 고집스러울 정도로 '눈에는 눈, 이에는 이'를 요구하는 것도 어쩌면 일종의 트집이 아닐까 싶었다. 이 기회에 람보르 부족의 땅을 차지하고 싶어서 억지로 싸움을 걸려고 물고 늘어지는 야르 족장의 계략이 아닌지 의심스러웠다. 만약에 그렇다면 더더욱 그들이 요구하는 대로 따라갈 순 없다고 생각하며 양손을 굳게 움켜쥐었다.

어느 정도 걸었을까, 동굴로부터 꽤 많이 멀어졌다고 생각한 순간, 야르 부족의 청년들은 툼바를 풀어주고 급하게 사라져갔다. 허허벌판에 혼자 남았다. 저 멀리 후루투산이 바라다보였다. 후루투산만 보이면 방향을 유지하면서 가는 데는 전혀 문제가 없었다. 더군다나 몇 번 와 봤기에 익숙한 땅이었다.

툼바는 눈을 들어 그가 지나왔던 야르 부족의 땅을 다시 돌아보았다. 멀리 돌아가는 외곽에는 무성한 숲길이 끝도 없이 이어지지만 툼바가 서 있는 땅 주위에는 큰 바위들과 모래벌판이 펼쳐져 있다. 저 어딘가에 그가 갇혀 있었던 동굴이 있을 것이다. 야르 부족이 사는 곳은 툼바의 땅과는 분명 다른 곳이다. 한눈에 보기에도 척박하다. 그러니 무엇을 기를 수도 없을 것이고, 먹을 게 없기에 크고 작은 동물들도 거의 다가오지 않을 것이다. 땅에 계속 생각이 꽂히면서, 탐욕이 묻어나오는 야르 족장의 얼굴이 머릿속에 나타났다 사라지기를 반복했다.

홀로 된 툼바는 후루투산 쪽으로 방향을 잡고 서둘러 걸었다. 늘 같은 모습으로 자리하고 있는 후루투산이 그렇게 반가울 수가 없었다. 연신 크게 숨을 들이쉬고 내쉬며 심호흡했다. 고개를 들고 두 팔을 벌리니 세상이 온통 그의 가슴 속으로 들어오는 듯했다. 그러면서 마음을 가다듬었다. '이제 다시 부족의 품으로 돌아간다. 그 길은 사랑하는 사람이 기다리고 있는 곳으로 향하는 길이다.'

하지만 가슴속에서 울려 나오는 소리와는 달리 툼바의 마음은 마냥 편하지 않았다. 앞으로 어떠한 상황이 펼쳐질지 가늠할 수조차 없는 길 위에 서 있는 툼바의 마음은 금세 복잡해졌다. 잠시 가벼웠던 발걸음도 어느 순간 무거워졌다. 차마 발이 떨어지지 않았고, 한 발짝 내딛기가 몹시도 두려웠다. '내 아들 루미를... 그렇게 되면 나와 미르셀은...' 그의 머릿속을 온통 사로잡고 있는 걱정이 집으로 가는 발걸음을 무겁게 잡아끌었다. 짧은 시간에도 마음이 몇 번이나 바뀌곤 했다.

다시 주먹을 불끈 말아쥔 툼바는 서둘러 걸음을 내디뎠다. 하늘 높이 떠 있는 구름도 툼바를 따라 조금씩 움직이기 시작했다. 얼굴에 닿는 바람은 시원하고, 날씨는 더없이 맑고 청명했다. 그 어느 때보다도 밝은 햇살이 눈에 들어오면서 무거워진 툼바의 마음을 조금씩 가라앉혔다. '이것은 운명이다. 내 앞에 또 어떤 운명이 펼쳐질지는 아무도 모른다. 다만 그 운명을 피하거나 도망치지 않고 기꺼이 맞이하겠노라.' 마음속으로 계속 되뇌며 시간도 잊은 채 한참을 걸었다. 그러는 사이에 어느새 부족의 마을이 보이기 시작했다. 마을 입구에서부터는 한걸음에 달려 부족의 품으로 서둘러 들어갔다.

툼바가 무사히 돌아오자 사람들은 반가워하면서도 조금씩 술렁이기 시작했다. 같이 갔던 솔론은 보이지 않고 정작 이번 사태를 일으킨 당사자인 툼바만 살아 돌아왔으니 누가 봐도 그럴만했다.

툼바는 그런 분위기를 느낄 틈도 없었다. 만나는 사람들과 겨우 인사만 나누며 곧바로 람보르 족장을 만나러 갔다. 영문도 모른 채 고개를 갸웃거리며 밖에서 지켜보던 사람들은 하나둘 족장의 처소 앞으로 모여들었다. 어느새 모인 수십 명의 사람 사이에서 금세 이상한 말이 나오기 시작했다. 툼바가 족장의 처소에서 머무는 시간이 생각보다 길어지면서 부족의 분위기는 더 냉랭해졌다.

어떤 이들은 아예 대놓고 툼바를 의심하기까지 했다. 처음부터 일관되게 '눈에는 눈, 이에는 이'를 주장하는 야르 부족한테 갔다가 혼자서 살아 돌아왔을 때는 분명 합당한 이유가 있을 거라고 자기식대로 추측했다. 말이 이어지고 보태지면서 툼바가 적의 요구대로 하겠다고 맹세를 한 후에 풀려난 것 같다느니, 솔론을 배신하고서 혼자 왔다느니 라는 근거 없는 말들이 둥둥 떠다녔다.

순식간에 퍼져 나간 회색빛 소문은 빠른 속도로 마을을 휘젓기 시작했다. 사냥할 때 요리조리 사람을 피해서 도망치는 동물들보다도 빨랐다. 게다가 단순히 빠르기만 한 것이 아니었다. 시간이 갈수록 점점 덩치를 키워내는 능력이 있었다. 그런 소문을 감당해 내기란 그 누구에게도 쉽지 않을 것이었다.

반면 진실은 어딘가에 숨어 있다. 수줍은 새색시처럼, 순진한 아이처럼 아무것도 모르는 듯 숨죽이고 숨어서 누가 찾아줄 날만 기다린다. 그 둘이 맞부딪치면 처음엔 소문이 단번에 기선을 제압하곤 한다. 그것이 소문이 가지는 기괴한 힘이다. 누군가가 나서서 진실은 이런 것이라고 아무리 목소리 높여 항변해도 덩치를 불려가는 소문 앞에선 속수무책인 경우가 많다. 하지만 그렇다고 해서 그냥 쉽게 물러나서는 안 된다. 당장은 어려울 수 있지만 진실에게는 강력한 우군이 있다. 그것은 시간이다. 힘든 상황에서도 진실이 기댈 수 있는 건 시간뿐이다.

지금 람보르 부족의 상황도 그랬다. 오직, 시간이 필요했다.

툼바가 돌아오기만을 애타게 기다리고 있던 미르셀에게도 소식이 전해졌다. 미르셀은 루미를 품에 안고 서둘러 달려 나왔다. 마을 광장에 모여 수군대던 사람들은 미르셀이 다가오자 길을 터주면서도 평소와는 다르게 조금 눈치를 보는 모습이었다. 말없이 인사만 나눈 후 걸음을 옮겼다. 족장과 툼바가 중요한 얘기를 나눌 것이 분명했다. 아무리 족장이 신임한다고 해도 불쑥 들어가는 건 아닌 듯싶어 툼바가 나오기만을 기다리기로 했다.

예상한 대로 족장의 처소 앞에는 사람들이 여럿 모여 있었다. 대부분은 먼저 미르셀에게 인사했지만, 표정은 그리 밝지 않았다. 다른 때 같지 않은 묘한 분위기에 미르셀은 내심 의아해했다. 그러자 광장에서 마주쳤던 사람들의 표정도 떠올랐다. 미르셀의 예리한 촉이 올라왔다. 혹시 부족 사람들이 툼바를 의심하는 건 아닐까 싶었다. 이윽고 묘하게 달라진 분위기의 원인이 바로 거기에 있음을 눈치챘다.

미르셀의 마음이 내려앉았다. '그동안 툼바와 내가 부족을 위해, 특히 여자들과 아이들을 위해 얼마나 노력하고 애썼는데…' 라는 생각에 허탈하기까지 했다. 꼭 보답을 바라고 애쓴 건 아니지만 미르셀도 사람이다 보니 서운하지 않다고 하면 거짓말이었다. 하지만, 지금은 그들의 일거수일투족에 마음 쓰고 싶지 않았다. 그보다 더 중요한 일이 자기 앞에 놓여 있음을 알기 때문이었다. 툼바를 만나 얘기를 나누면 모든 게 자연스럽게 정리될 거라고 믿었다.

미르셀이 밖에서 초조하게 기다리고 있는 동안 람보르 족장의 처소 안에서 툼바는 그동안 야르 부족 마을에서 있었던 일을 상세하게 고했다. 무엇보다도 재무르에 대한 부분은 그의 말과 표정, 몸짓 하나까지도 놓치지 않았다.

재무르에 관한 얘기가 나오자 람보르는 깜짝 놀랐다. 죽은 줄 알고 장례의식까지 지냈던 재무르가 살아있다는 소식에 기쁘면서도 그가 야르 부족에서 중요한 위치를 차지하고 있다는 말에는 놀랄 수밖에 없었다.

툼바는 자기의 주관적인 생각을 덧붙이지 않고, 있는 그대로를 설명하려고 애썼다. 그래야만 족장이 선입견과 편견을 갖지 않고 제대로 판단할 수 있을 거라 여겼다. 재무르가 야르 부족 내에서 큰일을 하고 있으며, 이번에도 솔론과 툼바를 돕기 위해 야르 족장과 그들 사이를 오가며 부단히 노력했음을 누누이 강조했다.

그건 분명한 사실이었다. 재무르가 없었으면 상황이 지금보다 더 복잡해졌을 것이었다. 물론, 람보르 족장도 그 부분에 대해서는 충분히 수긍했다. 야르 부족으로부터 툼바가 살아 돌아오기 힘들었을 거라는 것과, 재무르의 중재로 야르 족장의 화가 많이 누그러졌다는 점을 충분히 이해했다. 다만, 아직 야르 부족 진영에 남아있는 솔론이 걱정이었다.

하지만 그보다 더 중요한 문제는 협상 결과였다. 툼바는 그들의 요구인 '눈에는 눈, 이에는 이'라는 요구 조건을 끝내 막아내지 못했다고 말하면서, 아무리 재무르가 도와주었어도 역부족이었음을 솔직하게 고백했다. 이 대목에 이르자 족장의 표정이 굳어졌다. 야르 족장이 요구한 똑같은 희생, 그것도 같은 또래의 아이를 일관되게 요구하고 있다는 것에 람보르는 실망했다. 밖에서 사람들이 모여 웅성웅성 떠들고 있는 것도 다 그런 이유일 것이었다.

툼바가 말을 마쳤음에도 족장의 입은 좀처럼 열리지 않았다. 침묵이 길어졌다. 침묵 뒤에는 결국 엄청난 말이 밖으로 나올 수밖에 없는 상황임을 알고 있기에 툼바는 그 시간이 더 길어졌으면 바랐다. 아니 할 수만 있다면 이 세상이 영원히 침묵 속에 묻혀 있으면 했다. 침묵이 끝나는 순간 닥칠 현실이 두려움으로 다가올 거라는 걸 알기 때문이었다. 한 줄기 희망도 엿보였다. 섣불리 결심하지 않는 족장의 모습을 보니 쉽게 야르 부족의 요구를 들어주지 않을 수도 있을 거라는 기대감이 고개를 들었다.

시간이 흐르면서 툼바는 점점 초조해졌다. 언제까지 시간을 끌 수만은 없었다. 따지고 보면 그 문제는 오직 툼바만이 결단할 수 있고, 툼바만이 말할 수 있는 것이었다. 이젠 솔직하게 털어놓고 다음을 생각해야 했다.

결국 툼바가 침묵을 깼다.

"족장님, 이제 기다리시던 얘길 꺼내야겠습니다."

람보르 족장의 눈빛이 더 강해졌고, 숨소리조차 나지 않았다.

"그들은 족장님의 마음을 진심으로 받아들였습니다. 하지만 생각은 요지부동이었습니다. 처음에 우리에게 요구한 대로 또래의 아이를 희생 제물로 요구했습니다. 제 목숨을 내놓겠다고 했는데도 요지부동이었습니다. 그렇다면 같은 또래의 아이는 우리 부족에는 티아라의 아이밖에는 없습니다. 하지만 저는 그럴 수 없었습니다. 제가 저지른 일로 다른 사람의 아이가 희생된다는 것은 있을 수 없는 일입니다. 그래서 저는 야르 족장에게 다시 청을 넣었습니다. 제 아이인 루미의 목숨을 거두어 달라고 말입니다. 흑~ 흑"

말을 마치는 순간 자신도 모르게 눈물이 쏟아졌다. 툼바는 어금니를 깨물고 억지로 참으면서 겨우 말을 끝냈다. 하지만 북받쳐 오른 감정은 쉽게 가라앉지 않았다. 이내 어깨부터 들썩이기 시작하더니 그 움직임에 맞춰 입술 틈으로 울음이 터져 나오고야 말았다.

람보르는 미동도 하지 않고 잠자코 툼바를 바라보고 있었다. 그러면서도 자기 아이의 목숨을 거두어 달라는 툼바의 운명이 곧 족장인 자기 자신의 운명이고, 부족의 운명임을 그 순간 온몸으로 마주하고 있었다.

사실, 람보르는 이 정도까지 예상하진 않았다. 최악의 상황이라 도저히 상상할 수 없는 일이었다. 인간이라면, 인간으로서는 결코 해서는 안 될 일이었다. 하지만, 끝내 상상조차 하지 않은 충격적인 말이 툼바의 입에서 나오며 울음까지 터지자 람보르의 눈시울도 벌게졌다. 감당하기 힘든 와중에도 역시 툼바라고 생각했다. 툼바라면 능히 그러고도 남을 것이었다. 자기가 저지른 문제를 남에게 떠넘기지 않고 스스로 풀고자 하는 마음임을 모르지 않았다.

하지만 문제는 루미였다. 온 부족원이 예뻐하는 귀여운 루미를 희생시켜야 할지도 모른다는 생각에 람보르 역시 가슴이 찢어지는 듯 고통스러웠다. 어찌하여 저들은 이렇게 말도 안 되는 요구 조건을 내미는지, 자기는 왜 이렇게 가슴 아픈 결단을 해야만 하는지 족장의 자리에 있는 자신이 처음으로 원망스러웠다. 다른 거라면 얼마든지 받아들일 수 있지만, 아무리 생각해도 천사 같은 루미를 희생시킨다는 건 도저히 있을 수 없는 일이었다.

이제 모든 것은 람보르의 손에 달려 있었다. 야르 족장과 약속하고 온 툼바의 건의를 그대로 받아들이느냐 아니냐는 오직 족장인 자신이 결정해야 할 문제였다. 시간도 많지 않았다.

람보르는 계속 흐느끼는 툼바의 어깨 위에 손을 올렸다. 울퉁불퉁한 팔뚝을 잡고 툼바를 일으켜 세웠다. 차마 족장을 쳐다보지도 못하고 고개를 숙이며 계속 흐느끼는 툼바를 품에 안았다.

두 남자의 포옹, 그것은 그 순간 세상에서 가장 큰 비극을 숙명처럼 두 어깨에 짊어진 남자들의 고뇌에 찬 몸짓이었다. 그들은 떨어지지 않은 채 한동안 서로의 심장을 느끼고 있었다.

툼바가 머무는 시간이 예상보다 훨씬 더 길어지자 초조해진 미르셀은 더 이상 참기 어려웠다. 주위 사람들의 시선이 온통 자신에게 향하고 있음을 느끼며 족장의 처소 안으로 들어섰다.

안에 들어오자마자 실내의 공기가 평상시와 다르다는 걸 금방 알아차렸다. 어둑한 거처 안에서 서로 부둥켜안고 서 있는 두 남자의 모습이 마치 거목처럼 눈앞에 나타났다. 순간 몸이 얼어붙는 듯했다. 툼바는 흐느끼고 있고, 람보르 족장은 조용히 눈을 감고 있었다.

미르셀의 마음엔 불안감이 몰려왔다. ‘뭔가 잘못된 것인가? 무슨 큰일이 벌어진 건가?’ 인기척도 내지 못한 채 뒤로 물러나 두 남자가 서로 떨어지기를 인내하며 기다렸다. 궁금함이 컸기에 기다림도 길었다.

마침내 두 사람이 떨어졌다. 툼바의 울음소리도 그쳤다. 그제야 미르셀은 인기척을 냈다. 그 소리에 툼바가 고개를 돌렸다. 그의 눈에서 반가움과 당황스러움이 동시에 묻어났다. 미르셀은 애써 모른 척하며 반갑게 인사하면서 람보르 족장에게도 예를 표했다.

미르셀이 들어오자 람보르 족장은 마치 그녀를 기다렸다는 듯이 툼바에게 지금은 일단 집으로 돌아가고 나중에 다시 얘기하자고 했다. 미르셀은 람보르 족장에게 말 한마디 건네지 못한 채 툼바와 함께 물러날 수밖에 없었다. 머리 숙여 인사하고 서둘러 돌아섰다.

밖에서는 여전히 사람들이 모여 웅성대고 있었다. 평소와는 다른 그들의 모습을 뒤로 하고 아무 말 없이 집으로 발걸음을 옮겼다. 미르셀의 손을 잡은 툼바의 손에 강한 힘이 들어갔다. 그 손에서 전해지는 온기 속에는 누구보다도 뜨거운 사랑이 담겨 있었다.

족장의 처소에서 나온 툼바와 미르셀이 아무런 말도 없이 집으로 돌아가자 부족 사람들의 의심은 더욱 커졌다. 여기저기서 누군가의 입으로부터 나온 소문은 금세 날개를 달았다. 급기야는 구체적인 말까지 떠돌았다. '눈에는 눈, 이에는 이'를 피할 수가 없기에 툼바가 실수로 죽인 아이와 같은 또래의 아이를 바칠 수밖에 없는 상황이라고 단정하기까지 했다. 심지어는 그 아이는 같은 또래인 티아라의 아이일 거라고 콕 집어 말하는 사람까지 있었다.

소문에 휩쓸린 사람들은 곧 동요하기 시작했다. 차분한 마음으로 참고 기다리지 못하고 무리를 지어 광장으로 몰려들었다. 그 무리의 맨 앞에는 티아라가 있었다. 어느새 눈덩이처럼 불어난 소문을 사실로 믿은 티아라는 죽어도 자기 아이만은 내놓지 않겠다면서 부족원을 선동했다. 툼바가 죽였는데 왜 자기 아이가 희생되어야 하느냐고 목소리를 높였다. 어처구니없는 방향으로 상황은 빠르게 흘러갔다.

지치고 고단한 툼바를 잠시 쉬게 하고 미르셀은 다시 족장의 처소로 향했다. 광장 쪽에서는 여전히 시끄러운 소리가 터져 나오고 있었다. 사람들의 눈초리가 부담스러워 작은 샛길로 빠졌다. 이번에는 다행히도 사람들이 모여있지 않았다. 문을 열고 들어가자 람보르 족장은 마치 기다리고 있었다는 듯 자연스럽게 미르셀을 맞았다. 평소와 같은 모습으로 대하는 족장의 배려에 편안함을 느꼈다.

"어서 오시오. 미르셀. 툼바는 쉬고 있나요? 많이 고단할 텐데 오늘은 푹 쉬는 게 좋을 거요. 옆에서 많이 도와주고, 힘을 주어야 하오."

"네, 족장님. 그러잖아도 집에 돌아오자마자 곯아떨어졌어요. 자는 걸 보고 나왔어요."

"그런데 왜 툼바 곁에 있지 않고 다시 왔소? 할 말이 있으면 내일 해도 될 텐데…"

람보르는 말끝을 흐렸다. 미르셀은 더 이상 주저하지 않고 단도직입적으로 질문을 던졌다.

"족장님, 쉬셔야 하는데 죄송해요. 궁금한 게 있어서 도저히 참을 수 없었어요. 아까 제가 들어오기 전까지 툼바와 무엇을 상의했는지 말씀해 주세요. 제가 정확히 알아야겠어요. 족장님의 의도를 정확히 알아야 앞으로 일어날 일에 대처하고 부족의 여인들과 아이들을 보호할 수 있지 않겠어요? 무슨 이유인지 잘 모르지만 지금 사람들이 웅성웅성하는 게 심상치 않아요. 그러니 제게는 부디 빠짐없이 소상하게 말씀해 주실 것을 부탁드려요."

미르셀은 깊숙이 머리를 숙였다.

람보르는 드디어 올 것이 왔음을 느꼈다. 피해갈 수 없는 길이었다. 미르셀의 표정과 눈빛, 말투를 보니 이미 많은 걸 알고 있는 듯한 모습이었다. 자칫 둘러대거나 숨기려고 하다가는 시간만 허비하고 나중에 더 큰 오해가 생길 수도 있을 터였다. 역시 정직하게 말하는 것이 최선일 것이었다. 그 상상조차

하고 싶지 않은 끔찍한 일에 대한 언급도 자기 입으로 하는 게 낫지, 툼바의 입에서 나오게 할 수는 없었다.

"알았소. 추호도 숨김이 없이 말하겠소. 사실 툼바가 도착하자마자 내게로 바로 와서 그곳에서 있었던 일과 앞으로 우리가 해야 할 일에 대해 많은 얘기를 주고받았소. 전혀 예상치 못한 충격적인 소식도 있었기에 생각보다 얘기가 길어졌소. 심지어 재무르가 살아있다는 말도 들었소. 죽었다고 생각했고, 장례까지 치렀는데 살아있다니 놀라울 뿐이오. 더군다나 그곳에서도 족장 곁에서 중요한 일을 하는 듯하오. 이번에 툼바에게 많은 도움을 주었다고 했소."

족장의 입에서 재무르의 이야기가 나오자 미르셀의 눈이 갑자기 커졌다. 하지만 그것보다 더 중요한 얘기가 있을 것이기에 숨죽이며 다음에 나올 말을 기다렸다.

"그런데 말이오. 일이 생각보다 쉽지 않은 방향으로 전개되고 있소. 그들 부족은 야르 부족이라 하오. 툼바가 그 야르 족장의 최후통첩을 가지고 돌아왔소. 이제 어느 쪽이든 선택해야 할 참으로 어려운 상황에 직면했소."

최후통첩이라는 말을 하면서 람보르는 마른 입술을 혀로 살짝 핥으며 침을 꿀꺽 삼켰다.

"지금부터 마음 단단히 먹고 내가 하는 말을 잘 들어요. 야르 족장이 '눈에는 눈, 이에는 이'를 고집하면서 우리 부족 아이 한 명을 바치길 계속 요구하고 있소. 재무르가 여러모로 신경 쓰면서 중재를 위해 노력했다는데 뜻대로 되지 않은 듯하오."

평소보다 빨라진 람보르 족장의 말투에서 전에 없던 초조함이 묻어났다.

"툼바는 야르 족장에게 잘못은 자기가 했으니 아이를 희생하는 대신 자기의 목숨을 걸겠다고 했나 보오. 자기 목숨을 던져야만 더 큰 일로 번지는 것을 막을 수 있다고 여겼기에 처음부터 굳게 결심하고 떠났다고 했소. 그런데도 야르 족장은 받아들이지 않았다고 하오. 끝까지 양보하지 않고 죽은 아이 또래의 아이를 바치길 원하고 있소. 그래서 솔론을 인질로 잡아놓고 툼바에게 다시 일주일의 시간을 주면서 최후통첩을 한 것이오. 이제 우리 부족의 선택은 딱 둘 뿐이오. 이 둘 중에서 하나를 택해야 하오. 야르 족장의 아이와 비슷한 또래인 티아라의 아이를 제물로 바치는 것이 하나고, 아니면 이 일의 당사자인 툼바와 미르셀의 아이 루미를 바치는 것이 다른 하나요. 지금 내가 하는 말이 무슨 뜻인지 이해할 수 있겠소?”

비록 부족의 족장이지만, 한 아이의 어미인 미르셀 앞에서 결코 쉽게 꺼낼 수 없는 말이었다.

미르셀은 람보르 족장의 눈을 뚫어지게 쳐다보았다. 그의 입에서 루미의 이름까지 구체적으로 흘러나오자 미르셀은 꿈을 꾸는 것 같았다. 그런데도 가슴이 떨리고 심장이 벌렁거렸다. 솟아오르는 감정을 애써 눌렀다. 평소에는 부드러웠던 람보르 족장의 말투도 어느새 조금 딱딱하게 변한 듯했다.

“아마, 밖에서 일부 사람들이 웅성웅성 대는 것도 벌써 이러한 분위기를 눈치채고 그러는 것 같소. 내 생각은 이렇소. 먼저, 테미는 절대 안 돼요. 이 점은 나와 툼바의 생각이 같소. 아무 죄도 없는 티아라의 아이를 희생시킬 수는 없소. 만약에 그렇게 되면 부족원 전체의 동요는 더욱 심해지지 않겠소? 그렇다면 다음은 루미 차례요. 엄마인 미르셀이 듣기엔 비통하겠지만, 만약에 루미를 선택한다면 문제를 일으킨 당사자인 툼바의 아이이기에 티아라의 아이보다는 동요가 없을 거라 생각하오. 하지만 미르셀은 이를 받아들일 수 있겠소?”

람보르 족장의 말을 듣자 미르셀은 머리가 멍해지면서 아무 생각도 할 수 없었다. 루미를 희생 제물로 삼겠다는 말인 것 같은데 도무지 실감 나지 않았다. 아무 감정도, 느낌도 없는 목석처럼 그저 듣고만 있을 뿐이었다. 그런 미르셀의 심정을 아는지 모르는지 람보르 족장은 계속 말을 이었다.

“나도 참으로 안타깝소. 루미는 툼바와 미르셀의 아이를 떠나 우리 부족의 귀여움을 독차지하는 아이요. 물론, 티아라의 아이 테미도 마찬가지죠. 이 아이들이 우리 부족의 희망이고 미래라는 걸 모르는 사람은 없을 것이오. 더군다나 루미는 이제 태어난 지 겨우 몇 달밖에 안 된 천사인데, 그런 루미를 희생 제물로 야르 부족에게 바쳐야 한다는 사실은 나 자신부터 도저히 받아들일 수 없소.”

다른 말은 머릿속에 들어오지도 않고, 끝부분인 도저히 받아들일 수 없다는 말만 가슴에 들어와 박혔다. 족장의 입에서 그 말이 흘러나오는 순간, 마치 구세주를 만난 것 같은 기분이었다. 족장의 마지막 말에 미르셀은 마음이 확 놓였다. 천만다행이었다. 이제 더 이상 충격적인 말은 나오지 않았다.

'만약에 람보르 족장이 어쩔 수 없다고, 이제는 받아들이는 수밖에 없다고 말한다면 어떠했을까? 결국은 루미를 포기해야 내 앞에서 말한다면 난 받아들일 수 있을까?' 람보르 족장의 말을 듣는 내내 미르셀의 머릿속에는 온통 그 생각으로 꽉 차 있었다.

람보르는 잠시 말을 멈추고 미르셀을 뚫어지게 바라보았다. 눈이 마주쳤다. 미르셀도 족장의 눈을 피하지 않았다. 마구 요동치고 있는 마음과는 달리 겉으로는 자세 하나 흐트러지지 않고 평정심을 유지했다.

“지금 야르 부족에게 솔론이 잡혀 있소. 툼바가 돌아올 때 같이 보내지 않고 인질로 삼은 것은 우리를 압박하기 위한 수단일 것이오. 우리에게는 주어진 건 일곱 날이라는 짧은 기간이오. 그동안에 가장 좋은 방안을 내놓아야 하오. 이것은 족장인 나 혼자서 결정할 수 없소. 원로들의 의견도 들어보고, 젊은이들의 생각도 참고할 거요. 하지만 변함없는 것은 루미든, 테미든 그 어떤 아이든 우리 부족의 아이를 내어줄 수는 없다는 것이오. 상황이 어떻게 전개될지 모르지만, 족장으로서 이것만큼은 꼭 지키도록 약속하겠소. 누구보다도 마음 아프겠지만 지금까지 그래왔던 것처럼 내게 지혜를 보태줄 거라 믿소.”

미르셀은 끝내 안도했다. 역시 람보르 족장은 다른 사람과 다르다는 걸 또 한 번 느꼈다. 부디 그의 다짐이 끝까지 잘 지켜지기를 마음속으로 빌었다.

“족장님, 말씀 잘 들었습니다. 툼바로 인해 이런 일이 벌어져 거듭 죄송해요. 무엇보다도 테미, 루미를 포함해 우리 부족의 아이들을 끝까지 지키겠다는 말씀에 경의를 표하고 고마울 뿐입니다.”

미르셀은 다른 때보다 더 정중하게 고개를 숙이며 말을 이었다.

“루미의 어미가 아닌 부족의 일원으로서 저도 한 말씀 드리자면 무엇보다도 티아라의 아이는 절대 안 돼요. 그건 말도 안 되는 일이에요. 오죽하면 툼바가 자기 자식인 루미를 언급했을까요. 그건 어떠한 일이 있어도 티아라의 아이를 희생시키지 않겠다는 뜻이라고 봐요. 그런 면에서 비록 실수는 했지만 툼바는 무책임하지 않고, 뻔뻔하지도 않은 사람이에요. 그리고 족장님께 감사드려요. 루미를 포함한 우리 부족의 아이 그 누구라도 절대 내줄 수 없다는 족장님의 말씀을 듣고 정말 마음이 놓였어요. 이제 걱정되는 건 부족의 안위예요. 어떠한 일이 있어도 부족이 위태로워져서는 안 돼요. 누구보다도 이를 잘 알고 계시고, 힘든 시간을 보내고 계실 족장님께 그래서 많이 죄송해요. 만에 하나 족장님이 어떻게 결정하시든 툼바와 저는 그대로 따를 거예요. 여러모로 족장님과 부족원 모두에게 심려를 끼쳐서 죄송할 뿐이에요. 이만 물러갈게요.”

미르셀은 그동안 꾹 참았던 말을 한 번에 다 쏟아놓고 이내 자리에서 일어섰다. 더 이상 있다가는 람보르 족장 앞에서 눈물을 보일 것 같았다. 진정성을 담은 미르셀의 말은 람보르의 마음에도 깊이 다가왔다.

“고마워요. 미르셀. 그렇게 하겠소. 자, 어서 가요. 그동안 고생했던 툼바와 같이 푹 쉬면서 마음을 가다듬어요. 거듭 말하지만 나는 야르 족장이 요구한 대로 따르지 않을 것이오. 부족의 아이 그 누구도 희생시킬 수 없소. 좀 더 생각하고 입장이 정리되면 곧 부족원 앞에 나설 것이오.”

미르셀이 인사하며 돌아선 바로 그 순간, 갑자기 누가 급하게 문을 열고 들어왔다. 그의 기민한 움직임에서 긴박함이 강하게 느껴졌다. 유난히도 예민한 감각이 다시 빳빳하게 살아났다.

"족장님, 족장님! 룽가입니다."

사전 기척도 없이 불쑥 들어온 룽가가 다급하게 입을 열었다. 미르셀 쪽은 아예 쳐다보지도 않았다. 그의 몸짓이나 분위기로도 그가 급하게 달려왔다는 게 충분히 느껴졌다.

"족장님! 지금 부족원의 움직임이 심상치 않습니다. 여기저기 확인되지 않은 말들이 마구 퍼지고 있습니다."

분명, 밖의 분위기가 심상치 않다는 말이었다. 족장의 처소로 오는 중에 어느 정도 눈치채고는 있었지만, 룽가가 심상치 않다고 보고할 정도로 크게 번지리라곤 생각지도 못했다.

이어진 람보르의 말도 덩달아 다급해진 듯했다.

"무슨 말이야. 부족원의 움직임이 심상치 않다니?"

"모두가 툼바만 살아 돌아온 것이 뭔가 문제가 있는 거 아니냐고 말하고 있습니다. 심지어는 솔론이 죽고 툼바만 도망쳐 왔을 거라는 근거 없는 소문까지 떠다니고 있습니다. 그런데..."

룽가가 말을 흐렸다.

"그런데 라니 뭐가 또 있다는 거야?"

"야르 부족이 우리에게 요구한 게 구체적으로 뭐냐고 하면서 목소리를 높이고 있습니다. 그들이 '눈에는 눈, 이에는 이'를 언급한 건 이미 다 알고 있지 않습니까? 그런데 티아라가 부족원을 선동하면서, 야르 족장의 아들 또래인 자기 아들 테미를 그들이 요구한다고 떠들고 있습니다. 아무 죄도 없는 자기 아이가 희생 제물로 바쳐질 거라고 하면서 말입니다. 참으로 말도 안 되는 얘기지만, 일파만파로 퍼지고 있습니다. 이를 빨리 수습해야만 부족원 사이에 더 큰 동요가 없을 것입니다."

멈춰 서서 룽가의 말을 듣고 있던 미르셀도 놀라긴 마찬가지였다. 자기네 부족에게 이런 면이 숨겨져 있으리라곤 지금까지 생각지도 못했다. 인간의 이기적인 모습은 극한 상황에 몰리면 나타나는 자연스러운 행동이고 본성일 테지만, 그동안에는 별다른 어려움 없이 순탄하게 살아왔기에 드러날 일이 없었던 탓이었다.

그랬다. 안 보이고 안 나타난다고 없는 것은 아니라는 것을 새삼 깨달았다.

미르셀은 점점 부족을 향해 다가오는 어두운 기운에 마음이 무거웠다. 단순한 소동이 아니라 엄청난 폭풍일 거라는 예감에 몸이 떨려오기까지 했다. 견디고 이겨내야 했다.

상황은 람보르나 미르셀의 생각보다 심각할 정도로 점점 격해지고 있었다. 한 번 터져 나온 소문은 입에서 입으로 전해지는 동안 조금씩 보태지고, 왜곡되면서 사람들의 마음을 들쑤셨다. 평소에는 전혀 그러지 않을 것 같은 이도 막상 그런 상황이 닥치니 달라졌다. 미르셀을 절대적으로 믿으며 따르던 여자들도 휩쓸고 들어오는 이런저런 근거 없는 이야기들에 쉽게 무너졌다. 오랜 기간 믿음으로 이어진 사람 사이의 관계가 순간의 이익과 욕망 앞에서 한순간에 속절없이 무너져 내리는 모습을 미르셀은 두 눈으로 지켜 보고 있었다.

바야흐로 부족의 위기가 밀려오고 있었다.

미르셀은 람보르 족장이 이 상황을 어떻게 생각하고 있고, 앞으로 어떤 식으로 수습해 나갈지 궁금했다. 그렇다고 마냥 기다릴 수도 없었다. 족장의 처소에서 빠져나온 미르셀은 곧바로 집으로 가서 툼바가 먹을 것을 꼼꼼하게 다 마련해 놓은 다음 다시 나와 급하게 여자들을 불러 모았다. 미르셀이 부른다는 소리에 모두 수군거리며 금세 모여들었다. 여자들의 지혜를 믿기로 했기에 더 이상 숨길 게 없었다. 뭐가 진실인지 아무것도 모르면서 오직 소문만 듣고 제멋대로 생각하던 그들에게 미르셀이 솔직하게 입을 열었다. 람보르 족장을 만나 들었던 얘기와 주고받은 대화의 내용을 숨김없이 다 알렸다.

"적의 족장이 툼바에게 일주일 기한을 주고 최후통첩을 했다네요. 우리 부족 아이의 목숨을 가져오라고요."

다시 술렁거렸다. 여기저기서 "거봐 그 말이 맞지", "맞네 맞아. 이를 어째. 이를 어째…"라는 말들이 절로 새어 나왔다.

미르셀은 여자들의 반응에 아랑곳하지 않고 계속 말을 이어갔다.

"툼바는 자기 목숨을 내놓겠다고 했지만, 적의 족장이 받아들이지 않았다고 해요. 그래서 할 수 없이 그들의 요구 조건을 들고 돌아올 수밖에 없었던 거예요. 솔론은 야르 족장이 인질로 잡고 있을 거라고 해서 일단 혼자서만 돌아온 거죠. 문제는 앞으로 우리가 어떻게 대처할 것인가 하는 점이에요. 이 문제로 지금까지 족장님과 상의했어요. 분명한 건 족장님은 아무 죄도 없는 우리 부족의 아이를 그들에게 내어주지 않겠다고 하셨어요. 만약에 상황이 바뀌어 어쩔 수 없이 해야 한다면, 이 일을 일으킨 툼바와 저 미르셀이 책임질 거예요. 불가피하게 아이를 내놓게 된다면 제 아들 루미를 내놓을 거라는 뜻이에요. 그러니 제발 이상한 소문만 듣고 술렁거리지 마세요. 티아라의 아이를 내줄 일은 결코 없을 거예요. 앞으로 말도 조심하세요. 우리부터 차분한 가운데 각자 해야 할 일만 해나가면 돼요. 저를 믿으세요."

미르셀은 차분하고 냉철했다. 툼바와 루미를 입에 올릴 때도 조금도 주저함이 없었다. 미르셀의 말 한마디 한마디가 여자들의 가슴을 찌르는 동안 아무도 입을 열지 못했다. 숨소리 하나 내지 못한 채 잠자코 고개만 끄덕이고 있었다. 아이를 내놓는 상황이 된다면 루미를 내놓겠다는 미르셀의 말에는 당연히 큰 충격을 받을 수밖에 없었다. 자기 자식을 내놓겠다는 어미의 말에 그 누가 더 이상 의문을 품을 수 있겠는가? 얼이 빠진 듯한 부족 여자들의 마음을 다독이면서 미르셀은 충분히 수긍했을 테니 곧 소문이 잦아들고 조금씩 가라앉을 거라고 여겼다.

서둘러 집으로 돌아온 미르셀은 마침 잠에서 깨어 일어나 있는 툼바와 마주했다. 숨 가쁘게 지나온 며칠이지만 꽤 오랜 시간이 흐른 듯했다. 미르셀은 문득, 지난 시간을 떠올렸다. 지금도 느껴지는 잊을 수 없었던 뜨거운 밤의 열락, 다시 올지 못 올지 기약도 없이 툼바를 보내야만 했던 마음, 부족원의 오해, 루미의 이름까지 언급되던 상황들이 한꺼번에 밀려오면서 그동안 참았던 설움이 북받치듯 올라왔다.

미르셀의 눈에 눈물이 맺혔다. 툼바 앞에서는 어쩔 수 없이 연약한 사람이었다. 그런 미르셀의 마음을 다 아는 듯 아무 말도 없이 끌어안은 툼바의 눈에서도 곧 커다란 눈물방울이 뚝뚝 떨어졌다. 두 사람은 한동안 미동조차 하지 않고 눈물만 흘릴 뿐이었다.

격정이 조금 가시자 툼바는 천천히 주위를 둘러보았다. 다시 돌아와 보니 곁에 있는 모든 것들이 하나하나 그렇게 소중할 수가 없었다. 비록 좁은 공간이지만 사랑하는 가족과 함께 있는 이곳이 세상 어디보다 포근했다.

"족장님 처소에 다녀왔어요. 고생 많았어요. 당신이 무사히 돌아올 줄 알았어요. 아직 그쪽에 있는 솔론도 무사하겠죠?"

"무사할 거예요. 솔론이 어디 보통 사람인가요. 그런데 그들 부족 이름이 야르 부족이라고 하네요."

"족장님도 말씀하셨어요. 야르~ 야르~"

미르셀은 몇 번이고 되뇌었다.

"그런데 놀랄만한 소식이 있어요. 그 부족들 틈에 재무르님이 있었어요."

"네. 그 얘기도 족장님께 들었어요. 그런데 참 이상해요. 그때 그렇게나 찾아 헤맸는데도 못 찾았는데, 어떻게 그분이 야르 부족과 함께 있죠?"

"그냥 있는 정도가 아니에요. 야르 족장에게 신임받으며 중요한 위치에 있는 것 같았어요."

"그랬군요. 그건 이해가 돼요. 부족을 떠나기 전까지 듣고 보았던 재무르님의 능력이나 야심을 떠올려 보면 충분히 그러고도 남죠."

"다행히도 큰 도움이 되었어요. 그분이 있었기에 제대로 의견을 주고받을 수 있었어요. 그리고 알게 모르게 큰 힘이 되어주었어요. 역시 피로 맺어진 같은 부족이라는 건 무시 못 하는 것 같아요."

"도움을 주었다니 참으로 다행이긴 하지만…"

미르셀의 말에 여운이 남아 있었다.

"그분이 아무리 우리 부족이라고는 하나 지금은 처지가 다르다는 걸 절대 잊어서는 안 돼요. 만약에 우리 부족과 야르 부족이 서로 충돌하게 되는 상황이 되면 어떻게 될까요? 그분은 우리 편이 아니라 야르 부족의 입장에서 행동하지 않을까요?"

"당연히 그러겠죠. 알아요. 그 말이 무슨 뜻인지."

갑자기 툼바의 얼굴이 어두워졌다.

"무조건 의심하거나 배척하고 싶지는 않아요. 저 역시 재무르님이 이 사태를 원만하게 해결하는 데 큰 도움과 힘이 되면 좋겠다는 마음 간절해요. 람보르 족장님도 할 수만 있다면 싸워서는 안 된다고 하셨으니 재무르님이 중간에서 서로의 입장을 잘 조율해 이 위기를 넘길 수만 있다면 좋겠어요. 다만, 최악의 사태를 대비해서 하는 말이에요. 만약에 제가 재무르님을 만날 수만 있다면 이번 일을 솔직하게 털어놓고 상의하고 싶은데 그럴 수 있는 형편이 아니니 그게 아쉬워요."

"무슨 말인지 이해해요. 나도 많은 얘기를 주고받았어요. 그분도 자기가 처한 상황을 잘 알고 있어요. 다만, 족장님께 재무르님이 살아있다고 말씀드렸을 때 기뻐하시는 것 같으면서도 왠지 모르게 표정이 썩 밝지만은 않았어요. 우리가 모르는 뭔가가 있는지는 잘 모르지만…"

"아마도 족장님은 재무르님의 현재 위치와 앞으로의 역할에 대해서까지 내다보셨을 수 있어요. 야르 족장에게 중요한 역할을 하는 사람이 되었다고 했잖아요. 족장님은 그분이 우리 부족임에도 불구하고 어쩌면 장차 우리 부족을 위협하는 인물이 되지 않을까 걱정되셨을 거예요. 더군다나 보통을 뛰어넘는 특출한 사람이잖아요. 보세요. 우리는 야르 부족을 잘 모르는데, 야르 부족은 재무르님으로 인해 우리 부족의 특성을 속속들이 알 수 있어요. 만약에 싸운다면 누가 유리하겠어요? 차마 생각하고 싶지 않지만, 그분이 야르 족장을 적극적으로 돕는다면 그땐 우리 부족에겐 엄청난 재앙으로 다가올 거예요. 제 생각엔 족장님은 그걸 염려하고 계실 거예요."

"나는 생각지도 못한 거예요. 족장님과 미르셀의 식견은 정말 놀라울 따름이에요. 듣고 보니 정말 그렇네요. 우리 부족과 함께할 때도 탁월한 사람이었지만, 요 며칠 동안 야르 부족과 함께 있는 재무르님을 보면서 옛날보다 더 대단한 사람이 되었다는 걸 느꼈어요. 나 역시 아직은 재무르님을 완전히 믿을 수 있는 단계는 아니라고 생각해요."

"맞아요. 그분은 지략과 용맹을 두루 갖췄어요. 그러니 우리 부족에서 재무르님에게 맞설 수 있는 사람은 족장님이 유일해요. 저는 잘 알지는 못하지만 사라지기 전에 그분이 말하고 행동하는 것을 유심히 지켜본 적이 있어요. 능력도 출중하지만, 거기에 더해 결정적인 것이 또 하나 있어요. 바로 야심이죠. 지략, 용맹, 야심 이 세 가지를 품은 사람은 결코 현실에 만족하지 않아요. 도전을 두려워하지도 않죠. 운명에 순응하지 않고 끝없이 거슬러 올라가요. 급기야는 자기가 역사를 새로 쓰겠다고 나서기까지 하죠. 재무르님 같은 사람이 바로 그런 유형이에요."

툼바는 미르셀의 말에 푹 빠져들었다. 툼바의 얼굴에서 감탄의 빛이 퍼져 나오자 미르셀은 용기를 얻은 듯 말끝에 힘이 들어갔다.

"어떻게든 싸움을 피하는 것이 최선이지만, 만약에 우리 뜻대로 되지 않고 야르 부족과 싸우게 된다면 그때는 최소한의 피해로 이기는 게 가장 중요해요. 어떤 싸움이든 직접 부딪치면 서로 심각한 피해가 발생할 수밖에 없겠죠. 그래서 할 수만 있다면 싸우지 않고 이기려고 노력해야 해요. 이건 족장님도 머릿속에 담고 계실 거예요. 그렇다면 당신이나 솔론처럼 직접 앞장서서 싸워야 하는 전사들은 어떻게 해야 할까요?”

물 흐르듯 이어지는 미르셀의 말을 듣고 있노라니 어디에서도 만날 수 없는 청량한 지혜의 샘물이 머리에서부터 부어지는 듯한 느낌이 들었다.

툼바의 답을 기다리지도 않고 미르셀의 말이 이어졌다.

“우리의 생각대로 상황이 흘러가지 않을 경우, 당신이 꼭 명심해야 할 게 있어요. 그건 바로 최대한 빨리, 피해를 최소화하면서 이겨야 하는 거예요. 이는 힘만 가지고는 안 돼요. 머리를 써야 해요. 상대방의 강한 부분을 최대한 피하고, 약한 부분을 집중적으로 공략해야 해야 피해를 최소화하면서 빨리 이길 수 있어요. 그러니 상대의 약한 부분이 어딘지 정확하게 알고 있어야 하죠. 그렇게 끊임없이 상대방에 대해 알아가면서 치밀하게 준비해야 한다는 걸 기억하세요.”

미르셀의 말은 거침없었다.

“그리고 앞으로 재무르님을 예의주시하세요. 아마 그분도 지금 우리 람보르 족장님 못지않게 고민하고 있을 거예요. 우리 부족이면서 야르 족장을 돕는 위치에 있잖아요. 두 부족이 싸우게 되면 이러지도 저러지도 못하는 애매한 처지에 놓이게 될 테니까 그럴 수밖에 없어요.”

미르셀은 계속 재무르가 신경 쓰이는 듯했다.

“그렇지만 곧 마음 정리를 하겠죠. 답은 하나예요. 처지가 처지인 만큼 야르 족장 편에 설 수밖에 없을 거예요. 싸워야 할 상대가 되는 거죠. 다만, 그분도 우리 부족에 대한 끈을 완전히 끊을 수는 없을 거예요. 이익이 아니라 피로 맺어졌기 때문이죠. 제가 결정적으로 믿는 게 바로 그 부분이에요. 당신이 다시 야르 부족 마을로 가게 되면 재무르님을 통해 야르 부족의 약점이 무엇인지 꼭 알아내야 해요. 쉽지는 않겠지만, 어쩌면 그 정도는 귀띔해 줄 수도 있을 거예요. 야르 부족의 약점을 최대한 많이 알아내야만 우리가 유리해지고, 이길 수 있어요. 이건 오직 당신만이 해낼 수 있는 일이예요. 아셨죠?”

과연 미르셀이었다. 어쩌면 이렇게 부족을 둘러싼 모든 상황과 여건을 꿰뚫으면서 해야 할 일을 명확하게 끄집어낼 수 있을까 싶었다. 지금까지 살아오면서도 매사에 감탄하지만, 지금도 연신 고개를 끄덕일 수밖에 없었다.

미르셀이 말한 대로 최악의 상황을 가정하고, 싸움에 대비하지 않을 수 없었다. 그렇게 되면 최대한 빨리 이겨 피해를 최소화해야 할 것이었다. 이를 위해 야르 부족의 약점을 찾아내는 것이 가장 중요하고 시급한 문제라고 일깨워주는 미르셀에게 고마웠다.

"그리고요. 족장님께서는 우리 부족의 그 어떤 아이도 절대 내주지 않으시겠다네요. 이젠 당신 혼자 속 끓이며 걱정하지 말아요. 뭐든지 나와 함께 해요."

대화의 끝에 미르셀의 입에서 뜻밖의 말이 흘러나왔다. 믿을 수 없다는 듯한 표정을 짓는 툼바를 안아주면서 미르셀은 람보르 족장과 나눴던 대화를 일러주었다. 그 말 한마디가 툼바를 다시 살아나게 했다.

그제야 툼바의 가슴에 놓여 있던 큰 돌덩이가 치워진 것 같았다. 한숨을 돌린 툼바는 루미를 돌아보았다. 아빠가 없는 며칠 사이에 루미는 부쩍 큰 것 같았다. 동그란 눈망울을 연신 굴리며 툼바를 쳐다보는 루미를 보자 갑자기 또 울컥했다. 아들 앞에서까지 눈물을 흘리는 울보 아빠는 되기 싫었다.

어금니를 꽉 깨물며 겨우 눈물을 참은 툼바는 루미를 들쳐 안고 일어섰다. 평소와 같이 루미를 안았는데 며칠 새 더 묵직해졌음을 느꼈다. 품 안에서 꿈틀대는 힘도 더 세졌다. 자기와 미르셀을 쏙 빼닮은 남자로 자라 장차 부족을 이끌 지혜와 용맹을 갖출 것이라는 생각이 들자 마음 든든했다.

루미도 아빠가 안아주는 게 좋은지 연신 큰 눈망울을 굴리며 재롱을 떨었다. 하루가 다르게 자라는 루미를 볼 때면 툼바는 세상의 모든 근심을 다 잊었다. 자기가 살아있는 이유는 오직 사랑하는 가족으로 인함임을 매 순간 느꼈다. 엄청난 일을 저지르는 바람에 부족이 큰 위기에 처해 있는 지금, 마음 한구석에는 미르셀과 루미만 데리고 어디 조용한 곳으로 가서 편안하게 살고 싶다는 생각도 불쑥 들었다. 감당해야 할 짐이 무겁고도 컸기에 도망치고 싶은 마음도 컸다. 넓은 벌판에 홀로 남겨지더라도 무슨 일을 해서든 미르셸과 루미를 먹여 살릴 자신은 있었다. 하지만 무책임하게 일만 저지르고 도망갈 수는 없었다. 부족을 떠나는 것도, 람보르 족장을 배신하는 것도 있을 수 없는 일이었다.

루미를 안은 팔에 힘이 더 가해졌다. 내친김에 문을 열고 밖을 나섰다.

밖은 어느새 어둠이 내려와 마을을 감쌌고, 땅이 조금씩 어두워지면서 상대적으로 하늘은 더 밝아졌다. 눈을 들어 올려다보니 머리 위에서 별 세 개가 유난히도 반짝이고 있었다. 하늘 정중앙에서 같은 간격으로 나란히 박힌 채 보석 같은 광채를 내뿜고 있었다.

어느새 따라 나온 미르셸이 옆에 섰다. 언젠가 미르셸은 툼바에게 별들의 전설을 가르쳐준 적이 있었다. '알니탁', '알닐람', '민타카', 세 별의 이름이었다. 셋은 영원히 서로 사랑하는 존재라고 했다. 그 후로는 별을 바라보는 것만으로도 그 사랑이 가슴으로 전해 오는 걸 느낄 수 있었다.

툼바의 생각은 그녀와 별들을 바라보던 그때로 돌아가 한참을 머물렀다. 아무 말 없이 서 있던 미르셸이 툼바의 품을 파고들었다.

언제 심각했었냐는 듯 그녀는 한없이 사랑스러웠다.

"눈을 들어 하늘 좀 봐봐요. 별들의 잔치가 열렸네요."

"정말 별들의 잔치네요. 황홀해요. 저기에 당신이 말한 우리 별도 있네요."

"그럼요. 당연히 있죠. 우리 별은 늘 변함없이 빛나고 있죠."

"그래요. 볼 때마다 참 신기해요. 어떻게 저렇게 같이 있을 수 있는지."

"저 별들의 이름 기억나죠? 그런데 이제부터 다른 이름을 지어주고 싶어요. 툼바별, 미르셸별, 루미별 어때요? 오늘부터는 당신도 그렇게 불러줘요."

"툼바별, 미르셸별, 루미별... 툼바별, 미르셸별, 루미별..."

별들의 예쁜 이름이 입안에서 돌아다녔다.

"정말 좋아요. 이제부터 하늘에 우리 별이 생긴 거네요. 아마도 하늘에 자기

별을 가진 사람은 우리가 처음일걸요? 그것도 셋이 나란히."

"맞아요. 우리 약속해요. 저 별들처럼 우리도 영원히 빛나는 사람이 되자고요. 루미와 함께요. 힘들고 어려울 때 밤하늘을 보면서 그렇게 마음먹으면 어떠한 어려움도 다 이겨내고 모든 게 다 잘될 거라 믿어요."

미르셀을 안은 툼바의 손에 힘이 들어갔다. 하늘의 별들이 보라는 듯 입술을 포개며 뜨겁게 미르셀을 품었다. 미르셀의 몸 위로 별들이 떨어져 내렸다. 어떤 별은 차마 보기 부끄러운 듯 저 멀리 긴 꼬리를 끌며 황급히 사라져갔다. 깊은 어둠 속에 잠긴 세상에서 하늘의 별들과 땅의 별들이 함께 어우러지는 풍경이 몽환적인 한 폭의 수채화처럼 펼쳐졌다.

툼바의 마음에 불꽃이 튀었다. 서둘러 방으로 들어온 툼바는 루미를 조심스럽게 바닥에 내려놓았다. 툼바는 꽃이면서 별이기도 한 미르셀의 품속으로 끝없이 빠져들었다. 두 별이 하나가 된 순간, 하늘에서의 잔치 못지않게 땅에서의 잔치도 뜨겁게 불타올랐다. 지나가는 바람도 숨죽이며 그곳을 돌아나갔다.

얼마나 지났을까, 툼바는 정신을 차렸다. 루미가 옆에 있는데도 아랑곳하지 않고 사랑 속에서 헤맸다는 사실이 조금은 부끄럽기까지 했다. 미르셀의 얼굴도 붉게 물들어 있었다. 그런 엄마 아빠의 마음을 아는지 모르는지 루미는 자기 손가락을 쳐다보며 꼼지락거렸다. 툼바는 무슨 일이 있어도 하늘의 별보다 빛나는 별 루미를 지키겠노라고 굳게 마음먹었다.

무엇보다도 루미와 테미 등 부족의 아이들을 희생시키지 않겠다고 한 람보르 족장이 고맙고 미더웠다. 사랑하는 미르셀과 루미를 놔두고 떠나는 것은 싫으나, 그런 족장과 부족의 안위를 위해서라면 기꺼이 목숨까지 바칠 수 있다는 툼바의 신념은 더 강해졌다.

루미 곁에 있는 툼바를 보면서 미르셀의 마음은 흐뭇하면서도 애잔했다. 물끄러미 루미를 바라보며 생각에 빠져 있는 툼바의 모습이 오늘따라 더 작게 다가왔다. 품에 안으면 쏙 들어올 것만 같았다. 그 마음이 어떠할지 누구보다 잘 알고 있는 미르셀이었다. 정녕 이것이 그들에게 주어진 운명이라면 피하지 말고 정면으로 부딪쳐 나가야 했다. 툼바와 루미를 내 손으로 꼭 지키고 싶고, 그럴 수 있을 거라고 미르셀은 믿었다.

그날 밤, 하늘의 별들은 오랫동안 그들을 지켜보며 반짝이고 있었다. 그들의 생에서 가장 가슴 떨리고 애틋한 밤이 그렇게 지나가고 있었다.

하지만 람보르 족장과 미르셀의 노력에도 불구하고 소문은 좀처럼 가라앉지 않았다. 이제는 야르 족장이 요구한 아이가 티아라의 아들 테미라는 구체적인 이름까지 거론되며 집요하게 사람들 사이를 파고들었다. 미르셀이 여자들을 불러 당부까지 했음에도 충분하지 않은 듯했다. 무엇보다도 소문의 당사자가 된 티아라의 집안은 더 큰 분노와 흥분으로 들썩거렸다.

급기야 티아라는 격분했다. 그 역시 솔론이나 툼바 못지않게 람보르 족장의 총애를 받는 몸이지만 근거 없는 소문 하나에 그동안 쌓아왔던 신뢰가 무너지고 있었다. 사냥은 뛰어났지만 쉽게 흥분하는 다혈질의 성격을 갖고 있었고, 신중하지 못했다. 아무것도 결정된 게 없음에도 불구하고 잘못된 소문에 빠진 채 목소리를 높였다. 일을 저지른 건 툼바인데 왜 내 아들이 희생당해야 하느냐며 부족원을 향해 소리쳤다.

달아오른 티아라의 마음은 쉽게 가라앉지 않았다. 특히, 티아라 옆에서 맞장구치며 부추기는 사람도 있었기에 더 그랬다. 어딜 가도 그런 사람은 있기 마련이었다. 자기 일이 아니라고 쉽게 내뱉듯이 얘기했다. 그런 말은 사람과 사람 사이를 건너갈 때마다 눈덩이같이 불어났다. 툼바가 잘못한 일이라고 하면서 티아라를 향한 동정이 더해졌다.

반면에, 티아라의 아내 오르미는 신중했다. 그녀 역시 충분히 놀라고 흥분할 만도 했지만 미르셀이 부족 여자들을 불러 놓고 근거 없는 소문에 휩쓸리지 말라고 신신당부했기에 흔들리지 않았다. 누구보다도 미르셀을 마음으로 따르고 있기에 흥분한 티아라의 마음을 가라앉히고자 애썼다. 그럴 리가 없다고 목소리를 높이기까지 했다. 람보르 족장이나 툼바, 미르셀이 그렇게 할 사람이 아니라고 하면서 연신 티아라의 마음을 다독였다.

시간이 지나면서 티아라의 흥분도 잦아들었다. 오르미의 끊임없는 노력 덕분이었다. 티아라에게 오르미가 있다는 것이 티아라는 물론 부족에게도 다행이었다. 나중에서야 티아라는 오르미에게 변명 아닌 변명을 늘어놓았다. 람보르 족장의 인품과 미르셀의 현명함을 믿고는 있지만 그런 얘기가 나왔을 때 처음부터 싹을 잘라야 해서 그런 것이라고 말했다. 그게 티아라의 사람됨의 크기이고, 한계였다.

야르 부족 내의 상황도 긴박해졌다.

툼바가 떠난 후 재무르는 솔론을 지극정성으로 보살피며 지켰다. 그런데 언제부터인가 갑자기 솔론의 안색이 어두워졌고, 근심에 싸여 있었다. 물어보니 아무 일도 없다고 대답했지만 분명 무언가 있었다. 물론 그럴 리는 없겠지만, 행여나 자기 혼자 남은 상황에 절망한 솔론이 좌절한 나머지 엉뚱한 선택을 할까 봐 솔론이 갇혀 있는 곳을 수시로 살폈다. 비록 입장은 다를지라도 동족이라는 유대감은 그 어떤 것을 능가하고도 남음이 있었다.

그래도 다행인 것은 솔론이 절대 나약한 남자가 아니라는 것이었다. 또 하나는 재무르가 어떤 행동을 하더라도 야르 족장이 용인하고 있다는 점이었다. 재무르는 솔론이 람보르 족장 못지않게 비범하다는 걸 며칠 동안 지켜보면서 알아차렸다.

그건 솔론도 마찬가지였다. 겉으로는 무심한 척했지만, 재무르의 말과 행동을 유심히 살폈다. 재무르가 아무리 뛰어난 사람일지라도 다른 부족에 와서는 인정받기가 쉽지 않을 텐데 이토록 야르 족장의 신뢰를 받고 있는 배경과 이유가 궁금했다. 그러한 궁금증이 해소되지 않자, 솔론은 재무르가 가까이 다가오면 올수록 부담스럽고 혼란스러웠다.

또 하나의 이유가 있었다. 머릿속에 자리 잡은 채 떠나지 않고 있는 어떤 일로 인해서였다. 재무르에게는 아직 털어놓지 못한 상태였다.

야르 족장과 담판을 마친 날, 소투라는 사람이 조용히 찾아왔었다. 중대한 일을 겪은 후에 찾아온 낯선 사람이었기에 솔론은 내심 그가 찾아온 것이 단순한 일이 아님을 직감했다. 소투는 먼저 재무르와의 관계를 시작으로 솔론과 툼바가 비록 다른 부족이지만 용기 있는 젊은이들이라고 추켜세웠다. 찾아온 이유는 꺼내지 않고 다짜고짜 칭찬부터 하니 듣기 좋은 말이라도 경계할 수밖에 없었다.

그런 솔론의 마음을 눈치챘는지 그는 더 이상의 시간을 끌지 않고 곧 속내를 내비쳤다. 야르 족장이 솔론과 툼바 두 사람을 높이 평가하고 있기에 야르 부족의 품으로 들어온다면 툼바가 저지른 일을 없던 일로 하겠다는 것이었다. 그리고는 이미 야르 부족의 사람이 된 재무르의 경우를 들었다. 한 번도 생각해본 적 없었던 충격적인 제안이자 거래였다.

요동치는 마음과는 달리 겉으로는 아무런 미동도 없이 솔론은 조용히 듣고만 있었다. 그런 솔론을 바라보며 소투는 계속 말을 이었다. 두 사람만 야르 부족의 품으로 오면 누구의 아이든 희생하지 않아도 되고, 앞으로도 람보르 부족에게 그 어떤 피해도 가지 않도록 하겠다는 게 제안의 요지였다. 심지어는 이 사태를 위장하기 위해 거짓으로 다른 아이를 내세워 야르 족장이 원칙을 지킨 것처럼 일을 꾸미겠다는 말도 서슴지 않았다. 등골이 서늘할 정도로 섬뜩한 제안에 가뜩이나 경계하고 있는 솔론의 오감이 예민하게 반응했다. 이렇게나 엄청난 제안이라면 이는 분명 소투의 생각만은 아닐 것이었다. 야르 족장과 긴밀하게 의논하고 온 것이 분명했다.

그 순간 솔론의 머릿속에는 재무르가 떠올랐다. 혹시 재무르도 한통속인 게 아닐까, 이 계략이 재무르의 머리에서 나온 것이 아닐까도 싶었다. 따지고 보면 그럴 가능성은 충분했다. 자기 혼자서만 부족을 떠나 야르 족장을 위해 일하는 게 재무르는 늘 마음에 걸렸을 것이었다. 그동안 솔론과 툼바를 바라보는 눈빛에서 왠지 모를 미안함이 계속 느껴졌던 것도 그런 이유가 아닐까 싶었다. 그러니 두 사람을 끌어오면 자기 혼자만 배신했다는 낙인에서 벗어나 조금 더 자유로울 것이었다. 이는 충분히 생각할 수 있는 타당한 가정이었다. 그리고 이를 차마 자기 입으로 말하기 어려우니 소투라는 사람을 보낸 것이리라, 솔론은 그렇게 결론지을 수밖에 없었다.

소투와의 어색하고 불편한 만남은 금방 끝났다. 그가 말을 다 마쳤음에도 솔론이 한마디 대꾸나 질문도 없이 물러앉았기 때문이었다. 어색한 침묵을 견디지 못한 소투는 한번 잘 생각해보라는 말을 남기고 올 때와 마찬가지로 조용히 사라졌다.

참으로 혼돈의 연속이었다. 툼바가 부족의 마을로 돌아간 후 혼자 남은 자신한테 더 잘해주는 재무르의 마음을 떠올려보았다. 처음엔 짐작하기 어려웠지만, 소투의 말처럼 솔론과 툼바를 끌어들이려는 의도라면 충분히 이해할 만도 했다. 그런 재무르 앞에서 무엇이 되었든 쉽게 내색할 수도 없고, 상의한다는 건 있을 수도 없는 일이기에 솔론은 생각에 생각을 더하며 깊은 고민에 빠져들었다.

재무르도 그 나름대로 한 가지 고민에 빠져 있었다. 사실 툼바가 떠나면서 던진 마지막 말이 내내 재무르의 가슴에 얹혀 있기 때문이었다. '하나밖에 없는 제 자식을 바친다고? 그것도 이제 태어난 지 몇 달 안 된 갓난아이를?' 대체 툼바가 제정신인가 싶었다. 물론, 이해할 수 없을 정도는 아니었다. 그렇게 해서라도 자기의 죄를 씻고 양 부족 사이에 일어날 수 있는 끔찍한 일은 막겠다는 책임감과 희생정신 앞에서는 놀랄 정도로 경외심이 든 것도 사실이었다.

재무르가 보기에 툼바는 아직도 어리게 보일 정도로 젊었다. 그런데 나이에 걸맞지 않게 지혜로우면서 듬직하고 단단했다. 오랜 시간 동안 광야에서의 수행을 겪었던 재무르로서도 툼바의 생각과 행동의 근원이 과연 무엇인지 궁금했다. 하지만 그런 생각에만 빠져 있을 만큼 상황은 한가하지 않았다.

그들을 둘러싼 상황은 긴박하게 흘러갔다. 재무르는 어느 순간부터인가 솔론이 자신을 경계하는 듯한 느낌을 받았다. 여러 가지 상황이 겹치자 재무르는 혼란스러웠다. 꼬여있는 실타래를 어떻게 풀어야 할지 분간하기 어려웠다. 보일 듯 보이지 않고, 잡힐 듯 잡히지 않는 작은 실마리일지라도 붙들어야 했다.

확실한 것은 이 어려운 국면에서 반드시 그가 해야 할 일이 있다는 것이었다. 그게 어떤 일인지 아직 확실하게 와 닿지는 않지만 분명 나서야 할 때가 오리라는 건 분명했다.

무엇보다도 두 족장의 성격과 특성을 너무나도 잘 알고 있는 단 하나의 인물이 자신이기에 어떻게 해서든 참혹하고 극단적인 상황으로 치닫는 건 막아야만 한다고, 그걸 할 수 있는 사람은 자신밖에 없다고 마음을 다졌다.

태생인 람보르 부족을 위해서나, 지금 몸담고 있는 야르 부족을 위해서나 쉽지 않은 선택의 연속일 테지만 반드시 해야만 하는 일임을 알고 있었다. 그것도 때를 놓치지 않아야 했다. 살아오면서 누구보다도 많은 일을 겪어온 재무르에게도 선택이라는 건 닥칠 때마다 쉽지 않았다. 이는 사람이 태어나면서부터 죽을 때까지 떨어지지 않고 항상 옆에 붙어있는 그림자와도 같다고 여겼다.

매일의 일상에서 습관적으로 하는 일도 따지고 보면 선택의 연속이다. 그러다가 새로운 일에 맞닥뜨리면 평소에는 잘 작동되지 않는 날카로운 본능이 젤 먼저 알아차린다. '지금이 바로 선택의 시간이야', 라고 마치 누군가가 알려주는 듯이.

누구보다도 승부욕이 강한 재무르의 경우는 매 순간 그 느낌이 더욱 강렬했다. 그가 지금까지 거쳐오고 택했던 선택의 결과는 명확하게 갈라졌다. 원하든 원하지 않든 결과에 대한 책임은 오롯이 자신이 짊어져야만 했다. 늘 선택하는 사람이 주도권을 쥐고 있는 것으로 알았으나, 따지고 들어가면 그렇지 않은 경우도 많았다. 은연중에 강요된 선택들, 어쩔 수 없이 선택해야 하는 상황들이 많다는 걸 알았다. 옳으냐 그르냐, 좋으냐 나쁘냐, 성공이냐 실패냐, 만족하냐 만족하지 않느냐 등 쉴새 없이 던져지는 문제도 이 범주에서 벗어날 수 없었다.

다만, 재무르에게 남다른 점이 있다면 그 어떤 선택이든 맹목적으로 끌려다니거나 굴복하지 않았다는 것이었다. 오히려 그 안에 담긴 갈등의 상황을 즐기기까지 했다. 누구보다도 강한 승부사적 기질을 타고난 재무르는 극명하게 갈라지는 이분법적 결과가 가져오는 희열의 맛과 쓰라린 결과를 제대로 알고 이용했다.

물론, 그렇게 되기까지는 남몰래 많은 아픔을 겪어내야만 했다. 선택의 문제도 운에만 달려 있지 않고, 노력의 영역 안에 있음을 다른 사람보다도 일찍 깨달았다. 그래서인지 치열한 노력 끝에 그의 눈앞에 다가오는 그 어떤 선택의 순간에서도 당당할 수 있었다.

그중에서도 가장 큰 사건이라고 할 수 있는 부족의 둥지를 뛰쳐나온 일도 온전히 재무르 그 자신의 선택이었다. 선택을 넘어 과감한 결단이었다. 아니, 그것은 어쩌면 단순히 하나의 선택이나 결단을 넘어 야생의 한 가운데로 자신을 내던지는 일생일대의 도박이었다. 그 도박에서 재무르는 쓰러지거나 실패하지 않았다. 온갖 시련과 역경을 딛고 버텨냈으며, 지금까지는 만족할 만한 결과로 이어졌다. 그 끄트머리에서 야르 족장을 만난 것이 대단한 행운이라고 할 수 있었다.

재무르는 그날을 생생하게 기억했다. 어느 날인가 평소와 다름없이 들판을 헤매고 다니다가 외양이 낯설고 생소한 야르 부족을 만났다. 재무르는 그들을 몰랐지만, 야르 부족원은 재무르가 그들의 사냥터 여기저기에 무수한 흔적을 남긴 사람이라는 걸 금방 눈치챘다. 이내 사냥을 중단하고 재무르를 그들의 족장에게 데려갔다. 야르 족장은 그동안 몹시 궁금해하며 찾았던 재무르를 발견했다는 소식에 기뻐했고, 일말의 경계심도 없이 기꺼이 받아들였다.

뜻하지 않게 야르 족장을 만난 재무르는 그 만남을 운명이라 여기며 야르 부족에서 새로운 삶을 시작했다. 출중한 능력으로 인해 얼마 지나지 않아 곧 두각을 나타냈다. 모든 면에서 그들을 능가했기에 금방 야르 족장의 신망을 얻을 수 있었다. 간혹 시기하거나 반감을 갖는 사람도 있었지만 야르 족장의 준엄한 명령 때문인지 겉으로 크게 드러나는 갈등은 없었다. 무엇보다도 야르 족장은 그를 곁에 두면서 세상을 두루 알아가는 데 활용했다.

재무르가 본 세상은 그들이 본 것과 달랐다. 짧지 않은 시간 동안을 홀로 지내며 곳곳을 두루 섭렵한 재무르의 경험과 지식은 그 누구도 따라갈 수 없었다. 그의 입에서 나오는 말은 늘 처음 듣는 이야기로 가득했다. 재무르의 탁월한 식견과 지혜에 흠뻑 빠져든 야르 족장은 밤마다 그의 이야기를 듣느라 잠도 미룰 정도였다. 그렇게 열흘 밤이 지나가고, 백일 밤이 흘렀다.

세상에 비밀은 없었다. 야르 족장의 이러한 모습이 동굴의 벽을 뚫고 새어나가 사람들의 입에 오르내리면서, 재무르의 이야기에 흥미를 느끼고 이를 듣고 싶어 하는 사람들이 여기저기서 하나둘 몰려들었다. 재무르는 야르 부족의 삶에 완전히 녹아들었고, 없어서는 안 될 중요한 사람으로 자리 잡았다.

시간이 더 지나자 출중한 능력을 지닌 재무르를 야르 부족원은 자기들과는 다른 사람이라고 여겼으며, 심지어는 앞을 내다보는 능력까지 갖춘 신비로운 사람으로 떠받들었다. 밤이 되면 남몰래 고깃덩이나 먹을거리를 챙겨 와서 자기들의 앞날이 어떻게 될지 물어보는 사람까지 생겨났다. 한 치 앞도 내다볼 수 없는 불확실의 시대였기에 그 막연한 불안감을 해소하고 싶은 본능이 그들의 맘속에서 쉴 새 없이 꿈틀거렸다.

비록 야심이 크고, 욕망을 주체할 수 없어 람보르 부족을 떠났지만 재무르는 선한 사람이었다. 남을 속이거나 해치려는 마음은 품지 않았고, 다른 사람에 대한 험담이나 분노에는 절대 동조하지 않았다. 찾아온 야르 부족원에게는 오직 자기 자신의 마음을 다스리는 데 집중하라고 조언했다. 타인과의 관계 속에서 힘들어하는 이들에게 모든 것의 원천이자 본질은 곧 자신의 마음임을 깨닫도록 일깨워줬다. 그것은 다른 사람을 향한 조언 이전에 자신에 대한 고백이자 다짐이기도 했다. 혈기왕성하던 시절 주체할 수 없어 참지 못하고 떠나버린 회한과 과오에 대한 속죄임을 재무르 스스로 자각하고 있었다.

그렇게 저마다의 향기를 머금은 꽃이 피고 지고, 색색의 빛깔과 세기를 품은 바람이 들고 나며 시간이 지나가고 세월이 흘러갔다. 재무르는 야르 부족의 여자인 쓰화와 부부의 연도 맺었고, 어느덧 야르 족장을 가장 가까이에서 돕는 측근의 위치에까지 오르게 되었다.

물론, 그 과정이 말처럼 순탄한 것만은 아니었다. 재무르의 존재가 점점 부각되자 일부에서는 보는 시선이 노골적으로 달라지기도 했다. 그중에서도 딱한 사람이 송곳처럼 뾰족하게 눈에 들어왔다. 주추르라는 자였다. 나중에야 알았지만 주추르는 재무르가 나타나기 전까지 야르 족장의 총애를 받고 있었다. 똑똑하고 부지런한 그는 사냥 실력도 뛰어날뿐더러 야르 부족의 살림을 도맡아 하면서 족장은 물론 부족원 모두로부터 신망을 얻고 있었다.

하지만 재무르가 나타나고 나서는 상황이 달라졌다. 족장의 신임이 재무르로 옮겨가자 주추르는 안절부절했다. 지금까지 성실하게 쌓아 올린 모든 것이 한순간에 물거품이 되는 것은 아닌가 고심하면서 족장과 재무르의 눈치만을 살피기 시작했다. 그의 조급한 심정은 당장 사냥에서도 드러났다. 어떤 일이든 성과에 급급해하면서 초조해하면 자기도 모르게 서두르게 되고, 쉽게 허점이 드러나기 마련이었다. 주추르가 그랬다. 빼앗긴 자리를 되찾으려는 데만 혈안이 된 나머지 사냥을 할 때마다 무리한 행동이 잇따랐다.

결국 엄청난 사건이 벌어지고 말았다. 그날은 야르 족장이 직접 참가하는 큰 사냥 날이었다. 어떻게 하면 만회할 수 있을지 노리고 있던 주추르가 족장이 보는 앞에서 어이없는 짓을 저지르고 말았다.

그날 사냥감은 들소인데, 족장의 사냥 개시 신호가 떨어지기 전에 주추르가 먼저 들소 무리로 접근해 들어갔다. 부족원이 미처 포위망을 이루지 못했음에도 주추르는 양손에 돌창과 나무창을 들고 따로 떨어져 있는 들소 한 마리에게 돌진했다. 하지만 불행히도 급소를 정확하게 찌르지 못한 탓에 날뛰는 들소에게 가격당해 크게 다치고 말았다.

불행은 거기서 끝나지 않고 다른 곳으로 번졌다. 흥분해 날뛰는 들소가 무리를 자극하는 바람에 들소들이 사방으로 거세게 흩어지면서 사냥을 나간 부족의 젊은 청년이 성나서 날뛰는 들소에게 들이받혀 목숨을 잃는 안타까운 일이 벌어지고야 말았다.

당연히 사냥은 중단되었고, 대실패로 돌아갔다. 아울러 부족원의 사기는 땅에 떨어졌다. 젊은이가 죽고, 주추르까지 부상을 당하자 야르 족장의 진노는 하늘까지 뻗쳤다. 신속하게 치료를 받고 회복한 주추르는 규칙을 위반한 죄로 동굴에 감금되었고, 자신의 실수로 인해 숨져간 부족 청년의 장례식에도 참석하지 못했다.

주추르는 열흘 남짓 갇혀 있다가 풀려났다. 그러나 야르 부족의 비극은 그게 끝이 아니었다. 모두를 또 한 번 놀라게 하는 충격적인 일이 벌어졌다. 감금에서 풀려나온 날 밤 주추르는 스스로 목숨을 끊었다. 그는 갑작스럽게 달라져 버린 상황을 쉽게 받아들일 수 없었다. 조바심에 공을 세우려다가 실수로 부족원을 죽게 했다. 그리고 끝내 자책감을 견디지 못한 끝에 동굴 밖 정면에 있는 큰 나무에 목을 맨 것이었다. 하필이면 그 나무는 야르 부족이 가장 신성시하는 나무였다. 당시 주추르가 나무에 매달린 모습이 부족원에게 얼마나 큰 충격을 주었는지 누구도 선뜻 나서서 주검을 수습할 엄두를 내지 못했다.

야르 족장은 오히려 수습하지 말라고 명령했다. 많은 새가 나무에 매달린 그에게 달려들었고, 곁을 지키는 부족원은 그때마다 나무를 휘둘러 쫓아낼 뿐이었다. 모두 야르 족장의 숨은 의중을 눈치챘다. 그래도 그의 마지막은 야르 족장이 손수 챙겼다. 직접 장례 의식을 주관했다. 주검은 부족의 무덤 중에서도 가장 양지바른 곳에 묻혔다.

모두가 놀랄만한 사건이었지만 그중에서도 가장 큰 충격을 받은 건 재무르였다. 야르 부족 내에서 주추르의 활약을 익히 들었고, 난데없이 나타난 재무르를 그가 특히 의식하고 있다는 것 또한 알고 있던 차라 그의 죽음이 남의 일 같지 않았다. 꼭 자기 때문일 거라는 마음이 들었다. 대놓고 말은 못 하지만, 뒤에서 눈치 보면서 재무르가 그를 죽게 만들었다고 수군대는 사람도 있을 거라 생각했다.

부족을 떠나와 새로운 곳에서 자리를 잡았다 싶었는데, 본의 아니게 누군가를 죽게 했다는 사실에 재무르는 낙담했다. 어디에 하소연할 데도 없고 가슴만 답답했다. 대체 자기 앞에 놓인 길들은 왜 이리 험하기만 한 것인지 하늘이 원망스럽고, 자신을 외면하거나 힘들게만 끌고 가는 운명이 야속하기만 했다.

그럴 때 재무르에게 힘이 되어준 사람이 야르 족장이었다. 족장은 상심한 재무르를 깊이 품어주었다. 그러한 배려가 재무르로 하여금 더 이상 물러날 곳이 없게 만들었다. 오직 족장을 위해서 충성을 다하기로 굳게 다짐한 이후, 재무르는 그때까지의 삶과는 다른 더 높은 경지를 향해 나아가기 시작했다.

족장 외에 재무르에게 큰 힘이 되어준 또 한 명의 사람이 바로 그의 짝이 된 쓰화이다. 부족의 젊은 여자 중에서 야르 족장이 직접 뽑아 재무르와 부부의 연을 맺어주었다. 맑은 눈빛과 따뜻한 마음을 가진 쓰화는 매사에 차분하면서도 때론 열정적이어서 재무르와 매사에 잘 통한다.

쓰화와 처음으로 한 방에 드는 날, 재무르의 머릿속에 떠오른 사람은 놀랍게도 람보르였다. '람보르는 지금쯤 혼인했을까? 혼인했다면 그의 배필은 누구일까?' 람보르 족장이란 존재는 재무르의 머릿속에서 사라지지 않은 채 늘 자리 잡고 있었다. 그런 람보르에게 드디어 이렇게 멋진 여자를 만났노라고 큰 소리치면서 쓰화를 자랑하고 싶기도 했다.

쓰화를 만나고 나서야 비로소 재무르는 제대로 된 안정을 찾았다. 야르 족장의 그늘에서 제법 많은 시간이 지났음에도, 물에 뜬 기름처럼 이방인일 수밖에 없는 재무르의 채워지지 않는 깊은 외로움을 쓰화는 섬세하게 어루만지며 보듬고 달래주었다.

그 이후 재무르의 삶은 순탄했다. 부족원 사이에서도 점차 많은 신망을 얻었다. 재무르를 찾는 사람들은 갈수록 늘어났고, 족장의 신임도 커져만 갔다. 더이상 바랄 것이 없는 날들이 이어지던 중 안타까운 사건이 벌어진 것이었다.

재무르는 이번에 일어난 일이 그의 운명을 좌우할 것임을 직감했다. 양 부족이 아무런 불만이나 큰 피해 없이 잘 해결된다면 그의 입지는 훨씬 더 탄탄해질 것이나, 만약에 그렇지 않으면 가장 곤경에 처할 사람이 자신이라는 걸 알았다. 지금은 족장이 전폭적인 신임을 보내고 있지만, 결정적인 순간이 오면 어떻게 변할지 아무도 몰랐다. 그건 상황과 능력 이전에 태생의 문제였다. 재무르가 야르 부족이 아니라 람보르 부족이라는 것은 변할 수 없는 엄연한 사실이었다.

재무르는 누구보다도 이 사태가 잘 해결되길 원했다. 쉽지는 않지만, 어떤 경우에도 양측에 심대한 피해를 주는 싸움으로까진 번지지 않기를 진심으로 바랐다. 툼바가 잠시 람보르 마을로 돌아간 후 발 빠르게 움직인 것도 그런 이유였다. 매일 솔론을 찾아가 야르 부족과 람보르 부족의 상황에 대해 이야기를 주고받으며 의견을 나눴고 그들을 둘러싼 상황과 돌아가는 판세를 가늠했다.

재무르에게 쉽게 마음을 열지 않고, 그의 정체에 대해 여전히 혼란스러워하던 솔론은 야르 부족의 상황을 숨김없이 다 털어놓고 알려주는 그를 보면서 마침내 마음의 문을 활짝 열었다. 남아 있던 일말의 경계심도 어느새 봄눈 녹듯이 사라져 버렸고, 이제는 오히려 재무르에게 의지하는 마음이 더 커졌다.

사실, 솔론의 마음 한구석에도 불안감이 조금씩 생기고 있었다. 만약에 툼바가 돌아오지 않는다면 야르 족장이 자신을 절대 살려두지 않을 것이 확실했기 때문이었다. 물론 람보르 족장이나 툼바가 자신을 버려둘 리 없다고 확신했지만, 상황이 긴박하다 보니 부지불식간에 그런 생각이 떠오르는 건 막을 수 없었다.

그래서 그랬을까, 재무르의 표정이나 말투에서도 솔론을 염려하는 기색이 엿보였다. 사람의 마음은 그토록 간사했다. 누구보다도 심지가 굳은 솔론이지만 시간이 흐르면서 마음이 흔들렸다. 심지어는 툼바가 다시 돌아오지 않는다면 어떻게 할 것인지를 두고 재무르에게 구체적으로 상의하기까지 했다.

그건 재무르도 마찬가지였다. 솔론과 대화를 이어가면서 자기 역시 초조해하고 있다는 걸 느꼈다. 오죽하면 나무에 매달려 죽은 주추르가 머릿속에 떠올려지기까지 했다. 여전히 진한 상처로 남아 있는 그 기억은 사람이 초조해하면 어떻게 되는지를 선명하게 알려주고 있었다.

같은 부족의 청년인 솔론을 아끼는 재무르이기에 그는 자신이 겪은 주추르와의 사이에서 있었던 뼈아픈 경험을 털어놓으면서 솔론의 초조함은 물론, 자기 자신의 마음도 어루만지고 달랬다. 그러면서 솔론에게 분명하게 말했다. 어떠한 경우라도 믿어야 할 사람은 믿어야만 한다고.

그 뒤에 이어진 말은 솔론의 마음을 완전히 사로잡았다. 사람에 대한 믿음이 설령 배신이나 죽음으로 되돌아올지라도 결코 인간의 길에서 벗어나선 안 된다는 것이었다. 솔론은 잠시나마 흔들렸던 자기 자신을 탓했다. 부끄러웠다.

그들을 둘러싼 세상은 그렇게 한 치 앞도 알 수 없는 안개에 휩싸였다.

한편, 툼바에게 결국 엉뚱하고 황당한 일이 닥치고야 말았다. 그 일은 티아라로부터 시작되었다. 여러 사람의 노력으로 근거 없는 소문은 잦아들었지만 딱 한 명, 티아라의 마음에는 앙금이 남았다. 티아라는 사냥 실력도 뛰어났고, 친화력도 남달라서 부족의 누구와도 두루 친하게 지내며 나름대로 인정받지만, 다른 능력은 솔론이나 툼바와 견줄 수 없었다. 그런데도 야심은 컸다. 자기 앞에 놓인 이익 앞에서는 철저하게 계산적이고, 집요할 정도였다.

소문에 휩싸여 한바탕 소동을 피웠던 티아라가 어느날 밤늦게 툼바의 집을 찾아왔다. 이상한 일이 아닐 수 없었다. 늦은 밤이 되면 부족원은 거의 왕래를 하지 않았다. 늦도록 함께 어울릴 수 있는 때는 사냥이 있는 잔치나, 혼인 등 좋은 일이 생겨 족장이 특별히 허락하는 경우 말고는 거의 없었다. 그런데 갑자기 티아라가 찾아왔으니 툼바로서는 당황할 수밖에 없었다.

미심쩍어하면서 불안해하는 미르셀의 마음을 달래고는 문을 나섰다. 집 앞 공터에 있는 나무 밑으로 가서 자리 잡았다.

"티아라, 무슨 일이예요? 이 밤에."

"툼바, 밤늦게 미안해. 하지만 도저히 못 참을 것 같아서 이렇게 왔어."

"못 참다니요? 무엇을요?"

툼바는 짐작하고 있었지만, 짐짓 모른 체하며 물었다.

"길게 끌지 않고 바로 말할게. 난 죽어도 내 아들을 내놓을 수 없어. 내가 죽으면 죽었지 내 아들만은 안 돼. 한번 생각해봐. 이건 엄연히 툼바가 저지른 일인데 내 아들이 죽는다는 건 말도 안 되잖아. 안 그래? 이렇게까지 야박하게 말하고 싶지는 않지만, 솔직한 내 심정이야."

어느 정도 예상했지만, 막상 눈앞에서 듣고 보니 어이가 없었다. 그럼에도 툼바는 평정심을 잃지 않으려고 애썼다.

"네. 그래요. 당연히 그러시겠죠. 그 마음 충분히 이해해요. 하지만…"

툼바의 입에서 하지만, 이라는 소리가 흘러나오자 생각지도 않게 티아라가 갑자기 발끈하면서 툼바의 말을 가로막았다.

"하지만, 이라니 그게 뭔 소리야. 다른 말이 왜 필요해?"

시비를 걸듯이 순식간에 티아라의 목소리가 높아지고, 거칠어졌다.

"티아라, 흥분을 가라앉히세요. 제가 차근차근 말씀드릴게요."

"다른 말 다 필요 없고, 결론만 얘기해. 내 아들은 절대 안 돼."

"네. 저도 결론만 말씀드릴게요. 티아라의 아들 테미는 안 죽어요. 테미를 보낸다고 누가 그래요? 족장님이나, 저와 미르셀 그 누구의 입에서도 테미 이름이 나온 적이 없어요. 절대 그런 일은 없을 거예요."

거기까지여야 했다. 하지만 집요하게 파고드는 티아라는 멈출 줄 몰랐다. 그의 얼굴이 순간 묘하게 일그러지며 여전히 못 믿겠다는 표정이었다.

"그게 사실이라고 쳐. 그렇다면 왜 내 아들 얘기가 계속 떠도는 거야?"

"그건 저도 잘 모르죠. 아마도 야르 부족이 죽은 아이와 비슷한 또래의 아이를 요구했다고 하니까 사람들이 그렇게 지레짐작하면서 소문이 퍼져나간 것이겠죠. 하지만 족장님과 저는 야르 부족의 요구에 그대로 응할 수 없기에 고심하고 있는 거예요. 그러니 제발 엉뚱한 생각은 버리고 마음을 누그러뜨려요."

"그렇다면 다행이야. 그런데 그건 툼바의 생각이고, 아무래도 족장님은 달리 생각하는 것 같아. 야르 부족이 '눈에는 눈, 이에는 이'라고 했다며? 어쩔 수 없는 상황이면 족장님은 비슷한 또래인 내 애를 생각하는 것 같다는 소리가 계속해서 떠돌아다녀. 하여튼 난 안 돼. 절대 안 돼."

"알았어요. 절대 그런 일 없도록 할게요. 족장님에 대한 오해도 푸세요. 누구보다도 잘 아시잖아요. 절대 그럴 분이 아니시란 걸요. 내가 저지른 일이니 내가 해결할게요. 비겁하게 뒤에 숨어서 보고만 있지 않을 거예요."

티아라의 얼굴에 희미하게나마 밝은 표정이 나타났다가 금방 사라졌다. 이제 안심한 모양이었다. 안타까웠다. 이렇게 중대한 상황에서 더 넓게 살피지 못하고 오로지 자기 생각에만 빠져 소문에 집착하는 티아라가 한편으로는 몹시 얄밉기까지 했다.

그러나 그것 역시 이해 못 할 일이 아니었다. 그렇게 반응하는 티아라의 모습을 보면서 상황에 따라 때론 한 발짝 물러서는 것과, 또 어떤 경우에는 한 발짝 더 들어가 보는 것이 필요하다고 생각했다.

"알았으니 이제 갈게. 아무튼 내 말 명심해. 내 아들은 절대 안 돼."

티아라는 한 번 더 쐐기를 박고 자리에서 일어났다. 티아라가 뒤돌아서서 발을 떼는 순간 그때까지 참고 있던 툼바가 더 참지 못하고 말을 건넸다.

결국, 그게 화근이었다.

"저~~~ 티아라. 근데 실망이에요. 티아라가 이런 사람인지 지금까지 전혀 몰랐어요."

그 말에 돌아섰던 티아라가 고개를 돌렸다. 풀렸던 얼굴이 다시 잿빛으로 변하며 험상궂게 말했다.

"얘기 다 끝난 거 아니었어? 실망이라니? 대체 뭐가 실망이라는 거야? 일은 네가 저질러 놓고 나보고 책임지라는 게 말이나 돼. 왜 내 말이 잘못됐어?"

순간 툼바는 예상치 않은 상황으로 흘러갈 수도 있겠다고 생각했다. 그렇다고 해서 칼집에서 뽑은 칼을 그냥 다시 넣을 수는 없는 일이었다. 참아야 한다는 건 알고 있지만, 도저히 그냥 넘길 수 없었다.

"그래요. 티아라 말대로 그 일은 제가 저질렀어요. 그러니 제가 책임지는 게 당연히 맞아요. 다만, 이렇게 부족의 운명을 건 중대한 순간에 티아라는 어떻게 자기 자신과 가족만 생각하는지 놀랐어요. 만약에 싸움이 벌어지기라도 하면 우리 부족이 다 죽어 나갈지도 몰라요. 그런데 어떻게 자기 입장만 생각할 수 있지요? 제대로 확인하지도 않고."

"지금 말 다 했어? 이게 누굴 가르치려고 들어. 내가 있고 부족이 있는 거지, 부족이 있고 내가 있냐? 넌 그렇게 생각하는지 몰라도 나는 아냐. 족장님한테 사실대로 말해도 돼. 내가 먼저 살고 봐야겠다. 왜? 그러면 안 돼?"

티아라의 말이 점점 더 거칠어지고 있었다. 그런 뜻이 아닌데 말이 통하지 않았다. 티아라의 실체를 알고 나니 툼바도 그냥 물러서고 싶지 않았다.

"거듭 말하지만, 우리 부족이 야르 부족과 싸우게 되면 어떻게 될지 아무도 몰라요. 부족원 모두가 죽을 수도 있어요. 그래서 어떻게 해서든 싸움이 일어나지 않도록 노력하고 있는 것 안 보여요? 저는 야르 족장에게 무릎 꿇고 제 목숨을 거둬달라고까지 한 사람이에요. 그런 제 앞에서 어떻게 그런 소릴 할 수 있어요?”

“왜, 하면 안 돼? 네 말대로 네가 저지른 일로 싸움이 일어날 수도 있는 상황이니 네가 책임지면 될 거 아니야. 네가 죽든지, 아니면 루미를 바치든지, 그건 내가 알 바 아니고.”

티아라가 마지막 선을 넘자 순간 툼바의 눈앞에 번쩍하고 번개가 쳤다. 그의 입에서 끝내 나오지 말아야 할 루미의 이름이 들먹여진 것이다. 이제는 더 이상 참을 수 없었다.

“뭐라고? 지금까지는 내가 예를 갖춰서 대했는데 이제는 도저히 참을 수 없어. 내가 언제 당신 아들 테미를 바치라고 했어? 안 했다고 몇 번이나 말했잖아. 그래 당신 말대로 내가 저지른 일이니 내가 죽든지, 내 아들 루미를 바치든지 하려고 했어. 그 마음은 지금도 변함이 없어. 그런데 어떻게 당신 입에서 내 아들 루미 이름이 나와. 내가 잘못한 것은 맞지만 당신 아들이나 내 아들이나 다 아무 죄가 없잖아. 그런데 당신 아들은 죽으면 안 되고, 내 아들은 죽어도 된다는 거야? 그러고도 당신이 사람이야?”

툼바는 티아라에게 달려들었다. 이미 자제력을 잃은 두 사람은 온몸으로 치고받았다. 툼바가 이렇게까지 흥분한 적은 없었다. 하지만 이번에는 도저히 참을 수가 없었다. 지금도 사지(死地)를 넘나들면서 누구보다 마음고생을 하고 있고, 더군다나 솔론은 아직도 야르 부족에게 잡혀 있는 상황이었다. 그런 걸 뻔히 알면서도 위로해주지는 못할망정 망언을 퍼붓는 이기적인 티아라의 모습에 그만 참고 참았던 감정이 한순간에 폭발하고야 만 것이었다.

몸싸움이 점점 더 격해졌다. 툼바는 강했지만, 티아라도 만만하지 않았다. 체격이 좋고 사냥 실력도 뛰어난 티아라는 조금 더 젊은 툼바에게도 밀리지 않았다. 그들의 싸움은 마치 맹수들의 다툼과도 같았다. 서로 잡았다가 주먹을 휘두르곤 곧 떨어졌다. 함께 쓰러졌다가는 또 일어나 주먹을 휘둘렀다. 두 사람이 붙었다가 떨어질 때마다 주위에 있는 나무도 흔들렸고, 거센 바람을 맞은 듯 땅에서는 먼지가 일었다. 맨주먹으로 싸우는 바람에 서로의 얼굴은 금방 부어올랐다. 그대로 놔뒀다가는 어느 누가 완전히 쓰러질 때까지 끝나지 않을 것 같았다. 내지르는 고함과 신음도 갈수록 더 커졌다.

마침 시간이 많이 지났는데도 툼바가 들어오지 않아 밖에 나와 서성거리던 미르셸의 귀에 그 소리가 들렸다. 미르셸은 그리 멀지 않은 곳에서 두 사람이 서로 싸우고 있음을 눈치챘다. 서둘러 달려나가 소리치며 뜯어말리는 바람에 두 사람은 겨우 떨어졌다.

티아라는 씩씩대며 뒤도 돌아보지 않고 그 자리를 떠났다. 어두운 밤을 가르는 두 사람의 거친 숨결이 야생에서의 삶을 더 극적으로 보여주고 있었다.

온몸이 흙투성이인 데다 군데군데 상처까지 난 툼바를 보며 미르셸의 가슴은 미어질 듯했다. 그동안 모든 고통을 혼자 지면서 참아왔을 텐데 얼마나 억울하고 힘들었으면 이렇게까지 했을까, 라고 생각하니 뜨거운 눈물이 연신 터져 나왔다.

엉엉 울고 있는 미르셸을 바라보는 툼바의 눈에서도 이내 굵은 눈물이 흘러내렸다. 그것은 제 목숨을 바쳐서라도 반드시 지켜야만 할 무언가가 있는 남자의 눈물이었다. 그렇게까지 되어버린 현실이 서러워서, 사랑하는 여자의 눈에서 눈물 나게 한 게 못내 미안해서 흘리는 눈물이었다.

흙과 땀과 눈물로 뒤범벅된 툼바의 품 안으로 미르셸이 파고들었다. 그 순간 지나가는 바람이 나뭇잎 날개를 벌려 달빛을 가려주었다. 어둠 속에서 끌어안은 두 사람을 오롯이 감추고 지키면서 한참을 그렇게 있어 주었다.

집으로 돌아온 미르셸은 정성껏 툼바를 치료했다. 다시 야르 부족에게로 돌아가야 하는데 상처가 난 상태로 가서는 안 될 일이었다. 다행히도 크게 부러지거나 다친 곳은 없었다. 눈 주위만 약간 찢어지고 부어올랐을 뿐이었다. 아마도 다쳤으면 티아라가 더 다쳤을 것이었다. 은근 걱정이 되었지만, 지금은 툼바에게만 신경 쓰면 될 일이었다. 그가 어떤 심정이었는지 말 안 해도 잘 알고 있기에 미르셀은 아무 말 없이 보살폈다.

툼바는 미안한 마음에 말 한마디 하지 못하고 있었다.

미르셀은 집 안 구석에 숨겨둔 큰 새의 알을 꺼냈다. 희고 둥그런 알이 손안에 꽉 찼다. 며칠 전 나물을 뜯으러 갔다가 발견했다. 그 알을 툼바의 눈자위에 굴렸다. 왔다 갔다 하면서 부드럽게 상처를 달랬다. 이렇게 계속 문지르고 있으면 붓기가 금방 빠질 것이었다. 이 또한 할머니가 가르쳐준 지혜였다. 미르셀의 정성으로 인함인지 조금씩 시간이 지나면서 멍들었던 툼바의 눈자위는 가라앉았다.

마음도 몸도 어느 정도 가라앉자 그제야 미르셀의 입이 열렸다.

"왜 그랬어요? 당신답지 않게."

그 말이 무겁게 툼바의 마음을 파고들었다. 누구보다 속상할 텐데도 원망이나 질책은 들어있지 않았다. 티아라와 나눈 대화를 옆에서 다 들어 알고 있는 듯했다.

툼바는 자신의 행동이 부끄러워졌다.

"미안해요. 내가 당신에게 부족한 모습을 보여주었어요. 족장님이 이 사실을 아신다면 얼마나 실망하실까요? 순간적으로 참을 수 없었어요. 지금 와서 생각하니 왜 더 참지 못했는지 후회스럽지만, 그때는 그럴 수밖에 없었어요. 변명 같지만 진짜예요"

티아라가 루미를 입 밖으로 꺼냈다는 말은 하지 않았지만, 미르셀은 짐작하고도 남음이 있었다. 웬만해선 화를 잘 내지 않는 툼바가 그렇게까지 격분했을 때는 분명 티아라가 어떤 원인을 제공했으리라고 생각했다.

"당신 마음 잘 알아요. 왜 그렇게까지 화가 났는지 말 안 해도 난 알 수 있어요. 잘했어요. 그나마 더 크게 번지지 않고, 많이 다치지 않아서 다행이에요. 당신은 앞으로 우리 부족을 위해 큰일을 할 사람이니 매사에 진중해야 해요.

두 번 다시는 이런 일이 일어나지 않도록 신경 쓰세요.”

툼바의 마음속에서 다시 뜨거운 그 무엇이 치솟고 있었다. 어떠한 행동을 하더라도 이해해 주고, 격려해 주는 사람이 옆에 있다고 생각하니 든든했다. 미르셀의 이러한 말과 태도가 사람에게 얼마나 큰 위로를 주는지, 얼마나 큰 힘이 되는지 알고 있었다. 무엇보다도 부족을 위해 큰일을 할 사람이라는 말에 그의 위치를 다시 한번 돌아보게 되었다. 다시는 이런 일이 일어나지 않도록 신경 쓰라는 말을 가슴에 깊이 담았다.

툼바는 옆에 있는 루미를 내려다보았다. 아무것도 모르고 똘망똘망한 눈망울로 툼바를 쳐다보고 있는 루미를 안아 올렸다.

“루미야, 아빠가 약속할게. 이 아빠가 죽는 한이 있더라도 너와 엄마를 지킬 거라고. 알았지. 내 아들 루미야!”

툼바의 목소리가 떨리면서 어깨가 들썩였다. 어린 자식을 품에 안고 억지로 울음을 참아내는 툼바를 바라보는 미르셀의 마음도 찢어지는 듯했다. 그날따라 한없이 좁아 보이는 툼바의 등에 가만히 얼굴을 기대었다.

한편, 집으로 돌아온 티아라는 좀처럼 분을 풀지 못했다. 상처를 치료해 주며 걱정하는 오르미의 말도 듣지 않고 이리저리 왔다 갔다 하면서 한참 동안 씩씩거렸다. 그러더니 이내 다른 집으로 달려가 사람들을 불러 모았다. 모두가 잠든 밤에 그렇게 모인 적이 없었는데 금세 모여든 사람들이 티아라의 좁은 집 안에 가득했다. 모인 사람들도 돌아가는 상황이 궁금하기도 했고, 내심 불안했던 차에 티아라가 부르니 쏜살같이 달려온 것이었다.

사람들은 들어오면서 티아라의 부어오른 얼굴을 보고 모두 놀랐고, 어찌 된 일이냐면서 한 마디씩 건넸다.

얼추 사람들이 모이자 티아라가 말을 꺼냈다.

“이 밤에 이렇게 모이라고 해서 미안해요. 내 꼴이 조금 우습죠? 그런 일이 있었어요.”

티아라는 그동안에 있었던 일을 자기만의 입장에서 털어놓았다.

"그래서 내가 직접 툼바를 찾아갔다가 이렇게 된 거예요."

"아니, 이게 말이 되는 상황이야? 무릎 꿇고 엎드려서 용서를 빌어도 부족한 판에 저보다 나이 많은 티아라한테 덤벼들었다고? 제 놈이 뭘 잘했다고 덤벼들긴 덤벼들어? 이거 그냥 넘어갈 수는 없어. 반드시 짚고 넘어가야 해. 족장님한테 가서 다 말하고 부족 차원에서 혼을 내야 할 걸세."

"맞아요. 이건 있을 수 없는 일이예요. 지금 제가 저지른 일 때문에 부족 전체가 살얼음판을 걷는 상황인데 어디 감히 이런 짓을 할 수가 있어요."

"툼바가 기고만장해서 그래요. 족장님이 인정해 주고, 모두가 잘한다고 하니까 이게 하늘 높은 줄 모르는 거예요."

급기야 몇몇 눈치 없는 여자들은 미르셀의 이름까지 들먹였다.

"툼바가 이렇게 된 것은 미르셀 탓도 있어요. 족장님이나 부족원이 미르셀을 떠받들어 주니까 그걸 믿고 툼바가 더 기고만장해진 거예요."

그랬다. 말없이 지내왔다고 해서 불만이 없었던 것은 아니었다. 평온한 상태에선 수면 아래에 잠길 뿐이지 어디에나 갈등이 없을 순 없었다. 큰 강의 깊은 물 속에서는 소용돌이도 치고, 물살도 세서 큰 돌멩이까지 쓸고 가기 마련인데 눈에는 그저 유유히 흘러가는 물결만 보이기에 잔잔하다고 여길 뿐이었다.

그러다 보니 이렇게 일이 벌어지게 되고, 말이 한 번 터져 나오니까 여기저기 목소리를 높이는 사람이 생겨나는 것이었다. 대부분 티아라와 친분이 있기에 그의 앞에서 편들려고 하는 것이었을 테지만, 툼바와 미르셀에 대해서 그동안 은근히 시기하거나 질투를 느끼고 있었다는 뜻이기도 했다.

그런 중에도 오르미만은 분위기에 휩쓸리지 않았다. 뭔가 일이 잘못되어가고 있으며, 그 정점에 티아라가 서게 된 것에 막연한 두려움마저 느꼈다. 말들이 더 크게 번져나가자 오르미가 나서서 제동을 걸었다. 사람들을 향해 그런 말 하지 말라며 따끔하게 일침을 놓았다. 툼바와 미르셀이 부족을 위해 얼마나 헌신하고 노력했는지 모르느냐고 면박까지 주었다.

　떠들던 사람들은 슬며시 입을 닫았다.

　한 번 어긋난 티아라의 행보는 좀처럼 멈출 줄 몰랐다. 다음 날도 무엇이 자랑이라고 툼바에게 얻어맞았다는 걸 떠벌이면서 만나는 사람마다 관심을 끌었다. 이러한 티아라의 움직임은 곧 람보르의 귀에도 들어왔다. 평소 같았으면 혈기 왕성한 청년들 사이에서 일어날 수 있는 가벼운 다툼이라고 치부했겠지만, 이번에는 달랐다. 다툼 자체도 문제지만, 그 다툼을 유발한 부족원 간의 심각한 불신과 갈등이 더 큰 문제였다. 아마 모르긴 몰라도 생각보다 많은 부족원이 티아라와 같은 마음을 품고 있을지도 모른다고 생각했다.

　람보르는 이 상황이 위험신호임을 금방 알아챘다. 신뢰라는 건 쌓기는 태산을 이루는 것처럼 어려워도 무너지는 건 큰 둑이 터지는 것처럼 한순간이라는 걸 알았고, 지금이 바로 그 신뢰의 위기임을 느꼈다. 부족원 일부는 툼바를 감싸는 족장에 대해서도 속으로 반감을 품고 있을지도 몰랐다. 지금같은 시기에 내부가 분열되어서는 안 될 일이기에 위기감은 더욱 크게 와 닿았다. 즉시 룽가를 보내 티아라를 불렀다. 더 이상 확대되기 전에 빨리 막아야 했다. 티아라를 그냥 내버려 뒀다가는 더 심각한 상황으로 번질 것이 틀림없었다.

　잠시 후에 얼굴의 부기가 채 가라앉지 않은 상태로 티아라가 들어왔다. 티아라는 람보르 족장의 눈을 마주치지 못한 채 고개를 숙여 인사했다.

　"어서 와라. 티아라!"

　평상시와 다름없이 반갑게 맞아주는 람보르의 인사에도 불구하고 티아라의 표정은 여전히 굳어 있었다.

　"티아라, 내가 어느 정도 얘기 들었다. 툼바하고 싸웠다고?"

　한마디 건네고는 람보르는 티아라를 응시했다. 아쉬움과 안타까움이 진하게 묻어나왔다.

"지금 우리 부족이 큰 위기를 맞고 있는 상황에서 어찌 그렇게 쉽게 행동하는가? 티아라는 내가 아끼는 사람이고, 우리 부족에서 대단히 중요한 위치에 있는 사람인데, 나를 믿는다면 참아야지. 더 이상 나를 실망시키지 말게."

람보르는 족장으로서가 아니라, 티아라를 아끼는 윗사람의 입장에서 말을 건넸다. 말은 온화했지만 무거웠다.

티아라는 한동안 말없이 고개만 숙이고 있다가 침묵이 길어지자 어색했는지 입을 뗐다.

"족장님, 죄송합니다. 입이 열 개라도 드릴 말씀이 없습니다. 하지만..."

말끝을 보니 아직도 가슴 속에 뭔가가 단단히 맺혀 있는 모양이었다. 람보르는 잠자코 티아라를 바라보면서 그의 입이 다시 떨어질 때를 기다렸다.

"하지만, 저는 억울합니다."

"대체 무엇이 억울하다는 건가?"

"지금 들려오는 소문은 온통 제 아들 테미에 관한 얘기입니다. 야르 부족이 툼바가 죽인 야르 족장의 아들과 같은 또래의 테미를 요구한다는 것입니다. 이 말도 안 되는 상황을 제가 어떻게 받아들일 수 있습니까?"

"누가 그런 소릴 하더냐? 누가 테미를 희생할 거라고 너한테 직접 말한 적이 있느냐?"

"아닙니다. 제게 직접 말한 사람은 없는데, 툼바가 돌아오면서 그렇게 약조를 하고 왔다고 너도나도 얘기하고 있습니다."

"그렇다면 네 아내 오르미도 이 사실을 알고 있느냐?"

람보르 족장의 입에서 오르미 얘기가 나오자 티아라는 잠깐 멈칫했다. 왜 묻는 건지 모르기에 순간적으로 난감해하면서 말끝을 흐렸다.

"오르미는..."

"내 이미 그런 움직임을 파악하고 있다. 이번 일이 우리가 예상치 못하게 심각하게 돌아가고 있는 상황에서 우리 부족이 동요되면 안 될 거라 여겨 미르셀과 상의한 끝에 여인들과 아이들이 동요하지 않도록 잘 살피라고 했기에 아마도 오르미는 그 뜻이 무엇인지 잘 알 거라 여겨서 물어봤다. 오르미가 네게 뭐라고 얘기하지 않더냐?"

"네. 그렇잖아도 오르미는 그럴 리가 없다고 했습니다. 족장님이나 툼바, 미르셀이 그렇게 할 사람이 아니라고 말했습니다."

"그럼 그렇지. 오르미는 미르셀과 더불어 내가 부족의 여인 중에서 가장 믿고 있는 지혜로운 사람이다. 티아라 네게 오르미 같은 짝이 있는 것이 얼마나 다행이고 좋은지 나는 늘 대견하고 흐뭇하게 생각하고 있다. 그러니 언제, 어떠한 순간에도 네 짝인 오르미의 말을 믿어라."

"족장님, 그러면 제 아들 테미를 죽이지 않는 것입니까? 확실하게 말씀해 주십시오."

"뭐라고? 티아라 네 이놈!"

그동안 차분했던 람보르의 목소리가 갑자기 높아졌다. 짧은 한마디에 노기가 가득 서렸고, 서늘한 기운으로까지 번져갔다.

"그렇게 얘기했거늘 네 어찌 아직도 알아듣지 못하고 네 가족만 생각하느냐? 그렇다면 너는 네 아들 테미는 안 되고, 다른 누구는 죽어도 된다고 생각하는 것이더냐? 만약에 조금이라도 그렇게 생각한다면 너는 천하에 고약한 놈이다. 우리 부족의 일원이 될 자격도 없다."

생전 처음 들어보는 람보르 족장의 화난 음성에 티아라는 온몸이 덜덜 떨려오면서 어찌할 바를 몰랐다. 그저 고개를 조아리면서 바싹 엎드리는 수밖에 없었다.

"족장님, 그런 뜻은 아닙니다. 저도 자식을 기르는 아비로서 어찌 그런 생각을 할 수 있단 말입니까? 결단코 그렇지 않습니다."

티아라는 바싹 엎드렸다. 거짓은 아니었다. 사실 자기 아들은 안 되고, 툼바의 아들을 포함하여 다른 누구는 된다고 진심으로 생각해 본 적은 없었다. 아무리 툼바가 문제를 일으킨 당사자라고 해도 당연히 그건 아니었다.

그는 연신 머리를 조아리며 거듭 항변했다.

"족장님, 용서해 주십시오. 다시는 그런 오해를 사지 않도록 신중하게 행동하겠습니다. 족장님과 부족원 모두에게 누가 되는 말과 행동을 삼가하겠습니다. 앞으로 일어나는 일도 족장님께서 결정하시면 그 어떤 것도 다 받아들이고 감내하겠습니다. 그러니 제발 노여움을 거두어 주십시오."

람보르 족장이 이렇게 불같이 화를 내기는 전에 없던 일이었다. 그만큼 상황이 심각하다는 뜻이었다. 티아라의 거듭된 간청에 람보르는 이내 평정을 되찾고 입을 열었다.

"티아라, 잘 들어라. 내가 네 맘을 모르는 건 아니다. 네가 저지르지도 않은 일을 두고 네 아들 테미가 오르내린 것만으로도 억울할 것이다. 하지만 그건 뜬소문이 분명하니 네가 휘둘려선 안 된다. 그리고, 조금만 더 넓게 봐라. 네 입장만 말고, 우리 부족 전체의 입장을 말이다. 그렇다면 어떻게 생각하고 행동해야 한다는 것을 알게 될 것이다. 돌아가서 잘 생각해보아라."

그러면서 람보르는 말끝을 흐렸다.

"다만..."

그 뒤의 말이 쉽게 이어지지 않았다. 한참 동안 고개를 숙이고 있던 티아라가 머리를 들어 람보르 족장을 바라보았다. 그는 눈을 감고 미동조차 하지 않았다. 마치 거대한 호랑이가 큰 바위 위에 올라가 앉아있는 듯했다. 평소와는 또 다른 범접할 수 없는 위엄이 족장의 온몸을 감싸고 있었다. 그 뒤에 무슨 말이 이어질지 몰라 티아라는 숨을 쉴 수조차 없었다.

"다만, 그냥 조용히 넘어가기는 어려운 상황이 되었다. 아직 실낱같은 희망이 남아있긴 하지만 그럴 가능성은 대단히 희박하다. 야르 부족의 요구에 언제까지 무대응으로 있을 수만은 없다. 곧 결단을 내려야 한다. 내 너에게 말하노니 나 람보르가 개인의 입장이 아니라 우리 부족을 책임지는 족장의 입장에서 어떤 결정을 내리더라도 따를 수 있겠느냐?"

람보르 족장의 입에서 이제는 차마 거부할 수 없는 말이 흘러나오고 있었다.

"네. 족장님. 족장님의 결정에 따를 것을 맹세합니다."

"그럼 됐다. 언제나 안에 있는 적이 더 무섭다는 걸 명심해라. 지금까지는 우리가 한 번도 싸워본 적이 없지만, 밖에 있는 적보다 더 무서운 게 우리 안의 분열이다. 싸움에서 지는 자들은 먼저 안에서 일어난 분란으로 무너진다는 걸 꼭 명심해라. 이제 가봐라."

깊이 고개를 숙여 인사하고 람보르 족장의 집을 나서는 티아라의 다리가 덜덜 떨렸다. 오랜 시간 동안 무릎을 꿇고 있던 탓만은 아니었다. 내내 람보르 족장의 말이 계속 맴돌며 따라왔다.

곧장 집으로 돌아온 티아라를 초조하게 기다리고 있던 오르미가 맞아주었다. 꽤나 걱정하고 있었는데, 무사히 돌아온 티아라를 본 순간 오르미는 안도의 한숨부터 내쉬었다.

"잘 다녀왔어요?"

오르미는 차분하게 말을 꺼냈다.

"족장님이 왜 찾으셨어요? 뭐라고 말씀하세요?"

"미안해요. 오르미. 당신과 테미에게 부끄러워요. 난 못난 아비가 되었어요."

"그게 무슨 말이에요. 못난 아비라뇨. 그렇지 않아요. 그 누구라도 다 똑같을 거예요. 아비라면 당연히 자식을 지켜야 하니까요."

언제나 티아라 편을 들어주는 오르미답게 이번에도 티아라의 마음을 충분히 이해하면서 달래주었다.

"고마워요. 족장님께 다 말씀드렸어요. 테미만은 절대 안 된다고요. 그 때문에 많이 혼났어요. 다른 사람이 내 말을 오해할 만도 했죠. 테미는 안 되고 루미는 된다는 뜻이 아니었는데, 그렇게 들렸나 봐요. 왜 부족 전체의 입장에서 생각하지 않느냐고 심하게 꾸중 들었어요. 족장님께서 그렇게 화난 모습은 처음 봤어요."

"그래요. 제가 보기에도 그럴 것 같아요. 당신이 말하는 것을 이해하시면서도 족장님으로서는 그렇게 하실 수밖에 없으셨을 거예요. 그게 한 부족을 이끌어 가시는 족장님의 무게일 테니까요. 그나저나 큰 걱정이에요. 족장님 성품에 루미를 희생시킬 것 같지도 않고, 그렇다면 결국은 하나뿐일 텐데…"

오르미도 무언가 짐작하는 게 있는 듯했다. 티아라는 오르미의 말에 계속 귀를 기울였다.

"당신, 잘 생각해보세요. 어떤 일을 결정할 때 가장 중요한 게 뭐냐면 그 결정 뒤에 따라오는 일을 충분히 감당할 수 있느냐예요. 이번 일은 단순하지 않아요. 우리 쪽에서 실수로 야르 부족의 아이를 죽였는데, 야르 족장이 그걸 받아들이지 않고 똑같이 요구한 것에서부터 이미 대단히 복잡해진 거예요. 문제는, 우리에게 최종 결정권이 있지 않다는 거예요. 우리는 그들이 원하는 것 중 하나를 선택해야 하고, 족장님의 결정에 모든 게 걸려 있는 상황이 된 거죠. 그러니 족장님이 얼마나 힘드시겠어요."

오르미의 말을 듣고 나니 새삼 람보르 족장이 혼자 짊어지고 있을 고뇌의 무게가 티아라의 마음에도 전해지는 듯했다. 오르미의 말은 계속 이어졌다.

"조금만 깊이 생각하면 지도자의 위치에 있는 사람들이 무언가 중대한 결정을 내릴 때 어떻게 하는지 당신도 크게 배우고 깨닫는 기회가 될 거예요, 그러니 매사에 유심히 지켜보세요. 언젠가 당신이 족장님과 같은 위치에 올라가게 되면 그렇게 해야 하니까요."

오르미의 입에서 뜻밖의 말이 나오자 티아라는 깜짝 놀랐다. 자신을 람보르 족장님과 같은 위치에 올라갈 사람으로 여기는 것에 기분이 좋아지며 어깨가 으쓱해졌다. 미르셀 곁에 있는 툼바가 조금도 부럽지 않았다.

"지금 족장님은 어떤 결정을 내리더라도 부족원 모두가 하나가 되어 나아가는 방향으로 이끌어 가려고 하실 거예요. 그렇게 하려면 어느 누군가에게 특별히 큰 고통이나 짐을 지우면 안 돼요. 분명히 그에 따르는 반발이나 반대급부가 있을 테니까요. 가장 좋은 것은 개인의 문제로 놔두는 것이 아니라 부족 전체의 일로 받아들이는 것이에요. 그렇게 되면 부족원의 마음을 하나로 모을 수 있을 거예요.”

여기까지 말하고선 오르미는 티아라를 쳐다보았다. 티아라는 람보르 족장이 끝에 한 말이 마음에 걸려 털어놓지 않을 수 없었다.

“오르미, 그런데 한 가지 걸리는 게 있어요. 족장님이 말미에 어떤 결정을 하든 따를 수 있겠느냐고 하셨어요. 당연히 따르겠다고 말씀드리고 왔지만, 혹여나 상황이 변해서 어쩔 수 없이 테미를 내줘야 한다면 우린 어떻게 해야 해요? 족장님이 그렇게 결정하면 따라야 하나요? 내가 계속 말하는 게 그거잖아요. 툼바가 잘못한 일을 왜 우리 부족 전체가 감당해야 하나요?”

“그럴 일 없어요. 당신은 언제 어떠한 상황에서도 족장님을 믿으셔야 해요. 제가 알기론 족장님은 결코 그렇게 하실 분이 아니에요. 그런데 정말 생각조차 하기 싫지만, 만에 하나 그렇게 된다면 따라야죠. 저는 테미의 어미지만 그래야 한다고 생각하는 사람이에요.”

오르미가 한 치의 주저함도 없이 단호하게 선을 긋자 티아라는 더 이상 말도 꺼내지 못하고 오르미를 바라만 보고 있었다.

“툼바의 일도 조금만 더 생각해 보면 그렇지 않다는 걸 알게 될 거예요. 한번 잘 들어보세요. 툼바가 잘못한 것은 맞아요. 하지만 그건 분명한 실수고, 실수는 인간인 이상 누구도 할 수 있어요. 그러니 용서할 수 있어야 해요. 실수에 용서가 따르지 않는다면 그건 인간이 살아가는 세상이 아닐 거예요. 하지만, 야르 부족은 이해하거나 용서하지 않고 똑같은 희생을 요구하고 있어요. 우리 부족이 야르 부족과 똑같은 선택을 할 순 없어요. 툼바는 그의 잘못을 회피하지 않았다고 들었어요. 자기 목숨을 바치겠다고 했다죠. 그게 얼마나 힘든 일인데, 툼바 마음이 어떻겠어요. 툼바는 당당하게 제 할 일을 다 한 거예요. 그런 툼바를 우리 부족이 감싸 안아야 해요. 그것이 진정한 용서죠. 그러니 당신도 오히려 툼바를 위로하면서 마음으로 품으셔야 해요."

"알았어요. 오르미. 그렇게 할게요. 내가 부족했어요. 우리 테미를 대신 희생시켜야 한다는 소리가 떠돌다 보니 제정신이 아니었어요. 어떠한 일이 있어도 그런 일은 없을 거라고 족장님도 약속하셨으니 이젠 조용히 있을게요."

"거듭 말씀드리지만 람보르 족장님은 툼바, 테미, 루미 그 누구도 희생시킬 분이 아니에요. 아니, 그 누구에게도 그런 일은 일어나지 않을 거예요. 제 생각에 족장님이 선택하실 것은 딱 하나라고 봐요."

단정하는 듯 말하는 오르미의 눈빛이 빛나고 있었다. 과연 그 딱 하나가 무엇일지 이제는 나올 때가 되었다고 생각하며 티아라는 오르미의 입만을 쳐다보고 있었다.

"분명, 족장님은 야르 부족의 요구를 거절하실 거예요. 그리고 그 끝엔 부족 간의 싸움이 벌어지겠죠. 아마도 강한 피바람이 몰아칠지 몰라요. 그땐 피해가고 싶어도 피해갈 수 없겠죠. 그러니 티아라 당신은 지금부터 딴 데 신경 쓰지 말고 싸움에 대비해야 해요. 아마도 족장님은 당신에게 중요한 임무를 맡길 거예요. 그러니 요즘처럼 떠돌아다니는 말에 쉽게 휩쓸리지 말고 어떻게 하면 부족을 위해 제대로 책임을 다할 것인지 준비하세요. 이번 기회가 당신이 우리 부족 내에서의 입지를 단단하게 쌓는 기회가 될지도 모르니까요."

티아라는 깜짝 놀랐다. 그동안 미르셀 옆에서 조용히 부족의 여인과 아이들을 보살피는 줄만 알았는데, 오르미도 미르셀 못지않다는 걸 느꼈다. 미르셀에게 많은 걸 배운 게 분명했다. 그제야 족장이 왜 미르셀과 더불어 오르미를 가장 믿을 수 있는 여인이라고 했는지 짐작했다. 앞으로 오르미의 말을 귀담아듣고 따르기로 했다. 미르셀 곁에 있는 툼바가 부럽지 않다는 생각에 입꼬리가 저절로 위로 올라갔다.

오르미와 테미를 안에 두고 티아라는 문을 나섰다. 밖은 이미 어두워져 사방이 캄캄했다. 아무것도 보이지 않는 세상을 밤하늘에 있는 별들만이 밝혀주고 있었다. 수없이 많은 별을 바라보고 있노라니 더 넓게 생각하지 못하고 바보처럼 굴었던 자신의 모습이 한없이 부끄러웠다. 마음 같아서는 당장 툼바에게 달려가 미안하다고 말하고 싶었다. 툼바는 자신의 책임을 인정하면서 목숨까지 바치려고 했는데 그런 툼바의 마음을 몰라준 채 자기의 욕심만 차렸던 모습을 견딜 수가 없었다. 그는 텅 빈 광장 땅바닥에 무릎을 꿇고 엎드렸다.

'제벨 사하바! 제벨 사하바!' 신께 올리는 기도가 티아라의 입에서 절로 터져 나왔다.

늦은 밤, 한 사나이의 낮은 기도 소리를 밤하늘의 별들은 눈도 깜박이지 않은 채 듣고만 있었다.

티아라의 일로 큰소리가 났던 람보르 족장의 처소는 다시 정적만이 감돌았다. 티아라를 보내고 나서 한동안 생각에 빠져 있던 람보르는 이제 결단할 시간이 왔다고 생각했다. 곧바로 문을 열고 나섰다. 그는 조상들이 누워있는 땅으로 향했다. 이제 족장으로서의 막중한 역할과 책임을 다할 때가 다가왔음을 알았다. 전적으로 자신의 결심에 따라 행동하겠지만, 그 이전에 조상님들께 고해야만 했다. 이대로 스러질 것인지, 아니면 더 강한 부족으로 다시 태어날 것인지 부족의 명운이 달린 일이었기에 조상님들께 보호해 달라고 기도하는 수밖에 없었다.

'제벨 사하바! 제벨 사하바!' 부르짖는 람보르의 기도는 여느 때보다 더 간절했고 구체적이었다. 우선 툼바를 다시 보낼지 말지부터 결정해야 했다. 잡혀 있는 솔론을 생각하면 무조건 툼바를 보내야만 하지만, 툼바가 간다는 것은 야르 부족의 요구에 어떤 식으로든 답을 해야 한다는 것이었다. 자칫 잘못하면 솔론과 툼바 모두를 잃을 수도 있기에 신중해야만 했다. 솔론만 붙잡혀 있지 않아도 선택의 여지가 더 많을 텐데, 라는 생각에 마음이 답답해졌다. 당연히 야르 족장은 그런 걸 염두에 두고 솔론을 붙잡아 둔 것일 터였다. 그는 절대 만만한 상대가 아니었다. 그의 옆에 버티고 있을 재무르도 떠올랐다. 생각보다 그들 부족이 더 강하게 느껴졌다.

평소보다 더 오랜 시간을 조상들의 땅에서 보낸 람보르는 천천히 집으로 발걸음을 내디뎠다. 이제 날은 완전히 어두워져 있었다. 신기하게도 먼 곳은 환했고, 가까울수록 어두웠다. 멀리 하늘과 맞닿은 산들의 모습과 눈에 익숙한 땅들은 마치 먼동이 터오는 듯 훤하게 보였다. 그 모습은 칠흑 같은 어둠 속에서 한 줄기 빛을 향해 나아가는 그의 마음과도 같았다.

그렇게 복잡한 람보르의 마음과는 달리 부족을 품은 땅은 고요하고 평온했다. 언제부터인지는 모르겠지만, 이 땅은 태초부터 이렇게 오랫동안 평온함을 유지했을 것이었다. 많은 이들이 태어나서 죽고, 다시 태어나면서 각자에게 주어진 삶을 묵묵히 살다가 떠났을 것이었다.

조상들의 땅에서 시간을 보냈음에도 람보르의 무거운 마음은 가실 줄 몰랐다. 오랫동안 이어져 온 평온함이 자칫하면 크게 흔들릴지도 모른다고 생각하니 더 그랬다. 잠시 흔들리는 수준이라면 충분히 겪어내고 참아낼 수 있을 것인데, 상황에 따라서는 지금의 평온을 되찾을 수 없을지도 모른다는 데까지 이르자 불안감이 밀려왔다.

람보르는 머리를 흔들며 부정적인 생각을 털어냈다. 그냥 무너지거나 쓰러져서는 결코 안 될 일이었다. 어떻게 해서든 부족과 이 땅을 지켜내야만 했다. 그게 자신에게 주어진 운명임을 온 마음으로 받아들였다.

마을 쪽으로 가까이 다가가자 부족을 지켜주는 큰 나무 앞에 희미한 물체가 엎드려 있는 것이 보였다. 발걸음을 멈추고 주시했다. 멀리 있어도 누군지 짐작할 수 있었다. 티아라가 분명했다. 그는 광장에 엎드려 혼자 기도하고 있었다.

람보르는 그 모습을 가만히 지켜보았다. 이미 충분히 알고 있었다. 티아라가 아들 테미를 사랑하고 염려한 나머지 순간적으로 흥분했다는 것을. 순간, 람보르는 티아라에게 불같이 화를 냈던 일이 미안해졌다. 부족을 위해서는 꼭 필요한 인재이기에 티아라의 마음이 누그러져 한마음으로 이 위기를 넘기길 바라고, 꼭 그렇게 되리라 믿었다. 티아라가 눈치채지 못하게 길을 비켜 돌아서 처소로 향했다.

집으로 돌아오고 나서도 람보르의 마음은 정리되지 않았다. 이제 남은 시간은 딱 하루였다. 당장 미르셀을 불러 상의하고 싶지만 참기로 했다. 다른 일에 대해서는 충분히 수긍할만한 조언을 하는 그녀지만, 툼바의 문제만큼은 쉽지 않음을 알기 때문이었다. 미르셀의 마음에 부담을 줘선 안 된다고 생각했다. 이번 일은 오롯이 혼자 판단하고, 결단해야만 한다고 여긴 람보르는 '지혜의 시간'으로 들어갔다. 그 안에서 최선의 답을 찾기를 원했다. 그의 간절한 기도는 그날 밤에도 끊임없이 이어졌다.

자는 둥 마는 둥 거의 뜬눈으로 밤을 새운 후 맞이한 이른 새벽, 드디어 람보르는 결정했다. 당장 툼바를 다시 야르 부족에게로 보내기로 했다. 혼자 잡혀 있는 솔론을 위해서라도 반드시 가야만 했다. 아무런 노력도 하지 않고, 솔론을 그들의 손에 죽게 할 수는 없었다. 그렇다고 무작정 그냥 보낼 수도 없고, 야르 족장이 요구한 문제에 대한 답을 들려 보내야 했다.

람보르는 조급함을 누르며 동이 터올 무렵까지 기다린 끝에 룽가를 시켜 툼바를 불렀다. 툼바도 일찍 일어났는지 룽가의 연락을 받은 후 조금도 지체하지 않고 람보르 족장에게 달려왔다.

"툼바, 잠은 잘 잤느냐?"

간단한 인사에도 툼바를 향한 람보르의 애정이 잔뜩 묻어 나왔다.

"사실 잠이 안 와서 뒤척거렸습니다. 족장님도 잠을 못 이루신 것 같은데 피곤하지 않으십니까?"

"그래. 실은 나도 잠이 안 와서 자는 둥 마는 둥 했지만 괜찮다. 지금 우리에게 잠이 뭐가 중요하겠나."

이렇게 말하고선 갑자기 한마디를 덧붙였다.

"내일이지?"

람보르 족장의 물음에 툼바는 정신이 바짝 든 눈으로 족장을 바라보았다.

"네. 내일입니다. 내일까지가 약속한 기한입니다."

"그래, 이제는 더 이상 피할 수가 없구나."

람보르는 한동안 아무 말도 없이 허공만 바라보고 있었다. 툼바는 더 긴장됐다. '분명 족장님이 결정하셨을 텐데…' 과연 어떤 결정일지 가슴이 떨려왔다. '혹시, 누군가를 희생시킨다는 결정이라면…' 갑자기 날카로운 무언가가 툼바의 가슴을 쿡 쿡 찌르는 듯했다. 가만히 두 손을 양 가슴에 얹은 채 람보르 족장을 뚫어지게 바라보았다.

"잘 들어라. 이제 난 결정했다. 어제 조상님들을 찾아 기도하고, 밤새워 고민하면서 우리 부족을 위해 어떻게 해야 할지 그 답을 찾았다. 지금으로선 나의 결정이 최선이라고 믿는다. 우리 앞에 어떠한 운명이 펼쳐질지는 아무도 모르지만 나는 족장으로서 그 운명을 온전히 받아들이고, 그 책임 또한 내가 질 것이다. 분명히 말한다. 이번에 일어난 일은 툼바 너의 일이 아니다. 족장인 나의 일이고, 우리 부족 전체의 일이다. 내 말이 무슨 뜻인지 알겠느냐?"

람보르 족장의 말은 더없이 무거웠다. 툼바 옆에 서 있는 룽가도 손끝 하나 움직이지 않고 숨소리도 내지 않은 채 그냥 듣고만 있었다.

"네, 족장님! 잘 알겠습니다."

침을 꿀꺽 삼키면서 툼바는 크게 소리를 내어 대답했다. 족장의 말이 계속 이어졌다.

"나는 야르 족장의 요구를 받아들이지 않을 것이다. 우리 부족의 그 누구도 야르 부족에게 넘겨주지 않는다. 이게 나의 최종 결정이다. 툼바 너는 물론이거니와, 루미와 테미를 포함하여 우리 부족원 그 누구도 희생시키지 않고 끝까지 함께 할 것이다.”

람보르 족장의 입에서 나오는 그 말을 직접 듣자 툼바의 마음속엔 완전한 안도감이 한 줄기 빛처럼 강하게 스며들었다. 사전에 미르셀로부터 듣고서도 계속 긴장되었었는데 ‘이제는 됐다’, 라는 생각이 들었다. 뒤이어 ‘그렇다면 그다음은 어떻게?’ 라는 말이 입 밖으로 나오려고 했지만, 참고 기다렸다. 이 결정이 가져올 파장이 클 것이기에 다음 말이 몹시 궁금했다.

“문제는 그다음이다. 우리가 야르 족장의 요구를 확실하게 거절한 것이니 그쪽에서도 그냥 넘어가지 않을 것이다. 피하고 싶어도 피할 수 없는 길을 걸어가야 할지도 모른다. 하지만 피하지 않고 당당하게 맞설 것이다. 우리 부족은 지금까지 최선을 다했다. 잘못에 대해 사죄하고, 용서를 구하며 보상하는 방안도 제시했다. 그것을 받아들이지 않은 건 그들이다. 이로 인해 설령 싸움이 일어나더라도 나는 마다하지 않고 기꺼이 감수할 것이다. 이는 매우 중대한 일이다. 만약에 우리 부족과 야르 부족 간에 싸움이 벌어진다면 이는 지금껏 없었던 일이 될 것이다. 이 땅에서 대를 이으며 살아온 이래 최대의 위기가 될 것이고, 더 나아가서 부족의 생존이 걸린 싸움이 될 것이다. 하지만 나는 자신있다. 나는 족장으로서 내 모든 것을 걸고, 목숨을 바쳐 부족을 지켜낼 것이다. 잘 알겠느냐?”

람보르 족장의 말은 태산같이 장중했다. 마치 툼바의 가슴을 큰 바위로 ‘쿵 쿵 쿵’ 내리치는 듯했다.

툼바는 즉시 람보르 족장 앞에 무릎을 꿇고 머리를 조아렸다.

“네, 족장님, 족장님의 뜻을 따르겠습니다. 저 역시 피하지 않겠습니다. 족장님과 함께라면 자신 있습니다. 족장님과 우리 부족을 위해 저의 한목숨 기꺼이 바치겠습니다.”

툼바는 족장의 집이 떠나갈 듯이 큰소리로 외쳤다. 어금니를 깨물었다. 어차피 죽음을 각오했던 몸이었기에 더 놀랄 것도, 더 두려울 것도 없었다. 아직 족장의 말이 끝난 게 아님을 알기에 다시 고개를 들어 바라보았다.

"지금부터가 매우 중요하다. 너는 내일 야르 부족의 땅으로 다시 들어간다. 솔론이 잡혀 있기에 네가 안 갈 수는 없다. 그러나 그냥 들어가서도 안 된다. 치밀하게 준비해야 한다. 내 말을 잘 들어라. 그들에게 가게 되면 일단 너는 네 아들 루미를 바치겠다고 야르 족장에게 고해라. 람보르 족장이 그렇게 결정했다고 해라. 그러면 분명 야르 족장은 받아들일 것이고, 루미를 건네 받아 희생 제물로 쓰는 제사를 지낼 준비를 하라고 할 것이다. 제사를 준비하기 위해서는 아마도 며칠의 시간이 필요할 테니 그렇게 시간을 번 다음에 그들이 방심하는 순간을 노리는 것이다."

람보르 족장이 무슨 생각을 하는지 툼바는 대강 알 것 같았다. 일단 야르 족장의 요구를 들어주는 척하면서 속인 다음에 기회를 노리자는 말이었다.

"거듭 말하지만 가장 중요한 건 야르 부족을 안심시키는 일이다. 지금까지 보고 들은바 야르 족장이 보통 사람은 아니지만, 결국은 그도 사람이다. 분명 자기의 요구대로 우리가 따랐다는 것에 대해 만족하고, 마음을 놓을 것이다. 그가 완전하게 마음을 놓게끔 해야 한다. 심지어는 재무르까지 믿게 만들어야 성공할 수 있다. 그래야만 그들을 완벽하게 속일 수 있다. 재무르가 너를 안타깝게 여기기도 하고, 우리 부족에 대한 연민의 마음도 남아 있겠지만 분명한 것은 지금은 야르 부족을 위해 일하는 사람이라는 걸 한시도 잊으면 안 된다."

람보르 족장의 입에서 구체적인 계획이 흘러나왔다. 툼바는 한 단어도 빼놓지 않고 머릿속에 차곡차곡 쌓았다. 다만, 재무르까지 속여야 한다는 게 마음에 걸렸다.

"족장님, 무슨 말씀인지 잘 알겠습니다. 하지만 방금 재무르까지 속여야 한다고 말씀하셨는데 보다 구체적으로 말씀해 주십시오. 솔론과 제가 그곳에서 빠져나오려면 지금으로선 재무르의 도움을 받는 게 가장 필요한데 어떻게 재무르를 속일 수 있겠습니까?"

툼바로선 당연한 질문이었다.

"네 말이 맞다. 그러니까 지금부터 머리를 써야 한다. 이건 대단히 치밀하게 진행되어야 한다. 중간에 하나라도 흐트러지면 들통나게 되고, 너와 솔론은 살아남기 어려울 것이니 그야말로 목숨 걸고 해야 할 일이다."

람보르 족장은 손짓으로 툼바를 불렀다. 툼바는 족장 앞으로 바짝 다가갔다. 족장의 목소리는 더 낮아지면서 은밀해졌다. 옆에 서 있는 룽가도 들을 수 없을 정도로 람보르 족장은 툼바가 해야 할 일을 조목조목 일렀다.

툼바는 중간중간 알아들었다는 듯이 눈을 마주치면서 고개를 크게 끄덕였다. 그렇게만 된다면 충분히 우리 쪽에 유리한 상황을 만들 수 있을 것이었다. 그 이후의 일을 헤쳐나가는 것도 결코 쉬운 일은 아니겠지만 나머지는 운명에 맡겨야 할 일이었다.

람보르 족장은 툼바의 손을 맞잡았다.

"툼바! 너를 믿는다. 잘 해낼 거라고."

입으로, 눈으로 건네는 족장의 말에 툼바는 고개를 숙여 다짐했다. 더 이상의 말이 필요 없었다. 곁에 서 있는 룽가마저도 듣지 못했으니, 그 누구도 알 수 없는 은밀한 계획이 어떤 모습으로든지 이제 곧 세상에 드러날 것이었다.

람보르 족장의 처소를 나선 툼바는 바로 집으로 돌아갈 수 없었다. 족장이 세세하게 일러준 일들을 준비해야 했다. 무엇보다도 혼자서 생각을 정리할 시간이 필요했다. 좀 전에 나눈 계책을 현실로 이뤄내기는 쉬운 일은 아니었다.

족장은 툼바가 잘 해낼 거라면서 믿는다고는 했지만, 그 믿음에 보답하려면 어떻게 해야 할지 머릿속에서 맴맴 돌뿐 구체적인 방법이 쉽게 떠오르지 않았다. 미르셀에게는 또 뭐라고 해야 할지 몰랐다. 분명 족장과 무엇을 상의했는지 물어볼 게 뻔할 텐데 숨길 수도 없고, 그렇다고 털어놓을 수도 없고 머릿속이 혼란스럽기만 했다. 그렇게 시간을 보내다 보니 어느새 짧은 하루의 해가 저물어갔다.

툼바는 서둘러 집으로 향했다. 이제 그의 머릿속에는 눈이 빠지게 기다리고 있을 미르셀 밖에 들어있지 않았다. 내일이면 툼바가 다시 떠날 거라는 걸 짐작할 수 있기에 그녀도 다른 때보다 더 애타게 기다릴 것이었다. 그것도 모르고 혼자서만 너무 많은 시간을 써버렸나 싶어 괜히 미안하기도 하고, 아쉽기도 했다.

하지만 혼자만의 시간을 가진 게 소득은 있었다고 스스로 위로했다. 그 시간을 통해 툼바는 마음이 더 단단해졌다는 걸 느꼈다. 다시 야르 부족의 땅으로 들어간다는 부담감이나 두려움을 떨쳐버릴 수 있었다. 지금부터는 족장이 말한 계획도 잠시 잊어버리고, 오직 지금 이 순간에 집중하기로 했다.

집 가까이 다가가자 미르셀이 루미를 안고 나와 서성이고 있는 모습이 보였다. 아마도 오랫동안 기다린 듯했다. 그 모습을 보자마자 툼바는 거침없이 달려갔다. 마치 사나운 맹수가 달려가는 듯 마른 땅에서 흙먼지가 일었다. 울퉁불퉁 굵은 힘줄이 불거지도록 땅을 박차며 성큼성큼 집으로 향했다.

멀리서 달려오는 툼바를 본 미르셀이 루미를 품에 안은 채 툼바의 가슴안으로 들어왔다. 얼마나 세게 안았는지 중간에 낀 루미가 몸을 뒤척일 정도였다.

루미는 엄마와 아빠의 사이에 안긴 채 숨이 막힐 법한데도 눈을 말똥말똥 뜬 채 보채지도 않고 있었다.

두 사람은 루미가 쳐다보는 것도 아랑곳없이 서로의 입술을 탐했다. 툼바의 숨이 가빠왔다. 뛰어와서 그런 게 아니라 미르셀이 품 안에 있기에 그랬다. 뜨거운 격정이 서로의 몸을 휘감아 돌았다. 사랑하는 사람과 다시 또 헤어져야 한다는 사실이 그를 더 뜨겁게 했다. 그 뜨거움 속에 진한 안타까움이 가득 묻어나왔다.

툼바는 루미를 안고 있는 미르셀을 두 손으로 번쩍 들어 안은 채 안으로 들어갔다. 방에 들어선 루미는 달빛의 노래를 자장가 삼아 이내 잠에 빠졌다. 툼바는 조금도 지체하지 않고 미르셀을 끌어들였다. 이제 다시 야르 부족의 땅으로 들어갈 몸인지라 이루 말할 수 없이 절절하고 다급한 마음이 손끝의 미세한 떨림에서 고스란히 묻어 나왔다. 서두르는 툼바의 눈빛이 촉촉해졌다. 그런 툼바의 마음을 알고 있는 미르셀은 온몸으로 화답했다. 목숨 바쳐 사랑하는 남자, 세상에서 가장 무거운 짐을 짊어진 사람, 자기와 루미에게 있어 절대적인 존재인 그가 지금 자신의 모든 것을 갈구하고 있었다. 망설일 것도 주저할 이유도 없었다. 미르셀은 스스로 활짝 몸을 열어 툼바를 자신의 몸 안으로 받아들였다.

좁은 방안에 뜨거운 열락의 꽃이 피어오르기 시작했다. 꽃은 쉽게 꽃망울을 펼치지 않았다. 두 몸을 휘감아 도는 거친 숨결, 온몸에서 솟아나는 땀방울들, 진하고 야릇한 속삭임들과 함께 피어났다. 툼바의 강한 몸이 뜨겁게 파고 들어오자 미르셀의 온몸에서 땀이 솟아나면서 부르르 떨렸다. 툼바의 등에는 길고도 깊게 손톱자국을 따라 핏방울이 맺혔다. 문신처럼 새겨진 손톱자국은 이 남자는 내 남자라고, 그 어느 누구도 내 곁에서 뺏어갈 수 없다고 온 세상을 향해 펼쳐 보이는 붉고 진한 표식이었다.

시간이 지나도 두 사람은 지치지 않았다. 달이 흐르고 또 기울어도 끝없는 사랑의 향연을 이어갔다. 또 하나의 밤이 그렇게 흘러갔다. 얼마나 시간이 흘렀을까 포개져 있던 두 사람 곁에서 몸을 떨던 세상은 깊이 숨 고르기를 했다.

한참 동안 자신의 넓은 가슴 속에 안겨 있는 미르셀을 툼바는 은근하게 바라보았다.

"족장님과 얘기 잘 나눴어요. 내일 먼동이 트면 다시 야르 부족에게로 갈 거예요."

툼바는 아무렇지도 않다는 듯 담담하게 말을 건넸다. 하지만 그 말 속에 담긴 뜻을 미르셀은 짐작하고도 남을 것이었다.

"암, 그래야죠. 다시 가셔야죠. 솔론이 기다리고 있는데... 그런데 족장님은 뭐라고 말씀하세요?"

　미르셀도 부담을 주지 않으려는 듯 무심하게 물어왔다. 툼바는 짐짓 딴청을 피는 것처럼 시선을 다른 곳으로 돌리며 대답했다.

　"특별한 거는 없었어요. 내가 알아서 잘하고 올게요."

　툼바의 말투가 어색하다는 걸 미르셀은 눈치챘다.

　"아니, 그렇게 얼버무리지 말고 정확하게 말씀해 주세요. 그쪽에서 요구한 것에 대해 답을 해야 할 거 아니에요? 족장님은 어떻게 하시길 원하는 거예요? 그 어떤 말을 하더라도 놀라지 않을 테니 저한테는 사실대로 얘기해줘요. 그들이 요구하는 '눈에는 눈, 이에는 이'에 대한 우리의 답은 뭔가요? 고개 돌리지 말고 내 눈 똑바로 보고요."

　정곡을 찌르며 들어오는 미르셀의 물음을 툼바는 피할 도리가 없었다. 순간 툼바는 당황했다. 방금까지 자기 품에서 세상 어디에도 없을 뜨거운 신음을 토해내며 희열에 몸부림치던 사람이 맞나 싶기도 했다.

　순진한 툼바가 당황하는 모습을 보이자 미르셀은 눈빛으로 더 재촉했다. '아! 어쩌나~~~' 마음속으로 툼바는 고민했다. 미르셀에게 속 시원히 털어놓고 가야 하나, 아니면 끝까지 숨겨야 하나 갈피를 잡지 못했다. 족장님한테 이 문제까지 미리 물어볼 걸 하는 생각마저 들었다.

　"그냥 내게 맡겨주면 안 돼요? 아무것도 묻지 말고."

　"알았어요. 정 말할 수 없다면 더 이상 물어보지 않을게요. 그러나 제가 안다고 해서 달라지는 건 없을 테니 걱정하지 마세요. 람보르 족장님과 당신을 믿으니까요. 단지 당신이 저를 믿는다면 제게는 말해주고 떠나길 바랄 뿐이에요."

　단호하게 말하고 나서 미르셀은 슬며시 일어나 밖으로 나갔다. 툼바가 미처 짐작하지 못한 난감한 상황이었다. 그의 몸을 달구었던 흥분은 언제 그랬냐는 듯이 이미 저 멀리 사라졌다.

미르셀이 나가고 나서 잠시 생각에 빠졌던 툼바는 서둘러 옷을 걸치고 밖으로 나갔다. 미르셀은 멀리 가지 않았다. 집에서 조금 떨어진 나무 옆에 기대어 먼 하늘만 바라보고 있었다. 그 모습이 그렇게 애잔할 수가 없었다. 미안한 마음이 짙게 밀려왔다.

조용히 미르셀의 뒤로 다가갔다. 분명 툼바의 인기척을 느꼈을 텐데도 미르셀은 돌아보지 않았다. 그녀의 어깨를 가만히 감싸 안았다.

"미르셀 미안해요. 숨기고 속이는 거 아니에요. 당신이 염려할까 봐 그런 거지 다른 뜻은 없어요. 다 얘기할게요. 당신한테는 다 말하고 떠날게요. 추워요. 어서 들어가요."

툼바는 미르셀을 감싸 안고 집으로 들어갔다. 자리에 앉자마자 툼바는 미르셀의 눈을 바라보았다. 호수처럼 맑고 깊은 눈망울, 그녀의 눈동자 앞에서는 세상의 그 어떤 귀한 보석도 빛을 잃을 것 같다는 생각이 들었다. 그 반짝이는 두 눈을 보는 순간 더 이상 감출 수 없었다.

"내가 당신에게 별도로 얘기하지 않은 것은 족장님의 결정이 나와 당신, 그리고 루미의 신상에 아무런 영향을 미치지 않기 때문이에요. 무슨 말인지 이해할 수 있어요?"

"그게 무슨 말이에요? 그렇다면 우리를 대신해서 다른 누가 희생한다는 말이에요? 설마 그럴 리가요? 혹시 떠도는 소문처럼 티아라의 아이 테미를 희생한다는 건 아니겠죠? 그렇다면 정말 말도 안 되는 일이에요."

"아뇨, 그것도 아니에요. 나를 포함하여 그 누구도 희생되지 않아요. 족장님은 야르 족장이 요구한 제안을 받아들이지 않는 것으로 결정했어요."

"그랬군요. 역시 약속을 지키셨군요. 족장님 다우세요. 정말 그렇다면, 결국 싸우기로 각오한 거네요?"

"네. 맞아요. 어쩔 수 없는 일이라면 싸움을 피하지 않는다고 하셨어요."

"사실, 저도 그건 예상했어요. 족장님은 결코 우리 부족원 누구라도 희생시키지 않을 거라고 믿었어요. 이제 문제는 당신과 솔론이네요. 그렇다면 내일 당신이 다시 들어가는 것은 오로지 솔론을 구하기 위한 거예요? 당신 혼자 힘으로 어떻게요? 위험하지 않을까요?"

미르셀은 다급함을 숨기지 않고 쉴 새 없이 물음을 쏟아냈다.

"네. 정확해요. 솔론을 구하러 가는 거예요. 솔론이 인질로 잡혀 있으니 일단은 내가 다시 야르 부족의 본거지로 들어가야 해요. 그 방법을 의논하느라 오랫동안 있었던 거예요."

"그런데 야르 족장이 요구한 걸 받아들이지 않으면서 솔론을 구해낼 방법이 있어요?"

"그래서 내가 다시 들어가는 거예요. 가서 솔론과 함께 탈출할 거예요. 그 구체적인 방법은 람보르 족장님이 구상했어요. 한 치의 실수도 있어서는 안 되는 일이기에 아무도 모르게 시행하라고 하셨어요."

"그렇다면 재무르님은? 그분은 어떻게 할 거예요? 다 함께 탈출할 방법은 있는 거예요?"

상황을 다 꿰고 있는 미르셀이기에 질문은 계속해서 이어졌다. 그럴수록 툼바의 마음속에는 갈등이 심하게 일었다. 어디까지 말해야 할지 갈피를 잡을 수 없었다. 한동안 침묵이 이어지자 미르셀은 더 이상 묻지 않았다. 궁금한 게 남아있지만 참고 자제했다.

"알았어요, 생각해보니 내가 너무 많은 걸 알려고 한 것 같아요. 족장님과 당신이 하는 일이니 어련히 알아서 잘하시겠어요? 걱정해서 그랬던 거라 이해해 주세요. 당신을 믿지만 하나만 얘기할게요. 어떤 일이든 계획이 완벽하다고 해서 그것이 꼭 순조롭게 다 이루어지는 건 아니에요. 과정에 있어 예상치 못한 많은 변수가 일어날 수 있기 때문이죠. 그래서 무슨 일이든지 가능성이 있는 모든 것들을 충분히 생각하고, 적절한 대비책을 마련해야 해요. 족장님과 당신의 계획이 무엇이든 간에 확실한 건 솔론을 구해서 무사히 돌아오는 것이죠. 그것 하나만 빼고는 확실한 건 아무것도 없다고 생각하셔야 해요. 그리고 이건 꼭 명심하세요. 결정적인 순간에 어떻게 해야 할지 잘 모르겠다면 그땐 오직 당신 마음이 가는 대로만 따르세요. 마음이 시키는 대로만 움직이세요.”

미르셀의 당부의 말은 계속 이어졌다.

“만약에 적과 싸운다면 적을 속이는 게 당연하겠죠. 어떤 수단과 방법을 쓰더라도 이길 수 있는 길을 찾아야만 할거예요. 무엇보다도 싸우지 않고 이기려면 반드시 꾀를 써서 적을 속여야만 해요. 그건 반칙이 아니에요. 다만, 그 대상이 적이 아니고 내 편이라면 언제든 정직이 가장 최선의 방책이라는 것을 꼭 염두에 두시면 좋겠어요. 제가 왜 이런 말을 하는지 알겠죠? 당신은 현명하니까 충분히 잘 해내실 수 있으리라 믿어요. 제게는 당신이 최고예요. 위급한 순간이 오더라도 당신 뒤에는 저와 루미가 있다는 걸 꼭 기억하세요.”

미르셀이 어느 정도는 눈치채고 있다는 것을 툼바는 직감적으로 느꼈다. 비록 정확히 알지는 못하겠지만 대략 어떻게 할 거라는 것쯤은 짐작하고 있을 것이었다. 마음이 시키는 대로 움직이라는 것, 상대가 적이 아니고 내 편이라면 언제든 정직이 가장 최선의 방책이라는 말이 툼바의 가슴 속에 강하게 들어와 박혔다. 람보르 족장의 계책과 미르셀의 말, 그리고 야르 부족에 있는 재무르가 머릿속에서 왔다 갔다 하면서 굉음을 내고 있었다. 어떻게 해야 하나, 어떻게 하란 말이냐, 잠시 혼란에 빠진 툼바의 손을 미르셀이 움켜쥐었다.

그는 눈을 들어 미르셀을 바라보았다. 그랬다. 정말 그랬다. 미르셀의 눈 속에 모든 물음에 대한 답이 들어있었다. 바라볼수록 빠져들 수밖에 없는 영롱한 눈빛이 모든 걸 말해주고 있었다.

그렇게 긴장되고 숨 가쁜 하루가 지나갔다. 이런저런 생각에 툼바는 그날 밤이 깊도록 쉽게 잠들지 못했다. 그러는 사이에 날은 조금씩 더 어두워졌고, 더 깊어졌다. 야르 부족에게 잡혀 있을 때는 그렇게도 안 가던 시간이 왜 미르셀과 같이 있으면 이렇게 금방 지나가고 마는지... 다시 미르셀을 온몸으로 끌어안았다. 뜨겁게 사랑을 나누고, 끌어안은 채 많은 얘기를 나누는 동안 툼바는 잠시도 미르셀을 품에서 떼어 놓지 않았다. 그러면서 온밤을 함께 했다. 아니, 할 수만 있다면 평생 미르셀의 품 안에서만 이렇게 있고 싶었다.

어느새 먼 하늘에서부터 동이 터오기 시작했다. 시간의 흐름이 야속했다.

미르셀은 툼바에게 있어 전부이고, 자신의 삶 그 자체이다. 그런 여인과 헤어져 다시 기약 없는 길을 떠나야 하는 자신의 운명이 야속했다. 단 한 번의 실수가 이토록 가혹하게 자신을 몰아붙이고 있다고 생각하니 화가 나기까지 했다. 그런 툼바의 마음을 아는지 미르셀도 툼바의 품 안에서 움직이지 않았다. 이젠 그 어떤 격정적인 몸짓도 필요치 않았다. 그저 함께 있을 수만 있다면 그것으로 충분했다.

날이 밝아오면서 암흑 속에 잠겨있던 세상이 조금씩 열리고 있었다. 소리 없이 어둠이 물러나면서 다시 헤어져야 하는 시간이 찾아왔다. 이번에 떠나는 길은 다시 돌아올 수 있을지 없을지 장담할 수 없는 외롭고 험난한 길이다. 하지만 툼바의 눈에선 더 이상 눈물이 흐르지 않았다.

툼바는 서둘러 일어나 미르셀과 루미와 작별인사를 나눈 뒤, 채 어둠이 가시지 않은 길을 나섰다. 이제는 두렵거나 떨리지 않았다. 시시각각으로 다가오는 운명 앞에 정면으로 마주할 거라 다짐하며 나아갔다.

그의 마음 깊은 곳에선 '제벨 사하바! 제벨 사하바!' 기도 소리만 메아리쳐 나오고 있었다.

5. 절묘한 계책

생각지도 않은 일이 닥치면 처음 겪는 사람은 당황하기 마련이다.
하지만 이미 경험해 봤거나 예측한 사람은 극복할 방법을 찾아낸다.

사람이 죽고 사는 것,
집단이 흥하느냐 망하느냐가 걸린 일이라면 어떨까?

툼바는 뒤도 돌아보지 않고 거침없이 앞으로 나아갔다. 그를 둘러싼 대자연의 숨결을 온몸으로 호흡했다. 익숙한 모습의 땅이 새삼스레 달리 보였다. 어쩌면 다시 못 돌아갈지 모른다고 생각하니 땅바닥에 뒹구는 흔한 돌멩이 하나조차 소중하게 다가왔다. 이제는 두렵지 않았다. 태고로부터 지금까지 변함없이 자리를 지키고 있는 산하가 자신을 지켜줄 거라 믿었다.

해또르를 지나 낯설지 않은 야르 부족의 땅으로 들어서자 어디서 나타났는지 한 무리의 청년들이 금방 툼바를 에워쌌다. 그들이 눈치채지 못하게 조심스럽게 고개를 돌려 움직임을 살폈다. 분명 어딘가에 숨어서 자기를 주시하고 있다가 나왔을 것이었다. 조금 멀리서는 나무 위에서 누군가가 뛰어내리는 움직임도 보였다. 야르 부족의 땅이 시작되는 곳에서부터 그들은 그렇게 곳곳에 몸을 숨긴 채 그들의 땅으로 들어오는 사람들을 확인하고 있었다. 평소에 이렇게 철저하게 대비하고 있는 야르 부족이니 만약에 이들과 싸운다면, 생각만 해도 아찔했다.

야르 청년들은 툼바를 즉시 동굴 안으로 데려갔다. 어느새 미리 연락을 받았는지 재무르가 나와 있었다. 눈빛으로 짧게 인사를 주고받았다.

재무르가 청년들에게 뭐라고 몇 마디 말을 건네자 그들은 툼바를 다시 이끌었다. 지난번에 자기가 갇혀 있던 곳과는 다른 곳이었다. 생소한 그곳은 한눈에 보기에도 꽤 넓었다. 야르 부족의 동굴 안에는 또 다른 크고 작은 동굴들이 뚫려 있다. 마치 미로와도 같다. 그 안으로 동굴과 동굴이 깊이 이어져 있을 것이었다. 부족원 대다수가 그 속에서 살아가고 있기에 밖에서는 좀처럼 보이지 않는다.

'이번엔 어디로 가는 걸까?' 어두컴컴한 동굴 안의 모습을 눈으로 훑으며 머릿속으로 생각했다. 곧 나무 창살로 막아 놓은 어느 방 앞에 섰다. 문을 열고 그들은 툼바를 들어가게 했다. 다시 갇힌 것이다. 그들이 돌아가고 나자 조금씩 방 안의 모습이 눈에 보였다. 그와 동시에 무슨 소리가 들렸다.

"툼바~ 툼바~"

툼바는 깜짝 놀라 주위를 두리번거렸다. 벽 쪽에 붙어있다가 슬그머니 앞에 나타난 사람은 놀랍게도 솔론이었다. 그 방안에 솔론이 있었다. 너무나 반가운 나머지 말을 건네는 것도 잊은 채 힘껏 끌어안았다. 생각지도 않게 솔론을 만난 툼바의 눈에선 반가움과 미안함이 뒤섞인 눈물이 쏟아져 내렸다. 솔론도 그런 툼바를 끌어안고 한동안 아무 말도 없이 한 손으로 등을 다독여 주었다. 며칠 못 본 사이에 조금 핼쑥해진 듯한 모습을 보니 먼저 염려의 말부터 나왔다.

“잘 있었어요? 어디 아픈 데는 없어요?”

“난 괜찮아. 이곳에서 잘 지냈어. 부족 마을에 다녀오느라 고생이 많았지? 람보르 족장님과 모두 별일 없지? 미르셀과 루미도 잘 있고?”

솔론은 그동안 몹시도 궁금했었던 듯 참아왔던 질문을 한꺼번에 꺼내놓았다. 그 말을 듣고 있자니 툼바를 보내놓고 혼자 얼마나 외롭고 답답했을지 다시금 미안한 마음이 진하게 전해져 왔다.

“네. 다들 잘 있어요. 족장님을 포함해서 모두 솔론을 걱정하고 있어요. 그래서 이렇게 다시 온 거예요.”

“그래. 올 줄 알았어. 일단은 좀 쉬고, 앞으로 어떻게 할지 얘기해 보자.”

솔론은 갇혀 있는 중에도 의연했다. 며칠 사이에 더 진중해진 것도 같았다. 사실 그동안 툼바가 가장 신경 쓰인 사람이 솔론이었다. 툼바가 저지른 일로 인해 꼼짝없이 인질로 잡혀 있다는 게 쉬운 일이 아닐 것이기에 계속 마음에 걸렸다. 그런데도 그는 조금도 원망하거나 불평하지 않았다. 비록 갇혀 있지만, 솔론이 옆에 있다는 사실만으로도 마음이 놓이고 든든했다. 혼자서 끙끙거리지 않아도 된다고 생각하니 등에 짊어진 짐이 한결 가벼워진 듯했다.

그런 툼바의 마음을 알아차린 걸까? 솔론이 입을 열어 툼바의 마음을 위로했다.

“나보다도 툼바가 더 힘들겠지. 야르 족장의 요구에 대해 어떻게든 결정해야 할 테니까. 그게 어디 쉬운 일이야? 그런데 족장님은 뭐라고 하셔? 툼바가 야르 족장 앞에서 말한 대로 그렇게 결정하셨어? 그거 아니지? 어서 속 시원히 말해봐.”

솔론은 더 이상 기다려주지 않았다. 평소의 그와는 다르게 조금 다급한 표정으로 답을 재촉하면서 물어왔다. 그런 마음이 이해되기도 했다. 그랬다. 언제 저들이 와서 솔론과 툼바를 다시 떼어놓을지 모르기에 서두를 필요가 있었다.

툼바는 그동안에 있었던 일을 꺼내놓았다. 티아라가 소란을 피웠던 것도 빼놓지 않았고, 람보르 족장과의 상의했던 것도 자세히 말해주었다.

"그게 정말이야?"

솔론의 목소리 톤이 올라가면서 동굴 안에 울려 퍼졌다. 순간 자기 목소리에 놀랐는지 솔론은 다시 목소리를 낮추며 조용하게 물어왔다.

"분명 족장님이 그렇게 말씀하셨다고? 역시 족장님다우셔. 분명 그러실 거라고 충분히 예상했어. 나였어도 그랬을 테니까."

"네. 맞아요. 족장님은 우리 부족의 아이 그 누구도 야르 부족의 손에 죽게 할 순 없다고 단호하게 말씀하셨어요. 티아라가 자기 아들 테미를 내어주는 줄 오해하고 흥분해서 소동이 벌어지기도 했지만, 애초부터 족장님의 머릿속엔 들어있지 않았어요. 제가 루미 얘기를 꺼냈을 때는 울고 있는 저를 말없이 꼭 안아주셨어요."

"티아라가 흥분해서 소동을 벌였다니 어찌 사람이 그렇게 단순할까? 지금 부족 전체의 운명이 어떻게 될지 모르는 상황인데... 역시 사람은 위급한 상황이 닥쳐봐야 알 수 있다니까."

람보르 족장과 비밀리에 나눈 계책은 아직 솔론에게 털어놓지 못했다. 어쩌면 솔론에게마저 끝까지 비밀로 해야 할지도 모른다고 생각했다. 그런 줄 모르는 솔론은 계속 물었다.

"그렇다면 앞으로 어떻게 하시겠다는 거야? 야르 족장의 요구를 거부하고 저들과 싸우겠다는 거야? 그러면 넌 왜 다시 돌아왔어? 그냥 나는 이곳에 놔두고 족장님을 도와 싸울 준비를 해야지. 지금이 얼마나 위중한 때인데. 그리고 야르 족장의 요구를 거부했으니 이제 이곳에 갇혀 있는 툼바와 나는 어떻게 되겠어? 아무리 재무르가 도와준다고 해도 저들이 우릴 살려주겠어? 너만이라도 살아서 부족을 지켜야지 뭐 때문에 제 발로 다시 걸어들어와."

솔론은 이미 각오한 듯 쉴새 없이 말을 쏟아냈다. 진정성이 없이는 도저히 나올 수 없는 말이었다. 갇혀 있으면서 그는 이미 죽음까지 각오한 듯했다. 작지만 강하게 울려 나오는 솔론의 말에는 자기 한 몸쯤은 부족을 위해서 기꺼이 희생할 수 있다는 결기가 서려 있었다. 그의 눈에선 불이 뿜어져 나오고 있었다.

그런 솔론의 눈빛을 본 순간 툼바는 마음이 달라졌다. 람보르 족장과 나눈 계책을 도저히 숨길 수 없다는 생각이 들었다. 더 이상 시간을 끌 필요도 없었다. 주저하지 않고 다 털어놓았다. 툼바가 갑자기 목소리를 낮추며 몸을 끌어당기자 솔론은 의아해했다. 단둘만 있는데도 불구하고 귓속말을 전하는 심정이 곧 이해됐다.

얘기를 다 듣고 난 솔론은 놀란 표정으로 툼바를 바라보았다.

"뭐라고? 정말 그렇게 하기로 했다고? 진짜 족장님이 결정하신 거야?"

"네. 맞아요. 분명히 족장님이 결정하셨어요."

"그 길밖에 없다고? 그런데 아무리 그래도 재무르님을 속이다니 그건 아닌 것 같은데. 그렇게 되면 우리는 정말 돌이킬 수 없는 상황으로 들어가는 거야. 그동안 그분이 얼마나 성심성의껏 도와주고 챙겨줬는데 지금 와서 이럴 순 없지 않아? 툼바 똑바로 들어. 우리 부족원 그 누구도 내어줄 수 없다고 했지? 그분도 우리 부족 사람이야. 잠시 우리 부족을 떠났다고 해도 부인할 수 없는 사실이야. 핏줄은 못 속여. 그러니 부족의 아이는 내어줄 수 없고, 재무르님은 된다는 식의 결정을 난 도저히 받아들일 수 없어. 족장님이 왜 그런 결정을 하셨는지 내 머리로는 도대체 이해가 안 돼. 그러실 분이 아닌데… 혹시 우리가 모르는 더 깊은 뜻이 있는 건 아닐까?"

"솔론, 저도 그렇게 생각해요. 족장님이 그렇게 하실 분이 아니라는 건 알죠. 하지만 족장님은 결코 피할 수 없는 일이라고 했어요. 특히 우리 두 사람을 살리려면 그 길밖에는 다른 길이 없다고 했어요. 저도 처음엔 깜짝 놀라서 어떻게 그럴 수 있느냐고 항변했어요. 만약에 우리가 살아나면 재무르님은 죽을 수밖에 없을 텐데 말이에요."

"잠깐~"

그 순간 갑자기 솔론이 말을 가로막았다.

"잠깐만 기다려봐. 우리가 살면 재무르님이 죽는다... 우리가 살면 재무르님이 죽는다... 그렇지. 그분을 속여서 우리를 완전히 믿고 도와주게 한 다음에 탈출하면 재무르님은 위험에 처할 거야. 분명 야르 족장이 살려두지 않을 것 같아. 안 그래?"

"네. 제가 야르 족장이라도 살려두지 않을 거예요. 역시 결정적인 순간에는 자기 부족을 편들었다는 배신감에 어쩌면 더 참혹하게 죽일지도 몰라요. 그동안 봐온 야르 족장은 분명 그러고도 남을 사람이죠."

"맞아. 나도 그렇게 생각해. 더하면 더했지 덜하진 않을 거야. 그렇다면..."

솔론은 말꼬리를 내리며 잠시 생각에 잠겼다. 그럴 때 모습은 꼭 람보르 족장을 닮아있었다. 툼바는 재촉하지 않고 가만히 기다렸다.

"그렇다면... 길이 있어."

길이 있다는 솔론의 말에 툼바는 깜짝 놀랐다. 전혀 예상하지 못했기에 갑작스레 찬물을 뒤집어쓴 듯 정신이 바짝 났다.

"길이라뇨? 정말 길이 있어요?"

"방금 우리가 살면 재무르님이 죽는다고 했지? 결코 피해갈 수 없다고 했지? 아냐. 꼭 그렇지는 않아. 분명 우리도 살고 재무르님도 살 수 있는 길이 있을 거야. 우리만 살자고 그분을 위험에 빠뜨릴 순 없어. 절대 포기하면 안 돼. 우리가 반드시 그 길을 찾아야만 해."

솔론은 툼바를 똑바로 쳐다보며 단호하게 말했다.

순간 툼바는 어찌할 바를 몰랐다. 족장과 함께 머리를 맞대며 상의하고 온 것을 다시 뒤집는다는 건 자칫 일을 그르칠지도 모르는 위험한 일이라고 생각했다. 그들의 목숨을 물론이거니와, 부족의 안위에까지 큰 해를 끼칠지 모를 일이었다. 족장과의 약속을 어기고 독단적으로 행동한다는 것이 갑자기 큰 부담으로 밀려왔다. 솔론에게 이점을 명확하게 전했다.

"네 마음은 누구보다 잘 알아. 족장님과 철석같이 약속하고 온대로 따르지 않고 달리 행동한다는 것이 얼마나 부담스러운 일인지 나도 모르는 건 아냐. 하지만, 한번 잘 생각해 봐. 족장님의 성품을 우리가 누구보다 잘 알고 있잖아. 그런데 족장님이 재무르님을 속이고 우리만 살아 돌아오라고 한다는 게 이상하지 않아? 그대로 하면 분명 재무르님은 곤혹스러울 것이고, 잘못하게 되면 우리를 도와준 죄로 죽게 될지도 모르는데, 족장님이 그걸 모르실 리 있을까? 그러니 분명 무슨 뜻이 있을 거라 믿어. 우리가 그 뜻을 알아서 찾아낼 거라 믿고 계실 거야."

툼바는 몹시 혼란스러웠다. 갈피를 잡을 수 없었다. 그러나 솔론의 말이 충분히 일리 있기에 놀란 가슴을 차분하게 가라앉혔다.

"이제 알겠어요. 솔론의 말이 무슨 뜻인지. 자세히 생각해보니 정말 그래요. 족장님이 그렇게 쉽게 재무르님을 포기하지는 않을 거라 여겼기에 저도 사실 의외였어요. 혹여 다른 의도가 숨겨져 있는 건 아닐까요? 처음부터 다시 생각해봐야겠어요. 분명한 건 이번엔 족장님이 아닌 우리 둘이서 모든 걸 결정해야 한다는 사실이에요. 한 치의 실수가 있어서는 전체가 잘못될 수 있으니 신중하게 생각해야 할 거예요."

툼바는 마음 한구석에서 솟아 나오고 있는 뜻을 분명히 전해야만 한다고 생각했다. 솔론은 고개를 끄덕이며 툼바의 말을 받아들였다.

"그래, 우리 처음부터 차근차근 다시 생각해보자. 가장 중요한 건 시간이 별로 없다는 거야. 그나마 처음과는 달리 이번엔 우리 둘이 같이 있는 상황이 되니 다행이긴 한데 야르 족장이 언제 찾을지 모르니 될 수 있으면 빨리 결정하는 게 좋을 거야. 오늘은 푹 쉬고 내일 아침에 다시 얘기하자."

솔론은 먼길을 온 툼바를 배려했다. 바닥에 깔린 동물의 털을 툼바 쪽으로 밀어주며 어서 몸을 눕히라고 권했다. 자리에 누운 툼바의 머릿속에는 온통 그 생각뿐이었다. 눈에선 재무르의 모습이 어른거렸다. '속인다, 속이지 않는 다... 속인다, 속이지 않는다...' 상반된 두 낱말이 서로의 꼬리를 물고 돌고 돌 았다. 그런데 어느 순간 그렇게 사라지는 생각들 사이로 미르셀의 말이 강하게 밀고 들어왔다. 결정적인 순간이 되면 마음이 시키는 대로 움직이라는 그 말이 어느새 머리를 꽉 채우고 있었다. '그래 마음이 시키는 대로 움직이자.'

여긴 어디일까? 툼바는 갑자기 낯설기만 한 곳에 와 있었다. 상황이 급박했 다. '헉~헉~ 헉헉~' 어찌된 영문인지 다급하게 쫓기고 있었다. 커다란 동굴 앞 바위 위에서 갑자기 큰 동물이 나타나 툼바를 덮쳤다. 어깨를 스치며 지나 가는 발톱으로 인해 큰 충격을 받고 땅에 쓰러졌다. 정신을 차릴 새도 없이 그 동물은 다시 달려들었다. 얼른 자리에서 일어나 가지고 있던 나무창으로 쉴 새 없이 동물을 찔러댔다.

동물의 몸에서 뿜어져 나온 피가 순식간에 사방을 뒤덮었다. 수없이 창에 찔 렸음에도 녀석의 힘은 전혀 약해지지 않았다. 툼바의 몸을 움켜쥔 앞발은 놓 을 기미가 보이지 않았고, 날카로운 발톱이 점점 더 살을 파고드는 바람에 툼 바의 몸에서는 이내 피가 흘러내리기 시작했다. 창에 찔린 동물의 심장에서 뿜어나오는 피와 놈의 발톱 사이로 흘러내리는 툼바의 피가 섞여 바닥은 그야 말로 피의 강을 이루고 있었다.

끝까지 이를 악물고 버티는 쪽이 이기는 상황이었다. 움켜쥔 손에 힘이 더 들어갔다. 약해져 가는 정신을 끝까지 붙들며 있는 힘을 다해 눈앞에 열려 있 는 동물의 가슴팍에 긴 창을 쑤셔 넣었다. 마지막 일격이었다. 뼈들 사이를 뚫 고 몸 깊숙이 들어가는 창의 느낌이 양손을 타고 고스란히 전달되었다. 이윽고 더 이상 들어가지 않자 그 큰 몸집이 거짓말처럼 픽~ 하고 쓰러지고 말았다.

온몸을 피로 뒤집어쓴 툼바도 순간 큰 비명과 함께 동물 옆으로 쓰러졌다.

한동안 동물 위에 널브러져 있던 툼바는 누군가 부르는 소리에 소스라쳐 벌 떡 일어섰다.

“툼바~ 툼바~ 괜찮아?”

솔론이 몸을 흔들고 있었다. 깜짝 놀라서 일어나보니 꿈이었다. 온몸이 흠뻑 젖었다. 순간 자신의 몸을 적신 게 혹여라도 꿈속에서 뒤집어쓴 피가 아닐까 싶어 화들짝 놀랐다. 조심스레 손으로 만져보니 다행히 땀이었다.

‘휴~~~’ 입에선 안도의 한숨이 절로 나왔다. 긴장이 계속되다가 잠시 마음을 놓다 보니 금방 잠이 들었던 모양이었다. 비록 악몽을 꿨지만, 마음은 상쾌했다. 죽지 않고 살았다는 것, 자기를 습격한 큰 동물을 죽이고 끝내 살아났다는 게 좋은 징조인 것 같아 기분 좋았다. 꿈속에서나마 이기고 살아났다는 생각에 그동안 내내 짓누르던 부담이 조금이나마 덜어진 듯 마음이 한결 가벼워졌다.

그렇게 마음을 추스르고 있는 툼바를 물끄러미 지켜보던 솔론이 다가왔다.

“나쁜 꿈을 꾼 모양이구나. 괜찮아. 그동안 너무 긴장해 있다 보니 그랬을 거야. 이제 안심해.”

솔론은 옆에 있는 돌그릇에 담긴 물을 건넸다. 벌컥벌컥 찬물을 들이키자 비로소 정신이 돌아왔다. 벌써 날이 밝아올 때가 되었다는 걸 알자 긴장해야 하는 순간에도 정신없이 꿈속에서 헤맸던 자신이 부끄럽게 느껴졌다. 그런 미안함이 미더움과 고마움으로 이어졌다.

“고마워요. 솔론이 곁에 있으니 안심이 돼요.”

“그건 나도 마찬가지여. 이제 우리에겐 시간이 별로 없어. 곧 동이 터오니 어떤 식이든 야르 부족의 움직임이 있을 거야. 사실 난 밤새 한잠도 못 자고 생각했어. 그리고 내 나름대로 결론을 내렸어.”

툼바는 궁금했다. 과연 그 결론이 무엇인지 어서 듣고 싶었다. 하지만 그전에 자기가 먼저 얘기하고 싶은 마음이 앞섰다.

“그 마음 알아요. 저도 그러니까요. 그런데 잠깐만요. 제가 먼저 말할게요.

혹시 솔론의 생각이 제 생각과 같다면 두말할 것도 없이 그대로 하기로 해요.”

“알았어. 그럼 먼저 말해봐.”

솔론은 말을 멈추고 툼바에게 귀를 기울였다.

“이곳으로 다시 오기 전에 미르셀이 제게 말한 게 있어요. 만약에 결정적인 순간이 되었는데도 어떻게 해야 할지 모르겠다면 그때는 오직 마음이 시키는 대로 하라고요. 어제 잠에 곯아떨어지기 전에 계속 그 말을 되뇌며 생각했어요. 그런데 이제 그 말의 진정한 의미를 깨달았어요. 결론적으로 말하면 저는 재무르님을 속일 수 없어요. 솔직하게 털어놓은 다음에 도움을 구하고 싶어요. 분명, 우릴 외면하지 않을 거라 믿어요. 이게 제 생각이에요.”

“만약에 재무르님이 들어주지 않는다면?”

“분명 우리를 도와주고 싶어 할 거예요. 하지만 형편상 도와줄 수 없는 상황이 되더라도 최소한 방해는 안 할 거라 믿어요.”

“그래 역시 너답다. 내 생각도 너와 똑같아. 나 역시 재무르님을 믿어. 우리 한 번 해보자. 솔직하고 당당하게.”

두 사람은 결연한 표정으로 서로의 손을 굳게 잡았다.

바로 그때 두 사람이 나누는 은밀한 대화를 누군가가 듣고 있었다.

재무르는 새벽 동이 터오기 전에 두 사람을 만나려고 서둘러 솔론과 툼바가 갇혀 있는 곳으로 왔다. 쓰화 외에는 아무에게도 말하지 않았다. 조용히 그들의 동굴 앞에 당도하자, 동굴을 울리는 툼바의 신음 섞인 비명이 들리더니 곧바로 깨어나 솔론과 대화하는 소리가 들렸다.

재무르는 그들의 움직임을 파악하고자 잠시 옆에 몸을 기댄 채 두 사람이 주고받는 말을 들었다. 일부러 몰래 들으려고 그런 것은 아니었는데 상황이 그렇게 되다 보니 난감하기도 했다. 결국, 몰래 엿듣게 된 것을 내색할 수가 없어 인기척을 내지 않고 한쪽에 몸을 숨긴 채 조용히 있을 수밖에 없었다.

두 사람의 대화는 계속 이어졌다. 자기의 이름이 흘러나오자 순간 긴장했다.

"재무르님이 몸은 비록 야르 부족의 품에 있어도 영원한 우리 부족이라는 사실은 변함없어. 그리고 그분은 평범한 분이 아니야. 분명, 같은 부족을 팔아넘기는 야비한 짓은 하지 않을 거라 믿어."

"그건 저도 마찬가지예요. 사실, 재무르님을 속이고 탈출한다는 계획을 람보르 족장님과 함께 세우고 나서는 마음이 편치 않았어요. 누구에게 말도 못 하고 혼자 끙끙거리면서 다시 여기까지 왔는데 그나마 솔론이 곁에 있어서 다행이에요. 만약에 지난번처럼 나 혼자 갇혔다면, 분명 미쳐버리고 말았을 거예요. 제 마음이 시키는 대로 하겠다고 결정했는데 솔론의 생각도 같다고 하니 모든 고민이 사라지고 마음이 편해졌어요."

"그래, 그렇다면 우리의 뜻은 이미 정해졌어. 재무르님을 속이지 않는다는 것, 솔직하게 말하고 도움을 청하는 것, 그게 전부야. 조금 있으면 오실 것 같으니 우리 그때 솔직하게 얘기하자."

갇혀 있는 불안한 상황에서도 평정심을 잃지 않고 잔잔하게 이어진 솔론과 툼바의 대화는 재무르의 마음을 흔들었다. 두 사람이 자기를 믿어준다는 것에는 기분 좋았지만, 람보르 족장이 마음에 걸렸다. 그동안 람보르 족장이 어떤 결정을 했을지 몹시도 궁금했었는데, 툼바의 말대로 그런 선택을 했다고 생각하니 기분이 묘했다.

람보르 족장은 툼바를 다시 보내면서 야르 부족의 품에서 탈출하라고 사전에 의논한 것 같았다. 충분히 이해되는 일이었다. 그것이 현실적으로는 가장 최선의 방책일 테니 자기가 그 입장이라고 하더라도 그럴 수밖에 없을 것이었다. 문제는 람보르 족장이 재무르까지 속이라고 한 듯했다. 적을 제대로 속이려면 우리 편까지 속여야 하듯이 그 마음을 모르는 것은 아니지만, 그래도 같은 부족인데 하는 생각에 마음이 아려왔다. 더군다나 한때 피와 땀과 눈물을 나눈 친구이기에 밀려오는 서운함은 어쩔 수 없었다.

그런 만큼 재무르의 마음에서는 거센 풍랑이 일었다. 지금 자기가 하는 일들이 다 부질없는 일이 아닌가 싶었다. 그냥 지금처럼 야르 족장을 섬기며 편하게 살 수도 있는데 왜 이렇게 동분서주하며 부족을 위해 애써야 하는지 씁쓸하기도 했다. 그나마 솔론과 툼바가 자기를 속이지 않고, 솔직하게 털어놓으려고 하니 고맙고 대견했다.

이제는 자기가 본의 아니게 엿듣게 된 것을 들키지 말아야 했다. 한동안 벽에 붙어 꼼짝 않고 있다가 두 사람이 잠시 부산하게 몸을 움직이는 틈을 타서 그곳을 빠져나왔다.

동굴 밖으로 나온 재무르는 다시 한번 곰곰이 생각을 정리했다. 그리곤 무슨 생각을 떠올렸는지 고개를 끄덕거리고는 천천히 안으로 걸음을 옮겼다. 표정은 여전히 변함없었다. 그들이 갇혀 있는 곳이 가까워지자, 이번엔 일부러 발을 굴러 더 쿵쿵거렸고, 헛기침까지 했다.

"솔론, 툼바, 잘 쉬었어?"

재무르는 마치 아무 일도 없었던 것처럼 자연스럽게 인사를 건넸다.

"네. 재무르님. 덕분에 잘 쉬었어요."

솔론과 툼바의 표정은 나쁘지 않았다. 그들은 아무런 내색도 하지 않고 재무르를 향해 반갑게 인사를 건넸다.

"두 사람도 짐작하겠지만 시간이 별로 없어. 야르 족장은 무슨 일이든 한번 결정하면 단숨에 해치우는 성격이라 아마도 일이 빨리 진행될 거야. 두 사람이 생각하는 것보다 훨씬 빨리."

어느 정도는 예상했지만, 그보다 더 다급한 상황이라는 말에 솔론과 툼바의 마음도 급해졌다. 지체할 수 없었다. 잘못하다가는 때를 놓쳐 이도 저도 아닌 상황이 될 수도 있었기 때문이었다.

툼바는 솔론을 쳐다보며 고개를 한 번 끄덕였다. 부딪쳐오는 솔론의 눈빛이 더 강렬해졌다.

"저~~ 재무르님..."

툼바가 말꼬리를 흐리며 재무르를 불렀다.

"왜. 무슨 할 말 있어?"

재무르는 짐짓 아무것도 모르는 체하며 툼바를 주시했다.

"먼저 재무르님께 고맙다는 말씀을 전하고 싶어요. 짧은 기간에 생각지도 못했던 엄청난 일이 벌어져서 아직도 얼떨떨하기만 한데, 이런 상황에서 재무르님이 없었으면 아마도 훨씬 암담했을 거예요. 더군다나 말도 안 통하는 야르 부족과 말이에요. 그런 면에서 재무르님을 만난 건 분명 신의 도우심이라고 생각해요."

"그건 나도 마찬가지야. 우리 부족을 이끌어 갈 훌륭한 두 사람을 도울 수 있어서 나 역시 마음이 뿌듯해. 솔직하게 말하면 부족을 떠나올 때 정정당당하지 못하고 몰래 도망쳐 나온 것이 지금까지도 내내 마음에 걸렸는데, 이제라도 조금이나마 힘이 될 수 있어서 오히려 내가 더 고마워."

"그렇게 말씀해 주시니 감사해요. 그런데 사실 드릴 말씀이 있어요."

이제는 다 털어놓을 때가 왔다고 툼바는 생각했다.

"그래 얘기해 봐."

"야르 족장의 요구에 대한 우리 부족의 답은 부족원 그 누구도 내줄 수 없다는 거예요. 요구를 받아들이지 않는다는 뜻이죠."

재무르의 표정을 보니 의외로 담담했다.

"그래, 예상했어. 그럴 거라고."

"네? 예상하셨다고요?"

"난 람보르 족장을 누구보다 잘 알지. 내 친구니까. 그는 자신의 몸을 던지면 던졌지 결코 부족원을 내어줄 사람이 아냐. 툼바가 실수로 야르 족장의 아들을 죽였다고 해서 야르 족장의 요구대로 똑같이 우리 부족의 아이를 죽게 할 사람이 아니란 말이지. 난 처음부터 그럴 줄 알고 있었어."

“그러셨군요. 역시 재무르님이세요.”

옆에 있던 솔론이 입을 열었다.

“그런데 말야...”

재무르는 의미심장한 미소를 띠며 솔론과 툼바를 바라보았다.

“문제는 그다음이겠지. 야르 족장의 요구를 받아들이지 않겠다면 어떻게 할 작정이야? 당장 두 사람이 이곳에 갇혀 있는데.”

재무르는 조금도 요동하지 않고 조용한 어조로 말을 건넸다.

“그래서 말씀드리는데요. 저희 둘은 이곳을 탈출할 생각입니다.”

재무르에게 충격으로 다가갈 것을 알면서도 뜸 들이지 않고 단도직입적으로 말을 꺼냈다. 탈출을 말할 때는 툼바의 목소리에 힘이 들어갔다.

“뭐라고? 탈출? 도망가겠다고?”

놀라는 표정을 지으며 목소리가 높아진 걸 보니 재무르도 이것만은 예상하지 못한 것 같았다.

“네. 탈출이요. 저희는 도망갈 겁니다. 이대로 야르 부족에게 잡혀 있지 않을 거예요. 꼭 살아서 우리 부족 품으로 돌아갈 거예요.”

“그렇다면 말야. 너희들이 도망가려면 아무도 모르게 은밀하게 가야 할 텐데 내게 왜 그 사실을 털어놓는 거지? 내가 지금은 야르 족장을 돕는 사람이라는 걸 모르진 않을 텐데.”

“네. 맞아요. 그래서 처음엔 재무르님까지 속이고 도망가려는 계획을 세웠어요. 이건 제가 솔론에게도 털어놓지 않았었어요. 하지만 밤새 고민하다가 꿈까지 꿨고, 아침에 일어나서 솔론과 대화를 나눈 끝에 재무르님을 속일 순 없다고 의견 일치를 봤어요. 만약에 저희가 몰래 도망치면 재무르님은 영문도 모른 채 오히려 저희를 도와 탈출시켰다는 의심을 받게 될 테고, 곤경에 처할 수 있지 않겠어요? 그건 아니에요. 재무르님이 우리에게도 외면받고, 야르 부족에게서도 의심받도록 할 수는 없어요. 저희 둘이 살자고 재무르님을 위험에 빠뜨릴 수는 없다는 게 저희가 내린 결론이었어요."

본의 아니게 엿듣는 바람에 이미 알고는 있었지만, 자기 앞에서 그렇게 당당하게 말하는 툼바의 모습을 보면서 재무르는 한참 동안 말을 잇지 못했다. 다 털어놓은 솔론과 툼바는 재무르의 입이 열리는 순간을 기다렸다.

"솔직하게 얘기해줘서 고마워. 그렇다면 나도 솔직해질게. 사실 방금 두 사람을 보러 들어왔다가 본의 아니게 얘기 나누는 것을 조금 듣게 되었어. 일부러 몰래 들으려고 한 것은 절대 아냐. 어쩌다 그렇게 되었어. 처음엔 놀라기도 하고, 고맙기도 하면서 하여튼 묘한 기분이었어. 그러면서 생각했지. 람보르 족장이 왜 나를 속이라고 했을지에 대해서 말야. 람보르 족장이 보통 사람이 아닌 건 알지? 많은 걸 꿰뚫어 보는 사람이지. 아마도 일어날 수 있는 모든 상황을 다 고려했을 거야."

두 사람은 재무르가 이미 그들의 말을 들었다고 하자 서로를 쳐다보며 놀랐다. 하지만 다음 내용이 더 궁금했다.

"일어날 수 있는 모든 상황이라뇨?"

"내 생각인데, 람보르 족장은 두 가지를 생각했을 거야. 툼바를 다시 보내는데 지난번처럼 솔론과 떨어져 혼자 갇혀 있는 것이 하나고, 지금처럼 두 사람이 함께 있는 상황이 다른 하나지. 어떤 상황이냐에 따라 대응이 달라야 함을 꿰뚫은 거지. 그래서 툼바에게 그렇게 시킨 거라 생각해."

"무슨 말인지 도통 모르겠어요. 뭐가 다르다는 거예요."

"한번 생각해 봐. 툼바는 람보르 족장의 지시대로 따를 수밖에 없으니 이 사실을 아무에게도 털어놓을 수 없었겠지. 그렇다면 혼자 해결해야 하는데, 만약에 솔론과 따로 갇혀 있게 되면 어떻게 되겠어? 둘이 함께 도망가는 게 가능해? 쉽지 않을 거야. 툼바 혼자서는 절대 도망칠 수 없으니 나를 속여서라도 솔론을 데리고 도망쳐 나오라고 했을 거야. 다른 하나는, 두 사람이 함께 있는 상황이지. 그러면 지금처럼 툼바가 솔론에게 솔직하게 털어놓고 의논할 거라고 예상한 거지. 두 사람의 성품을 잘 알고 있는 람보르 족장은 둘이 대화하면서 결국에는 나를 속이지 않고 다 털어놓을 거라는 걸 내다봤을 거야. 매사에 정직한 자네들 두 사람을 믿은 거지. 결국 람보르 족장은 자네들이 어느 쪽을 선택하든 내게 피해가 가지 않도록 신경 쓴 거야. 겉으로 볼 때는 나를 속이라고 한 것이라서 처음엔 서운함을 느꼈는데, 상황을 파악해 가다 보니 실상은 나를 세심하게 배려해 준 셈이지. 역시 람보르 족장다워."

참으로 놀라웠다. 눈앞에서 보고 들으면서도 이해되지 않을 정도였다. 몇 수 앞을 내다보는 람보르 족장의 혜안도 대단하지만, 이를 간파하면서 람보르 족장의 마음을 헤아리는 재무르의 탁월함도 그에 못지않았다. 그야말로 고수들이 벌이는 엄청난 수 싸움과도 같았다.

"역시 재무르님은 대단하세요. 어떻게 그렇게까지 내다볼 수 있으신지… 그런데 말이죠. 한 가지 더 궁금한 게 있어요. 방금 말씀하신 것 중에 따로 갇혀 있을 때와 함께 있을 때가 뭐가 다르다는 거죠?"

아무래도 궁금증이 풀리지 않았던 툼바는 조금의 의심도 다 걷어낼 생각으로 내처 물었다.

"다르지. 분명 다르지. 툼바와 솔론이 따로 갇혀 있다면 두 사람이 탈출해도 처음엔 날 의심하겠지만 전적으로 내게만 책임을 물을 수는 없을 거야. 따로따로 지키고 있는 상황에서 두 사람을 다 도와서 탈출시키는 것은 나로서도 쉽지 않은 일이란 걸 알 테니까. 오히려 탈출한 두 사람의 신출귀몰한 능력을 인정할 수밖에 없는 상황으로 흘러갈 거야. 하지만, 두 사람이 함께 있는 상황이면 내가 도와주기 더 쉬울 테니 상황에 따라서는 자칫하면 의심받을 수 있겠지. 나도 오해받지 않도록 더 조심해야 할 테고. 하지만, 지금 상황은 또 달라. 오히려 지금이 나한테는 더 유리해. 이게 무슨 말이냐면…"

쉴 새 없이 말이 이어지던 재무르의 입이 닫히면서 두 사람을 바라보는 눈이 더 크게 열렸다. 그는 심호흡을 한 번 하고 나서 말을 이었다.

"람보르 족장이 이것까지 예측하진 못했겠지만 사실, 두 사람을 한 방에 넣자고 먼저 말한 사람이 야르 족장이야. 뭐랄까, 일종의 방심이라고 할까? 따로 가두는 게 당연한데, 이제 상황이 다 정리되어간다고 생각해서 마치 선심이라도 쓰듯 한 곳에 가둔 거야. 그러니 두 사람이 도망치게 되면 야르 족장의 성품상 다른 사람에게 책임을 떠넘기기보다 분명 자기가 방심했던 탓으로 돌릴 거야. 끝까지 냉철하게 생각하지 못한 결과라고 스스로 탓하면서 자책할 게 분명해. 물론, 어떤 경우든 나에 대한 일말의 의심이 아예 없을 순 없겠지만 그렇게 치명적일 정도는 아니라는 거지."

람보르 족장과 재무르 두 사람에게 절로 고개가 숙여졌다. 그러나 한편으로는 섬뜩해지기까지 했다. 마치 야르 족장을 포함해 그들 세 사람이 벌여 놓은 판 위에서 자신들은 그저 시키는 대로 움직일 수밖에 없는 작은 존재가 아닌가 싶은 생각에 다다르자 툼바의 온몸에는 소름이 돋았다.

"참으로 놀라워요. 재무르님. 그러면 이제 어떻게 해야 하죠?"

기다리던 솔론이 바로 나섰다.

"너희들이 가는 걸 막지는 않겠어. 내가 생각해도 두 사람이 할 수 있는 최선은 여길 탈출하는 것밖에 없어. 야르 족장이 요구한 것이 과했고, 이를 받아들이지 않은 람보르 족장도 내가 볼 땐 당연해. 한 부족의 족장이면 응당 그래야겠지. 하물며 람보르 족장같은 사람이라면 말할 것도 없지. 만약에 야르 족장의 요구에 굴복해서 누구든 부족의 아이를 희생한다고 했다면 오히려 내가 실망했을 거야."

예상한 대로 재무르가 두 사람의 탈출을 막지 않겠다고 하자, 툼바의 마음은 한결 가벼워졌다.

"그런데 말야. 지금부터 잘 들어. 분명한 것은 야르 부족 내에서 내 위치가 흔들리지 않아야 앞으로 어떤 일이든 도울 수 있다는 점이야. 그래서 두 사람이 탈출한다면 내가 돕지도 않고, 관여하지도 않을 거야. 조금이라도 의심의 꼬투리를 남기지 않도록 할 거야. 그건 이해하겠지? 온전히 두 사람이 헤쳐나가야 해. 람보르 족장도 두 사람이 힘을 합치면 무사히 돌아올 수 있을 거라 믿고 툼바를 다시 보냈을 거라고 생각해. 다만, 나도 손을 놓고만 있지는 않을 거야. 두 사람이 언제 빠져나가는 게 좋을지, 어떤 방법을 써서 어떤 길로 탈출하는 게 좋을지 정도는 조언할 테니. 그 과정에서 혹시나 나를 감시하는 사람이 있을지도 모르니 주의할게. 다음에 내가 다시 찾아오게 되면 그 시간이 왔다고 생각해도 좋아. 차분하게 준비하고 있어."

재무르는 더 이상 시간을 끌지 않았다. 정확하게 핵심만 말하고는 급하게 일어섰다.

"참~~~"

돌아서던 재무르가 다시 몸을 돌렸다. 표정을 보니 미처 전하지 못한 말이 남아있는 듯했다.

"그럴 리는 없겠지만 만에 하나 탈출하다가 잡히면 두 사람은 아마 살아남지 못할 거야. 그땐 나도 도울 수 없어. 그러니 한 치의 실수도 없도록 준비해야 해. 여기 먹을 걸 준비해 왔으니 미리 힘도 비축해 두고."

재무르는 그제야 생각났다는 듯이 품속에서 무언가를 주섬주섬 꺼냈다. 희미하게 풍기는 냄새를 보니 고기를 말린 것 같았다.

"아내 쓰화가 준비한 거야. 두 사람한테 갖다 주라고. 내가 우리 부족 사람들을 만났다고 하니 그렇게 좋아할 수가 없어. 야르 부족 내에서도 자네들을 응원하는 사람이 있다는 걸 잊지 마."

"저~~ 재무르님"

급하게 돌아서는 재무르를 툼바가 다시 불러세웠다.

"쓰화님께 고맙다고 전해주세요. 솔직히 재무르님과 쓰화님이 저희와 함께 우리 부족에게로 돌아가면 좋을 텐데요."

툼바는 그 와중에도 속에 품고 있던 생각을 숨기지 않고 내비쳤다.

"나도 그러고 싶지. 왜 우리 부족이 그립지 않겠어. 아마도 언젠가는 그런 날이 올 거라 믿어. 하지만 지금은 안 돼. 그리고 내가 여기에 있는 게 더 좋을 수도 있어. 앞으로 어떤 일이 벌어질지 모르니. 자, 서둘러. 내가 여기 온 것이 알려지면 안 되니 나도 빨리 갈게. 그리고 가장 중요한 게 남았어. 너희들이 떠나고 나면 야르 족장은 분명 가만히 보고만 있지 않을 거야. 더 큰 일이 일어날 수 있다는 것도 각오해야 해. 두 사람이 람보르 족장을 도와 잘 대처해야 막아낼 수 있을 거야. 그때가 되면 나도 내가 할 수 있는 일을 할 테니까."

미처 대답할 새도 없이 재무르는 이내 밖으로 사라졌다.

재무르가 떠나고 나서 솔론은 고민에 빠졌다. 바로, 소투와의 일이었다. 솔론은 툼바나 재무르에게 소투와의 만남을 털어놓지 않았다. 소투가 아무한테도 말하지 말라고 신신당부하긴 했지만, 꼭 그 약속 때문만은 아니었다. 자칫 잘못하면 지금까지의 믿음에 금이 갈 수도 있을 테고, 무엇보다도 야르 족장이 재무르를 제쳐놓고 소투에게 그런 일을 맡긴 것에 대해 재무르가 낙심할 게 뻔했다. 차라리 말하지 않는 게 더 좋을 듯싶어 꾹 참고 넘겼다.

한편으로는 모든 걸 다 아는 재무르가 소투와의 일을 모를 리 없을 거라는 생각도 들었다. 소투가 얘기했거나, 아니면 재무르가 어렴풋이나마 눈치채고 있을지도 몰랐다. 만약에 그렇다면 말을 꺼내지 않는 솔론을 재무르가 오해할 수도 있을 것이었다. 여러 가지 생각이 머리를 파고 들어왔다. 미처 해결하지 못한 일이 남아 있어서 그런지 솔론의 마음은 무거웠다.

잠시 고민한 후에 솔론은 끝까지 자기 자신을 믿기로 했다. 나름대로 생각이 확고하기에 더 이상 크게 고민하지 않기로 했다. 어떠한 일이 있어도 인간으로서의 길에서만 벗어나지 않으면 될 일이었다.

비밀스러운 제안을 하고 떠난 이후에 소투는 한 번도 찾아오지 않았다. 툼바가 돌아오면 둘이 상의하고, 어느 쪽으로든 결정해서 만나자고 솔론이 말해 놨으니 아마도 내일쯤이면 그가 찾아올지도 몰랐다. 그러니 그 이전에 솔론도 결정해야만 했다.

소투의 편으로 보낸 야르 족장의 제안은 딱 하나였다. 솔론과 툼바가 야르 족장의 편에 서는 것, 즉 배신이었다. 그러면 모든 걸 없던 일로 하겠다는 것이었다. 이것은 더 이상의 죽음과 두 부족 간에 밀려올 엄청난 피바람을 막을 수 있는 대단히 현실적인 방안인 듯하지만, 그들이 처한 위기 만큼이나 위험한 거래였다.

툼바 몰래 이틀날 새벽까지 꼬박 밤새워 고민하던 솔론은 드디어 결심했다. 이제는 툼바에게 말해도 될 듯싶었다. 아니, 말해야 했다. 잠에서 깨어난 툼바에게 그동안에 있었던 일들을 상세하게 털어놓았다. 툼바는 전혀 예상하지 못했기에 어리둥절했다. 재무르의 문제가 해결되니 다른 문제가 떡 하니 나타난 셈이었다. 사실, 이 문제는 지금까지 생각해 본 적도 없고, 있을 수도 없는 일이었다. 더군다나 솔론은 자기 혼자이지만, 툼바에게는 미르셀과 루미라는 가족이 있지 않은가? 아무리 아들 루미나 다른 부족의 아이를 살려주는 조건이라고 해도 그런 제안을 선뜻 받아들일 수는 없는 일이었다.

문제는 솔론이 고민한 대로 이 사실까지 재무르에게 말해야 하는지에 관한 것이었다. 그리고 마침내 두 사람은 이왕 탈출하는 마당에 한 치의 숨김도 없어야 한다는 데 의견을 모았다. 거기에 더해 미르셀이 꼭 알아 와야 한다고 신신당부했던 야르 부족의 약점은 재무르를 통해서가 아니면 알 수 없는 일이기에 그 문제도 정면으로 맞부딪치기로 했다.

이제 탈출하기 위해 하나하나 준비해야 했다. 가장 먼저 한 일은 서로 간의 신호를 정하는 일이었다. 탈출하는 과정에 있어 예기치 못한 일로 위험에 처하거나 서로 헤어지게 되는 일이 일어날 수 있으니 미리 신호를 정해 서로의 상황을 공유하기로 했다. 두 사람 모두 동물 울음소리를 잘 흉내 냈기에 주위에 흔하게 보이는 들소의 울음소리로 정했다. 서로를 부를 때, 안전하다고 알려줄 때, 위험에 처했을 때, 도와달라고 요청할 때, 그대로 가만히 있으라고 할 때 등 다양한 상황을 상정하면서 정했다. 그래야만 예기치 않게 서로 헤어지게 되는 상황이 생기더라도 언제든지 소통할 수 있을 것이었다. 두 사람이 끝까지 함께 하면서 무사히 돌아가려면 그 무엇보다 중요한 부분이었다.

나머지 준비는 솔론의 주도하에 이루어졌다. 툼바가 부족에게로 돌아가 있는 동안 혼자 갇혀 있으면서 솔론은 앞으로 일어날 수 있는 경우에 대해 나름대로 다양하게 예측하고 준비했다고 했다. 그냥 가만히 앉아서 시간만 보내고 있었을 사람이 아니라는 건 이미 짐작했지만, 그 정도까지 철저하게 준비했으리라고는 예상하지 못했다. 역시 솔론이라는 생각이 강하게 자리 잡으며 불안했던 마음도 조금씩 누그러졌다.

솔론이 가장 신경 쓴 것은 야르 부족의 생활습관을 파악하는 일이었다. 그걸 알아야 어떤 상황이든 자연스럽게 녹아 들어갈뿐더러, 빠져나갈 허점을 발견할 수 있기 때문이었다.

야르 부족은 일정한 때가 되면 모두 똑같이 잠자리에 들었고, 아주 소수의 사람만 주위를 지켰다. 얼핏 확인한 것만 보면 그들이 갇혀 있는 곳은 밤이 되면 경계가 다소 소홀해지는 건 분명했다. 지키는 사람은 있지만 그리 신경 쓰지 않는 듯했고, 밤이 깊을수록 꾸벅꾸벅 졸기까지 했다. 분명 오랫동안 안전한 동굴 속에서 평안하게 살아온 탓일 것이었다. 그러니 큰 소리만 내지 않으면 몰래 탈출하는 것이 그리 어렵지 않고 충분히 가능해 보였다.

솔론은 동굴 밖까지 무사히 빠져나가는 것이 탈출 과정에서 가장 중요하면서도 어려운 문제라고 말했다. 당연했다. 동굴만 무사히 빠져나가게 되면 부족이 있는 곳으로 가는 것은 시간이 걸릴 뿐, 그리 어려운 일은 아닐 것이었다. 특히, 툼바는 혼자서 부족의 마을까지 다녀온 경험이 있어 양 부족 사이에 펼쳐진 땅의 모습에 익숙했기에 더 그랬다.

"그런데 툼바, 우선은 우리가 갇혀 있는 이 방을 벗어나야 하잖아? 그런데 이렇게 밖에서 단단하게 잠겨있으니 어떻게 하면 좋지? 나무 창살을 부수면 소리가 나서 금방 눈치챌 테니 아무도 모르게 해야 하는데 걱정이야.”

그 말을 기다렸다는 듯이 툼바는 아무 말도 하지 않고 허리춤에서 어떤 물건을 꺼내놓았다.

“그게 뭐야?”

“떠나올 때 족장님이 주신 거예요. 꼭 필요할 때가 있을 거라고 말씀하셨어요. 혹시 지금이 그때인가 싶어서요.”

건네받은 물건을 솔론은 자세히 살폈다. 돌로 만든 도구였는데 상당히 단단하고 날카로우면서도 정교했다. 그 역시 돌과 나무로 이런저런 도구를 만들지만 지금 손에 들고 있는 도구는 생전 처음 보는 것이었다.

“이런 건 처음 보네. 족장님이 직접 만드셨을까?”

“그러게요. 저도 깜짝 놀랐어요. 그런데 이걸 어디에 쓸까요?”

“툼바가 부족에게 잠시 돌아갔을 때 이곳 야르 부족에 잡혀 있는 동안의 생활에 대해 다 말씀드렸겠지. 당연히 이 동굴의 모습과 구조에 대해서도 말씀드리지 않았겠어?”

“네. 그랬어요. 제가도 말씀드렸고, 족장님도 자세한 부분까지 궁금해하셔서 알고 있는 모든 걸 다 말씀드렸어요.”

“역시 족장님이셔. 족장님은 툼바의 말만 들으시고도 여길 탈출하려면 어떻게 해야 하는지 알아차리셨던 것 같아.”

“네, 맞아요. 듣고 보니 정말 그런 것 같네요. 나무 창살과 묶여있는 것의 모양까지 소상하게 말씀드렸었던 기억이 나요”

“맞아. 족장님은 이 도구를 사용해서 탈출하라고 하신 거야. 이건 내가 가지고 있으면서 어떻게 쓸 것인지 더 생각해볼게. 때가 오면 신속하게 이곳을 빠져나갈 수 있도록 최대한 빨리. 그동안 툼바는 체력을 비축하면서 그냥 내 옆을 지키고 있으면 돼. 혹여나 야르 청년들이 다가오지는 않는지 주위를 잘 살피고 놓치지 마.”

“알았어요. 시키는 대로 이상 없이 할게요.”

도구를 솔론에게 넘겨주고 툼바는 또 무엇을 준비하고, 대비해야 하는지 생각했다. 이 동굴로부터 부족의 마을까지 가는 모습을 머릿속에 그리면서도, 내내 마음 한편을 짓누르고 있는 알 수 없는 불안감의 실체를 마주하려고 애썼다. 쉽게 잡히지 않았다. 여전히 안개 속을 걸어가는 기분이었다.

한동안 도구를 손에 쥐고 생각에 잠겨있던 솔론이 그런 툼바의 기분을 눈치챈 듯 말을 걸어왔다.

“그런데 무슨 다른 고민이 있어? 안색이 좋지 않아.”

“그렇게 보였어요? 사실 무언가 알 수 없는 불안한 마음이 계속 남아있어요. 마음속에서는 불안한데 마주하려고 하면 알 수 없어요. 그래서 더 초조하고 그래요.”

“난 알 것 같아. 아무래도 우리 둘이 탈출한 이후에 어떤 일이 벌어질지 너무 신경 쓰다 보니 이유 없이 자꾸 불안해지는 게 아닐까 싶어. 사실 나도 그런 마음이 없다고는 못하겠어.”

“솔론도 그래요? 저는 저만 그러는 줄 알았어요. 그냥 탁 털어버리면 좋겠는데 계속 떠오르면서 저를 괴롭혀요. 혹시나 잘못되면 어쩌나 하는 부담감이 절 그냥 놔두지 않아요. 미치겠어요.”

솔론은 그런 툼바의 마음을 안다는 듯 조용히 툼바의 손을 잡고 안아주었다.

“우리 지금은 아무런 생각도 하지 말자. 오직 여기서 무사히 빠져나가는 것만 생각하자. 불안해질 때면 람보르 족장님을 생각하고, 미르셀과 루미를 생각하자. 그러면 힘이 생기고 용기가 솟을 거야. 우리가 약해지면 나중에 더 큰 일이 일어날지도 몰라. 알았지?”

솔론의 위로를 들으니 툼바는 마음이 한결 편안해졌다. 솔론의 말대로 이 중압감과 불안감을 이겨내야만 했다. ‘제벨 사하바!’ 가 입에서 절로 새어 나왔다.

얼마나 잤을까? 가만가만 그를 흔드는 손길에 툼바는 눈을 떴다. 솔론이었다. 사방이 캄캄하기에 때를 가늠할 수 없지만, 머리가 금방 개운하고 정신이 맑아진 걸 보니 잠을 푹 잤다는 게 느껴졌다.

솔론은 일찍 일어났는지 벌써 채비를 차리고 있었다. 손에는 여전히 족장님이 준 도구를 들고 있었다. 이제 두 사람이 해야 할 일은 재무르를 기다리는 일이었다. 그가 아무리 야르 족장의 신임을 받고 있어도 두 사람이 도망간 후에 의심받지 않으려면 몰래 와야 했다. 하지만 사람의 눈을 피하는 게 그리 쉬운 일은 아닐 것이었다. 그렇다면 가장 좋은 때는 동이 터오기 직전일 것이었다. 날이 밝기 전이 가장 어두운 법이고, 하루 중 사람의 움직임이 가장 덜할 때라 그보다 좋은 때는 없었다.

그들의 예상대로 얼마 후 재무르가 그들을 찾아왔다. 두 사람을 지키고 있던 야르 부족의 청년은 어디에 있는지 알 수 없었다. 다녀간 흔적을 남기면 안 되겠기에 문 앞에 앉아 조용히 말을 건넸다.

"솔론, 툼바, 준비는 다 되었는지?"

"네. 다 됐어요."

"먼저, 두 사람이 어떻게 여길 빠져나갈 건지부터 말해봐. 내가 열어줄 수는 없어. 분명히 흔적이 남으니까 의심에서 벗어날 수 없을 거야."

"재무르님이 의심받으면 안 돼요. 여기를 벗어날 방법은 있으니 걱정하지 마세요. 그것보다도 여길 나가서 최대한 눈에 띄지 않게 동굴을 벗어나는 길과 벗어날 방법부터 알려주세요."

"이미 어느 정도 파악했겠지만, 이 동굴은 무척이나 넓고 복잡해. 동굴 안이 클뿐더러 사방으로 뚫려 있어서 자칫 잘못하다가는 밖으로 나가기는커녕 더 안으로 들어가게 될 수도 있어. 그러니 제일 중요한 게 방향 유지야. 오직 밖으로 나가는 단 하나의 통로를 찾고 그 길을 따라 움직여야 해. 사실, 다른 비밀통로가 있긴 한데 나 역시 몇 번 드나들지 못했어. 그곳으로 가면 조금 더 수월하겠지만, 불확실한 위험을 감수해야 하니까 쉽게 권하지는 못하겠어. 또한, 그 비밀통로 밖은 두 사람이 한 번도 가보지 못한 곳이라 거기서부터 우리 부족 마을까지 제대로 찾아가기도 쉽지 않을 거야."

"지금 비밀통로라고 말씀하셨어요? 사실 그게 궁금했어요. 이 많은 야르 부족이 단 하나의 통로만 사용하진 않을 거라고 여겼는데, 이제야 궁금증이 풀렸네요. 그곳을 이용할게요. 일종의 모험 같지만, 그들이 전혀 예상치 않은 곳으로 나아가고 싶어요. 알려주세요. 재무르님!"

솔론은 마치 준비하고 있었다는 듯이 대답했다.

"쉽지 않을 텐데... 제대로 찾아갈 수 있을까? 그리고 말야..."

재무르는 말끝을 흐렸다. 솔론은 재무르의 염려를 이내 알아차렸다.

"우리가 비밀통로를 통해 빠져나가면 야르 족장은 재무르님을 의심할지도 몰라요. 우리 둘이 그 통로를 알 리 없다고 생각할 테니까요. 하지만 방법이 있어요. 우리가 여기저기 흔적을 남겨 놓을 거예요. 급하게 빠져나와 헤매다가 우연히 그 통로를 발견한 것처럼요. 그러면 재무르님도 크게 오해받지 않을 거라고 생각해요."

"역시 솔론이네. 나도 그 얘길 하려고 했어. 정말 우연히 발견한 것처럼 해야 해. 비밀통로는 소수 인원만 지키고 있으니까 상대적으로 빠져나가기가 수월해. 무엇보다도 동굴을 벗어나서 바로 숲으로 들어갈 수 있기에 몸을 숨기기도 좋지. 그곳으로 드나드는 사람도 거의 없으니까 지금쯤이면 지키는 자들도 긴장이 풀어져 잘만 하면 눈치채지 못할 거야. 만약에 정 안 되면 그냥 돌아 나오면 되니까."

재무르는 그들이 갇혀 있는 곳에서부터 비밀통로에 이르는 길을 자세히 알려주었다. 솔론과 툼바는 복잡한 그 길을 마치 그림 그리듯 머릿속에 새겼다. 재무르는 통로 밖을 나서면 아직 해가 밝아오지 않았을 것이니 하늘에 뜬 별을 보며 어느 쪽으로 방향을 유지해야 하는지도 상세하게 일러주었다.

재무르의 말 한마디 한마디가 그들에게는 생명줄과 다름없었기에 솔론과 툼바는 놓치지 않았다. 나지막이 오가는 세 남자의 말 속에는 삶을 향한 간절하고 뜨거운 우정이 담겨 있었다.

할 말을 마친 재무르는 서둘러 일어섰고, 아무 말 없이 두 사람의 손을 마주잡았다. 나무 창살을 사이에 두고 굳게 손을 맞잡은 그들의 얼굴에는 긴장감이 흘러넘쳤다.

"고마워요. 이 은혜 잊지 않을게요. 무사히 돌아가서 람보르 족장님께도 재무르님의 도움에 대해 잘 말씀드릴게요."

"솔론, 툼바, 끝까지 살아서 돌아가야 해. 그리고 더 중요한 게 있어. 두 사람이 탈출하게 되면 야르 족장은 절대 용서하지 않을 거야. 곧 전 부족원을 이끌고 쳐들어갈 게 뻔해. 그걸 꼭 대비하고 준비해야 해. 그땐 나도 야르 부족의 일원으로서 싸우러 갈 테고, 우리 부족을 마주하게 되겠지. 그런 상황만을 피할 수 있도록 끝까지 야르 족장을 설득하면서 노력하겠지만 내 힘으로도 어쩔 수 없는 상황, 싸움을 피할 수 없는 상황이 올지도 몰라. 그때는 그게 서로의 운명이려니 생각하자. 다만, 한 가지 우리 서로 약속하자."

비장한 재무르의 말에 두 사람은 손을 더욱 꼭 잡으며 지켜보았다.

"그 어떤 상황이 오더라도, 그 어떤 일이 닥치더라도 나 재무르는 야르 부족이 아니라 람보르 부족임을 잊지 않을 거야. 다른 사람들은 몰라도 자네들 두 사람과 람보르 족장만큼은 믿어주면 좋겠어. 이만 갈게. 꼭 다시 만나자."

서둘러 말을 마친 재무르가 일어서려고 할 때 솔론이 그의 손을 잡았다. 재무르는 일어서려다 말고 다시 제자리에 앉았다.

솔론과 툼바는 재무르가 오기 전에 나누었던 얘기를 털어놓았다. 소투가 다녀갔던 일, 미르셀이 야르 부족의 약점을 꼭 알아 와야 한다고 했던 말도 한 치의 숨김없이 말했다. 이젠 재무르를 완전히 믿을 수밖에 없었다.

별로 놀라는 기색도 없이 잠시 생각에 잠기는 듯했던 재무르가 입을 열었다.

"야르 족장이라면 그러고도 남을 사람이지. 소투는 사실 숨겨진 인물이지만, 야르 부족 내에선 대단한 사람이지. 그 사람을 직접 보냈다는 건 그만큼 야르 족장이 자네들을 간절히 원하고 있다는 뜻이야. 그렇다면 조만간 소투가 다시 찾아올지 모르니 서둘러야 할 거야. 그리고 야르 족장은 무소불위의 힘을 휘두르고 있기에 모든 걸 혼자서 다 결정해. 몇몇 뛰어난 사람이 있지만 전적으로 신임하지는 않아. 그런 야르 족장이 나를 믿어주는 게 신기할 정도야. 소투와의 일은 내가 현명하게 대처할게. 사실, 이번 일을 겪으면서 의연하고 당당한 두 사람을 보고 야르 족장이 마음에 들어 했어. 다른 부족이지만 멋진 젊은 이들이라고 내 앞에서 몇 번이나 칭찬했으니 아마도 진심일 거야. 그런데 탈출하게 되면 역으로 원하는 그 마음의 크기만큼 더 큰 증오심과 배신감으로 걷잡을 수 없는 사태가 벌어질 거야. 이건 내가 예상하는 것보다 훨씬 크게 번질 가능성이 있어. 아마 단단히 각오해야 할 거야. 나도 조금 더 깊이 생각하고 대처하도록 노력할게. 그리고 야르 부족의 약점이라고 했지? 이런 말하면 우습게 들릴지도 모르겠지만 야르 부족은 약점이 없는 게 약점이야."

툼바는 깜짝 놀랐다. '야르 부족이 약점이 없는 게 약점이라니... 이게 대체 무슨 말인가, 더군다나 재무르가 그렇게까지 말할 정도라면 정말 큰 일이 아닌가?' 가슴에 큰 돌덩이가 내려앉는 듯한 느낌이었다.

솔론도 심상치 않다고 여겼는지 먼저 입을 열었다.

"재무르님, 그렇다면 정말 심각한 일인데요. 약점이 없는 야르 부족과 우리가 어떻게 상대할 수 있겠어요?"

"아니지. 꼭 그렇다고만 볼 수는 없어. 뒤집어 생각해 보면 사람이든, 집단이든 약점이 없다는 것 자체가 어쩌면 큰 약점일 수 있어."

솔론과 툼바에게는 마치 선문답과도 같은 그의 말이 도통 이해되지 않았다. 재무르는 마치 이 순간을 기다렸다는 듯이 빠르게 말을 이었다.

"야르 부족이 약점이 없다는 뜻은 모든 게 야르 족장을 정점으로 일사불란하게 이루어지고 있다는 뜻이야. 마치 조금의 빈틈도 없이. 나도 처음엔 대단한 부족이라고 생각했어. 물론, 지금도 마찬가지지만. 그런데 사실 야르 부족은 한 사람에게 너무나 많은 권한이 주어져 있어서 약점이 없는 것처럼 보일 뿐인 거야. 그게 과연 강한 걸까? 이제 약점이 없다는 게 가장 큰 약점일 수 있다는 말이 충분히 이해되겠지?"

그제야 비로소 그가 무얼 말하고자 하는지 어렴풋하게나마 느낄 수 있었다.

"앞에서 말했듯이 야르 부족에는 중간계층이라는 게 거의 없다고 봐도 돼. 족장 한 사람이 모든 걸 좌지우지하고 있으니까. 사냥할 때나 다른 일이 있을 때는 그때그때 상황에 맞게 지정해서 임무를 주는 편이야. 그러다 보니 족장이 지시하지 않으면 잘 움직이지 않아. 우리 부족은 누가 어떤 능력을 갖추고 있고, 뭘 잘하는지 다 알지만 야르 부족은 서로를 잘 몰라. 속내를 드러내지 않으니까. 중요한 일들도 모든 게 뒤에서 다 이루어져. 이게 평소 같으면 큰 문제가 없어. 늘 앞을 내다보면서 하나하나 살필 수 있는 능력이 있는 야르 족장이니까. 그런데 상황이 복잡해지거나 긴박하게 이루어지는 순간이 되면 어떻게 될지 아무도 장담할 수 없을 거야. 더 나아가서 만약에 싸움이 벌어진다면 어떻게 될까? 숨 막히는 순간들이 계속 이어지고 몰아닥칠 텐데 일일이 다 족장이 관여하고 지시할 수 있을까? 각자 각자가 자기 자리에서 자기 몫을 해내야 할 텐데 뭘 해야 할지도 모르고 족장의 얼굴만 쳐다본다면 어떻게 되겠어? 물론 일부 뛰어난 사람들도 있어서 금방 무너지진 않겠지만, 전체적으로 큰 약점인 것만은 분명해."

이제 무슨 말인지 충분히 이해가 되었다. 아마도 재무르는 야르 족장을 보면서 람보르 족장을 떠올렸을 수 있었을 것이다. 매사에 부족원을 믿어주고, 능력에 따라서 적절한 역할과 책임을 부여하며, 결과에 대해서는 전적으로 람보르 족장이 책임진다는 걸 익히 알고 있기에 그와는 확연히 다른 야르 족장의 모습이 재무르의 눈에는 거슬리면서 계속 신경 쓰였을 것이 틀림없었다.

재무르가 말하는 야르 부족의 약점, 약점이 없는 것 같지만 엄청나게 큰 약점이 무슨 의미인지를 깨닫자 툼바는 미르셀이 내준 숙제를 마쳤다는 안도감에 마음이 뿌듯했다. 야르 족장의 강압적인 지배가 겉으로는 모든 걸 다 관장하는 듯하지만, 그 안에 숨겨 있는 많은 허점과 불만들이 분명 있을 것이었다. 그걸 잘 이용하기만 한다면 의외로 상대하기가 수월할 거라 여겼다.

"결론적으로 야르 부족의 가장 결정적인 중심은 야르 족장 한 사람이야. 그가 무너지면 야르 부족은 한꺼번에 다 무너질 수 있어. 이게 가장 큰 약점이야."

이젠 더 이상의 설명이 필요 없었다. 야르 부족은 족장 한 사람만 쓰러지면 금방 무너질 것이라는 게 확실했다.

잠깐이면 족하다고 생각했는데 꽤 많은 시간이 흘러갔다. 초조해진 건 오히려 솔론과 툼바였다. 재무르는 빨리 나갈 생각도 없이 계속 말을 덧붙였다.

"나도 급하긴 하지만 한마디만 더 할게. 야르 부족원의 정확한 숫자는 나도 잘 몰라. 동굴 속에 수많은 작은 동굴들이 이어져 있으니까. 하지만 분명한 것은 우리 부족보다 수가 많고, 용맹하다는 점이야. 싸울 수 있는 돌창 등 무기들도 충분히 준비되어 있어. 만약에 일이 잘못되어 진짜 쳐들어간다면 잘 대비해야 할 거야. 매사에 그렇듯이 처음이 가장 중요하지. 처음에 막아내지 못하면 그들의 사기가 올라 물밀 듯한 기세로 밀어붙일 거야. 그러니 반드시 첫 싸움에서 꺾어야 한다는 걸 명심해. 그렇게 되면 야르 족장은 금방 당황할 것이고, 일사불란했던 야르 부족도 순식간에 동요될 수 있어. 싸움이야 해봐야 아는 거지만 내 생각엔 람보르 족장이 충분히 대비하고 있을 거라 생각하고, 자네들과 같은 젊은이가 있는 한 우리 부족은 무너지지 않을 거라 믿어. 명심해, 첫 싸움에서 이겨야 한다는 걸."

재무르의 입에서 말끝마다 나오는 우리 부족이라는 말이 그렇게나 끈끈하게 들릴 수가 없었다. 그의 놀라운 혜안과 부족을 생각하는 변함없는 충정에 경의를 표하지 않을 수가 없었다. 솔론과 툼바는 약속이라도 한 듯이 벌떡 일어나 재무르를 향해 깊이 허리를 숙였다.

재무르는 아무런 말 없이 두 사람의 손을 잡고 어깨를 두드리면서 아쉬운 작별인사를 나눴다. 그는 돌아서면서 툼바를 바라보았다. 깊은 눈빛이 툼바의 가슴 속에 뜨거운 사랑으로 진하게 새겨졌다.

재무르는 올 때와 마찬가지로 소리 없이 멀어져 갔다. 새삼 그가 왜 람보르 족장 못지않게 뛰어난 사람인지 크게 느껴졌다. 부디 그들의 탈출로 인해 아무런 피해가 없길 바랐다. 꼭 살아서 그를 다시 볼 수 있길 마음속으로 기도했다. 어떠한 일이 있어도 자신을 믿어달라는 말이 귓전에 오래오래 남았다.

두 사람은 본격적인 탈출 준비에 들어갔다. 한시도 꾸물거릴 시간이 없었다. 솔론은 창살 앞으로 다가갔다. 손에는 이미 툼바가 전해준 날카로운 도구가 들려 있었다. '쓱쓱쓱~ 쓱쓱쓱~~' 조심스러우면서도 강한 수십 번의 움직임 끝에 나무는 잘려나가고 어느새 문은 열려 있었다. 툼바는 놀란 모습으로 그냥 지켜보고 있기만 했다. 족장이 준 도구를 가지고 이런 생각을 한 솔론이 대단했고, 이걸 예견하고 도구를 들려 보내준 족장에게도 감사했다.

솔론의 손짓에 따라 툼바는 창살 밖으로 발을 내디뎠다. 이제는 돌이킬 수 없었다. 돌이킬 수 없는 길이라면 꼭 살아서 돌아가야겠다고 마음을 다졌다. 내딛는 발걸음 하나하나가 살얼음판과 같았지만 이제 두려움은 멀리 달아났고, 할 수 있다는 확신만이 솟아나고 있었다.

예상대로 비밀통로로 가는 길은 쉽지 않았다. 전혀 새로운 길이었다. 몹시 어두웠지만, 그래도 가끔 은은하게 주변을 밝히는 빛이 어디선가 비쳐와서 낯설기보다는 신비로운 세계로 향하는 길목인 것 같은 느낌을 받았다. 동굴 안에 이러한 곳이 있다는 것이 놀라울 정도였다. 하지만 한가로이 둘러보면서 감상할 시간이 없었다. 오직 통로만을 향해 발걸음을 내디뎠다. 조그마한 소리나 움직임에도 발각될 수 있기에 사소한 것 하나까지 신경 썼다. 한 발 한 발 내딛는 것이 마치 머나먼 거리를 걸어가는 것처럼 느껴졌다.

솔론이 앞서고 툼바가 뒤에서 사방을 살피며 둘은 조심조심 비밀통로를 향해 나아갔다. 길은 길고 좁았다. 양옆으로는 커다랗고 뾰족한 돌들이 삐죽빼죽 나와 있었다. 특이한 점은 그런 시커먼 돌덩이들 속에서 하얗게 반짝이는 흰 돌이 군데군데 섞여 있으면서 마치 길을 안내라도 하듯이 길게 이어져 있다는 것이었다. 야르 부족이 일부러 심어 넣지 않은 게 분명하다면 아마도 그들이 통로를 만들면서 우연히 발견한 돌을 따라 길을 냈을 거라고 짐작했다. 야르 부족도 람보르 부족 못지않게 뛰어나다는 걸 느꼈다.

이런 부족과 싸울지도 모른다고 생각하니 툼바의 마음이 답답해졌다. '과연 싸우지 않고 함께 갈 수 있는 길은 없을까? 지금 솔론과 내가 걸어가는 길이 양 부족이 평화롭게 살아갈 수 있는 길로 이어질 수는 없을까?' 숨 막힐 정도로 긴장된 순간에도 툼바의 머릿속에는 그런 생각들이 문득문득 들었다.

얼마쯤 갔을까? 앞서가던 솔론이 갑자기 오른손을 들고 멈췄다. 그리곤 그 자리에 주저앉았다. 정지하라는 신호였다. 툼바도 얼른 자리에 앉아 숨 소리도 내지 않은 채 주위를 둘러보았다. 뭔가 수상한 낌새라도 눈치챈 것인가? 솔론만 바라보았다. 그냥 숨죽이고 앉아있는 것이 아니라 분명 앞의 상황을 온몸으로 느끼고 있을 것이었다.

솔론의 행동을 예의 주시하면서 툼바도 온 감각을 동원하여 지금 두 사람이 앉아있는 곳의 모습과 지나온 길을 눈에 담았다. 재무르의 조언에 따르면 이제 조금만 더 가면 비밀통로의 문이 나올 것이었다. 멀리서 그 문이 보이는 순간부터 그야말로 어떤 일이 펼쳐질지 모를 일이었다. 그에 비하면 지금의 긴장은 아무것도 아닐 터였다.

한참 동안 그렇게 앉아있던 솔론이 툼바에게 다가왔다. 손을 잡는 순간 툼바의 등줄기에서 땀이 흘러내렸다. 지금부터가 마지막 고비임을 직감했다. '제벨 사하바!' 속으로 빌고 또 빌었다. 솔론의 입에서 나지막하지만 분명한 목소리가 흘러나왔다.

"거의 다 왔어. 그런데 뭔가 심상치 않아. 조금만 더 앉아서 상황을 주시하자. 확실할 때까지는 섣불리 움직이지 말자."

"네. 알았어요."

두 사람은 그 자리에서 뒤로 물러나 벽 안쪽의 움푹 파인 곳에 몸을 숨겼다. 기다리면서 파악하려면 그곳이 적당했다. 반짝이는 돌들을 아예 깔고 앉았다. 조금의 빛이라도 새어나가 멀리서 보게 되면 안 될 일이었다.

침묵의 시간은 생각보다 길었다. 본시 침묵이라는 것이 주어진 시간을 보다 길게 느끼게 하는 힘을 가지고 있지만, 지금의 침묵은 중압감으로 다가왔다.

그런 와중에도 솔론의 머릿속에는 단 하나의 생각만이 크게 자리하고 있었다. 비밀통로를 우연히 발견한 것처럼 하려면 어떻게 할까, 라는 점이었다. 재무르가 알려주지 않았다면 웬만해서는 찾기 힘든 길임이 틀림없기 때문이었다. 그런데 여기까지 오다 보니 중간에 마땅하게 헤맨 흔적을 남기거나, 흐트러뜨릴 만한 게 없었다. 이리저리 발자국을 찍어보고, 다른 통로 쪽으로 발도 디밀어 보았으나 흔적이 쉽게 남지 않았다. 곰곰이 생각해보니 어쩌면 재무르도 이곳의 실상을 잘 모를 거라는 생각도 들었다. 만약에 이대로 그냥 도망가게 되면 그 결과가 어떨지 의심스러웠다. 그게 계속 마음에 걸렸다.

솔론이 보기에 야르 족장은 보통 인물이 아니었다. 사람을 꿰뚫어 보는 눈이 있고, 상황을 한눈에 들여다보는 직관이 탁월한 듯했다. 그리고 무엇보다도 옆에 소투라는 사람이 있었다. 한 사람을 속인다는 것도 쉽지 않은 일인데 그 두 사람을 다 속이는 건 더 힘들 것이었다.

솔론의 입이 바짝바짝 타들어 갔다. 이대로 수월하게만 나갈 수 있다면 두 사람한테는 좋은 일이지만, 끝내 재무르가 의심을 피해가기 어려울 거라는 생각이 강하게 파고들었다. 지금까지 자신의 예감이 틀린 적은 거의 없었기에 머리가 복잡해져 왔다. 예상보다 침묵이 길어졌던 건 다소 불확실한 앞의 상황도 상황이지만 그 생각 때문이기도 했다. 옆에 있는 툼바에게 말하고 싶어도 얘기를 꺼낼 수 없는 상황이었다.

아무 말도 없이 오감만 열어놓은 채 사방을 살피니 너무도 조용해 조그만 소리도 엄청나게 크게 들려왔다. 비밀통로 앞은 다른 곳보다도 넓고 동굴 천장이 위로 높이 솟아있어 덜했으나 그곳에 이르는 통로는 상대적으로 좁고 낮아서 소리가 울릴 수밖에 없었다. 더 큰 긴장이 몰려왔다. 이제는 할 수 없었다. 모든 걸 운명에 맡기고 나아가기로 했다. 지금처럼 툼바와 상의하기 어려운 상황이면 모든 걸 자기가 결정해야겠다고 생각했다.

그때 갑자기 저벅저벅 동굴에 크게 울려 퍼지는 발소리가 들렸다. 솔론과 툼바는 반사적으로 몸을 더 낮추었다. 소리의 정체는 곧 밝혀졌다. 야르 청년들이었다. 손에 돌창을 들고 있는 것으로 보아 비밀통로를 지키는 자들 같았다. 안으로 들어온 자들은 임무를 교대하러 온 것으로 보였다. 그 상황은 미처 예상하지 못했다. 솔론이 멈추지 않고, 기다리지 않았다면 영락없이 저들의 눈에 띄었을 것이었다. 두 사람의 등줄기에서 흐르는 땀은 어느새 식은땀으로 변해 있었다.

두 사람은 그들의 모습을 예의 주시했다. 비밀통로 입구로 가서 그곳을 지키고 있던 자들과 합류했다. 그리고는 곧 통로 앞 공터에서 네 사람이 줄을 맞춰 선 채 알아들을 수 없는 말을 하면서 의식을 치렀다. 일종의 교대식 같았다. 이윽고 네 사람이 똑같이 구호를 외치고는 주변을 한 바퀴 돌아보았다. 이리저리 왔다 갔다 하면서 자기들끼리 대화를 주고받았다. 그리고는 먼저 있던 두 사람은 다른 통로로 금세 사라졌다. 새로 들어온 자들은 각각 통로 양옆에 자리 잡았다. 손에는 커다란 돌창을 들고 미동도 없이 안팎을 보며 서 있었다. 멀리서 봐도 빈틈이 느껴지지 않았다.

솔론은 손짓으로 조금 떨어져 있는 툼바를 가까이 오게 한 후에 나지막한 목소리로 말을 건넸다.

"비밀통로를 지키는 자는 저들 두 명인 듯해. 새로 교대한 것으로 봐선 아마 졸지도 않겠지. 그러니 지금으로선 저 두 사람을 피해서 나가기가 쉽지 않아 보여. 어떻게 할까?"

"조금만 더 기다려보는 게 어떨까요?"

"그러다가 날이 완전히 밝으면 낭패야. 분명 누군가는 우리가 갇혀 있었던 곳으로 올 거고 도망간 걸 금방 알아차릴 거야. 여기서 이렇게 우물쭈물하다가는 이러지도 저러지도 못하게 될지도 몰라."

참으로 난감한 상황이었다. 그렇다고 무작정 달려나가 적을 해치우고 나가기도 여의치 않았다. 그렇게 아까운 시간만 흐르고 있었다.

잠시 후 솔론이 결심한 듯 다시 말을 꺼냈다.

"할 수 없다. 밀어붙이자. 내가 오른쪽을 맡을 테니 툼바는 왼쪽을 맡아. 자기가 맡은 쪽에 있는 사람을 제압하는 거야. 죽이면 소란스럽게 되고 나중에 더 큰 일이 벌어질 테니 급소를 눌러 기절시키고 빠져나가자. 비밀통로를 통해 동굴을 나서면 우리가 약속한 해또르 지역까지는 각자 이동하자. 그곳까지만 간다면 탈출은 성공이지. 사전에 약속한 신호는 정말 위급한 경우에만 사용하고, 특별한 신호가 없으면 아무 일 없이 무사한 것으로 생각하고 계속 가는 것으로 정하자."

솔론의 말은 간명했다.

"알았어요. 좋은 생각이에요. 그런데 혹시 정말 긴박한 상황이 닥치면 꼭 연락하기로 해요. 괜히 상대방에게 피해 줄까 봐 혼자 감당하기 없기예요. 우리는 둘 다 꼭 살아서 돌아가야 해요. 람보르 족장님과 우리 부족을 위해서는 솔론과 제가 함께 있어야 한다는 것을 잊지 말아요."

"알았어. 그렇게 하자."

드디어 때가 왔다. 솔론은 툼바의 손을 꽉 잡았다.

툼바는 자신 있었다. 이곳에서만 빠져나간다면 충분히 부족의 품으로 돌아갈 수 있을 것이었다. 미르셀과 루미를 떠올리며 마음을 다잡았다. 앞에 아무런 움직임이 없는 것을 확인한 솔론이 먼저 조용히 일어섰다.

그 순간 어디선가 갑자기 인기척이 나더니 생각지도 않았던 한 사람이 불쑥 동굴 안으로 들어왔다. 급히 다시 앉아서 몸을 수그린 채 살펴보니 방금까지 비밀통로를 지키다가 들어간 사람 중 한 명이었다.

솔론은 물론 따라 일어서던 툼바도 그 자리에 털썩 주저앉았다. 그는 통로 양쪽 끝을 왔다 갔다 하면서 땅바닥을 쳐다보고 떠들어댔다. 분명 무엇을 찾고 있는 듯했다. 가뜩이나 시간이 없는데 애간장이 타들어 갔다. 여기서 더 꾸물거리면 정말 안 될 듯싶었다. 이대로 나아가든지 아니면 돌아가든지 둘 중 하나를 택해야 했다.

이 순간만은 하늘이 솔론과 툼바를 도와주지 않는 듯했다.

"툼바, 도저히 안 되겠어. 저 세 사람을 동시에 쓰러뜨리기는 쉽지 않을 거야. 만약에 소란이라도 일어나면 여기저기서 야르 청년들이 금방 달려 나올 거야. 우리는 길도 잘 모르는데 도망가기란 절대 쉽지 않아. 다시 돌아가자."

"저도 그렇게 생각해요. 일단 갔다가 다른 때를 노리는 게 좋을 듯싶어요."

두 사람은 한 치의 망설임도 없이 뒤로 돌아나갔다. 판단은 신중하게 하되, 결정하고 나면 즉시 행동으로 옮겨야 했다. 아쉽지만 어쩔 수 없었다.

솔론은 한편으로는 다행이라고 여겼다. 이대로 나갔다가는 재무르가 오해받을 수 있다는 점이 계속 마음에 걸렸기 때문이었다. 어떤 일이든 다 좋은 일도 없고, 다 나쁜 일도 없기에 기꺼이 돌아설 수 있었다.

되돌아가는 발걸음은 더욱 빨랐다. 빨리 가서 그들이 눈치채지 못하게 해야 했기에 앞만 보며 나아갔다. 금방 왔던 길이기에 어렵지 않게 방향을 유지할 수 있었고, 이내 그들이 갇혀 있던 곳에 이르렀다. 나무 창살은 완전히 없애지 않고 매달려 있었기에 다시 안에 들어가서 감쪽같이 붙여만 놓으면 전혀 눈치채지 못할 것이었다.

그때 툼바에게 좋은 생각이 떠올랐다. 미르셀이 준 목걸이를 생각해 낸 것이었다. 어디든 마음이 답답하고 힘들 때면 이 목걸이를 손에 잡고 기도하라고 한 미르셀의 말이 귀에 들려오는 듯했다. 미르셀은 다른 걸 만들 때보다 그 목걸이에 더 많은 시간과 애정을 쏟았다. 동물의 뼈를 둥그렇게 갈아 만들고 위에 구멍을 뚫어 끈을 연결하도록 했다. 모양도 모양이지만 끈이 대단히 정교했다. 동물의 가느다란 심줄로 실을 꼰 다음 그것을 여러 겹 합쳐서 다시 꼬았기에 많은 시간이 걸릴 수밖에 없었다. 그렇게 만든 끈은 부드럽고 윤기가 흐르며 무엇보다도 질기고 튼튼했다. 평상시에는 목걸이로 사용하다가 만약에 무언가를 묶을 일이 생기면 사람 한 명도 충분히 버틸 만큼 강했다. 지금 그 목걸이를 떠올린 것이 신기할 정도였다. 아마도 이렇게 급박한 상황에서 사용하라는 미르셀의 선물로 여겨졌다.

툼바는 잘라내었다가 다시 붙인 나무토막 부분에 끈을 묶었다. 양쪽으로 두 동강 난 부분은 나누어 묶은 목걸이 끈으로 가려졌다. 얼핏 보면 자른 부분이 눈에 띄지 않았다. 그들을 감시하는 자들이 혹시 뭐냐고 물어본대도 집을 떠나올 때 받은 것이고, 창살에 묶어 놓은 다음 기도하는 거라고 둘러대면 대수롭지 않게 넘어갈 수 있을 거라 믿었다. 아주 작은 하나의 틈이 큰 낭패가 되어 돌아올 수 있기에 치밀하게 대비할 필요가 있었다.

솔론과 툼바가 한숨 돌린 후 태연한 표정으로 벽에 기대어 쉬고 있을 때 이번에도 예상치 않은 사람이 먼저 찾아왔다. 소투였다. 그를 보면서 두 사람은 가슴을 쓸어내렸다. 그야말로 일촉즉발이었다. 조금만 늦었으면 발각되었거나, 아니면 탈출했다는 소식이 금방 알려져 얼마 가지도 못하고 잡혔을지도 몰랐다. 서로 인사를 나누는 솔론과 소투를 바라보는 툼바의 등에서는 이번에도 진땀이 흘러내렸다. 툼바도 소투와 형식적으로나마 인사를 나눴지만, 어색하기도 해서 눈도 마주치지 않고 외면한 채 옆에 앉아있었다.

소투는 솔론하고 이런저런 얘기를 주고받았다. 솔론은 재무르에게 야르 부족의 말을 조금 배웠다고 했는데, 손짓발짓을 더해 소통하는 데 무리가 없는 듯했다. 내용은 잘 들리지 않았지만, 표정이 어둡지 않은 것으로 봐서 솔론이 잘 얘기하는 것 같았다.

그는 생각보다 그리 오래 있지 않았다. 할 말을 하고, 들을 말을 듣고선 이내 일어섰다. 가기 전에 툼바를 바라보았다. 툼바는 고개를 숙여 인사했다. 소투의 눈빛이 부드러웠다.

"뭐라고 말하고 갔어요?"

"응, 전에 자기가 말한 것 생각해 봤냐고, 그리고 어느 정도 마음 정리가 됐냐고 물어봤어."

"그래서 뭐라고 했는데요?"

"아직 완전히 결정하지 못했다고 했어. 그리고 툼바한테도 사실대로 다 말해야 하는데 아직 그럴 여유가 없었다고 했어. 조금만 더 시간을 주고 기다려 달라고 말야. 시간을 벌어야 하기에 그렇게 말한 거야. 내 생각엔 소투가 긍정적으로 생각하는 듯한 눈치인데 그것도 나쁘지 않아."

"맞아요. 저도 그렇게 생각해요. 그런데 앞으로 오지 않으면 좋겠어요. 아무튼 그 문제는 솔론이 알아서 해요."

"그렇게 할게. 그나저나 지금쯤 재무르님이 몹시 궁금해하고 있을 거야. 내 생각엔 아마도 우리가 도망갔다는 소식이 들려오지 않으면 탈출하지 못했다는 걸 알고 다시 이곳을 찾을 거야. 이 이후의 상황은 그때 가서 다시 얘기해 보자. 비록 성공하진 못했지만 재무르님을 생각하면 차라리 잘 된 것 같아. 분명 기회는 곧 다시 올 거야. 우리 그 기회를 놓치지 말고 잡을 수 있도록 하자."

그의 말대로 분명 기회는 다시 올 것이었다.

얼마의 시간이 지났을까? 중간에 야르 청년이 와서 먹을 것을 놓고 간 다음에도 한참이나 지난 시간이었다. 재무르는 솔론이 예상한 것보다 늦게 찾아왔다. 그동안에 무슨 일이 있었는지 궁금해졌다.

"재무르님, 그러잖아도 오실 것 같아서 계속 기다렸어요. 생각보다 늦으셨네요."

"그래, 일이 있었어. 그나저나 빠져나가기가 여의치 않았던 모양이구나."

"네. 단순히 빠져나가려고만 했다면 무슨 수를 써서라도 나갔을 거예요. 그런데 무리하다가는 상황이 나빠질 수도 있고, 또 재무르님이 의심받지 않게 할 만큼 준비도 미흡했던 터라 다시 기회를 노리기로 했어요."

솔론이 있었던 일과 소투까지 다녀간 일을 자세히 말하니 재무르는 흡족한 눈치였다.

"솔론과 툼바가 내 입장까지 생각해줘서 고마워. 어쨌든 무리하지 않은 건 잘했어. 야르 부족이 보기보다 대단히 날렵하고 강해. 만약에 두 사람이 강압적인 수단을 써서 억지로 빠져나갔으면 필시 잡혔을 거야. 그리고 소투가 말한 문제는 시간을 끌면 돼. 계속 기대하게 하는 것도 괜찮아."

"네. 그럴게요. 저희도 꾸물거리지 않고 돌아온 게 다행이라고 생각해요. 무엇보다도 재무르님을 곤란하고 위태롭게 하면서 나갈 생각은 없어요. 우리만 살자고 그럴 수는 없어요. 빠져나갈 길은 분명히 있을 거라 믿어요."

"그래. 있을 거야. 나도 생각해볼게. 어떤 때를 노려야 할지를. 다만, 시간이 그리 많지 않아. 두 사람을 언제까지 이 방에 같이 가둬둘지도 알 수 없어. 오직 야르 족장의 마음에 달렸으니까. 난 두 사람이 도망갔다는 소리가 들리지 않기에 못 빠져나간 것 같아서 와 본 거야. 오늘은 푹 쉬고, 내일 다시 보자."

"네. 고맙습니다."

솔론과 툼바는 동시에 대답했다. 일어서려던 재무르는 빼놓은 말이 생각난 듯 다시 앉았다. 그리곤 솔론과 툼바를 창살 앞으로 바짝 다가오게 했다.

"참, 지금 생각났는데 미리 말하고 가는 게 좋을 것 같군. 야르 부족은 달을 신처럼 섬기는 부족이야. 이들은 매달 달의 기운이 가장 강한 보름달이 뜰 때면 잔치를 열어. 모든 부족 사람들이 밖에 있는 광장에 한데 모여 먹고 마시고 하면서 밤새워 즐기지. 사흘 뒤면 보름달이 떠올라. 바로 그날이야. 두 사람이 도망치기 가장 좋은 때 말야. 아무래도 느슨해지고 풀어지게 마련이거든.”

어떻게 해서든 두 사람을 무사히 부족의 품으로 돌려보내려고 애쓰고 있는 재무르의 모습이 보였다.

“야르 족장은 아마 두 사람이 자기편으로 거의 넘어왔을 거라 믿기에 그 잔치에 참석하도록 허락할지도 몰라. 그렇다면 충분히 기회가 올 거야. 잔치가 무르익으면 모두가 중앙으로 몰려나와 노래 부르고 춤추는 시간이 있어. 그때가 적기야. 두 사람이 없어져도 얼마 동안은 아무도 눈치채지 못할 거야. 충분히 도망가고도 남을 시간이 있어. 이날 성공하지 못하면 그 이후엔 쉽지 않을 테니 마지막 기회라고 생각하고 마음 단단히 먹어. 나도 도울 테니.”

“네. 재무르님. 잘 알겠어요. 꼭 성공할게요.”

툼바에 앞서 솔론이 자신 있게 대답했다.

재무르는 이내 사라졌다. 매사에 세심한 그도 목걸이 끈으로 가린 나무 부분에 관심을 두지 않은 것으로 봐서는 크게 표가 나지 않는 듯했다. 그제야 불안감이 조금 가셨다.

재무르가 두 사람을 만나는 동안 소투는 야르 족장의 거처를 찾았다.

“족장님, 저 소투입니다.”

“어서 들어오시오.”

야르 족장은 반갑게 맞아들였다. 소투는 평소처럼 족장의 앞에 나아가서 공손하게 머리를 숙였다.

“잡혀 있는 두 람보르 청년에 대해 궁금해하실 듯해서 찾아뵈었습니다.”

“잘 오셨소. 많이 궁금해하던 참이었소. 그 일은 잘 되었소?”

야르 족장은 소투의 움직임에 큰 기대를 하는 듯했다. 소투는 그동안 있었던 일을 자세하게 야르 족장에게 고했다. 그의 말을 듣는 중에도 야르 족장은 연신 고개를 끄덕이며 만족한 표정을 지었다. 표정만 봐서는 야르 족장도, 소투도 솔론과 툼바가 야르 부족과 함께 할 것이라는 점에 대해 의심하지 않고 긍정적으로 보는 듯했다.

그렇게 양쪽은 서로 다른 꿈을 꾸고 있었다.

야르 부족 내에서는 모처럼 여유로운 시간이 흐르고 있었다. 잔치가 임박해서인지 동굴 내부도 어딘지 모르게 들뜬 기분이 맴돌았다. 사람들의 표정도, 말도 여느 때와는 달랐다. 솔론과 툼바를 감시하는 청년들도 처음보다는 느슨해졌다.

그런 그들과는 달리 솔론과 툼바는 갈수록 냉철해졌다. 재무르의 말대로 이제 기회는 딱 한 번이라고 생각했다. 하지만 잔치가 어디서 어떻게 벌어지는지, 그들이 도망칠 기회가 과연 있을 것인지는 여전히 불투명했다. 재무르와도 쉽게 만날 수 없기에 답답했다.

그나마 한 가지 위안이 되는 건 그들을 지키고 있는 야르 부족의 청년들이 나누는 대화였다. 그들의 말을 조금 알아듣는 솔론의 귀를 통해 잔치에 대한 정보가 새어 들어왔고, 마치 백지에 그림을 그리듯 조금씩 윤곽이 잡혀갔다. 솔론은 그들의 말을 들으며 앞으로 마주칠 상황을 머릿속에서 하나하나 재구성했다. 시작부터 끝까지 순서대로 잔치 모습을 담으며, 야르 부족이 어떤 상황에서 어떻게 움직이는지, 언제 가장 느슨할 것인지를 가늠했다.

그래도 여전히 확신할 수는 없었다. 두 사람에 대한 야르 부족의 시선이 한두 개가 아닐 것이기에 몰래 빠져나오려면 상당히 노력해야 하거나, 아니면 운이 아주 좋아야만 할 것이었다. 누구보다도 재무르의 조언이 필요했다. 분명 언제가 취약한 시간이고, 어떻게 빠져나가는 게 야르 부족의 땅을 벗어날 가능성이 클지 그는 훤히 꿰고 있을 거라 믿었다. 재무르가 또 한 번 올 것이기에 굳이 미리 조바심낼 필요는 없었다. 모든 게 다 뜻대로 이루어질 거라는 믿음으로 편하게 있기로 했다.

그들의 예상대로 다음 날 재무르가 다시 찾아왔다. 이번에는 아예 작정한 듯했다. 지키고 있는 야르 청년에게 무언가 먹을 것을 싼 듯한 두툼한 꾸러미를 건네주며 문을 열라고 했다. 그는 좋아하면서 문을 열고 사라졌다.

재무르는 솔론과 툼바가 갇혀 있는 안으로 성큼 들어와 그들 앞에 앉았다. 예상치 못한 행동이었다.

"재무르님, 여기에 들어오셔도 되는 거예요?"

"사실 안 되는데, 밖에서는 얘기하기 곤란할 것 같아서 들어온 거야. 여길 지키고 있는 청년들에게 먹을 것을 주면서 부탁했어."

자신들을 위해 수단과 방법을 가리지 않고 최선을 다하는 재무르의 모습에서 같은 부족원이라는 믿음이 진하게 밀려왔다. 세 사람이 안에 앉아 있으니 동굴 감옥 안이 비좁게 느껴졌다. 그러면서도 뭔가가 꽉 찬 듯한 느낌으로 인해 마음은 든든했다.

"잘 쉬고 있는 거지?"

"네. 충분히 쉬고 있어요."

"그래. 지금 잘하고 있어. 앞으로 어떤 일이 벌어질지 모르니 정신은 똑바로 차리고 있되, 몸은 푹 쉬어둬야 해. 힘을 비축해둬야 부족 마을까지 무사히 돌아갈 수 있을 테니."

건네는 말 한마디 속에도 두 사람을 걱정하는 마음이 스며들어 있었다.

"지난번에 한 얘기 기억하고 있겠지? 이제 낼모레야. 잔치가 있는 광장은 매우 넓어. 야르 부족 모두가 다 들어가도 될 만큼. 자! 더 가까이 와봐. 먼저 지형을 설명해 줄게."

재무르는 동굴 바닥에 그림을 그려가며 말하기 시작했다.

"광장 주위는 북으로는 산이 거의 맞닿아 있고, 남으로는 이렇게 후루투산과 해또르 지역으로 이어져. 그러니 남쪽으로만 움직이면 돼. 거기까지 가면 익숙하겠지. 두 사람 모두 별의 움직임을 잘 알고 있으니 찾아갈 수 있을 거야. 한 가지 보름달이 문제인데, 이게 좋기도 하고 나쁘기도 해. 몸을 숨기기엔 불리하지만, 일단 야르 부족의 땅을 벗어나면 길이 보이기에 더 빨리 움직일 수 있다는 장점이 있지. 그래서 처음부터 남쪽으로 도망치는 건 위험해. 들킬 염려가 있으니까. 일단 이쪽 북쪽의 숲속으로 들어가서 몸을 완전히 숨긴 후에 숲길을 헤치고 남쪽으로 가는 게 좋아. 사냥하면서 나도 가봤는데 힘들지만 헤쳐나갈 수 있을 거야. 아무튼, 이번이 마지막 기회니까 반드시 탈출해서 살아서 돌아가야 해."

"재무르님. 고마워요. 이렇게까지 정확하게 알려주시니 할 수 있다는 자신감이 생겨요. 꼭 살아서 돌아갈게요. 그런데 우리가 도망치고 나면 재무르님은 어떨 것 같아요? 크게 의심받는 일은 없겠죠?"

솔론과 툼바에게는 그게 가장 큰 걱정이었다. 지난번에 비밀통로로 도망치지 않은 것도 그런 까닭이었다. 재무르도 그걸 알기에 고마워서 더 필사적으로 도와주려고 하는 것 같았다.

"괜찮아. 잔치 날에 사라지면 내가 의심받는 일은 거의 없을 거야. 그리고 그 이후에 일어나는 일은 내게 맡겨."

재무르는 너무 오래 있으면 나중에 의심받을 빌미를 주게 되니 빨리 일어서겠다고 했다. 그러면서 품에 숨겨온 물건을 꺼냈다. 동물의 가죽 두 장이었다. 펼쳐보니 매우 크고 길었다. 솔론과 툼바는 하나씩 손에 쥐어 들고 재무르를 바라보았다.

"동물 가죽이야. 얇으면서도 아주 질겨. 품에 숨기고 있다가 나중에 북쪽 숲속으로 들어가자마자 몸에 감싸. 그곳엔 몸을 찌르는 가시나무들이 많아 자칫 잘못하면 온몸에 상처가 생길 수 있으니까. 이것만 있으면 충분히 몸을 보호할 수 있을 거야. 어젯밤에 내가 걱정하는 소릴 듣고 쓰화가 챙겨준 거야."

“한 번도 만난 적은 없지만 쓰화님이 얼마나 마음씨 고운 분인지 알 것 같아요. 잘 사용할게요. 고맙다고 꼭 전해주세요.”

“쓰화가 내 짝이라서 칭찬하는 건 아니지만, 진짜 좋은 사람이야. 마음씨가 얼마나 착한지 나도 깜짝 놀랄 때가 많아. 마치 하늘의 천사가 내려온 것 같아. 이것이 내 복이지.”

순간 재무르의 표정이 환해졌다. 그리고선 이내 멋쩍은 표정을 지었다. 긴장된 상황 속에서도 세 사람 사이에는 서로를 향한 진심이 가득 담긴 환한 미소가 오고 갔다.

“이제 갈게. 잘 준비해.”

가슴과 가슴이 부딪치는 뜨거운 포옹을 나눈 후, 재무르는 올 때보다 더 미더운 눈빛으로 두 사람을 한참 바라본 다음 빠져나갔다.

어떤 날은 시간이 금방 지나가고 또 어떤 날은 더디게 흘러가기 마련이지만, 그날 하루는 유독 길었다. 하늘에 있는 해와 달의 움직임이 세상의 모습을 바꾸듯이 진정한 하루의 길이는 사람의 마음에 달려 있다고 솔론은 생각했다. 비단 그뿐만 아니라 세상 모든 게 다 마음먹기에 달려 있다는 걸 믿었다. 긴박하고 절박한 상황 속에서도 평정을 유지할 수 있다면 어떤 일이든지 해낼 수 있을 거라고 긴장된 마음을 다독였다.

툼바도 다른 때보다도 일찍 잠자리에 들었다. 자면서도 떠날 때 나무에 묶어 놓았던 목걸이를 풀어 꼭 챙겨가야 한다고 머리에 새겼다. 이제 곧 미르셀과 루미를 만난다는 설렘에 정신은 말똥말똥했지만, 충분히 잠을 자두어야 했다. 재무르의 조언 대로 어떤 일이 벌어질지 모르니 최고의 몸 상태를 유지하는 게 중요했다. 지난번과 같은 악몽도 꾸지 말자고 되뇌다 스르르 잠이 들었다. 그렇게 야르 부족의 땅에서 이틀밖에 남지 않은 밤이 또 지나갔다.

잔치 전날이라 그런지 야르 부족 사람들은 더 부산하게 움직였다. 그들이 갇혀 있는 방에서는 잘 보이지 않지만, 평소와는 다르게 바삐 오가는 모습과 간간이 웃음소리를 섞어가며 급하게 주고받는 말을 통해 대략 짐작할 수 있었다. 한 달에 한 번씩 보름달이 뜨는 날에 부족 전체가 참여하는 큰 잔치를 열다니 대단한 부족이라고 생각했다.

갇혀 있는 위급한 상황에서도 툼바의 호기심은 수그러들지 않았다. 그들의 잔치가 어떤 모습인지 궁금했다. 부족은 다르지만 그래도 가까운 지역에서 살아가고 있기에 살아가는 모습은 비슷할 거라 여겼다. 그것뿐만이 아니었다. 강압적으로 부족을 다스리고 있는 야르 족장은 어떤 모습으로 등장하고, 부족원이 어떻게 떠받드는지도 보고 싶었다.

야르 부족과는 달리 람보르 부족의 잔치는 매달 열리지 않았다. 부족 전체가 참여하는 큰 사냥이 있을 때만 그날 저녁에 한자리에 모여 잔치를 벌였다. 잔치라고 하기엔 소박했다.

잔칫날을 머릿속에 떠올리자 갑자기 쎄르가 생각나면서 입맛이 다셔졌다. 그날에만 특별히 마실 수 있는 쎄르는 부족 남자들 모두가 좋아했다. 진한 향과 더불어 독한 맛이 나는데 언제 마셔도 감미로웠고, 많이 마시면 취하게 만들어 기분 좋게 했다.

문득, 야르 부족에도 그런 마실 게 있는지도 궁금했다. 연신 입술을 빨며 혼자 입맛을 다시는 툼바를 바라보며 그가 무슨 생각을 하는지 모르는 솔론은 의아한 눈빛을 건넸다.

"잠시 야르 부족의 잔치를 생각했어요. 이들도 우리처럼 쎄르 같은 걸 마실까요?"

"뜬금없네. 지금 이 상황에서 그런 생각이 들어? 역시 툼바는 툼바야. 그런데 내 생각엔 아마도 있을 것 같아. 만약에 야르 부족에게 없었다면 재무르님이 만드는 법을 가르쳐 주지 않았을까 싶어. 어렴풋이 생각나는 게 재무르님역시 쎄르를 좋아했던 것 같아."

"아~~~ 그렇겠네요. 재무르님이 그냥 가만히 있었을 리 없죠. 솔론 말대로 분명 쎄르 만드는 법을 가르쳤을 거예요. 그런데 말이죠. 그분의 짝인 쓰화라는 사람 말이에요. 아직 한 번도 못 봤지만, 지혜로운 여인이라는 느낌이 들어요. 마음씨도 착하고."

"나도 그렇게 생각해. 그분 옆에 쓰화라는 분이 있다는 게 얼마나 좋은 일인지 몰라. 참 다행이야."

"우리가 무사히 돌아간다면 솔론도 한 번 생각해보세요. 언제까지 혼자 있을 순 없잖아요. 부족 여자 중에도 솔론을 좋아하는 사람이 얼마나 많은데요."

"참 싱겁기는. 그걸 툼바가 어떻게 알아?"

"다 아는 수가 있어요. 제가 눈치가 빠르거든요. 그리고 미르셀도 얘기해 줬어요. 솔론이 좋은 짝을 만났으면 좋겠다고요."

"난 람보르 족장님을 따를 거야. 오직 부족을 위해 모든 걸 다 바치시는 걸 보면서 다짐했어. 나도 족장님처럼 부족을 먼저 위하는 사람이 되겠다고. 그래도 날 생각해주는 그 마음은 고마워. 나는 툼바와 미르셀이 루미와 함께 행복하게 사는 모습을 옆에서 지켜보는 것으로도 충분해. 그러기 위해서라도 우리 꼭 살아서 돌아가자. 족장님과 가족, 부족 사람들이 기다리는 곳으로."

"네. 고마워요. 솔론과 함께라면 충분히 해낼 수 있어요."

"이제 내일 열릴 잔치 날에 어떻게 빠져나갈 것인지 집중하자."

솔론과 툼바는 해야 할 일에 몰두했다. 결정적인 기회를 포착하고, 어떻게 신속하게 빠져나갈 것인지에 대해서 서로 의견을 내고 물어보면서 최대한 완벽에 가깝도록 노력했다.

재무르가 미리 알려준 것들이 예견하고 대책을 마련하는 데 많은 도움이 되었다. 두 사람도 잔치를 볼 수 있도록 할 것 같다고 했는데, 아마도 솔론이 소투에게 슬쩍 희망적인 얘기를 던진 게 통한 듯했다. 보름달이 뜨는 밝은 밤이라 사람들의 눈을 피하는 것이 결코 쉬운 일은 아닐 테지만, 반드시 성공해야 했다.

분명한 건, 만약에 두 사람이 잔치에 참석하게 되면 야르 부족원의 시선을 한 몸에 받을 것이 틀림없다는 사실이었다. 그러니 될 수 있는 대로 사람들이 없는 곳으로 가야 하고, 눈에 덜 띄어야 하며, 최대한 그들의 시선을 피해 움직여야 했다. 다른 때도 아니고 잔칫날이니 여느 때보다는 허점이나 틈이 있을 것이었다. 순간적인 틈을 놓치지 말아야 했다.

두 사람은 약속했다. 신호는 오직 눈빛과 고갯짓으로 하되, 서로 동의할 때만 행동으로 옮기는 것으로 정했다. 한 사람이라도 반대한다면 움직이지 않기로 했다. 각자가 느끼는 감이 있기에 신중해야 하는 건 당연했다.

일단 북쪽의 숲속으로 재빨리 들어간 뒤에는 최대한 빨리 야르 부족의 땅을 벗어나 해또르 지역으로 들어서야 했다. 야르 부족이 안다고 해도 쫓아올 수 없을 정도로 벗어나야만 무사히 돌아갈 수 있을 것이었다.

야르 부족의 잔치는 통상 초저녁부터 밤이 이슥해질 때까지 이어진다고 했다. 그러니 시간적인 여유는 충분했다. 초반에는 경계하는 눈초리가 많을 테지만 잔치 분위기가 무르익으면 그들도 어느 정도 마음을 놓을 테고, 그때가 되면 비록 단 한 번일지라도 반드시 기회가 있을 것이었다.

수차례에 걸쳐 확인하고 또 확인한 두 사람은 탈출하게 되면 잠도 못 자고 오래 걸어야 하기에 전날보다 더 일찍 잠자리에 들었다. 부디 이 밤이 야르 부족 땅에서의 마지막 밤이길 간절히 기도했다.

드디어 잔칫날 아침이 밝아왔다. 일찍부터 모든 부족원이 밖에 나가 있는지 동굴 안이 다른 때보다 훨씬 조용했다. 무엇을 준비하고 어떤 모습인지 몹시 궁금했다. 어서 빨리 저녁이 되어 잔치가 시작되었으면 하는 마음이 절로 들었다. 그럴수록 시간은 무척이나 더디 갔다.

솔론과 툼바는 온종일 야르 부족의 잔치를 상상하면서 시간을 보냈다. 달을 숭배하고, 달의 기운을 받으려고 하는 야르 부족이기에 그들에게는 잔치라기보다는 일종의 의식이고 제사일 것이었다. 이렇게 정기적인 잔치를 통해 야르 족장은 부족원의 마음이 그에게로 온전히 집중되도록 사로잡고 있는 게 아닐까도 싶었다. 그에게서 나오는 강력한 힘은 물론 능력 때문이기도 하겠지만, 그 밑바탕에는 이렇게 부족원의 마음을 위로하고 달래면서, 한편으로는 신비로운 힘을 보여주며 의지하게 만드는 행위가 받쳐주고 있는 것일 수도 있었다.

한낮이 되도록 재무르는 찾아오지 않았다. 너무 자주 오면 의심을 살 것이니 자제하고 있는 것이라 여기며 솔론과 툼바는 조용히 기다렸다. 이미 준비는 다 끝냈다. 자신들이 할 도리는 다했으니, 이제 남은 것은 하늘의 도움이었다. 무슨 수를 써서라도 미르셀과 루미가 기다리고 있는 부족의 땅으로 반드시 돌아갈 거라 다짐하면서 툼바는 좀처럼 흘러가지 않는 시간을 붙들고 있었다. 솔론과도 말을 주고받지 않고 오로지 생각에만 집중했다. 솔론도 그걸 원하는 것 같았다. 지금 두 사람에게 필요한 건 오직 온전히 깨어 있어서 서로의 눈빛이 일치하는 순간을 놓치지 않는 것이었다.

저녁 무렵이 될 때쯤에서야 재무르가 야르 청년 둘을 데리고 나타났다. 그동안 목 빠지게 기다렸기에 그 반가움은 이루 말할 수 없었다. 재무르는 두 사람도 잔치에 참석하라는 야르 족장의 명이 있었다는 말을 전하고 갇혀 있는 방의 문을 열었다.

한 청년이 다가와서 솔론의 왼손과 툼바의 오른손을 넝쿨로 묶었다. 그리고 양옆에서 각각 팔짱을 꼈다. 미르셀이 준 목걸이는 미리 풀어서 챙겨놓았기에 홀가분한 심정으로 순순히 그들의 움직임에 따랐다. 야르 청년들의 손에는 돌창이 들려 있었다. 잡혀 있는 몸이라 어쩔 수 없이 이렇게 대할 수밖에 없어서 미안하다고 재무르가 말했다. 두 사람은 말없이 고개를 끄덕이고 동굴 밖으로 빠져나갔다. 가면서 툼바는 슬쩍 비밀통로로 이르는 쪽을 바라보았다. 어둠 속에서 빛나는 돌들이 그쪽이 비밀통로임을 알려주고 있었다. 다시는 올 수 없는 곳, 아니 다시 와서는 안 되는 곳이기에 그 모습을 하나라도 더 담아두려고 연신 눈을 돌렸다.

동굴 밖으로 나오자 숨통이 틔는 것 같았다. 솔론과 툼바는 누가 먼저라고 할 것도 없이 하늘을 보고 연신 큰 숨을 들이마시고 내뱉었다. 그것도 한두 번이 아니라 몇 번이나 반복했다. 옆에 있는 청년들도 팔짱 낀 손을 내려놓고 그들이 조금이라도 더 편안하게 자유를 만끽할 수 있도록 해주었다. 아마도 옆에 재무르가 있기에 배려해주는 거라고 느꼈다.

숨을 돌리고 난 뒤 표나지 않게 지형부터 살폈다. 재무르가 말한 대로 북쪽 지역은 울창한 숲으로 막혀 있었고, 동굴 앞에서 큰길로 이어지는 끝에는 넓은 땅이 펼쳐져 있었다. 벌써 많은 사람이 그곳에 모여있었고, 여기저기서 계속 몰려들고 있었다. 얼핏 봐도 람보르 부족보다 많았다. 재무르의 말이 사실이었다. 야르 부족은 훨씬 강성했다.

미리 귀띔한 대로 재무르는 그들을 광장 넓은 땅의 중앙이 바라다보이는 한 귀퉁이로 데려갔다. 사람들 눈에 잘 띄지 않는 곳이기도 하지만, 더 중요한 건 얼마 떨어지지 않은 곳에 숲이 있었다. 도망칠 때 쉽게 눈에 보이지 않도록 최대한 숲과 가까운 곳에 두려는 재무르의 치밀한 계획과 배려에 또 감동했다.

솔론과 툼바는 그곳에 앉아 야르 부족 사람들이 잔치를 벌이는 모습을 눈에 담기 시작했다. 조금만 지나면 시작될 것이었다. 재무르는 잠시 다른 일을 하고 오겠다며 자리를 떴다.

솔론은 살짝 눈을 돌려 숲으로 이르는 곳을 살폈다. 아주 가까이 있지는 않지만, 그리 멀지도 않았다. 얼추 눈으로 살펴보니 오십여 발짝만 잽싸게 뛴다면 금방 숲속으로 몸을 숨길 수 있을 것 같았다. 다만 두 사람이 너무 멀리 떨어져서 숲에 들어간다면 서로 찾느라 시간과 노력을 허비할 수 있기에 할 수만 있다면 같은 곳으로 뛰어드는 게 좋을 것이었다.

한참을 주시하던 솔론은 툼바에게 고갯짓으로 숲의 어느 한 지역을 일러주었다. 그쪽을 살펴본 툼바가 머리를 끄덕였다. 그리곤 품에 숨겨둔 쓰화가 준 동물 가죽을 손으로 만지작거렸다. 점점 긴장감이 강하게 밀려오고 있었지만, 마음을 다스려야 했다.

두 사람 옆에 서서 감시하고 있는 야르 청년들도 시간이 조금 지나자 어느새 잔치에 서서히 빠져들었다.

솔론과 툼바도 긴장을 잠시 접어둔 상태에서 야르 부족의 잔치를 보기 시작했다. 그런 그들의 마음을 조금 더 편하게 해주려는 듯 어느덧 주위도 점점 더 빛을 내주며 어두워져 가고 있었다.

그들의 잔치는 생각보다 화려했다. 여자들은 몸에 동물들의 이빨과 뼈로 만든 장식품들을 주렁주렁 달고 있었으며, 남자들은 다양한 색이 들어있는 염료로 몸을 칠했다. 갖가지의 동물 모양도 몸에 그려 넣었는데, 자신의 용맹함을 과시하려는 듯했다. 그중에는 무엇을 의미하는지 알 수 없을 정도로 신비롭고 이상한 문양과 그림도 많았다. 겉모습에서부터 범접할 수 없는 위엄이 풍겨 나왔다.

재무르의 말에 따르면 잔칫날에 남자와 여자가 서로 마음이 맞는 경우가 많다고 했다. 몸에 그림을 그리거나 장신구로 치장하는 것은 그들이 섬기는 신에 대한 절대적인 순종의 표식과 더불어 자기 과시지만, 내심 이성에 대한 구애도 중요한 목적이라고 했다. 멋지고 화려할수록 이성으로부터 더 많은 주목을 받을 것이기에 경쟁이 있을 수밖에 없었다.

문득 재무르와 쓰화가 어떤 모습으로 나타날지 궁금했다. 그동안 말로만 듣던 여자, 진심으로 그들에게 호의를 베풀어 준 그녀가 기다려졌다. 툼바는 쓰화가 미르셀 못지않게 아름다울 거라고 짐작했다. 한 번도 본 적이 없는 다른 부족의 사람까지 챙기고 배려하는 마음이 보통 여자들과는 달랐다. 편안함이 느껴지는 재무르의 모습을 보면 미루어 짐작할 수 있었다.

날이 어둑어둑해지자 곳곳에서 불길이 타올랐다. 본격적인 잔치가 시작되었다. 야르 부족은 넓은 광장 곳곳에 구덩이를 파고 커다랗게 나무를 쌓은 다음

불을 붙였다. 주위에는 태울 나무들이 산더미처럼 쌓여 있었다. 한눈에 봐도 잔치의 규모가 얼마나 큰지 알 수 있었다. 곧 덩치 큰 야르 청년들이 어깨에 죽은 동물들의 고기를 메고 나와 불구덩이 옆에 내걸었다.

야르 부족은 돼지를 따로 키우고 있었고, 들소와 같이 사냥을 통해 잡은 고기들은 말려서 먹거나 큼지막하게 잘라내 소금 속에 넣어두었다가 잔칫날에 꺼내 굽는다고 했다. 고기를 꿰는 나무는 불에 잘 안 타는 아왜나무를 길쭉하게 잘라서 쓴다고 했다. 얼마 안 있어 잘 익은 고기에서 나는 기분 좋은 냄새가 사방으로 퍼져갔다. 군데군데 둘러앉은 사람들 앞에는 큼직하고 넓적한 돌들이 놓여 있었고, 그 위에는 한눈에 봐도 먹을거리들이 수북하게 쌓여 있었다. 분명 쎄르 같은 마실 거리도 있을 것이었다. 재무르가 오면 꼭 물어보리라고 생각했다. 솔론과 툼바는 배고픈 것도 참으면서 그들이 먹고 마시면서 노는 모습을 눈에 담아 두려고 집중했다.

그들을 지키고 있는 야르 청년들은 어느새 잔치를 벌이는 부족원과 동화된 듯했다. 이미 솔론과 툼바는 안중에 없어 보였다. 한 사람씩 교대로 뛰어가서 먹고 마신 후 돌아오길 반복했다. 그러면서도 두 사람에게는 물 한 모금도 주지 않았다. 야박하다고 생각했지만, 아마도 그들 마음대로 할 수 없기에 그럴 거라고 여겼다.

시간이 지나면서 이제 두 사람에겐 잔치의 화려함이나 구운 고기 냄새도 들어오지 않았다. 오직 뛰쳐나갈 순간을 잡기 위해, 그 틈을 찾아내기 위해 신경을 곤두세웠다. 그렇게 묘한 설렘과 흥분, 긴장이 수없이 교차하면서 잔치에서 마음이 빠져나올 무렵 멀리 재무르의 모습이 보였다. 한 여인과 함께 다가오고 있었다. 솔론과 툼바는 누가 먼저라고 할 것 없이 자리에서 벌떡 일어섰다.

한눈에 봐도 아름다운 여자가 재무르의 뒤를 따르고 있었다. 쓰화였다. 그녀의 모습은 이미 하늘 꼭대기를 향해 올라가고 있는 보름달과 같았고, 달 주위를 총총 따르고 있는 별인 듯했다. 환하고 반짝이는 모습이 주위를 밝히며 타오르고 있는 불길보다도 더 아름답게 빛났다.

쓰화를 바라보는 솔론은 숨이 막혀오는 듯했다. 툼바는 야르 부족에도 미르셀 같이 아름다운 여자가 있다는 사실에 놀라 입이 다물어지지 않았다. 눈이 휘둥그레진 두 사람 앞으로 성큼성큼 다가온 재무르는 눈빛으로 인사를 나누고, 곧바로 쓰화를 소개했다.

쓰화는 미소를 머금은 채 고개와 허리를 숙여 두 사람에게 인사했다. 화려한 색상의 동물 가죽으로 몸을 두르고, 여러 개의 장신구로 온몸을 치장한 쓰화의 모습은 마치 하늘에서 선녀라도 내려온 듯했다. 감싸고 있는 그 어떤 치장도 그녀의 모습을 빛내주지 못했다. 얼굴은 그 자체로 빛나고, 온화했다. 아무런 말을 주고받지 않았지만 전해오는 눈빛만으로도, 풍기는 기품으로도 사람이 표현할 수 있는 모든 언어를 무색하게 만들 정도였다. 감탄이 절로 터져 나왔다. 한동안 입을 다물지 못하고 있던 두 사람은 옆에서 툭툭 치는 재무르의 손짓에 그제야 정신이 들었다.

곧 야르 족장이 도착할 예정이라 재무르는 오래 머물 수 없다고 했다. 그러면서 옆에 있는 야르 청년 몰래 두 사람에게 무사히 부족의 품으로 돌아가길 바라는 마음을 전했다. 마주 잡은 손을 통해 강한 염원이 가슴으로 전해졌다. 다소곳이 옆에 서 있는 쓰화도 충분히 다 알고 있다는 듯한 눈빛으로 마음을 전했다.

헤어지기 전에 솔론과 툼바는 누가 먼저랄 것도 없이 둘 다 가슴팍을 툭툭 치며 쓰화가 전해준 동물의 가죽이 그 안에 있음을 알렸다. 무슨 뜻인지 알아차린 그녀의 얼굴에 미소가 지어지면서 눈이 반짝였다. 그리곤 천천히 고개를 숙이며 작별인사를 전했다. 솔론과 툼바도 얼른 고개를 숙여 재무르와 쓰화에게 진심을 담아 고마움을 전했다.

생전 처음 본 사람, 그것도 아주 짧은 순간 마주한 사람이 이토록 강렬하게 두 사람의 마음속에 들어올 줄은 미처 몰랐다. 툼바는 잠시 람보르 족장이 쓰화처럼 아름다운 사람을 배필로 맞이하면 얼마나 좋을까, 라는 생각에 빠졌다. 그리고 지금 그의 옆에 있는 솔론도 꼭 그런 여자를 짝으로 맞이하길 마음으로 빌었다.

재무르가 떠나기 전에 툼바는 야르 부족에게도 쎄르같은 것이 있느냐고 물었다. 재무르는 당연히 이 부족에게도 있다고 했다. 혹시 나중에라도 기회가 된다면 한 번 맛보게 해주겠노라 했다. 그 기회는 반드시 올 것이라고, 아니 오도록 할 거라고 주먹을 불끈 쥐었다.

재무르와 쓰화가 떠나고 난 뒤 얼마 되지 않은 때였다. 어디선가 갑자기 심장을 울리는 듯한 소리가 들려왔다. '쿵~ 쿵쿵~ 쿵쿵쿵~~~' 북소리였다. 웅장한 소리가 울려 퍼지자 시끌벅적하던 사방이 일순간에 쥐죽은 듯 조용해졌다. 북소리는 점점 더 크고 빠르게 들려왔다. 분명 여러 개의 북이 울리는 듯한데 마치 한 사람이 치는 듯이 박자와 리듬이 정확하고 절묘했다.

툼바는 그 소리가 예사롭지 않음을 단번에 느꼈다. 그냥 들리는 소리가 아니라 사람의 마음을 한순간에 사로잡고 있었다. 처음 듣는 데도 어느새 북소리를 따라 가슴속에서 무엇인가가 솟구쳐 오르며 쿵쿵거렸다. 점점 심장이 뛰고 피가 끓어올랐다. 그렇게 커지는 북소리에 맞추어 드디어 저 멀리서 누군가가 걸어 나왔다.

야르 족장이었다. 온몸에 화려한 장신구를 달고, 다른 사람은 두 손으로 들어도 들기 힘들 커다란 돌창을 한 손에 쥔 그의 모습은 인간이 아닌 듯했다. 족장이 나타나자 부족원 모두가 큰소리를 내며 일순간에 땅에 꿇어앉았다. '꺼루꺼루~ 꺼루꺼루' 라고 외치는 그 소리는 동굴 마을 일대를 휘감고 커다란 보름달이 떠오른 하늘까지 올라가며 우렁차게 퍼졌다. 그 소리와 더불어 곳곳에 피어 놓은 모닥불에서는 더 많은 불길이 치솟았다.

지금까지 살면서 그렇게 웅장한 모습을 본 적이 없는 솔론과 툼바는 순간 얼어붙을 정도였다. 그 모습을 바로 옆에서 보고 있는 것만으로도 경이로웠고, 심장이 점점 빠르게 뛰었다. 이후 벌어진 모습은 더 낯설고 신비로웠다.

람보르 부족이 사냥을 끝내고, 죽인 동물을 향한 미안함, 먹을 것을 허락하신 신에 대한 고마움을 담아 차분하고 조촐하게 갖는 잔치와는 매우 달랐다. 잔치라고 부르기보다는 일종의 제사라고 하는 게 더 맞을 듯했다. 연신 요란한 구호와 주문을 외워대고 춤을 추었다.

여기저기서 떠들썩한 웃음과 말이 터져 나오면서 이색적이면서 화려한 잔치의 밤은 깊어가고 있었다.

하지만 계속 그 잔치에 빠져 있어서는 안 될 일이었다. 겉으로는 그들의 모습을 눈에 담으면서도 속으로는 끊임없이 틈을 노리고 있었다. 다행인 건 솔론과 툼바를 지키는 야르 청년들은 이제 완전히 풀어져 제멋대로 행동하고 있다는 것이었다. 이미 그들의 안중에는 솔론과 툼바가 없는 듯했다. 처음에는 교대로 다니다가 둘 다 옆에 없을 때도 있었다. 시간이 갈수록 취한 모습을 보였다. 그렇다고 해서 결코 방심해서는 안 될 일이었다.

드디어 보름달이 하늘 꼭대기에 올라섰다. 세상은 온통 환해졌다. 조상들로부터 대대로 배워온 우주 만물의 이치, 달과 별의 움직임이 이 순간 솔론과 툼바 두 사람의 눈과 가슴으로 강하게 와 닿았다.

누가 먼저라고 할 것도 없이 야르 부족은 모두 일어나 광장 중앙으로 모여들었다. 그리곤 손에 손을 잡고 커다란 원을 만들었다. 이제 잔치는 절정으로 치닫는 것 같았다. 비록 그들 틈에 섞여 손을 잡고 있지는 않았지만 마치 그 안에 있는 듯 후끈한 열기가 느껴졌다. 그들 무리가 둘러싼 가운데는 다른 데보다 더 커다란 불빛이 솟아오르고 있었다. 연신 이어지는 북소리와 사람들의 함성에 맞춰서 불길은 더 치솟았다. 마치 하늘까지 닿기를 바라는 마음을 담은 듯 계속해서 솟아올랐다. 사방에 연기가 자욱했다. 손을 맞잡고 어깨동무를 한 야르 부족의 무리는 연신 함성을 질렀다. 그리고 이내 함께 노래를 부르며 불길 주위를 소용돌이 모양으로 원을 그리며 돌기 시작했다.

그들의 한 가운데 족장의 모습이 드러났다. 이번엔 다른 모습이었다. 여러 명이 커다란 바구니 같은 것에 족장을 태워 어깨 위로 들쳐메고 연기 속에서 나타난 것이었다. 마치 하늘에서 내려오는 듯 그 위엄이 대단했다. 부족원의 함성은 더욱 커졌다. 온몸을 화려하게 치장한 족장이 커다란 돌창을 하늘 높이 치켜세우고 사람들을 거센 폭풍우처럼, 회오리처럼 몰아갔다. 그 순간은 이미 잔치를 넘었고, 제사도 넘어섰다. 마치 한 인간을 신처럼 숭배하는 광기에 지나지 않았다.

솔론과 툼바의 몸에서는 전율이 일었다. 지금까지 그들을 사로잡고 있었던 놀라운 경외심이 사라지면서 대단하다는 느낌도 수그러들었다. 대신 몸 구석구석에서 소름이 돋아났다. 툼바는 느꼈다. 오직 부족원만을 생각하며 섬기는 람보르 족장이 수백 명의 광기와도 같은 함성을 한 몸에 받는 야르 족장보다 얼마나 훌륭한 인물인지를 그 땅에 서서 피부로 느끼고 있었다.

밤이 깊어져도 그들의 잔치는 끝날 줄 몰랐다. 야르 부족원은 서로 손에 손을 잡고 뱅글뱅글 계속 돌았다. 그들이 만든 원은 점점 더 빨라졌다. 그에 맞춰 함성도 더 빨라졌고, 노래도 더 커졌다. 무슨 뜻인지 알아들을 수는 없었지만, 노래는 우렁찼다. 옆에 있던 야르 청년들도 언제 뛰쳐나갔는지 이젠 보이지 않았다. 언제까지 놀라면서 계속 바라볼 수만은 없는 일이었다.

솔론과 툼바는 드디어 때가 가까워졌음을 직감했다. 여기저기서 불꽃이 더 거세게 타오르고 함성도 절정을 향해 다다르는 걸 느꼈을 때 두 사람은 마치 약속이라도 한 듯이 서로를 바라보았다. 강렬한 눈빛이 어둠을 뚫고 마주쳤다. 동시에 고개를 끄덕였다.

솔론은 품에 숨기고 있던 도구를 꺼내 둘을 묶고 있던 넝쿨을 잘라내기 시작했다. 쓱쓱 몇 번 하고 나니 쉽게 잘렸다. 그리고 나선 툼바의 넝쿨도 잘라줬다. 두 사람은 계속 광장을 주시하면서 슬그머니 뒷걸음질 쳤다. 숲 쪽으로 조금씩 다가가는 중에도 그들을 주목하는 사람들은 아무도 없었다. 이젠 되었다 싶을 때 솔론은 뒤돌아서 숲을 향해 내달았다. 툼바도 즉시 솔론의 뒤를 따랐다. 그리 멀지 않은 거리이기에 그들은 곧 숲속으로 들어갈 수 있었다.

울창한 숲에 몸을 숨긴 후 눈을 돌리니 재무르가 말한 대로 여기저기 가시나무가 많았다. 곧바로 품속에서 쓰화가 챙겨준 동물 가죽을 꺼냈다. 세심하게 배려해 준 재무르와 쓰화에게 고마웠다. 머리에서부터 몸 전체로 동물 가죽을 뒤집어쓰고 하늘의 별을 바라보며 남쪽으로 방향을 잡았다. 계속해서 함성이 터지고 있는 것으로 봐서는 그들 둘이 사라졌다는 것을 아무도 눈치채지 못한 듯했다. 어쩌면 지키고 있던 두 야르 청년은 솔론과 툼바가 잔치를 보고 있다는 사실조차 잊어버렸을 수도 있었다.

이래저래 행운이 따라주고 있다는 것에 안도하면서 솔론과 툼바는 부족의 땅 쪽으로 빠른 걸음을 옮겼다. 처음에 야르 부족의 땅에 발을 디딜 때만 해도 그리 멀지 않은 것 같았는데 의외로 멀게 느껴졌다. 그건 느낌이 아니라 사실이었다. 북쪽 숲에서 출발해서 멀리 돌아가야 하기에 실제로 거리가 많이 멀어진 것이었다. 한참을 걸어가는 중에도 다른 이상 징후는 아직 보이지 않았다. 숲속을 벗어나 제대로 방향을 잡을 때까지 그들의 도망 소식이 알려지지 않는다면 그 이후로는 승산이 있었다.

가장 힘든 것은 앞으로 나아가는 것이었다. 숲속에 길이 나 있지 않은 데다가 작은 가시나무와 넝쿨들이 우거지고 얽혀 있어서 헤치고 나가는 게 좀처럼 쉽지 않았다. 그런 두 사람이 걸어가는 길을 하늘의 보름달이 환하게 비춰주었다. 재무르가 말한 대로였다. 보름달이 떠서 도망가기에 불리할 거라 여겼지만, 이런 상황이 닥치다 보니 그게 아니었다. 들판이라면 그들의 모습이 훤히 드러날 텐데 숲속이기에 다행이고, 오히려 지금과 같은 상황에서는 보름달이 비추고 있어 헤쳐나가기에 훨씬 수월했다.

두 사람은 한동안 아무런 말도 주고받지 않은 채 묵묵히 걸음만 옮겼다. 동물 가죽을 뒤집어쓴 몸에서는 땀이 비 오듯이 흘렀다. 그래도 힘들지 않았다. 하늘의 달과 별이 두 사람을 안내하고 있고 나무와 풀들, 그리고 멀리서 울부짖는 동물들이 그들을 응원하고 있다고 생각하니 지치지 않았다. 그 힘든 시간을 건너는 툼바의 머릿속에 방금까지 눈앞에서 벌어졌던 야르 부족의 잔치가 다시 떠올랐다.

미르셀과의 사랑이 깊어진 계기도 부족의 사냥 잔치로 인해서였다. 때마다 사냥 잔치가 이어지면서 두 사람의 사랑이 점점 뜨거우면서도 단단해질 수 있었다. 함께 하는 부족원의 응원도 큰 힘이었다. 람보르 부족의 잔치는 그렇게 사랑이 듬뿍 담긴 응원의 잔치였던 반면에, 그가 방금 보았던 야르 부족의 잔치는 오직 한 사람에 대한 숭배와 수많은 사람의 광기 서린 열기가 합쳐진 광란의 도가니였다. 그리 멀지 않은 곳에서 살아가는 같은 사람의 생각과 행동과 삶의 모습이 이렇게 크게 다를 수 있음을 툼바는 처음으로 알았다.

계속해서 떠 오르는 이런저런 생각들이 힘든 걸음을 잊게 해주었다. 깊은 어둠과 달라붙는 가시 풀을 헤치면서 앞에서 걸어가고 있는 솔론의 등이 한없이 미더웠다. 한 걸음씩 내디디면서 주문을 외웠다. '제벨 사하바! 제벨 사하바!' 툼바를 애타게 기다리고 있을 사랑하는 미르셀과 루미, 람보르 족장과 부족을 향한 마음이 속에서 절로 터져 나오는 그 주문 만큼이나 간절했다.

솔론과 툼바가 사라졌다는 것이 밝혀지기까지는 그리 오랜 시간이 걸리지 않았다. 잔치의 절정이 어느 정도 지난 후에야 정신을 차리고 제자리로 돌아온 야르 청년들은 곧바로 두 사람이 사라졌다는 걸 알았다. 하지만 당황하고 겁에 질린 나머지 그 이후의 대응이 늦어버리고 말았다. 행여나 고조된 분위기를 망칠까 싶어 자기들끼리 여기저기 찾아다닌 끝에 꽤 많은 시간을 허비했고, 뒤늦게서야 족장에게 전해졌다.

잔치를 마치고 거처로 돌아온 야르 족장은 솔론과 툼바 두 사람이 사라졌다는 소식을 접하곤 깜짝 놀랐다. 노골적으로 두 사람을 자기 곁에 두고자 했었기에 더 큰 충격을 받았다. 명백한 배신이라고 생각했다. 충격이 큰 만큼 분노가 일었다. 동굴 안을 혼자 거닐며 손에 들고 있던 커다란 지팡이로 바닥과 큰 벽을 사정없이 두들겨대며 소리를 질렀다. 그 소리가 밖에까지 들릴 정도였다. 잔치를 잘 마친 상황에서 터져 나오는 족장의 화와 노여움은 말로 할 수 없는 극도의 불안과 긴장을 안겼다.

때는 아직 어둠에 잠겨 있었고, 동이 터오기 직전이었다.

화가 머리끝까지 치밀어 오른 야르 족장이 제일 먼저 찾은 사람은 예상대로 재무르였다. 이미 소식을 들은 재무르는 담담한 표정으로 족장의 거처에 발을 들여놓았다. 그는 애써 화를 누르며 재무르를 맞았다.

재무르는 상황의 심각성을 알고 있다는 듯이 평소보다 더 조용하고 겸손한 모습으로 족장에게 고개 숙여 인사했다.

족장은 아무 말도 없이 재무르의 눈을 뚫어지게 바라보았다. 눈빛으로 무언가를 읽어내려는 듯한 모습이었다. 재무르의 속내를 파악하고 싶은 것이 분명했다.

재무르는 피하지 않았다.

"람보르 부족의 두 젊은이가 도망갔다 하오."

"족장님, 저도 방금 오는 길에 그 소식을 접했습니다. 아직 못 잡았습니까?"

재무르의 목소리는 담담했고, 아무런 감정도 들어있지 않았다. 일체의 동요 없이 평상시와 같은 어조로 야르 족장에게 물었다.

"지금 우리 부족 중에서 날쌘 젊은이 수십 명으로 수색조를 편성하여 찾으라고 했소. 시간이 다소 지나기는 했지만, 그렇다고 그냥 가만히 있을 수는 없잖소. 그들이 알고 있는 통로는 뻔하니까 바로 그쪽으로 달려가서 집중적으로 찾으면 잡을 수 있지 않겠소?"

"네. 족장님. 저도 그렇게 생각합니다. 그런데 한 가지 여쭐 말이 있습니다.

혹시 그들을 사로잡게 되면 어떻게 하실 생각인지요?”

재무르는 거두절미하고 단도직입적으로 물었다.

“내가 직접 말은 안 했지만, 그 두 사람이 마음에 들어 계속 눈여겨보고 있었소. 그들을 우리 부족의 사람으로 만들고 싶은 마음이 간절했소. 그래서 소투를 보내 우리 편으로 들어와서 나 그리고 재무르와 함께 힘을 합치길 바란다는 뜻을 전하기까지 했소. 혹시 소투를 통해 알고 있을지 모르겠소. 내가 먼저 상의했어야 했는데 미안하오. 시간이 급박해서 그렇게 했음을 이해해 주기 바라오.”

순간, 재무르는 야르 족장이 자기에게 미안해하는 점이 있다는 것이 다행으로 여겨졌다. 아무래도 그 마음이 의심의 강도를 옅게 해줄 거라 여겼다.

“아닙니다. 족장님께서 제게 미안해하시다니요. 그 말씀 거두어 주십시오. 오히려 두 사람이 사라진 것이 마치 제 잘못인 것 같아 제가 더 죄송할 따름입니다.”

재무르는 처음부터 강하게 나가면서 그의 마음속에 한 가닥이라도 남아있을 수 있는 일말의 의심마저 잘라버리고자 했다.

“저도 당황스럽습니다. 두 사람을 우리 편으로 끌어들이려는 족장님의 마음을 처음부터 헤아리지 못했습니다. 만약에 족장님의 뜻대로 되었다면 우리 야르 부족은 천군만마를 얻었을 것입니다. 그들이 힘을 합쳐 족장님을 도우면 이루시고자 하는 뜻을 충분히 이루고도 남을 텐데 저 역시도 몹시 아쉽습니다.”

목소리는 담담했지만, 말투는 더없이 정중했다. 계속해서 우리라는 말로 하나임을 강조하면서 조금의 빈틈도 보이지 않았다. 표정은 평소와 다름없었으며, 눈빛은 강렬하면서도 조금도 흔들리지 않았다. 보통 사람이면 감당하기가 힘들 텐데, 그 중압감 속에서도 변함없이 중심을 잡고 서 있는 재무르의 몸짓에서는 오랜 시간 갈고 닦은 깊은 내공이 풍겨 나왔다.

야르 족장도 재무르가 보통을 뛰어넘는 사람임을 모를 리 없었다. 그제야 눈빛이 풀어지며 분위기는 다소 누그러졌다. 재무르가 여전히 서 있는 걸 뒤늦게 알아차린 듯 자리에 앉기를 권했다.

어느새 재무르의 등에서는 한 줄기 땀방울이 흘러내리고 있었다.

"만약에 솔론과 툼바 그 두 사람을 잡지 못하면 어떻게 하면 좋겠소? 나는 도저히 용서할 수 없소. 분명 그들 부족의 아이를 내어주기로 했고, 이제는 기다리는 것만 남았는데 이렇게 부족 대 부족의 약조를 헌신짝처럼 버리고 도망가다니 이건 나에 대한 기만이자 배신이고, 우리 부족에 대한 도전이 아닐 수 없소. 난 절대로 용서할 수 없소."

"족장님의 마음을 누구보다도 잘 알고 있습니다. 혹시 족장님만 괜찮으시다면 이왕 이렇게 말씀을 꺼내신 김에 소투를 이 자리에 부르시는 건 어떻습니까? 이 기회에 함께 논의하는 것이 더 좋을 듯싶습니다."

재무르와 소투, 그리고 야르 족장 이 세 사람이 한자리에 있는 경우는 거의 없었다. 하지만 어차피 소투를 통해 두 사람을 회유하려고 했다 하니 불러야 할 것 같다는 생각이 들었다.

얼마 지나지 않아 소투가 문을 열고 들어왔다. 곁으로 다가오는 소투를 보자 재무르는 일어나서 고개를 숙이면서 인사했다. 지난번에 소투가 불쑥 찾아와 솔론과 툼바 얘기를 꺼내고 간 이후 처음 보는 자리였다.

눈빛으로 인사를 받은 소투는 족장에게 깊숙이 허리를 숙여 인사한 다음 마치 태산처럼 장중한 모습으로 족장 앞에 앉았다. 그 이후에 숨소리 하나 나지 않는 정적이 이어졌다. 먼저 그 정적을 깬 건 재무르였다.

"소투님. 자주 뵙지 못했습니다. 그 어려운 일을 맡아주셨는데 두 사람이 도망가는 바람에 마음이 몹시 불편하실 줄 압니다."

재무르는 차분한 어투로 소투에게 공손하게 말을 건넸다.

"아닙니다. 이번 일로 인해 무엇보다도 족장님께 많이 죄송하지요. 그들이 탈출하리라고는 꿈에도 생각해 본 적이 없어서 당황스럽기 이루 말할 수 없습니다. 이런 사태가 일어나리라곤 털끝만치도 생각하지 못했습니다. 우리가 두 사람을 믿고 너무 방심한 듯해서 그게 조금 아쉽습니다."

족장은 아무런 말 없이 두 사람을 바라보았다.

소투가 오고 나서 재무르의 마음은 한결 가벼워졌다. 소투가 보는 앞에서 자신이 두 사람을 따로 가둬야 한다고 건의했지만 이미 자신감에 넘친 족장이 그대로 강행했고, 잔치를 보는 걸 허락까지 했기 때문이었다. 족장의 입장에선 자신의 방심과 부주의한 조치를 탓할 게 틀림없기에 최소한 재무르가 그들 편에 서서 탈출을 주도하거나 도와줬다고 생각하기는 쉽지 않을 것이었다. 하지만 끝까지 마음을 놓지 않았다. 가뜩이나 심기가 불편할 텐데 일부러 자극할 필요는 없었다. 그러면서도 만에 하나 일이 잘못되어 그들이 붙잡혀 온다면 그대로 죽게 놔둬서는 안 될 것이기에 계속 의중을 떠보는 것도 필요했다.

족장은 두 사람을 사로잡아 오면 어떻게 할 거냐는 재무르의 말에 아직 답을 하지 않은 상태였다.

재무르는 말을 아끼면서 족장과 소투의 대화에 귀를 기울였다.

"소투, 내가 두 사람을 한 방에 가두라고 했는데 그게 잘못이었소. 나 역시 그들이 설마 도망가리라곤 추호도 생각하지 못했소. 무엇보다도 그들을 우리 편으로 만들지 못한 게 아쉽소. 사실 소투가 나서기도 해서 어느 정도 기대했었는데 말이오. 그나저나 꼭 잡아 와야 할 텐데…"

족장에게서 솔론과 툼바를 향한 강한 미련이 느껴졌다. 그들이 탈출했음에도 여전히 포기하고 싶지 않은 듯했다. 상황이 어느 쪽으로 흘러가든 둘 다 쉽지 않을 거라는 생각이 들었다. 그때 소투가 말을 꺼냈다.

"족장님, 솔직히 말씀드리면 처음 솔론을 만나서 제안을 했을 때 저는 조금 느낌이 왔습니다. 그들이 결코 만만한 자들이 아니란 걸 말입니다. 또한, 모르긴 몰라도 그들 부족에서 매우 중요한 일을 맡고 있을 것입니다. 반드시 잡아 데리고 오되, 잡혀 와서도 족장님의 바람대로 우리 편이 되지 않는다면 그땐 죽여야 한다고 생각합니다. 그대로 놔뒀다가는 나중에 우리 부족에게 큰 위협이나 후환이 될 사람들입니다.”

소투의 입에서 결코 듣고 싶지 않은 말이 흘러나왔다.

재무르는 속으론 놀랐지만, 겉으로는 담담한 척했다. 온화하게 보이지만 소투는 역시 호락호락한 사람이 아니었다. 하긴 그러니까 족장이 그에게 그런 임무를 주었던 게 아닌가 싶었다. 앞으로 좀 더 경계해야겠다는 생각이 뇌리에 강하게 치고 올라왔다.

재무르는 섣불리 입을 열지 않고 계속 두 사람의 대화에 집중했다.

“그들이 우리 편으로 오지 않으면 죽이라고? 하긴 도망갔으니 죽일 수 있는 명분은 분명 있지만, 죽이기엔 아깝기도 하고... 또, 만약에 그렇게 되면 상황이 매우 복잡해질 텐데 괜찮겠소?”

“족장님께서 말씀하신 대로 상황은 분명 복잡해질 것입니다. 하지만 이는 절대 용서할 수 없는 문제입니다. 우리 측의 요구를 대놓고 거절한 것이나 마찬가지입니다. 족장님의 아이를 해치고도 아무런 대가도 치르지 않은 것과 양쪽 사이에서 협상이 오가는 중에 도망간 점, 이 두 가지만 보더라도 그 죄는 차고도 넘칩니다. 물론 이 두 사람을 죽이고 난 후에는 치열한 싸움도 각오해야 할 줄로 생각합니다.”

소투는 매우 강경했다. 마치 먹이를 앞에 두고 사정없이 달려드는 사냥꾼을 보는 듯했다. 그러면서도 주도면밀하고 치밀했으며 단호하기까지 했다. 순식간에 상황을 꿰뚫어 보면서 정리하고 핵심을 짚어내는 걸 보니 역시 야르 족장의 책사임이 틀림없었다.

재무르의 머릿속에선 온갖 생각이 다 스쳐 지나갔다. 먼저 입을 떼지는 않겠다고 생각하던 찰나, 야르 족장이 소투의 의견을 어떻게 생각하느냐고 물어왔다. 미리 준비하고 있었기에 당황하지 않고 입을 열 수 있었다.

"네. 족장님, 소투님이 상황을 잘 꿰뚫어 보면서 판단했다고 생각합니다. 어느 누가 봐도 그 말씀에 충분히 수긍할 것입니다. 저도 전체적인 차원에서는 동의합니다. 다만, 조금 더 냉정했으면 좋겠다는 말씀을 조심스레 드려봅니다. 만약에 두 사람을 잡아 와 죽이게 된다면 그때는 소투님도 언급한 것과 같이 치열한 싸움도 감수하고 각오해야 합니다. 이는 양 부족 사이에 돌이킬 수 없는 강을 건너게 되는 것입니다. 처음부터 지금까지 일관되게 족장님의 목표는 '이에는 이, 눈에는 눈'에 맞게 람보르 부족의 아이 목숨을 취하는 것이었지, 어느 다른 누구의 목숨이나 부족 간의 싸움은 더더욱 아니었습니다. 제 개인적인 생각으로는 할 수만 있다면 끝까지 그 목표에 집중하시는 게 좋다고 생각합니다. 아직도 기회는 남아 있습니다. 두 사람을 잡아 오더라도 죽이지 마시고, 더 기회를 주면서 우리 편으로 만드는 게 좋을 듯싶습니다."

재무르는 말을 마치면서 슬쩍 소투의 모습을 살펴보았다. 그를 앞에 두고 다른 말을 한 게 조금은 마음에 걸렸기 때문이었다. 하지만 별다른 표정 변화가 없는 것으로 보아 크게 개의치 않는 듯싶었다.

"듣고 보니 재무르의 말도 옳소. 소투의 말대로 당장 잡아 와서 죽일 수도 있으나, 끝까지 우리의 뜻을 이룰 수 있도록 이용하고 활용하자는 데에 더 무게를 두고 싶소. 소투는 동의할 수 있겠소?"

"네. 족장님. 저는 후환이 있을 듯싶어 말씀드렸는데, 끝까지 우리 편으로만 만들 수 있다면 재무르님의 말대로 하는 것이 당연히 더 좋을 것입니다. 오늘 제가 한 수 배웠습니다."

소투는 조금도 이견을 달지 않고 수긍하면서 재무르를 바라보며 예를 갖췄다. 그 모습이 더 무섭게 다가왔다.

"제게 배우다니요? 어인 말씀을."

재무르도 서둘러 고개를 숙였다. 그런 두 사람의 모습을 보면서 야르 족장은 내내 굳었던 표정을 풀고 흐뭇한 미소를 지었다. 예사롭지 않은 분위기가 방 안을 감쌌다.

"자, 그러면 그만 일어서고, 두 사람을 잡아 오게 되면 다시 모입시다."

족장에게 인사하고 동시에 일어섰다. 재무르는 조용히 소투의 뒤를 따랐다. 그는 뒤를 따라오는 재무르를 의식하지 않는 듯 별다른 말 없이 자신의 거처로 향했다. 내색하지 않았지만 분명 재무르를 의식하고 있을 것이었다.

그가 만만치 않은 상대라는 게 부담되면서도 한편으로는 승부욕이 생겨났다. 그 자리에선 논의되지 않았지만, 만약에 솔론과 툼바가 무사히 람보르 부족의 품으로 돌아가게 될 경우 족장이 어떻게 나올지도 궁금했다. 족장과 소투는 반드시 잡을 거라고 낙관하고 있는 듯했다. 지금으로선 조용히 사태를 지켜보는 게 최선이었다. 그러면서도 나름대로 대응책을 마련해야겠다고 생각하며 재무르는 서둘러 집으로 향했다. 자기를 기다리고 있을 쓰화 생각에 발걸음이 그리 무겁지만은 않았다.

집으로 돌아온 재무르를 쓰화는 반갑게 맞았다. 간밤에 잔치가 끝나고 나서 솔론과 툼바가 탈출했다는 소식은 그녀도 이미 들어서 알고 있었다. 두 사람이 떠날 때 그녀가 손수 준비한 말린 고기와 동물 가죽을 받고 감격했다는 소식을 전해 들었고, 잔칫날 그들을 직접 만난 자리에서 눈빛으로 그 마음을 확인했던 터라 이후의 상황이 더 궁금했다. 부디 무사히 부족의 품으로 돌아가길 바라는 간절한 마음은 재무르와 다르지 않았다.

"어서 오세요. 솔론과 툼바는 어떻게 되었어요?"

쓰화는 재무르를 맞이하며 두 사람의 안부부터 물었다.

"두 사람이 탈출했다는 소식을 알고 있소?"

"네. 이미 다 아는걸요. 여기저기서 웅성대고 있어요."

"그들을 잡기에는 시간이 많이 흘렀소. 내 생각엔 지금쯤은 아마 잡을 수 없는 곳까지 갔을 듯하오. 그들은 꼭 무사히 돌아가야 하오. 그나저나 족장님과

이 일에 대해 의논하고 왔소. 당신 혹시 소투라는 사람 잘 알아요? 마침 함께 있었는데 두 사람을 잡아 오면 후환을 없애기 위해 죽여야 한다고 강하게 말하기에 깜짝 놀랐소. 다른 건 내색하지 않고, 죽여서는 안 된다고만 말했소. 족장님이 의심하거나 하는 눈치는 전혀 없었소.”

“정말 잘하셨어요. 당연히 그렇게 하셔야죠. 당신이 아니면 누가 말할 수 있겠어요. 그런데 끝까지 믿으시면 안 돼요. 언제 어떻게 돌변할지 모르니까요. 소투라는 사람은 족장님의 책사라고 알고 있는데 범상치 않은 인물이라고 들었어요. 당신도 조심하셔야 해요”

“당신 말대로 그 사람 만만치 않은 사람인 듯싶소. 이번에는 많이 강경하오. 족장님과 대화하는 걸 보니 내가 생각하는 것보다 훨씬 더 많은 부분을 조언하는 것 같소.”

“모쪼록 이 일이 잘 해결되어야 할 텐데요. 전 두 부족이 싸우는 걸 절대 원치 않아요. 만약에 그렇게 된다면 전사들의 희생은 물론이거니와 아무 죄도 없는 여자들과 아이들도 죽거나 다치게 될 게 불을 보듯 뻔하니까요. 그래선 안 돼요. 당신이 끝까지 노력해서 무슨 일이 있더라도 싸움만은 막아줘요. 이 상황에선 당신밖에 없어요.”

“당신 말이 맞소. 싸우면 안 돼요. 생각해보면 이것이 나의 운명이 아닐까 싶소. 내가 오래전에 람보르 부족을 떠나 지금 여기에 와 있는 게 어쩌면 바로 그런 일을 하라는 뜻이라고 생각하오. 쓰화 당신을 만난 것도 그렇고요. 당신 말대로 지금 두 부족 사이에는 엄청난 긴장감이 깔려 있소. 어느 하나가 툭 터지면 모든 일이 한꺼번에 걷잡을 수 없이 밀려들 것 같은 분위기에요. 지금으로선 솔론과 툼바의 탈출이 그 시발점이 될 듯한 느낌이 강하게 들어요. 그나저나 어떻게 해서든 큰 싸움으로 번지는 것은 막아야 하오. 그건 내 개인적으로도 받아들이기 힘든 일이 될 테니 말이오.”

“맞아요. 만약에 싸움이 벌어지면 족장님의 말에 따라야 하는데 그게 자기 부족을 치는 일이니 당신처럼 힘든 사람이 누가 있겠어요. 그러니 절대 그런 일이 일어나선 안 돼요. 어떠한 수단과 방법을 써서라도 막는 것이 최선이에요. 참, 그러나저러나 만약에 두 사람이 잡혀 오게 된다면 당신에게 알려줄 사람이 있을까요?”

“알려줄 사람이라뇨? 그게 무슨?”

“혹시나 해서 말씀드리는 거예요. 솔론과 툼바가 잡혀 왔는데도 당신이 모르고 있으면 안 되잖아요. 그럴 리는 없겠지만, 만에 하나 족장님이 당신에게 말하지도 않고 소투하고만 상의하고 죄를 묻는다면 큰일 아닐까요?”

“에이, 설마 그러겠소? 잡혀 오면 다시 만나자고 말씀까지 하셨는데요.”

그렇게 말해놓고 나서 생각해보니 설마가 사람 잡는다고 쓰화의 말도 충분히 일리 있었다. 야르 족장의 성품이나 신뢰로 볼 때 분명히 자기에게는 말하고 의견을 들을 거라고 믿지만, 혹여라도 상황에 따라서는 그렇게 흘러가지 않을 수도 있을 것이었다. 솔론과 툼바를 회유하는 일도 처음부터 자기에게 직접 말하지 않고 소투에게 맡겼었다는 걸 떠올리자 더 그런 마음이 들었다. 앞일을 쉽게 예측할 수 없을 것이었다. 모든 일에 있어 방심이 일을 그르치는 시발점이 될 것이고, 쓰화는 바로 그런 점을 경계하라고 한 듯했다.

재무르는 서둘러 다시 일어섰다. 어딜 가는지 다 안다는 듯이 쓰화는 잘 다녀오라고 인사했다.

그가 향한 곳은 부족이 지내고 있는 동굴의 입구였다. 그곳에는 교대로 동굴을 지키는 전사들이 있었다. 평소에 그들에게 잘 대해주고, 먹을거리를 챙겨주며 호의를 보여준 재무르이기에 그들은 누구 할 것 없이 잘 따랐다. 특히, 재무르가 야르 부족에서 영향력 있는 위치에 오르자 일부러 그에게 잘 보이려고 하는 젊은이들까지 생겨났다.

솔론과 툼바가 잡혀 오게 된다면 제일 먼저 알 수 있는 것이 그들일 것이기에 책임자를 따로 불러 족장에게 알리는 동시에 자기에게도 꼭 알려달라고 당부했다. 아무에게도 알리지 말라는 별도의 지시가 없다면 그들은 반드시 재무르에게 달려와 알릴 것이었다.

그제야 마음이 놓였다. 이 부분은 미처 생각하지 못했는데 쓰화가 귀띔해 주었기에 챙길 수 있었다. 그런 쓰화의 모습을 보면서 순간 툼바의 짝인 미르셀을 떠올렸다. 남다르게 총명했던 어렸을 때의 모습이 어렴풋하게 생각났다. 지금은 람보르의 의논 상대가 될 정도로 지혜롭다는데 과연 어느 정도인지 궁금해 만나보고도 싶었다.

그러면서 지금 자기 곁에 있는 쓰화를 생각했다. 가장 가까운 곳에서 늘 지켜봐 주고 믿어주는 누군가가 있다는 것, 좋은 일이든 나쁜 일이든 귀담아 들어주고 마음을 같이 할 사람이 있다는 것이 참으로 소중했다. 지금처럼 어렵고 힘든 상황을 헤쳐나갈 수 있도록 하는 힘의 원천이 쓰화임에 감사했다. 부디 미르셀과 쓰화, 두 여인의 현명함이 양 부족을 온전히 지킬 수 있길 간절히 기도했다.

서둘러 집으로 돌아온 재무르는 아무런 말 없이 살며시 쓰화를 품에 안았다. 이미 두 사람은 눈빛만으로도 충분히 통했다. 그녀는 틈날 때마다 재무르의 넓은 품에 안기는 걸 좋아했다. 울퉁불퉁 튀어나온 재무르의 근육질 몸매를 손으로 쓰다듬으며, 머리를 가슴 중앙에 대고 조곤조곤 말하곤 했다. 그럴 때마다 몸에서는 싱그러우면서도 달콤한 향기가 진하게 풍겼다. 광야에서 헤맬 때마다 넓은 들판에 서서 세상의 모든 걸 들이마시겠다는 심정으로 호흡할 때마다 스며들었던 들꽃 향기와도 닮아있었다.

그런데 오늘은 유독 더 달콤하고 향기로웠다. 코로 깊숙이 들이마시는 순간 마치 취한 듯했고, 민감한 몸이 반응했다. 재무르는 이 순간을 놓치지 않았다. 서두르지도 않았다. 아주 편안하고 능숙하게 쓰화의 몸을 안고 그대로 쓰러졌다. 한동안 부드럽게 안아주나 싶더니 이내 격렬하게 탐하기 시작했다.

방 안의 분위기가 순식간에 뜨겁게 달아올랐다. 쓰화의 입에서는 이미 달뜬 신음이 터져 나오기 시작했다. 시간을 잊은 듯 휘몰아치는 두 사람의 사랑은 어떤 산을 넘고 또 다른 물을 건너며 부딪히고 합쳐지기를 반복했다.

그들의 시간은 그대로 멈춘 듯했다. 그러는 사이 세상을 비추고 있는 해는 사라져가고 수줍은 달님이 고개를 들며 나타났다. 달빛이 동굴 속으로 들어와 쓰화의 몸을 비출 수만 있었다면 그 순간 인간 세상에서 가장 빛나는 아름다움을 보았을 것이었다.

그날 밤, 재무르는 끊임없이 빛나는 쓰화의 몸속에서 오랫동안 헤어나오지 못했다. 불온하고 위험한 기운이 퍼져가는 야르 부족의 땅에서 수많은 별꽃이 한없이 피어났다.

끝없이 타오르는 찬란한 붉은 빛이 어둠에 싸인 그들의 땅을 밝히고 있었다.

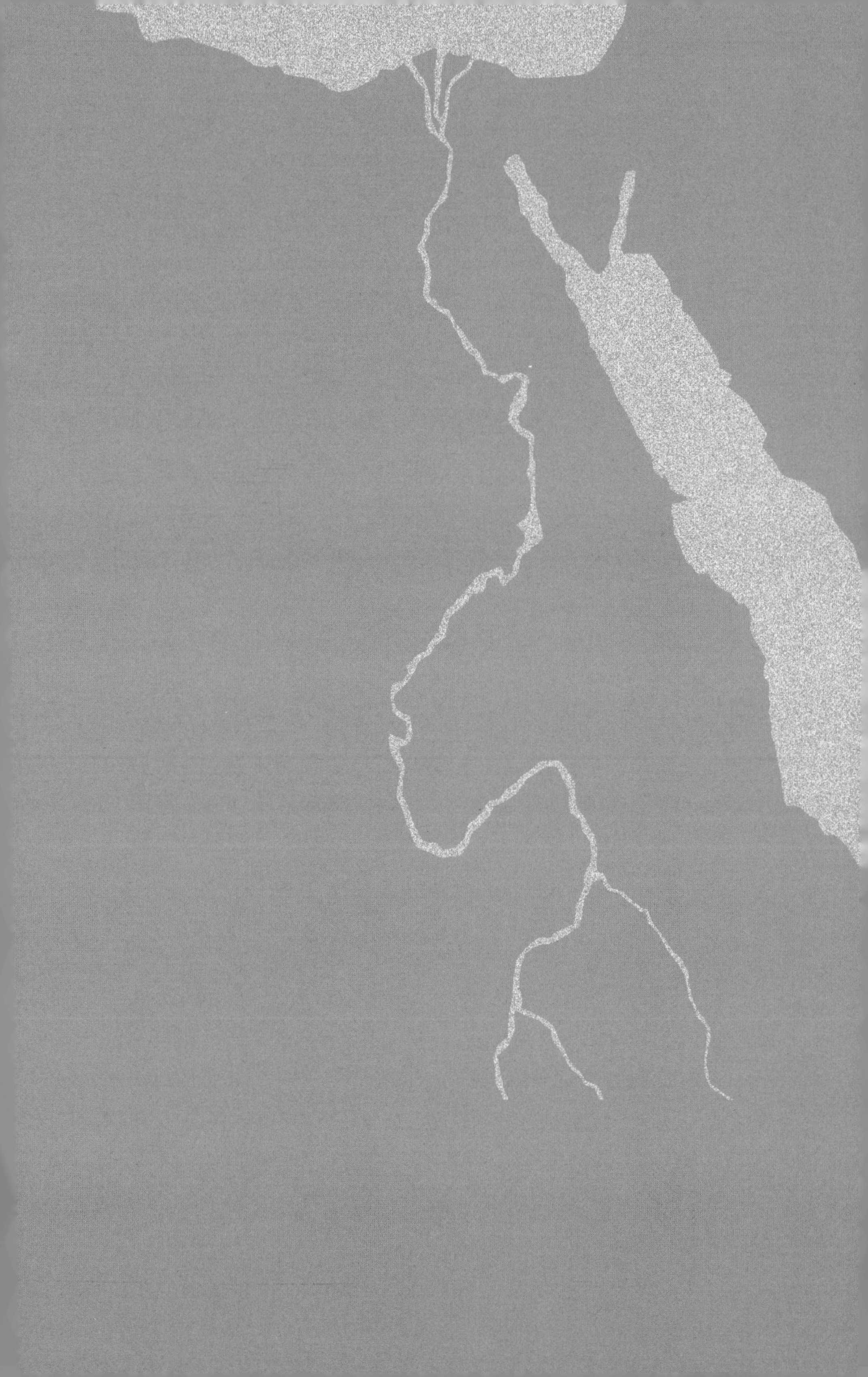

Ⅱ부

6. 분노가 아닌 것에 분노하고

분노는,
타인에게 해악을 끼친 어떤 사람에 대한 미움이라 했던가?

하지만, 인간은 진정한 분노를 모른다. 분노할 필요가 없을 때 분노하고,
정작 분노해야 할 때 침묵한다.

고로, 세상에 존재하는 대부분의 분노는 허구다.

솔론과 툼바를 잡기 위한 야르 부족의 필사적인 수색이 시작됐지만, 생각보다 쉽지 않았다. 무엇보다도 초반의 지체 시간이 너무 길었다. 야르 부족의 불운이 두 사람에게는 더없는 행운이었다.

야르 족장의 호통과 다그침에 어떤 상황인지 제대로 파악도 하지 못한 채 무작정 솔론과 툼바를 잡으러 나선 야르 청년들은 서둘러 두 사람이 사라진 숲속으로 들어갔다. 그러나 화들짝 놀라 금방 빠져나올 수밖에 없었다. 그곳은 가시나무가 울창하여 쉽사리 안으로 들어갈 수 없었다. 누가 보기에도 도망가

기엔 수월하지 않은 곳이라 두 사람이 그곳으로 빠져나갔을 거라고는 당연히 생각조차 할 수 없었다.

신출귀몰한 두 사람의 흔적을 찾기 위해 그들은 동분서주했다. 일부는 숲으로 들어가지 않고 곧바로 해또르 지역 방향으로 나아갔다. 최대한 빨리 가면 따라잡거나 잘하면 미리 가서 막을 수도 있을 거라는 희망을 버리지 않은 채 추적했다.

반면에 야르 청년들이 그들의 마을에서 출발했을 당시에 솔론과 툼바는 벌써 해또르 지역에 다다르고 있었다. 남쪽을 향해 앞만 바라보고 걷다 보니 익숙한 땅이 보이기 시작했다. 동이 터오기 바로 직전이라 사방은 여전히 캄캄했지만, 희미하게 해또르 지역이 보이기 시작했다. 가장 위험한 고비는 일단 넘겼음에 안도했다. 거기서부터는 사냥할 때마다 왔던 곳이라 그야말로 눈감고도 찾아갈 수 있었다.

한숨 돌린 두 사람은 자주 쉬던 낯익은 큰 바위 밑에서 잠시 쉬어가기로 했다. 앉자마자 갑갑한 동물 가죽을 벗었다. 땀으로 뒤범벅이 된 몸은 그야말로 만신창이나 다름없었다. 가죽으로 미처 감싸지 못했던 손과 종아리 아래쪽에는 이미 수없이 많은 상처가 나 있었다. 살결을 따라 벌겋게 줄이 생긴 곳으로 피가 흐르다가 어느새 굳어버렸다. 쓰화가 준 동물 가죽이 아니었으면 그곳에서 살아서 빠져나오기도 힘들었을 것이었다. 아니, 어쩌면 처음부터 들어갈 엄두조차 내지 못했을 것이다. 새삼 재무르와 쓰화의 현명함과 배려에 감동했다.

하늘을 바라보며 누운 툼바가 가쁜 숨을 몰아쉴 때 지친 몸을 일으킨 솔론이 어디론가 향했다. 그리곤 곧 나무 열매 몇 개를 손에 들고 왔다. 돌로 내리쳐 깨자 과즙이 가득 담겨 있었다. 꿀꺽꿀꺽 숨도 안 쉬고 마시고 나서야 겨우 정신이 드는 듯했다. 쓰화가 챙겨준 말린 고기는 허기를 달래고 지친 몸을 회복하는 데 크게 도움이 되었다.

어느 정도 숨을 고르고 나자 가시에 찔린 곳이 참을 수 없이 쓰라려 왔다. 조금 더 참아야 했다. 여전히 경계심을 늦추지 않았다. 어디서 야르 부족이 달려올지 몰라 오래 지체할 수도 없었다. 두 사람은 다시 발걸음을 재촉해 부족의 마을로 향했다. 아무리 아는 길이라고 해도 끝까지 마음을 놓지 않고 서로를 독려하며 나아갔다. 잡히면 죽음만이 기다릴 것이기에 지금의 발걸음은 목숨을 건 탈출이자 죽음으로부터의 도피였다. 다행히 아직도 그들을 추적해 오는 기미가 느껴지지 않았다.

툼바는 앞장서서 달리고 있는 솔론의 뒤를 묵묵히 따랐다. 그날따라 두 사람을 이어주고 있는 끈이 더 강하고 질기다는 걸 서로가 알 수 있었다. 얼마나 달렸을까 어느새 날이 밝아오고 있었다. 여명 속에서 저 멀리 부족의 마을이 보이기 시작했다. 새벽의 흐릿한 밝음이 치열한 시간을 견디고 건너온 툼바의 마음을 위로하는 듯했다. 울컥 반가움이 솟아났다.

솔론과 툼바가 막 마을 입구 쪽으로 들어설 무렵 야르 부족의 수색조는 해또르 지역에서 두 사람이 마셨던 깨진 나무 열매를 발견했다. 한발 늦었음을 직감했다. 거기서부터는 람보르 부족의 땅이 시작된다는 걸 알고 있기에 더 이상 그들을 따라간다는 건 의미 없는 일이었다. 호통치는 야르 족장의 얼굴이 두려움으로 다가왔지만, 그들은 그냥 발길을 돌릴 수밖에 없었다.

솔론과 툼바는 젖먹던 힘까지 짜내고서야 겨우 마을 어귀에 들어설 수 있었다. 사람들은 아직 눈에 띄지 않았다. 누군가 보라고, 도와달라고 목청껏 소리치고 싶어도 극도의 긴장과 탈진으로 인해 거친 숨소리 말고는 새어 나오지 않았다. 인내심이 바닥에 다다르는 듯한 순간 툼바의 눈에 사람이 보였다. 드디어 누군가가 두 사람을 발견한 듯 멀리서 달려오고 있었다. 마을 어귀를 지키고 있는 부족 청년들인 듯했다.

솔론과 툼바는 누가 먼저랄 것도 없이 그 자리에 주저앉고 말았다. 온몸이 온통 땀과 먼지로 뒤덮인 채 손과 발은 가시나무에 찔리고 찢어져 사방에 피가 맺힌 그들을 본 누군가가 '하르삐리, 하르삐리~' 라고 외치는 소리가 들려왔다. 상처에 바르는 하르삐리와 들것을 가져오라고 소리치는 부족 청년의 목소리가 마치 꿈속에서 들려오는 듯했다.

죽음의 문턱을 넘어 솔론과 툼바는 무사히 부족의 품으로 돌아왔다. 두 사람이 살아 돌아왔다는 소식은 금방 람보르 부족 전체에게 전해졌다. 여기저기서 환호가 터져 나왔다. 누구보다도 제일 기뻐한 건 람보르 족장과 미르셀이었다. 람보르는 다시 천군만마를 얻은 듯했다. 부족원 전체의 사기도 하늘을 찔렀다. 그전까지 남아있었던 일말의 불안감과 근거 없이 떠돌면서 마을을 들쑤셔놓았던 소문도 거품처럼 한순간에 모조리 사라져버렸다. 이제는 한마음으로 똘똘 뭉치기만 하면 될 터였다.

미르셀은 이 모든 것에 감사하며 하늘을 향해 깊이 고개를 숙였다.

만약의 사태에 대비하기 위한 람보르 부족의 준비는 이제 본격적으로 시작되었다. 더 이상 실낱같은 희망에 매달리면서 시간을 허비할 수 없었다. 결국은 최악의 상황으로 내몰리는 걸 막지 못했음을 직감한 람보르는 이제 닥쳐올 일에 집중하기로 했다. 한 가지 위안이라면 그들이 해야 할 최선을 다했다는 것이었다. 아쉽지만 후회는 없었다. 어쩔 수 없는 일이라고 애써 다독였다.

사실 그건 그 누구의 잘못이 아니었다. 그들을 둘러싼 상황과 분위기가 그렇게 몰고 간 것이었다. 꿈틀거리는 싸움의 기운을 피할 수 없었다. 이제 해야 할 일은 명확했다. 피할 수 없기에 받아들여야만 했다. 싸우지 않고 해결하는 것이 가장 좋은 일이지만, 만약에 그렇지 못할 경우가 닥친다면 반드시 이겨야 했다. 이기지 못하면 부족의 생존은 보장되지 못한다는 걸 오래전부터 야생에서의 삶이 뼛속 깊이 가르쳐 주었다.

이제부터 중요한 건 싸울 준비였다. 다시 전사들이 소집되었다. 여태까지와는 달리 표정이 자못 엄숙했다.

람보르는 결연한 표정으로 그들 앞에 섰다. 생사와 존망이 걸린 한 부족의 운명을 온몸으로 짊어진 채 두 발로 버티고 섰다. 그의 생각과 결심에 따라 많은 사람이 살거나 혹은 죽을 것이었다. 밀려오는 극심한 중압감으로 인해 람보르도 힘들었다. 하지만 더 이상 망설일 수 없었다.

모든 전사의 눈동자가 그들의 족장을 향하고 있었다.

람보르의 연설이 터져 나왔다. 다른 때보다도 비장하고 길었다. 그의 목소리는 부족의 마을 전체를 울리며 멀리 해또르 지역으로 퍼져나갔다.

"할루할루! 족장인 나 람보르가 말한다. 지금 우리 부족은 가장 중요한 순간에 직면했다. 예기치 않은 일이 벌어졌다. 결과에 대해 책임지는 게 인간의 도리이기에 할 수 있는 한 최선을 다하고자 했으나 뜻대로 되지 않았다. 우리는 책임을 회피하지 않았다. 툼바는 자신이 잘못한 일이기에 상대 부족을 만나 다른 누구의 목숨이 아닌 자기 목숨을 내어놓겠다는 말까지 했다.

만약에 그들이 그 제안을 받아들였으면 여기 있는 툼바는 이미 이 세상 사람이 아니었을 것이다. 실수로 저지른 일에 대해 죽음으로 책임지겠다는 것만큼 대단한 일이 어디 있겠는가? 하지만, 그들은 거부했다. 오직 '눈에는 눈, 이에는 이'를 반복하며 같은 또래인 우리 부족의 아이를 집요하게 요구했다.

책임은 합당해야 하고, 이치에 맞아야 한다. 그들은 그러지 않았기에 나는 단호히 거부했다. 실수에 의한 죽음과 고의적인 살인이 어찌 같단 말인가? 우리 부족은 먹고살기 위해 사냥을 하지만 꼭 필요한 경우가 아니면 동물일지라도 함부로 죽이지 않는다. 그런데 어찌 그런 요구를 할 수 있단 말인가?

나 람보르는 결심했다. 지금까지 우리 부족을 지켜오신 조상님들과 우리 부족원 모두의 명예를 걸고 불의에 맞서 과감히 싸우기로 했다. 나는 사람을 죽이는 걸 원치 않는다. 사람이 사람을 죽이는 건 있을 수 없는 일이다. 툼바의 행위는 한순간의 실수였기에 충분히 사죄하면 용서받을 수 있지만, 의도를 가지고 일부러 사람을 죽여서는 안 된다는 뜻이다. 적(敵)이라는 이름으로 상대방을 죽여야 하는 싸움만은 정녕 막고 싶었고, 싸우지 않고 해결하고 싶었다. 그러나 그 모든 노력이 다 물거품이 되고 말았다. 안타깝지만 이제 싸움을 피할 수 없다. 사람을 죽여서는 안 된다고 해서 우리 부족원이 죽어 나가는 것을 지켜볼 수 없다. 그것은 더 큰 죄악이기 때문이다.

할루할루! 부족의 장한 전사들이여!

칼과 창을 높이 들어라. 끝내 들지 않길 원했던 칼과 창을 들라고 명하는 내 마음은 무겁다. 하지만, 우리 힘으로 지켜내지 못하면 죽음만이 기다릴 것이다. 악을 악으로 갚을지라도 더 큰 악을 막아내야 한다.

나 람보르는 하늘을 향해 맹세하노니 이 시간 이후부터 야르 부족과의 싸움에서 일어나는 모든 일의 책임은 나 람보르에게 있음을 만천하에 천명하고자 한다. 부족원은 오직 나의 지시와 명령에 따라 행동한 것이다. 죄가 있어 하늘의 벌이 주어진다면 나 혼자 온전히 짊어질 것이다.

할루할루! 부족의 용감한 전사들이여!

나와 함께 끝까지 우리 부족을 지키자. 여자들과 아이들을 지켜내자. 그것이 조상들에 대한 도리이고, 후손들에 대한 책임이다. 자! 주저함 없이 일어서고, 두려움 없이 나아가자. 제벨 사하바! 제벨 사하바!"

람보르의 출사표는 세상 그 어떤 말보다도 강하게 부족원의 마음을 파고들었다. 그 울림의 깊고 넓음은 차마 헤아릴 수 없었다. 족장의 입에서 말이 터져 나올 때마다 눈물을 흘리는 사람도 많았다. '할루할루!', '제벨 사하바!' 부족의 구호를 외칠 때마다 부족원의 마음은 하나로 뭉쳐졌다.

람보르의 긴 연설이 끝나자 전사들의 가슴은 뜨겁게 달아올랐다. 생전 처음 겪게 되는 싸움에 대한 두려움은 어느새 멀리 달아나 버렸다. 바라지도 않고 원하지도 않았지만 피할 수는 없다고 생각했다. 비록 악에 맞서 악을 행한다 해도 더 큰 악을 막아낼 수만 있다면 어떤 일도 감수해야 할 거라고 굳게 믿었다. 가족을 지키기 위해서는, 부족을 온전히 지켜내려면 어쩔 수 없는 일이었다.

참으로 다행인 것은 람보르 족장이 그들을 이끄는 우두머리라는 점이었다. 다른 누구도 대신할 수는 없었다.

그들은 곧바로 싸움 준비에 들어갔다. 오래전부터 사냥을 통해 꾸준히 단련해왔기에 평상시 연습한 것들을 다시 확인하고 숙달했다. 사람을 상대로 하는 것은 또 다를 것이기에 새롭게 집중했다. 손에 무기를 들었을 때는 어떻게 자세를 잡아야 하는지부터 배워나갔다. 힘의 작용 원리에 따라 적을 공격할 때와 적의 공격을 막아낼 때의 동작이 다르다는 것도 배웠다. 아무것도 보이지 않는 야간에는 그야말로 오감을 내세운 신체 감각에 의지해 싸울 수 있도록 완벽하게 숙달해야 했다.

그렇게 하나하나 배워갈수록 모든 것이 이어지고 연결되어 있다는 이치를 깨달았다. 사실 그랬다. 엄밀히 들여다보면 동물을 사냥할 때와 사람을 상대로 싸울 때의 모습은 별반 다르지 않았다. 대상에 따라서 세부적인 움직임만 다를 뿐 사냥이 싸움이고, 싸움이 곧 사냥이었다.

람보르가 가장 먼저 신경 쓴 것은 야르 부족의 움직임을 사전에 파악하는 것이었다. 전혀 생각지도 못한 순간에 예상하지 못했던 방법으로 쳐들어오는 것에 대비해야만 했다. 이를 위해 잠시의 빈틈도 없이 끊임없이 그들의 동태를 감시하도록 했다. 해또르 지역에서 부족의 마을로 이르는 주요 언덕이나 숲에는 정찰조를 배치했고, 해또르 지역 너머로 멀리 내다볼 수 있는 감시소를 높은 나무 위에 만들이 그들의 움직임을 놓치지 않도록 했다.

람보르는 머리가 좋고 행동이 빠른 청년 세 명을 뽑아 야르 부족의 진영까지 보내 적의 움직임을 염탐하라고 지시했다. 그는 이러한 상황이 올 거라 내다보면서 솔론과 툼바가 없는 동안에 시주르와 바요, 마키루에게 각각 1, 2, 3선을 지키는 임무를 주고 훈련시켰다. 람보르의 기대에 어긋나지 않게 세 사람은 솔론과 툼바의 공백을 훌륭하게 메웠다. 자기 자신을 앞세우지 않고 순종하며 부족을 위해서 최선을 다했다. 부족 청년들이 자랄 때부터 올바르게 배우고 커온 영향도 컸지만 람보르의 사람 보는 눈도 한몫했다.

람보르는 평소에 청년들의 신체적인 능력과 품성을 포함해 개개인별 특성을 낱낱이 파악하고 있었다. 눈이 좋아서 몇 리 앞까지 내다보는 사람도 있었고, 목소리가 어찌나 큰지 들소나 코끼리의 울부짖음 속에서도 그 외침이나 비명이 들리는 사람도 있었다. 그 두 명을 짝지어 앞에 내보내 적보다 먼저 발견하고, 소리 신호로 경고하도록 했다. 그만큼 전사들의 능력과 소질은 다양했다. 한 번 일을 맡기면 무엇이든 끝까지 해내는 끈질긴 사람도 있고, 자기 것보다 다른 사람 것을 먼저 챙기는 사람도 있었다.

각자의 특성에 맞게 임무를 부여하고, 자신의 능력을 가장 잘 발휘할 수 있는 역할을 맡겼다. 다리가 아파 움직일 수는 없지만 손놀림이 빠르고 솜씨 좋은 사람은 마을에 남아 돌창과 나무창을 만들었다. 싸움이 얼마나 크게 번질지, 얼마나 오랫동안 이어질지 누구도 예측할 수 없었기에 무기를 충분히 만들어야 부족을 지켜낼 수 있을 거라고 시간이 날 때마다 강조했다.

가장 중요한 임무는 당연히 맨 앞에 서게 될 선봉대장이었다. 훈련할 때에는 시주르에게 맡겼지만, 솔론과 툼바가 돌아온 이상 그들 중 한 사람을 임명할 생각이었다. 두 사람의 능력은 우열을 가릴 수 없을 정도였지만, 이 사태를 유발한 툼바에게 맡기기는 다소 꺼려졌다. 자기의 과오를 씻겠다는 생각이 앞서 혹여나 평정심을 잃을 수도 있기 때문이었다. 충분히 예상할 수 있는 우려였다. 툼바는 전에 사냥할 때도 그랬던 적이 있었다. 위험에 처한 부족원을 구하기 위한 행동이었지만, 그 이면에는 공명심으로 인해 평소와는 다른 무리한 행동이 나왔다는 걸 람보르는 잘 알고 있었다.

그렇다면 역시 적임자는 솔론이었다. 노련함도 있지만, 무엇보다도 믿는 것은 솔론의 리더십이었다. 그에 대한 부족 청년들의 신망은 족장인 람보르에

버금갈 정도였다. 그래서인지 거의 모든 부족원이 람보르의 뒤를 이을 사람으로 솔론을 꼽곤 했다.

그의 탁월한 능력보다도 더 주목한 점은 솔론의 개인적인 상황과 여건이었다. 툼바에게는 미르셀과 루미가 있었다. 자칫 상대방이 가족을 사로잡아 협박하거나, 협상을 유리하게 끌고 가려는 계책을 쓴다면 참으로 난감한 일이 벌어질 것이 뻔했다. 자칫 핏줄에 대한 애착심이 일을 그르칠 수도 있을 것이었다.

람보르는 냉정하게 판단하고 공정하게 행해야 함에도 사사로운 감정이 대의를 무너뜨릴 수 있음을 경계했다. 혼인하지 않고 혼자 사는 것도 그런 이유가 컸다. 물론, 다른 사람들 앞에서는 자기 자신이 부족과 혼인했다고 큰소리치기는 했지만, 한 부족의 존망을 책임진 사람이 사사로이 가족의 문제로 문제가 생겨서는 안 된다고 생각했기에 차마 짝을 얻을 수 없었다. 나중에 나이가 들어 족장의 지위에서 물러나게 되면 혹여 가정을 꾸릴지도 모르겠지만, 족장으로 있는 한 받아들이지 않았다.

솔론도 그랬다. 람보르처럼 혼인을 마다했다. 부족 처녀들이 솔론을 마음에 두고 은근한 눈빛을 보낸다는 걸 눈치챘지만 요지부동이었다. 그를 볼 때면 람보르는 자기 자신을 보는 것 같았다. 솔론 역시 입만 열면 자기도 부족과 결혼했다고 큰소리쳤다. 그런 그가 대견하면서도 한편으로는 안쓰럽기도 했다. 그런데 지금은 혼자라는 점이 큰 장점으로 다가왔다.

람보르는 주저 없이 솔론을 선봉대장으로 낙점했다. 그를 보좌할 인물로는 1선을 이끌고 훈련 시켰던 시주르를 임명했다. 솔론의 책임이 막중해졌다. 가장 선두에 서서 강한 공격을 막아내야 한다. 당연히 목숨까지 걸어야 한다. 물러나면 부족원 모두 죽는다는 건 불을 보듯 뻔하기에 죽기를 각오하고 싸워야 한다. 솔론은 그렇게 할 수 있는 가장 마땅한 적임자이다.

문제는 그 다음이었다. '혹여나, 솔론이 야르 부족을 물리치거나 버티지 못하고 무너지게 된다면...' 그 생각이 이어졌다. 상황에 따라선 솔론이 끝까지 막아내지 못할 수도 있을 것이었다. 그건 아무도 장담할 수 없었다. '솔론이 무너지면 다음은 누가? 역시 툼바 밖에 없는가? 툼바에게는 마을의 안정과 싸움을 지원하기 위해 후방대장의 임무를 맡기려고 하는데... 마땅한 인물이 생각나지 않는군...'

람보르는 혼자서 이런저런 생각에 빠졌다. 맡길 만한 사람이 없는 건 아니었다. 그의 머릿속에는 측근이라고 할 수 있는 룽가가 제일 먼저 떠올랐고, 티아라와 바요, 마키루도 후보군에 들어있었다. 다만, 티아라는 능력은 있지만, 최근에 근거 없는 말로 부족원을 선동하며 시끄러운 소리를 낸 적이 있기에 중요한 임무를 맡기기에는 다소 망설여지는 점이 있었다. 그렇다고 해서 노골적으로 내칠 수도 없었다.

야심이 크고 욕심이 많은 사람은 함부로 다뤄서는 안 된다는 걸 람보르는 알고 있었다. 사람이 좋고 나쁘거나, 능력이 뛰어나냐 아니냐의 문제가 아니었다. 더 많은 일을 하고 싶고, 더 중요한 일을 맡고 싶은 욕심이 강한데 현실이 뒷받침되지 않으면 좌절하면서 다른 쪽으로 눈을 돌리거나 새로운 길을 모색하기에 그런 사람일수록 다루기가 쉽지 않다는 걸 이미 꿰뚫고 있었다.

고심 끝에 람보르는 일단 티아라를 믿어보기로 했다. 부족원을 선동했던 일이 마음에 걸리고 못마땅했으나, 능력은 인정하고도 남음이 있었다. 또 하나, 그를 배제한다면 겉으로야 참겠지만 속으로는 그때처럼 크게 반발할 거라는 생각도 들었다. 진중하고 믿음직한 바요를 부대장으로 붙여준다면 티아라의 단점을 보완할 수 있을 거라 여겼다.

자연스럽게 툼바는 마키루와 짝을 이뤄 후방을 맡았다.

선봉대장 솔론과 시주르, 예비대장 티아라와 바요, 후방대장 툼바와 마키루로 결정한 람보르 부족은 싸울 수 있는 준비에 들어갔다.

람보르의 결정이 내려지자 부족원은 즉시 움직였다. 그 누구도 망설이거나 주저하지 않았다. 특히 티아라는 의기양양한 표정으로 더 열심히 돌아다녔다. 그동안 풀이 죽어 지냈었는데 족장에게 인정받았다는 게 생기를 불러일으켰다. 내심 바라던 선봉대장은 아니지만, 예비대장이라는 막중한 임무를 부여받았다는 자부심과 자신감이 하늘을 찔렀다. 애초부터 겸손이라는 단어와는 거리가 먼 사람이기에 다들 그러려니 했지만, 예비대로 편성된 전사들 중 일부의 마음 한구석에는 일말의 불안감도 스며 나왔다. 하지만 그를 임명한 족장을 믿기에 누구도 반론을 제기하거나 불평불만을 말하지 않았다.

선봉대장을 맡은 솔론은 가장 먼저 앞에 나간 정찰조와의 연락 수단을 챙겼다. 낮이면 서로 보일 수 있는 산에 올라가 신호를 넣을 수 있겠지만, 밤에는 쉽지 않았다. 행여나 불을 피우기라도 하면 위치를 들켜 의도가 노출될 수 있기에 조심해야만 했다.

뭐니 뭐니 해도 가장 좋은 방법은 사람이었다. 대원 중에서 발이 빠르고, 지구력이 강한 전사 몇 명을 뽑아 연락조로 삼았다. 그들은 중요한 일이 있을 때마다 신속하게 양쪽을 오가며 정보를 파악하고, 상황을 보고하며, 지시를 전달하는 책임을 맡을 것이었다. 몇 개의 연락조가 서로 교대하면서 임무를 수행하게 했다.

선봉대의 가장 중요한 임무는 최대한 빨리 상대방의 접근을 알아채고, 본대에 경고하는 것이다. 두 번째로는 선봉대의 자체 능력으로 야르 부족에게 최대한 피해를 주어 앞에서부터 그들을 저지하고 물리치는 것이다. 일격에 큰 피해를 줘 물러나게 만드는 게 가장 좋은 방법이지만 자칫 잘못하다가는 역으로 당할 수 있기에 신중에 신중을 기해야 한다.

솔론은 람보르 족장이 자기에게 선봉대장의 임무를 준 이유에 대해 정확히 인지하고 있었다. 당연히 가장 믿을만하다는 뜻이 들어가 있을 테고, 야르 부족을 잘 알고 있기에 최대한 그들을 막아내면서 힘을 누그러뜨리길 원한다는 걸 알고 있었다. 아직 그들의 규모를 완전하게 파악하지는 못했지만, 얼마든지 막아낼 수 있겠다는 자신감도 들었다. 말아쥔 두 주먹에 힘이 들어갔다.

후방대장을 맡은 툼바는 처음에는 실망했다. 선봉대장은 솔론에게 돌아갈 거라 예상했지만, 분명히 예비대장으로는 자기가 가장 적임자라고 속으로 자신하고 있었다.

예비대장은 그냥 뒤에 있는 사람이 아니었다. 어디든지 앞이 뚫리게 되면 그쪽으로 몰려올 것이기에 예비대를 이끌고 가서 지원하고 물리쳐야 할 책임이 있었다. 임무 수행 범위도 훨씬 더 넓었고, 선봉대가 일부러 달아나는 척하며 예비대 앞에까지 적을 유인하면 이를 양쪽으로 포위하고 물리쳐야 했다.

예비대장에겐 앞에서부터 전반적으로 어떠한 상황이 벌어졌는지 신속하게 파악하고 대처할 수 있는 뛰어난 판단력이 있어야 하고, 빠르게 움직일 수 있는 능력이 강하게 요구되었다. 어찌 보면 선봉대보다 훨씬 더 중요했다. 그렇게 신속한 상황판단과 과감한 결단력, 독자적인 조치 능력을 두루 갖추어야 하는 예비대장을 자기가 아닌 티아라가 맡았다는 것에 툼바는 다소 실망했다. 그러나 오래가지 않았다. 람보르 족장의 결정에 이의를 제기할 생각은 추호도 없었다.

'자리싸움이 중요한 게 아니다. 오직 맡은 바 임무에 충실할 뿐이다.' 쉽게 마음을 정리할 수 있었던 이유는 후방대장이라고 해서 결코 임무가 가볍지 않기 때문이었다. 자질구레한 일까지 더하면 오히려 할 일이 더 많았다. 노인과 여자, 아이들을 지키는 건 그 어떤 임무보다도 중요했다. 그들이 안전해야만 앞에서 싸우는 전사들이 안심하고 전념할 수 있을 것이었다. 이에 더해 미르셀과 힘을 합쳐 후방지역을 책임지고 이끌어 가라는 람보르 족장의 깊은 뜻이 담겨 있을 거라 여겼다.

툼바는 후방대에 속한 전사들을 살펴보았다. 다 개인별 특성을 고려해서 배치한 것임을 느낄 수 있었다. 구석구석 면면을 살피면서 작은 것 하나까지 헤아리는 족장의 혜안에 새삼 놀라지 않을 수 없었다.

싸움을 위한 편성이 다 끝나자 람보르는 준비 명령을 내렸다. 이제는 부족의 명운을 걸고 싸워야 할 시간이라는 것을 부족원에게 확실하게 주지시켰다. 야르 부족이 쳐들어오면 곧바로 물리쳐야 한다고 하면서, 단 한 명의 희생도 없이 물리치는 게 최선이라는 점을 누누이 강조했다.

람보르는 이 싸움에서 한치도 물러날 생각이 없었다. 더 이상의 협상이나 타협은 불필요했다. 실수로 인해 벌어진 일에 똑같은 희생을 요구하는 것은 있을 수 없는 일이라는 생각도 변함없었다. 이것을 용인하게 되면 후손들의 삶은 여전히 똑같은 야만에서 벗어나지 못할 것이었다. 지금 바로잡지 않으면 안 될 거라는 확신이 강하게 자리 잡았다. 그의 손으로 새로운 역사를 써가고 있는 것임을 깨달았기에 더 비장했다.

부족원 모두는 신속하게 움직였다. 남자들은 말할 것도 없고, 노인과 여자들도 각자가 무엇을 해야 하는지 알고 있어 크게 동요하거나 떠들썩하지 않게 할 일을 찾아서 했다. 철모르는 아이들만 무슨 일이 일어나는지도 모른 채 변함없이 뛰어놀 뿐이었다.

시간은 그리 많지 않았다. 야르 부족이 언제 들이닥칠지 알 수 없었다. 부족의 마을은 요새와도 같은 뒷산을 제외하고는 삼면이 뚫려 있어서 어디서든 다가올 수 있었다. 주요 지점에 정찰조가 경계하고 있다고는 하나 상대방도 그런 걸 다 예상할 터였다. 갈수록 긴장이 고조되기 시작했다. 이는 부족원의 표정에서부터 나타났다.

'툭 툭 투두두둑 투두두두둑~~~'

한창 싸울 준비에 모두가 전념하던 중 마을 어디선가 심상치 않은 소리와 함께 화염이 치솟아 올랐다.

"불이야~~~"

갑자기 외치는 소리가 들려왔다. 마을 뒤쪽에서 불길이 치솟아 올랐다. 얼핏 눈을 들어 보니 그곳은 솔론의 집이 있는 지역이었다. '솔론은 맨 앞에서 선봉대장 역할을 하고 있어서 모를 텐데…' 람보르는 주위에 있는 툼바를 시켜 즉시 젊은 전사 다섯 명을 불길이 치솟는 곳으로 보내라고 명령했다.

마을 지역에 불이 치솟은 것은 그 누구도 예상하지 못한 일이었다. 그냥 저절로 불이 난 것이 아니라, 어쩌면 야르 전사들이 후방까지 침투하여 불을 낸 것일지도 몰랐다. 후방지역을 혼란하게 만들어 동요하게 만들고, 그 틈을 타서 공격해 올 요량일 것이었다.

요새와도 같은 뒷산 지역까지 야르 부족이 은밀하게 접근할 수 있는 통로가 있는지 툼바는 궁금했다. 아무리 생각해도 우리 부족의 눈에 다 보이고 들킬 텐데 어떻게 올 수 있었는지 잘 이해되지 않았다. 그들을 빨리 잡아내지 못하면 앞으로도 낭패가 있을 거라는 위기감이 밀려왔다.

람보르도 툼바와 같은 생각을 하고 있었다. 선봉대와 예비대는 동요하지 말고 후방대는 툼바의 지휘하에 신속하게 불길을 제압하면서 주변을 수색하라고 지시했다. 족장의 지시를 받은 툼바는 즉시 달려가 진두지휘하기 시작했다.

적이 몰래 들어온 게 사실로 밝혀졌다. 더군다나 야르 전사들의 습격으로 인해 몸이 불편한 여자와 아이가 목숨을 잃는 안타까운 일이 일어났다.

참으로 가슴 아픈 일이 아닐 수 없었다. 게다가 몰래 들어온 그들을 잡지 못하고 놓쳐버리기까지 했다. 후방을 경계하던 경계조에 따르면 야르 부족으로 추정되는 몇 명의 전사들이 끝에 불을 매단 돌창을 멀리서 던지고 달아났다고 했다.

자세한 상황을 보고 받은 람보르는 크게 노하면서 노인과 여자, 아이들이 있는 후방지역을 철저하게 지키고 보호하지 못한 툼바를 질책했다. 어떠한 일이 있어도 노인, 여자, 아이가 목숨을 잃는 일은 없어야 한다고 강조했다. 비록 안타까운 인명피해가 있었지만, 더 심각한 지경으로까지 번지지 않았기에 일단 가슴을 쓸어내릴 수 있었다. 만약에 더 많은 야르 전사들이 조직적으로 들어왔더라면 더 큰 피해와 낭패를 당했을 거라는 생각에 등에서 식은땀이 흘렀다.

재빠르게 수습을 끝내고 툼바는 경계조의 위치를 조정하고, 정찰을 강화했다. 더 많은 전사를 내보내 배치하면서 보다 적극적인 활동을 주문했다.

분주하게 움직이면서도 문득문득 루미를 둘러업고 여자들 틈에 있는 미르셀을 볼 수 있었다. 여자와 아이를 지켜내지 못했다는 죄책감에 미르셀도 마음이 아픈 듯 힘이 없어 보였다. 서로를 향한 간절한 마음이 통했는지 툼바가 눈을 돌리면 미르셀도 영락없이 툼바를 바라보았다. 비록 말을 건넬 수도 없는 상황이었지만 눈빛으로 서로를 격려하고 응원했다. 엄마의 등에 얼굴을 대고 잠을 자는 루미가 보고 싶어 견딜 수 없었지만 참아야 했다.

후방대는 곧 안정을 되찾았다. 하지만 이게 끝이 아니란 건 누구나 다 알고 있었다. 어쩌면 생각지도 못한 이 소동은 야르 부족이 우리의 대비 상태를 시험해 보려는 의도일 것이었다. 그렇다면 앞으로 더 큰 일이 한꺼번에 들이닥칠지도 모를 일이었다. 그럴 때마다 당황하지 않고 적절하게 대처하려면 철저하게 임무를 주고, 각자가 맡은 바 임무를 완벽하게 수행할 수 있도록 준비해야만 했다.

툼바는 중요한 임무별로 해야 할 일들을 명시하고, 그 일에 따라 담당자를 임명했다. 이젠 오로지 반복된 훈련과 준비만 요구되었다. 각자의 임무를 수행하는데 필요한 일들을 조원들이 모여 앉아 토의하고 행동으로 보이면서 능력을 키워나갔다.

툼바가 또 하나 중요하게 여긴 것은 미르셀이 귀가 따갑도록 말했던 야르 부족에 대한 정보였다. 탈출하기 전에 재무르로부터 그들의 약점을 듣고 이를 람보르 족장에게 소상히 보고하기는 했지만, 이후의 움직임에 대해서는 도통 알 수 없었다. 이대로 막연하게 야르 부족을 맞아 싸우기엔 위험이 너무 커 보였다. 다시 재무르에게 선을 댈 필요가 있었다.

툼바는 서슴지 않고 람보르 족장에게 자기의 생각을 고했다. 족장은 좋은 생각이라고 하면서도 쉽지 않은 일이고, 자칫하면 재무르가 위험해질 수 있으니 조금 더 지켜보자고 했다. 역시 신중한 람보르 족장이었다. 족장은 부족원 누구의 말도 앞에서 물리치거나 면박을 주는 일이 없었다. 아무리 사소한 의견이라도 일단은 받아들였다. 그런 열린 마음이 부족원으로 하여금 족장을 편하게 대하도록 만들었다.

툼바 역시 마찬가지였다. 족장이 자기의 의견을 받아 주고, 대화 상대로 인정해 주니 언제라도 부담 없이 하고 싶은 말을 할 수 있었다. 후방대장을 맡겨 자신의 옆에 두고자 한 것도 그러한 이유가 아닐까 싶었다.

이것저것 챙기기에 여념이 없는 람보르는 후방지역에서 일어났던 소동에 대해 자세히 보고받고, 최대한 빨리 허점을 파악하고 보완하도록 지시했다. 그런 중에도 부족원을 잃은 비통한 심정은 쉽게 가라앉거나 달래지지 않았다. 졸지에 가족을 잃은 이들을 위로하며, 죽은 여자와 아이의 장례를 잘 지원하라고 툼바와 미르셀에게 당부했다.

룽가는 그런 람보르를 옆에서 변함없이 충실하게 보좌했다. 눈과 귀를 활짝 열고, 발로 뛰어다니며 일어나는 모든 상황을 종합하여 고했다. 룽가로 인해 람보르는 한 자리에 머물면서도 전체를 다 관망할 수 있었고, 일어나는 일들을 예의주시하면서 적시 적절한 지시를 내릴 수 있었다. 비록 피해는 있었으나 후방대의 적극적인 대처와 노력으로 더 큰 피해도 막을 수 있었다.

야르 전사들이 더 이상 다른 행동을 하지 못하고 도망갔음을 파악한 람보르는 혼란을 잘 대처하고 수습한 툼바에게 변함없는 신뢰를 보냈다. 일련의 사건들을 겪으면서 어느새 훌쩍 성장한 그가 미더웠고, 상황을 꿰뚫어 보는 눈이 솔론에 버금갈 정도로 밝아졌기에 중요하거나 급한 일을 상의할 수가 있어서 좋았다. 더군다나 미르셀이 여자들과 아이들, 노인들을 제대로 챙기고 있으니 두 사람의 기운이 합해져 부족에게 이로운 방향으로 작용할 거라 믿었다.

후방이 안정되자 람보르의 관심은 이제 전방으로 향했다. 경계조와 정찰조로부터 보고되는 모든 내용은 실시간으로 전해졌다. 어느 한 곳에서 무슨 일이 생기면 그 일은 릴레이식으로 족장에게까지 이르렀다. 오랜 시간이 소요되지 않았다. 이렇게 되기까지는 그동안 해왔던 사냥이 큰 경험이 되었다. 단순히 식량만 구하는 차원을 넘어 긴급한 상황에 대비해서 준비하고, 연습하는 기회가 된 것이었다.

부족 전체는 긴장한 가운데 대비에 몰두했다. 특히, 최전방 경계조는 막중한 책임감을 느끼면서 더 철저하게 준비했다. 적이 올 수 있는 통로를 다시 점검하고 구석구석 샅샅이 살폈다. 최전방을 두루 살피고 있는 경계조에서 보고가 올라왔다. 부족 마을 앞으로 접근할 수 있는 지형에 관한 상세한 내용이었다. 야르 부족이 쳐들어올 것에 대비하여 몇몇 전사들에게 지형을 살핀 후에 접근 가능성을 파악하라고 미리 임무를 주었었다.

"해또르 지역에서 부족 마을에 이르는 통로는 크게 세 군데가 있습니다. 부족원이 주로 이용하는 통로는 중앙의 넓은 길이고, 그 길 양쪽으로는 큰 나무들이 줄지어 늘어서 있습니다. 그 외에도 동쪽의 산악 능선과 서쪽의 계곡에는 오솔길 정도가 있는데 이는 주로 몇몇이 사냥을 나갈 때나 먹을거리를 채취할 때 다니는 길이기에 좁습니다. 잡목이 우거지고, 풀이 무성하게 자라 있어 몰래 접근하기엔 더할 나위 없이 좋은 조건입니다만, 많은 사람이 한꺼번에 몰려들 수는 없을 것입니다. 그러니 야르 전사들이 올 수 있을 만한 지점만 잘 골라 지키면 충분히 막아낼 수 있을 것입니다."

보고를 받은 선봉대장 솔론은 상대방의 입장이 되어 생각했다. 중앙 지역에 나 있는 길은 빨리 들어올 수는 있는 이점이 있지만, 상대적으로 쉽게 노출되기에 자기라면 그 통로를 택하지 않을 것이었다. 그러니 그곳은 전사들을 배치해서 막기보다 바위나 큰 나무들을 곳곳에 쌓아 막으면 충분히 대응할 수 있는 시간을 벌어줄 것이었다. 문제는 접근하기가 쉽지 않은 동쪽과 서쪽 양쪽의 통로였다. 쳐들어가기도, 막기도 쉽지 않은 땅이기에 승부는 그곳에서 날 거라 여겼다. 그렇게 부지런히 돌아다니면서 땅의 형세를 살피고, 어떻게 막아낼 것인가를 구상했다.

선봉대의 맨 앞에는 가장 용맹한 전사들을 배치했다. 책임자를 임명하고 구역을 정확하게 지정했으며, 적으로 보이는 수상한 사람을 발견하면 즉시 보고하도록 지시했다.

솔론은 마음속으로 앞으로 벌어질 일들을 상상해보았다. 곧 큰 싸움이 벌어질 것 같은 기운이 강하게 느껴졌다. 두 부족의 족장이 외나무다리에 마주 서서 물러설 수 없을 것이었다. 그건 두 사람만의 승부가 아니라 부족과 부족 간의 사활을 건 승부가 될 것이고, 그 결과는 불을 보듯 뻔했다. 이기는 부족은 해또르와 모두아 지역의 맹주로 자리 잡으면서 오랫동안 번영을 누릴 것이고, 지는 부족은 그 즉시 이 땅에서 흔적도 없이 사라질 것이 자명했다.

솔론은 자기 자신이 지금 커다란 소용돌이의 한가운데에 놓여 있음을 알고 있었다. 그는 이 세상에 태어난 이상 뭔가를 이루고 싶었다. 그냥 아무런 의미 없이 왔다 갈 수는 없다고 생각했다. 주어지는 모든 일을 운명으로 받아들이고 순응하면서도 그 정해진 운명 안에서 자기의 길을 개척하기 위해 노력했다. 꿈은 크고 구체적이었다. 람보르 족장처럼 탁월한 지도자가 되어 부족원이 안전하고 편안하게 살아갈 수 있도록 이끌고 싶었다. 부족원이 굶어 죽지 않고 안정되게 먹을거리를 확보한 가운데 강성한 부족이 되어 대대손손 발전하고 번영하도록 만들기를 원했다.

그런 그에게 있어 이번 싸움은 그 꿈을 이루느냐 이루지 못하느냐의 갈림길이 될 것이었다. 두 부족 중 어느 한쪽은 치명적인 타격을 입을 것이고, 만에 하나 그것이 람보르 부족이 된다면 자신의 운명도 스러질 것이었다. '그러니 반드시 이겨야만 한다.' 람보르 족장이 부족과 일심동체이듯 자기 자신 또한 그랬다. 부족의 명운이 선봉대장인 자기에게 달려있다고 스스로 주문을 걸면서 계속 자신감을 불어넣었다. 그와 함께 이 싸움이 쉽게 끝나지는 않을 거라는 예감도 불안한 작은 틈새를 비집고 계속 머릿속을 파고들었다.

싸움 준비를 다 끝낸 솔론은 행여나 소홀한 부분이 없는지 직접 눈으로 보고, 발로 밟아보면서 살펴보기로 했다. 결정적이고 중요한 순간에는 직접 보고 겪은 것만 믿어야 한다는 것이 솔론의 지론이다. '이건 믿음의 문제가 아니라 맡은 바 책임의 문제이고, 해야 할 도리의 문제이다.' 다 준비되었다는 말을 믿었는데 자기가 생각한 것과 다를 경우에는 잘못된 판단으로 이어지고 원치 않은 결과를 낳을 수 있기 때문이었다.

솔론이 맡은 선봉대는 한 번 뚫리면 걷잡을 수 없는 상황으로 이어질 수 있기에 더 그랬다. 단순하게 저지선이 뚫리는 것도 있지만, 그로 인한 심리적인 충격이 더 클 터였다. 자신을 믿고 선봉대장의 임무를 맡긴 족장에게 도리를 다하고, 부족원에게 책임을 다하는 것이기에 솔론은 조금의 망설임이나 주저함도 없이 일일이 꼼꼼하게 모든 것을 살폈다.

맨 앞에 나가 있는 경계조와의 신호 방법, 앞쪽에 깔아 놓은 장애물도 직접 가서 보고 만져보면서 그 효용성을 확인했다. 얼마나 막아낼 수 있는지, 그 장애물로 인해 멈춰서게 되면 그들을 어디에서 어떻게 공격하여 물리칠 수 있는지 현장에 있는 책임자를 불러 하나하나 따지고 확인했다.

다행스러운 것은 솔론의 그런 모습을 선봉대 전사들이 전폭적으로 따라주고 있다는 점이었다. 그들은 부족을 지키는 선봉대원이 되었다는 자부심으로 똘똘 뭉쳐 있었고, 거기에다가 부족원 중에서 가장 출중한 솔론이 선봉대장으로 앞장서고 있다는 사실을 자랑스러워했다. 전사들의 자긍심은 자신감으로 이어졌다. 그 어떤 적이 쳐들어온다 해도 다 막아낼 수 있다는 각오가 최고조에 달해 있었다. 하늘을 찌르는 전사들의 높은 사기가 선봉대의 가장 큰 무기라는 걸 현장을 돌아보는 내내 피부로 느낄 수 있었다.

솔론이 역점을 둔 건 상대방을 속이는 것이었다. 적은 수로 넓은 지역 전체를 다 막을 수는 없는 노릇이었다. 넓은 지역을 대비하려고 하다 보면 결과적으로는 모든 지역이 다 약해질 수밖에 없다는 걸 솔론은 알고 있었다. 전 정면을 손바닥 들여다보듯 훤히 살피면서 집중할 곳은 집중하고, 절약할 곳은 아껴야 했다. 최대한 적을 속이면서 적절하게 전사들을 배치하는 것이 한정된 자원을 아낄 수 있는 가장 효율적인 방법이었다.

결정적인 시간과 장소에 집중하는 것, 이것은 숱한 사냥을 통해 솔론이 배운 승리의 이치이고 가장 중요한 전략이었다. 물론, 말처럼 그리 쉽게 이루어질 수는 없었다. 혹여나 잘못된 판단으로 인해 집중해야 할 곳과 그렇지 않아도 될 곳을 정확하게 구별하지 못하면 더 큰 낭패를 겪게 될 수 있기 때문이었다. 결국 싸움은 머리와 머리의 대결이기에 상대방의 의도를 예측하고, 넘겨짚고, 역으로 이용하는 치밀한 구상이 확고해야만 이길 수 있을 것이었다.

솔론은 야르 부족의 땅에서 겪은 경험을 통해 야르 족장이 범상치 않은 인물임을 간파하고 있었다. 소투를 시켜 자기와 툼바를 회유할 정도로 야심이 큰 인물이기에 이번 싸움에서도 부족의 사활을 걸고 수단과 방법을 가리지 않고 쳐들어올 거라 여겼다. 더 큰 걱정은 자기와 툼바를 노골적으로 회유하여 같은 편으로 만들고 싶어 했는데, 그들의 허를 찌르며 탈출했기에 강한 배신감과 적개심을 품고 있을 거라는 점이었다. 그런 만큼 이번 싸움은 두 부족, 두 족장 간의 싸움이기 전에 먼저 야르 족장과 자신의 싸움이라고 주문을 걸었다.

그러면서 앞으로 벌어질 상황을 생각해보았다. 자기가 야르 족장이라도 앞뒤 가리지 않고 무작정 밀고 들어오지 않을 것이었다. 하물며 자기 부족의 모든 걸 틀어쥔 족장이라면 더 구체적인 계획이 있을 터였다. 그를 보좌하고 있는 유능한 소투나 재무르가 어떤 역할을 할지는 잘 모르나, 최소한 기본적인 계획은 그의 머리에서 나올 것이 분명했다. 다만, 모든 걸 틀어쥐었다는 게 유리한 방향으로만 작용하지는 않을 거라는 것 또한 사실이었다. 웬만해서는 아랫사람에게 맡기지 않을 것이니 실시간으로 변하는 상황에 대비하기란 기대하기 어려울 수도 있었다.

솔론은 지금 대비하고 있는 모습을 쳐들어오는 야르 족장의 입장에서 바라보면 어떨까 하는 생각을 계속 담았다. 냉정하고 객관적으로 취약한 지점을 발견하고 보강하려고 애썼다. 그렇게 솔론의 싸움은 이미 시작되었다. 머릿속에서는 밀고 버티는 신경전이 끊임없이 이어졌다.

적을 속이기 위해 솔론이 가장 역점을 둔 것은 실한 곳과 허한 곳을 판단하고, 현장에서 확인하고, 대응하는 일이었다. 분명 야르 족장은 어떻게 해서든 허한 쪽을 찾아내 그 방향으로 모든 걸 집중할 것이었다. 최전방 경계조가 지형에 대해 보고했던 게 다시 머릿속에 떠올랐다.

선봉대가 지키고 있는 지역은 해또르 지역에서 부족의 마을로 이르는 곳으로 나지막한 구릉으로 이루어져 있다. 그리 넓지 않은 통로지만 양쪽은 큰 나무들과 풀들이 무성하게 우거져 이동하기가 쉽지 않다. 동쪽은 부족의 마을 뒷산 쪽으로 이어지는 산 능선이 완만하게 이어지고, 서쪽은 중간중간 계곡들로 끊어져 있어 이른바 험한 지형이다.

부족원이 주로 지나다니는 중앙에 있는 큰길은 사람이 양손을 펼치면 다섯 사람 정도가 다닐 수 있을 정도로 비교적 넓은 편이다. 어느 누가 봐도 큰길을 통해 집중적으로 밀고 들어오면 마을 중앙으로 금방 이어질 수 있기에 일반적으로 볼 때는 그곳이 가장 중요한 통로가 될 것이다.

'야르 족장이라면 과연 어느 방향에 주력을 집중할 것인가?' 그의 머릿속에는 온통 이 생각뿐이었다. 생각이 생각을 낳고, 물음이 물음으로 이어졌다. 조금이라도 의심이 들면 계속 붙들었다. 직접 눈으로 보고 발로 밟아보면서 머릿속으로는 계속 생각과 물음, 의심을 이어갔다. 함께 다니는 각 지역의 책임자들에게 물어보기도 했다. 그러면서 하나하나 차근차근 정리해 나갔다.

　마침내 솔론이 정한 곳은 중앙의 넓은 길 쪽이 아니라 서쪽 계곡 쪽이었다. 야르 족장은 필시 중앙이 아닌 서쪽에 주력을 집중하면서 모든 걸 쏟을 거라고 예상했다. 끊임없이 자기 마음과 야르 족장 마음 사이를 오가며 내린 결론이었다. 하지만 함께 한 책임자들은 다른 의견을 제시하면서 난색을 보였다. 사람이 그냥 지나다니는 것도 쉽지 않은 험한 곳에 어떻게 주력을 투입할 수 있겠느냐며 고개를 내저었다. 그들의 주장은 충분히 그럴만했다.

　"싸워서 이기기 위해서는 적의 실한 곳은 피하고, 허한 곳을 집중적으로 쳐야 하는 것은 당연할 것이다. 그러기 위해서는 끊임없이 적의 약점을 발견해야 하고, 상대적으로 우리는 약점이 없도록 만들어 가야 한다. 물론 모든 면에서 압도적으로 우세하여 허한 곳이 없으면 좋겠지만, 누구든 가지고 있는 게 한계가 있을 수 있고 모든 걸 충족할 수 없으니 불가피하게 허한 곳이 발생하게 된다. 역으로 이것을 이용하면 어떨까? 즉, 허한 곳을 일부러 만드는 것이고, 그곳을 누가 봐도 허한 곳처럼 보이게 만드는 거지. 상대방은 그곳이 허한 곳임을 알아채고 주력을 집중하겠지. 이것이 위장이고 기만이다."

　솔론의 놀라운 계책을 듣고 있는 전사들은 처음에는 그게 얼마나 대단한 생각인지 깨닫지 못했다. 다 들은 후에도 잘 이해되지 않는다는 눈빛이었다.

　"중앙 통로와 동쪽 능선은 누가 봐도 우리 부족의 후방 끝까지 이르는 좋은 접근 방향이야. 그곳만 뚫으면 쉽게 나아갈 수 있다. 그러니 막는 쪽에서는 누구든지 노력을 들여 그곳을 대비하겠지. 지극히 당연한 거야. 그러면 어떻게 되겠나? 그쪽으로 양쪽 모두의 주력이 다 몰려들 게 뻔하지. 그런데 만약에 내가 야르 족장이라면 그곳으로 가지 않을 거라는 말이다. 쉽게 올 수 있는 중앙 쪽이 아니라, 쉽게 올 수 없을 거라 우리가 방심하고 있을 그곳, 그 허한 서쪽으로 집중하겠지."

　자세한 설명이 이어지자 그제야 모두 머리를 끄덕이며 공감을 표했다. 그 생각을 알아차린 일부 전사는 감탄한 듯한 표정으로 입을 다물지도 못한 채 솔론을 쳐다보았다.

"대장님, 그러면 어떻게 해야 합니까? 서쪽 계곡에 우리의 주력을 다 보내어 지키는 것입니까?"

"아냐. 그렇지 않아. 주력을 집중한다는 것이 꼭 사람만으로 한다는 뜻은 아냐. 겉으로 볼 때는 서쪽에 대한 방비를 소홀히 하는 것처럼 보이는 것이 가장 중요해. 이것이 위장이야. 다행스러운 것은 그쪽이 수풀로 우거져 있으니 모든 걸 은밀하게 할 수 있어. 또한, 지형의 특성상 오더라도 전면에 걸쳐 동시에 올 수 없고 일정한 통로를 따라올 수밖에 없으니 단계별로 장애물과 사람을 배치하여 막아내면 돼."

"그러면 다른 쪽은 어떻게 합니까?"

"당연히 다른 쪽도 소홀함이 없도록 하는 게 중요하지. 다만, 적의 주력이 지향하는 곳이 곧 우리의 주력이 집중하는 곳이라는 점은 변함없다. 우리가 원하는 방향으로 적의 주력을 끌어들이고, 우리가 원하는 장소에서 적의 주력을 물리치는 것이 나의 계획이야. 그래서 우리 병력은 통로 쪽에 펼쳐서 일렬로 배치하기보다 적이 반드시 올 수 있는 주요 지점 위주로 최정예 전사들을 배치하고, 나머지는 중간중간에 집결시켜 적의 주력이 몰려오는 쪽에 언제든지 즉각 투입할 수 있도록 하는 것이다. 이런 계획이 새나가지 않게 해야 하고, 최대한 위장해 적이 속아 넘어가게끔 만들어야 해. 적도 분명 정찰조를 보내 우리의 움직임을 파악할 거야. 그러니 중앙하고 동쪽 능선은 집중적으로 싸울 준비를 하는 것처럼, 반대로 서쪽은 상대적으로 소홀히 여기는 것처럼 보이는 게 중요하다."

솔론은 조금도 거침이 없었다. 이는 평상시부터 준비되어 있지 않으면 나올 수 없었다. 사냥할 때나, 이동하면서도 늘 유사시를 대비하여 생각하고 준비한 결과였다.

솔론의 의도를 정확히 알아차린 선봉대원들은 즉각 행동에 옮겼다. 행동 단계에 들어가자 솔론은 조금 더 신중하고 조심했다. 이러한 생각과 계획을 최종적으로 결정할 권한이 있는 람보르 족장에게 고하고, 뒤에 있는 예비대장 티아라에게도 알려주어 서로 긴밀하게 협조할 수 있도록 했다.

언제 다가올지 모르는 결전을 앞두고 천금 같은 시간이 그렇게 흘러갔다.

람보르는 '지혜의 시간'으로 들어가 적의 후방지역 습격으로 인해 죽은 여자와 아이의 명복을 빌었다. 부족원을 지키지 못해 마음이 아팠다. 이는 분명한 허점이었고, 치명적인 실수였다. 다른 사람은 몰라도 족장인 자기 자신만은 이 문제를 중하게 여겨야 했다.

이번 사태를 분석해 보면 적들은 분명 길을 돌고 돌아 들어왔을 것이었다. 해또르와 모두아 지역에서 들어오는 곳을 중점적으로 살폈는데 이를 놓쳤다는 건 아마도 그들이 멀리 돌아 험한 산속을 뚫고 뒤로 왔을 것이었다. 야르 족장이 그러한 시도를 했다는 것이 전율을 느끼게 했다.

그들이 생각한 것보다 만만치 않다는 걸 느꼈다. 경계하는 범위를 훨씬 더 넓혀야겠다고 생각했다. 순간 머릿속에 이상한 생각이 떠올랐다. 혹여 이 모든 계책이 재무르의 머리에서 나오는 것은 아닌가 싶었다. 이 지역 일대를 꿰뚫지 않고서는 하기 힘든 일이기 때문이었다.

만에 하나 정말 그랬다면 재무르는 이미 람보르 부족이 아니었다. 설령 그러지 않았다 하더라도 그가 야르 부족에 몸담고 있는 한 가장 위협이 되는 인물임은 분명했다. 한편으로는 '솔론과 툼바의 말에 의하면 그 정도까지는 아닌 듯한데...'라는 생각도 머릿속에 남아있었다. 쉽게 확신하거나 단정 지을 수 없기에 더 혼란스러웠다.

람보르는 솔론과 티아라, 툼바를 불러 모았다. 족장을 중심으로 선봉대장, 예비대장, 후방대장이 함께 모인 것이다. 마을 원로 몇 사람도 자리를 차지하고 있었다. 솔론과 툼바는 비장한 분위기에 말을 건네지도 못하고, 눈으로 인사했다.

람보르가 먼저 말을 꺼냈다. 현재 벌어지고 있는 상황을 모두가 공유할 수 있도록 적들의 기습에 대해 언급했다. 다시는 그런 일이 일어나지 않도록 더 주의해야 한다고 힘주어 말했다. 특히 후방대를 책임지고 있는 툼바에게는 보다 구체적으로 지시했다. 다음으로는 전면적인 싸움에 대비해야 함을 강조했다. 솔론과 툼바가 돌아온 후에 보고받은 것을 정리하여 야르 부족의 규모와 움직임에 대해 설명했다.

두서없이 전해 들었던 정보들을 일목요연하게 정리해서 모두의 머릿속에 쏙 들어오게 전하는 족장의 말을 참석한 사람들은 숨소리조차 내지 않은 채 주의 깊게 들었다. 모두가 족장의 확신에 찬 말만 들어도 힘이 생기고, 할 수 있다는 자신감이 솟아나는 듯한 표정이었다.

람보르가 특히 힘주어 언급한 것은 야르 부족의 약점이었다. 이는 미르셀이 툼바에게 꼭 알아 오라고 한 것이고, 재무르가 얘기한 부분이기도 했다. 람보르는 그 내용을 그대로 전하지 않고 지금 벌어지고 있는 상황과 연계해, 보다 알기 쉽게 설명해 주었다.

재무르가 전한 야르 부족의 약점은 야르 족장 한 사람에게 과도한 권한이 쏠려 있다는 것이다. 이는 평상시 같으면 일사불란하게 움직이는 힘이기도 하지만, 지금과 같은 상황이 되면 매우 취약한 요소로 작용하게 될 것이라는 점에 모두 공감했다. 모든 게 족장 한 사람에게서 나오니 최대한 빠르게 그를 사로 잡거나 제거하는 것이 중요하다는 말까지 나왔다. 물론, 말처럼 쉽지 않을 것이었다. 우선 그가 어디에 있는지도 모를뿐더러 수적으로도 야르 부족이 훨씬 우세하고, 분명 족장을 지키는 별도의 조직이 있을 것이 분명했다. 람보르는 서두르지 않고 언제든지 여건과 상황을 지켜보면서 움직이자고 했다.

또 하나는, 야르 부족의 행동에 대한 예측이었다. 아무 생각 없이 무작정 기다리고 있다가는 예상치 못한 일격을 당할 수 있기에 그들의 계획이 어떨 것인지에 대해 끊임없이 궁리하고, 알아내야만 했다. 이 두 가지만 제대로 해낸다면 그들은 의외로 쉽게 무너지고 큰 피해 없이 싸움을 쉽게 끝낼 수 있을 거라고 몇 번이고 힘주어 말했다.

람보르의 말이 끝나자 솔론이 바로 말을 이었다. 가장 중요한 임무를 맡은 선봉대장이기에 당연한 수순이었다. 지금까지 준비한 것들을 소상하게 알렸다. 그가 가장 역점을 둔 사항인 상대방을 속이기 위한 계책과 어느 방향에 주력을 집중할 것인가를 설명하자 족장은 물론, 툼바와 티아라까지 놀라는 눈치였다. 짧은 시간에 그 정도까지 준비할 줄 몰랐다는 말도 나왔다. 솔론은 야르 부족의 진영에서 갇혀 지내면서 혹여나 두 부족 간에 싸움이 벌어지면 어떻게 할 것인지에 대해 계속 고민하고 파고 들어갔던 거라고 털어놓았다.

문제는 티아라였다. 티아라는 솔론 못지않게 중요한 예비대장의 임무를 맡았기에 기대가 컸다. 솔론의 뒤를 이어 당연히 앞으로 어떻게 할 것인지에 대해 고해야 함에도 웬일인지 아무런 반응이 없었다. 심지어는 솔론이 서쪽으로 상대방을 유인하고 선봉대의 주력을 집중하여 각 계곡 사이에서 물리치겠다는 생각을 자세하게 털어놓았음에도 선봉대를 어떻게 지원하겠다는 말조차 꺼내지 않고 입만 꾹 닫은 채 앉아 있었다.

티아라의 침묵이 길어지자 결국 기다리다 못한 람보르가 직접 나섰다.

"티아라는 예비대장이니 솔론이 말한 대로 전개될 경우, 어떻게 할 것인지 깊게 생각해야 해. 예비대는 예상하지 못한 상황에 신속하게 대응을 하는 것이 가장 중요하기에 선봉대 못지않게 준비할 게 많아. 솔론과 사전에 상의하지 못했을 테니 당장은 답할 수 없을지라도 분명한 것은 솔론처럼 치밀하게 준비해야 한다는 거야. 이는 후방대도 마찬가지야. 준비가 안 된 상태에서 예기치 못한 상황이 벌어지게 되면 대응이 늦어질 수 있을 테니까."

람보르는 단호하게 말을 꺼냈다.

"네, 족장님. 잘 알겠습니다. 제가 미처 거기까지 생각하지 못해 죄송합니다. 하지만 예비대는 자신 있습니다. 그 누가 앞으로 오더라도 다 물리치고 이겨내겠습니다. 지금부터라도 솔론과 잘 협조하여 야르 부족이 우리 땅에 발끝 하나 들여놓지 못하게 반드시 막아내겠습니다.”

티아라는 부족함을 인정하면서도 언제나 그렇듯이 큰소리치는 것을 잊지 않았다. 목소리라도 높여서 기개를 보여주겠다는 속셈인지 모르겠으나, 다른 사람들이 들을 때는 공허하기 이를 데 없었다. 잘못된 소문을 듣고 흥분해서 목소리를 높일 때와 달라진 게 하나도 없었다. 람보르가 보기에 그 모습이 썩 미덥지는 않지만, 그렇다고 다른 누구에게 맡길 수도 없는 노릇이었기에 티아라의 자신감과 용기만은 믿어보기로 했다.

이제 툼바의 차례였다. 모두가 터놓고 서로의 의견을 주고받는 자리에서 가만히 듣고 있던 툼바는 창의적인 두 가지 방안을 제안했다.

하나는 야르 부족의 진영으로 정탐꾼을 보내는 것이었다. 싸움에 이기기 위해서는 상대방의 의도와 계획을 정확하게 파악하는 것이 관건이기에, 어떻게 해서든 이를 알아내려면 어느 정도의 위험을 무릅쓰고라도 상대방의 심장부에 직접 들어가는 수밖에 없음을 강조했다. 모두 동의했다. 람보르도 훌륭한 생각이라고 칭찬하면서, 이미 영민하고 발이 빠른 청년 세 명을 준비시켜 놓았다고 말했다. 아울러 상대방의 사정을 아는 것이야말로 싸움에서 이길 수 있는 가장 중요한 요소라고 덧붙였다.

두 번째는, 노인과 여자, 아이들을 보호하기 위한 대책이었다. 이는 후방대장이 꼭 해야 할 일 중에서도 가장 중요한 일이었다. 아무리 용맹한 전사라도 그의 가족이 안전하지 못하고 위태로운 상황에 놓이면 그로 인해 마음이 흐트러져서 싸움에 집중하지 못할 것이 자명했다. 앞에서 싸우는 전사들이 온전히 집중할 수 있도록 부족의 노인, 여자, 아이들을 책임지고 안전하게 보호하는 것이 이길 수 있는 중요한 밑거름임을 강조하면서 좋은 방법을 찾고 있다고 보고했다. 이 역시 크게 공감했다.

툼바의 말이 끝나자마자 람보르는 여러 사람에게 가족들을 안전하게 보호할 수 있는 좋은 방법이 뭐가 있는지 폭넓게 의견을 구했다.

모두 한마디씩 하는 와중에 밖에서 인기척이 들리더니 갑자기 미르셀이 들어왔다. 람보르 족장과 원로들을 향해 공손하게 고개를 숙여 인사한 후에 불쑥 들어와서 죄송하지만, 꼭 드릴 말씀이 있어서 왔다고 용건을 말했다.

람보르는 마침 노인, 여자, 아이들을 보호하기 위한 대책을 토의하고 있던 참인데 시의적절하게 잘 왔다고 하면서 자리를 내어줬다.

앉으면서 툼바와 눈을 마주친 미르셀의 뺨에 슬그머니 붉은 빛이 올라왔다. 툼바의 가슴도 쿵쾅거리며 뛰기 시작했다. 부족의 생사와 존망을 논하는 가장 중요한 자리에 미르셀과 함께 있다는 것만으로도 설렘과 더불어 자부심이 느껴졌다. 훗날 루미가 자라면 이날 같은 자리에 엄마와 아빠가 함께 있었노라고 자신 있게 말할 수 있을 것이었다.

람보르는 먼저 미르셀의 의견부터 구했다. 미리 준비해 온 듯 그녀는 일사천리로 의견을 꺼내놓았다.

"족장님과 원로님들, 그리고 부족을 위해 중요한 역할을 맡으신 분들이 다 모여 계신 자리에서 주제넘게 말씀드리게 되어 송구하면서도 허락해 주신 족장님께 감사드려요. 마침 노인, 여자, 아이들을 위한 보호 대책을 논의하신다니 말씀드릴게요. 저희 여자들도 따로 모여서 의견을 나누었어요. 남자들이 마음 놓고 싸우기 위해서는 가족 걱정을 하지 않도록 하는 것이 중요하다는 걸 누구보다 잘 알고 있어요. 특히 위험한 건 만약에 적이 쳐들어와서 가족을 인질로 잡았을 때예요. 그렇게 해놓고 남자들에게 무기를 내려놓으라고, 항복하라고 하면 어떻게 되겠어요? 싸우고 싶고, 싸울 능력이 있어도 가족을 살리기 위해 어쩔 수 없이 굴복해야 하지 않겠어요? 그러니 어떠한 일이 있어도 그런 상황이 닥치면 안 돼요. 제 생각엔 식량을 준비하고, 챙겨야 하는 여자들만 제외하고, 가족들은 싸움에 휘말리지 않도록 하는 게 무엇보다 중요하다고 생각해요."

"좋은 의견이오. 전적으로 동의하오. 그렇다면 구체적으로 어떻게 보호하는
게 좋겠소?"

람보르가 다시 물었다.

"제가 생각하는 두 가지 방안이 있어요. 하나는 우리와 긴밀한 유대관계를
맺고 있는 형제 부족인 초리 부족에게 맡기는 일이예요. 초리 부족은 아마도
우리가 이런 처지에 빠져 있다는 걸 모를 거예요. 싸우는 걸 도와달라고 부탁
하기는 어렵겠지만 가족들이 잠시 피할 수 있는 거처를 마련해 달라고 하면
분명 들어줄 거라 믿어요. 족장님께서 허락하시면 이 문제는 제가 직접 나서
서 초리 부족을 만나 해결할게요.

또 하나, 만약에 이것이 여의치 않으면 부족 안에서 방법이에요. 제가 툼바
에게 듣기로는 야르 부족은 모두 동굴 속에서 거주하며, 그 동굴 안에는 크고
작은 동굴들이 많이 뚫려 있다고 했어요. 우리도 그렇게 하는 거예요. 다 아
시다시피 부족의 뒷산 뒤로 돌아가면 사람들의 접근이 쉽지 않은 곳에 동굴이
있잖아요. 밖에서는 보이지 않아 찾아내기 쉽지 않죠. 이곳으로 미리 피해있
는 거예요. 안전하기로는 초리 부족의 품에 들어가는 게 좋은데, 상황이 어떻
게 될지 모르니 동굴도 미리 준비하는 게 좋을 듯싶어요."

"의견 잘 들었소. 우리가 신경 써야 하는데 여자들끼리 먼저 의견을 나누고
이렇게 와서 직접 전해주니 참으로 고맙고 든든하오. 그렇게만 된다면 우리
전사들이 가족 걱정을 하지 않고 오직 부족을 지키는 데만 몰두할 수 있을 듯
하오. 제안한 두 가지 방법 중에서 내가 보기엔 초리 부족에게 부탁하는 게 좋
을 듯싶소. 부족이 처한 상황을 알게 되면 분명 도와줄 거라 믿소. 혹시 다른
의견이 있다면 말씀해 주시오."

원로들은 아주 중요한 부분이고 좋은 방안이라고 하면서 동의해주었고, 세
세하고 치밀하게 준비하고 있는 미르셀을 칭찬했다. 초리 부족과 접촉하기 위
해 곧 출발하는 것으로 결정했고, 툼바가 지휘하는 후방조에서 미르셀을 보호

하기 위한 전사들을 함께 보내기로 했다.

올 때와 마찬가지로 미르셀은 정중하게 고개를 숙이고 먼저 족장의 집을 나섰다. 문을 열기 전에 잠깐 뒤돌아보며 툼바를 바라보았다. 마주친 두 눈에서 빛이 반짝이며 허공에서 부딪혔다. 서로를 향한 뜨거운 응원과 사랑은 그 잠깐 사이에도 그렇게 오고 갔다.

미르셀이 나가고 나서도 열띤 논의는 계속 이어졌다. 내용은 주로 그동안 람보르가 준비한 싸우는 방법에 대한 것이었다. 정확한 숫자는 모르지만 야르 부족원이 훨씬 더 많을 것이기에 결코 방심해서는 안 될 일이었다. 막는 쪽으로 보면 지형의 이점을 이용할 수 있다는 점에서는 유리하지만, 싸울 시간과 장소를 선택할 주도권은 상대방에게 있기에 최대한 그들의 의도를 파악하는 것이 중요했다.

무엇보다 야르 부족의 움직임을 파악해서 전달할 정탐꾼 세 명을 최대한 빨리 보내기로 했다. 이들에 대한 교육은 선봉대장인 솔론이 맡기로 했다. 아무래도 야르 부족에 대해 제일 잘 알고 있는 사람이 맡아야 하기에 솔론이 맡는 것은 당연했다. 툼바가 제안한 시급한 문제는 일단 어느 정도 정리가 된 셈이었다.

람보르는 준비 상황을 보아가며 다음 회의를 소집하겠다면서 회의를 끝내려고 했다.

그때 부족 원로 중의 한 명인 톨렘가가 한 마디만 덧붙이겠다고 말을 꺼냈다. 원로 중에서도 가장 나이도 많을뿐더러 식견 높고 덕망 있는 톨렘가였다. 좀처럼 말이 없는지라 그의 입에서 나올 말이 더 궁금했다.

톨렘가는 뜻하지 않은 일로 부족이 어려운 상황에 직면했으나, 람보르 족장을 중심으로 잘 대처하고 있는 것 같아 마음이 든든하다면서, 모든 것이 람보르 족장의 탁월한 지도력 덕분이라고 운을 뗀 후 단도직입적으로 물었다.

"노파심 같지만, 야르 부족이 우리가 생각한 것보다 훨씬 더 우세하고 정연한 모습으로 쳐들어온다면 어떻게 대처하겠는가? 그들도 이번 싸움이 얼마나 중요한지를 분명 알고 있을 것이기에 그리 허술하게 다가오지 않을 거라 여기네. 우리가 알고도 미처 대비하지 못한 부분이나 생각지도 못한 틈이 혹여 있는지 지금부터 더 꼼꼼하게 따져봐야 할 것이야.

무엇보다도 다양한 상황에 대비해야 하네. 적이 어떻게 나오더라도 즉각적으로 대응할 수 있도록 다양한 수단을 가지고 융통성을 발휘해야 한다는 뜻이지. 이를테면 야르 부족이 우리의 머리를 치면 우리는 꼬리로 덤비고, 꼬리를 치면 머리로 덤비며, 허리를 치면 머리와 꼬리가 함께 덤빌 수 있도록 재빠르고 다양하게 우리의 힘을 원하는 곳에 쓸 수 있어야 하지. 이를 위해서는 앞과 옆에서 벌어지고 있는 상황을 즉각 알 수 있도록 신호체계를 확실히 갖추고, 언제든지 전사들을 투입할 수 있도록 준비해 놓아야 할 거야. 부단한 연습만이 실전에서의 승리를 가져올 수 있다는 걸 명심하고, 각자가 맡은 곳에서 계속 훈련하면서 철두철미하게 대비해야 할 것이네."

원로인 톨렘가의 말은 내용도 내용이지만 그가 차지하고 있는 부족 내에서의 무게 만큼이나 좌중에 던져지는 의미가 컸다.

람보르도 연신 고개를 끄덕이며 깊이 받아들였다. 특히 머리와 꼬리의 움직임을 들며, 야르 부족의 행동에 따라 신속하고 다양하게 우리의 힘을 구사할 수 있도록 하라는 말에는 절로 고개가 끄덕여졌다. 나이와 경륜은 세월이 흐른다고 그냥 주어지는 게 아니었다. 수많은 경험과 사유에서 오는 통찰이 있었다.

솔론과 툼바를 비롯해 그 자리에 참석한 전사들은 자리에서 벌떡 일어나 머리를 숙여 감사와 존경을 표하며 톨렘가를 비롯한 원로들을 정성껏 예우했다.

마무리는 족장인 람보르의 몫이었다. 귀한 가르침을 주신 톨렘가의 탁견에 깊은 감사를 표하면서 각자 자기가 맡은 역할에 대해 책임지고 준비하기를 당부하고 회의를 끝냈다.

솔론과 툼바는 서둘러 밖으로 나갔다. 해야 할 일이 많았다. 서로의 손을 굳게 잡고 힘을 불어 넣어준 뒤 발걸음을 뗐다. 그들 중에서 가장 급한 사람은 솔론이었다. 지금 당장은 야르 부족의 진영으로 정탐꾼 세 명을 보내는 것보다 급한 일이 없기 때문이었다. 서둘러 족장이 지명하고 준비한 세 명을 만났다. 이제껏 해 본 적이 없는 중요한 임무를 앞두고 있어 다들 긴장한 상태였다. 특히, 부족의 명운을 건 싸움에서 하나밖에 없는 목숨을 내걸고 정탐 활동을 해야 하기에 숙연할 수밖에 없었다.

솔론은 그들이 누구보다도 중차대한 임무를 수행하는 최고의 전사라고 극찬을 아끼지 않았다. 무슨 일이 일어나면 안 되겠지만, 만약에 잘못된 일이 벌어지더라도 남겨진 가족들은 부족 전체가 책임질 것이라는 약속까지 했다. 죽음에 대한 두려움과 가족에 대한 걱정이 없을 수 없겠지만, 할 수만 있다면 담담한 마음으로 해야 할 역할을 잘 수행해 달라고 특별히 당부했다. 그만큼 비장했다.

준비할 시간은 많지 않았다. 솔론은 야르 부족에 이르는 길 주변의 풍경을 설명하면서 그 부족이 어느 땅에 있는지, 어떻게 살아가고 있는 부족인지를 그동안 알고 있던 범위 내에서 상세하게 알려줬다. 아울러 파악해야 할 것이 무엇이고, 어떻게 신속하게 우리 부족에게 알릴 것인지에 대해서도 상의했다.

만약에 일이 급하게 전개되어 예상치 않게 조기에 복귀하게 되면 선봉대의 맨 앞에 나가 있는 경계조가 오인하지 않도록 사전 약정된 소리 신호를 주고받도록 했고, 혹시나 야르 부족에게 붙잡히면 사냥을 나왔다가 길을 잃은 것처럼 행세하라는 것까지 구체적으로 알려주었다. 언급하지 않은 나머지 사항은 큰 틀을 생각하면서 조원들끼리 알아서 잘 판단하라고 당부했다.

솔론은 한 명 한 명 일일이 손을 잡으며 격려하고 야르 부족의 땅으로 떠나보냈다.

툼바는 서둘러 여자들이 모여 있는 곳으로 찾아갔다. 꽤 많은 수의 여자들이 마을 중앙에 모여 있었다. 한가운데 미르셀의 모습이 보였다. 족장의 방에서 미르셀이 나가고 나서도 한참 동안 토의가 이어졌고, 그 이후에 다른 일을 하다 보니 시간이 꽤 지나있었다. 생각해보니 초리 부족이 그리 멀지 않은 곳에 있기에 벌써 그곳에 다녀왔을 것이었다. 철부지 아이들은 모처럼 함께 모여 있게 된 게 좋은지 서로 장난치면서 놀고 있었다. 아무것도 모르는 채 뛰노는 이 해맑은 아이들을 무슨 일이 있더라도 지켜야 했다.

심각한 표정으로 미르셀의 말을 듣고 있던 여자들은 툼바가 다가오자 자리를 터주며 툼바를 미르셀의 옆에 앉게 했다. 고개를 숙여 인사하고 나서 툼바도 조용히 경청했다.

"지금까지 말씀드린 대로 잠시 부족의 품을 떠나, 초리 부족에게 가 있어야 해요. 제가 방금 초리 부족을 찾아가서 족장님께 간청드렸어요. 다행히도 그동안 우리 부족과 우호적인 관계를 맺어왔기에 기꺼이 받아 주신다고 했어요. 초리 족장님께서는 그들 부족의 품으로 잠시 피한다고 해도, 먹고 자는 것은 모두 우리 손으로 해야 한다고 하셨어요. 언제까지가 될지는 모르겠지만 그리 오래 걸리지는 않을 거라 믿어요. 지금부터 조를 나눈 대로 각 책임자가 이끌어 잘 준비하세요. 내일 날이 밝는 대로 바로 출발하도록 할게요. 그때는 옆에 있는 후방대장 툼바가 경계조를 편성하여 우리를 지켜줄 거예요. 혹시나 궁금한 게 있으면 말씀하세요."

모두 숙연한 표정으로 미르셀을 바라보다가 궁금한 게 있으면 말하라고 하자 서로를 쳐다보기만 했다. 침묵의 시간이 조금 길어지는 중에도 아무도 입을 열지 않았다. 그러자 갑자기 옆에 있던 툼바가 일어섰다. 그리고 다짜고짜 여자들을 향해 깊이 허리를 숙였다. 미르셀도 예상하지 못한 행동이었다.

"모든 분께 다시 한번 죄송하고 감사하다는 마음을 전합니다. 비록 실수지만 저로 인해 벌어진 일로 이렇게 큰 불편과 어려움, 나아가서는 불안감까지 끼쳐드리게 되어 무어라 드릴 말씀이 없습니다. 다행스러운 것은 여러분들께서 저와 미르셀을 나무라지 않으시고 끝까지 믿어주신다는 점입니다. 개인적으로 감사하면서 우리 부족을 위해서도 참으로 다행스러운 일이 아닐 수 없습니다. 심각한 위협에 처해있는 때에 우리 부족이 한 마음으로 합치지 않으면 안되기 때문입니다. 비록 처음 겪는 일이고, 초리 부족에까지 몸을 맡겨야 하는 상황이기에 많이 불편하시고 걱정되시겠지만 조금만 참아주세요. 큰 피해를 겪지 않고 다시 예전의 모습으로 돌아갈 수 있도록 족장님을 비롯하여 남자들이 최선을 다하겠습니다.”

간결하면서도 진정성을 담은 툼바의 말이 끝나자 그제야 여자들은 긴장이 풀린 듯 다소 편안해진 모습이었다. 툼바와 미르셀은 다시 한번 고개를 숙여 인사했다.

람보르 부족 여자들의 지혜와 헌신은 남달랐다. 이는 남자들이라면 누구나 다 알고 인정하는 바였다. 그런 까닭에 부족의 원로들과 람보르 족장은 중요한 일이 닥치면 여인들의 의견을 들었고, 결정에 반영했다.

여자들은 여자들대로 자신들의 의견이 중요하게 받아들여지는 것에 대해 자부심과 책임감을 느꼈다. 여자들은 주로 미르셀을 중심으로 움직였다. 그러면서도 질투로 인한 잡음은 거의 없었다. 그렇게 되기까지는 미르셀의 역할이 컸다. 흔히 다른 사람이 잘되면 배 아파하고, 행여 잘못되면 겉으로는 몰라도 속으로 고소하다고 할 수 있는 게 사람의 감정인데 부족의 여자들에게서는 그런 모습이 보이지 않았다. 오랜 시간 동안 척박한 환경 속에서 생존을 위해 몸부림치면서 다른 사람을 진정으로 끌어안고, 내 몸처럼 아끼지 않고서는 자기 자신 역시 살아남지 못할 거라는 걸 누구 할 것 없이 알고 있기 때문이다. 그러한 생각과 의식은 오래도록 대를 이어 부족 여자들의 세포 속에 새겨졌으며, 부족의 정신으로 면면히 이어져 왔다.

한편으로는 사람으로 인한 엄청난 풍파를 거의 겪어본 적이 없기에, 그 밑바닥까지 들여다볼 기회가 없었던 것이 아닐까도 싶었다. 그런 면에서 보면 이번 싸움이야말로 어쩌면 부족의 밑바닥과 진면목을 알 수 있게 되는 싸움이 될 것이었다. 특히 미르셀과 오르미는 누구보다도 족장의 신뢰를 받으며, 부족의 여자들을 이끌어가는 사람이기에 더더욱 그렇게 여겼다. 아직은 조금의 요동만 있을 뿐 평소와 다름없지만, 앞으로 과연 어떻게 변하게 될 것인지는 실은 그 누구도 예측하거나 짐작할 수 없었다.

솔론과 툼바를 회유하기는커녕 방심하다가 놓쳐버린 야르 족장은 끓어오르는 분노를 참을 수 없었다. 애초부터 그가 원한 건 싸움이 아니었다. 자기 아들을 죽인 툼바의 목숨도 아니었다. 지금까지 지켜왔던 원칙, '눈에는 눈, 이에는 이'를 지키려는 것뿐이었다. 처음부터 끝까지 분명하게 요구했기에 람보르 부족도 충분히 수긍하고 받아들일 거라 여겼다. 더군다나 그들이 해친 아이는 다른 평범한 아이도 아니고, 족장인 자신의 아이기에 얼마든지 인정하고 요구에 따를 줄 알았다.

하지만 결국은 그게 아니었다. 자기 자신이 너무 안이하게 생각했기에 뒤통수를 맞은 것이었다. 재무르로부터 람보르 족장이 어떤 사람인지 들었기에 대강 알고 있었으나, 생각했던 것보다 훨씬 더 강단 있고 지략 있는 사람이라는 걸 느꼈다. 다른 사람 같으면 부족의 또래 아이 한 명을 내놓고 사태를 무마하려고 했을 텐데 그 아이 하나를 살리고자 수십, 수백의 목숨이 위태로울 수 있는 싸움까지 마다하지 않는 모습이 보통 인물이 아님을 말해주고 있었다.

상황이 이렇게 되자 마음속에선 이상야릇한 승부욕이 솟아올랐다. 하늘 아래에 결코 두 개의 태양이 있어서는 안 될 일이기에 더 그랬다. 그동안은 서로의 존재를 잘 모른 채 평온하게 살아왔지만 이렇게 된 이상 공존할 수는 없었다. 더군다나 야르 부족은 사냥이라면 그 어떤 부족에게도 밀리지 않을 자신이 있었기에 싸움에서도 충분히 이길 수 있을 거라는 확신이 있었다.

람보르 부족에 대한 감정도 크게 작용했다. 크든 작든 한 집단을 책임지고 있는 지도자라면 순간적인 기분이나 감정에 흔들려서는 안 된다고 믿고 행동으로 실천해 왔던 그였다. 하지만 이상하게도 람보르 부족 앞에서는 쉽지 않았다. 딱히 뭐라고 설명할 수 없는 그 무엇이 있었다. 이제 완전히 자기편이 되었다고 할 수 있는 재무르에게도 가끔 그런 게 느껴질 때가 있었다. 예민한 재무르가 눈치챌까 봐 내색하진 않았지만, 여전히 알 수 없는 마음이 때때로 솟아나곤 했다. 탐냈던 두 젊은이, 솔론과 툼바에게서도 비슷한 감정을 느꼈다. 보통을 뛰어넘는 강한 존재가 옆에 있다는 것이 야르 족장의 마음을 상당히 불편하게 만들면서, 어떻게 해서라도 람보르 부족을 굴복시키고 싶은 마음이 강하게 들었다.

솔론과 툼바의 탈주, 람보르 족장의 도발은 그를 참지 못하게 했다. 그동안 꾹꾹 눌러왔는데, 이제는 드러내놓고 싸울 수 있는 명분을 그들이 만들어 준 것이나 다름없었다. 그는 이 싸움이 결코 피해갈 수 없는 운명이라는 걸 느꼈다. 이를 통해 땅에 떨어진 자존심을 반드시 만회할 거라 마음먹었다.

싸움을 결심하고 나서 야르 족장이 제일 먼저 찾은 건 소투와 재무르였다. 그 전에 부족에서 용감하다고 소문난 마투, 차루, 소소르를 불러 싸울 준비를 시켰다. 각자에게 전사들을 할당해 주면서 각각 동쪽과 서쪽, 중앙 쪽으로 책임지고 공격할 준비를 하라는 임무도 주었다. 그야말로 혼자 북치고 장구치면서 속전속결로 밀어붙였다.

야르 족장과 소투, 재무르 이 세 사람이 머리를 맞댄 방안에서는 긴장감이 흘렀다. 자연히 심각해질 수밖에 없었다. 긴장한 표정으로 앉아 있는 두 사람을 본 족장은 내심 그들이 내놓을 의견에 기대를 걸었다. 특히 불가피하게 자기의 부족과 싸우게 될 재무르가 어떤 의견을 내놓을지 궁금했다. 그래서일까 얼핏 재무르의 표정을 보니 평소보다 훨씬 더 굳어 있었다. 두 부족이 이미 돌이킬 수 없는 강을 건넜음을 본인도 짐작하는 듯했다.

"재무르, 난 람보르 부족과 싸우기로 했소. 그대도 알다시피 이건 내가 먼저 벌인 게 아니라 저들이 시작한 것이오. 나는 끝까지 기회를 주려고 했소. 저들이 저지른 것 딱 그만큼만 요구했소. 그러나 끝내 내 호의를 저버리고 뒤통수를 치고 말았소. 람보르 청년들이 도망간 걸 알았을 때 처음에는 분노가 치밀어 올랐지만, 이제는 달리 생각하기로 했소. 이 싸움을 벌이는 정당성을 나에게 부여해준 거라고 말이오. 분명히 말하지만, 내가 시작한 것이 아니라 저들이 시작한 것이라는 걸 명심하시오."

족장은 재무르를 의식하고 있었다. 재무르가 자기 부족에 대해 품고 있을 안타까움이나 동정심의 싹을 처음부터 잘라야만 했다. 이번 기회에 완전한 야르 부족원으로 만들 참이었다.

"재무르, 내 말이 무슨 뜻인지 알아들을 거라 믿소."

"네, 족장님, 알겠습니다."

예상외로 재무르의 입에서 군더더기 없이 깔끔하고 간결한 답이 흘러나왔다.

재무르는 지금이 그동안 준비해 온 말을 꺼내야 할 때라는 걸 느꼈다. 잠깐의 침묵 후에 재무르의 입이 다시 열렸다.

"다만, 족장님 한가지 청이 있습니다."

야르 족장은 아무 말 없이 재무르를 바라보면서 고개를 끄덕였다.

"제가 아는 람보르 족장은 절대 불의와 타협하지 않는 사람입니다. 족장님의 제안이 불의했다는 뜻은 결코 아닙니다만, '눈에는 눈, 이에는 이'라는 우리 야르 부족의 전통을 그는 의롭지 않다고 생각했을 것입니다. 이건 누가 옳고 그름의 문제가 아니라 양 부족 간의 다름의 문제입니다. 그러므로 이 문제를 다시 한번 살펴봐 주셨으면 하는 게 제 솔직한 심정입니다. 구체적인 의견을 물으신다면, 최후의 방법으로 족장님께서 직접 람보르 족장을 만나 담판을 지으시는 것은 어떠신지요? 할 수만 있다면 끝까지 대화로 해결하는 것이 양쪽 모두에게 더 좋지 않을까 싶습니다. 싸움을 일으키시는 것은 전적으로 족장님의 뜻이지만, 람보르 부족의 힘도 만만하지 않기에 우리 부족원의 손실도 매우 클 것이라 우려됩니다."

그러자 옆에서 묵묵히 듣고 있던 소투가 입을 열었다.

"재무르님의 말이 틀리다고 생각하진 않소. 기본적으로는 그 생각에 동의하오. 하지만 람보르 부족에게는 이미 수많은 기회가 있었소. 람보르 족장이 이 문제를 진지하게 생각하고, 진정으로 사죄하고 싶은 마음이 있었다면 솔론과 툼바 두 사람에게만 맡기지 말고 직접 우리 쪽으로 와서 족장님과 우리 부족 앞에 진심으로 머리를 조아리며 사죄를 청해야 마땅했소. 내가 만약 람보르 족장이었다면 당연히 그렇게 했을 거요. 부족원 그 누구도 다치지 않게 하고 싶다면서 아무런 성의도 보이지 않는다는 것은 무책임한 것이오. 우리가 원하는 최소한의 성의나 노력을 보여주지 않았기에, 이제 그들에게는 더 이상의 기회는 없다고 생각하오."

예상치 않게 옆에 앉은 소투가 먼저 강하게 나왔다. 말 한마디마다 서릿발이 돋는 듯했다. 그 역시 솔론에게서 배신감을 느꼈을 것이었다. 나서지 않고 조용하게 있으면서도 움직이는 모든 것을 머리에 담고 전체 국면을 두루 살피고 있는 능력, 결정적인 순간에는 단호하면서 명쾌한 모습이 진정 야르 족장의 책사다웠다. 이래서 그를 곁에 두고 신임하고 있는 게 아닌가 싶기도 했다.

족장은 소투의 말에 고개를 끄덕이면서 내심 동의하는 듯했다. 재무르 역시 소투의 말을 인정할 수밖에 없었다. 따지고 보면 야르 부족이 잘못한 것도 없고, 싸움의 원인이나 동기를 제공한 것도 아니었다. 족장이 다혈질이기는 하나 그 역시 노련한 전략가답게 이것저것 다 재면서 판단하는 사람이다.

소투의 말처럼 당연히 람보르 족장이 보다 적극적으로 나섰어야 할 일이었다고 재무르도 생각했다. 섣불리 말할 수 없기에 침묵의 시간이 생각보다 길어지자 족장이 입을 열었다.

"재무르의 청을 내가 내치는 건 아니나, 지금까지 할 만큼 했다고 생각하오.

소투가 말한 대로 람보르 족장이 더 성의를 보였어야 했소. 내가 직접 요구하지는 않았지만 만약에 그가 다시 직접 찾아와서 내게 머리를 조아렸다면 다시 생각해 볼 여지가 있었소. 최소한 상황이 이렇게까지 나쁘지는 않았을 것이오. 그러니 우리가 저들을 친다 해서 이 싸움이 우리 때문이라고 말할 수 있는 사람이 누가 있겠소. 안 그렇소 재무르?”

“족장님과 소투님의 말씀이 옳습니다. 저 역시 람보르 족장이 왜 그렇게 하지 않았을까 하는 아쉬운 마음이 있습니다. 말씀하신 대로 우리 부족이 람보르 부족을 친다 해도 이 싸움이 우리 부족 때문에 일어난 거라고 하지는 못할 것입니다. 하지만 싸움에 있어서 명분도 중요하지만, 과정이나 결과를 생각하지 않을 수 없습니다. 만약에 양쪽이 치열하게 싸운다면, 우리나 그들 모두 지금까지 한 번도 겪어보지 않은 일이 될 것이고 피해도 클 것입니다. 당연히 누군가는 죽을 수밖에 없고, 지금껏 일궈왔던 평화도 깨질 것입니다. 그러니 싸움은 두 부족 모두에게 도움이 되지 않는다는 게 제 생각입니다.”

재무르는 야르 족장 앞에서 야르 부족을 우리 부족이라 표현하지 않을 수 없었다. 지금은 확실하게 같은 편임을 인식시켜 주어야 했다. 따지고 보면 두 부족 모두를 우리 부족이라 부를 수 있는 재무르의 입장으로는 하필이면 두 부족이 서로 잘 지내지 못하고 싸워야 하는 현실이 진정으로 안타깝기만 했다. 그 마음을 야르 족장이 알아주길 간절히 바랐다.

“재무르, 잘 알겠소. 그대도 싸움의 원인이 우리에게 있지 않음을 잘 알고 있으니 좋소. 오늘 우리가 나눈 대화를 포함하여 이 싸움이 일어나기 전부터 싸우는 과정까지 그대는 사실대로 정확하게 적어 놓으시오. 훗날 그 누가 우리의 모습을 떠올릴지라도 우리는 끝까지 최선을 다했음을, 싸움의 잘못이 결코 우리에게 있지 않음을 똑똑히 알리라는 말이오.”

족장이 지금 일어나는 이 모든 상황을 적어놓으라고 말할 거라고는 생각지도 못했다. 훗날까지 내다보는 그는 역시 대단한 인물이다. 하지만 돌아가는 상황이 나아지지 않고 여전히 심각했기에 재무르의 굳은 표정 역시 좀처럼 펴지지 않았다.

우려하는 표정으로 바라보는 족장을 향해 재무르는 고개를 숙이면서, 그의 뜻을 받들 것이라고 말했다. 더 이상 어쩔 도리가 없었다.

"나는 이미 싸울 준비에 들어갔소. 마투, 차루, 소소르를 불러 이미 구체적으로 임무를 주었소. 우리는 동쪽, 서쪽으로 먼저 쳐들어가면서 후에 중앙으로 나아갈 것이오. 사전에 소수의 전사를 보내 람보르 부족의 마을까지 이르는 지형도 다 확인했소. 동쪽은 험준한 산악이긴 하나 비교적 접근이 쉬운 능선이 있소. 반면에 서쪽은 계곡으로 이루어져 있고, 잡목이 빼곡하여 접근이 쉽지 않소. 아마도 람보르 부족은 우리 쪽에서 접근하기 쉬운 동쪽과 중앙을 집중적으로 막으려고 할 거라 생각하오. 그래서 오기 어려울 거라고 그들이 방심하고 있을 서쪽으로 우리 주력을 집중하고자 하오."

족장은 어떻게 공격해 들어갈 것인가에 대한 계획까지 한꺼번에 다 밝혔다. 이미 그렇게까지 치밀하게 준비하고 있다는 것에 재무르는 놀람과 두려움을 동시에 느꼈다. 특히, 그 지형을 훤히 알고 있는 그로선 족장이 생각보다 치밀하게 준비해 왔음을 인정하지 않을 수 없었다.

하지만 야르 족장은 사전에 몰래 특공조를 보냈었다는 사실은 끝까지 말하지 않았다.

그의 말을 이은 것은 소투였다.

"사전에 람보르 부족 마을로 이르는 지형까지 세밀하게 확인하는 등 치밀한 족장님의 노력에 경의를 표합니다. 말씀하신 부분에 대해 큰 틀에서는 동의합니다만, 한 가지 의견을 제시합니다. 일반적으로는 족장님께서 말씀하신 대로 자기네들 땅에 이르는 가장 빠르고 쉬운 길로 올 것이라 예상하고, 그쪽에 주력을 배치하여 막아내려 할 것입니다. 하지만, 만약에 람보르 부족이 그렇게 하지 않는다면 어떻게 하시겠습니까? 동쪽 능선이나 중앙쪽 길은 사람을 전환하는 것이 비교적 용이한 반면, 서쪽의 계곡은 한 번 들어가면 다른 곳으로 빠져나오기가 쉽지 않습니다. 자칫 잘못하면 많은 전사를 그곳에 집어넣고 큰 위력을 발휘하지 못하게 되는 우를 범할 가능성도 있기에 다시 한번 고려해 달라는 말씀을 드리고 싶습니다.”

역시 소투의 식견은 대단했다. 그는 양 부족의 움직임을 꿰뚫어 보면서 자기의 생각을 전했다. 서쪽에 너무 많은 전사를 투입하는 것은 바람직하지 않다면서, 확실하게 족장의 생각에 반하는 의견을 표한 것이었다.

“소투, 그대의 의견은 충분히 일리 있소. 분명 내 계획은 위험 부담이 있고, 융통성이 부족할 수 있소. 하지만 반대로 생각하면 그들 역시 우리 부족이 서쪽으로는 쉽게 쳐들어오지 못할 거라 여기지 않겠소? 바로 소투가 말한 대로 말이오. 한 번 들어가면 빠져나오기가 쉽지 않은 곳이니 많은 전사를 한 번에 투입하지 않을 거라 생각하지 않겠소? 나는 그걸 역이용하겠다는 것이오. 비록 접근하기가 쉽지는 않지만, 상대적으로 우세하게 집중적으로 투입하여 초반에 기선만 제압하면 의외로 싸움을 쉽게 끝낼 수 있으리라 믿소. 또 하나, 만약에 소투가 말한 대로 람보르 부족이 주력을 서쪽에 배치해 우리와 맞서려고 한다면 그때에도 자신 있소. 어차피 붙어야 할 거라면 그렇게 붙는 것도 좋소. 강대 강으로 맞붙는다고 해도 우리가 절대 밀리지 않을 것이오.”

족장은 본인의 계획을 바꿀 생각이 없는 듯 강한 자신감을 내비쳤다.

소투가 말을 이었다.

“물론 저도 우리 야르 부족의 힘을 믿습니다. 족장님의 자신감이 부족원 모두에게 전해져서 반드시 이길 거라 확신합니다. 다만, 한 가지 생각하셔야 할 게 지형의 문제입니다. 람보르 부족에 이르는 서쪽 땅은 험하기 이를 데 없습니다. 거기다가 상대적으로 람보르 부족의 땅이 높기에 우리가 쳐들어간다면 아래에서 위로 나아가야 합니다. 아무리 숫자가 많고 의지가 높다 하더라도 지형상의 불리한 점을 극복하기가 쉽지 않습니다. 람보르 부족은 우리가 웬만

해서는 그쪽으로 오지 못할 것으로 생각할 수 있습니다. 거기서 수 싸움이 시작됩니다. 일반적으로 보면 막는 쪽이 방심할 수 있는 방향인 서쪽으로 모든 노력을 집중해야 한다고 생각하기 쉽습니다만, 그 생각은 상대방도 할 수 있을 것이기에 결국은 쳐들어가는 쪽도 서쪽, 막는 쪽도 서쪽으로 주력을 지향하게 될 것입니다. 그러니 우리는 거기서 한 번 더 비틀어 속이자는 것입니다. 오히려 상대적으로 쳐들어가기 쉬운 동쪽이나, 아예 대놓고 중앙으로 한꺼번에 밀고 들어가면 싸움은 의외로 쉽게 끝날 수 있다고 생각합니다. 혹시 재무르님은 어떻게 생각하는지 듣고 싶습니다.”

소투는 자기가 하고 싶은 말을 조목조목 다 쏟아내면서 재무르의 의견을 묻기까지 했다.

재무르는 깜짝 놀랐다. 소투의 입에서 나온 말 한마디 한마디가 소름을 돋게 했다. 그의 생각은 보통을 뛰어넘었다. 나의 행동에 따른 상대방의 행동까지 예측하면서 한 번 더 비트는 경지까지 나아갈 정도니 대단하다고 아니할 수 없었다. 이 정도라면 앞으로 더 큰 일도 서슴없이 벌일 수 있을 거라는 생각에 큰 불안감과 위기감이 재무르를 덮쳐왔다. 그의 애길 들으면서 어떻게 하는 것이 서로를 살릴 수 있는 길인가를 계속 머릿속에서 굴리고 또 굴렸다. 그런 재무르를 바라보는 소투의 눈빛이 평소보다 매섭게 느껴졌다.

“소투님이 람보르 부족에 이르는 서쪽 땅에 대해 잘 말씀하셨습니다. 오랫동안 살았던 저보다도 더 잘 알고 계시니 정말 대단하십니다.”

재무르는 먼저 칭찬을 아끼지 않았다. 그건 솔직한 심정이었다.

“말씀하신 대로 서쪽은 나아가기 쉽지 않은 곳입니다. 그에 비해 상대적으로 동쪽과 중앙은 쳐들어가기가 상대적으로 수월합니다. 문제는 우리가 어느 방향으로 집중해서 쳐들어갈 것인지를 람보르 부족이 어떻게 예측하고 대비하느냐의 문제입니다. 결론적으로 저는 소투님의 생각과 같습니다. 그들은 서쪽에 주력을 집중하여 강하게 막을 거라고 생각합니다. 그러니 소투님이 말씀하신 방안이 허에 허를 찌르는 아주 탁월한 계획입니다.”

소투의 말은 사실일 게 틀림없었다. 재무르는 누구보다도 람보르 족장을 잘 알고 있었다. 분명 맨 앞을 지키는 선봉대장으로 솔론을 임명했을 것이었다. 람보르 족장과 솔론이라면 어떻게 할지 이전부터 마음속으로 수없이 많은 경우의 수를 생각했다. 상대가 있는 싸움은 치열한 수 싸움이 될 수밖에 없기에 치밀하게 준비해야 한다는 걸 누구보다 잘 알고 있는 그였다.

결국 ‘내가 람보르 족장과 솔론이라면 어떻게 판단할 것인가?’ 로 귀결되었다. 서쪽은 쳐들어오기 쉽지 않은 곳이라 람보르 부족의 대비가 소홀할 것으로 여겨 오히려 야르 부족이 그쪽에 주력을 집중할 거라는 판단, 바로 이것이었다. 그러니 람보르 부족은 당연히 서쪽에 주력을 지향할 것이 틀림없었다. 서쪽으로 가면 결국에는 강대 강이 맞붙게 되는 형국이 펼쳐질 것이었다.

그러니 당연히 야르 부족의 입장에서는 람보르 부족의 대비가 상대적으로 부족하거나 소홀할 거라고 예상되는 동쪽을 치거나, 아니면 아예 대놓고 과감하게 중앙으로 밀고 들어가는 게 유리할 것이 자명했다.

그걸 소투가 무서우리만치 정확하게 짚어낸 것이다.

다시 공은 재무르에게 넘어왔다.

재무르가 보기에 족장은 침착하고 치밀하기보다는 직관적이고 즉흥적이다. 어렸을 때부터 상대가 누구든 싸움을 걸어오면 피하지 않았고, 싸움에서는 항상 이겼다는 전설적인 이야기도 들었다.

상대방의 강점을 피하는 건 사내답지 못하고 비겁한 짓이라는 생각이 머릿속에 깊이 박혀 있기에 람보르 부족이 강하게 나온다고 해서 절대 회피하지 않을 것이다. 람보르 부족이 서쪽을 집중적으로 막을 거라고 하면 당연히 중앙이나 동쪽으로 주력을 집중해야 하는 게 유리할 것이나, 그보다는 자기의 자존심과 능력을 과신하는 사람이기에 서쪽에서 세게 맞붙을 거라고 재무르는 내다봤다. 그래서 소투가 말할 때 기꺼이 그의 의견에 동의한 것이다.

혹시라도 그들의 말을 듣고 생각을 바꾸면 어쩌나 싶었지만, 재무르는 족장의 선택을 믿어보기로 했다. 서쪽이라고 결정하기만 하면 상황은 람보르 부족에게 결코 불리할 게 없을 것이었다.

조심스럽게 말을 마친 재무르는 족장과 소투를 차분한 눈빛으로 바라보았다. 긴박한 순간에도 재무르의 눈동자는 전혀 흔들리지 않았다. 아니, 흔들리지 않아야 했다.

아니나 다를까 족장은 예상했던 대로 재무르의 생각에서 한 치도 벗어나지 않았다.

"소투와 재무르의 의견이 일치한다니 참으로 대단하오. 역시 두 사람은 우리 야르 부족을 이끌어 갈 만한 인물들이오. 수 싸움이라는 것도, 허를 찌른다는 것도 다 인정하오. 하지만, 나는 지금까지 단 한 번도 비겁하게 살아온 적이 없소. 크고 작은 싸움이나 사냥에서도 이기기 위해 꼼수를 쓰거나 하지 않았소. 오직 정공법으로 밀어붙였소. 이번 싸움에서도 변함없이 그렇게 할 것이오, 두 사람은 저들이 서쪽에 집중할 것 같으니 상대적으로 약한 동쪽이나 중앙으로 쳐들어가는 게 좋을 거라고 했소. 하지만 난 다르오. 내 생애에 회피란 없소. 그들이 서쪽에 주력을 집중한다면, 나 역시 서쪽에 주력을 집중하여 한 번 제대로 맞붙어 볼 것이오. 내가 더 잘 싸운다는 걸 반드시 증명해 보이겠소. 또한, 만에 하나 적의 서쪽이 허술하기라도 하면 그야말로 더 쉬운 싸움이 되지 않겠소."

족장의 눈이 묘하게 빛나고 있었다. 소투나 재무르는 그 모습을 보면서 다른 어떤 말도 덧붙일 수 없었다. 고개를 숙이면서 따르겠다는 뜻을 표할 수밖에 없었다.

말을 마친 족장은 곧바로 마투, 차루, 소소르를 불러들였다. 사실 재무르도 이들 세 사람의 능력을 완전히 다 파악하고 있지는 못했다. 사냥을 나갈 때면 늘 용감하고, 남들보다 우월한 신체조건을 활용하여 뛰어난 사냥기술을 보유하고 있다는 것 정도만 익히 알고 있었다.

야르 족장은 중요한 일이 있을 때마다 중용하는 사람들을 바꿨다. 한 사람에게 오랫동안 많은 권한을 주지 않았다. 그들 세 사람 역시 이번에 새로 임명하고 불러들인 것이었다.

세 사람은 곧바로 들어와 족장 앞에 섰다. 그들은 정중하게 예를 표한 후에, 옆에 있는 소투와 재무르에게도 인사했다. 모두 눈빛이 범상치 않았다. 얼굴에는 비장함이 넘쳐났다. 그야말로 명령만 내리면 무슨 일이라도 할 것 같은 자신감에 충만한 모습이었다.

재무르는 그들을 바라보는 것만으로도 가슴이 아팠다. 그들의 손에 죽임을 당할 람보르 부족 사람들의 모습이 떠올랐기 때문이다. '아~ 이 싸움을 막을 수만 있다면...' 그러나 이젠 방법이 없었다.

족장은 한치도 주저함이 없었다. 그들에게 어떻게 싸울 것인지 계획을 설명하고, 특히 서쪽으로 쳐들어 갈 마투에게는 특별히 람보르 부족이 강하게 지킬 것이니 각오를 단단히 하고 철저하게 준비할 것을 주문했다. 동쪽과 중앙을 공격할 차루와 소소르에게는 마투가 전력을 다해 람보르 부족을 무너뜨릴 수 있도록 지원하는 임무까지 부여했다. 비록 소투와 재무르의 계책을 받아들이지는 않았지만 나름대로 뚜렷한 주관과 소신, 밀어붙이는 행동력을 보유한 강한 지도자가 분명했다.

옆에서 들어보니 마투와 차루, 소소르는 처음에 생각했던 것보다 뛰어났다. 임무를 부여받고, 각자 어떻게 할 것인지 상세하게 보고하는 그들을 보니 나름대로 지략과 실력을 겸비했음을 알 수 있었다. 그들의 모습에서 솔론과 툼바의 얼굴이 겹쳐왔다.

'야르 전사들 중에는 얼마나 많은 뛰어난 전사들이 있을까?' 싸움을 결정하는 것은 부족을 이끄는 지도자이지만, 앞에서 싸우는 건 젊은이들의 몫이다.

그들 중 누군가는 분명 목숨을 잃어야 할 운명을 피하지 못할 것이다.

재무르의 마음이 더 무거워졌다. 새삼 지도자의 위치가 얼마나 중요한지 다시금 깨달았다. 어떠한 상황에서도 순간적이고 즉흥적인 판단이나, 사사로운 감정에 의해서 싸움을 시작해선 안 된다는 걸 뼈저리게 느꼈다.

더 중요한 것은, 싸움이 아닌 평화를 원한다면 그렇게 할 수 있는 위치에 올라가야만 뜻을 관철하고 실현할 수 있다는 점이었다. 과거에 가졌던 권력욕이 부끄러워지면서 이젠 전혀 다른 새로운 욕망에 목말라했다. 그가 원하는 세상을 만들기 위해서는 자기도 람보르 족장이나 야르 족장처럼 최종적으로 결정할 수 있는 사람이 되는 길밖에 없음을 마음에 새겼다.

숨 막히는 순간을 건넌 재무르의 등에서는 이내 한 줄기 식은땀이 흘러내렸다. 회의가 진행되는 내내 일부러 소투의 눈을 바라보지 않았다. 모든 걸 꿰뚫는 소투에게 혹여나 자기의 생각까지 들킬지 모른다는 생각이 들었기 때문이었다. 그런 사람에게 넘어가지 않고 탈출한 솔론의 심지가 그 누구보다도 강하고 굳세다는 걸 새삼 느낄 수 있었다.

반면에, 자존심을 내세워 뜻을 굽힐 줄 모르는 족장은 심지가 굳은 것도 있지만, 오만이자 교만이었다. 이제는 그 교만이 어느 정도 적당한 선에서 그칠 수 있기를 바라는 수밖에 없었다.

야르 부족의 싸움 준비가 마무리되었다. 준비가 다 되었다는 보고를 받은 족장의 얼굴은 다소 상기되어 있었다. 재무르는 그 모습을 무심하게 바라보았다. 표정에 결코 감정이 실리지 않도록 신경 썼다.

회의를 마치며 족장은 오랜 시간 동안 수고했다면서 두 사람을 격려했다. 소투와 재무르가 있어서 든든하다는 말과, 의견이 다르더라도 이번에는 내 뜻을 충실히 따라주면 좋겠다는 바람도 빼놓지 않았다.

소투와 재무르는 고개를 숙여 예를 표하고 족장의 거처를 나섰다. 두 사람은 서로 아무 말도 없이 같은 방향으로 걷다가 갈림길에서 이내 헤어졌다. 재무르는 멀어져가는 소투에게 깊이 허리를 숙여 인사한 후 발길을 돌렸다.

집으로 돌아오는 내내 재무르는 방금 있었던 상황을 돌아보았다. 무조건 강대 강으로 치닫기만 하는 그 모습이 참으로 아쉬웠다. 야르 족장과 람보르 족장이 서로 힘을 합친다면 이 어려운 환경에서 지금보다 훨씬 더 풍요롭게 살아갈 수 있고, 그 어떤 일도 능히 해낼 강한 집단이 될 텐데 한 아이의 죽음을 놓고 부족 전체가 사생결단의 싸움을 벌이려고 하는 것이 안타깝기만 했다. 조금만 더 상대방의 입장을 고려한다면 분명 피할 수 있고, 더 현명하게 처리할 수 있었음에도 결국 싸움으로 갈 수밖에 없는 현실이 야속했다.

재무르는 확실히 알고 있었다. 이제 곧 벌어질 두 부족 간의 이 싸움이 그냥 단순한 싸움만은 아닐 거라는 걸 직감했다. 그러나 재무르 또한 훗날 이 싸움이 어떤 의미로 남겨질 것인지는 알지 못했다. 어쩌면 인류의 역사에 아주 특별하게 기록될 싸움, 사람들에게 처음으로 기억될 전쟁이 될 거라는 것도 당연히 알 도리가 없었다.

네 편 내 편이 중요한 게 아니었다. 앞으로 벌어질 싸움은 그 문제를 뛰어넘는 것이었다. 피로 맺어진 혈육도, 오래도록 함께 살아온 공동체의 관계도 피할 수 없는 참혹한 운명 앞에서는 한 줄기 바람 같이 스러져갈 존재가 될 것이었다.

재무르의 삶에서 더없이 숨 가쁜 하루가 그렇게 지나갔다.

문제는 이게 끝이 아니라, 새로운 시작의 꿈틀거림이었다.

7. 전쟁은 시작되고

칼은 칼집에 들어있을 때는 위험하지 않다.
칼집에서 빼는 순간부터 위험해진다.

뚜렷한 이유와 명분 없이 칼을 뺄 때는
위험한 칼끝이 자기 자신에게로 향할 수도 있다는 걸 명심해야 한다.

두 부족을 둘러싼 상황이 숨 가쁘게 전개되고 있었다. 싸우기 위한 람보르 부족의 회의가 끝났다. 람보르의 머릿속에 강하게 자리 잡은 것은 원로인 톨렘가의 말이었다. 짧지만 그 강렬한 여운은 시간이 지나도 사라지지 않고 계속해서 머릿속에서 맴돌았다. 머리를 치면 꼬리로 덤비고, 꼬리를 치면 머리로 덤비며, 허리를 치면 머리와 꼬리가 함께 덤빌 수 있도록 신속하고 다양하게 힘을 구사해야 한다는 말이 오묘한 이치로 다가왔다.

람보르는 깊은 생각에 잠겼다. '지혜의 시간'에 머물면 분명 답이 나올 거라 믿었다. 무엇이 머리이고, 무엇이 꼬리인지… 그걸 사전에 알아차리고 준비하는 게 족장인 자신이 할 일이었다. 핵심은 어떠한 상황에도 대응할 수 있게 다양한 수단과 방법을 준비함으로써, 설령 예상치 못한 상황이 벌어지더라도 주저하거나 당황하지 말고 신속하고 적절하게 행동해야 한다는 점이었다.

순간 솔론과 티아라, 툼바의 얼굴이 떠올랐다. 각각 책임을 맡은 선봉대, 예비대, 후방대가 단순히 해당 지역만 지키는 데 얽매이지 말고 상황에 따라 얼마든지 신속하게 태세를 전환할 수 있도록 만들어야겠다고 생각했다.

중요한 것은 결정적인 시간과 장소에서 상대보다 우위에 서는 것이었다. 기본적으로 싸우는 전사의 수가 많다는 것만큼 우위에 설 수 있는 건 없었다. 어느 곳이든 맞붙는 곳에서 람보르 전사의 수가 많으면 유리하겠지만, 그 수가 한정되어 있기에 쉽게 장담할 수 없을 것이었다. 하지만 이 싸움의 승패를 좌우할만한 결정적인 지역에서만큼은 반드시 그렇게 만들어야 했다. 족장인 자신을 포함하여 주요 대장들은 시작부터 끝까지 늘 결정적인 순간을 포착해낼 수 있는 감각을 유지해야 할 것이라고 강조했다.

여러 가지 복안들을 구체적으로 세워가는 동안 람보르는 새삼 원로인 톨룸가의 지혜에 머리가 숙어졌다. '고맙습니다. 꼭 이기겠습니다.' 이렇게 다짐했다. 그러자 비로소 그동안 안개가 낀 듯 뿌옇기만 하던 머릿속이 맑아졌다.

서둘러 솔론과 티아라, 툼바를 다시 찾았다. 각자의 자리로 돌아갔던 세 사람은 득달같이 달려왔다.

람보르는 '지혜의 시간'을 통해 느꼈던 점을 전하겠다며 입을 열었다.

"야르 부족이 쳐들어온다면 어떠한 일이 있어도 우리가 먼저 그들의 움직임을 발견해야만 한다. 그래야만 어떻게 대응할 것인지 판단하고, 적절하게 대응할 수 있기에 그만큼 유리한 입장에 설 수 있다. 이 부분은 선봉대만 적용되는 것이 아니다. 상대방이 얼마든지 옆으로, 뒤로 치고 들어올 수 있기에 예비대와 후방대도 명심해라."

이어, 톨룸가가 말했던 것에 본인의 생각을 보태 싸우는 방법을 보다 구체화했다. 언제 어느 곳에서 맞붙더라도 결정적인 시간과 장소에서는 반드시 야르 부족보다 수적으로 우세해야 한다고 하면서, 상황을 신속하게 주위에 전파하고, 빠르고 적절하게 전사들을 투입할 것을 역설했다.

전사들의 능력과 특성을 고려해서 임무를 부여하는 것, 여러 종류의 무기들과 싸우는 방법 등 다양한 수단을 확보하는 것, 그리고 설령 상황이 유리하지 않더라도 포기하거나 쓰러지지 않는 정신자세를 갖추는 것이 바로 허리를 치면 머리와 꼬리로 덤빈다는 것임을 언급하며 행동으로 실천할 것을 강하게 주지시켰다.

람보르가 세 명의 대장에게 특별히 힘주어 강조한 것은 싸워 이길 수 있다는 자신감과 신념이었다. 전체의 상황을 꿰뚫어 보면서 시의적절하게 움직인다면 반드시 이길 수 있을 거라는 확신을 품고 나아가길 당부했다.

끝날 즈음에 람보르는 마음속에 들어있던 한 가지 얘기를 조심스럽게 꺼냈다. 그동안 꾹꾹 눌러 담고 있었던 것이었다. 지금 하지 않으면 다시 기회가 없을지도 모르기에 고심한 끝에 입을 열었다.

"솔론, 티아라, 툼바!"

람보르가 세 사람 쪽으로 얼굴을 향하며 힘주어 이름을 부르자 그들도 순식간에 긴장된 표정으로 람보르를 향해 고개를 돌렸다. 이내 이구동성으로 "네"라고 대답하자 람보르 족장은 이번엔 돌아가면서 한 명씩 얼굴을 빤히 쳐다보았다. 마주 보는 눈빛 사이에서 엄숙한 침묵이 흘렀다.

"끝으로 세 대장에게 내가 꼭 한 가지 당부할 게 있다."

낮고 진중하게 울려 나오는 람보르의 말이 끝나기도 전에 누군가의 목구멍에서 꿀꺽하고 침 넘어가는 소리가 들렸다. 잠시 숨을 고른 후에 말을 이었다.

"어떠한 일이 있어도 이 점을 꼭 지켜주었으면 한다. 개인을 위해서가 아니라 우리 부족을 위해서다. 우리 부족의 운명은 자네들 세 대장에게 달렸다. 물론 내가 족장으로서 모든 걸 이끌고 책임지겠지만, 현장에서 직접 뛰는 건 자네들이다. 각자에게 주어진 임무를 제대로 해내지 못하면 우리 부족은 위태로운 상황으로 내몰릴 거고, 부족원 모두가 지금까지 겪어본 적 없는 고통을 당하게 될 것이다. 지금 나와 함께 힘을 합쳐 우리 부족을 살릴 수 있는 사람이 세 대장 말고 또 누가 있겠는가?"

 족장의 말이 그 어느 때보다도 간절하고 무게 있게 파고들었다.

 "어떠한 일이 있더라도 대장들은 서로 믿어야 한다. 몸은 셋이지만 마음은 하나가 되어야 한다. 각자 각자가 가진 능력이 출중하고 나름대로 생각이 있겠지만 우리 부족의 명운을 걸고 싸워야 하는 만큼 자기 자신보다는 부족의 입장을 먼저 생각해다오. 혼란스럽고 어찌할 수 없을 정도로 다급한 상황일 때는 반드시 기억하고 머리에 떠올려 주면 좋겠다. '지금, 이 순간 내가 람보르 족장이라면 어떻게 할까?' 이것이다. 자네들은 충분히 능력이 있기에 답을 찾을 수 있을 거라고 믿는다. 절대 자신의 입지를 먼저 내세우거나, 다른 사람에 앞서 자신을 과시하면서 공명심을 위해 행동하지 마라. 내가 오래 고심하다가 신신당부하는 것이니 마음속에 깊이 담아두길 바란다."

 람보르는 비장했다. 한 명 한 명 얼굴을 바라보면서 가슴에 못이 박히도록 강하게 전했다. 툼바의 마음에 묘한 감정이 밀려 들어왔다. 미안함과 존경심이 뒤섞였다. 얼마 전에 티아라와 자신 사이에 있었던 불미스러운 일을 분명 람보르 족장은 알고 있을 것이었다. 그러면서도 자기에게는 한 마디 내색하지 않고 있다가 이렇게 결정적인 순간에 이렇게 경고하듯이 엄하게 당부한 것임을 눈치챘다. 사적인 감정을 죽이고 대의를 위해서 행동하라는 족장의 절절한 당부를 깊이 새기지 않을 수 없었다. 옆에 있는 솔론과 티아라도 그 진정성을 충분히 알 것이었다.

 툼바는 슬며시 솔론과 티아라를 바라보았다. 솔론은 표정 변화 없이 평소와 다름없는 모습으로 담담하게 서 있었다. 여하한 경우에도 마음의 중심을 잃지 않는 사람이기에 볼 때마다 든든했다.

상황이 상황인 만큼 티아라 역시 결연한 눈빛으로 족장의 말에 귀를 기울이고 있었다. 참으로 속내를 알 수 없는 사람이다. 성품과 의도는 순수한데 대체 무엇이 한 번씩 그의 마음을 들쑤시고 있는지 알다가도 모를 일이다. 하지만 족장이 그에게 예비대장이라는 중책을 맡긴 이상 잘 해내기를 믿을 수밖에 없었다. 특히, 여러모로 그와 긴밀하게 협조해야만 부족을 안전하게 지켜낼 수 있기에 툼바는 지금까지 있었던 불편한 감정들을 버리고 진심으로 티아라를 대하겠다고 생각했다.

족장은 일어서기 전에 툭 한마디 던졌다.

"그런데 우리 후방으로 습격했던 적들이 아무래도 마음에 걸린다. 해또르와 모두아 지역부터 우리 마을에 이르기까지 이 지역을 훤히 꿰뚫지 않고서는 쉽게 올 수 없는 곳인데 거기까지 들어왔으니. 아무래도 재무르가 보낸 게 아닐까 싶은데..."

마치 지나가는 말처럼 쉽게 꺼냈지만, 그 의미는 가볍지 않았다. 람보르 족장의 입에서 재무르라는 이름이 언급된 것만으로도 긴장감을 불러일으키기에 충분했다.

솔론과 툼바는 정신이 번쩍 들었다.

"내 깊게 생각해 보니 두 가지를 다 유추해볼 수 있어. 목적은 야르 족장이 우리의 대비 상태를 확인하려고 보냈는데 그 통로를 재무르가 알려주지 않았을까 싶고, 또 하나는 아예 재무르가 야르 전사들을 미리 보내 곧 공격이 시작될 거라는 걸 우리에게 일부러 알려주려고 한 게 아닐까 싶어. 만약에 그렇다면 하필이면 왜 그쪽이었을까? 우리보고 그쪽을 소홀히 하지 말라고 한 건 아닐까? 재무르가 의심되면서도 한편으로는 이렇게 믿고 싶은 마음도 커."

후방에서의 소동 이후에 족장은 꽤나 고심한 모양이었다. 적의 행동을 구체적으로 분석하면서 재무르에 대해서까지 의심의 눈초리를 거두지 않는 모습,

그러면서도 한편으로는 옛 친구로서 끝까지 재무르를 믿고 싶은 두 갈래 마음이 그 안에 다 들어있었다. 어느 쪽이든 한 치의 방심도 허락하지 않겠다는 결연함이 느껴졌다.

"제 생각을 말씀드려도 되겠습니까?"

솔론은 듣고 지나치지 않았다. 조심스러우면서도 자신 있게 말을 꺼냈다.

족장은 말없이 고개를 끄덕였다.

"제가 보기에 재무르가 우리 부족에게 해로운 행동을 할 사람은 아니라고 생각합니다. 너무 믿는 게 아닌가 하고 생각할 수 있지만 제 나름대로 확신이 서는 이유가 있습니다. 재무르는 언제, 어떠한 상황에서도 우리 람보르 부족이라는 점을 잊지 않고 있습니다. 후방으로 몰래 들어온 적들은 재무르가 보내진 않았을 것 같습니다. 잠깐 겪어보니 야르 족장은 우리가 생각한 것보다 훨씬 더 치밀하고 뛰어난 지도자입니다. 이건 분명 재무르와 우리 부족을 갈라놓기 위한 야르 족장의 술책일 것입니다. 어쨌든 그들로 인해 우리의 취약점을 확인했으니 천만다행이고 앞으로 대비하는 게 중요합니다. 저도 그렇게 하겠지만 예비대장과 후방대장은 모두아 지역에서 산을 타고 우리 마을 후방으로 들어오는 통로까지 물샐 틈 없는 대비책을 갖추어야 할 것입니다."

"그래, 그 생각도 일리가 있다. 이미 벌어진 일이기도 하고 재무르가 관여했는지 안 했는지가 중요하지 않을 수 있다. 우리가 명심해야 할 것은 오직 하나, 대비태세다. 아주 사소하게 여긴 곳에서 큰일이 벌어질 수 있음을 명심하여 준비하도록 하자. 자 모두 각자의 위치로 돌아가라."

세 사람은 즉시 자리에서 일어나 족장에게 예를 표했다.

"솔론, 고맙다."

족장은 돌아서서 나가는 솔론에게 무심한 듯 말을 건넸다. 친구인 재무르를 지켜줘 고맙다는 마음이 전해지는 데는 이 한 마디로 충분했다.

솔론은 족장에게 다가가 적 진영으로 정탐꾼을 보냈다고 보고한 후에 방을 나섰다.

툼바는 솔론을 힐끗 쳐다보았다. 사실 툼바 역시 재무르는 결코 우리 부족을 배신할 사람이 아니라고, 언제나 우리 편이라고 말하고 싶었다. 그걸 솔론이 먼저 꺼낸 것이었다. 사람의 본심을 꿰뚫어 보는 판단 능력도 능력이지만, 그 뜻을 자신 있고 확실하게 전한 솔론의 용기에 다시 한번 감동했다.

람보르 부족의 준비는 일사불란하게 이어졌다. 특히 가족들의 피신 문제는 미르셀 주도하에 착착 진행되고 있었다. 집을 떠나야 하기에 불안감은 감출 수 없었다. 각자 옷가지와 먹을 것을 챙겨 들고 초리 부족의 땅으로 떠날 준비를 마쳤다. 언제 돌아올지 모르는 길을 떠나야 하지만, 그나마 다행인 건 건 초리 부족의 땅으로 가는 길이 마을 뒤로 연결되어 있기에 가는 동안 위험에 처할 염려는 덜하다는 점이었다. 혹시 몰라 람보르 족장은 툼바가 이끄는 후 방대에서 수 명의 경계조를 함께 보내 만반의 준비에 대비하도록 했다.

툼바는 람보르 족장과 함께 직접 찾아가서 떠나는 그들을 안심시키고 격려했다. 긴장한 어른들과는 달리 어린아이들은 여전히 천진난만하게 웃으며 장난치고 있었다. 족장 앞에 선 미르셀의 표정도 다른 때와는 달리 약간 상기되어 있었다. 상황이 상황이니만큼 얼굴에서 긴장감이 묻어나왔다. 그 옆엔 오르미가 딱 붙어 있었다.

툼바는 족장 옆에 서서 모든 걸 지켜보고 있다가 족장이 노인들과 여자들에게 인사하는 틈을 타서 미르셀에게 다가와 두 손을 꼭 잡으며 마음으로 격려했다. 짧은 순간이지만 마주 잡은 손과 오가는 눈빛 속에 강한 믿음과 염려의 마음이 가득 담겨 있었다.

회의를 마치고 선봉대로 복귀한 솔론의 귀에 다급한 소식이 들려왔다. 맨 앞으로 나가 있던 정찰조가 야르 부족의 움직임을 포착했다는 것이었다. 드디어 올 것이 왔다. 신속하게 족장에게 이 상황을 보고했다. 뒤에 있는 예비대와 후방대에도 연락조를 보내 앞에서 일어나는 상황을 상세하게 알려주었다.

저들의 움직임은 예상보다 빨랐다. 선봉 전사들은 미리 정한 연락 수단과 방법에 따라 쉴 새 없이 움직였다. 눈으로 보이는 곳에서는 몸짓과 수신호로, 소리가 들리는 거리에서는 새 소리와 동물 소리로 소통했다. 하지만 먼 거리는 어쩔 수 없이 사람이 직접 전해야만 했다. 솔론은 연락 임무를 맡은 발 빠른 전사들이 지치지 않도록 먹을 것을 더 많이 챙겨주면서 독려했다.

모든 조치를 다 끝낸 솔론은 선봉대원에게 즉시 싸움 준비에 들어갈 것을 명령했다. 선봉대로부터 적들의 움직임을 전달받은 예비대와 후방대의 움직임도 바빠졌다.

티아라는 예비대를 세 무리로 균등하게 나누어 곳곳에 집결시켰다. 선봉대가 앞을 막고 있기는 하나 불시에 뚫렸을 경우 재빠르게 그곳으로 이동하여 막아내야만 했다. 만약에 자기가 맡은 예비대까지 뚫리게 되면 적이 단숨에 마을 중앙부로 바로 쳐들어올 수 있기에 부족 전체가 위태로운 지경에 처할 것이었다. 최대한 앞에서 막아내어 아무런 피해 없이 싸움을 끝내야 한다고 티아라는 판단했다. 당면한 임무 뒤에는 솔론과 툼바에게 뒤처지지 않겠다는 야심과 욕망이 강하게 꿈틀거렸다.

티아라는 곧 예비대 세 무리를 책임지고 있는 전사들을 불러모았다. 그가 직접 뽑은 전사들이었다. 그들에게 회의 시간에 있었던 내용을 설명하고, 선봉대와 계속 연락을 주고받으면서 자신이 명령하는 시간과 장소에 맞게 예비대를 전환할 수 있어야 한다고 짚어주었다. 입을 열 때마다 이번 싸움에서는 예비대가 가장 잘 싸워야만 한다고 힘주어 강조했다. 잘 싸우는 건 결코 말로만 이루어질 수 없는 것임에도 불구하고 티아라는 그랬다. 족장이 공명심에 의해 움직이지 말라고 그렇게 신신당부했는데, 시간이 갈수록 티아라는 자신이 솔론과 툼바보다 뛰어나다는 걸 보여주겠다는 생각에만 몰두했다.

본격적인 싸움 준비에 들어가면서부터 솔론이 관심을 가지고 매달린 건 부

족으로 이르는 중앙의 큰길을 장애물로 막는 일이었다. 야르 전사들의 접근을
어느 정도 늦추려는 목적도 있지만, 가장 큰 이유는 적을 유인하기 위함이었
다. 중앙과 동쪽에 집중적으로 대비하고 있다는 모습을 일부러 노출함으로써
상대적으로 서쪽을 약하게 보이게 하고 그곳으로 적의 주력을 유도하려 했다.

의도를 관철하기 위해서는 반드시 적을 속여야만 했다. 사람과의 관계에서
는 속여서는 안 되지만, 싸움에서는 용납되는 걸 넘어 오히려 잘 속이는 사람
이 이길 수 있다는 걸 솔론은 사냥을 통해서도 충분히 터득하고 있었다. 덫을
놓거나 유인해서 동물을 잡는 것도 다 속임수이다.

사람과 사람이 싸우는 것도 이와 같다. 싸움에서 이기는 것은 단지 싸우는
사람의 많고 적음과 무기의 좋고 나쁨에만 있지 않다. 솔론은 자기가 계획한
대로 야르 부족을 속여 원하는 지역으로 유인할 수만 있으면 초기에 승기를
잡는 것은 물론이고, 손쉽게 물리칠 수도 있을 거라 믿었다.

장애물을 만드는 것은 그리 어렵지 않았다. 먼저 주변에 널려있는 나무를 잘
라내어 넝쿨로 단단히 묶어 넓은 판을 만들었다. 그 뒤쪽에 다시 나무를 대고
묶으면 길 위에 세워놓을 수 있었다. 그런 판을 수십 개 만들어 부족의 마을이
시작되는 시점에서부터 안쪽으로 교차시켜 세웠다. 나무판이 설치된 사이 사
이의 통로는 매우 좁았다. 여러 명이 동시에 몰려올 수 없는 간격이었다. 쉽게
달려들거나 뛰어넘을 수도 없었다. 나무판과 나무판 사이는 아래쪽에 가늘고
도 질긴 넝쿨을 서로 이어 쳐들어오려는 자들이 발에 걸려 넘어질 수 있도록
장치했다. 그 통로 바로 앞으로 구덩이를 파고 나뭇가지와 잎사귀 등으로 덮
어서 달려오는 적들이 빠질 수 있도록 했다. 동물을 사냥할 때 놓는 덫과 같은
식이었다. 그렇게 하면 아무리 수적으로 우세하더라도 동시에 달려들 수는 없
을 것이고, 그리 힘들이지 않고 막아낼 수 있을 거라고 자신했다.

높은 산과 무성한 수풀, 능선으로 이어진 동쪽과 계곡이 곳곳에 가로막고 있
는 서쪽은 자연적인 조건으로 인해 빨리 이동하기가 쉽지 않기에 중앙에 있는

길만 잘 막아내면 긴박한 상황으로 치닫지는 않을 것이었다.

솔론은 중앙 지역을 철통같이 만들어 야르 부족을 서쪽으로 유인하고자 틈나는 대로 강조하고 독려했다.

선봉대 전사들의 배치는 세 개 무리로 편성하되, 가장 많은 무리를 서쪽에 집중했다. 야르 부족이 분명 서쪽으로 모든 걸 집중할 거라 예상하기 때문이다. 두 번째로 많이 배치한 곳은 동쪽이고, 가운데는 길을 연해 곳곳에 설치한 장애물을 통제할 정도의 적은 수만을 남겼다. 그야말로 꼭 올 수밖에 없는 곳과 쉽게 들어오지 못하는 곳을 구분하고, 그에 따라 전사의 수를 달리하여 많고 적음, 집중과 분산의 효과를 노렸다.

큰 승리를 거두려면 크게 모험을 걸어야 한다는 재무르의 말이 떠올랐다. 누가 보기엔 큰 모험이라고 생각할 수도 있겠지만, 솔론에게는 모험이 아닌 확신이었다. 만에 하나 조금이라도 예상이 빗나가게 되면 자칫 위험할 수도 있을 것에 대비해서 예비대를 이끄는 티아라와도 긴밀하게 협조했다. 예비대는 지형을 따라 배치하지 않고 군데군데 모여 있다가 대규모 지원이 필요한 곳으로 바로 달려갈 수 있도록 했기에 계획대로만 이루어진다면 심각한 위험에 처할 염려는 없을 것이라 여겼다.

얼추 준비가 끝나갈 무렵 전방에서 또 다른 신호가 왔다. 한눈에 보기에도 금방 알아볼 수 있을 정도로 많은 적이 해또르 지역에서 왔다 갔다 한다는 내용이었다. 아직 야르 부족의 정확한 규모나 의도는 알아차릴 수 없지만, 곧 쳐들어올 수 있음을 직감했다.

경계조로부터 곧바로 선봉대, 예비대, 후방대로 신속하게 소식이 전해졌다. 앞에서부터 뒤로 이어지는 전달체계는 시간이 갈수록 더 탄탄하게 이루어지면서 효율적으로 움직였다.

전방으로부터 소식을 들은 람보르는 모든 부족원에게 즉각 싸움에 임할 것을 명령했다. 이제부터는 단순히 작은 싸움이 아니라 부족과 부족 간의 전쟁임을 선포했다. 지금까지는 없었던 싸움, 전쟁이라고 부르는 행위가 그 순간 막 시작된 것이었다.

람보르의 입에서 '제벨 사하바! 제벨 사하바!' 라는 주문이 연신 터져 나왔다.

이후 시시각각으로 전해지는 야르 전사들의 모습은 예상했던 대로 만만치 않았다. 멀리서 보기에도 일사불란했고, 다가오는 기세는 마치 모든 걸 휩쓸면서 밀려오는 거대한 폭풍우와도 같았다. 저마다 한 손에는 긴 나무창을, 다른 한 손에는 나무로 만든 넓은 판을 들고 있었다. 그 나무판은 얼굴부터 몸까지 대부분을 가리고 있었다. 그런 모습을 멀리서 보자니 마치 숲이 통째로 움직이며 다가오는 듯했다.

예상보다 강하게 치고 들어오는 그들의 위용은 경계조를 위축시켰다. 그런데도 뒤로 물러나지 않고 솔론에게 이러한 상황을 계속 전했다. 솔론은 그들에게 당황하거나 겁먹지 말라고 독려했다. 이어 적이 몰려오는 상황에 따라 뒤로 조금씩 물러나면서 계속 감시하고, 보고할 것을 명령했다.

솔론은 하나하나 챙기면서 주도적으로 상황을 이끌어 갔다.

긴박하게 상황이 전개되던 때에 예상치 못한 사람이 솔론 앞에 등장했다. 룽가였다. 람보르 족장 옆에 바짝 붙어 있어야 할 사람이 무슨 일로 갑자기 솔론한테까지 찾아왔는지 무척이나 의아하면서도 궁금하지 않을 수 없었다. 혹시나 람보르 족장한테 무슨 일이 생긴 건 아닌지 가슴이 덜컹 내려앉았다. 서둘러 물었다.

"룽가, 무슨 일이야? 이런 시간에. 혹시 무슨 일 있어?"

솔론의 말에서 다급함이 묻어나왔다.

"솔론, 놀라셨죠? 갑자기 나타나서. 아무 일 없어요. 안심해요. 족장님은 별일 없으세요."

"다행이네. 그러면 갑자기 여기에 온 이유가?"

"네. 솔론에게 중요한 얘기를 전할까 해서 왔어요. 지금 이 시기를 놓치면 혹여나 잘못될 수가 있기에."

"시간이 없으니 빨리 말해. 무슨 일인지."

"티아라에 관한 얘기예요."

룽가의 입에서 티아라의 이름이 나오자 솔론은 아무 일 없는 게 아니라는 느낌이 들었다. 심상치 않은 일이 터진 게 아닌지 불안해졌다.

"솔론도 알다시피 티아라가 이번에 큰 분란을 일으켰잖아요. 족장님이 티아라를 믿어서 예비대장을 시킨 게 아니란 걸 아시죠? 혹여라도 그를 빼버리면 더 큰 불만을 품고 엉뚱한 짓을 저지를 것 같아 시킨 거예요. 물론, 그것만은 아니고, 티아라가 사냥 능력은 뛰어나다는 건 누구나 알고 있기에 일단 믿어 보시기로 한 거죠."

"그런데?"

전방의 상황에 온통 신경이 쏠려 있는 솔론의 말에 룽가를 재촉하는 느낌이 묻어났다.

"티아라가 맡은 예비대에 믿을만한 사람을 한 명 붙여놨어요. 족장님은 몰라도 저는 완전히 믿지 못하겠기에 족장님께 말씀드리지 않고 제 맘대로 한 거예요. 여기 오기 전에 그 친구가 은밀히 찾아왔어요. 티아라가 불안하다고요. 티아라는 온통 자기만을 내세울 궁리를 하고 있대요. 이번 싸움을 통해 자기의 존재를 확실히 보여주고 난 다음에 더 큰 걸 노리고 있다는 거예요. 이제와 티아라를 예비대장에서 물러나게 할 방법도 없고, 족장님께 말씀드리자니 중요한 임무를 맡은 두 사람을 이간질하는 것 같고 해서 고심하다가 솔론을 찾아온 거예요. 결론은 딱 하나예요. 티아라를 완전히 믿어서는 안 되고 조심하라는 얘기예요."

솔론은 평소 룽가의 사람됨을 알고 있었다. 족장 옆에서 묵묵히 맡은 일을 잘 수행하는 믿을만한 사람이었다. 무엇보다 모든 기준을 자기가 모시고 있는 족장에게 맞추었다. 측근 중의 측근이면서도 그 위치를 이용하여 뽐내거나 내세우지 않았다. 자기의 이익을 위해 그 자리를 얼마든지 이용할 수 있음에도 불구하고 겸손했다. 입도 무거워 다른 사람 말을 쉽게 옮기지 않았고, 무엇보다도 족장의 일에 대해서는 절대 함구했다.

솔론은 자기보다 어린 룽가를 눈여겨보면서 참으로 올바른 사람이라고 여겨왔다. 그런 마음이 서로 통했는지 이번처럼 중요한 문제를 놓고 룽가가 자기를 찾아온 것이었다.

"그나저나 족장님께는 뭐라고 말씀드렸어? 자리를 비우면서."

"마침 족장님은 미르셀과 상의할 일이 있다고 하셔서 시간이 났어요. 시간이 그리 많지는 않기에 바로 돌아가야 해요. 부탁드리는데 족장님께는 말씀드리지 않는 게 좋겠어요. 믿음에 금이 가면 좋을 게 하나도 없잖아요. 하지만 분명한 것은 이건 단지 제 추측이나 예감을 뛰어넘는다는 거예요. 티아라는 분명 다른 꿍꿍이를 품고 있어요. 이렇게까지 말씀드리면 심하다고 하실 수 있지만, 최후의 순간이 오면 우리 부족을 배신하고 야르 족장에게 붙을 수도 있는 사람이에요. 그런 사람이 솔론의 뒤에서 예비대장을 하고 있으니 솔직한 심정으로 불안하긴 하지만, 그래도 솔론이 이를 알고 미리 대비한다면 잘 헤쳐나갈 수 있으리라 믿어요."

이 대목에서 솔론은 가벼운 충격을 받았다. 룽가는 아예 대놓고 티아라가 부족을 배신할지도 모른다고 말한 것이었다. 정도가 심한 것 같다고 여겼지만, 아무튼 여기까지 찾아와 그런 얘기를 해 준 룽가가 고마웠다. 다른 건 신경 쓰지 않고 오직 족장만을 챙기는 충직한 사람인 줄로만 알고 있었는데 나름대로 상황을 꿰뚫어 보는 통찰이 느껴져 그가 족장을 보좌하는 게 든든하게 여겨졌다. 그동안 족장 옆에서 많은 사람을 만나고, 보고 겪으며 성장했기에 그런 능력이 갖춰졌을 것이다.

솔론은 두 손을 내밀어 룽가의 손을 맞잡았다.

"고마워. 아주 중요한 얘기를 해줬어. 충분히 일리가 있는 얘기야. 사실은 나 역시 티아라를 늘 염두에 두고 있어. 특히 이번 싸움은 나와 티아라가 얼마나 잘 뭉쳐서 주어진 임무를 해내느냐에 달려있기에 그에게 신경을 쓰지 않을 수 없는 노릇이지. 룽가가 한 말을 마음에 담고 매사에 더 관심 가질게. 티아라가 허튼 행동을 하지 못하도록 내가 반드시 막을 테니 너무 걱정하지 말고 족장님만 잘 모셔."

"네. 알았어요. 솔론만 믿어요. 몸조심하세요."

룽가는 올 때처럼 갈 때도 소리 없이 빠르게 사라졌다.

솔론의 마음은 답답했다. 시시각각 다가오는 야르 부족의 움직임 앞에서 자기편끼리 그런 엉뚱한 것까지 신경 쓰려니 한편으로는 화가 치밀기도 했고, 그런 빌미를 주는 티아라가 야속했다. 아무리 욕심이 많다고 해도 이런 중차대한 시기에 어찌 혼자서만 살 궁리를 할 수 있는지 괘씸하기까지 했다. 하지만 내색하지 말아야 하고, 감정을 다스려야만 했다. 티아라와 관계를 잘 유지하고 힘을 합쳐야만 어떠한 순간에도 부족이 위기에 처하지 않을 것이었다. 굳게 다문 입에 힘이 들어가면서 양 어금니에서 빠드득 이 가는 소리가 새어 나왔다.

룽가가 돌아가자 솔론이 가장 먼저 주목한 것은 예비대의 정확한 위치였다. 대원 몇 명을 불러 예비대가 어디 어디에 배치되어 싸움을 준비하고 있는지 보고 오라고 지시했다. 그걸 알면 티아라의 의도를 짐작할 수 있을 것이었다. 그가 족장 등이 모인 자리에서 보고했듯이 전방을 잘 관찰하면서 유사시에 쉽게 다다를 수 있는 통로가 있는 곳에 예비대가 있다면 크게 염려할 것이 없겠으나, 만약에 그렇지 않고 엉뚱한 곳에 배치했으면 룽가의 말이 현실이 될 가능성이 있기 때문이었다. 지키는 자가 쳐들어오는 자보다 유리할 수 있는 첫 번째 이유가 땅의 형세임을 티아라 역시 모르지 않을 것이기에 예비대의 움직임만 보면 충분히 유추 가능하리라 생각했다.

시간은 그리 오래 걸리지 않았다. 예비대의 움직임은 금방 파악할 수 있었다. 직접 다녀온 전사의 말에 의하면 예비대는 세 군데로 나누어져 배치되어 있는데 전사들을 균등하게 편성해 놓았다고 했다.

놀라운 건 선봉대가 위치한 지역을 눈으로 볼 수 있고, 빠르게 지원할 수 있는 중요한 곳이 아니라 그저 편안하고 편평한 곳에 배치되어 있다고 했다. 설마설마했는데 룽가의 말이 맞는 것 같았다. 여전히 확신할 수는 없지만 룽가의 말을 의미 있게 받아들여도 좋을 듯싶었다. 선봉대를 지원하는 것과는 무관하게 자기가 독단적으로 싸우려고 하는 의도가 분명하게 보이기 때문이었다.

하지만 어찌할 수 없었다. 설령 그렇다 하더라도 지금에 와서 티아라를 설득할 수도 없고, 솔론이 말한다고 해서 그대로 따를 티아라가 아님을 잘 알고 있었다. 참으로 난감한 일이었다. 그럴수록 솔론의 마음은 더 불타올랐다. ‘내가 잘하면 된다, 내가 뚫리지 않으면 예비대까지 갈 것도 없다’ 라는 다짐으로 불편하고 불안한 마음을 애써 끌어내렸다.

무릇 한 조직이란 그 조직을 이끄는 사람에게 모든 것이 달려 있기 마련이다. 만약에 이번 싸움이 잘못된다면 그건 전적으로 람보르 족장과 솔론, 티아라, 툼바에게 그 책임이 돌아갈 것이다. 그러하기에 이들은 당연히 개인의 사사로운 이익이나 감정보다는 전체의 승리를 위해 마음을 합쳐야만 한다. 하지만 지금 어두운 그림자 하나가 짙게 드리워져 있다. 혹여나 너무 민감하게 생각하는 것은 아닌지, 혼자서만 그렇게 느끼는 것이 아닌지 따져봐도 답은 여전했다. 시간도 별로 없었다. 이미 야르 부족이 움직였기에 상황에 따라서는 금방이라도 눈앞에 나타날 것이다.

계속 고심하던 솔론은 결국 족장에게 이 사실을 알리기로 했다. 자칫 때를 놓치면 더 큰 화를 불러올 수도 있을 것이었다. 서둘러 부하를 보냈다. 분명 족장도 예비대의 움직임을 알고 있을 터인데 아무런 움직임이 없는 걸 보니 나름대로 생각해 놓은 다른 방책이 있는 게 아닌가 싶었다. 예비대의 도움을 받기는 어려울 거란 생각에 솔론은 어떻게 해서든 자기 자신이 막아내야만 한다고 다시 한번 전의를 가다듬었다.

솔론의 예상은 틀리지 않았다. 전갈을 받은 족장은 부하를 통해 금방 답을 보내왔다. 티아라의 움직임은 자기도 충분히 알고 있다고, 배치와 편성은 자세히 보고도 하지 않고 티아라 단독으로 결정한 거라고 했다. 이어 나름대로 생각하고 있으니 솔론은 아무 걱정하지 말고 오직 앞에 있는 적의 움직임에만 신경 쓰라고 했다.

'룽가는 몰래 자기한테 달려와 말한 것이었는데, 족장은 이미 다 알고 있다니...' 자신감 넘치는 족장의 모습 뒤로 절대 자신의 입지를 위해 행동하지 말고, 과시하거나 공명심을 위해서 싸우지 말라는 절절한 당부가 묻어나왔다. 이런 상황을 충분히 예상하고 예견했기에 회의가 끝나고 세 사람을 따로 불러 신신당부했던 것이리라.

'그렇다면 족장이 내게 원하고 기대하는 것은 무엇일까? 오직 앞에 있는 적의 움직임에만 신경 쓰라고 하는 지극히 당연하면서도 단순한 지시안에 무슨 더 깊은 뜻이 들어있는 건 아닐까?' 솔론은 끊임없이 생각하면서 답을 찾아가고 있었다.

시간이 지날수록 람보르 전사들의 움직임도 바빠졌다. 앞에 나가 있는 정찰조에서 계속 소식을 전해왔다. 솔론은 보고만 들어도 적이 어떻게 움직이는지 훤히 보였다. 당초 서쪽으로 먼저 올 것이라는 솔론의 최초 예상은 빗나갔다. 능선으로 연결된 동쪽에서 적들의 모습이 보였다. 그렇다고 해서 동요하지는 않았다. 적이 서쪽으로 모든 노력을 집중할 것이라는 판단이 잘못됐다고 생각하기에는 아직 일렀다.

솔론은 당황하지 않고 전방 상황을 예의 주시했다. 만약에 예상이 빗나가 적이 동쪽으로 집중한다면 의외로 빨리 티아라의 예비대를 투입할 상황이 벌어질지도 모를 일이었다. 티아라에게는 아무 내색하지 않고, 시시각각 변하는 전방의 상황을 계속해서 전했다. 두 사람이 잘 협조해야만 막아낼 수 있을 거라는 건 변함없는 사실이었다. 계곡으로 이어지는 서쪽으로는 여전히 별다른 움직임이 없었다. 그야말로 개미 새끼 한 마리도 보이지 않았다.

어떠한 상황에서도 솔론은 평정심을 잃지 않으려고 노력했다. 선봉대원들에게는 적들이 코앞까지 와서 갑자기 방향을 전환할지도 모르기에 끝까지 지켜보면서 방심하지 않도록 지시했다.

족장과 예비대, 후방대에 계속 전방의 상황을 전했다. 예상치 않은 적들의 움직임에도 불구하고 족장은 끝까지 솔론을 믿고 있었다. 처음에 솔론이 예상한 대로 야르 족장은 분명 서쪽으로 집중할 것이니 당황하지 말고 지켜내라는 지시가 족장으로부터 내려왔다.

그러던 중에 동쪽의 맨 앞에 나가 있는 정찰조가 적과 마주치고 벌써 맞붙었다는 소식이 들렸다. 분명히 마주치지 말고 접근만 경고한 상태에서 조용히 뒤로 물러나라고 당부했는데, 맞붙었다는 건 그럴 수밖에 없는 상황이 벌어졌다는 걸 뜻했다. 모든 게 뜻대로만 될 수는 없는 일이었다. 생각보다 적이 만만치 않다면 전혀 예상치 못한 일이 전개될 수도 있을 터였다. 순간순간 기민하게 대응하는 게 중요했다.

솔론은 서둘러 족장에게 전갈을 띄웠다. 그리고 약속된 신호 연기를 피워올렸다. 이제 본격적으로 싸움이 시작되었음을 알리는 신호였다. 갈수록 상황은 다급해졌다. 신호를 올린 지 얼마 지나지 않아 정찰조로부터 다시 급한 연락이 왔다. 벌써 적과 맞붙어 한 명이 죽었고, 나머지도 간신히 뒤로 물러났다는 것이었다. 정찰조는 죽은 전사의 시신을 적의 손에 넘겨주지 말고 잘 수습해서 안전하게 물러나라고 명했다.

정찰조가 뒤로 물러나자 맨 앞을 지켜야 하는 선봉대원들은 더 긴장하면서 돌과 돌창, 돌도끼 등 가지고 있는 무기를 다시 한번 점검하고 적의 접근에 대비했다.

동쪽의 움직임과는 달리 아직 서쪽에서는 적의 움직임이 없는 것으로 봐서 혹여나 최초의 예상이 잘못되었나 싶은 초조함이 솔론의 마음속에서 계속 들고 일어났다. 그래도 람보르 족장과 자신의 예감을 끝까지 믿기로 했다. 혹여나 만에 하나 빗나갈지라도 충분히 막아낼 수 있었고, 만약의 사태가 벌어져도 뒤를 받치고 있는 티아라를 믿어보기로 했다.

그의 예상이 빗나가지 않았음은 곧 드러났다. 동쪽으로 먼저 들어온 적은 그리 많지 않았고, 적의 주력이 해또르 지역에서 서쪽 계곡에 이르는 방향으로 대거 몰려오고 있다는 소식이 온 건 그로부터 얼마 지나지 않아서였다.

솔론은 곧장 서쪽 계곡이 한눈에 내려다보이는 작은 봉우리 위로 서둘러 올라갔다. 어디서 갑자기 나타났는지 저 멀리서 많은 무리의 야르 부족이 몰려오고 있는 것이 훤히 보였다. 그들은 모두 짐승의 가죽으로 만든 깃발을 높이 들고 있었다. 눈에 띄지 않게 접근해야 할 상황임에도 아예 대놓고 밀고 들어오는 모습에서 그들의 자신감이 느껴졌다. 그걸 보고 있자니 상대적으로 위축감도 들었다. 대장인 내가 이럴진대 지키고 있는 전사들은 어떨지 싶었다.

솔론은 곳곳을 뛰어다니며 전사들을 독려했다. 그건 전사들 이전에 자기 자신의 마음을 다잡기 위한 몸짓이었다.

자세히 보니 야르 부족은 돌창이나 나무창으로 전원 무장하고 방패도 들고 있었다. 생각했던 것보다 많은 걸 준비했음을 알아차릴 수 있었다. 그래도 위축되지 않았다. 재무르와의 대화를 통해 야르 부족의 강약점에 대해서는 충분히 알고 있기에 자신 있었다. 초반의 기세만 꺾으면 금방 누그러진다는 것, 야르 족장을 포함하여 앞장서서 달려오고 있는 대장을 무너뜨리면 쉽게 무너질 수 있다고 했으니 믿어보기로 했다.

물론, 야르 족장은 앞에 서지 않고 강한 전사들을 앞세우고 뒤에서 따라올 것이었다. 그의 옆에 바짝 붙어 있을 재무르도 떠올렸다. 첫 번째 목표를 맨 앞에 오는 적의 대장을 찾아 쓰러뜨리는 것으로 정했다. 적의 대장을 구별하는 건 그리 어렵지 않을 거라 여겼다. 복장은 물론 갖추고 있는 장신구나 무기도 다를 것이기에 금방 눈에 띨 것이었다. 이를 위해 창을 잘 던지는 몇몇 전사를 뽑아 날카롭고 가벼운 나무창을 들게 했다. 이들은 오직 적의 대장만을 노리는 특공조였다. 그들의 창끝은 매우 날카로웠다.

순간 솔론은 고민했다. 독초 생각이 났다. 람보르 부족은 사냥 때 독초를 사용할 줄 아는 부족이었다. 평소에는 사용을 금하지만, 가끔 들소 등 덩치가 큰 동물을 사냥할 때는 창끝에 독초를 바를 때가 있다. 일반 창으로 쓰러뜨리기가 쉽지 않기 때문이다. 산에서 구한 독초를 짓이겨 빻은 후 창끝에 묻혀 던지면 효과가 크다. 아무리 큰 들소라도 그런 창 몇 방만 맞으면 쉽게 쓰러진다. 사냥감이 쓰러지면 재빨리 그 주위를 잘라내야 독이 온몸으로 퍼지는 걸 막을 수 있다. 때론 시간이 지체되는 바람에 독이 퍼져 내장이나 고기 일부를 포기하는 경우도 있다. 그 정도로 효과가 강력하다.

하지만 지금은 사냥이 아니라 사람이었다. 고심 끝에 솔론은 창끝에 독초는 바르지 말라고 지시했다. 차마 같은 인간에게 그럴 수 없었다. 솔론은 창을 던질 청년들에게 담대하게 싸울 것을 주문했다. 저들을 막아내지 못하면 우리 부족들이 죽임을 당할 것이니 반드시 쓰러뜨려야 한다고 강조했다.

서쪽으로 몰려드는 야르 전사들의 기세가 하늘을 찌를 듯했다. 뒤를 이어 줄지어 오는 전사들의 수를 보니 헤아릴 수 없이 많았다. 솔론은 동요되지 않고 차분히 그들을 지켜보면서 기다렸다. 시간은 저들이 쥐고 있어 주도적으로 선택할 수 있겠지만 지형은 자기에게 유리했기에 끈기 있게 때를 기다렸다. 그는 지키고 있는 땅의 모든 걸 속속들이 알고 있었다. 저들은 지금 야수와도 같이 멋모르고 달려들고 있지만, 곳곳에 파 놓은 함정이 기다리고 있었고, 깊은 계곡 아래는 천 길 낭떠러지였다.

솔론의 선봉대는 야르 전사들을 그들이 원하는 장소로 조금씩 조금씩 유인했다. 반드시 올 만한 장소는 커다란 통나무와 돌로 막아 놓았기에 돌아올 수밖에 없었고, 옆으로 돌아오면 솔론이 준비해 놓은 장소에 갇히는 꼴이 될 것이었다. 그러면서 한 방을 포착하는데 모든 신경을 곤두세웠다. 바로, 결정적인 시간과 장소였다. 많은 인원을 한곳에 몰아넣은 후 집중적으로 나무창과 돌창을 날려 당황하는 적을 한 번에 쓰러뜨리는 것이었다.

창을 던지는 순서도 정했다. 멀리 나가는 나무창이 일격을 가하면, 그다음엔 돌창을 연이어 던졌다. 적이 미처 숨 돌릴 틈을 주지 않고 혼란에 빠뜨려야 쉽게 이길 수 있을 것이었다. 그 와중에도 살아서 빠져나오는 자들은 사이 사이에 배치된 선봉대 전사들에게 직접 치도록 하면 그야말로 개미 새끼 한 마리도 쉽게 빠져나가지 못할 것이었다.

드디어 기다리던 그 순간이 다가왔다. 적들이 시야 안에 들어오자 솔론의 입에서 우렁차면서도 단호한 명령이 떨어졌다.

"지금이다. 던져라. 저들을 완전히 쓰러뜨려라."

"와아아~~~ 와아아~~~"

깊은 계곡을 쩌렁쩌렁 울리는 솔론의 목소리가 순식간에 정적을 무너뜨리고 퍼져나갔다. 솔론의 외침과 동시에 앞쪽을 지키고 있던 전사들이 요란한 함성을 지르며 계속해서 손을 뻗었다.

'슈슈슈슉~~~ 슈슈슈슉~~~ 슈슈슈슉~~~'

여기저기서 나무창과 돌창이 연신 공기를 가르고 바람처럼 앞으로 날아갔다. 숨 막힐 정도로 적막했던 계곡에 갑작스럽게 울려 퍼진 함성과 함께 사방에서 날아든 창 앞에 방심한 채 들어오던 야르 전사들은 당황하며 속수무책으로 쓰러졌다.

야르 부족의 대장은 어렵지 않게 바로 눈에 띄었다. 멀리서 보기에도 범상치 않은 모습이었다. 솔론은 그가 늘 곁에 두고 만졌던 손에 익은 긴 나무창을 만지작거렸다. 여차하면 직접 나설 참이었다. 조용히 때를 기다렸다. 이때를 위해 준비했던 한방, 그 나무창이 적 대장의 심장을 꿰뚫어 피가 솟구치게 만들면 초반의 승부는 금방 판가름 날 것이란 걸 알고 있기에 그 한방을 위해 몸을 일으켰다.

그 순간 어디서 날아왔는지 창 하나가 솔론의 왼쪽 어깨를 스치며 뒤에 있는 나무에 박혀 부르르 떨고 있었다.

깜짝 놀란 솔론은 뒤로 쓰러졌다. 다행히 옆에 있는 전사가 넘어지면서까지 솔론을 받아냈기에 굴러떨어지지 않고 큰 부상 없이 한숨을 돌릴 수 있었다. 참으로 일촉즉발의 순간이었다.

솔론은 가슴을 쓸어내렸다. 끝까지 경계를 소홀히 하거나 집중력을 잃어서는 안 될 것이었다. 다행히 상처는 크지 않았다. 창이 지나가면서 쓸린 정도였다. 서둘러 하르삐리를 바르고 가죽끈으로 단단히 묶어준 다음 다시 고지에 올랐다. 그 사이에 야르 부족의 대장은 보이지 않았다. 그도 역시 우리의 표적이 될 거라는 걸 알고 몸을 숨긴 모양이었다.

기세등등하게 몰려오던 야르 전사들은 람보르 부족의 강력한 저항에 막혀 어느새 주춤해진 채 뒤로 물러나 있었다. 이 정도면 기선을 제대로 제압한 셈이었다. 솔론은 돌아다니며 전사들의 사기를 올려줌과 동시에 절대로 방심하지 말라고 재차 주문했다. 적들은 전열을 가다듬고 다시 쳐들어올 것이 분명했다.

앞에서 솔론이 분전하는 사이, 예비대를 사수하는 티아라 역시 전방의 상황에 계속 귀를 기울이면서 싸움에 대비했다. 사전에 솔론은 혹여나 동쪽으로 적의 주력이 올 것을 대비해서 티아라에게 특별히 동쪽에 신경 쓸 것을 부탁했다. 티아라는 자기가 늘 최고라고 여기기에 교만하지만, 그래도 상대방을 인정할 줄도 알았다. 그중에서도 솔론에 대해서는 자기 못지않게 대단한 사람이라고 생각했기에 그의 말이라면 무시하지 않았다. 티아라는 솔론에게 동쪽과 중앙은 책임질 테니 걱정하지 말라는 전갈을 보내고 그 방향으로 모든 신경을 집중했다.

앞쪽에서 치열한 싸움이 시작되자 람보르 족장과 후방대장인 툼바 역시 분주해졌다. 툼바는 족장을 호위하는 십여 명을 남기고, 전사들을 모두 측면과 후방 경계에 투입했다. 그가 가장 신경 쓴 건 앞을 지키고 있는 전사들을 피해 몰래 뒤로 들어오는 적들을 신속하게 발견해 물리치는 일이었다. 후방이 안정되어야만 전방에 나선 전사들이 아무 걱정 없이 싸움에 전념할 수 있을 것이었다.

람보르 전사들은 그 누구 할 것 없이 모두 이기겠다는 신념으로 가득했지만, 그중에서도 툼바의 마음은 타의 추종을 불허했다. 자기가 벌인 한순간의 실수로 시작된 일이 이렇게 크게 번질 줄은 꿈에도 생각하지 못했기에 이 사태에 대해 무한 책임을 느낄 수밖에 없었다.

쉴 새 없이 이어지는 긴급한 상황 속에서도 지나온 시간이 주마등처럼 스쳤다. 솔론과 함께, 때론 혼자서 두 부족 사이를 넘나들면서 수없이 많은 날을 고뇌 속에서 지새웠던 날들이었다. 잘 해결되기를 원했고, 끝까지 최선을 다해 노력했다. 어떠한 일이 있어도 같은 사람끼리 서로를 향해 창을 겨누는 일만큼은 없었으면 했다. 더군다나 아무 잘못도 없고 힘없는 여자들과 아이들의 평온한 삶을 빼앗아서는 안 된다고 생각했다.

하지만 이러한 그의 바람은 모두 물거품이 되어버렸다. 처음엔 신이 야속하고 원망스럽기까지 했다. 람보르 부족의 사과와 성의를 충분히 받아들일 수 있음에도 불구하고 끝까지 고집을 꺾지 않은 야르 족장이 안타깝고 미웠다.

돌이켜 보면 아직도 꿈속에서 헤매는 것 같았다. 사건이 일어나던 날 아침, 옆에서 자고 있었던 미르셀에게도 말하지 않고 혼자서 사냥하러 나갔던 것부터 이전에는 없었던 일이었고, 하필이면 그날 자기 자신도 이해할 수 없는 어처구니없는 실수를 저지르고야 말았다. 그리고 마침내 부족 간의 싸움으로 연결된 것이다. 어쩌면 예정된 운명에 이끌려 저절로 여기까지 온 것인지도 몰랐다. 그렇다면 이건 자신의 능력과 한계를 넘어서는 불가항력일 것이었다.

툼바는 마음을 굳게 다졌다. 인간 세상에서 일어나는 모든 일은 신의 뜻이고, 신의 계획안에 있음을 확신했다. 그 속에서 끝끝내 신은 자기를 버리지 않을 거라는 믿음을 잃지 않았다. 깊이 생각에 잠기다 보니 이 싸움을 계기로 앞으로 인간이 살아가는 세상에서 아주 작은 이유 하나가 엄청난 결과로 이어지는 일이 수없이 많이 일어날지도 모른다는 예감마저 들었다. 분명, 이런 상황은 언제 어느 때든 일어날 수 있을 것이었다.

중요한 건 어차피 벌어진 일, 이미 일어난 싸움이라면 모든 걸 다 바쳐 반드시 이겨야 했다. 또한, 이런 상황에서 최선은 사람을 해치고 죽이는 일을 최소화하면서 싸움을 빨리 끝내는 것이었다. 그러기 위해서는 상대방에게 있어 가장 중요한 부분을 쳐서 단번에 무너뜨려야만 했다. 그것이 곧 중심이었다.

'야르 부족의 중심은 무엇일까?' 하나하나 세밀하게 짚어갈 필요도 없이 가장 정확하고도 확실한 중심은 딱 하나, 바로 야르 족장이었다. 재무르가 말한 야르 부족의 최대 약점이기도 했다.

생각에서 빠져나온 툼바는 더 이상 지체하지 않았다. 후방대원 중에서 가장 날렵하면서도 싸움 실력이 월등한 세 명의 전사를 뽑았다. 야르 부족의 후방으로 몰래 들어가 야르 족장을 제거하라는 임무를 부여했다. 람보르 족장이 은밀한 탈출 계획을 가르쳐 준 것처럼 툼바도 그들에게 상세하게 알려 주었다. 들어가는 경로는 물론이며, 발각되었을 때 취할 행동까지 세세하고 치밀하게 알려주며 준비시켰다.

적들이 쳐들어온다고 그냥 맡은 땅만 지킬 것이 아니라 오히려 더 적극적으로 임할 필요도 있었다. 만약에 세 전사가 운 좋게 조기에 야르 족장을 제거하기라도 한다면 의외로 싸움은 싱겁게 끝날 소지가 많았다. 재무르의 조언도 그렇고, 툼바가 양쪽을 넘나들면서 본 바로 야르 족장의 영향력이 거의 절대적이기에 그가 사라진다면 다른 누가 대신할 사람도 없어 보였다. 그만 없앤다면 결국 적들은 지리멸렬하게 흩어질 것이 분명했다.

관건은 세 전사에게 달려 있었다. 부디 성공한 후에 살아오라고 당부했다. 임무를 달성하게 되면 신속하게 빠져나와 연기를 피워 알리라는 지시도 잊지 않았다. 솔론의 선봉대에서 미리 보낸 정탐조의 존재도 알려주면서 상호 오인하지 말라는 주의사항도 빼놓지 않았다.

이제는 툼바 앞에 닥친 운명에 모든 걸 걸기로 마음먹었다. 그런데 그만 그들을 보내기도 전에 람보르 족장에게 발각되고 말았다. 마침 우연히 후방대 지역을 살피러 온 족장의 눈에 띈 것이었다.

자초지종을 들은 람보르는 불같이 화를 냈다. 섣불리 움직였다가는 우리 전사들의 희생만 불러올 수 있고, 자칫하면 지금보다 더 엄청난 사태를 몰고 올지 모르는데 어찌 족장의 허락도 받지 않고 그런 일을 벌이느냐고 꾸중했다. 아무리 의도가 훌륭하다 하더라도 철저하게 준비하지 않은 행동은 무모할 수 있음을 경고했다.

지금까지 살면서 툼바가 그렇게 혼난 적은 처음이었다. 실수로 야르 부족의 아이를 죽게 만들었을 때도 화내지 않았던 족장이었는데 지금은 달랐다. 아직은 때가 아니라고, 더 기다려야 한다고 강하게 질책하는 족장 앞에서 툼바는 고개를 숙이면서 잘못을 인정하지 않을 수 없었다.

후방대의 일에만 충실하라는 당부를 남기고 족장은 떠났다. 툼바는 조금 더 신중하게 생각하고 판단하자며 다시금 마음을 다잡았다.

초리 부족에게 노인들과 여자들, 아이들을 맡기고 돌아온 미르셀과 젊은 여자들의 손길도 바빠졌다. 그들이 가장 신경 쓴 부분은 식량을 준비하는 일이다. 미처 숨돌릴 틈도 없이 연신 먹을 것을 준비하고, 선봉대와 예비대 지역으로 보냈다. 싸움 중에는 먹을 시간도, 여유도 없을 것이기에 언제든지 각자가 차고 있는 가죽 주머니에 넣어두었다가 간단하게 먹을 수 있도록 준비했다. 주 식량인 슈무끄와 말린 고기를 커다란 나뭇잎에 올려놓은 다음, 그 안에 딱정벌레 유충과 해또르 물가에서 잡은 물고기 말린 것을 포개 놓고 나뭇잎에 돌돌 말면 간편하게 먹을 수 있는 든든한 음식이 되었다. 이것을 가죽 주머니에 넣어 두었다가 필요할 때 하나씩 꺼내 먹을 수 있도록 했다.

여자들이 또 하나 중요하게 신경 쓴 것은 물이다. 서쪽 계곡 쪽에서 싸우는 전사들은 계곡을 흐르는 물이 풍부하기에 조금만 신경 쓰면 수시로 구할 수 있지만, 동쪽 능선과 중앙 통로를 지키는 선봉대 전사들과 예비대는 물을 구하기가 쉽지 않았다. 이를 준비하는데도 미르셀의 지혜가 빛났다. 넓적하게 만든 토기 속에 물을 가득 담아 전사들이 지키고 있는 뒤쪽에 미리 준비해 놓고, 개인별로는 가볍지만 질긴 동물의 말린 위장 주머니 속에 물을 잔뜩 채워 하나씩 나눠주도록 했다. 이 식량과 물만 있으면 설령 싸움이 길어져도 얼마든지 지치지 않고 싸울 수 있을 터였다.

이렇듯 부족의 보급지원에 대한 총 책임을 미르셀이 지고 있는 셈이었다. 원래는 후방대장이 책임지고 해야 할 일이지만, 툼바가 싸움에만 전념할 수 있도록 미르셀은 직접 그 역할을 마다하지 않았다.

툼바 역시 미르셀과 여자들이 책임지고 준비하는 식량과 물 준비를 옆에서 말없이 지원하면서 후방지역을 사수하는 일에 더욱더 몰두했다. 자기가 야르 족장을 제거하기 위해 전사들을 보내려고 했듯이 야르 부족도 분명 람보르 족장을 노릴 수도 있을 거라고 생각했다.

툼바는 그의 가장 중요한 임무 중의 하나가 람보르 족장을 안전하게 보호하는 것임을 잘 알고 있었다. 늘 곁에 있는 룽가와 그를 도와주는 도두가 양옆에서 물샐 틈 없이 지키고 있다지만, 수적으로 우세한 적이 동시에 달려들면 누구도 안전을 장담할 수 없었다. 부족의 중심인 람보르 족장을 툼바는 그림자처럼 지켰다.

전 지역에 걸쳐 동시다발적으로 싸움이 벌어지자 람보르는 각 지역의 상황을 파악하기 위해 분주하게 움직였다. 시시각각 선봉대, 예비대, 후방대로부터 올라오는 소식들은 룽가가 종합하여 실시간으로 전달했다.

람보르는 마을 중앙광장의 뒤쪽에 있는 비교적 높은 고지에 위치하면서 직접 눈으로 보기도 하고, 보고를 들으면서 파악했다. 숲속에서 일어나는 세세한 상황까지야 다 알 수 없지만, 큰길과 능선 쪽은 훤히 바라다보이기에 낮에는 지휘하기에 대단히 좋았다. 물론, 각 지역에서 벌어지는 싸움은 대장들인 솔론과 티아라, 툼바가 조치하겠지만 중대한 상황이나 세 사람의 협조가 필요한 경우에는 람보르가 직접 판단하고 지시해야 할 것이기에 어떠한 상황에서도 끊이지 않도록 긴밀한 연락대책도 준비해 두었다.

그런데 이상했다. 만반의 준비를 갖추고 긴밀하게 대응하는 람보르 부족의 상황과는 달리 야르 부족이 처음과는 다른 모습을 보이는 것이었다. 기세등등하게 람보르 부족의 코앞까지 와서는 그대로 멈춘 채 한동안 꼼짝 않고 움직이지 않았다. 선봉대의 맨 앞쪽에서 보면 분명 물러나지 않은 듯한데도 더 이상 전진하지 않고 숲과 나무 사이에 몸을 숨긴 채 미동조차 하지 않았다. 어떤 이유에선지는 모르겠지만 분명 무슨 꿍꿍이속이라도 있는 듯했다.

람보르는 경계를 늦추지 않도록 지시한 후 솔론과 티아라, 툼바를 즉각 소집했다. 세 사람은 조금도 지체하지 않고 달려왔다.

"어서들 와라. 모두 고생이 많다"

세 사람이 다 모이자 람보르가 격려로 말문을 열었다. 앞으로 상황이 지금보다 치열하게 전개되면 한자리에 모이기도 쉽지 않을 일이었다. 모두 그 중요성을 알고 있기에 다른 어떤 시간보다 긴박감이 느껴져 분위기도 무거웠다.

세 사람은 먼저 각자 자기 앞에 닥친 상황을 포함하여, 전사들의 상태와 앞으로의 계획, 필요한 사항 등을 소상하게 보고했다. 다른 사람이 무엇을 하는지 제대로 알아야 더 잘 싸울 수 있기에 서로의 상황을 파악하고 이해하는 것이 중요했다.

차분하게 다 듣고난 람보르가 말문을 열었다.

"야르 부족이 본격적으로 쳐들어 왔다. 우리의 목표는 그들이 우리 부족의 땅을 조금이라도 밟지 못하도록 선봉대 전방에서 기필코 막아내는 것이다. 어느 한 곳이라도 뚫리면 안 된다. 지금 서쪽 계곡 쪽에 많은 적이 보인다고 하는데 맞는가?"

"솔론입니다. 족장님의 말씀이 맞습니다. 제가 높은 고지에 올라가 선봉대원을 이끌고 있는데 야르 부족의 주력인 듯 엄청나게 많은 적이 서쪽으로 대거 몰려왔습니다. 그런데 이상하게도 더 이상 움직이지 않고 있습니다."

"세 대장을 소집한 이유가 바로 그 때문이다. 혹시 그들에게 갑자기 무슨 일이 생겨서 쳐들어오는 것을 잠시 중단한 것인지, 아니면 다른 꿍꿍이가 있는 것인지 궁금하구나."

"제 생각에는 특별히 무슨 상황이 벌어진 것 같지는 않습니다. 계속 그들을 예의주시하면서 정황을 살펴봤는데, 그들 역시 신중하게 우리의 태세를 살피는 듯합니다. 모르긴 몰라도 저들 역시 분명히 정찰조 등을 앞에 내보내 지키고 있는 우리의 상황을 알려고 하지 않겠습니까? 그런 면에서 족장님께서 말씀하신 대로 측방과 후방이 뚫리지 않도록 신경 써야 할 것입니다."

"족장님, 툼바입니다. 방금 솔론이 보고드린 대로 야르 부족이 지난번과 같이 갑작스럽게 후방지역에 나타나 혼란을 조성할 우려가 크다고 보고 있습니다. 족장님의 안위도 매우 중요한 때입니다. 따라서 저희 후방대는 세 명 단위로 조를 짜서 야르 부족이 들어올 틈이 있는 곳마다 집중적으로 살피고 있습니다. 만약에 발견된다면 최대한 빨리 물리치도록 하겠습니다."

"그래, 솔론과 툼바가 말한 것은 충분히 가능성이 있는 얘기다. 두 사람의 의견에 동의한다. 그러니 한 치의 소홀함도 없이 준비해야 할 것이다. 그것 말고도 우리가 더 관심을 가지고 지켜야 할 곳이나, 대비해야 할 것이 없는지 다시 한번 살펴보자.”

“티아라입니다. 족장님께서도 아시다시피 예비대가 있는 지역의 동쪽에는 큰 바위가 있습니다. 평소에 사냥 나가서 우리 젊은이들이 그 바위 밑에서 쉬기도 하고, 또 때로는 바위 위에 올라가서 멀리까지 내려다보던 곳이었습니다. 지형을 보면 해또르 지역에서 그 바위 밑을 지나 우리 부족 마을과 초리 부족의 땅까지 이어집니다. 제가 볼 때는 그 바위를 지켜내는 것이 무엇보다 중요합니다. 예비대는 지금 세 곳에 배치하고 있는데 동쪽을 지키는 전사들은 그 바위를 집중적으로 지키도록 하겠습니다.”

“그래, 좋은 생각이다. 내가 생각하는 가장 결정적인 장소는 두 군데다. 하나는 솔론이 중점적으로 지키고 있는 서쪽 지역을 가로지르는 첫 번째 계곡, 즉 우리 부족의 땅으로 들어오기 직전의 땅이고, 방금 티아라가 말한 동쪽의 바위 지역이다. 그 지역은 무슨 일이 있어도 반드시 지켜내야 한다. 그곳이 무너지면 우리 지역 전체가 위험해질 수 있음을 명심해라.”

람보르는 거기까지 말하고 잠시 뜸을 들였다. 세 사람은 조용히 족장의 얼굴만 주시했다.

“끝으로 한 가지 마음에 걸리는 게 있다, 솔론과 툼바가 탈출하기 전에 재무르를 만났다고 했지? 두 사람이 도망치면 분명 야르 족장은 참지 않고 우리를 칠 거라는 건 누구나 뻔히 예상할 수 있는 상황이 아니겠는가? 그러니 재무르 역시 이렇게 될 거라고 분명히 알았을 것이다. 그래서 재무르가 지금 이 상황을 어떻게 보고 있을지가 몹시 궁금하다. 혹시 헤어지면서 두 사람에게 재무르가 무슨 귀띔이라도 안 했는지?”

람보르는 솔론과 툼바의 눈을 빤히 바라보았다. 순간적으로 정적이 흘렀다. 무슨 상황인지 정확히 잘 모르는 티아라만 눈을 두리번거렸다. 그의 시선이 족장과 두 사람 사이를 오갔다.

순간, 솔론의 머릿속에 재무르가 전한 마지막 말이 떠올랐다. 그랬다. 별로 대수롭지 않게 생각한 나머지 족장에게 미처 말하지 못했음을 뒤늦게야 깨달았다.

"족장님, 제가 거기까지는 헤아리지 못했습니다. 이제 생각납니다. 재무르가 딱 한 마디 했습니다. 기억하기로는 '그때가 되면 난 내가 할 수 있는 일을 할 테니까', 라고 말했습니다. 재무르가 말한 그때라면 분명 지금과 같이 싸움이 일어난 상황이 아닐까 싶습니다."

"그때가 되면 난 내가 할 수 있는 일을 할 테니까.,, 그때가 되면 난 내가 할 수 있는 일을 할 테니까..."

람보르는 재무르가 한 말을 반복해서 되뇌며 고개를 끄덕였다.

"그래. 재무르는 저쪽 편에 있으면서도 우리에게 결코 불리하거나 타격을 줄 만한 행동은 하지 않을 것이다. 자기가 할 수 있는 일을 한다고 말한 것도 어떻게 해서든 양 부족이 서로 큰 타격 없이 이 싸움을 끝내는 일에 골몰하겠다는 뜻이 아닐까 싶다. 충분히 그러고도 남을 사람이야. 이 세상에서 재무르를 가장 잘 알고 있다고 할 수 있는 사람이 나니까. 그나마 저쪽에 재무르가 있어서 천만다행이다. 그런데 야르 족장을 돕는 사람이 또 한 사람 있다고 했지? 그 사람 이름이 소투라고 했던가?"

"네. 소투 맞습니다."

"소투는 어떤 인물인가?"

"네. 지난번에 잠깐 말씀드린 적이 있는데 그 또한 보통이 넘는 사람입니다. 평소에는 은둔하고 있지만, 야르 족장이 꽤 신뢰하고 있고 나름대로 상황을 보는 눈과 식견이 높았습니다."

"제가 보기에도 소투는 야르 족장이 신임하는 인물로 보였습니다."

"지금 야르 족장의 곁에는 소투와 재무르가 있어서 이번 싸움도 그들의 머리를 빌렸으리라 생각한다. 재무르는 성품상 소투하고 부딪치지 않으려고 할 거야. 그렇다면 이번 싸움은 사실상 소투의 생각대로 움직이면서 그가 주도하고 있다고 봐도 무방하겠지. 그들이 쉽게 모습을 드러내지는 않겠지만 행여나 싸움을 벌이다가 야르 족장과 재무르, 소투를 직접 대면하는 일이 있으면 절대 죽이지 말고 사로잡아야 한다. 휘하 전사들에게도 강조해서 실수로라도 죽이는 일이 없도록 하라. 이건 족장인 나의 명령이니까 반드시 명심하기 바란다."

"네. 알겠습니다."

세 사람은 동시에 우렁찬 목소리로 대답했다.

"자! 이제 각자의 자리로 돌아가라. 거듭 말하는데 상황이 긴박해지면 지금보다 더 정신 똑바로 차려야 할 거야. 앞으로도 다른 대장과 협조해야 하는 것이라든지, 대세에 영향을 미치는 중요한 상황일 때만 내게 수단과 방법을 가리지 말고 알리고 나머지는 각자 판단해서 최선을 다해 싸워라. 지난번에 강조했듯이 순간적으로 고민될 때는 람보르 족장이라면 어떻게 할 것인지를 생각해라. 지금까지 나와 함께 하며 배웠던 것들을 떠올리면 그것이 바로 정답일 테니까. 솔론, 티아라, 툼바! 난 세 대장을 믿는다. 우리가 부족의 운명을 쥐고 있음을 절대 잊어서는 안 된다. 전사들에게까지 내 생각을 잘 전하도록 해라. 제벨 사하바!"

"네. 족장님, 목숨 바쳐 지키겠습니다. 제벨 사하바!"

그렇게 세 사람은 물러갔다. 무거운 긴장감과 비장함으로 숨 막히게 하던 방안의 공기도 그들의 꽁무니를 따라 함께 빠져나갔다.

'잔가지는 쉽게 불이 붙지만 이내 꺼지고 만다. 반면에, 크고 굵은 나무는 좀처럼 불이 붙지 않지만 한 번 붙으면 웬만해서는 꺼지지 않는다. 모든 것이 타버려서 작은 불씨로 변하고 한 줌의 재로 남을 때까지 타고 또 타오를 뿐이다. 많은 소중한 것들이 그와 더불어 사라져 버린다.' 람보르 부족의 코앞까지 밀고 들어와서는 더 이상 쳐들어오지 않고 있는 야르 부족의 수상한 움직임을 보며 솔론은 그들이 금방 불이 붙고 이내 꺼지는 잔가지가 아니라, 굵은 나무 같다고 생각했다. 그대로 밀고 들어왔으면 보이는 대로 막아낼 수 있을 텐데 갑자기 속도를 늦추고, 아예 멈춰버리니 도대체 무얼 하려는 건지 가늠하기가 쉽지 않았다. 앞이 보이지 않는 불확실한 상황이기에 솔론은 최대한 그들의 의도를 파악하려 애썼다. 분명한 건 굵은 나무와도 같은 그들은 한 번 불타오르면 한 줌 재로 사그라들 때까지 꺼지지 않고 활활 타오르고 말 거라는 썩 유쾌하지 않은 예감이 머리 한구석을 차지하고 있었다. '그들의 모습은 정녕 일보 전진을 위한 이보 후퇴인가?' 생각은 꼬리를 물고 계속 이어졌다.

그런 솔론의 우려와 달리 불안한 정적은 그리 오래가지 않았다. 앞에 나가 있는 정찰조로부터 다시 여기저기서 동시에 야르 전사들이 나타났다는 보고가 이어졌다. 이제야 본격적으로 움직이는 것이라 여겼다.

솔론은 즉시 신호를 보내 부족 전체에 알리고 선봉대 전사들에게 정해진 자리에서 절대 물러나지 말라고 명령했다. 부족의 목표는 선봉대가 지키고 있는 계곡 전방에서 야르 전사들을 완전히 몰아내는 것이었다. 선봉대가 뚫리게 되면 어떻게 될지 장담할 수 없었다. 최대한 막아내야 했다.

솔론은 시야가 탁 트인 고지에 올라가 눈 앞에 펼쳐지는 상황을 직접 보면서 선봉대를 총지휘했다. 다만, 보이지 않는 곳에서 날아올 적의 창 공격에 대비해 몸은 커다란 나무 뒤에 숨겼다. 아직 별다른 움직임이 보이지 않았지만 절로 긴장되었다.

첫 싸움에 승부를 걸기로 했다.

그때 어디선가 낯선 소리가 들려왔다. 언뜻 새나 동물의 소리로만 여겼는데 계속 들리는 소리에 귀를 기울여보니 사람 소리였다. 아마도 야르 전사들이 서로 신호를 주고받는 듯했다. 가까이에서 들리는 그 소리에 솔론의 머리카락이 곤두섰다.

어느새 적은 생각한 것보다 가까이에 와 있었다. 그렇다면 우리가 지키고 있는데도 몰래 뚫고 들어왔을 수도 있었다. 그들도 우리의 움직임을 이미 꿰뚫고 있다는 것을 충분히 짐작할 수 있었다. 얼른 주의를 기울여 대략 몇 명 정도인지 파악했다. 옆에 있는 전사들에게 동요하지 말 것을 당부하면서 솔론은 소리 나는 쪽으로 이동했다. 움켜쥔 나무 창에 더욱 힘이 들어갔다.

이윽고 적이 모습을 드러냈다. 솔론의 눈과 적의 눈이 마주쳤다. 적은 날카로운 소리를 내고 후다닥 옆으로 도망치기 시작했다. 솔론은 빠르게 적의 뒤를 쫓았다. 숲이 우거져 한 치 앞도 보이지 않았으나 오직 동물적 감각을 동원하여 소리만으로 적을 따라갈 수 있었다. 끈질기게 따라가다 보니 계곡 밑으로 몇 명이 함께 후다닥 도망가는 모습이 보였고, 가파른 낭떠러지 끝에는 의외로 앳된 소년이 혼자 서 있었다. 솔론은 깜짝 놀랐다. 그는 한눈에도 어린 티가 묻어났다. 소년은 몹시 당황한 듯한 표정으로 덤비려는 자세를 취하고 있었다. 하지만 솔론은 손에 쥐고 있던 나무창을 밑으로 내렸다. 싸우지 않겠다는 의사를 몸으로 표현한 것이다. 팽팽하던 긴장이 그 한 동작만으로도 금방 누그러졌다. 소년의 얼굴에선 두려움과 당혹함이 묻어나왔다.

솔론은 그 자리에 앉았다. 소년에게도 앉으라고 손짓했다. 솔론이 표정을 누그러뜨리고 해치려는 뜻을 접어서인지 소년은 의외로 쉽게 따랐다. 지니고 있던 말린 고기를 조금 꺼내 건네자 소년은 잠시 망설이더니 이내 받아 급하게 입에 쑤셔 넣기 시작했다. 다시 손을 들어 천천히 먹으라고 한 뒤 이 소년을 안전하게 데려가야겠다고 생각했다.

솔론은 야르 부족에게 잡혀 있는 동안 야르 부족의 말을 어느 정도 익혔기에 소통을 시도했지만 떨고 있는 소년의 다문 입은 열리지 않았다. 청년들도 있을 텐데 어린 소년을 맨 앞에 내세운 그들의 의도가 궁금했다. 어쩌면 상대적으로 덜 의심받을 수 있는 어린 소년을 시켜 람보르 부족의 상황을 알아 오라는 임무를 주었을지도 모를 일이었다. 소년에게는 그 이유를 따로 묻지 않았다.

어쨌거나 어린 소년을 싸움터에 내보냈다는 것 자체가 기가 막힐 노릇이었다. 비인간적인 행동을 극도로 혐오하는 솔론의 마음속에서 분노가 치밀었다. 아이들을 보호하지는 못할망정 죽음의 구렁텅이로 빠뜨리는 야르 족장을 용서하고 싶지 않았다. 계속 겁에 질려 있는 소년을 안심시키고, 후방에 있는 툼바에게 보내 특별히 잘 보살피도록 당부할 생각이었다. 유난히도 반짝이는 소년의 눈빛이 애처롭게 다가왔다.

야르 부족의 소년은 그렇게 후방대로 보내졌다.

솔론은 가장 중요한 곳에 우뚝 서서 전사들을 격려했다. 그러는 사이에도 적들이 소리 없이 다가오고 있었다. 아직까진 거리가 있지만 적이 내는 소리도 간간이 들려왔다.

시간이 지나자 예상했던 대로 상황은 더 빨리 전개되었다. 더군다나 맨 앞에 나가 있는 정찰조가 전해온 소식은 솔론의 예상을 훨씬 뛰어넘었다. 무려 백여 명에 가까운 적들이 양손에 돌창과 나무창을 들고 계곡 쪽으로 접근하고 있다는 것이었다. 솔론이 생각한 것보다 많은 적이 몰려오고 있는 것이었다.

야르 족장도 주력이 공격하는 방향을 서쪽으로 결정한 게 분명했다. 예측이 맞았다는 생각이 들면서 새삼 람보르 족장의 혜안에 감탄했다. 준비되어 있기에 승산은 있다고 여겼다. 비록 적의 숫자가 우세할지라도 람보르 부족에게는 지형적인 이점이 있기에 충분히 막아낼 수 있을 것이었다.

선봉대 전사들이 가지고 있는 주 무기는 돌과 돌창, 나무창이다. 맨 앞줄의 전사들이 가지고 있는 돌은 그냥 굴러다니는 돌이 아니라 돌칼과 돌도끼로 끝을 뾰족하게 만들고, 제법 무게가 나간다. 오랜 기간 사냥을 통해 익힌 솜씨로 명중률은 이미 상당한 수준에 올라와 있다. 그러니 누구든지 한 방 제대로 맞기만 하면 나가떨어질 것이다. 돌이 주는 충격도 충격이지만 사방으로 뾰족하기에 큰 상처도 날 것이 분명하다.

맨 앞에 있는 전사들은 그런 돌을 개인별로 백여 개 넘게 가지고 있고, 나무창과 돌창도 넉넉하다. 솔론의 명령이 없을지라도 맨 앞을 책임지고 있는 전사가 신호를 보내면 이내 여기저기서 그런 수십, 수백 개의 무기가 하늘을 날아 적의 얼굴과 몸통을 가격할 것이다. 준비한 대로만 한다면 야르 전사들의 초반 기세를 충분히 누그러뜨릴 수 있을 것이라 솔론은 확신했다.

이에 반해 뒷줄 전사들의 주 무기는 나무창이다. 짧고 단단하면서도 끝이 뾰족한 나무창은 대단히 효율적이고 치명적인 무기다. 꿈틀거리는 젊은 근육에서 뿜어져 나오는 힘은 나무창을 아주 멀리까지 뻗어가게 만들어 충격을 더한다. 잘 던지는 전사는 눈길이 닿는 곳까지 최대한 나무창을 날릴 수 있다. 사냥할 때도 그 창에 맞으면 웬만한 동물들은 버티지 못한다. 특히 심장 쪽을 정통으로 맞으면 붉은 피가 뿜어져 나오면서 금방 쓰러지고 만다.

아직까진 사람에게 던진 적은 없었으나 이제는 더 이상 어쩔 수 없다. 툼바야 비록 실수로 사람에게 던졌지만, 이제는 의도적으로 사람을 향해 던져야만 한다. 솔론은 그 점을 특별히 주지시켰다. 왜 지금은 사람을 향해 던질 수밖에 없는지에 대해 누누이 강조했다.

두 부족은 어느 순간엔가 적이라는 이름으로 서로를 공격하고 죽여야 하는 운명에 놓였다. 내가 살기 위해서라면, 내 부족을 위해서라면 어쩔 수 없는 일이었다. 다만, 적이 저항하지 않고 싸울 의사가 없다면 절대로 던지지 말고, 할 수만 있다면 사로잡을 것을 강조했다.

람보르 전사들은 하나같이 모두 뛰어났다. 평소에도 저마다 수십 개의 나무창을 가지고 있고, 수많은 연습과 사냥을 통해 백발백중의 명중률을 자랑하기에 어떠한 적이 오더라도 막아낼 수 있다는 자신감에 충만했다. 또한, 맨 뒤에는 돌창과 돌도끼를 지닌 전사들이 막고 있다. 그들은 맨 앞줄과 뒷줄을 뚫고 들어오는 적들을 직접 몸으로 상대하면서 막아낼 전사들이다. 강하게 단련된 전사들이 이런 무기를 들고 지키고 있으니 아무리 수적으로 우세한 야르 전사들도 쉽게 뚫기 힘들 거라 확신했다.

드디어 터질 게 터졌다.

"자! 던져라~ 던져라~ 던져라~"

솔론은 맨 앞에 있는 전사들에게 명했다. '할루할루!' 맨 앞줄에서 커다란 목소리가 울려 퍼졌다. 그 소리는 길고 깊은 계곡 속으로 길게 울려 퍼지며 더 커졌고, 이내 메아리가 되어 되돌아 나왔다. 같은 편에게는 힘을 주는 외침이지만, 적에게는 공포에 휩싸이게 할 것이었다.

'쉬시시식~~~ 쉬시시식~~~~ 쉬시시식~~~'

여기저기서 돌덩이들이 하늘을 갈랐다. 우박처럼 하늘에서 쏟아져 내렸다. 높은 곳에서 던지기에 멀리 나갈뿐더러 속도까지 더해지니 그 충격은 대단했다. 돌덩이들은 계속해서 하늘을 가르고 또 가르며 날아들었다.

"으아악~ 으아아악~"

멀리서 신음이 연이어 터져 나왔다. 비록 보이진 않았지만, 그 뾰족한 돌에 맞아 나뒹구는 적들의 모습이 눈에 선했다. 솔론은 뒤쪽에 대기하고 있는 전사들에게도 싸울 수 있는 자세를 갖추라고 명했다. 그리고 연기를 피워 람보르 족장과 예비대, 후방대에 신호를 보냈다. 대대적인 싸움이 벌어졌다는 신호다.

솔론은 연신 뛰어다니며 무슨 수를 써서라도 자신이 막아내야 한다고 다짐했다. 뒤에 티아라가 받치고 있다지만 아무래도 마음이 놓이지 않았다. 티아라에 대한 불신보다는 자기 자신에 대한 확신이 더 컸다. 족장도 충분히 알고 있으리라 여겼다.

문제는 눈에 보이지 않는 적, 예상치도 못한 곳에서 불쑥 나타나는 적이었다. 람보르 부족의 마을은 사방이 철통같은 요새가 아니기에 언제든지 옆과 뒤에서 쳐들어올 수 있었다. 가능성이 있는 곳은 모두 철저히 대비하라고 티아라와 툼바에게 강조했기에 그들을 믿어보기로 했다.

람보르 전사들의 강한 저항과 분전에도 불구하고 시간이 지나도 상황은 나아지지 않았다. 야르 전사들은 생각한 것 이상으로 강했다. 비 오듯 쏟아지는 돌들을 뚫고 수십 명의 적이 계곡을 가로질렀다. 그들은 계곡의 양쪽 경사면에 바짝 붙어 날아오는 돌을 피하면서 앞으로 다가왔다. 이제 돌은 소용없었다. 직접 눈에 보이지 않기에 던질 수도 없었다.

다시 기다리면서 기회를 노렸다. 계곡을 건넌 다음 능선 쪽으로 나아오려면 평지를 가로질러야 하기에 바로 그때가 기회였다. 지형을 훤히 꿰뚫고 있다는 건 대단한 강점이다. 지형에 맞게 언제 어떻게 힘을 쓰고, 어떤 무기를 이용할 것인지를 판단할 수 있기 때문이다. 이번에는 돌과 나무창을 같이 써서 물리쳐야 했다. 조금의 주저함도 없이 솔론의 명이 떨어졌다.

"자! 던져라~ 던져라~ 던져라~"

'슈슈슈슉~~~ 슈슈슈슉~~~~ 슈슈슈슉~~~'

"으아악~ 으아아악~"

"이번엔 저쪽이다. 던져라~ 던져라~ 던져라~"

'슈슈슈슉~~~ 슈슈슈슉~~~~ 슈슈슈슉~~~'

"으아악~ 으아아악~"

계곡에는 두 부족의 전사들이 부딪치며 외치는 소리와 상처 입고 나뒹굴며 내는 신음으로 넘쳐났다. 전에는 없던 싸움, 이 땅에 사람이 살아오면서 처음으로 겪는 일, 인간과 인간이 서로를 무자비하게 죽이는 전쟁은 이렇게 냉혹한 현실로 그들에게 다가왔다. 끝없이 날아드는 돌과 나무창에 야르 전사들이 픽픽 쓰러지기 시작했다. 나무 창이 심장을 뚫으면서 붉은 피가 높이 솟구치는 게 보였다. 그 피를 본 야르 전사들은 더 흥분하는 것 같았다.

알 수 없는 신음과 외침이 계곡을 가로지르고, 산 전체에 울려 퍼졌다.

람보르 전사들의 피해도 없지 않았다. 특히, 맨 앞에서 싸우는 전사들의 경우에는 불시에 날아오는 적의 나무창에 취약했다. 바위 뒤에 최대한으로 몸을 숨기면서 싸우지만, 창을 던질 때 몸을 일으키는 그 순간을 적도 놓치지 않았다. 벌써 수 명이 쓰러졌다. 야르 전사들도 야생에서 숱하게 단련되었을 것이었다. 만만한 상대가 아니라는 것은 말단에서 싸우는 전사들이 누구보다도 더 강하게 느꼈다.

그렇게 두 부족이 치열하게 맞붙은 현장엔 오직 성마른 외침과 날카로운 비명, 시뻘건 피와 피비린내만이 새어 나와 주변 공기를 물들였다.

싸움은 갈수록 치열해졌다. 솔론도 이리 뛰고 저리 뛰고 정신없이 왔다 갔다 하면서 전사들을 독려하며 이끌었다.

솔론의 선봉대에서 치열한 싸움이 벌어지자 티아라가 이끄는 예비대도 바쁘게 움직였다. 일단 족장이 무슨 일이 있더라도 막아내라고 한 동쪽의 큰 바위 주변에 한 무리의 전사들을 배치했다. 그곳이 예비대가 지켜야 할 가장 핵심적인 장소임을 전사들에게도 강조했다. 그 지역에 이르는 길이 선봉대가 지키는 전방에서보다 측방으로 밀고 들어올 가능성이 더 많은 곳이기 때문이었다.

총 세 군데로 나뉘어 있는 예비대 중 동쪽을 지키는 전사들은 수백 개의 돌을 준비해 놓고 있었다. 만약에 적들이 그쪽으로 진출한다면 역시 소나기처럼 한꺼번에 돌덩이들을 퍼부을 계획이었다.

솔론의 선봉대에서 연신 보내오는 소식을 들으며 티아라는 마음속에 각오를 단단히 했다. 이번에야말로 자신의 진짜 실력을 보여줄 차례라고 생각하니 절로 흥분되었다. 아니나 다를까 전방이 시끄러운 틈을 타서 바위 쪽으로 들어오는 한 무리의 적들이 멀리에서부터 포착되었다.

소식을 들은 티아라는 직접 바위 쪽으로 나아가 몸을 숨겼다. 멀리 있어서 자세히 보이지는 않았지만 대충 봐도 수십 명은 족히 넘을 듯했다. 모두 숨죽인 채 기다리고 있었다. 동쪽 예비대를 책임지고 있는 전사가 있었지만, 자신이 직접 맡을 작정이었다. 한시바삐 공을 세우고 싶다는 공명심이 마음을 조급하게 했다. 더군다나 상황 자체가 그리 위험하지는 않았다. 분명히 적이 올 수밖에 없는 곳이기에 던지는 순간만 잘 잡는다면 한꺼번에 물리칠 수 있는 절호의 기회였다.

적들이 조금씩 다가오자 그 무리를 책임지고 있는 야르 전사의 모습이 티아라의 눈에 들어왔다. 티아라는 손에 든 예리한 나무창을 곧추세웠다. 그동안 이날을 위해 수십 번, 수백 번을 던지고 또 던지며 연습했다. 단 한 방으로 적을 쓰러뜨려야 했다. 드디어 티아라가 생각한 사정거리 안으로 적이 들어왔다. '하나, 둘, 셋' 마음속으로 숫자를 세며 있는 힘껏 나무창을 던졌다. 그리고는 "던져라~ 던져라~ 던져라~"라고 크게 외쳤다.

티아라가 던진 나무창은 맨 앞에 있는 적의 심장에 정확하게 꽂혔다. 연이어 사방에서 비 오듯이 쏟아지는 돌들 앞에 적들은 무너지면서 당황했다. 쓰러지는 자들이 속출했고, 뒤에 있던 적들은 오던 길로 되돌아서 도망치느라 우왕좌왕하고 있었다. 대충 헤아려 봐도 여러 명의 적을 쓰러뜨린 것 같았다.

티아라는 초전에 거둔 빛나는 승리에 우쭐했다. 서둘러 연기를 피워 앞에 있는 적을 물리쳤다고 신호를 올렸다. 이제 람보르 족장 앞에서 큰소리를 칠 수 있었다.

예비대 전사들도 대장 티아라에게 환호를 보내주었다. 잘 싸워준 전사들에게 칭찬을 아끼지 않으며 티아라는 서둘러 다음 싸움 준비를 지시했다.

서쪽과 동쪽, 양쪽 모두에서 람보르 전사들이 예상보다 강하게 버티며 저항하자 야르 전사들은 커다란 난관에 부딪쳤다. 서쪽과 동쪽으로 동시에 밀어붙이며 쳐들어가던 전사들이 엄청난 피해를 받고 물러나고 만 것은 야르 부족이 전혀 예상치 못한 상황이었다.

요란했던 기세가 한풀 꺾이자 누구보다도 놀란 사람은 야르 족장이었다. 람보르 부족이 만만치 않을 거라는 건 재무르를 통해서도 알고 있었지만, 이 정도로 대단하고, 많은 준비를 했을 줄은 미처 몰랐다.

각 지역의 소식은 가감 없이 전달되었다. 피해가 예상한 것보다 크자 야르 족장은 성격 그대로 불같이 화를 냈다. 옆에 있는 재무르가 보기에도 화가 머리끝까지 치민 듯했다. 이 상태에서는 그 누구도 쉽게 말을 꺼낼 수 없을 것이었다. 재무르는 일체의 표정 변화 없이 눈앞에서 벌어지고 있는 상황을 지켜보고만 있었다.

그렇다고 기가 꺾일 그가 아니었다. 초전의 실패를 만회하고자 곧 대대적인 싸움을 준비하라고 명했다. 뒤에 대기하고 있는 부족의 주력을 대거 집어넣어 더 강하게, 최대한 빠르게 람보르 전사들을 쓰러뜨리라고 전사들에게 강조했다.

지금까지 싸운 건 아무것도 아니었다. 족장의 명령을 들으면서 곧 엄청난 피바람이 몰려올 거라고 재무르는 예감했다. 이미 큰 인명 피해가 있었음에도 끝까지 밀어붙이기만 하는 족장의 마음을 진정시키고 누그러뜨릴 뾰족한 계책도 떠오르지 않았다. 그렇다고 이대로 손도 쓰지 못하고 그냥 놔둘 수도 없는 일이었다.

이래저래 난감한 시간이 이어졌다.

반면, 적의 첫 공격을 매우 성공적으로 막아낸 람보르 전사들은 기세가 올랐다. 하지만 부족의 피해도 일부 있었기에 마냥 좋아할 수만은 없었다. 더군다나 이것이 끝이 아닐 것이라는 점이 자제하게 했다.

람보르는 선봉대에게 최대한 빠르게 전열을 정비하고, 다음 싸움을 준비하라는 명령을 내렸다. 그러면서도 마음속으로는 야르 족장이 이쯤에서 물러나길 원했다. 두 부족의 싸움이 제발 여기서 멈추길 간절한 마음으로 기도했다.

그렇게 땅에서는 양 부족을 둘러싼 움직임이 점점 더 긴박해져 가는 가운데 전에 없던 일이 하늘에서 막 벌어지려고 꿈틀거렸다. 두 부족을 에워싸고 있던 공기의 움직임이 심상치 않았다. 어디선가 갑자기 시커먼 구름이 몰려오더니 순식간에 하늘을 온통 뒤덮었다.

람보르와 야르 부족 모두 예상치 못한 하늘의 움직임에 놀라며 주의를 기울였다.

　해또르와 모두아 지역은 늘 맑고 건조한 곳이다. 해또르 중앙부를 흐르는 큰 강과 가까운 지역을 제외하고는 비가 오는 경우도 거의 없고, 어떨 때는 수년간 비 한 방울 구경하지 못할 때도 있다. 늘 비슷한 날씨이기에 하늘의 움직임에 따라 도는 계절의 변화도 거의 느낄 수 없다.

　이러한 환경에 적응한 람보르 부족은 비록 척박한 땅이지만 나름대로 삶을 영위해왔다. 그나마 후루투산과 해또르 중심부에 흐르는 강이 보배처럼 생명의 젖줄 역할을 하고 있어 다행이었다. 웬만해서는 말라붙지 않았기에 강 유역을 중심으로 사람과 동물들이 커다란 다툼 없이 살아올 수 있었다.

　가끔 엄청난 바람이 불어오기는 했다. 그럴 때는 어디에서 실려 왔는지 뜨거운 바람 속에 모래가 가득 담겨 있다. 람보르 부족은 이 바람을 깜신이라고 부른다. 깜신은 건조하고 뜨거운 모래 폭풍이다. 사납게 불어닥치는 깜신의 중심부와 정면으로 맞닥뜨리면 사람은 물론 덩치 큰 나무와 바위까지도 흔적을 찾기 어렵기에 제발 피해가길 간절히 원했다.

　그렇지 않은 때엔 그저 해가 뜨고 달이 뜨는 것만 바뀔 뿐이지 달라지는 건 아무것도 없다. 그런 척박한 세상에서 살아갈 수 있는 유일한 방법은 딱 하나 오직 환경에 적응하는 것뿐이다. 하늘의 움직임을 유심히 관찰하고 예측하는 일을 도맡아 하는 사람이 있고, 람보르 족장과 미르셀도 있어서 람보르 부족은 지금까지 별 탈 없이 적응해 올 수 있었다.

　그런 해또르 지역의 하늘이 갑자기 빠른 속도로 심상치 않게 변해가고 있었다. 아무도 예측하지 못한 움직임이었다. 온 사방이 금방 먹구름에 휩싸여 시커멓게 변했다. 멀리서 '우르릉~우르릉~' 하고 하늘이 우는 소리가 들려왔다. 몇 년에 한 번 올까 말까 하는 폭풍우가 밀려올 태세였다. 지금은 그럴 시기가 아니었다.

하늘에서 천둥소리가 울려오자 람보르 족장과 야르 족장을 비롯한 모두가 동시에 하늘을 올려다보았다. 이제 곧 엄청난 비가 쏟아져 내릴 거라는 걸 모두가 예감했다. 특히, 분주한 가운데서도 틈만 나면 기도하고 있던 미르셀은 금방 알아차렸다. '이건 그냥 우연한 현상이 아니다.' 다른 때와는 확연하게 달랐다.

람보르 부족은 하늘을 향해 연신 머리를 조아렸다. 이내 굵은 빗방울이 대지를 두드리기 시작했다.

'우두둑~ 우두둑~ 우두두둑~ 우두두두둑~'

'우르릉 쾅쾅~~~ 번쩍~~~'

사방에서 천둥이 몰아치고 번개가 내리꽂혔다. 시커먼 하늘에서 쏟아져 내려와 박히는 빛의 돌창과도 같은 번개는 서로 싸우며 죽고 죽이려는 자들을 향해 내리는 하늘의 노여움인 듯했다.

한두 방울 내리던 비는 곧이어 장대비가 되어 쏟아져 내렸다. 메마른 큰 잎사귀에 떨어지는 빗방울은 잎사귀를 찢을 듯이 요란한 소리를 냈다. 좀처럼 없었던 일이었기에 모두 두려워할 수밖에 없었다.

람보르는 즉각 명령하여 모두 비를 맞지 않는 곳에 몸을 숨기고 피한 상태에서 야르 전사들의 움직임을 주시하라고 했다. 족장의 명을 받은 연락조가 선봉대와 예비대, 후방대를 향해 줄달음질을 쳤다. 불을 피워 신호를 보낼 수 없었기에 이제부터는 직접 사람을 보낼 수밖에 없었다. 하지만 이런 날씨에는 몸을 움직이는 게 쉽지 않았다. 자칫 잘못하면 미끄러지면서 낭떠러지로 떨어질 위험도 많았다. 이제는 각 대장의 판단에 맡기는 수밖에 없었다.

비는 요란하게 대지를 흔들고 뒤덮었다. 마치 하늘이 열린 듯 엄청나게 쏟아져 내렸고, 시간이 가도 도무지 그칠 기색이 보이지 않았다. 빗물은 순식간에 불어나 능선을 흘러 계곡 쪽으로 모여들었다. 람보르 부족이나 야르 부족 할 것 없이 이렇게 많은 비가 한꺼번에 쏟아져 내리는 걸 보긴 처음이었다. 더군다나 산 위에서 쏟아져 내리는 빗방울을 온몸으로 맞으며 바라보고 있노라니 새삼 그 위력을 실감할 수 있었다.

해또르 지역에서 부족의 마을로 이르는 지역을 가로지르는 계곡은 이내 물로 차오르기 시작했다. 계곡이 워낙 깊어 물이 없을 때도 쉽게 건널 수 없는 곳이지만, 물이 금세 차오르면서 계곡으로 쏟아지자 아예 건널 수 없는 곳이 되었다. 천혜의 요새인 이곳을 반드시 지키고자 배치되어 있던 선봉대 전사들은 순식간에 변해가는 상황을 예의주시하며 지켜보고 있을 수밖에 없었다.

더 다급한 것은 야르 전사들이었다. 공격해 들어오던 그들은 쏟아지는 비로 인해 갈팡질팡하는 모습이었다. 더 나아가는 것은 고사하고, 머문 자리에서도 비를 감당할 수 없는 지경에 처했다.

그런 그들을 내려다보고 있는 솔론은 생각했다. '비가 오지 않았으면 계곡 쪽으로 백여 명에 달하는 많은 적이 몰려들었을 텐데, 그렇게 되면 양쪽 모두 큰 해를 입었을 텐데…' 하늘은 서로 죽이려고 하는 그들을 그냥 지켜보고만 있지 않았다. 전례 없는 폭우를 내려 멈추게 함으로써 두 부족 모두를 살려준 셈이었다. 솔론의 입에서 기도가 절로 나왔다. '제벨 사하바! 제벨 사하바!'

선두에 선 전사들 못지않게 또한 동요한 사람은 야르 족장이었다. 소투가 날씨와 세상일을 살펴서 조언하곤 했는데, 그도 전혀 예상하지 못한 사태가 갑자기 눈앞에서 펼쳐졌기 때문이었다. 초반의 피해에 화를 내며 더 많은 인원과 무기를 투입하여 순식간에 람보르 전사들을 쓰러뜨리려고 작정했던 야르 족장이 당황한 것은 당연했다. 순식간에 밀려온 폭풍우로 인해 이러지도 저러지도 못하는 곤혹스러운 상황에 빠지게 되었으니 더 그럴 만도 했다.

소투와 재무르는 족장의 자존심을 건드리지 않으려고 조심하는 가운데 공격을 잠시 멈출 것을 건의했다. 갑작스러운 하늘의 움직임을 보면서 야르 족장은 어쩔 수 없이 요동치는 감정을 누그러뜨리고 이성을 되찾을 수밖에 없었다. 두 사람의 건의를 받아들여 부족 전사들에게 더 이상 피해가 생기지 않도록 뒤로 물러나라고 명령했다. 하지만 선두에 서서 이미 계곡 쪽으로 내려간 전사들의 경우에는 이미 해를 입었다. 최대한 빨리 빠져나오라고 했지만 몇 명인지도 모를 전사들이 이미 불어난 물살에 휩쓸려 순식간에 눈앞에서 사라졌다.

상황을 보고받은 야르 족장은 나머지 전사들에게 빨리 계곡에서 빠져나와 안전한 곳으로 피신하라고 거듭 명했다. 전사들은 차갑게 몸을 때리는 빗방울보다도 시시각각 다가오는 불안감에 몸을 떨었다. 하지만 단지 그 자리를 벗어난다고 능사가 아니었다. 서쪽에는 많은 전사들이 마땅히 대피할 곳이 없었다. 사방이 가파른 능선과 계곡이었기에 당장 비를 피해 몸을 보호하는 것조차 여의치 않았다.

밤새도록 고심하던 야르 족장은 눈물을 머금고 아예 뒤로 물러나기로 했다. 어쩔 수 없이 전원에게 철수를 명했다. 지금까지 살아오면서 단 한 번도 뜻을 굽힌 적이 없었고, 마음먹은 일을 무른 적도 없었던 그로선 자존심이 크게 상했지만, 지금은 그걸 내세울 때가 아니라는 걸 본인 스스로 알고 있었다.

옆에서 이를 지켜보고 조언하던 소투와 재무르도 족장의 결단을 칭송했다. 이건 누구의 잘못이 아닌 하늘의 뜻이라면서 무너지는 족장의 자존심을 지켜주려고 애썼다.

특히, 재무르의 역할이 빛을 발했다. 좀처럼 받아들이지 못하며 고심하고 있는 족장에게 훌륭한 지도자는 예상치 못한 상황에 직면해서 흔쾌히 돌이킬 수 있는 결단을 발휘해야 한다고 고했다. 기분 상하지 않게 세심하게 신경 쓰면서 족장의 마음을 돌리고 달래기 위해 고군분투했다. 소투도 재무르의 뜻에 힘을 실어주었음은 물론이었다. 마침내 그런 재무르의 정성은 하늘에 통했다. 재무르는 속으로 참으로 다행한 일이라고 기뻐하면서 이것이 람보르 부족은 물론 야르 부족까지 살리는 뜻이라 여겼다.

돌아가는 길도 만만치 않았다. 야르 전사들은 쉼 없이 내리는 폭우를 뚫고 멀리 해또르 지역까지 젖은 발걸음을 힘겹게 옮겨야만 했다. 동쪽과 중앙 지역은 바위 쪽의 전사들만 제외하곤 많이 진출하지 않았기에 그나마 다소 수월하게 물러날 수 있었다.

그렇게 악전고투하며 야르 전사들 모두가 해또르 근처로 몸을 피했다. 싸우다가 죽은 전사들의 시신은 수습해 왔으나, 계곡물에 휩쓸려간 전사들은 미처 찾을 겨를조차 없이 물러날 수밖에 없었다.

해또르 중앙을 흐르는 강에도 어느새 물이 가득했다. 이런 폭우가 계속해서 내린다면 금방 강이 넘칠 것이었다. 폭이 좁은 여울은 이미 물로 넘쳐났다. 늘 건너다니던 얕은 여울도 물이 넘쳐 흐르는 바람에 강을 건너는 게 쉽지 않았지만, 설령 건널 수 있다고 해도 야르 족장은 부족의 마을로 돌아갈 생각은 추호도 없었다. 야르 족장이 받아들일 수 있는 물러남은 해또르 지역까지였다. 부족의 마을로 돌아가는 건 싸움이 다 끝났을 때여야만 했다.

모두 해또르 지역의 숲속, 나무가 우거진 곳을 임시 거처 삼아 몸을 피하고 숨도 돌렸다.

야르 부족이 철수하고 난 이후에도 폭풍우는 쉽게 잦아들지 않았다. 하늘에 구멍이라도 난 듯했다. 하루, 이틀, 사흘을 넘어 비는 끊임없이 쏟아졌다. 람보르 부족으로 향하는 지역은 곳곳에 새로 생긴 물길이 넘쳐나 더 이상 쉽게 접근할 수 없었다.

하늘이 두 부족의 싸움을 막았다.

그렇게 첫 번째 싸움이 끝났다. 두 부족의 전쟁이 완전히 끝날 것인지 아닌지는 아무도 알 수 없는 노릇이지만 분명한 것은 첫 번째 싸움이 끝났다는 것이다. 람보르 부족이나 야르 부족 모두 받아들여야 한다. 승자도 패자도 없는 싸움, 아무도 막아서거나 중재할 수 없어서 결국 끝까지 치달을 수밖에 없었던 이 싸움을 끝낸 건 그 누구도 아닌 하늘이다.

인간 스스로는 할 수 없는 일이기에 하늘이 할 수밖에 없었던 것임을 그들은 그때라도 깨달아야 했다.

　미르셀은 처음부터 이 싸움의 끝이 어떻게 될지 예견했다. 그녀가 생각하는 전쟁의 끝은 아직 아니었다. 아직 두 부족이 감당해 내야 할 운명의 분량이 남아있다는 걸 어렴풋이 느끼고 있었다. 그러니 지금 하늘이 내리는 경고를 아무도 듣지 않을 거라는 걸 짐작했다. 이미 하늘은 인간에게 그만하라고 명했고, 사람은 여기서 멈춰야 한다. 모든 걸 쥐고 있는 야르 족장이 이 경고를 받아들이고 물러나 평온을 찾아야 한다. 하지만 안타깝게도 상황은 그렇게 흘러가지 않을 거라 생각했다.

　미르셀은 폭풍우와 깜신을 능가하는 강한 피바람이 몰려올 것 같은 두려운 예감에 몸을 부르르 떨었다. 이 피바람을 어떻게 피해야 하나, 이를 막아낼 자는 과연 누구인가, 오직 기도하는 수밖에 없었다. 칭얼대는 루미를 업은 채 쏟아지는 빗소리에 발맞춰 방안을 서성이며 기도했다. 자신의 기도가 쏟아지는 빗방울을 거슬러 올라 하늘에 닿기를 간절히 소망했다.

　비가 조금씩 잦아들면서 상황이 조금 진정되자 야르 족장은 소투, 재무르와 더불어 각 지역을 책임졌던 차루와 마투, 소소르까지 불러들였다. 피해가 컸기에 각 대장인 세 사람의 표정은 심각하고 어두웠다. 모두 고개를 떨구고 있었다. 어색한 침묵을 깨운 건 족장이었다. 올라오는 화를 누르려다 보니 말투가 딱딱했다.

　“예상하지 못한 강한 폭우가 내려 싸움을 잠시 중단할 수밖에 없었다. 피해가 큰 것으로 알고 있는데 정확하게 파악하고 할 수 있는 조치를 다 취해 전사들을 안정시켜라. 중요한 건 아직 끝나지 않았다는 것이다. 비가 완전히 그치고 준비되면 이번에는 더 강하게 밀어붙여서 이 땅에서 람보르 부족을 멸할 것이다. 순서에 상관없이 누구든지 할 이야기가 있으면 말하라.”

　달라진 말투와는 달리 족장의 눈빛과 어조는 이전과 변함이 없었다. 화가 치밀어 오르고 당황스러운 상황이 이어졌음에도 냉정을 되찾으려고 애쓰는 모습이 보였다. 지금 그의 모습에서는 흥분과 아쉬움, 비난이나 후회도 찾아볼 수 없었다.

재무르는 람보르 부족을 멸할 것이라는 족장의 말에 가슴이 철렁 내려앉았다. 모두 아무런 말 없이 고개만 숙이고 있자, 족장은 싸움에 앞장섰던 세 대장을 쳐다보면서 지금까지 있었던 결과를 보고하라고 말했다. 소투와 재무르도 세 사람을 바라보았다. 지금부터는 싸움에 앞장섰던 그들 세 대장의 시간이었다.

"마투입니다. 먼저 죄송합니다. 계곡을 건너면서 생각지도 못한 큰 피해를 입었습니다. 모두가 철저하게 준비하지 못한 제 불찰입니다. 지금까지 파악한 결과 죽은 사람이 스물여섯 명, 다친 사람이 열네 명입니다. 죽은 사람 중에 아홉 명은 계곡에 빠져 찾지 못했습니다. 다친 자들은 보살피고 있고, 죽은 자들은 임시로 묻었다가 나중에 한꺼번에 장례를 치를 수 있도록 하겠습니다. 그리고…"

말을 마친 마투가 할 말이 남은 듯 말끝을 흐렸다.

"그리고 한 가지 미처 말씀드리지 못한 게 있습니다. 우리 부족의 소년 한 명이 사라졌습니다."

"사라지다니? 그게 무슨 말이냐?"

야르 족장의 목소리가 높아졌다.

"네. 사실은 적의 사정을 미리 파악하고자 나름 똘똘하고 발이 빠른 소년 한 명을 정탐하는 전사들과 함께 맨 먼저 적의 땅으로 보냈습니다. 눈으로 직접 보고 돌아와서 알리는 임무를 주었습니다. 하지만 지금까지 돌아오지 않고 있습니다. 살았는지 죽었는지조차 모릅니다."

"그게 누구의 아이더냐? 그 아비의 허락은 받은 거냐?"

"네. 족장님… 사실은…"

마투는 계속 우물쭈물하면서 말을 잇지 못하고 있었다. 족장의 얼굴이 더 험악해지자 겨우 말을 이었다.

"사실은 제 아이입니다. 제가 제 아이를 보냈습니다."

그 말이 마투의 입에서 터져 나온 순간 족장의 임시 거처 안이 더 조용해지면서 숨소리조차 나지 않았다. 가뜩이나 내리는 비로 인해 한기가 사방을 감싸고 있는데 더 서늘한 냉기가 밀려왔다. 방 안에 있는 그 누구도 차마 족장의 얼굴을 쳐다볼 엄두조차 내지 못했다.

"네 아이를 네가 보냈다고? 네 아이라고 해서 네 맘대로 할 수 있다고 생각했던 거냐? 어찌 내 허락도 받지 않고 네 맘대로 한 것이냐? 아무리 사정이 급하다 하더라도 어린아이까지 적진에 보낼 만큼 날 비정한 족장으로 만들고 싶더냐? 아~~~ 이런! 이런!"

족장은 주먹 쥔 손으로 연신 바닥을 내려치기까지 했다.

"안 되겠다. 재무르. 어떻게 하면 좋겠소? 어서 말해보시오."

그는 간절한 눈빛으로 재무르에게 무언가를 원하고 있었다.

"네. 족장님. 마투 대장의 말을 듣고 저 역시 놀랐습니다. 이 상황이 몹시 당황스러운 것은 사실이나, 아이에 대해서는 크게 걱정하지 마시라는 말씀부터 드리겠습니다. 큰비가 내려 혹여나 위험할까 걱정되는 부분은 있지만, 산속에서 다치거나 고립되지만 않았다면 괜찮을 겁니다. 람보르 부족은 아이에게 해코지할 만큼 그렇게 잔인한 부족이 아닙니다. 혹여나 람보르 전사의 눈에 띄어 잡혔다면 안전하게 잘 데리고 있을 것입니다. 그러니 그 부분은 안심하셔도 됩니다. 다만, 다른 문제가 있습니다."

"다른 문제라니?"

"네. 일선에서 싸우는 대장 세 사람이 있는 자리에서 꺼내기는 그렇지만, 솔직한 제 생각을 그대로 전하겠습니다. 이번 싸움은 아이로 인해 일어난 것입니다. 족장님의 아들이 불행하게도 람보르 청년의 실수로 인해 죽었기에 벌어진 것입니다. 그런데 이번에는 마투 대장의 아들이 사라졌습니다. 이것은 매우 큰 문제입니다. 족장님의 말씀대로 아이들을 이 싸움에 끼어들게 만들어서는 안 됩니다. 이건 어른들의 싸움입니다. 그러니 다시는 이런 일이 없도록 엄하게 명하셔야 합니다. 제가 냉철하게 판단해보건대 마투 대장은 아이를 빨리 찾겠다는 마음으로 인해 평정심을 잃을 수 있습니다. 싸우는 장수가 평정심을 잃으면 전체가 위태로울 수 있습니다. 그러니 마투 대장과 소소르 대장의 역할을 바꾸는 게 좋다고 생각합니다."

이는 단순한 일이 아니었다. 주력군의 대장을 바꾸는 일이었다. 싸움 중에 장수를 바꾸는 일이 얼마나 중대한 일인지 누구보다 잘 알고 있을 재무르의 입에서 나온 얘기라 무게가 달랐다. 세 사람이 듣고 있음에도 신경 쓰지 않고 재무르는 분명하게 자신의 의견을 전했다.

당사자인 마투의 얼굴이 순간 일그러졌다. 그로서는 당연히 기분 나쁠 수 있는 말이었다. 하지만 재무르는 크게 신경 쓰지 않았다. 그만큼 야르 부족 내에서 자신의 위치가 견고해져 있음을 믿었다.

사실 그런 얘기를 꺼낸 데는 다른 이유도 있었다. 막무가내로 밀어붙이는 과격한 마투를 평소 탐탁지 않게 여기고 있던 재무르는 그가 불러일으킬 피비린내를 걱정했다. 그러니 이참에 차라리 온건하고 합리적인 소소르가 주력군을 맡는 게 두 부족을 위해서도 더 낫다고 여긴 것이다.

세 사람은 그 누구도 재무르의 말에 토를 달지 못했다.

"재무르의 말이 타당하다고 생각합니다. 저 역시 그렇게 생각하고 있습니다."

옆에서 소투도 거들었다. 대장의 자리를 바꾸는 게 가벼운 일은 아니지만 단호할 땐 단호해야 한다고 했다. 소투와 재무르를 깊이 신뢰하고 있는 족장이기에 받아들일 것이라 믿었다.

야르 족장은 즉시 결단했다.

"맞소. 내 거기까진 미처 생각하지 못했는데 아주 좋은 의견이오. 지금부터 대장들의 임무를 바꾼다. 소소르가 서쪽의 주력을 책임지고, 마투는 중앙을 맡아다. 이건 잘하고 못하고의 문제가 아니라 마투의 마음이 평온해지길 바라는 뜻에서 조정한 것이니 마투는 너무 서운해하지 마라. 소소르는 다친 전사들을 빨리 치료하고 심적으로 동요되지 않도록 추스르거라. 아울러 동쪽으로 쳐들어가는 차루 쪽도 피해가 크니 회복에 힘써라. 끝으로 죽은 자들은 임시로 땅에 묻고, 이 싸움이 끝나면 부족의 땅에 예를 갖춰서 장사지낼 것이다. 중요한 건 싸움이 끝나지 않았다는 것이다. 거듭 말하지만 나 야르 족장은 반드시 람보르 부족을 멸할 것이다. 그러니 그대들도 온몸을 바쳐 싸워라."

야르 족장의 말은 추상과도 같았다. 비가 내리고 있어 가뜩이나 서늘한데 그의 말까지 더해지니 임시 거처에는 더욱 차가운 냉기가 흘렀다.

"예, 알겠습니다. 온몸을 바치겠습니다. 꺼루꺼루~"

세 사람의 대장은 큰소리로 외치고는 이내 자리에서 일어나 각자 책임지고 있는 곳으로 돌아갔다. 세 사람이 모두 밖으로 나가자 때를 기다리고 있던 재무르가 족장에게 조심스레 말을 건넸다.

"족장님, 한 가지 꼭 말씀드릴 게 있습니다."

"말해보시오."

족장은 아직도 감정 조절이 되지 않은 듯 약간 떨리는 목소리로 재무르의 말에 대답했다.

"말씀드리기 송구하나 제가 보기엔 지금 이대로는 무리라고 생각합니다."

"그게 무슨 말이오?"

"우리 전사들이 입은 피해는 예상보다 큽니다. 게다가 오랜 시간 동안 폭우에 노출되었습니다. 잠시 피했다고는 하나 지금도 맨땅에서 덜덜 떨고 있습니다. 아마도 이미 대부분 몸 상태가 좋지 않을 것이고, 젖은 상태로 이렇게 계속 있다간 상황이 더 나빠질 것입니다. 족장님께서는 내키지 않으시겠지만 일단 완전히 철수하여 한시바삐 부족의 마을로 돌아가는 것이 현명한 조치가 아닐까 싶습니다.”

속에 있는 말을 다 털어놓은 재무르는 행여 족장의 심기를 거스른 듯싶어 머리를 숙였다.

야르 족장은 별다른 말이나 표정의 변화도 없이 재무르만 바라보고 있었다.

“사실, 방금 세 대장 앞에서는 족장님의 입장을 생각하여 꺼내지 않았습니다. 꼭 살펴주시길 간곡하게 말씀드립니다.”

한 마디 덧붙인 재무르의 진심이 완고한 족장의 마음을 움직인 듯했다.

“소투는 재무르의 말을 어떻게 생각하시오?”

“네. 족장님, 사실 저도 같은 건의를 하려던 참입니다. 지금은 물러나 가다듬으며 다시 때를 기다리는 게 옳을 듯싶습니다.”

이번에도 소투는 재무르의 말에 동의했다.

이제 공은 야르 족장에게 넘어갔다. 그는 이제 또 다른 중대한 결단을 내려야 할 시점에 서 있었다. 사실, 언제까지일지 모르게 쏟아지는 빗속에서 아무런 기약도, 대책도 없이 덜덜 떨면서 있을 수는 없는 노릇이었다. 가뜩이나 다친 사람도 많은데 예상치 못한 비와 바람, 추위로 상태가 점점 안 좋아지는 전사들도 여기저기서 생겨났다. 증상이 아주 심한 자는 그나마 발견한 좁은 동굴 안에서 쉬게 했다. 불을 피울 수도 없어 가지고 온 약초를 짓이겨 먹여 겨우 달랜 정도고, 날씨가 곧 좋아지지 않는다면 목숨을 잃을 것이 뻔했다.

한참 동안 고심하던 야르 족장이 마침내 입을 열었다. 모든 것을 내려놓고 마치 체념한 듯한, 그러면서도 뭔가 앙금이 남아있는 표정이었다. 끝까지 자존심은 붙들고 있었다.

“나도 그칠 줄 모르는 비와 전사들의 몸 상태가 많이 걱정된 게 사실이오. 아주 잘 말해주었소. 즉시 전 부족에게 명하여 최대한 빨리 부족 마을로 완전히 철수하도록 하시오. 하지만 분명히 말해둘 것이 있소. 아직 싸움은 끝나지 않았소. 다시 힘을 모아 반드시 람보르 부족을 멸할 것이오.”

철수를 결심했음에도 불구하고 족장의 분노는 여전히 가라앉지 않았다. 계속해서 람보르 부족을 멸할 것이라는 말을 반복했다. 람보르 부족을 향한 그의 적개심이 얼마나 견고한지 알 수 있었다. 지금은 어쩔 수 없는 일이었다. 미리 앞서서 걱정하지 말자고 재무르는 마음을 다독였다. 일단 철수한다는 족장의 결심을 이끌어 낸 것만으로도 큰 소득이었다.

소투와 재무르도 조용히 고개를 숙여 인사하고 일어섰다. 재무르의 마음은 복잡했다. 첫 싸움은 람보르 부족이 잘 막아냈으나, 야르 부족이 잠시 추스른 다음에 다시 쳐들어간다면 그때는 막아내기가 쉽지 않을 것이었다. 람보르 부족이 아무리 지혜롭고 용감하게 버틴다 해도 물리적인 차이가 워낙 크기에 결국에는 뚫릴 수밖에 없고 참혹한 상황을 마주할 게 뻔했다. 그러면 안 되기에 이 전쟁을 여기서 멈추고 끝내야 하는데 그럴만한 묘책이 떠오르지 않았다.

부족의 마을로 철수한다는 소식이 빠르게 전해지면서 야르 전사들은 생기를 되찾으면서 빠르게 움직이고 있었다. 일부는 신이 나서 떠들고 있었다. 하지만 그들은 아직 모르고 있었다. 그것이 완전한 끝이 아니라는 걸, 아직도 흘려야 할 피가 남아있다는 걸. 기구하게 느껴지는 자신의 처지 못지않게 그들의 모습이 안타까워 재무르의 마음은 심연으로 들어가는 것 같았다.

람보르 부족 안에서도 긴급회의가 열렸다. 람보르 족장은 솔론, 티아라, 툼바를 불러들이면서 미르셀도 자리에 참석하라고 명했다. 혼란스러운 상황을 얼추 정리한 세 사람은 재빠르게 람보르 족장의 처소로 들어왔다. 원로인 톨룸가도 이미 와 있었다. 늘 한결같은 룽가가 세 사람을 맞이했다. 곧이어 미르셀도 도착했다. 툼바의 눈이 반가움으로 반짝 빛났다. 족장을 비롯해 모인 모든 사람이 눈치챌 정도였다.

어색해하는 툼바의 마음을 달래준 건 람보르였다.

"툼바, 오랜만에 미르셀을 보는 거지? 얼마나 보고 싶었는지 얼굴에 다 나타나네. 그렇게 머뭇거리지 말고 빨리 가서 안아줘. 미르셀도 말은 안 하지만 툼바가 얼마나 보고 싶었겠어. 우리가 눈을 돌릴 테니 어서. 이건 족장의 명령이야."

긴박한 상황에서도 여유를 보여주는 족장 덕분에 분위기는 금세 훈훈해졌다. 툼바는 쑥스러운 듯 머뭇거리면서 다가가 그동안 못내 그리웠던 미르셀을 그의 넓은 품으로 꼭 안았다. 그녀한테만 맡을 수 있는 달콤한 향기가 코끝으로 들어오며 어느새 온몸 가득 채워졌다. 금세 몸과 마음이 뜨거워지는 듯했지만 참아야만 했다. 미르셀을 안은 툼바의 두 손이 떨어질 줄 몰랐다.

람보르 족장은 물론 나머지 사람들도 미소 지으며 두 사람을 기다려줬다. 그 뜨겁고도 어색한 순간을 끝낸 건 미르셀이었다. 더 이상 그러고 있기가 쑥스러운 듯 슬며시 툼바의 손을 풀고 툼바를 그의 자리로 돌아가도록 했다.

"자! 모두 자리에 앉자. 어디 다친 데는 없는지? 우리 부족의 피해는?"

람보르는 가장 먼저 세 사람의 안부를 포함하여 부족원의 상태부터 물었다. 일이 있을 때마다 족장에게 보고했던 터라 이미 상황을 다 알고 있을 것인데도 부족원을 먼저 생각하고 위하는 마음이 엿보였다.

"네. 선봉대는 처음에 네 명의 전사가 피해를 입었는데, 안타깝게도 두 명이 치료 중에 죽었습니다. 죄송합니다."

예비대와 후방대는 피해가 없었다.

"안타깝구나. 가장 치열한 곳이 솔론의 선봉대였으니 솔론부터 간단하게 지금의 상황과 차후 조치 등에 대해 말해라."

솔론은 그간에 있었던 상황과 선봉대원들의 상태, 앞으로 예상되는 적의 움직임, 그에 따른 대비책 등을 매우 소상하게 보고했다.

티아라와 툼바는 속으로 감탄을 하며 그의 말을 듣고 있었다. 툼바는 이렇게 훌륭한 람보르 족장, 솔론과 같은 자리에서 머리를 맞대고 있다는 것이 얼마나 뿌듯하고 자랑스러운지 절로 어깨에 힘이 들어갔다.

솔론은 사로잡은 야르 부족의 아이에 대해서도 고하는 걸 잊지 않았다. 지금은 후방대에서 툼바가 데리고 있는 그 아이이다. 옆에서 툼바도 거들었다. 아직 어리지만 하는 행동이 예사롭지 않은 아이라고 고했다. 그러면서 필시 야르 부족에서 큰일을 감당하고 있는 자의 아이일 것 같다는 의견까지 덧붙였다. 그러자 족장이 더 큰 관심을 보였다. 옆에 있는 미르셀에게 그 아이를 잘 보살피라고 명했다.

"모두 수고했다. 그 누구보다도 선봉대장인 솔론이 잘해주었다. 자! 먼저, 이번 싸움에서 안타깝게도 목숨을 잃은 우리 전사들의 영혼을 위해 기도하자."

람보르의 말이 떨어지기 무섭게 모두 고개를 숙였다. 기도가 끝나자 매사에 사람을 먼저 생각하는 족장답게 죽은 자와 남겨진 가족에 대한 마음을 전했다.

"죽은 전사 두 명은 시신을 잘 수습하고 예를 갖춰 장례를 지내도록 하라. 그들의 헌신이 후세에까지 길이 이어질 수 있도록 기억하고 예우하자. 남은 가족들도 위로해 주고 부족 전체가 보살피자. 다친 전사들도 잘 치료해라."

람보르는 좌중을 돌아보며 계속 말을 이었다.

"모든 게 그러하겠지만 싸움도 처음이 가장 중요하다. 정신적으로, 육체적으로 큰 의미가 있다. 특히, 일선에서 싸우는 전사들에게 끼치는 영향은 매우 크다. 그들의 마음속에 이길 수 있다는 자신감이 심어지는지, 아니면 질지 모른다는 불안감이 심어지는 건 초반에 결정되기 때문이다. 어떤 전사가 이길 수 있는 충분히 알 거라 믿는다. 그런 면에서 이번 싸움은 대성공이다. 모두 수고 많았다. 야르 부족은 첫 싸움이 실패로 끝나고, 피해가 커 충격을 받았을 것이다."

람보르의 입에서 나오는 말 한마디 한마디가 사람이 살아가는 이치와 섭리에 닿아 있었다.

"첫 번째 싸움은 선봉대장인 솔론을 위시해서 우리가 잘한 것도 있지만 무엇보다도 하늘의 도움이 컸다. 좀처럼 비가 내리지 않는 이 땅에 전쟁 시작과 함께 이처럼 많은 비가 내리고 있다는 것 자체가 기적이고, 하늘의 뜻이라 할 수 있다. 이번 기적은 우리 부족을 살리는 기적이라 난 믿는다. 늘 최선을 다해 살아가다 보면 이처럼 하늘도 돕는다는 걸 모두가 꼭 깨달아야 한다. 돌아가 거든 우리는 하늘이 도와주시는 부족이니 반드시 이길 수 있다는 자신감을 다 시 한번 전사들의 머릿속에 심어주기 바란다. ‘하늘은 스스로 돕는 자를 돕는 다.’ 그러면 어렵고 힘든 상황이 와도 포기하지 않고 끝까지 힘을 낼 거라 믿 는다.”

“네. 족장님 말씀대로 전사들에게 강하게 심어주겠습니다.”

모두의 대답 가운데서도 가장 우렁찬 건 티아라의 목소리였다. 솔론이 혼자 주인공이 되는 상황을 보고만 있지는 않겠다는 의도가 그의 말속에서 느껴졌 다. 툼바는 속으로 피식 웃고 말았다.

“이제 중요한 것은 이 싸움으로 끝날지 아닐지 여부다. 다른 변수가 없는 한 야르 족장이 이쯤에서 물러나지 않을 거라고 본다. 그래서 첫 싸움에서 이겼 다고 방심하지 않도록 특별히 유념해라.”

람보르는 하나에서 열까지 모든 면에서 조금도 소홀함이 없었다.

”네, 알겠습니다. 방심하지 않겠습니다.“

세 사람의 대장은 마치 약속이라도 한 듯이 이구동성으로 결의를 내비쳤다. 람보르는 고개를 돌려 한쪽에 다소곳이 앉아 있는 미르셀을 바라보았다.

“싸우는 전사들 못지않게 미르셀을 중심으로 한 여자들의 노고가 큰 데 족장 으로서 매우 감사하고 있소. 미르셀, 혹시 할 말이 있으면 하시오.”

“네. 우리 부족을 지키기 위해서 싸우시는 족장님과 여러분들의 노고를 어찌 말로 다 할까요? 그저 감사할 뿐이에요. 말씀하신 대로 안타깝게 죽은 전사의 가족은 여자들이 신경 써서 보살필게요. 족장님께서 모든 면에 다 신경 쓰고 계시지만 무엇보다도 초리 부족으로 몸을 피한 노인들과 아이들 소식이 궁금 하실 거예요. 제가 수시로 사람을 보내 잘 지내고 있는지 살피고 있어요. 오르 미가 저를 적극적으로 돕고 있고요. 특히, 초리 부족의 족장님이 부인을 보내 직접 보살피도록 명했기에 부족의 다른 사람들도 살갑게 대해주고 있어요. 그런데 더 반가운 소식이 있습니다.”

여기까지 말하고선 미르셸이 좌중을 둘러보았다. 노인과 아이들이 잘 있다는 소식도 기분 좋은데, 더 반가운 일이 있다는 말에 모두가 집중했다. 그녀의 말이 이어졌다.

“어제 제가 초리 부족의 마을을 찾았는데 초리 족장님께서 저를 불러 이르시기를 만약에 람보르 부족만으로 싸울 힘이 부족해져서 도움을 요청한다면 기꺼이 초리 부족의 전사들을 보내겠다고 하셨어요. 초리 부족의 세가 야르 부족이나 우리 부족에는 많이 미치지 못하지만 싸울 수 있는 전사의 수가 몇십 명은 족히 된다고 하시면서요. 물론 그럴 리 없겠지만 우리가 불리한 상황이 되면 언제든지 도움을 줄 수 있는 형제 부족이 있다는 게 얼마나 든든한지 몰라요. 초리 부족과 우리 부족 사이에 강하게 맺어져 있는 믿음이 깨지지 않도록 앞으로도 잘 신경 쓸게요.”

역시 미르셸이었다. 부족의 노인들과 아이들을 돌보는 일을 하면서도 보다 큰 틀에서 부족의 안위를 지킬 수 있도록 노력하는 것 자체가 여느 여자들과는 달랐다. 그 누구도 쉽게 할 수 없는 일이었다. 분명 족장은 미르셸에게서 이러한 일까지 기대했을 것이었다.

“미르셸의 말을 듣고 나니 더욱 힘이 나오. 중요한 일을 잘 감당해줘서 고맙소. 서로의 영역이 있기에 지금까지는 그냥 각자 조용히 지내는 것이 존중하는 것이라고 여겼소. 하지만 이런 큰일을 당하고 나니 새삼 초리 부족의 존재가 미덥게 느껴지는군요. 가시거든 꼭 초리 족장님께 신경 써 주셔서 감사하고, 위급할 때는 요청하겠다고 전해주시오.”

족장의 당부에 미르셸이 고개 숙여 대답했다. 그녀의 얼굴에선 광채가 났다.

툼바는 그런 미르셸이 자신의 여자임이, 아니 자기가 그런 미르셸의 남자임이 다시금 자랑스러웠다.

“이번 싸움에선 티아라의 예비대도 아주 훌륭했다. 잘 싸웠다. 특히 동쪽의 바위 근처로 다가오는 적들을 놓치지 않고 물리친 건 큰 공이다. 티아라와 예비대의 노력을 높이 칭찬한다.”

주인공의 자리가 솔론과 미르셀을 거쳐 티아라에게 이어졌다. 티아라가 말은 안 했지만, 속으론 은근히 제 차례를 기다리고 있었을 터였다.

“네. 족장님. 감사합니다. 모든 건 족장님께서 저들의 속셈을 미리 꿰뚫고 대비하신 계책 덕분입니다. 저와 예비대의 전사들은 이번 싸움을 준비하고 행하면서 족장님의 탁월함에 감탄했습니다. 그리고 족장님의 의도대로 싸우기 위해 최선을 다한 결과 예비대는 단 한 명도 피해가 없었습니다. 앞으로도 자신 있습니다. 저들이 또 쳐들어오더라도 선봉대를 도와 반드시 물리치겠습니다.”

티아라의 말에서는 전에 없던 진정한 자신감이 듬뿍 묻어났다. 한 번의 승리가 사람을 그렇게 만든 것이었다.

“티아라의 말을 들으니 든든하다. 지금까지 해왔던 대로 잘 해내리라 믿는다. 하지만 모두에게 방금 말했듯이 절대 방심하지 마라. 다음은 툼바도 한마디 해라.”

“네. 먼저 잘 이끌어 주신 족장님께 감사드립니다. 아울러 조언해 주신 톨룸가님 등 원로분들과 잘 싸워준 솔론과 티아라, 헌신적으로 지원한 미르셀을 포함하여 부족원 모두에게 고맙다는 말을 전하고 싶습니다. 미르셀이 말씀드린 것처럼 지금 후방에는 후방대 전사들과 일부 여자들만 남아있습니다. 적들이 멀리 돌아서 뒤통수를 칠지도 모를 일이기에 후방대는 그들이 올 만한 지역을 그야말로 물 샐 틈 없이 지키고 있습니다. 또한, 미르셀과 오르미를 중심으로 여자들이 선봉대와 예비대 전사들이 먹을 수 있는 양식을 준비하고, 다칠 것에 대비해 약초 등을 챙기고 있는데 이를 잘 거들고 있습니다. 앞으로 어떤 일이 벌어지더라도 흔들리지 않고 잘 지원하겠습니다.”

"그래, 툼바도 잘 해내고 있구나. 모두 고맙다. 그동안 누누이 말했지만, 이번 싸움은 우리가 반드시 이겨야 한다. 그래야만 정의가 살아있다는 걸 만천하에 증명할 수 있다. '눈에는 눈, 이에는 이'라는 올바르지 못한 일을 뿌리 뽑을 수 있다. 이 싸움은 지금 당장 우리의 생존이 걸려있는 문제이기도 하거니와 더 크게는 부족의 미래가 걸린 일이다. 바로 우리 후손들과 세상의 미래가 달려 있다는 뜻이다. 우리는 지금 이 자리에서 그처럼 위대한 일을 하고 있다는 걸 분명히 명심하고 각자의 자리에서 최선을 다해주기 바란다. 끝으로 늘 부족을 위해 좋은 말씀을 아끼지 않으시는 톨룸가님도 한 말씀 하시지요?"

가만히 듣고만 있던 원로 톨룸가가 입을 열었다.

"혹시 싸움이 일어나기 전에 있었던 회의 때 내가 말한 걸 다들 기억하는지요? 그때 나는 이런 말을 했소. 우리가 미처 대비하지 못한 부분, 우리가 미치지 못하는 틈, 우리가 생각지도 못한 부분이 혹여 없는지 꼼꼼하게 따져야 한다고 말이오. 또한 야르 부족이 우리의 머리를 치면 우리는 꼬리로 덤비고, 우리의 꼬리를 치면 머리로 덤비며, 허리를 치면 머리와 꼬리가 함께 덤빌 수 있도록 신속하고 다양하게 우리의 힘을 구사할 수 있도록 각별하게 신경 써서 준비하라고도 했소."

톨룸가의 말은 람보르 족장 못지않게 위엄이 묻어나왔기에 모두들 고개를 끄덕이며 수긍했다.

"내 개인적으로는 이제 그때가 온 것 같다고 생각하오. 솔론, 티아라, 툼바 세 대장의 말을 듣고 보니 우리가 미처 대비하지 못한 부분은 없는 듯하고, 이를 보완하기 위해 많은 노력을 기울인 것 같아 마음 든든하오. 그렇다면 이젠 뒤의 얘기를 주목할 필요가 있소. 언제까지나 수동적으로 기다리고 당할 순 없소. 적이 우리의 머리를 치면 우리는 꼬리로 덤벼야 하오. 그 방법 중의 하나로 소수정예의 행동대를 만들어 야르 부족의 진영으로 들어가게 하는 것도 생각해 볼 필요가 있소. 야르 족장은 우리 쪽에서 쳐들어갈 거라고는 꿈에도 생각하지 않을 것이오. 그 허를 찌르자는 것이오."

람보르 족장이 바로 말을 이었다.

"톨룸가님의 말씀에 감사합니다. 따를 수 없는 혜안이 놀랍습니다. 그 부분은 심사숙고해서 시행토록 하겠습니다. 다만, 준비는 지금 당장 하겠습니다. 구체적인 임무는 나중에 더 자세히 말하겠지만 일단 행동대는 티아라의 예비대에서 뽑되, 특별히 지원자가 있으면 선발하도록 해라. 해야 할 임무와 훈련은 내가 직접 시키도록 하고, 선발 책임은 티아라에게 맡기마. 룽가는 준비가 끝나면 즉시 내게 알려라."

족장은 조금도 망설임 없이 최대한 빠르게 조치했다. 이어 시키지도 않았는데 미르셀이 말을 꺼냈다.

"이 자리에서 제가 말씀드리는 게 외람된 일인지 알지만 한 말씀만 드릴게요. 톨룸가님의 혜안에는 저도 늘 놀라고 감탄합니다. 여러분들께서 말씀하신 것처럼 첫 싸움에서 승리한 것은 정말 대단한 일이에요. 우리 여자들도 부족의 승리를 위해 손 모아 기도했는데 어렵고도 힘든 첫 싸움에서 이겼으니 부족의 모든 전사들이 자랑스럽고 믿음직스러워요."

잠시 숨을 고른 미르셀은 좌중을 둘러보았다. 그리고는 다시 말을 이었다.

"족장님께서도 말씀하셨다시피 첫 싸움은 아직 본격적인 싸움이 아니라는 점을 잊지 마시길 부탁드려요. 우리가 잘 싸운 것도 있지만 지형적으로 지키기에 유리했고, 거기다가 하늘까지 도와줘서 큰비를 내려주었기에 이길 수 있었던 거예요. 이런 상황에서 톨룸가님 말씀대로 행동대를 보내면 적의 혼란을 강요할 수 있을 거예요. 다만, 달성 가능한 확실한 목표를 세우고, 소수정예가 들어가서 그야말로 치고빠지기식으로 재빠르게 친 다음에 안전하게 빠져나와야만 해요. 제가 잘은 모르지만 톨룸가님의 꼬리로 덤빈다는 말씀이 바로 이런 게 아닐까 싶습니다."

미르셀의 말을 톨룸가가 즉시 받았다.

"미르셀의 말이 백 번 천 번 옳습니다. 끝날 때쯤 내가 당부하고 싶었던 말인데, 먼저 얘기해 주었군요."

"그렇다면 죄송하게 되었습니다. 제가 주제넘게 나섰습니다. 톨룸가님."

"아니에요. 오히려 고맙죠. 내 뜻을 미리 헤아려서 말해주니 더 좋아요. 말 그대로예요. 더하거나 뺄 것도 없어요. 아주 간단하게, 가장 명확한 목표 딱 하나만 가지고 들어가게 해야 합니다. 적을 혼란스럽게 한 다음에 신속하게 다시 빠져나오는 데에 중점을 두어야 해요. 그 과정에서 우리 편이 한 명이라도 죽거나 다치면 안 돼요. 만약에 그렇게 되면 그를 데리고 나오느라 애를 써야 하고, 행동의 자유를 잃을 가능성이 커요. 그러니 똘똘 뭉쳐서 재빠르게 뜻을 이루고 빠지도록 단단히 준비하도록 하세요."

"톨룸가님과 미르셀의 귀한 말씀 잘 들었습니다. 감사합니다. 모두 잘 새겼을 테니 한 치의 차질도 없이 잘 준비하길 바란다. 중간중간에 의문 나는 사항이 있으면 언제든지 내게 말하고. 끝으로 솔론은 행동대가 꾸려지면 만나서 잘 협조하도록 해라. 적진으로 들어갈 때와 나올 때 서로 협조하지 않으면 위험한 상황이 벌어질 테니 말이다. 혹여나 야르 부족으로 오인하여 서로 창을 던지는 일은 없어야 된다. 알겠나?"

"네, 알겠습니다." 참석자 모두는 큰 목소리로 대답했다.

"자, 모두 자기 자리로 돌아가서 맡은 역할을 잘 감당해 주길 부탁한다."

족장의 입에서 부탁한다는 말이 나왔다. 그만큼 간절하고 절박한 마음이 묻어나왔다. 부족의 명운을 두 어깨에 짊어진 한 남자의 고뇌가 말 한마디에서도 울려 나왔다.

비는 여전히 그치지 않고 하염없이 퍼붓고 있었다.

람보르 족장의 지시대로 행동대는 신속하게 꾸려졌다. 티아라의 보고에 의하면 지원하는 전사가 많다고 했다. 공을 세워 솔론이나 툼바처럼 되고 싶어

하는 젊은 전사들이 꽤 있다는 방증이었다. 말은 안 했지만, 평소의 행동이나 느낌으로 알 수 있었다.

람보르가 고민한 것은 행동대장으로 누구를 임명할 것인가였다. 매사에 나서길 좋아하는 티아라가 내심 자기가 맡기를 바라는 것 같지만, 그건 아니었다. 솔론, 티아라, 툼바는 이미 각각 중요한 임무를 맡고 있기에 다른 사람을 뽑아야 했다.

특히, 더 마음이 쓰이는 건 회의를 마치고 나가며 미르셀이 전해준 쪽지 하나 때문이었다. 잘 마른 나뭇잎에 적혀 있는 이름 하나, 그건 람보르도 예상하지 못한 것이었다. 거기엔 '초람'이라고 적혀 있었다.

초람은 람보르가 존경하며 따랐던 전 족장의 딸이다. 아버지가 예기치 못한 사고로 세상을 떠난 뒤로 오랜 시간 동안 부족원의 눈에 띄지 않고 집에만 들어앉아 있다. 간간이 그녀의 소식을 전해 듣고는 있지만 어떤 상황인지는 제대로 알지 못한다. 관심이 없는 게 아니라 관심을 두지 않는 게 그녀를 도와주는 것임을 모두가 잘 알고 있기 때문이었다.

미르셀이 전해준 낙엽쪽지에 적혀 있는 초람이라는 이름이 무슨 의미일지 람보르는 한참 동안 생각했다. 곧 그녀가 무엇을 말하고자 하는지 알아차렸다. 행동대를 이끌 인물로 초람을 추천한 것이었다.

람보르의 심장이 두근두근 뛰기 시작했다. 그동안 초람에게 무슨 일이 있었는지, 그녀가 과연 이런 일을 할 수 있을 정도의 역량을 지니고 있는지 궁금하기도 했다. 애써 참으며 조금 더 기다려보기로 했다.

족장의 처소에서 나온 미르셀은 툼바와 몇 마디를 주고받은 후 곧장 마을 뒤쪽 후미진 곳으로 향했다. 마을 뒤쪽은 큰 산으로 바위들이 많았기에 그곳에서 사는 사람들은 주로 동굴 안에서 생활했다. 동물들로부터 몸도 보호해주고, 비바람도 막아주니 사실 동굴보다 더 좋은 집은 없었다. 거기다가 그냥 꽉 막힌 공간이 아니라 어딘가와 작은 틈으로 이어져 있기에 공기도 잘 통했다. 더운 날에 들어가면 시원했고, 추운 날에는 따뜻했다.

좁은 입구를 지나자 위에서 빛이 들어오는 조금 넓은 공간이 드러났다. 그곳에 한 젊은 여자가 있었다. 초람, 미르셀이 족장에게 전한 쪽지에 적혀 있는 이름의 주인공이다.

초람은 미르셀을 반갑게 맞았다. 그녀는 부족원 누구와도 교류하지 않고 이 좁은 공간에서 묵묵히 그녀만의 시간을 견뎌오고 있다. 다른 사람들은 잘 모르고 있어도 미르셀만은 함께 하고 있다. 초람이 자신에 대해 아무에게도 말하지 말아 달라고 특별히 당부했기에 미르셀은 툼바에게도 그녀의 자세한 생활에 대해서 함구한 채 지금까지 지내왔다.

미르셀의 행동이 신중하기도 하거니와 초람에게 갈 때는 더 은밀하게 행동했기에 마을 사람들의 이목을 끌지 않았다. 아니, 어쩌면 사람들이 알고도 일부러 모르는 척했을 수도 있었다. 다른 이에게는 마음의 문을 닫은 초람도 미르셀에게만은 가까이 다가갔다. 그녀가 유일하게 소통하고 있는 사람이 미르셀인 셈이었다. 미르셀은 진정으로 그녀만의 아픔과 상처를 헤아리고 보듬어 주었다. 아버지가 살아있을 때만 해도 초람은 부족원의 관심과 사랑을 한 몸에 받고 있었다. 족장이라는 아버지의 위치도 있었거니와 그녀 자신이 지닌 탁월한 능력 때문이었다.

초람은 어렸을 때부터 무술에 능했다. 몸으로 하는 무술부터 시작하여, 창을 쓰고 던지는 사냥 무술까지 배우고 익혔다. 원래 총명한 데다 열성까지 더하니 그 실력은 날로 향상되었다. 부족의 전통상 여자들은 공식적인 사냥에는 참가하지 못했지만, 초람의 실력은 부족의 그 어떤 남자들보다도 뛰어났다. 그런 사실을 부족원은 다 알고 있었다.

초람은 부족의 관습에 개의치 않고 혼자만의 성을 쌓아 나갔다. 하지만 그녀의 불행은 갑자기 닥친 아버지의 죽음으로 시작됐다. 사냥에 나섰던 아버지가 위험에 처한 부족의 청년을 구하고 뿔에 받혀 세상을 떠나고 만 것이었다. 사실 그날의 일은 엄청난 불운이었다. 족장은 직접 사냥에 나서지 않고 현장에 있는 것만으로도 부족원에게 힘이 되는 존재지만, 그날만큼은 직접 사냥에 참여했고, 그것도 가장 위험한 최일선에서 사냥을 지휘했던 것이었다.

예상치 못한 비극은 사냥이 시작되고 얼마 지나지 않아서 벌어졌다. 예상대로 사냥감이 나타났고 족장의 신호에 따라 일제히 창을 던졌다. 큰 동물일 경우에는 창을 맞고도 금방 죽지 않고 한동안 이리저리 뛰어다니기에 참고 인내해야만 했는데 족장 옆에 있었던 청년은 그러지 못했다. 자기가 던진 창이 정통으로 동물의 몸에 맞았다는 우쭐한 마음에 취해 성급하게 동물을 향해 뛰쳐나갔고, 때마침 날뛰던 동물이 청년에게 달려들면서 위험에 처하게 되었다. 이를 지켜보던 족장은 그 청년을 살리려고 몸을 던졌다. 동물의 뿔이 청년의 몸에 닿기 바로 직전에 족장의 창이 먼저 동물의 목덜미를 깊숙이 꿰뚫었고, 몸부림치는 동물의 뿔에 청년 대신 족장이 부딪친 것이었다. 하늘 높이 치솟았다가 떨어진 족장은 그 자리에서 목숨을 잃고 말았다.

족장의 뜻하지 않은 갑작스러운 죽음은 부족원 모두에게 큰 충격이 아닐 수 없었다. 대를 이어 탄탄하게 맺어져 온 부족의 결속력도 흔들릴 정도로 여파가 컸다.

당연히 가장 슬픔에 빠진 사람은 딸 초람이었다. 낳아주고 길러준 아버지의 존재를 넘어 초람에게 있어 희망과도 같던 부족의 최고봉이었다. 그런 아버지를 떠나보낸 슬픔은 이루 헤아릴 수 없었다. 그리고 그 슬픔을 감당해야 하는 것은 오롯이 홀로 남겨진 자, 초람의 몫이었다.

아버지의 죽음 이후 초람은 한창 뜻을 펼칠 나이에 동굴 속에 틀어박혔다. 하늘나라로 떠난 아버지의 비통한 슬픔을 온몸으로 껴안은 채 세상 밖으로 나오지 않았다.

족장의 자리를 이어받은 람보르는 초람이 늘 궁금했다. 생전에 람보르를 누구보다 아꼈던 전임 족장이라 인간으로서 할 도리를 다하고자 늘 마음을 썼다. 하지만 그냥 놔두는 것이 그녀의 뜻을 존중하는 거라고 여겼다. 진정 초람을 위하는 길이 어떤 것인지를 잘 알고 있기에 때를 기다렸다. 대신 현명한 미르셀이 초람을 챙긴다는 것을 눈치채고 슬며시 양식도 건네주고 동물의 가죽도 전해주라고 미르셀 편에 말없이 보내곤 했다.

그 사실을 알 리 없는 부족원 중에는 람보르 족장이 전임 족장의 딸을 챙겨주지 않고 모른 체한다고 뒤에서 수군대는 사람도 있었다. 하지만 미르셀만큼은 족장의 마음을 충분히 헤아렸다. 그래서 초람을 보살피는 몫을 온전히 자신이 담당하기로 하고 지금까지 보살펴 온 것이었다.

그렇게 많은 날이 지나갔다. 처음에는 미르셀과도 말을 잘 섞지 않았지만, 시간이 지나자 미르셀의 진심을 온전히 받아들였다. 그 사이에 초람도 성숙한 처녀로 자라났다. 눈매는 날카로웠고, 계속해서 혼자 갈고닦은 무술 실력은 더 늘어 이젠 부족의 그 누구와도 대적할만한 수준이었다. 평소 툼바와 솔론의 실력을 잘 알고 있는 미르셀은 초람이 어느 정도로 대단한 수준에 도달했는지 금방 눈치챌 수 있었다. 다만, 왜 그토록 동굴 안에만 틀어박혀 있고, 모두 잠든 밤에만 움직여 홀로 무술을 익히고 있는지는 짐작만 할 뿐 알지 못했다. 그녀가 먼저 털어놓지 않으면 알 도리가 없었다. 아버지를 먼저 떠나보낸 상심이 그토록 컸음을 그냥 받아들이기로 했다.

그런 초람을 이번에 미르셀이 행동대장으로 추천한 것이었다. 가장 중요한 순간 초람이 전면에 나섰다. 족장이 보기엔 전혀 뜻밖이라고 생각할 수 있겠지만 미르셀은 나름의 노림수가 있었다. 우선 초람의 신체적인 능력과 의지는 행동대장의 임무를 수행하기에 충분해 전혀 부족하지 않을 거라 여겼다.

다음으로 그녀의 가슴 속에 여전히 남아있는 상실에 대한 아픔과 분노를 완전히 치유하려면 특별한 계기가 있어야 할 것이었다. 언제까지나 마냥 숨어서 혼자 삭일 수만은 없는 노릇이었다. 마침 본의 아니게 야르 부족과 싸움이 벌어졌기에 초람을 세상 밖으로 불러내는 데 좋은 기회라고 여겼다.

처음엔 큰 기대를 하지 않았다. 초람이 세상 밖으로 나오는 걸 꺼릴 수도 있다고 생각했다. 하지만 반응은 전혀 의외였다. 미르셀이 조곤조곤 풀어놓자 잠시 생각에 잠긴 듯하다가 이내 받아들였다. 자신이 나서겠다고, 큰일을 맡아서 부족을 위해 싸우겠다는 의지를 표했다. 초람의 눈빛에서 미르셀은 족장이었던 초람 아버지의 모습을 떠올렸다. 그 표정과 그 눈빛, 말투 모든 게 그 아버지의 모습을 닮아있었다.

그제야 미르셀은 초람이 수락한 이유를 알아차렸다. 그녀가 마음속으로 대단한 야심을 품고 있다는 것을. 어느새 초람은 그 정도로 무시하지 못할 존재로 커버린 것이었다.

시간이 지나고도 마땅한 사람이 눈에 띄지 않자 람보르는 미르셀의 추천을 받은 초람을 행동대장으로 임명하겠다고 결정했다. 각 대장들에게 그 사실을 전하자 가장 큰 충격을 받은 것은 티아라였다. 행동대를 구성하는 인원 전부가 자기가 이끄는 예비대에서 나왔기에 당연히 자기가 행동대장이 되어야 한다고 굳게 믿고 있었던 것이었다. 그런데 난데없이 초람이라니, 티아라는 도저히 이해할 수 없고 받아들일 수 없었다. 여자이면서 그동안 죽었는지 살았는지조차 모를, 모두의 기억 속에서 멀어져 있던 초람을 이토록 위중한 시기에 행동대장이라는 막중한 임무를 부여한 람보르 족장을 아무리 이해하려 해도 이해할 수 없었다.

티아라의 급한 성격은 다시 또 수면 위로 올라오고야 말았다. 오르미의 만류에도 불구하고 티아라는 목소리를 높였다. 그리곤 이내 자기를 추종하는 청년들 몇몇을 이끌고 직접 족장을 찾아갔다.

람보르는 티아라를 좋은 말로 달랬다. 예비대를 책임지는 티아라가 얼마나 중요한 일을 하는지를 다시금 일깨워줬다. 또한 초람이 어떤 사람인지, 지금까지 어떻게 살아왔는지, 왜 행동대장을 시키려고 하는지 자신의 뜻을 제대로 전하려고 노력했다. 중요한 때에 분열이 되면 안 될 일이었다. 하지만 티아라는 람보르 족장의 말을 건성으로 듣는 듯했다. 자기밖에 생각하지 않는 품성이 그대로 드러났다.

한참을 듣고 있던 람보르도 더이상 참지 않았다. 분명한 뜻을 전했으니 그대로 이행하라는 엄한 명령을 내렸다. 예비대장으로서의 임무에만 충실하라고 했고, 초람의 일은 더 이상 거론하지 말라고까지 했다. 람보르 족장의 강경한 태도에 기가 죽은 티아라는 그냥 그대로 나올 수밖에 없었다.

초람의 등장은 티아라에게는 불만이었지만, 부족원 모두에게는 그야말로 혜성과도 같이 다가왔다. 그동안 베일에 싸여 있었던 사람, 여자의 몸으로 전격적으로 행동대장에 임명된 당당한 전사, 어렸을 적부터 무술의 고수로 불렸던 초람은 이제 뭇사람들의 관심을 한몸에 받을 수밖에 없었다.

오랜 은둔생활에도 불구하고 초람은 싱그럽고 당당하며 아름다웠다. 눈빛은 사람의 마음을 꿰뚫을 듯 맑게 빛났으며, 쭉 뻗은 탄탄한 몸매와 근육으로 뭉쳐진 팔다리는 한눈에 봐도 대단한 전사임을 느낄 수 있었다. 긴 머리는 틀어 올려 동물의 가죽끈으로 질끈 묶었다. 굳게 다문 가는 입술은 안 그래도 날카로울 정도로 아름다운 초람의 얼굴을 더 빛나게 했다. 이제는 가히 범접할 수 없는 위엄까지 서려 있었다.

그런 초람의 얼굴보다 더 날카로운 게 있으니 그녀의 손에 들린 작은 돌칼이었다. 다른 전사들의 것과는 비교가 되지 않을 정도로 작고 날카롭기 그지없었다. 초람은 그 돌칼을 자유자재로 구사했다. 한 번 날아간 돌칼은 여지없이 목표물에 명중했으며 제법 굵은 나뭇가지도 단번에 잘려나갈 정도로 파괴력이 엄청났다. 그 정도면 큰 동물이라도 정통으로 급소를 맞는다면 쓰러질 것이 분명했다. 올가미 날리기 역시 대단했다. 던지기만 하면 어디든 정확하게 날아갔으며 한번 감기면 빠져나올 수 없을 정도였다.

전혀 예상치 못한 모습으로 갑작스레 초람이 등장하자 상황을 잘 이해하지 못하고 받아들이지 못하는 몇몇 사람들은 여기저기 모여 수군댔다. 그리고 그 중심엔 역시 티아라가 있었다. 지난번에 이어 이번에도 부족원을 선동하며 나섰다. 족장이 분명 예비대를 잘 챙기라고 지시했건만, 이번에도 엉뚱한 길로 나서고 있었다. 그게 변하지 않는 애초의 품성 때문인지, 아니면 욱하는 성격으로 인한 것인지는 옆에 있는 오르미조차도 우려할 정도였다. 다만, 한 가지 다행인 것은 티아라가 초람을 향해 직접적인 반감을 표시하지는 않았다는 점이다. 나름대로는 선을 넘지 않으려고 노력하는 것 같았다.

초람은 그런 움직임에 개의치 않고 임무에 집중했다. 가장 먼저 행동대를 자임한 세 명의 청년들을 불러모았다. 지난번에 야르 부족을 정탐하고 돌아왔던 청년들이었다. 그때 제대로 활약하지 못한 것이 신경 쓰였는데 이번에야말로 만회할 기회라고 여겼다. 그런 그들 역시 사냥에도 참여할 수 없는 여자가 자신들의 대장이 된 것에 대해 다소 의아해하는 모습이었다. 드러내놓고 표내지는 않았지만, 표정이 썩 밝지는 않았다. 그 모습을 보면서도 초람은 아무 동요 없이 냉철했다.

행동대는 초람의 지휘하에 곧바로 실전과 같은 훈련에 들어갔다. 그녀가 가장 먼저 연습시킨 것은 자신의 특기인 돌칼 날리기였다. 돌칼은 휴대가 간편할뿐더러 멀리서도 목표물을 쓰러뜨릴 수 있는 가장 효과적인 무기이다. 그 중에서도 초람이 만든 돌칼은 그들이 직접 만져봐도 그 어떤 것보다도 가볍고 날카로워 무기로 사용하기에 적합하다. 행동대원들은 돌칼을 손에 쥐고 던지면서 놀라는 표정을 지었고, 이어 그녀가 직접 돌칼을 날리는 모습을 보고는 아예 벌어진 입을 다물지 못했다. 그 모습을 본 순간부터 그들은 초람을 완전히 인정하며 순종할 수밖에 없었다.

행동대는 초람을 포함하여 두 명씩, 두 개 조로 편성했다. 돌칼을 손에 쥐고, 목표물을 겨냥하고, 신속하게 던지는 방법을 끊임없이 익히고 숙달했다. 목표물을 향해 올가미를 던지고 활용하는 법도 중점적으로 익혔다. 워낙에 기본 실력이 있는 전사들이기에 얼마간의 시간이 지나자 모두 수준급의 실력을 갖추게 되었다.

그들은 틈나는 대로 행동 요령을 서로 토의하며 머릿속에 담았다. 적진으로 들어갈 때의 행동에서부터 예상치 못하게 적을 만났을 경우, 혼자 고립되었을 경우, 임무를 달성했거나 아니면 실패했을 경우 등 예상되는 모든 상황을 고려했다.

또 하나 준비한 건, 야르 부족의 말을 배우는 것이었다. 세 청년은 야르 부족의 말을 조금은 알아들을 수 있었지만 예상치 못한 상황이 닥치더라도 당황하지 않도록 제대로 배우라고 족장이 명했다. 다행히 사로잡아 데리고 있는 야르 부족의 아이로부터 집중적으로 배워나갔다.

어느 정도 준비가 되자 초람은 행동대원들에게 그들이 반드시 이뤄내야 할 목표에 대해 다시 한번 강조했다. 행동대의 목표는 곧 초람만이 감당해야 할 과업, 적의 중심인 야르 족장의 제거였다. 그렇게 되면 전쟁은 쉽게 끝날 거라는 걸 람보르는 확신하고 있었다.

초람은 다른 건 염두에 두지 않았다. 오직 야르 족장을 신속하게 제거하고 다시 돌아오는 것에 집중했다.

오랫동안 쏟아지던 비가 마침내 그쳤다. 사방은 온통 물바다로 변했고, 곳곳에 부러진 나뭇가지며 잡다한 풀들이 뒤엉켜 전쟁보다 더 큰 난리를 치른 듯했다.

람보르 전사들은 신속하게 주변을 정리하기 시작했다. 야르 전사들이 언제 다시 쳐들어올지 모르기 때문이었다. 각자 맡은 지역에서 다시 싸울 준비를 갖추고 있었다.

얼마 동안 초람에게 말미를 주었던 람보르는 다소 떨리는 마음으로 행동대를 찾았다. 행동대가 본격적으로 움직일 시간이 왔기에 확인차 온 것이었다. 참으로 오랜만에 보는 초람의 모습도 궁금하거니와, 그녀의 솜씨가 과연 어느 정도인지 직접 눈으로 보고 싶었다. 족장의 뒤를 따르는 솔론과 티아라, 툼바, 룽가 역시 초람의 실력을 직접 눈으로 확인하고 싶은 욕구가 강했기에 다소 긴장한 모습이었다.

족장 일행이 행동대가 훈련하고 있는 뒤편의 숲속에 도착하자 정체를 알 수 없는 강한 기운이 전해졌다. 얼굴과 피부엔 어느새 한기마저 서려왔다. 절로 몸이 움츠러들었다. 그 순간 어디선가 한 줄기 바람이 불어오는 것 같더니 어느새 한 여자가 그들의 눈앞에 나타나 섰다. 초람이었다.

오랜만에 보는 초람의 모습은 어릴 적 모습과 확연히 달라져 있었다. 얼굴에는 과거의 슬픈 흔적이 여전히 남아있는 듯했지만, 외모는 상상할 수 없을 만큼 변해있었다. 거기다가 몸에서 뿜어져 나오는 기운은 그녀를 예사롭게 바라보지 못하게끔 했다. 그 특별한 기운과 아름다움에 모두 숨을 죽였다.

람보르 역시 놀라움에 입을 다물지 못하고 초람을 바라보았다. 조용히 고개 숙이며 족장에게 인사하는 초람에게 솔론과 툼바, 룽가도 따라서 고개를 숙였다. 티아라만이 뚱한 얼굴로 초람을 외면하고 있었다.

람보르는 초람이 행동대장을 맡아준 것을 높이 평가하고 칭찬했다. 아울러 부족의 기대를 한몸에 받고 있음을 잊지 말고 부여된 임무를 꼭 완수하라고 힘주어 말했다. 초람은 중간중간 고개를 끄덕이며 임무 완수에 대한 의지를 드러냈다. 그 모습만 보더라도 믿음이 갔다.

람보르의 말이 끝나자마자 초람은 다시 한번 머리 숙여 인사하더니 곧 하늘을 향해 강하게 휘파람을 불었다. 날카롭게 사방에 울려 퍼지는 그 소리에 약속한 듯이 사방에서 세 명의 청년이 바람을 일으키며 모습을 드러냈다. 완전체의 행동대원, 초람과 세 명의 전사들이었다. 그들은 한눈에 보기에도 범상치 않았다. 불과 며칠 사이에 확연히 달라져 있었다. 그들은 초람의 지휘에 맞춰 이리저리 몸을 움직이며 무술 동작을 선보였다. 빈틈을 찾기 어려웠다. 손과 발의 움직임은 간결하면서 힘이 넘쳤고, 비장한 표정에서는 자신감도 넘쳐흘렀다.

시간이 갈수록 초람과 행동대원들은 마치 한 몸인 것처럼 움직이기 시작했다. 주변에 펼쳐져 있는 숲이 전부 그들의 무대였다. 네 사람이 합동으로, 또 때론 각각 개별적으로 그들이 익힌 실력을 족장 일행에게 펼쳐 보였다. 그들은 돌칼과 올가미를 자유자재로 사용하면서 비장의 실력을 하나하나 선보였다. 올가미를 던져 나뭇가지에 걸리게 하고는 그 끈을 잡고 큰 나무와 나무 사이를 옮겨 다녔다. 순식간에 눈에서 사라졌다가 다시 눈에 들어오는 그 모습은 마치 숲속에서 하늘을 나는 새를 보는 듯했다.

가장 압권이라고 할 수 있는 것은 초람의 특기인 돌칼 날리기였다. 초람은 허리춤에 꽂아둔 돌칼을 양손에 쥐고 앞에 서 있는 나무를 향해 날렸다. '쉬시식~~~' 한꺼번에 날아간 돌칼은 아래서부터 위로 차례대로 나무에 꽂혔다. 그 간격이 일정하여 직접 눈으로 보고도 믿기지 않을 정도였다.

더 놀라운 건 그게 끝이 아니었다. 땅을 박차고 나간 초람은 순식간에 나무를 향해 몸을 던졌다. 발이 맨 아래에 있는 돌칼에 닿는 순간, 초람은 마치 사다리를 타고 오르는 것처럼 연이어 꽂혀 있는 돌칼을 딛고 차례대로 밟아가면서 순식간에 나무 위까지 올라가 사라지고 말았다. 그리곤 금세 올가미 끈을 잡고 다른 나무를 타고 날아왔다. 정말이지 눈 깜짝할 사이에 벌어진 일이었다. 멍하니 쳐다보고 있던 일행 사이에서 감탄사가 터져 나왔다. 초람과 행동대원은 개별적으로도 탁월한 전사였지만, 넷이 뭉쳤을 때는 엄청난 능력을 발휘할 수 있는 잘 짜여진 합일체였다. 그들의 움직임은 춤을 추는 듯했다. 마치 신들린 듯한 모습에 점점 더 빠져들었다.

람보르는 만족감에 입이 다물어질 줄 몰랐다. 그에 못지않게 초람에게 푹 빠져들고 있는 사람이 있었다. 솔론이었다. 초람에게서 끝까지 눈을 떼지 못하는 솔론의 마음속에는 경외와 더불어 설명할 수 없는 야릇한 감정이 솟아나고 있었다.

모두 숨죽인 채 바라보는 가운데 끝날 것 같지 않은 그들의 움직임이 드디어 멈췄다. 관객들마저 숨죽이며 지켜보고 있었던 한 편의 연극이 끝난 것이었다. 어느새 이렇게 넷이서 호흡을 맞출 수 있다는 사실에 모두 놀랐다.

초람과 세 명의 전사들 몸에선 땀이 비 오듯이 쏟아졌다.

람보르는 벌떡 일어나서 손뼉을 치기 시작했다. 두툼한 손이 서로 마주치면서 내는 소리는 우레와도 같았다. 옆에 있던 솔론과 티아라, 툼바와 룽가도 족장 못지않게 큰 소리로 응원했다.

초람의 눈빛을 보니 꽤 만족한 표정이었다. 싱긋 웃는 얼굴에는 옛날의 모습이 남아있었다. 그 미소에 솔론은 더 마음이 설   다. 그 순간 알 수 없는 야릇한 바람 한 줄기가 솔론의 가슴을 휘젓고 지나갔다. 솔론은 뚫어지게 초람을 바라보았다. 마치 자신의 시선을 느껴달라는 듯한 표정이었다. 솔론의 간절한 바람에도 불구하고 초람은 눈길을 주지 않았다.

초람과 행동대원을 일일이 격려한 람보르는 그들을 가까이 불렀다. 무엇보다도 초람에 대한 반가운 마음을 숨기지 않았다.

"초람, 참으로 오랜만이네. 잘 지냈어?"

"족장님, 오랜만에 뵙습니다. 저는 잘 지냈습니다."

"오늘 보니 정말 대단해. 내가 옛날부터 초람을 알고 있었지만, 이 정도로 성장했을 줄은 생각지도 못했어. 지나온 시간 동안 초람이 얼마나 뼈를 깎는 노력을 했는지 오늘 모습만 봐도 짐작할 수 있겠어. 정말 장해. 이제는 그 누구도 초람이 행동대장을 할만한 인물이라는 것에 토를 달지 못할 거야."

족장의 말은 옆에 있는 티아라를 겨냥하는 듯했다.

"족장님, 감사합니다. 운둔하며 살아가고 있는 저를 불러내 주시고 이렇게 중책까지 맡겨주시니 그 은혜를 어찌 다 감당할 수 있을지 모르겠습니다. 오직 행동으로, 결과로 보여드리겠습니다."

"암. 믿지 믿어. 초람이 누군지 내가 확실히 알고 있는데. 이제 시간이 얼마 남지 않았으니 잘 준비해서 꼭 우리 부족의 뜻을 이룰 수 있도록 하자. 난 초람이 꼭 해낼 거라 믿어."

초람에 대한 람보르의 신뢰는 둘 사이에 그 어느 것도 끼어들지 못할 정도로 단단했다. 이를 바라보고 있는 솔론의 마음도 흐뭇했다.

"초람의 행동대가 곧 야르 부족의 진영으로 들어갈 거다. 솔론, 티아라, 툼바 세 대장은 초람과 확실하게 통할 수 있도록 해라. 특수한 임무를 수행할 텐데 한 치의 실수도 일어나지 않도록 서로 긴밀하게 협조해라. 특히 솔론은 선봉대장이니 초람이 임무를 마치고 복귀할 때 적으로 오인하지 않도록 신경쓰기 바란다. 나는 룽가와 함께 복귀할 테니 세 사람은 초람과 더 협조할 게 있으면 충분히 얘기를 나누고 복귀해라."

간명하면서도 확실하게 명령을 내린 람보르는 룽가와 함께 일어나 바람처럼 사라졌다.

이후의 상황을 주도한 것은 솔론이었다. 초람과 세 명의 용사가 야르 부족으로 들어가는 통로 등에 대해서 의견을 나눴고, 임무를 마치고 복귀할 때의 신호와 상호 식별 대책 등도 긴밀하게 협조했다.

모두가 공통으로 느낀 것은 초람이 오랫동안 혼자만의 시간을 보낸 사람 같지 않다는 것이었다. 그야말로 세상 물정을 모르는 사람으로 쉽게 생각해서는 안 될 일이었다. 젊은 나이에 정신적, 육체적으로 어떻게 이렇게 성장할 수 있었는지 궁금했다.

초람의 말 한마디, 행동 하나하나에 가장 민감하게 반응한 사람은 역시 솔론이었다. 강인하게만 여겨지는 초람의 몸짓에서 성숙한 여인의 향기를 맡았고, 그 향기에 취해 헤어나오질 못할 지경이었다. 옆에 티아라와 툼바만 없으면 초람과 오래도록 함께 있고 싶은 심정이었다. 그 마음을 들키지 않기 위해 신경 쓰다 보니 솔론의 말과 행동은 평소와는 다르게 들떠있었다. 티아라는 몰라도 툼바는 알아차릴 거란 생각에 부끄러웠다. 슬쩍 눈을 돌려 툼바를 살피니 그러거나 말거나 신경 쓰지 않는 듯했다. 분명 알면서도 모르는 척하고 있는 것이 틀림없었다. 남녀 간의 관계에서 있어서만큼은 툼바를 따라갈 사람이 없기에 그를 속일 수는 없는 일이었다.

솔론의 가슴은 시간이 갈수록 콩닥콩닥 뛰고 있었다. 그 속에는 혈혈단신 외롭게 살아온 초람을 적진으로 보내야 하는 안타까움과 더불어 알 수 없는 불안감이 깔려 있었다. 할 수만 있으면 초람과 같이 가고 싶은 마음이 간절했지만 그럴 수 없는 자신의 처지가 야속하기도 했다.

람보르 족장이 명령한 시간은 오늘 밤이었다. 이제 시간이 얼마 남지 않았다. 아쉬운 작별 인사를 나누고 초람과 행동대는 곧바로 일어나서 그들의 근거지로 돌아갔다. 그곳에서 밤이 이슥해질 때까지 준비하다가 람보르 족장의 명령이 떨어지면 바로 야르 부족의 땅으로 들어갈 것이었다.

지금까지는 담담했던 초람의 손에서 땀이 나기 시작했다. 아무리 냉철한 초람일지라도 이제 실전에 나가는 것이니 어찌 긴장되지 않을 수 있었으랴. 하지만 믿음직한 대원들의 모습을 보면서 그 긴장을 이겨냈다.

행동대원들은 며칠 사이에 초람에게 흠뻑 빠져 있었다. 이젠 초람이 자신들을 이끄는 대장이라는 것을 자랑스럽게 받아들였고, 전적으로 신뢰했다. 그야말로 초람과 한 몸이 되어 어떤 일이든지 해낼 자신이 있었다. 그들은 일어날 수 있는 여러 가지 일들을 가정하며 각각에 맞는 대책을 논의했다. 어떤 일이 벌어질 때 어떻게 움직인다는 것을 다시 한번 세세하게 짚어가면서 머릿속에 각인시켰다.

그중에서도 가장 중요하게 생각한 것은 뭐니 뭐니 해도 야르 족장과 마주하는 일이었다. 그 일은 초람이 직접 나서기로 했다. 야르 부족에 대해 가장 많이 알고 있는 솔론으로부터 상세한 얘기를 들었기 때문에 접근하는 것 자체가 어려울 수 있음도 알고 있었다. 하지만 일단 접촉하고 나면 최대한 신속하게 일을 끝내고 돌아와야 할 것이기에 오직 중요한 한 가지에 집중하기로 마음을 모았다. '바람처럼 들어갔다가 천둥처럼 내리치고 다시 바람처럼 돌아오는 것' 이것이 초람이 내건 행동대의 행동수칙이었다.

람보르 족장과 솔론 일행이 떠나고 초람은 수고한 행동대원들에게 고마움을 전했다. 그러면서 혹여나 마지막 당부가 될 수도 있을, 마음속에 담아둔 말을 꺼냈다.

"이제 우리 넷이서 생사를 함께 해야 할 때가 다가왔다. 여러분 각자는 이미 완벽한 전사다. 자신감을 가져라. 이 시점에서 우리에게 필요한 건 딱 하나, 지금부터 우리는 네 명이지만 하나의 심장으로 움직인다. 이 사실만이 살아있다. 서로의 호흡 소리를 듣고 나아가자. 그리고 끝까지 믿자."

초람의 말은 짧고 강렬했다. 그렇기에 더욱 대원들의 마음속 깊이 파고들었다.

칠흑같이 어두운 밤, 람보르의 명령이 떨어졌다. 솔론은 행동대원들 앞으로 나가 별처럼 반짝이는 그들의 눈동자를 마주하며 눈으로 인사했다. 초람의 앞에서는 두 손을 강하게 움켜쥐면서 세상을 향한 그녀의 담대한 여정을 응원했다. 마음 같아서는 힘껏 끌어안으면서 보내주고 싶었지만 아직은 그럴 때가 아니란 걸 알기에 솟아오르는 자신의 감정을 애써 자제했다.

그런 솔론의 마음을 아는지 모르는지 초람의 눈빛과 표정은 여전히 변함이 없었다. 오직 비장함만이 그녀를 에워싸고 있었다. 비로소 전임 족장의 딸, 어렸을 때부터 여전사로 불려왔던 초람의 진면목이 세상에 드러날 때임을 솔론은 느낌으로 알았다.

초람의 손을 굳게 잡았다 놓으며 솔론은 그녀의 귀에 나지막히, 그러나 강하게 속삭였다. '제벨 사하바! 제벨 사하바!', 하늘이 초람을 지켜주길 그렇게 주문하면서 그들을 떠나보냈다.

초람을 적진으로 떠나보내는 솔론의 밤은 그의 마음만큼이나 점점 더 깊어
지고 어두워져 갔다.

8. 새로운 국면으로

사람을 움직이는 것은 욕망이다. 세상은 욕망과 욕망이 충돌하는 장이다.

살아간다는 건 욕망을 다스리는 일이다.
끊임없이 솟아나고 충돌하는 욕망 속에서 자기 자신을 잃지 않는 일이다.

전쟁도 이 욕망으로부터 시작된다.
욕망으로부터 진정 자유롭지 못한 사람들로 인해.

람보르 족장의 처소에서 돌아온 티아라는 솟구치는 감정을 좀처럼 풀어내지 못했다. 옆에 있는 전사들이 긴장해서 눈치를 볼 정도로 표정과 행동거지에서 속내가 여실히 드러났다. 그로선 눈앞에 나타난 큼지막한 사냥감을 바로 코앞에서 놓쳐버린 기분이었다. 족장이 엄하게 꾸짖었음에도 진심으로 와 닿지 않았다. 평소 같으면 수긍하고 따랐을 텐데 이번에는 그런 마음이 좀처럼 들지 않는 것이었다.

물론 한편으로는 초람에 대한 놀라움도 컸다. 어렸을 때의 모습과 기억만이 간간이 떠오를 뿐 거의 잊었었는데 어느 순간 전혀 상상하지 않았던 모습으로 나타난 초람을 보고 깜짝 놀랐다. 그러나 그것보다도 더 놀라운 건 그녀의 놀라운 능력이었다. 아무리 생각해도 불가사의했다. 눈으로 직접 보고도 믿기지 않았고, 이해하고 싶어도 이해하기 힘들었다. 마치 꿈을 꾼 것 같았다. 계속해서 떠오르는 생각으로 인해 그날 밤 티아라의 잠자리는 뒤숭숭했다.

그런 사람이 또 한 명 있었다. 재무르였다. 양 부족 간의 첫 번째 싸움이 끝난 후 있었던 회의에서 재무르는 평소와 다른 모습을 보였다. 야르 족장 앞에서 마투와 소소르의 임무를 바꿔야 한다고 말할 정도로 강하게 나갔다. 성격이 급하기로 소문난 마투가 자기 아들까지 싸움터로 내보낼 정도로 공명심에 눈이 멀어 있다는 걸 알아차린 후에 이대로 가면 안 된다고 생각했다. 여기서 물러서면 한 아이의 불행한 죽음으로 시작된 두 부족의 싸움이 얼마나 더 크게 번질지 모른다. 지금보다 더 많은 아이들의 희생을 요구하게 될 것이다. 더 나아가 야르와 람보르 두 부족의 미래 또한 장담할 수 없을 것이다. 그런 까닭에 그냥 넘어갈 수 없었다. 야르 족장은 상황이 상황이다 보니 재무르의 말에 수긍했지만, 이것으로 끝내지는 않을 거라 여겼다. 마음이 무거웠다.

그런 생각이 잠자리까지 이어져 한동안 뒤척이면서 쉽게 잠들지 못했다. 오래도록 끙끙거리는 재무르를 보며 쓰화는 아무런 말도 건네지 않고 그냥 바라봐주었다. 배려 깊은 그 성정이 더없이 고마웠다.

재무르를 바라보는 쓰화의 마음은 애잔했다. 그가 짊어지고 있는 삶의 무게, 오롯이 홀로 감당해 내야 하는 일, 마음속에 있는 진한 외로움, 양 부족 사이를 넘나들어야 하는 고충과 인간적인 고뇌까지도 온전히 마주하면서 어루만져 주고 위로해 주고 싶었다.

쓰화는 좀처럼 잠들지 못하는 재무르를 두 팔로 끌어안았다. 매일 그 넓은 품에 안기기만 했는데, 지금은 자기가 안으려고 하니 새삼 그가 얼마나 큰 사람인지 깨달았다. 그런 사람이 옆에 있다는 사실만으로도 세상 모든 것을 가진 듯했다. 그날 밤 두 사람 사이엔 끝까지 단 한마디 말도 없었다.

다음날 새벽같이 잠이 깬 재무르는 어느 정도 시간이 흐르길 기다리다가 부리나케 집을 나섰다. 쓰화는 어딜 가느냐고 묻지 않았다. 그저 조용한 웃음으로 바라보고 배웅했다.

재무르가 찾아간 곳은 소투의 집이었다. 그는 벌써 일어나 있었다.

"소투님, 아침 일찍 찾아와서 죄송합니다. 긴히 드릴 말씀이 있어서 잠시도 지체하기 싫었습니다. 넓은 아량으로 받아주시리라 믿습니다."

"어서 오세요. 재무르님. 아침부터 무슨 일이신지요?"

소투의 거처는 마치 수도하는 사람의 수도처인 듯했다. 이리저리 둘러볼 것도 없이 재무르는 소투가 권하는 자리에 앉았다.

"밤새 잠을 이루지 못했습니다. 지금 우리가 처한 현실을 생각하니 이렇게 나가서는 안 될 듯싶어 소투님과 상의하고자 온 것입니다. 족장님께 바로 말씀드리는 건 소투님께 대한 예의가 아닌 듯싶었습니다."

"나를 그렇게까지 생각해주시니 고마울 따름이요. 나 역시 지금의 상황을 예의 주시하고 있어요."

범상치 않은 두 사람의 눈빛이 서로 맞부딪치면서 불꽃을 뿜어내고 있었다. 재무르는 소투의 기세에 눌리거나 물러서지 않으리라 생각하며 그 불꽃을 다 받아내고 있었다.

"지금 상황이 이상하게 돌아가고 있습니다. 마투 대장이 자기 어린 아들을 그 거친 싸움터에 보냈다는 것부터가 제정신이 아닙니다. 언제부터인지 알 수 없는 광기가 우리 야르 부족을 감싸고 있는 듯합니다."

재무르는 '광기'와 '우리'라는 말에 특별히 힘을 주며 말했다.

"나 또한 심히 우려스럽게 생각해요. 내가 강경한 편이라는 건 재무르님도 잘 알 거예요. 하지만 난 무조건은 아니오. 상황에 따라 적절하게 대응하라고 주문하고 있어요. 이번 싸움도 모든 문제의 발단은 상대방인 람보르 부족에게 있지만, 우리 부족의 대응도 문제가 있어요. 언제부터인가 이상한 방향으로 나아가고 있다는 말에 동의해요.”

“소투님, 감사합니다. 저는 그게 족장님의 맘속에 들어있는 가시지 않는 분노 때문으로 여기고 있습니다. 안타깝게 죽은 족장님의 아들도 아들이지만, 그에 더해 솔론과 툼바 두 청년을 끌어들이지 못한 아쉬움과 분노도 큰 듯싶습니다. 그 젊은이들에게 당했다고 여기시는 것 같습니다.”

“사실 그건 나도 그렇게 생각해요. 분노에 배신이 더해졌으니 그 속에 적의가 얼마나 크겠소.”

소투의 눈빛은 깊고 맑았다. 거짓이나 꾸밈이 느껴지지 않았다. 오랜 정진 끝에 이뤄낸 내공인 듯싶었다. 하지만 그의 짧은 말에 담긴 분노, 배신, 적의라는 단어는 아무리 생각해도 너무 과격했다.

“이제 제가 찾아온 이유를 말씀드리겠습니다. 이미 우리는 한 차례의 싸움을 주고받았습니다. 우리의 피해가 컸지만 분명 저들에게도 피해가 있을 것입니다. 더군다나 마투 대장의 아들까지 저들 손에 있습니다. 지금은 우리가 일시적으로 물러났지만 야르 족장님이나 람보르 족장이나 이것이 끝이라고 생각하지 않을 것입니다. 하지만, 저는 생각이 다릅니다. 여기서 끝내야 한다고 생각합니다. 더 나아간다는 건 다 같이 죽는 길입니다. 지금까지 별 탈 없이 잘 살아왔는데 어린아이 한 명이 실수로 죽었다고 해서 이렇게 두 부족이 마치 사생결단식으로 죽고 죽이는 싸움을 할 이유가 있습니까? 모든 걸 다 하늘의 뜻으로 받아들이고 순응하면 될 일이 아니겠습니까?”

소투는 아무 말도 없이 간간이 고개를 끄덕이면서 재무르의 입에서 나오는 말을 듣고 있었다.

말이 이어질수록 재무르의 목소리가 높아졌다.

“족장님의 이 광기를 끝낼 수 있는 사람은 제가 보기엔 소투님 밖에 없습니다. 분노를 달래주고, 냉정하게 바라보실 수 있도록 조언해 주실 분도 소투님

뿐입니다. 저는 태생이 람보르 부족인지라 어찌할 수 없습니다. 그래서 이렇게 마음만 답답할 뿐입니다."

재무르는 진실하고, 간곡하며, 거침없었다. 람보르 부족이라는 고백까지 나왔다. 그 마음이 소투에게 오롯이 전해졌다.

"고맙습니다. 내게 솔직하게 말해 주시니 그 고뇌가 깊이 가슴으로 느껴지네요. 진즉부터 알고는 있었지만 이렇게 마음에 크게 담아두고 있을 줄은 미처 몰랐네요."

소투는 재무르의 말을 한마디도 허투루 듣지 않고 받아들였다. 그러면서 그 역시도 진솔하게 마음을 열었다. 그 정도까지 바란 건 아니었기에 소투라는 사람에 대해 다시 한번 놀랄 수밖에 없었다. 하지만, 그렇다고 해서 근원적인 궁금증이 해소된 건 아니었다. 오히려 그가 야르 족장 곁에서 과연 무엇을 이루려 하는지, 어떤 길을 걸어가려고 하는지 더 궁금해졌다.

소투의 말은 계속 이어졌다.

"나 역시 재무르님과 같은 생각이지만, 한 가지 다른 게 있어요. 그건 람보르 부족의 성의 있는 조치예요."

"성의 있는 조치라뇨? 그게 무슨 뜻인지요?"

재무르는 이미 짐작하고 있으면서도 소투의 속마음을 정확히 알고 싶어서 일부러 되물었다.

"이번 싸움의 발단이 고의가 아니라 실수로 인해 우연히 벌어진 일이라는 걸 족장님이 모르실 리가 없어요. 하지만, 고의든 실수든 그로 인해 족장님의 아들이 죽었어요. 우리 부족에게 적용되는 '눈에는 눈, 이에는 이'를 람보르 부족에게까지 요구하는 게 재무르님이 보기에 부당하다고 느낄 수는 있지만 그렇다고 해서 그냥 넘어갈 수는 없는 일이예요. 족장님도 람보르 부족의 아이를 죽이는 게 최종 목표는 아니라고 봐요. 처음에 화가 나셔서 그랬겠지만 아무 죄도 없는 아이를 죽일 만큼 그렇게 무도한 분은 아니라고 생각해요. 그런 의미에서 처음에 람보르 족장이 보였던 성의 표시가 충분하지 않았다는 게 시간이 지날수록 아쉬워요."

"만약에 그렇다면 어느 정도가 충분한 성의를 보이는 일이었을까요?"

"글쎄요... 그러기엔 이미 너무 멀리 왔어요. 이제는 그걸 따지는 것조차 의미 없는 일이 되었다고 보는 게 맞겠죠. 한바탕 크게 싸우기까지 한 마당에."

"그렇다고 해서 앞으로도 죽기 살기식의 싸움만 남았다고 생각해선 안 되지 않겠습니까? 무슨 다른 방도가 있을 것 아니겠습니까?"

"재무르님의 답답한 심정 잘 알아요. 그건 나 역시 마찬가지예요. 하지만 지금의 상황을 냉정하게 돌아보세요. 이미 싸움은 벌어졌고, 우리 청년들이 몇십 명이나 죽어 나갔어요. 떠내려가 찾지 못한 사람도 있고, 다친 사람도 많아요. 게다가 마투 대장의 아이도 잡혀있고요. 이 상황을 어떻게 잠재울 수 있겠는지요. 알다시피 족장님은 내 피를 보면 상대방의 피를 요구하는 성격이에요. 이제는 그 어떤 방법도 소용없을 듯해요. 람보르 부족을 멸하시겠다고까지 말씀하셨으니 결국 엄청난 피를 요구하겠죠."

어느 정도 예상은 했지만 소투는 끝까지 냉정했다. 조금이나마 비집고 들어갈 틈도 주지 않았다. 그런 소투를 보며 재무르는 절망했다. '소투마저 그렇다면... 이젠 정말 끝을 보아야 하는 건가?' 가슴이 답답해졌다. 그렇게 생각이 흘러가는 중에 그의 입에서 전혀 예상치 않은 말이 흘러나왔다.

"재무르님, 이 말을 해야 할지 지금도 잘 모르겠지만 내가 오래전부터 담아두었던 말을 꺼낼 때가 되었다는 생각이 드네요. 비록 말해놓고 후회할지언정 해야겠습니다. 다만, 이건 전적으로 내 생각이라는 것을 꼭 믿어주세요."

재무르는 입이 바짝 마를 정도로 긴장이 밀려왔다. 숨 소리도 내지 않은 채 소투의 입에서 무슨 말이 나올 것인지 바라만 보았다.

"족장님이 재무르님을 완전히 믿고 있다고 생각해요?"

전혀 상상조차 해보지 않은 물음이었다. 갑자기 머리가 하얘지면서 어떻게 대답해야 할지 몰랐다. 우물쭈물하는 사이에 소투가 바로 말을 이었다.

"대답 안 하셔도 좋아요. 제가 말씀드리지요. 미안한 말이지만 내 생각엔 족장님이 재무르님을 처음부터 끝까지 다 믿는다고 생각하지 않아요. 이건 내 직감이지만 전부터 느껴온 거예요. 솔론과 툼바라는 청년들을 회유하라고 내게 말씀하실 때도 느꼈어요. 피는 물보다 진하다는 게 족장님 안에도 당연히 들어있겠죠. 그러니 이 일이 벌어졌을 때부터 재무르님이 참으로 힘들겠다는 생각을 지금까지 쭉 해왔어요. 다행히 잘 처신하셔서 지금까지는 별 탈이 없었지만 모르긴 몰라도 위태위태한 적이 한두 번은 아니었을 겁니다."

이미 다 알고 있는 듯한 소투 앞에서 재무르는 긍정도, 부정도 할 수 없었다. 그저 묵묵히 들으며 겉으로는 평정심을 유지하려고 애썼다.

"그런데 말이죠..."

소투는 잠시 뜸을 들였다. 역시 거기까지가 끝이 아니었다. '설마 그 얘기까지?' 재무르의 마음 한구석에 감춰진 비밀의 문을 혹여 그가 열려고 하는 건 아닌지 가슴이 방망이질 쳤다.

"솔론과 툼바가 도망간 일 말입니다. 나는 그것도 이상하게 봐요. 족장님이 방심한 것도 있겠고, 그 두 사람이 그럴만한 능력이 있기에 가능했다는 것도 인정하지만 재무르님이 전혀 눈치채지 못했으리라고는 생각하지 않아요. 내가 아는 재무르님은 누구보다도 명철하고 주변의 상황을 꿰뚫고 있는 사람인데 그 낌새를 미리 알아차리지 못했다는 건 아무리 생각해도 이해되지 않아요."

거기까지 말하고 소투는 재무르를 뚫어져라 쳐다보았다. 두 사람의 눈동자가 강하게 부딪쳤다.

재무르는 피하지 않았다. 바로 그것이었다. 소투가 왜 야르 족장 곁에 있는지, 야르 족장이 왜 소투를 그렇게 신임하고 있는지 여실히 증명되는 순간이었다. 그는 절대 호락호락한 사람이 아니었다.

“……”

“……”

침묵이 꽤 길게 이어졌다. 재무르는 굳이 답을 할 필요를 느끼지 못했다. 침묵은 받아들임이고 긍정이라고 소투가 짐작할 수도 있겠지만, 지금으로선 섣불리 말을 꺼내는 것 자체가 오히려 위험할 수 있다고 본능이 가리키고 있었다.

두 사람은 눈을 피하지 않은 채 계속 바라보고 있었다. 눈을 내리깔거나 고개를 돌리는 쪽이 지는 것이란 걸 서로 알고 있는 분위기였다. 좁은 소투의 방 안에는 어느새 두 사람이 내뿜는 뜨거운 열기로 가득 차 있었다.

마침내 어색한 분위기를 깬 것은 소투였다.

“물론, 대답하지 않아도 됩니다. 내가 대답을 요구한 건 아니니까요. 재무르님이 기분 나쁠 수 있음에도 내가 이 말을 하는 이유는 마음속에 조금이라고 남아있는 앙금을 완전히 씻어버리기 위함이에요. 아울러 야르 족장님이 재무르님을 완전히 신뢰하지 않는다는 까닭을 설명하기 위함이죠. 아, 물론 그렇다고 재무르님이 부족을 배신했다거나, 문제가 있다는 뜻은 아니니 너무 심각하게 받아들이지는 말아요. 나는 단지 현 상황을 냉정하게 바라볼 필요가 있기에 말한 것뿐이니까요. 또 하나, 내가 이렇게 얘기했다고 해서 족장님과의 사이가 벌어지는 것도 원치 않아요. 족장님이 재무르님을 좋아하는 건 변함이 없으니까요. 그건 나 역시도 마찬가지라는 게 솔직한 심정이에요.”

미동조차 없던 재무르의 입이 열렸다.

“소투님, 쉽게 꺼낼 수 없는 어려운 부분을 솔직하게 말씀해주셔서 뭐라고 표현해야 할지 모르겠습니다. 고맙습니다. 제 대답을 원한 게 아니라고 하셨으니 저도 대답하지 않겠습니다. 다만, 저도 한 가지만 말씀드리겠습니다. 저는 람보르 부족입니다. 그러나 지금은 야르 족장님을 섬기는 몸입니다. 그러니 당연히 현재 이 상황이 안타까운 건 사실입니다. 하지만 한 몸이 두 마음을 가질 수는 없는 법, 지금 제 몸 안에는 한마음만 있다는 걸 믿어주십시오.”

재무르는 변명하거나 장황하게 말을 늘어놓지 않았다. 딱 한 마디 말로 끝냈다.

“역시 재무르님이군요. 한 몸이 두 마음을 가질 수는 없는 법! 그 말을 나도 오래 기억할게요. 오늘 서로 마음을 터놓는 시간을 가졌네요.”

“갑자기 불쑥 찾아와서 많은 시간을 뺏은 점 죄송합니다. 그리고 저를 늘 있는 그대로 받아주시고, 옆에서 도와주셔서 고맙습니다. 오늘 말씀해주신 내용은 가슴 속에 담고 유념하겠습니다. 아울러 소투님의 현명함이 지금 두 부족이 처한 이 어렵고 안타까운 상황을 잘 해결하고 다스려갈 수 있기를 빌겠습니다. 저는 이만 물러가겠습니다.”

“누추한 곳까지 찾아주셔서 고마워요. 재무르님이 마음에 품고 있는 뜻 내가 잘 알고 있어요. 멀리 나가지 않겠으니 조심히 가세요.”

소투는 자리에서 일어나 재무르를 배웅했다. 짧은 순간에 치고받은 수 싸움은 얼음처럼 차가웠지만, 헤어지는 순간에 마주 잡은 손은 따뜻했다. 냉철함과 따뜻함을 동시에 소유한 남자 소투, 지금 이 엄중한 시기에 야르 부족에 그가 있다는 게 참으로 다행이었다.

하지만 재무르와 소투가 노심초사한다고 될 일이 아니었다. 문제와 답은 당연히 야르 족장에게 있었다. 여전히 가시지 않고 있는 답답함의 근본적인 원인이 그에게 있다는 걸 모르는 사람은 아무도 없었다.

소투의 집을 나선 재무르는 서둘러 집으로 발걸음을 옮겼다. 그의 등 뒤는 어느새 식은땀으로 흠뻑 젖어 있었다. 얼마나 긴장했었는지 몸이 여실히 드러내 보였다. 역시 소투는 보통 사람이 아니었다. 야르 족장과 소투, 이 사람들을 상대로 뜻을 세워가려면 한 치도 허점이 있어서는 안 될 거라는 걸 다시 한 번 깊게 새겼다.

발걸음을 옮기면서 재무르는 지금 자기 곁에 믿을만한 사람이 누구인지, 흉금을 터놓고 이야기를 주고받을 사람이 몇이나 되는지 곰곰이 생각했다. 아무리 생각해도 떠오르는 사람이 별로 없었다. 아무에게나 쉽게 곁을 주지 않는 그의 성격 탓도 있지만 야르 부족의 사람들을 사귀기는 더 쉽지 않았다. 다들 재무르를 좋아하는 것은 알지만 먼저 다가가기가 쉽지 않았다. 이번 일로 더 깊게 알게 된 소투의 경우에도 그랬다. 좋은 맞수거나 상대는 될지언정 흉금을 터놓는 사이로 발전하기엔 힘들 것 같다는 생각이 들었다. 그만큼 야르 부족 내에서 재무르의 입지는 쉽지 않았다. 그러니 지금 곁에 있는 쓰화가 얼마나 소중한 존재인지 새삼 알 수 있었다. 그녀가 없으면 그야말로 외톨이 신세였을 것이었다.

집으로 향하던 발걸음을 다른 곳으로 옮겼다. 이대로 바로 집으로 들어가기엔 소투와 나눴던 대화가 계속 마음에 걸리면서 정신을 혼란스럽게 했다. 현 상황을 냉정하게 바라보라는 소투의 조언이 너의 위치를 제대로 파악하고 행동하라는 경고로까지 들렸다. 이번 기회에 그의 참마음이 과연 어떤 것인지 되새겨보며 마음을 다스리고, 정리할 필요가 있겠다고 생각했다. 그렇게 혼자만의 시간이 필요했다.

마을 뒤쪽의 나지막한 숲속으로 들어가 풀 위에 누웠다. 푸르른 하늘과 싱그러운 나뭇잎만이 보였다. 재무르는 눈에 보이는 산하처럼 진정 자유롭기를 원했다. '람보르 부족을 떠나온 것은 자유롭게 살아가기 위해서였는데, 야르 부족에 매여 똑같은 삶을 산다면 굳이 부족을 떠나올 필요가 있었을까? 지금 내가 추구하는 삶은 과연 무엇인가? 양 부족 사이에서 앞으로 나는 어떻게 해야 하는가?' 최근 들어 자신에게 더 자주 던지는 물음은 곧 재무르의 정체성 그 자체였다. 과연 무엇 때문에 살고, 누굴 위해서 존재하는지 궁극적인 물음을 파고들었다.

그럴 때마다 처음부터 다시 시작해야 하는 게 아닌가 싶었다. 지금까지는 자기를 인정해 주는 야르 족장을 위해 목숨까지 바치겠노라고 생각했는데, 하나의 사건을 계기로 자기의 부족인 람보르 부족과 사생결단식으로 싸우는 야르 족장이 과연 자기 모든 것을 바칠 만큼 가치 있는 사람인지 혼란스러웠다. 시간이 갈수록 무의미하다는 마음이 눈덩이처럼 불어났다.

한참 동안 재무르는 눈을 감고 마음속으로 들어가면서 집중했다. 다시 새로운 삶의 의미를 찾아야 했다. 어느 순간 머릿속에 번뜩이며 밀고 들어오는 무언가가 있었다. 그것이라면 어느 정도 답이 될 것이었다. 벌떡 자리에서 일어난 재무르의 표정은 아까와는 확연하게 달라져 있었다. 다시 생기가 흘렀고, 눈빛은 더 빛났다. 이제는 숲속에 더 머무를 필요가 없었다. 그를 기다리는 사람이 있는 곳으로 발걸음을 옮겼다.

"많이 기다렸어요. 왜 이렇게 늦으셨어요?"

쓰화는 재무르의 넓은 품에 안기며 활짝 웃었다. 그런 쓰화의 뺨을 두 손으로 쓰다듬으며 눈을 빤히 바라보았다.

"사람 쑥스럽게 왜 그리 쳐다보세요? 제 얼굴에 뭐라도 묻었어요?"

혼란한 마음을 정리하고 와서 그런지 눈앞에 보이는 쓰화는 다른 때보다도 더 사랑스럽고 예뻤다.

"아니, 좋아서 그래요. 그냥 좋아서. 당신처럼 예쁘고 현명한 여자가 내 짝이라는 사실이 믿어지지 않아서 그래요."

"당신이 그렇게까지 말해주니 조금 유치하기는 하지만 좋은데요. 근데 왜 갑자기 그런 말을 하세요? 진짜 무슨 일 있는 건 아니죠?"

"무슨 일은요? 없어요. 사실 소투한테 다녀왔어요."

"소투님이요? 혹시 두 분 사이에 문제가 있는 건 아니죠?"

조심스럽게 물어보는 말에서 궁금해하는 마음이 묻어났다. 재무르가 일부러 소투를 찾아가는 게 드문 일이기 때문이었다. 더군다나 지금은 첫 번째 싸움에서 야르 부족이 지고, 전사들이 많이 죽거나 다쳤다는 소문이 파다했기에 더 그럴 것이었다. 혹여나 그런 여러 가지 일로 야르 부족 내에서 재무르의 입장이 곤란해진 건 아닌지 걱정되기도 할 것이었다.

"나는 이 싸움을 여기서 끝내고 싶어요. 더 이상 사람이 다치고 죽어가는 걸 보고만 있어서는 안 된다고 생각해요. 그래서 소투를 찾아갔던 거예요. 지금으로선 족장님을 말릴 수 있는 사람은 그분밖에 없다고 생각했기 때문이에요."

"잘하셨어요. 역시 당신다워요. 제가 보기에도 소투님 밖에 없을 거예요. 족장님이 다른 사람 말을 들을 분도 아니잖아요. 그런데 뭐라고 하셨어요? 당신의 말에 동의하고 그렇게 하시겠대요?"

"아니요. 소투는 예상외로 냉정하게 잘라 말했어요. 이미 피를 본 이상 이대로 끝나기는 어려울 거라고 했어요. 결국엔 그도 족장님과 똑같아요. 람보르 부족을 다 죽이고 끝까지 피를 보아야만 이번 싸움이 끝날 수 있다고 생각하고 있어요. 그게 족장님의 뜻이라고."

"어느 정도는 예상했지만, 생각보다 정말 심각하네요. 끝까지 가겠다는 거잖아요. 그렇게 되면 정말 상상하기조차 싫은 일들이 벌어질 텐데 대체 왜 그러나 모르겠어요. 무엇보다 당신이 그렇게까지 했는데도 소투님조차 받아들일 생각이 없다면 족장님은 보나 마나일 테죠."

"그런데 더 심각한 문제가 있어요."

심각하다는 말에 가뜩이나 큰 쓰화의 눈동자가 더 커졌다.

"심각한 문제라뇨? 그것 말고 뭐가 또 있나요?"

"솔직하게 말할게요. 지금 벌어지고 있는 싸움을 말리기 위해서는 소투나 내 역할이 중요한데, 야르 족장님과 소투, 그리고 나 이렇게 세 사람의 관계가 그리 쉽지 않아요."

"세 분 사이의 관계가 쉽지 않다니요?"

"솔론과 툼바가 도망간 일이 소투의 마음에 계속 걸렸나 봐요. 오늘은 아예 대놓고 물었어요. 두 사람이 도망간 일이 내가 모르고서는 일어날 수 없는 것 아니냐고. 물론, 족장님이 그렇게 생각하신다는 건 아니고 순전히 본인 생각이라고 덧붙였지만요.”

“정말 소투님은 만만치 않은 분이군요. 좀 더 냉정히 생각해 보면 그분은 충분히 그렇게 생각할 수도 있을 거예요. 그런데 한편으로는 막연한 추측으로 당신을 떠보기 위해서 그냥 넘겨짚는 말일 수도 있잖아요. 그래서 뭐라고 대답하셨어요?”

“난 아무 말도 안 했어요. 긍정도 부정도 않고 가만히 있었죠. 혹여나 나의 침묵을 긍정으로 받아들일 수도 있을 거라는 우려도 있지만 족장도 아닌 소투 앞에서 이렇다저렇다 다 말할 필요가 뭐가 있을까 싶었어요. 그래서 입을 다물었던 거예요.”

“제가 봐도 그건 잘하셨어요. 묻는다고 꼭 대답할 필요는 없죠. 오히려 그 즉시 반응하는 게 더 쉽게 보일 수 있어요. 그리고 중요한 건 그분이 어떻게 생각하든 당신이 솔론과 툼바를 도와줬다는 증거는 없으니까 당당하셔도 된다고 생각해요.”

“알았어요. 난 당당할 거예요. 지금까지 살아오면서 누구 앞에서도 당당하지 않았던 적은 없어요.”

진지한 대화가 마무리 되자 쓰화는 재무르의 품으로 안겨 들어왔다. 그리곤 눈을 들어 재무르의 얼굴을 빤히 쳐다보았다.

“난 그런 당신의 모습이 너무 좋아요. 당신 그거 알아요? 그렇게 당당한 모습이 당신의 가장 큰 매력이란 거.”

쓰화는 얼굴을 들어 재무르의 입에 입술을 가져다 대며 격렬하게 입을 맞추기 시작했다. 재무르는 숨도 쉬지 못할 정도였다.

“자 자 잠깐...잠깐만... 휴우~~~ 잠깐 숨 좀 돌리고요. 당신은 갑자기 깜짝 놀랄 정도로 반짝이는 게 치명적인 매력이에요. 거기에 빠지면 난 아무것도 못해요.”

이번엔 재무르가 참지 않았다. 이미 주체할 수 없을 정도로 흥분에 휩싸여 쓰화를 번쩍 안아 올렸다. 이 순간 이 세상에서 자기 자신을 제대로 알아주는 단 한 사람, 쓰화만 있으면 더 이상 부러울 것도, 아쉬울 것도 없었다. 자기의 진심을 알아주는 그녀가 있기에 어떤 일이 닥쳐도 두렵지 않았다.

두 사람만의 뜨거운 시간은 밤이 새는 줄 모르게 이어졌다. 재무르는 마음속에 찌꺼기처럼 남아있는 불편한 마음을 다 쏟아내기라도 하듯 쓰화에게 온 힘을 다해 매달렸다. 평소에도 몸이 닳을 정도로 쓰다듬으며 품는 재무르는 이날 따라 더 강하고 집요했다. 몸이 뜨거워질수록 마음 한구석에 남아있는 불편했던 감정들이 언제 그랬냐는 듯이 깡그리 녹으면서 사라져 갔다.

그런 재무르의 마음을 충분히 알고 있는 쓰화는 거침없이 밀고 들어오는 그를 온몸으로 받아들이며 더 깊은 곳으로 이끌었다. 이내 뜨거운 신음이 터져 나오기 시작했다.

절정과 희열, 소름과 환희는 같은 시간, 같은 자리에 있었다.

쓰화는 밤새도록 재무르를 놓아주지 않았다. 자기의 남자 속에 남아있는 안 좋은 생각들을 다 태워 없애고 새로운 것으로만 가득 채워 넣겠다는 심정으로 끝까지 몸과 마음을 이었다.

그 밤, 두 사람은 피로 얼룩지고, 광기가 수그러들지 않는 그들의 땅 한 구석에서 한 떨기 아름다운 사랑꽃으로 피어났다.

야르 부족의 땅에서 이제껏 없었던 검은 기운이 꿈틀거리기 시작했다. 초람과 세 명의 행동대원이 야르 부족의 땅으로 발을 내디딘 것이었다. 그들은 그림자처럼 소리 없이 그곳으로 스며들었다.

그중 초람의 움직임은 단연 돋보였다. 거침이 없었다. 오랜 시간 동안 이날만을 위해 준비해 온 것처럼 그녀의 행동 하나하나는 자연과 하나가 되고, 세상과 합일이 되어 움직이고 있었다. 웬만한 남자들이 따라가기도 벅찰 만큼 발걸음은 빨랐으며, 가벼운 몸은 높은 곳도 순식간에 올라갔다. 사람 키보다 훨씬 높은 나무 위에도 가뿐히 몸을 날렸으며, 넓게 파인 웅덩이와 폭이 넓은 물가도 사뿐히 건너뛰었다. 워낙에 호리호리한 몸매라 수풀이나 나무들 사이에 서면 사람이 아닌 듯 보였고, 벌판을 질러갈 때는 한 줄기 바람처럼 스쳐 갔다.

행동대원들도 부족 내에서는 날쌘 청년들이었음에도 초람을 따라가기가 벅찰 정도였다. 어느새 그들의 입에서는 단내가 풍겼고, 온몸에서 땀이 비 오듯이 쏟아졌다. 앞장선 초람은 아랑곳하지 않고 발길을 재촉했다. 그렇게 초람과 세 명의 행동대원은 그들의 땅에 들어섰고, 한 지점에서 발길을 멈추었다.

그들이 도착한 곳은 야르 마을 광장이 보이는 숲속 끄트머리였다. 이미 솔론과 툼바로부터 들어 야르 부족의 땅을 자세하게 파악하고 머릿속에 담은지라 한눈에 봐도 어디가 어딘지 알 수 있었다. 목표로 정한 야르 족장의 거처도 대략 어디쯤인지 짐작할 수 있었다. 그때까지도 그들은 단 한마디 말도 하지 않았다. 오직 눈빛과 손짓으로만 소통했다. 초람이 손동작으로 그녀의 뜻을 전하면 대원들은 고개를 끄덕이며 반응했다. 모든 준비는 다 끝났다. 이제는 들어가기만 하면 될 것이었다.

초람과 행동대원들의 손에 두 부족의 운명이 걸려있다는 걸 하늘도 알고 있는 듯 바람 한 점 없이 조용했다. 일그러진 달만이 그들의 움직임을 지켜보고 있었다.

행동대는 함께 움직였지만, 각각의 임무가 따로 있었다. 초람과 한 명을 제외한 나머지 두 대원은 한 조를 이뤄 야르 부족의 움직임을 염탐하는 역할이었다. 예전에도 그 일을 맡았었지만, 그땐 상황이 여의치 않아 제대로 임무를 수행하지 못했던 터라 이번에는 반드시 적의 동태를 면밀하게 파악해야겠다고 다짐했다.

이미 한바탕 싸움을 벌인 터라 야르 부족의 상황을 어느 정도는 알고 있지만, 그들이 더 강하게 나올 것이기에 무엇을 꾀하고 준비하고 있는지 알아내는 것이 무엇보다 시급하고 중요하다고 람보르 족장은 강조했다. 서로 대치하는 상황에서 결국 승패를 좌우하는 것은 상대방에 대해서 얼마나 잘 알고 미리 대비하느냐에 달려 있었다.

초람과 나머지 한 명이 부여받은 중요한 임무가 바로 야르 족장의 제거였다. 야르 부족의 특성상 족장만 제거하면 쉽게 무너지거나, 최소한 싸움은 끝낼 수 있을 것이었다. 물론, 족장 말고도 소투라는 걸출한 인물이 있지만, 결국 싸움은 중단될 것이며 판이 바뀔 거라 믿었다. 이번에 초람에게 큰 기대를 거는 건 바로 그 때문이었다.

누구보다도 초람은 람보르 족장의 기대를 잘 알고 있었다.

조금 더 깊숙하게 진입하기로 했다. 길은 평탄했고, 별다른 긴장감이 느껴지지 않았다. 야르 마을과 가까워져 가는데도 이상하리만치 적요했다. 아직 전쟁이 완전히 끝난 상황이 아닌데도 겉으로 보기엔 평온함 그 자체였다. 혹여나 속임수일지도 모른다는 생각에 방심하지 않고 처음의 경계심을 그대로 유지했다. 일행 둘과는 이미 헤어진 상태였다. 오직 눈빛으로만 서로의 성공을 기원했다.

그들의 임무는 시간과의 싸움이다. 야르 부족이 언제 또 쳐들어올지 모르는 상황이라 최대한 빨리 야르 족장을 제거해야만 한다. 만만치 않은 일이기에 점점 긴장감이 커졌다. 입술은 바짝바짝 타들어 갔다. 근처까지 접근해서는 바짝 엎드려 동향을 살피면서 가져간 과일을 베어 물었다. 입안으로 들어오는 달콤한 과즙이 바짝 마른 입술을 적시고, 몸에 수분을 보충해줌과 동시에 정신이 바짝 들게 했다.

아무 말 없이 오랫동안 엎드려 마을만 바라보고 있던 초람이 드디어 일어섰다. 오늘 밤 중으로 끝내지 않으면 승산이 없을 거란 생각에 길을 재촉했다. 초람의 옆에 붙어 있는 전사는 오직 초람을 보호하기 위해 람보르 족장이 특별히 임무를 주었다. 차라리 혼자면 홀가분할 텐데, 라는 생각이 떠나지 않았지만, 동료를 믿기로 했다. 그래도 혹시 몰라 걸리적거리는 일이 생기지 않도록 세세하게 알려 주었다. 서로 떨어지거나, 연락할 수 없는 상황이 되었을 때와 위험이 닥쳤을 때의 대책도 알려주었다. 하지만 초람은 자신했다. 자신이 먼저 동료에게 손을 빌리는 일은 없을 거라고.

어느새 야르 마을까지 들어섰다. 솔론과 툼바가 말한 중앙의 큰 광장이 바로 눈앞에 있었다.

초람은 신호를 보내 동료를 멈춰 세웠다. 이름 모를 나무와 갖가지 풀들이 얼기설기 얽혀진 잡목 숲을 지나 마을이 한눈에 바라다보이는 곳에서 다시 엎드렸다. 그리곤 천천히 그 모습을 눈에 담았다. 미리 파악해 온 마을의 모습과 지금 눈으로 보고 있는 모습을 일치시키면서 중요한 지형을 머릿속에 담았다. 한참 동안 뚫어지게 바라보다 보니 넓은 광장 안에는 나무로 만든 구조물들이 여러 개 세워져 있었다. 야르 사람들이 사는 집은 아닌 듯했다. 모두가 동굴 속에서 살고 있다고 했으니 분명 다른 용도로 쓰이는 것 같았다.

솔론과 툼바의 말에 의하면 그 구조물 뒤쪽으로 요새와도 같이 웅장한 곳이 있고, 그 안으로 들어가면 야르 족장의 거처가 있다고 했기에 그곳을 찾아야 했다. 짐작되는 곳이 있었다. 그곳으로 가기 위한 통로가 있는지도 눈으로 훑었다. 아무래도 뒤로는 접근이 힘들 것 같고, 양옆으로 갈 수밖에 없을 듯한데 그러려면 넓은 광장을 가로질러야 했다. 가는 길에 야르 부족을 만나지 말라는 법이 없었다.

시간이 흘러갈수록 긴장감이 밀려왔다.

두 사람은 그곳에서 밤이 더 이슥해질 때까지 기다렸다. 기다리는 동안에도 초람은 가만히 있지 않고 주위를 살폈다. 반대편까지 오고 가면서 지형을 익히고 머리에 담았다. 기다리는 시간이 길었지만, 미동조차 하지 않았다. 가녀린 여인의 몸에서 어떻게 그렇게 태산처럼 장중한 위엄이 풍겨 나오는지 옆에서 보는 전사의 눈에는 그저 신비로울 따름이었다.

이윽고 초람은 손짓으로 동료를 불렀다. 지금부터는 혼자 들어갈 테니 여기서 대기하라고 명하고 만약에 동이 트기 전까지 돌아오지 않으면 무슨 일이 생긴 것으로 알고 즉시 복귀하도록 명했다. 동료는 초람을 혼자 보낼 수 없다고 기어이 따라오려고 했다.

초람은 왜 혼자 가야 하는지를 보여줄 수밖에 없었다. 한 치의 망설임도 없이 수풀 속으로 들어간 후 몸에 두르고 있던 옷을 벗고 품에 지니고 있던 옷으로 갈아입었다. 동그랗게 말아 올린 다음 동물의 뼈로 꽂아 고정했던 머리카락도 풀었다. 단 몇 개의 동작만으로 날카로운 전사에서 한 사람의 아름다운 여자로 변신했다. 그 모습을 바라본 동료는 눈이 휘둥그레져서 넋을 잃은 채 바라만 보았다. 초람은 자기는 이렇게 변장한 상태에서 자연스럽게 들어갈 거라고 했다. 만약의 사태가 벌어지면 연락할 테니 이곳에서 대기하라 이르고는 발걸음을 옮겼다. 동료는 멍하니 바라볼 수밖에 없었다.

이후 초람의 행동은 거침이 없었다. 날렵한 그녀의 몸짓은 순식간에 광장을 가로질렀다. 밤이 깊어졌기에 오가는 사람들도 없었다. 다행이었다.

초람은 순식간에 맞은편 어느 동굴 앞에 다가설 수 있었다. 가까이 가보니 그곳이 솔론과 툼바가 말한 야르 족장의 거처가 확실한 듯했다. 드디어 목표물의 턱밑까지 온 것이었다. 당분간은 변장을 유지하기로 했다. 다른 사람 눈에 띄더라도 여자의 모습으로 있는 것이 훨씬 더 유리할 터였다. 이제는 더 기다릴 것도 없었다. 곧장 발걸음을 옮겼다. 생전 처음 보는 낯선 환경임에도 초람은 당당했다. 주위의 눈치를 보지도 않았고, 주눅 들지도 않았다. 알게 모르게 오랜 시간 동안 혼자 쌓아온 내공이 그녀를 흔들리지 않게 잡아주는 역할을 하고 있었다.

이번 일에 그녀는 모든 걸 걸었다. 만에 하나 계획이 실패로 끝나 탈출할 여건이 안 되면 결코 살아서 잡히지 않겠다고 다짐했다. 람보르 족장은 무슨 일이 있어도 살아 돌아와야 한다고 당부하면서, 만약의 경우에 잡힌다면 반드시 구하러 오겠노라 약속했다. 물론, 초람은 그 약속을 믿었다. 하지만 자기 한 명을 구하기 위해서는 더 많은 위험을 감수해야 하고, 상황에 따라 다른 사람의 목숨까지 위태로울 수 있기에 나름대로는 최후의 수단을 준비하고 있었다. 적에게 구차하게 목숨을 구걸하고 싶지도 않고, 사로잡혀서 족장과 부족원에게 부담을 주기도 싫었다. 아버지를 떠나보낸 후에는 늘 덤으로 살고 있다고 생각하고 있기에 결코 죽음이 두렵지 않았다. 겉으로 내색하지 않았지만, 속으로는 매 순간 다짐했다.

이번 임무는 결국 그녀가 사느냐 죽느냐의 갈림길이나 마찬가지였다.

초람 일행을 야르 부족의 진영으로 보내고 난 뒤 람보르는 새로운 싸움에 대비했다. 행동대의 임무가 성공하느냐 실패하느냐에 따라 상황은 달라지겠지만, 그렇다고 해서 다음 싸움에 대비하지 않거나 소홀히 해서는 안 될 일이었다. 그녀가 해내면 양 부족 간의 갈등이 의외로 쉽게 끝날 수 있을 테지만 만에 하나 잘못되면 더 악화될 수도 있을 것이었다.

람보르는 초람을 믿었다. 오래 갈고닦은 실력도 실력이지만 그녀가 결코 부족을 위험에 빠뜨릴 행동은 하지 않을 거라는 믿음이 마음속에 강하게 자리 잡고 있었다. 오직 "제벨 사하바!" 그저 그녀를 믿고, 꼭 살아 돌아오기를 기도하는 일밖에 없었다.

그런 람보르 족장의 기도가 멀리 떨어져 있는 초람에게 전해졌음일까, 초람은 야르 족장의 거처 문 앞까지 무사히 도달했다. 그곳에는 두 사람의 야르 청년이 지키고 있었다. 모두 체격이 건장했다. 벽에 몸을 기대고 서서 두 사람의 모습을 한동안 주시했다. 강인하게 보이는 겉모습과는 달리 행동은 허술하기 짝이 없었다. 긴장한 기색 없이 서로 말을 주고받고 장난도 치면서 시간을 보내고 있었다. 두 사람을 처리하지 않고선 안으로 들어갈 수 없기에 적당한 때를 기다리기로 했다. 그사이에 풀었던 머리도 올려 묶고, 다시 전사의 옷으로 갈아입었다.

하릴없이 시간은 계속 흘러가고 있었다. 그러다가 마침내 기회가 왔다. 한 사람이 초람이 있는 쪽으로 다가오고 있었다. 아마도 잠시 밖으로 나갈 모양이었다. 초람은 슬그머니 뒤따라 붙은 다음 순식간에 뒤에서 공격하여 기절시켰다. 아무런 소리도 나지 않았다. 그리곤 그 자리에서 조용히 기다렸다. 아니나 다를까 시간이 지나자 동료를 찾으러 다른 한 명도 나왔다. 초람의 공격은 물 흐르듯이 자연스러웠고 순식간에 두 청년을 잠재울 수 있었다.

이제 목표만 남았다. 두 청년은 목 양옆을 강하게 눌러 순간적으로 기절시켰지만 야르 족장은 반드시 죽여야만 했다. 그제야 초람은 품에서 준비해 온 비장의 카드를 꺼냈다. 한눈에 봐도 질기고 단단한 올가미 줄이 그녀의 손에 들려 있었다. 멀리에서 던져도 순식간에 목을 죌 수 있으며, 단번에 세게 당기면 목뼈가 부러질 정도로 파괴력이 컸다.

올가미를 틀어쥔 손바닥에서 땀이 솟았다. 허리춤에 꽂혀 있는 돌칼들이 든든하게 받쳐주었지만, 솟아오르는 긴장감은 어쩔 수 없었다. 문제는 안으로 치고 들어가느냐, 아니면 밖으로 나올 때를 기다리느냐 둘 중 하나였다. 기절시킨 두 사람이 깨어나기 전에 끝마쳐야 했기에 시간이 많지 않았다. 결단의 시간이 다가오고 있었다.

숨죽이면서 때를 노리던 그 순간 방문이 열리면서 누군가가 나왔다. 안으로 들어갈 틈을 노리고 있었기에 순간 당황하지 않을 수 없었다. 화려하지는 않지만, 한눈에 보기에도 위엄이 풍기는 사람이 문을 열고 모습을 드러냈다.

'야르 족장이다.' 겉으로 보이는 행색이 범상치 않았다. 움켜쥔 올가미를 더욱 꽉 쥐면서 초람은 목표물이 사정권 내에 들어오길 기다렸다. 한 발, 두 발 차분하게 걸음을 내디디면서 그가 초람 쪽으로 다가왔고, 이내 광장 쪽으로 향하면서 등을 돌리고 있었다. 이때였다. 지체하지 않고 바로 올가미를 날렸다. 날아간 올가미는 여지없이 그의 목에 감기면서 순식간에 목을 파고들었다. 온몸의 힘을 이용하여 올가미를 잡아당겼다. 목이 꺾이는 느낌이 줄을 타고 전해졌다. 올가미에 걸린 그는 피할 새도 없이 땅에 나뒹굴면서 질질 끌려오기 시작했다. 성공이었다.

그러나 아직 끝이 아니었다. 그 역시 만만치 않았다. 날카로운 올가미가 목을 계속 파고드는데도 불구하고 일어서려고 애쓰고 있었다. 하지만 초람은 조금의 틈도 주지 않았다. 올가미 끈을 벽에 삐져나온 돌 위에 걸어 세게 잡아당긴 다음에 칭칭 감았다. 순식간에 허공에 뜬 그는 양손으로 올가미를 붙잡은 채 꺽꺽거리며 심하게 몸부림치다가 이내 사지를 늘어뜨렸다.

이제 끝났다고 생각한 초람은 가쁜 숨을 몰아쉬며 잠시 기다렸다. 소란이 있었음에도 사방은 다시 쥐죽은 듯 조용해졌다. 다행이라 생각했다. 혹시 몰라 상황이 완전히 끝날 때까지 한동안 올가미 끈을 잡고 있다가 늘어져 있는 목표물을 향해 발걸음을 떼려는 순간 미처 예상치 못한 일이 벌어졌다. 문이 다시 열리며 그 안에서 누군가가 또 나온 것이었다.

당황한 초람은 급하게 뒤로 물러나 몸을 숨겼다.

"밖에 무슨 일이냐? 거기 아무도 없느냐?"

"소투, 소투, 혹시 아직 안 가고 거기 있는 것이오?"

우렁찬 목소리가 잠시의 틈을 두고 연이어서 쩌렁쩌렁 울렸다. 순간적으로 이상한 느낌이 들었다. 곧 일이 잘못되었다는 걸 직감했다. 그녀가 쓰러뜨린 자는 야르 족장이 아니었다. 방에서 나온 사람은 이내 올가미에 매달려 있는 자를 발견하고는 무슨 일이 일어났는지 파악한 듯했다.

그는 조금도 지체하지 않았다.

"여봐라, 여봐라. 여기 수상한 자가 들어왔다. 잡아라~~~"

그랬다. 다급하게 소리치고 있는 자가 바로 야르 족장임에 틀림없었다. 올가미를 회수하지도 못한 채 마땅히 공격할 수단이 없어진 초람은 그 자리를 피할 수밖에 없었다. '후다다닥~~' 한 치의 망설임도 없이 밖으로 뛰쳐나갔고, 야르 족장의 목소리를 듣고 달려오던 몇몇 전사들과 마주칠 수밖에 없었다. 그야말로 절체절명의 순간이었다.

초람은 그들과 싸워서는 승산이 없다고 생각했다. 아울러 조금 더 시간을 끌다간 순식간에 적들이 떼거리로 몰려올 것이었다. 지금 급히 몸을 피하지 않으면 도저히 감당하지 못할 상황이 닥칠 거라는 걸 직감했다.

반대편으로 몸을 돌려 족장의 집에서 빠져나가는 순간 어디선가 다가온 강한 힘이 초람의 팔을 낚아챘다. 그리곤 순식간에 누군가의 품으로 빨려 들어갔다. 야르 부족의 어떤 청년이 붙잡은 것이었다. 그는 옆으로 쓰러지는 초람을 잡아 품 쪽으로 끌어당겼다. 두 사람의 몸이 맞닿았고, 눈이 마주쳤다. 초람의 반짝이는 눈빛이 그 짧은 시간에 청년의 눈 속으로 파고들었다.

두 사람은 마치 모든 게 정지된 듯 아무 소리도 내지 못하고 잠시 서로의 눈을 바라보고 있었다. 그러던 어느 순간 그녀의 몸을 잡은 청년의 손아귀에서 흠칫 힘이 빠져나가는 걸 느꼈다. 다시 정신을 차린 초람은 그 순간을 놓치지 않고 땅을 박차고 뛰었다. 그리곤 순식간에 빠져나와 넓은 광장을 가로지르기 시작했다.

"잡아라, 잡아라. 적이 들어왔다. 잡아라."

달려가는 초람의 뒤로 금방 여러 명의 야르 부족 청년들이 따라붙었다. 그들은 연신 잡으라고 소리치며 쫓아왔다. 절체절명의 순간에도 그녀는 몸을 낚아챘던 청년을 떠올렸다. 떼를 지어 그녀를 쫓는 야르 전사 중에 자신의 몸을 잡았던 그 청년은 없을 거라는 생각이 들었다.

초람은 함께 온 동료가 있던 쪽을 택하지 않고 반대편 숲으로 달려나갔다. 서로 위험에 처하면 안 되기 때문이었다. 미리 도착해서 주변의 지형을 눈에 담았기에 어디로 가야 하나 고민하거나 주저할 필요도 없었다. 일단 숲 안으로만 들어가면 금방 몸을 숨길 수 있다고 자신했다.

하지만 야르 부족도 만만치 않았다. 날다람쥐처럼 빠르게 도망치는 초람의 뒤를 역시 날쌘 야르 부족의 전사들 몇몇이 끝까지 따라잡고 있었다. 이대로 계속 가다가는 아무리 빠른 그녀라도 금방 잡힐 수도 있을 것 같았다.

어느덧 숲에 다다르자 초람은 망설일 틈도 없이 숲을 향해 몸을 던졌다. 들어가자마자 사방에서 가시나무가 몸을 찔러왔다. 하지만 뒤따라오는 야르 청년들의 고함이 더 따갑게 초람의 몸속을 파고들었다. 소리를 들어보니 바로 뒤까지 따라잡고 있음을 알 수 있었다. 심장이 터질 듯 숨이 가빠왔다. 힘도 점점 빠지고 있었다.

이때 머릿속에 불현듯 한 사람이 떠올랐다. 위대한 람보르 부족의 족장이었던 아버지였다. 아버지의 영혼이 자기를 지켜주기를 간절히 바라면서 마지막 힘을 쏟던 순간 그녀의 눈앞에 커다란 나무들이 즐비하게 늘어서 있는 절벽이 나타났다. 세차게 흐르는 물소리가 위까지 들리는 것으로 봐선 낭떠러지인 듯싶었다. 앞에는 낭떠러지가 막아서고, 뒤에는 야르 부족의 청년들이 쫓아오면서 그야말로 빠져나갈 수 없는 상황이었다.

초람은 이대로 끝낼 수 없다고 생각했다. 생각했던 최후의 수단을 써야 할 때라고 여겼다. 이내 마음을 굳힌 그녀는 한 치의 망설임도 없이 절벽을 향해 돌진했다. 여기저기 긴 넝쿨들이 큰 나무들을 감싸고 있었다.

드디어 절벽의 끝에 다다른 순간 냉큼 땅에 흩어져 있는 긴 넝쿨의 끝을 양손으로 부여잡고 절벽 위로 몸을 날렸다. 그리곤 동시에 땅바닥에 놓여 있는 커다란 돌덩이를 있는 힘껏 발로 찼다.

초람의 몸과 돌덩이는 순식간에 허공에 붕 떠올랐다. 잠시 후에 풍덩 하는 소리가 절벽 위로 크게 울려 퍼졌다. 이어 그녀를 쫓던 야르 청년들이 절벽 끝에서 아래를 내려다보면서 웅성대며 이야기하는 소리가 들렸다. 그들은 한동안 그렇게 지켜보다가 이내 몸을 돌려 사라졌다.

'꿈틀~ 꿈틀~' 양손에 넝쿨을 부여잡고 벼랑 끝 절벽에 매달려 붙어 있던 한 물체가 조금씩 움직이기 시작했다. 나무를 휘감고 있던 칡넝쿨은 의외로 단단해 초람의 몸을 충분히 지탱하고 있었다. 얼마나 세게 감았는지 손등의 피부가 까져 피가 흐르고 있었고, 절벽의 바위에 부딪힌 몸은 여기저기 안 아픈 데가 없었다. 다행스러운 건 뼈가 부러지진 않았다는 것이었다.

한참 후에 겨우 정신 차린 초람은 마음을 가다듬고 젖먹던 힘을 다해 절벽을 기어오르기 시작했다. 몸을 던지면서 발로 찬 돌덩이로 인해 뒤쫓아왔던 야르 전사들은 그녀가 절벽 밑 계곡으로 떨어진 것으로 오해했을 거라 생각했다.

어둠에 싸여 자세한 모습까지 볼 수는 없지만 어렴풋하게 내려다보이는 계곡은 보기에도 아찔했다. 그곳에서 떨어지면 그야말로 뼈도 못 추릴 정도로 위험해 보였다.

참으로 절묘한 행운이었다. 하지만 그렇다고 안심할 단계는 아니었다. 이제 시작일 뿐이었다. 더군다나 바위 위로 기어오른 뒤 살펴보니 여기저기 몸이 온전치 않았다. 벼랑에 부딪힌 무릎은 시큰해서 도저히 걸을 수 없었고, 가시에 찔린 상처들에서는 계속해서 피가 솟아났다. 이대로는 몸을 움직일 수 없다고 생각했지만 그렇다고 해서 그곳에 계속 머무를 수도 없었다. 날이 밝으면, 아니 어쩌면 지금 당장이라도 다시 그녀를 찾으러 올지도 몰랐다. 그야말로 시신이라도 건지러 다시 그곳에 올 것은 분명했다. 그러니 일단 그곳은 벗어나야 했다. 잎이 붙은 여린 넝쿨을 꺾어 대충 상처에 묶었다. 곧 피가 멈출 것이었다.

초람은 성하지 않은 몸을 이끌고 서둘러 그곳을 빠져나갔다.

절뚝거리며 얼마나 걸었을까 그리 멀지 않은 곳의 바위틈에서 작은 동굴 하나를 발견했다. 동물의 보금자리 같기도 했다. 서둘러 들어가니 동굴 안은 밖에서 본 것보다 꽤 넓었다. 몇 명이 들어와도 충분히 몸을 움직이거나 쉴 수 있을 정도였다. 겨우 한숨을 돌린 초람은 혹여 동굴 안에 다른 사람이나 짐승이 있지는 않은지 조심스레 살피며 확인했다. 아직 몸에서 떨어져 나가지 않고 묶여 있는 돌칼을 손에 들고 온 신경을 곤두세웠다. 다행히 안에선 아무런 기척도 들리지 않았다. 그제야 몸을 누이고 가지고 온 하르삐리를 상처 곳곳에 발랐다. 아프고 쓰라렸지만 참을 수 있었다. 그리곤 자신도 모르게 곧 까무러치고 말았다. 오랜 시간 동안 팽팽하게 날을 세웠던 긴장이 순식간에 풀린 까닭이었다.

그 시각, 초람과 같은 조를 이룬 동료는 초람이 다시 돌아올 때까지 초조한 마음으로 기다렸다. 풀숲에 몸을 숨긴 채 이제나저제나 하는 애타는 마음으로 그녀가 사라진 곳만을 예의 주시하고 있었다. 얼마나 되었을까, 마을 광장에서 갑자기 한바탕 소동이 벌어졌다. 어느 순간 멀리서 한 무리의 사람들이 시끄럽게 외치며 달려 나오기 시작했고, 이내 반대편 숲속으로 사라지는 것이었다. 한눈에 봐도 야르 족장의 거처로 들어갔던 초람이 저들의 눈에 띄어 도망치고 있다는 걸 직감할 수 있었다. 만약에 따라잡힌다면 그 많은 야르 전사들을 혼자서 상대해야 할 텐데 그건 누가 봐도 역부족이었다.

그는 초조했다. 섣불리 나섰다가는 그 역시 눈에 띄어 잡힐 수도 있으니 선뜻 나서서 도울 수도 없는 일이었다. 그저 애타는 마음으로 지켜보면서 초람이 무사히 살아 돌아오기만을 기다릴 수밖에 없었다. 속절없이 시간은 계속 흘렀다. 아무리 기다려봐도 초람은 돌아올 기미가 없었다. 이대로 계속 기다리다가는 날이 밝아오고, 행여나 야르 부족이 대대적으로 수색을 벌이게 된다면 그 역시도 감당하기 어려울 것이었다. 초람도 동이 트기 전까지 오지 않으면 혼자 돌아가라고 말했기에 어쩔 수 없이 자리에서 일어설 수밖에 없었다.

차마 떨어지지 않는 발걸음을 옮기며 그는 계속해서 뒤를 돌아보았다. 지금이라도 당장 어디선가 바람처럼 초람이 날아올 듯했다. 그 가녀린 몸으로 커다란 나무 뒤에서 그림자처럼 나타날 것만 같았다. 그녀가 살았는지 죽었는지조차 모르는 상황에서 이대로 혼자 돌아가야 한다는 게 힘들었지만, 그래도 살아 돌아가 족장에게 이 사실을 알려야 한다고 생각했다.

어느새 저 멀리에서 먼동이 터오기 시작했다.

"아아아악~~~"

초람은 소스라치게 놀라며 번쩍 눈을 떴다. 겨우 정신을 차린 후 한동안 숨죽이며 주변 상황을 살폈다. 잠시 머릿속이 멈춘 듯했다. 이곳이 어디이고, 얼마나 많은 시간이 흘렀는지 가늠할 수도 없었다. 미동조차 하지 않고 계속 누워있었다. 어느 정도 시간이 흐른 뒤 그녀는 자기가 있는 곳이 동굴 안이고 잠시 기절했었다는 걸 알아차렸다. 아직도 몸 전체가 뻐근했지만 욱신거리던 무릎의 통증은 나아졌고, 온몸에 난 상처에서 흐르던 피는 멎었다. 쓰라림도 조금 누그러들어 이제는 참을만했다.

조심스럽게 몸을 일으켰다. 일어서서 이리저리 몸을 움직여보니 걷는 데 크게 문제는 없었다. 새삼 미르셀이 챙겨준 하르삐리의 효과를 실감할 수 있었다.

문제는 밖의 사정이었다. 동굴 속에 들어와 있기에 밖이 어떤지 몰랐다. 날이 밝았다면 금방 눈에 띄기에 쉽게 나갈 수도 없는 일이었다. 지금 있는 이곳이 어딘지도 모를뿐더러 설령 나간다 해도 야르 부족의 눈을 피해서 부족의 품으로 돌아가기도 쉽지 않았다. 일말의 불안감이 피어났다.

살금살금 몸을 움직여 동굴 밖을 향해 나아갔다. 생각보다 안쪽으로 깊이 들어와 있었다. 조금씩 동굴 입구 쪽으로 나아가자 이내 환한 빛이 들어오기 시작했다. 벌써 날이 밝아왔다.

혹여나 들킬세라 경계하면서 동굴 입구 쪽으로 빠져나오자 우거진 숲이 펼쳐졌다. 곳곳에 가시나무가 빼곡했다. 그 길을 어떻게 뚫고 왔는지 믿어지지 않았고, 다시 헤치고 나갈 일이 아득했다. 올가미를 던져 누군가를 죽이고 반대편으로 뛰었으니 그녀가 있는 곳은 야르 부족 마을의 북쪽임을 직감할 수 있었다. 돌아갈 길이 더 멀어졌다는 뜻이었다. 지금의 몸 상태로 아무 탈 없이 돌아간다는 건 언감생심 꿈을 꿀 수도 없었다.

타는 듯한 갈증이 느껴졌다. 눈을 돌려 주변을 찾아보니 다행히도 물을 품은 열매들이 땅에 떨어져 있었다. 서둘러 몇 개를 손에 쥐고 부리나케 다시 동굴 속으로 들어왔다. 가지고 있던 돌칼로 열매를 깨뜨려 그 안에 든 물을 벌컥 들이마셨다. 설익어 떨어진 과일이라 엄청난 신맛이 몸을 깨웠다. 어느 정도 갈증도 가셨다. 품에서 말린 고기도 꺼내 입에 넣고 질겅질겅 씹었다. 살아야 했다.

어느 정도 기운을 차린 초람은 자기가 처한 상황을 냉정하게 따져보았다. 앞으로 어떻게 해야 할 것인지, 어떻게 해야 살아서 돌아갈 수 있을 것인지를 머릿속에 그렸다. 혼자 남겨두고 왔던 동료는 잘 돌아갔는지 궁금했지만 연락할 방도도 없었다. 그녀가 돌아오지 않으면 혼자 복귀하라고 신신당부했기에 잘 돌아갔으리라 여겼다.

정작 그녀의 마음을 무겁게 한 건 임무를 완수하지 못했다는 아쉬움이었다. 아직 확실하게 밝혀진 건 아니었지만 그녀가 죽인 사람이 야르 족장이 아닌 게 틀림없었다. 분명 야르 족장의 방에서 또 다른 사람이 나오면서 "소투 소투 ~~"라고 다급하게 부르던 모습이 떠올랐다.

그렇다면 그녀가 죽인 건 야르 족장이 아니라 소투라는 사람일 것이었다. 야르 족장의 최측근이라고 솔론으로부터 이미 들었기에 그의 이름은 알고 있었다. 그 소투가 야르 족장의 방에서 나오리라고 어느 누가 상상할 수 있겠는가? 그토록 야심한 밤에 야르 족장의 방에 그가 함께 있으리라고는 누구도 생각하지 못할 것이었다.

한 가지 더 변명하자면, 갑자기 초람의 눈에 들어온 소투의 모습은 족장이라고 해도 믿을 수 있을 만큼 범상치 않았기에 의심할 여지조차 없었다. 그렇지만 현실은 냉혹했다. 자신이 죽인 게 정말로 소투라면 임무는 실패로 돌아간 것이었다. 설령 무사히 복귀한다고 하더라도 자신을 믿어준 람보르 족장의 눈앞에 설 수가 없다고 생각했다.

참으로 난망했다. 이럴 수도 없고 저럴 수도 없는 상황 앞에서 절망했다. 아버지 족장이 세상을 떠난 이후에 홀로 꿋꿋하게 버티며 살아왔는데 첫 임무부터 제대로 해내지 못한 자신이 원망스러웠다. 자신 있게 나섰던 자신의 모습이 부끄럽기까지 했다.

초람은 더 이상 구차해지기 전에 결단을 내리기로 마음먹었다. 그러면서 손에 쥔 돌칼을 계속 만지작거렸다. 일이 실패로 돌아가게 된다면 그냥 살아 돌아가지 않고, 그 자리에서 죽음으로 용서를 구하겠다고 떠나오기 전부터 이미 수차례 마음을 다졌다.

그런데 웬일인지 계속 전해져오는 흔들림이 있었다. 언제든지 죽기를 다짐하면서 여기까지 왔지만, 그녀의 마음을 잡아끄는 무언가가 있었고 그 끝에는 어떤 사람의 얼굴이 계속 떠올랐다. 초람은 머리를 흔들었다. 답도 없이 싸우고 있는 두 생각을 다 몰아내기 위해 몇 번이고 세차게 흔들었다. 그리곤 마침내 한 생각에 도달했다. 부족원 누구도 찾아낼 수 없는 이름 없는 이 동굴에서 소중한 목숨을 저버릴 순 없다고 생각했다. 끝날 때까지 끝난 게 아니니 사태를 정확히 파악해야 했고, 설령 실패라고 할지라도 살아 돌아가 후일을 도모하는 게 마땅했다.

돌아가겠다는 결심이 서자 초람은 조금도 주저하지 않았다. 다치고 약해진 몸과 마음을 추스르는 게 급선무였다. 힘을 비축하면서 언제, 어떻게 빠져나가야 하는지에만 신경을 곤두세운 채 몸 상태를 회복하는 데 주력했다.

한편, 야르 부족에서는 큰 난리가 났다. 족장을 만나고 나오던 소투가 누군가로부터 습격을 받았고, 올가미에 걸려 졸지에 숨이 끊어지고 만 것이었다. 한눈에 봐도 보통 솜씨가 아니었다. 상상조차 할 수도 없었던 일이 벌어진 것이었다.

야르 족장은 알아차렸다. 이는 누가 봐도 소투가 아닌 자기 자신을 노린 것이 분명했다. 보나 마나 람보르 족장이 누군가를 보내 저지른 일이라고 단정했다. 낯선 자의 기척을 느끼고 동굴이 떠나갈 듯한 목소리로 잡으라고 소리쳤지만, 그 이후의 상황은 그의 바람대로 흘러가지 않았다. 소투를 죽인 정체 모를 인물을 야르 전사들이 따라붙었으나 숲속 낭떠러지에서 그만 놓쳐버리고 말았다는 보고가 들어왔다. 거의 다 따라잡았는데 절벽 아래로 몸을 날렸다는 것이었다. 이어 계곡 쪽에서 풍덩 소리가 났다고 하니 아마도 그대로 물속으로 떨어졌음이 분명했다.

그곳은 야르 족장도 잘 알고 있는 지역이었다. 사방에 바위가 솟아 있었고, 급하게 물이 휘몰아치는 계곡이라 아래로 떨어졌다면 누구든지 목숨을 부지하기 힘들 것이었다. 야르 부족도 평소 사냥을 나갈 때면 행여나 절벽 아래로 떨어질까 봐 조심하고 꺼리는 곳이라 도망가던 자는 분명 그곳에서 떨어져 죽었을 거라 고해왔다.

그 소식을 듣고도 야르 족장은 분을 거두지 못했다. 자신의 목숨을 노린 것이 분명했고, 아끼던 소투가 대신 죽어버렸으니 그 분노는 하늘을 찌르고도 남았다. 솔론과 툼바 두 청년이 도망친 일과 첫 싸움에서 많은 해를 입고 물러난 것도 겨우 참아냈는데, 이젠 자기의 목숨까지 노렸다는 걸 알고 나니 온몸이 부들부들 떨리면서 도저히 용서할 수 없었다.

도망치던 자가 절벽에서 떨어졌다는 보고를 받자 야르 족장은 그 죽은 자의 시신이라도 반드시 찾으라 명했다. 자기 앞에 끌고 오면 갈기갈기 찢어서라도 분을 풀고, 소투의 복수를 하겠다고 다짐했다. 눈에 핏발이 돋칠 정도로 길길이 날뛰는 야르 족장 앞에서 그 누구도 떨지 않는 사람이 없었다.

날이 밝아오기 시작하자 대대적으로 수색이 벌어졌다. 거의 모든 전사가 동원되어 숲속을 뒤졌고, 일부는 평소에는 가길 꺼리는 절벽을 타고 내려가 계곡으로 향하기도 했다. 길이 나 있지 않기에 칡넝쿨을 꼬아 줄을 만든 다음에 절벽을 타고 내려가야 했다. 계곡을 수색해서 시신을 찾아내지 않고서는 족장의 분을 풀지 못할 거라는 걸 알기에 그야말로 눈에 불을 켜고 수색에 임했다.

야르 부족에서 람보르 부족의 땅으로 이르는 주요 지점과 통로에는 야르 전사들이 곳곳에 배치되어 완전히 차단했다. 그야말로 개미 새끼 한 마리도 빠져나가지 못할 정도로 물샐 틈 없었다. 계곡까지 내려가서 뒤졌지만 끝내 소투를 죽인 자의 시신을 발견하지 못했다. 시신은 고사하고 사람이 떨어진 흔적조차 찾아내지 못했다. 곧바로 물에 떨어졌으면 그대로 휩쓸려 떠내려갔을 것이고, 조금만 비켜나서 바위나 돌에 떨어졌으면 그 자리에서 죽었을 것이었다. 설령 요행히도 살아남았더라도 어디가 됐든 부러지고 피를 흘릴 수밖에 없기에 흔적이 남을 것인데, 계곡 쪽에는 눈을 씻고 찾아봐도 티끌 하나 발견할 수 없었다.

이러한 소식은 실시간으로 야르 족장에게 전해졌다. 시신이 발견되지 않은 것으로 볼 때 살아서 도망갔을 확률이 높으니 끝까지 찾아야 한다는 불호령이 다시 떨어졌다. 시신을 눈으로 확인하지 않고서는 믿지 않겠다는 야르 족장의 뜻을 받들기 위해 전사들이 모두 흩어져서 숲을 구석구석 수색하는 모습은 소름이 끼칠 정도로 살벌했다.

그들은 '꺼루꺼루! 꺼루꺼루!' 소리를 주고받으며 눈에 불을 켠 채 찾아다녔다. 어두운 밤에도 그 소리는 끊이지 않았다. 횃불을 들고 물샐 틈 없이 구석구석 집요하게 찾아다녔다. 돌창과 나무창으로 나무 틈도 찔러보고, 흙 안도 쑤셔보면서 촘촘하게 숲속을 살펴나갔다.

동굴 밖의 상황도 제대로 모른 채 시시각각 느낌으로만 다가오고 죄어오는 압박감을 견디는 것은 결코 쉬운 일은 아니었다. 초람이 할 수 있는 일이라곤 숨도 크게 쉬지 못하고 그저 잡히지 않게 해달라고 기도하는 것뿐이었다.

람보르 부족도 큰 충격에 휩싸였다. 초람과 함께 했던 동료가 돌아오면서 초람의 소식이 전해졌기 때문이었다. 마침 나머지 두 전사도 정탐 임무를 마치고 무사히 도착한 직후였기에 적진에 홀로 남은 초람의 상황에 대해 모두가 궁금하게 여기며 초조한 마음으로 기다릴 수밖에 없었다.

시간이 흘러도 초람이 돌아오지 않자 상황은 점점 더 비관적으로 흘렀다. 행동대가 돌아왔다는 소식을 듣고 제일 먼저 족장의 처소로 달려왔던 솔론과 툼바의 얼굴엔 갈수록 침통함이 더해졌다. 따로 부르지 않았는데도 티아라와 미르셀과 오르미까지 달려와 초초한 마음을 함께 나눴다.

미르셀을 포함한 여자들의 마음은 더 타들어 갔다. 그들 모두 초람에게 각별한 애정을 품고 있었기에 그럴 수밖에 없었다. 더군다나 남자도 하기 힘든 일을 스스로 자원하다시피 떠맡아 야르 부족의 땅으로 들어간 초람이었다. 여자의 몸으로 그 험한 일을 감당하는 모습을 처음부터 지켜보면서 자랑스럽기도 하고 애처롭게도 여겼기에 더 그랬다.

한데 모인 그들 중 누구도 쉽게 말을 꺼내지 못했다. 특히 솔론은 더 애가 탔다. 차마 겉으로 내색하지 못하고 있지만, 시간이 갈수록 마음은 새까맣게 타들어 갔다. 어떻게 해서든 그저 살아 돌아오길 기도할 뿐이었다.

람보르는 침묵했고, 침묵은 예상외로 길어졌다. 하지만 그들은 알고 있었다. 희망을 버려선 안 된다는 것을. 끝까지 붙들어야 한다는 것을.

초람이 실패한 것 같지는 않다는 동료의 말이 그나마 위안으로 다가왔다. 그에 따르면 야르 부족 사이에서 큰 소란이 있었고, 이내 초람을 잡으려는 대대적인 추격이 벌어졌었기에 초람이 뭔가 해냈다는 사실은 분명하다고 했다. 하지만 그건 더 이상 중요하지 않았다.

람보르 부족의 모든 관심은 초람에게 쏠렸다. 그 무엇보다 초람의 안위가 궁금했다. 모두가 침통한 가운데 람보르의 상심은 이루 말할 수 없었다. 그렇게 마음으로 예뻐하던 전임 족장의 딸이다. 불의의 사고로 부족의 족장인 아버지를 잃고 홀로 외롭게 견뎌온 초람이기에 람보르는 그녀를 평생 지켜주고 싶었다. 그것이 전임 족장에 대한 자기의 도리를 다하는 것이라고 여겼다. 만약에 초람에게 상상하기 싫은 어떤 일이 생긴다면 당장도 견디기 힘들 것이고, 죽어서도 전임 족장을 볼 면목이 없을 것이었다.

솔론은 더했다. 보는 순간부터 첫눈에 마음을 다 빼앗겨 버렸기에 초람이 살아 돌아오지 못한다면 그 상심은 그 무엇에도 비할 수 없을 것이었다. 문제는, 초람이 과연 살아있는지 알 수 없다는 점이었다. 함께 보냈던 조원에게 사정을 들어보고 당시 상황을 추궁해봐도 초람이 확실하게 살아있을 거라는 확신을 얻을 수 없었다. 마음 같아서는 자기가 단독으로라도 야르 부족의 땅으로 뛰어 들어가 초람을 구해오고 싶을 정도였다.

모두의 속이 바짝바짝 타는 동안 야속한 시간은 속절없이 흐르고 있었다.

한참의 시간이 더 흐른 후 드디어 람보르의 입이 열렸다.

"다 들어서 알고 있다시피 초람이 적진에서 돌아오지 못했다. 아직 속단할 순 없지만, 상황이 썩 좋지는 않은 듯하다. 그렇다고 섣불리 구하러 들어갈 수도 없는 노릇이다. 모두 나와 같은 심정이겠지만 일단은 조금 더 기다리는 수밖에 없다. 지금도 시간이 많이 지났지만, 만약에 하루 이틀 정도 더 기다려서도 돌아오지 않으면 난 중대한 결심을 하지 않을 수 없다. 그때까지는 모두 차분한 마음으로 초람이 무사히 돌아오길 기도하자."

툼바는 말없이 람보르 족장을 바라보았다. 애써 감정을 다스리고 있음이 느껴졌다. 그 순간엔 그저 함께 있다는 것만으로도 서로에게 위안이 되고, 힘이 되었다.

어색하고 침통한 분위기를 깬 건 미르셀이었다.

"족장님, 그리고 여러분들. 아직 낙담하실 때가 아니라고 봐요. 저는 여기 계신 분들 누구보다도 초람에 대해 잘 알고 있어요. 초람이 떠나기 전에 많은 얘기를 나눴고, 준비도 많이 했어요. 악조건 속에서도 며칠 간은 충분히 버틸 지혜와 힘을 가지고 있을 거예요. 저는 초람이 반드시 살아 돌아올 거라고 믿어요. 여러분도 절대 실망하지 마시고, 믿어보세요. 이럴 때일수록 족장님을 중심으로 똘똘 뭉쳐서 다른 위협에 대비하셔야 한다고 생각해요. 만약에 야르부족이 분을 못 이겨 대거 쳐들어온다면 힘든 상황이 벌어질 것이니 각 대장님들은 동요하지 마시고 자기 역할을 충분히 감당해 주시길 부탁드려요. 제가 주제넘게 말씀드린 것 같아 죄송해요.”

북받치는 울음을 겨우 참으며 말을 마친 미르셀은 조용히 고개를 숙였다. 초람이 살아 돌아올 거라고 믿는다는 미르셀의 말이 모두에게 한 줄기 희망으로 다가왔지만, 그중에서도 솔론에게는 큰 힘을 주었다. 컴컴한 어둠 속에 빠져 있던 솔론의 마음속에서 작은 불씨 하나가 피어오르는 듯했다. 그런 미르셀이 고마웠다. 다른 사람들도 미르셀의 마음을 알고 있기에 조용히 고개를 끄덕이며 화답했다.

람보르가 말을 이었다.

“미르셀, 고맙소. 내가 할 말을 대신 해주니 어찌 고맙지 않을 수 있겠소. 미르셀이 초람을 잘 챙겨주고, 가는 순간까지 보듬어 주어 마음 든든했소. 미르셀의 말대로 반드시 살아 돌아올 거라 믿소.”

“네. 족장님께서 그렇게 강하게 확신하셔야지만 살아올 수 있어요. 다른 대장님들 다 들으셨죠? 이제부터 맘속으로 기도만 하세요. 초람은 반드시 돌아올 거라고 믿으시면서요.”

미르셀은 람보르 족장 앞에서도 주눅 들지 않고 끝까지 당당했다. 그런 미르셀을 오르미는 누구보다도 자랑스럽게 여기며 지켜보고 있었다. 차마 겉으로 표현하지는 못하지만 어떨 때는 부족을 이끄는 사람들이 남자가 아니라 여자라면 어떨까, 라고 생각해 본 적도 있었다. 만약에 그랬다면 끝까지 이 싸움을 막을 수 있지 않았을까 싶었다. 그건 아무도 알 수 없는 일이지만 여자만이 할 수 있는 특유의 인내심과 섬세함이 어려운 상황을 다르게 풀어갈 수도 있지 않을까 생각했다. 미르셀을 볼 때마다 그런 마음이 더 강하게 들었다.

“자, 이젠 모두 자기 자리로 돌아갑시다. 각 대장은 돌아가는 즉시 전열을 정비하면서 야르 부족이 언제든 쳐들어오면 즉시 물리칠 수 있는 태세를 갖추도록 하라. 툼바는 여자들과 아이들이 안전하게 보호될 수 있도록 각별히 더 신경 써라. 미르셀과 오르미는 돌아가면 부족의 여자들이 초람의 일로 동요되지 않도록 잘 보살피길 바라오."

"네, 족장님 명대로 따르겠습니다. 할루할루!"

무리가 모두 자리에서 일어나 람보르 족장에게 인사하고 나갔다. 들어올 때와는 달리 표정은 조금씩 밝아져 있었다.

시간이 더 지나자 초람의 몸 상태는 훨씬 좋아졌다. 욱신거리던 통증도 많이 사라지고, 몸 곳곳에 나 있던 상처도 조금씩 아물어가고 있었다. 며칠만 더 지나면 완전히 회복될 수 있을 것이었다.

낯선 땅에 홀로 남겨졌으면서도 초람은 서두르지 않았다. 지금은 자기와의 싸움이고, 인내와의 대결이라 여겼다. 가지고 있는 식량도 부족하지 않았기에 불안하지도 않았다. 지금은 야르 부족이 눈이 시뻘겋게 사방으로 찾아다닐 것이기에 섣불리 나갔다가는 오히려 금방 발각될 위험성이 컸다. 가만히 숨어있는 게 최선의 길이었다.

초람은 쉬면서도 동굴 밖에서 무슨 움직임이 있는지 신경을 곤두세우며 경계를 늦추지 않았다. 아무리 찾기 어려운 동굴일지라도 샅샅이 뒤진다면 언젠가는 발견될 것이 틀림없었다. 거기까지 생각이 미치자 몸을 움직였다. 만약의 사태에 대비하기 위해 다른 방도를 찾기로 했다. 야르 전사들이 이 동굴을 발견하여 안으로 들어오게 되면 피할 도리가 없기 때문이었다.

그녀가 눈여겨 봐둔 곳은 지금 있는 곳보다 더 깊숙이 들어가서 안쪽으로 꺾어지는 지점 위에 있는 작은 틈이었다. 어둡기에 얼핏 보아서는 좀처럼 발견하기 힘든 곳이고, 설령 발견했다 하더라도 그곳에 사람이 들어가리라고는 상상할 수 없는 좁은 틈이라 누가 보더라도 그냥 쉽게 지나칠 것이었다. 그곳 앞에 선 초람은 몸을 날려 양손으로 바위를 잡고 그 틈 안으로 머리를 들이밀었다. 머리만 들어가면 몸은 충분히 비집고 들어갈 수 있을 것이기에 조금씩 움직여가며 안으로 파고들었다. 의외로 그리 어렵지 않았다. 워낙에 날씬하고 날렵한 덕분이었다.

그 비좁은 틈새로 몸이 다 들어가자 더 웅크린 후에 한 바퀴 굴려 등이 바닥에 가게 했다. 그리곤 양어깨와 발을 조금씩 움직여 안으로 파고들었다. 어느새 몸 전체가 그 틈 안으로 완벽하게 자리 잡았다. 나갈 때는 똑같은 동작으로 조금씩 이동한 후 몸을 다시 돌려 팔꿈치와 발의 힘으로 빠져나가면 될 듯했다. 그곳에서 틈 사이로 보이는 아래 동굴을 내려다보았다. 아무리 눈에 불을 켜고 찾아도 절대 발견할 수 없을 거라는 안도감이 들었다.

그곳에서 빠져나온 초람은 서둘러 자기가 머물던 자리로 돌아가 주변을 정리하기 시작했다. 열매껍질 하나라도 떨어진 게 있는지 꼼꼼하게 살폈다. 조금이라도 흔적을 남겨서는 안 될 터였다. 혹여나 희미하게나마 자신의 체취를 맡을 수도 있을 거란 생각에 동굴 안에 여기저기 흩뿌려져 있는 동물의 배설물들을 돌로 으깨어 이곳저곳에 뿌려놓았다. 그리 넓지 않은 동굴 안에 야릇한 배설물 냄새가 풍겼다. 분명 다른 냄새를 지워버릴 것이었다.

미세한 흔적까지 남기지 않도록 깔끔하게 치운 초람은 잠시 앉아서 명상에 빠져들었다. 이 같은 위기 상황에서도 당황하지 않고 현명하게 대처할 수 있도록 힘과 지혜를 주신 신께 감사했다. 오랜 시간 동안 홀로 견디며 내면의 힘을 키워온 것이 지금은 물론 앞으로 닥쳐올 어려움도 능히 이겨내게 할 거라 믿었다.

모든 걸 다 마친 초람은 조용히 돌 위에 앉은 채 오직 동굴 밖의 상황에만 귀를 기울였다. 여차하면 바로 숨어야 하기 때문이었다.

초람의 예상은 그리 오래지 않아 맞아떨어졌다. 멀리서 간간이 들리던 소리가 어느새 조금씩 더 크게 들려왔다. 야르 전사들이 어느새 초람이 머무는 동굴 근처에까지 다가온 모양이었다. 밖에서 갑자기 떠드는 소리가 들렸다. 아직 동굴 입구를 찾은 것 같지는 않으나, 금방이라도 밀려 들어올 것 같았다.

때가 되었다고 생각한 초람은 망설이지 않고 몸을 날려 틈 안으로 머리를 집어넣고 안으로 파고들었다. 처음에 할 때보다 훨씬 수월했다. 숨소리조차 내지 않은 채 모든 건 일사천리로 이루어졌다. 계속 온몸의 촉각을 곤두세웠다.

'저벅 저벅 저벅 저벅…' 무리가 내는 발소리가 점점 더 가까워졌다. 큰 목소리로 누굴 부르는 소리도 들렸다. 여기저기서 돌이 발에 차여 흩어지는 소리가 나더니 곧이어 시끄러운 소리가 동굴 안을 울렸다. 아마도 동굴을 발견했다고 옆에 있는 사람들을 불러서 함께 들어온 모양이었다. 소리로만 짐작해 볼 때 최소한 서너 명이 한꺼번에 들어온 듯했다.

어느새 좁은 동굴 안은 그들이 내는 말과 고함, 발소리와 돌멩이들이 발에 차이는 소리 등으로 꽉 찼다. 그리고 점점 더 가까워져 어느새 초람이 숨은 틈 밑까지 다가왔다. 아래로 내려다보이는 그들의 모습은 보는 것만으로도 숨이 턱하고 막혀왔다. 그야말로 간발의 차이였다. 자칫했다가는 발각되어 큰 낭패를 겪었을 것이었다. 온몸에 서늘함이 느껴졌다.

그들이 머무는 동안 초람은 바위틈에서 아예 숨도 멈출 정도로 꼼짝 않고 누워있었다. 자칫 잘못해서 작은 돌멩이 하나라도 건드리게 된다면 영락없이 사로잡힐 판이었기에 엄청난 긴장이 몰려왔다.

야르 전사들이 여기저기 움직이는 소리와 함께 간혹 성난 음성이 섞여 들려오자 초람의 몸에서는 식은땀이 흐르기 시작했다. 무슨 소리인지 알아들을 수는 없었지만, 목소리에 날이 잔뜩 서 있었다. 누구를 향하는지는 모르지만, 그 속에 원망과 분노가 가득 들었다. 이곳에서 잡혔다가는 살아남지 못할 거란 생각이 들자 그야말로 생사의 갈림길에 선 기분이었다. 오직 하늘을 향해 기도할 수밖에 없었다. 마음속으로 '제벨 사하바! 제벨 사하바!'를 외쳤다.

시간은 참으로 더디 흘렀다. 아니, 아예 멈춘 듯했다. 그들은 나갈 기미가 보이지 않았다. 아예 이곳에서 진을 치고 있는 건 아닌지 생각만 해도 끔찍한 상상까지 이어졌다. 만에 하나 그렇게 된다면 아무리 인내심이 강한 초람이라도 버티지 못할 것이었다.

입술은 바짝 타들어 가는 반면에 등 뒤에선 계속 식은땀이 솟아났다. 얼마나 오래 버텨야 할지 기약 없는 싸움이지만 반드시 이겨내야 한다고 마음을 다잡으며 주먹을 불끈 움켜쥐었다. 그들이 하룻밤을 머문다 해도 참아내야 한다고 마음먹었다. 그렇게 최악의 상황까지 염두에 두니, 오히려 마음이 편했다.

또 얼마나 지났을까 잠시 조용하다 싶더니 아래쪽이 다시 웅성거렸다. 여러 명이 한꺼번에 떠들면서 밖으로 나가는 것 같았다. 발소리가 점점 더 멀어져 갔다. 느낌으로는 그들이 동굴에서 아예 떠나는 듯했다. '섣불리 판단하지 말자, 아직 방심할 때가 아니다.' 라고 마음은 소리치지만, 잔뜩 긴장했던 몸은 어느새 풀리고 있었다.

큰 위기를 넘겼다. 넓지 않은 동굴 안에 초람의 몸에 딱 맞는 좁은 틈새가 있다는 것도 신기했지만, 그것을 발견한 자신도 놀라웠다. 이대로 저들이 물러난다면 그것은 진정 하늘이 도운 것이었다. 야르 전사 여러 명 들어왔어도 끝내 이곳을 찾아내지 못한 걸 달리 설명할 방법이 없었다.

그들이 완전히 사라지고 나서도 초람은 한참 동안 꼼짝 않고 틈 속에 있으면서 연신 기도했다. 밖에선 그 어떤 소리도 들려오지 않고 사방은 정적만이 흘렀다. 비로소 안전하다고 느꼈을 때 틈 안에서 빠져나왔다. 긴장한 상태로 움직이지 않았던 몸이 혹여나 굳지는 않았을까 염려할 정도로 짧지 않은 시간이었다. 다행히도 몇 번 몸을 비틀며 움직이자 유연한 초람의 몸은 순식간에 정상으로 돌아왔다.

동굴 안을 살펴보니 야르 전사들이 다녀간 흔적이 역력했다. 그들도 잠 한숨 못 자고 쫓아다녔을 테니 잠시의 휴식도 필요했을 것이다. 그러니 그곳에서 잠시 쉬면서 재충전을 한 것이었다. 여기저기 살피던 중 동굴 입구 근처에 뭔가 낯선 것이 떨어져 있는 게 보였다. 가까이 가서 집어보니 미처 챙기지 못하고 흘리고 간 동물 가죽이었다. 예상하지 못한 수확이었다. 얼른 손에 들고 품 안에 집어넣었다. 혹여나 그들이 다시 찾으러 오거나 다른 무리가 다시 찾아올 가능성이 있을 수도 있어 다시 동굴 틈으로 들어가 안전하게 휴식을 취하기로 했다. 그곳에서 기력을 회복하면서 초람은 차분한 마음으로 다시 밤이 찾아오길 기다렸다.

그 시각 람보르 부족은 경계를 소홀히 하지 않은 가운데 초람이 무사히 돌아오기만을 손꼽아 기다리고 있었다. 그중에서도 솔론은 그냥 기다리지 않았다. 맨 앞에 나가 있는 정찰조에게 임무를 주어 야르 부족의 땅에서 람보르 부족의 마을로 이르는 주요 지점을 수색하라고 지시했다. 시간이 많이 지났기에 초람이 무사히 탈출해서 온다 해도 탈진해 쓰러질 거라 예상했다. 부족의 마을까지는 정신력으로 버티겠지만 긴장이 풀리게 되면 누구라도 쓰러질 게 뻔했다. 그런 때에 빨리 발견하지 못하면 위험한 상황이 될지 모르니 그런 임무를 준 것이었다.

미르셀도 초람이 살아 돌아올 것을 확신하면서 여자들과 함께 초람을 맞을 준비에 들어갔다. 남자들이 할 수 없는 일, 여자들만이 해야 하는 일이 따로 있었다. 가장 먼저 준비한 건 마실 것, 먹을 것이었다. 물과 함께 부드러운 음식을 마련했다. 슈무끄를 돌로 갈아 죽을 만들면 씹지 않고서도 쉽게 삼킬 수 있었다. 그 안에 말린 고기를 잘게 빻아 함께 섞었다. 기력을 회복하려면 충분한 영양이 필요했다. 분명 상처도 많이 생겼을 것이기에 하르삐리도 많이 준비했다.

또 하나 중요하게 챙긴 건 따뜻한 물이었다. 그야말로 죽음에서 살아 돌아온 것이기에 오자마자 깨끗하게 씻겨 충분히 휴식을 취하게 해주어야 했다. 그럴 때 따뜻한 물보다 좋은 게 없었다. 부족의 여자들은 청결을 유지하기 위해 따뜻한 물을 자주 이용하곤 했다. 불을 피운 후 넓적한 돌을 위에 올려놓아 오래 달군 다음에 미리 물을 부어 놓은 토기 안에 그 돌 여러 개를 담그면 물은 금방 따뜻해졌다. 손이 많이 가는 일이기에 날마다 그렇게 할 순 없었지만, 몸이 아프거나 필요할 때면 자주 그렇게 했다.

이번에는 다른 때보다도 더 많은 돌을 준비하여 최대한 따뜻하게 만들어 놓았다. 언제 오더라도 바로 몸을 씻을 수 있도록 배려한 것이다. 이 모든 일은 미르셀의 지시에 따라 오르미가 몇몇 여자들과 함께 준비해 나갔다. 부족원 모두가 한마음으로 초람만을 생각했다. 이제 그녀만 무사히 돌아오면 될 일이었다.

야르 부족의 사정은 더 침통했다. 소투가 누군가의 습격으로 인해 갑자기 죽어버리자 야르 족장은 큰 충격에 빠지며 비통해했다.

소투의 죽음은 재무르에게도 큰 충격이었다. 비록 친밀한 사이는 아니었으나 서로의 존재를 인정하면서 야르 족장을 뒷받침하는 사이라고 생각했기에 안타까울 수밖에 없었다. 최근에는 속마음을 솔직하게 털어놓기도 했기에 더 마음 아팠다. 특히, 재무르는 걸출한 인물이 이 땅에서 사라지는 것 자체가 큰 손실이라고 생각하기에 소투의 죽음을 받아들이는 마음이 다른 사람과는 달랐다.

야르 족장의 심기를 거스르지 않도록 배려하면서 재무르는 최대한 차분한 가운데 소투의 장례식을 준비했다.

야르 부족의 장례식은 특별한 게 없었다. 사람이 죽으면 자연스럽게 흙으로 돌아가야 한다는 생각은 람보르 부족과 다름 없었다. 단지 람보르 부족은 부족의 족장을 지냈거나, 부족을 위해 큰 공을 세운 사람들을 별도의 장소에 모셔 뜻을 기리는데, 야르 부족은 그런 게 없었다. 별도로 구분하지 않고 마을 한 귀퉁이에 있는 공동묘지에 묻었다. 특별한 의식도 치르지 않았다. 주로 가족 단위로 떠난 이의 영혼을 위해 기도하는 시간을 가질 뿐이었다. 부족을 이끌어가는 족장을 제외하고는 그 누구도 예외가 없었다.

전에 하던 대로 하자면 이번에도 분명 그렇게 해야 할 것이었다. 하지만 문제는 소투에게 일가족이 한 명도 없다는 사실이었다. 이를 알고 있는 야르 족장은 소투의 장례식을 족장에 준해 성대하게 치르라고 재무르에게 명했다. 야르 족장이 평소에 소투를 얼마나 대단하게 생각하면서 의지했는지를 단적으로 보여주는 것이었다.

재무르는 야르 족장의 상심한 마음을 조금이나마 달래고, 람보르 부족을 향한 분노와 복수의 칼날을 다소나마 무디게 하려면 소투의 장례식을 제대로 치러야 한다고 생각했다. 그래서 자신을 책임자로 해서 소투의 장례식을 맡아서 치를 사람들을 꾸리고, 야르 족장의 승인을 받은 후에 치밀하게 준비해 나갔다.

하지만 시간이 지나도 야르 족장의 심기는 좀처럼 편안해지지 않았다. 소투를 해친 사람이 누구인지 밝혀내지도 못하고, 그자가 죽었는지 살았는지도 모르는 상황 탓이었다. 수색을 마치고 온 전사들이 계곡 밑으로 떨어진 건 분명하고, 시신은 이미 물에 떠내려간 것 같다고 몇 번이나 보고했음에도 그는 시신을 볼 때까지는 믿지 않겠다며 강경한 자세를 바꾸지 않았다.

야르 족장의 분노가 가라앉지 않고 있는 만큼 재무르의 궁금증도 커져갔다. 누가 그랬을까, 분명 솔론과 툼바는 아닐 것이었다. 그렇다면 야르 부족의 심장부까지 들어와서 그렇게 대담하게 행할 수 있는 젊은이가 람보르 부족에 누가 또 있는지 궁금할 수밖에 없었다. 풀리지 않는 궁금증을 애써 밀어내면서 때가 되면 다 알게 될 거라고 여겼다.

집중적인 수색에도 불구하고 더 이상 진전이 없자 야르 족장은 명령을 내려 수색을 중지하고 소투의 장례식을 위해 부족의 모든 역량을 쏟아부으라고 명했다. 야르 부족원 모두가 정성껏 장례 준비에 몰두했다. 이 모든 걸 재무르가 관장했다. 재무르 역시 차분한 마음으로 망자에 대한 예를 제대로 갖추기 위해 하나하나 신경 쓰면서 챙겼다.

소투의 장례식을 족장에 준해 성대하게 치르겠다는 야르 족장의 의중은 초람에게 있어 대단한 기회이고, 행운이었다. 야르 부족이 수색을 중지하지 않고 계속 이어갔으면 빠져나가는 게 쉽지 않았을 것이었다.

어느 순간 자기를 찾는 무리가 사라졌음을 알아차리자 초람은 이 기회를 틈타 빨리 빠져나가기로 마음먹었다.

그날 밤은 반달이 떠서 어느 정도 앞도 보이고 은밀하게 이동하기에 적당했다. 처음에 도망칠 때는 워낙 다급한 상황이라 가시나무에 찔리는 것도 마다하지 않았었는데 이제는 그녀의 손에 들려 있는 동물 가죽이 몸을 보호해 줄 것이었다. 동굴에서 주운 그 동물 가죽 조각 하나를 손에 들고 있다는 것만으로도 자신감이 생겨났다. 식량도 거의 떨어져 아껴먹느라 비록 허기가 느껴졌지만, 그녀의 정신과 몸은 어느 때보다도 또렷했고 날렵했다. 이제는 몇십 리를 내달려도 가뿐할 것 같았다.

그러면서도 방심하지 않았다. 예상치 못한 일이 있을 수 있다는 점을 마음에 새기고 경계를 늦추지 않았다. 아무리 철수했다고 하더라도 분명 주요 지점 곳곳에는 일부 감시 요원을 남겨놓았을 것이었다. 그렇다면 길을 이용하면 안 될 일이었다.

초람은 능선이 아닌 산허리를 이용하기로 했다. 사람이 다니는 길이 아니기에 비록 속도가 나지 않고 미끄러질 수 있어 위험했지만, 그곳까지는 야르 전사들의 관심이 미치지 못할 것이기에 무사히 빠져나가기 쉬우리라 여겼다. 단단해 보이는 나무 두 개를 돌칼로 잘라 경사지에서 몸을 지탱할 수 있는 지팡이도 만들었다.

만반의 준비를 끝낸 초람은 밤이 더 깊어지면서 새벽녘으로 접어드는 시점에 동굴을 빠져나왔다. 이동할 시간을 얼추 계산해서 움직인 것이다. 뜻대로만 된다면 날이 밝을 때쯤에는 부족 마을에 당도할 것이었다. 그렇게 살아 돌아가기 위한 초람의 여정이 시작되었다. 하늘의 달과 별도 다른 날보다도 유난히 밝은 빛을 던지며 그녀를 응원했다.

초람과 함께 했던 행동대원 세 명은 시간이 지나도 죄인처럼 고개를 들지 못했다. 그중에서도 함께 조를 이뤘던 대원은 그녀가 미처 빠져나오지 못한 게 자신의 잘못인 양 침통한 표정을 풀지 못했다. 하지만 그들이 달성한 성과 만큼은 놀라웠다. 야르 부족이 다시 대대적인 싸움 준비를 하고 있다는 것을 알아온 것이었다. 처음에 쳐들어온 것보다 더 큰 규모의 전사들과 무기들을 준비해 놓고 족장의 명령만 기다리고 있다는 것이었다. 야르 부족과 비교할 때 세가 밀리는 람보르 부족에게는 그야말로 큰 위기가 아닐 수 없었다.

행동대원들로부터 자세한 소식을 전해 들은 람보르는 곧 최후의 결전이 다가올 거라는 걸 직감했다. 그전까지는 혹여 싸움이 벌어져도 서로 감당할 수준 정도에서 그치고, 어느 정도 판세가 결정되면 적당한 선에서 물러나면서 타협할 거라 여겼다. 그러나 이제는 아니었다.

아니, 어쩌면 그것은 람보르가 스스로 그렇게 만들어 간 것이었다. 람보르는 부족의 미래를 위해서 지금의 이 사태를 자기 자신이 정리하지 않으면 안 될 일이라고 여겼다. 일시적으로 봉합한 채 여전히 큰 위협을 곁에 두고 살아갈 수는 없었다. 지금이 아니라도 앞으로 다시 그런 일이 벌어질 가능성이 있기에 애초부터 싹을 잘라야겠다고 생각했다. 행동대를 만들어 초람을 보낼 때부터 각오했던 일이었다.

행동대원이 들고 온 첩보와 정찰조 보고를 맞춰보면서 야르 부족 내에서 일어난 상황도 정리했다. 그들의 움직임을 계속 살펴본 결과 초람이 야르 족장의 거처를 습격할 당시 죽은 것은 야르 족장이 아니라 소투일 거라고 조심스레 추측했다. 또한 초람은 죽지 않고, 야르 족장에게 발각되어 즉시 달아난 게 분명했다. 야르 전사들이 총동원되어 전 지역에 걸쳐 초람을 찾아다녔지만 끝내 초람을 찾아내지 못했다. 그리곤 순식간에 모두 철수해 야르 부족의 마을로 돌아갔다고 했다. 부족이 총동원되어 숲속 전체를 샅샅이 뒤졌는데도 결국 초람을 발견하지 못했으니 분명 살아있을 가능성이 있었다. 그건 단지 바람이나 희망만은 아니었다.

누구보다도 솔론은 초람이 분명 어딘가에 숨어서 꼭 살아있을 거라고 믿었다. 그를 두고 먼저 갈 사람이 아니었다. 이제는 두 사람이 어떤 운명의 끈으로 맺어져 있음을 느끼고 있었다. 누구에게도 내색할 수 없는 솔론 혼자만의 믿음이었다. 그래서 다른 사람들이 비통한 표정을 지을 때도 솔론만은 의연하게 버틸 수 있었다. 그 속을 모르는 다른 사람들 눈에는 흔들리지 않는 담대함으로 느껴졌다.

동굴을 빠져나온 후 산허리를 타면서 부족 마을 방향으로 나아가기 시작한 초람은 모든 힘을 하나에 집중했다. 지금 그녀에게 주어진 임무는 부족의 품으로 무사히 살아 돌아가는 것뿐이었다. 혹여나 부족원들이 자기가 죽었다고 생각할 수도 있기에 마음이 급했다. 그 누구보다 솔론의 얼굴이 가슴에 크게 자리 잡았다. 그의 존재는 언제부턴가 그녀의 마음속에서 살고자 하는 의지를 불타오르게 했다.

산허리를 둘러 나아가는 길은 생각보다 쉽지 않았다. 자칫하면 고지 위나 능선에서 보일 수도 있기에 허리를 숙이고 기어가다 보니 힘도 들뿐더러 좀처럼 속도가 나지 않았다. 평평한 땅으로 올라가고 싶은 유혹이 들 때마다 야르 부족의 땅을 완전히 벗어나기 전까지는 방심하지 말자고 마음을 다잡았다. 가시나무로부터 얼굴과 몸을 보호하기 위해 머리부터 동물 가죽 조각을 뒤집어썼기에 땀이 비 오듯이 흘러내렸다.

집중적인 수색이나 추격은 멈췄지만, 예상대로 군데군데 여전히 감시하고 있는 야르 전사들의 모습이 보였다. 그들의 눈을 피하는 것도 만만치 않았다. 길이 갈라지고 모이는 곳을 지키면서도 아래로 내려다보이는 계곡 곳곳으로 돌아다니는 것으로 보아 포기하지 않겠다는 집념이 느껴졌다. 야르 전사들이 빤히 올려다보이는 능선 밑을 지날 때는 땅에 완전히 엎드려 기어서 이동했다. 그럴 때는 강한 긴장감과 함께 왠지 모를 쾌감도 느껴졌다.

특히 조심한 것은 발끝이었다. 행여나 발에 부딪혀 돌덩이 하나라도 굴러떨어지게 된다면 큰 소리가 날 것이기에 발각될 위험이 컸다. 그야말로 내딛는 발걸음 하나하나가 사느냐 죽느냐와 직결되어 있었다.

한없이 인내하며 이동하는 동안 초람은 자신이 나아가는 길은 오직 살기 위한 길이어야 하고, 결코 죽음 쪽으로 방향을 틀어서는 안 된다고 생각했다. 불의의 사고로 돌아가신 아버지의 뒤를 잇기 위해서는 더더군다나 꼭 살아 돌아가야 한다고, 가서 부족을 위해 더 많은 일을 해야 한다고 다짐했다.

가장 견디기 힘든 건 목마름이었다. 아래로 내려다보이는 계곡에는 콸콸콸 세차게 물이 흘러가고 있음에도 수중엔 단 한 방울의 물도 없었다. 입술은 진즉부터 바짝 타서 갈라졌고 그 틈으로 피가 맺혔다. 아니, 피조차 새어 나오지 못하고 안에서 말라붙어 입술을 두껍게 만들었다. 그나마 가지고 있던 돌칼로 나무뿌리를 캐어 씹으면서 겨우 버티고 있었다. 허기는 이미 느껴지지 않았다. 설령 허기를 느낀다 해도 가지고 있는 말린 고기조차 먹을 수 없었다. 씹을 힘도 없지만 침까지 말라붙은 목구멍으로 넘기는 것도 어려울 것이었다.

초람은 끝도 없이 이어진 검은 장막 사이를 걸어가듯 어둠이 짙게 깔린 산을 따라 계속 발을 내디뎠다. 초저녁부터 늦은 밤을 건너 새벽으로 가며 온전히 마주하는 어둠의 흐름은 흔치 않은 경험이기에 낯설면서도 신선했다. 캄캄하던 세상이 달빛에 잠시 옅어지는 것 같더니 온 세상이 먹물을 뒤집어쓴 듯 눈을 가렸다. 날이 밝아오기 전의 어둠이 가장 깊다는 것을 알고 있기에 이제 곧 동이 터 올 거라 믿었다. 나아가는 방향만 제대로라면 분명 부족의 마을이 멀지 않았다는 희망이 함께 올라왔다.

얼마나 더 나아갔을까, 갑자기 한순간에 어둠이 스러졌다. 드디어 저 멀리 어슴푸레 해또르 지역이 눈에 들어오기 시작했다. 이어 참으로 경이로운 광경이 펼쳐졌다. 희미해지는 어둠을 뚫고 조금씩 드러나는 장엄한 자연의 모습에 입이 저절로 벌어지면서 지금 자신이 처한 처지도 다 잊을 정도였다.

해또르, 그랬다. 그곳은 어렸을 적 아버지를 따라 여러 번 와본 적이 있는 곳이다. 정확히 기억나지는 않지만 그림처럼 펼쳐지는 그 이미지만큼은 지금도 초람의 머릿속에 선명하게 남아있다.

해또르와 모두아 지역에서 남자들은 사냥을 했다. 그럴 때마다 부족의 잔치가 열렸다. 늘 마음속에 품고 동경했던 해또르였다. 여자는 사냥하지 못한다는 말을 듣고 동물을 잡는 사냥 자체보다는 해또르 지역을 맘껏 누빌 수 없다는 점이 억울하고 서운해서 아버지 앞에서 울음을 터트렸던 기억도 되살아났다.

무엇보다도 그곳은 족장인 아버지가 생을 마감하신 아버지의 땅이다. 오랜 시간 칩거하면서도 아버지가 생각날 때마다 마음은 해또르 지역을 달리곤 했었다. 그렇게 꿈에도 그리던 땅이기에 초람은 그 모습을 한눈에 알아차릴 수 있었다.

숨이 막힐 정도로 감격했다. 다시 힘이 솟았다. 해또르 지역만 해도 야르 부족의 손길이 크게 미치지 못할 거라 생각하니 마음도 편안해졌다. 조금만 더 가면 람보르 부족의 마을이 있기에 야르 전사들도 섣불리 이 지역까지는 발을 디딜 수 없을 것이었다.

아버지의 그림자 뒤로 이젠 솔론의 얼굴이 다가왔다. 임무를 마치고 해또르 지역까지만 오면 안심해도 된다고, 떠날 때 솔론이 건넸던 말이 지칠 대로 지친 그녀를 버티게 하는 마지막 힘이었다. 어쩌면 살아 돌아올 것을 믿고 자기를 기다리거나 찾을 수도 있을 거라는 옅은 기대감도 들었다.

그런 바람과 희망으로 초람은 쓰러지지 않았다. 정신은 오랫동안 긴장한 상태이고, 몸은 거의 탈진 상태에 이르렀으나 부족의 품에 안길 때까지는 절대로 정신을 놓아선 안 된다고 스스로 달래며 점점 짧아지고 있는 의식의 끄트머리를 겨우겨우 붙잡고 있었다.

얼마나 걸었을까, 해또르 지역을 겨우 돌아 부족의 마을로 들어가는 입구가 눈에 들어오고 그곳을 지키고 있는 전사들도 보였다. 혹여나 야르 전사들일 수도 있다는 생각에 잠시 주시하기로 했다. 갈수록 혼미해져 가는 정신을 붙들어 가며 두 번 세 번 확인해도 그들은 분명 우리, 람보르 부족이었다.

드디어 살아 돌아온 것이었다.

이제 초람은 마지막 한 방울의 힘을 쏟아냈다. 속에서는 커다란 외침이 연신 터져 나왔지만, 입안에서만 웅얼거릴 뿐 작은 소리조차 새어 나오지 않았다. 그야말로 젖 먹던 힘까지 완전히 짜낸 초람은 그들이 보이는 곳까지 겨우겨우 나아가 손을 흔들다가 그만 그 자리에서 풀썩 쓰러지고 말았다.

귓가에는 람보르 전사들이 달려오는 발소리가 아련하게 울려왔다.

초람이 살아 돌아왔다는 소식은 순식간에 퍼졌다. 람보르 부족은 그야말로 축제 분위기였다. 전임 족장이 안타깝게 죽은 이후에 홀로 남은 딸까지도 죽었을지 모른다는 무거운 마음이 부족 전체를 감싸고 있었는데 정찰조가 그녀를 발견했다는 소식이 전해지자 모두 서로 얼싸안고 초람이 살아 돌아온 것을 기뻐했다.

그중에서도 가장 기뻐한 건 당연히 람보르 족장과 솔론, 그리고 미르셀이었다. 특히, 애간장이 다 타고 녹아내릴 정도로 잠도 못 자고 초람의 소식을 기다리던 솔론은 정찰조가 초람을 발견했다는 소식을 듣자마자 단숨에 마을 앞까지 달려나갔다.

정찰조에 업혀 들어오는 초람을 목격한 솔론은 서둘러 초람을 편안한 곳에 눕혔다. 집으로 데리고 갈 여유조차 없는 상황임을 알고 우선 빠짝 타들어 가 갈라진 초람의 입술부터 물로 적셨다. 이어 불덩이같이 뜨거운 초람의 이마에 역시 물을 적신 나뭇잎을 올려주면서 열을 식히려 애썼다. 초람의 모습은 차마 눈을 뜨고 볼 수 없을 정도로 처참했다. 이런 상태로 살아 돌아온 것이 기적이었다.

솔론의 커다란 두 눈에서는 굵은 눈물방울이 하염없이 흘러내리기 시작했다. 솔론은 정성을 다해 초람의 온몸을 살폈다. 일단 급한 불을 껐다고 생각한 솔론은 전사들에게 나무와 칡넝쿨을 준비해 들것을 엮으라고 지시했다. 그곳에 초람을 눕힌 다음 조심스레 마을로 옮겼다.

선봉대의 일은 시주르에게 잠깐 맡기고 솔론은 초람과 동행하며 끝까지 그녀의 손을 놓지 않았다.

미리 소식을 전해 들은 마을에서는 람보르 족장과 툼바, 미르셀, 오르미는 물론 모두가 초람이 돌아오기만을 기다리고 있었다. 지칠 대로 지쳐 눈도 제대로 못 뜨고 겨우 신음만 내는 초람과 그 옆에 선 솔론의 초췌해진 모습에 부족 여자들의 눈에선 하염없이 눈물이 흘러내렸다. 곧 여기저기서 큰 울음소리마저 터져 나왔다. 다 죽어가는 초람의 몰골이 안타깝기도 하거니와 사고로 죽은 아버지에 이어 딸까지 이렇게 되니 가여워 울지 않을 수 없었다.

그런 상황을 누그러뜨린 건 미르셀과 오르미였다. 두 사람은 빠르게 움직이며 사람들을 달래고 다독였다. 람보르는 초람을 얼른 데려가서 모든 정성을 다해 돌볼 것을 명했다. 이후 미르셀의 신속한 보살핌이 이어졌다.

미리 준비한 대로 초람을 집안으로 들이고 동물 가죽과 옷을 벗겨 상처를 살핀 후 따듯한 물로 씻기고 정성껏 치료했다. 한쪽에서는 초람의 입술에 연신 물을 적셨으며, 슈무끄를 끓였다. 초람을 씻기면서도 여자들은 울음을 삼켰다. 초람의 몸은 곳곳이 가시나무에 찔려 상처투성이고, 아예 살점이 떨어져 나간 곳도 있었다. 머리부터 발끝까지 성한 곳이 하나도 없었다. 어떻게 이 지경으로 살아 돌아올 수 있었는지 눈으로 보면서도 믿기지 않았다.

솔론은 안으로 들어가지도 못한 채 밖에서 발을 동동거리며 기다릴 수밖에 없었다.

여자들의 지극한 정성이 이어지자 싸늘하게 식어가던 초람의 몸에 온기가 돌기 시작했다. 그렇게 얼마의 시간이 흘렀을까, 어느 순간 '끄응~~~' 하는 소리를 내며 초람이 슬며시 눈을 떴다. 한동안 허공을 머물던 초람의 눈동자가 이내 상황을 알아차렸는지 깜짝 놀라 머뭇거리다 조심스레 고개를 돌렸다. 아직 힘이 없는지 몸은 꼼짝도 하지 못하고 있는 상태였다.

이내 조금 더 정신을 차린 초람이 "무~~~~울, 무~~~~울"하며 입을 열었다. 옆에 있던 미르셀이 미지근한 물을 초람의 입안으로 흘려 넣어주었다. 물은 끝도 없이 들어갔다. 죽어가던 몸의 세포 곳곳으로 물이 들어가고 채워지면서 놀랄 정도로 빠르게 생기를 되찾아가기 시작했다.

정신이 돌아온 초람의 상태를 계속 살피면서 미르셀은 상처를 치료하고, 슈무끄를 끓여 입에 넣어주며 정성으로 초람을 돌봤다. 그러면서도 다른 사람에 대한 배려도 놓치지 않았다. 밖에서 애가 타도록 소식을 기다리고 있을 솔론을 생각하면서 사람을 보내 초람이 의식을 회복했고, 물과 슈무끄를 넘길 정도로 좋아졌다는 소식을 전해주었다. 겉으로 내색은 하지 않지만 속으로 뛸 듯이 기뻐할 솔론의 모습을 상상하며 내심 미소를 지었다.

"미르셀, 뭐 좋은 일 있어요? 얼굴을 보니 웃음이 가득한데요?"

"뭐, 뭐… 아~ 좋은 일? 당연히 있지요. 우리 초람이 이렇게 살아 돌아왔는데 당연히 좋고 말고요."

미르셀은 오르미에게 들킨 마음을 애써 돌려대며 말했다. 그건 누가 들어도 맞는 말이었다. 초람이 살아 돌아왔으니 누군들 기뻐하지 않을 수 없었다. 민망한 상황을 넘긴 미르셀은 돌봄을 잠시 오르미에게 맡기고 자리에서 일어났다. 문 앞에 있는 솔론으로부터 연신 고맙다는 말을 듣고는 환한 웃음으로 화답했다.

초람의 집을 나와 미르셀이 향한 곳은 람보르 족장의 처소였다. 누구보다도 람보르 족장이 초람의 소식을 궁금해하고 있을 것이기에 직접 전하려고 나선 것이었다.

"족장님, 저 미르셀이에요."

"어서 오시오. 미르셀."

늘 반갑게 맞아주는 람보르 족장의 인사를 들으며 안으로 들어섰다.

"족장님, 다행스럽게도 초람이 깨어났어요. 처음에 몸 상태를 보니 도저히 믿기지 않을 정도로 처참했어요. 그 상태로 돌아온 것 자체가 정말 기적이라고 할 수 있어요. 이제는 정신을 차리고 몸 상태도 조금 나아져서 물도 마시고, 음식도 조금씩 입안에 넣고 있으니 걱정하지 마세요. 여자들이 정성을 다해 돌보고 있으니 곧 원기를 회복할 수 있을 거예요. 초람이 돌아온 것 하나만으로도 우리 부족의 사기는 몰라볼 정도로 높아졌다고 생각해요."

"고맙소. 모든 게 미르셀 덕분이오. 게다가 이렇게 걱정하는 내 마음까지 헤아려서 직접 달려와 전해주니 그 정성과 배려에 어떻게 고마움을 전해야 할지 모르겠소."

"고마움이라뇨. 족장님, 당연한 일이지요. 족장님께서 초람을 얼마나 끔찍이 생각하시는지 다 아는 제가 어찌 제일 먼저 말씀드리지 않을 수 있겠어요. 초람이 회복한 사실을 직접 찾아뵙고 말씀드리면서 기뻐하시는 모습을 뵙고 싶었어요."

그렇게 말하는 미르셀의 머릿속에 갑자기 솔론의 얼굴이 떠올랐다. 제일 먼저 솔론에게 그 기쁜 소식을 전해줬다는 걸 족장은 당연히 모를 것이었다. 미르셀은 슬며시 미소지었다.

"저~ 한 가지 드릴 말씀이 있어요. 족장님"

갑자기 미르셀이 조심스러워지자 람보르는 약간 긴장했다.

"어떤 말을…"

"족장님, 솔론에 관한 거예요."

"솔론이라니? 솔론에게 무슨 문제가 생겼소?"

"아니에요, 사실 솔론이 초람을 많이 좋아하고 있는 듯해요. 그런데 좋아하는 정도가 일반적으로 생각하는 수준을 넘어요. 아마 배필로 생각할 정도로 마음에 두고 있는 듯해요."

"아~ 그렇군."

거기까지 말하고선 람보르는 입을 닫았다. 사실 초람에 대한 그의 마음도 솔론과 별반 다르지 않았다. 하지만 람보르는 초람을 여자로 바라보는 마음에 더해 한편으로는 전임 족장의 딸이기에 챙겨야 한다는 일종의 부양의무까지 있었다. 그런 상태였기에 솔론이 초람을 여자로 좋아한다는 미르셀의 말을 직접 들으니 어느 정도 알고 있으면서도 당황할 수밖에 없었다. 그렇다고 내색해서는 안 될 일이었다.

람보르의 마음속엔 어떻게 해야 하는지 이미 길이 정해져 있었다.

족장의 표정을 보면서 미르셀의 마음도 편치 않았다. 그의 마음을 모르는 건 아니지만 더 시간을 끌다간 족장이나 솔론, 두 사람 다 힘들어할 게 뻔했다. 더군다나 족장은 부족과 혼인했다고 진즉부터 공언한 처지다 보니 자기가 나서서 정리하지 않으면 안 될 일이었다.

"미르셀, 어렵고 힘들게 버텨온 초람을 솔론이 챙겨준다면야 얼마나 좋은 일이겠소. 족장인 내 개인적으로도, 또 우리 부족으로서도 좋은 일이라고 생각하오. 미르셀과 툼바의 짝에 이어 초람과 솔론의 짝이 맺어진다면 우리 부족의 경사이고, 앞으로 부족이 더 발전할 거라 믿소. 내 적극 지지하리라. 다만, 성사 여부는 전적으로 미르셀에게 맡기고 싶소. 다소 부담은 되겠지만 미르셀이 잘 이어줄 줄 믿소. 부디 두 사람을 잘 부탁하오."

람보르는 초람에 대한 마음을 애써 숨기며 미르셀에게 말을 건넸다. 자신이 가장 아끼는 솔론이 초람의 짝이 될 수만 있다면 나중에 하늘나라에 가서 전임 족장을 만나더라도 자신 있게 말할 수 있을 것이었다. 그렇게 생각하니 초람에 대한 연정으로 잠시 아쉬웠던 마음이 어느새 가시고 뿌듯함이 몰려왔다. 이제부터는 초람의 보호자 역할만 제대로 하기로 마음먹었다.

"네, 족장님. 잘 알겠어요. 아무 염려하지 마세요."

미르셀은 조용히 대답하고 처소를 나섰다. 그녀의 등 뒤로 초람의 모습이 묻어나왔다.

미르셀이 나가자 람보르는 혼자 상념에 젖었다. 숨 가쁘게 지나가고 있는 이 상황이 그와 부족에게 과연 어떤 의미인지 되새겨보고 싶었다. 언젠가는 일어나야 할 일, 반드시 거쳐야 할 일이라고 여기면서도 이 일의 끝이 어디로 향해 갈지 따져보고 내다봤다. 자기 자신의 운명은 물론 부족의 앞날까지 걸린 문제, 아니 부족의 차원을 넘어 앞으로 이 땅에서 살아갈 인간 전체에 끼칠 영향까지 할 수만 있다면 다 품고 싶었다.

혼자만의 시간이 잔잔하게 흐르면서 람보르는 생각했다. '그래. 솔직히 말하면, 이성으로서 초람을 향한 마음은 아주 미미할 정도다. 남자와 여자 간에 느끼는 설레는 마음이 아예 없다고는 말할 수 없어도 그것이 꼭 이성 간에 타오르는 정염은 아니다. 둘 사이를 이어주고 있는 특별한 인연이 더 그렇게 만든 것이었음을 누구보다도 내가 잘 알고 있다.'

생각은 다시 솔론과 초람 두 사람을 향했다. 참 좋은 짝이 될 것이라 여겼다. 내심 솔론을 자기의 후계자로 점찍고 있기에 초람처럼 다부지고 당찬 짝을 만나 부족을 더 크게 발전시키고 융성하게 만든다면 더할 나위 없이 좋은 일이었다. 이제부터는 초람을 향한 생각을 완전히 정리하여 조금의 감정조차도 남기지 않도록 할 참이었다.

부족과 혼인한 몸이라고 늘 말해왔음에도 잠시 마음이 흔들렸음을 람보르는 스스로 인정했다. 하지만 부끄럽지는 않았다. 자기도 남자라는 사실을, 남자의 기운이 꿈틀꿈틀 살아있다는 사실을 초람으로 인해 잠시나마 온몸과 마음으로 느꼈음에 만족했다.

젊은 사람답게 초람의 회복은 빨랐다.

며칠이 지나자 초람은 금방 자리에서 일어날 수 있었다. 마치 언제 그랬냐

싶게 얼굴도, 몸도 본래의 모습을 되찾아가기 시작했다. 그 과정에서 미르셀과 오르미를 비롯한 부족 여자들의 지극한 정성이 한 몫 톡톡히 했고, 솔론의 헌신적인 역할도 타의 추종을 불허할 정도였다.

솔론은 이젠 아예 대놓고 초람의 집을 찾았다. 여자들이 수군대는 것도 못 들은 척 오직 초람만을 바라보았다. 아직 혼인하지 않은 여자들은 질투 섞인 투정도 마다하지 않았다. 하지만 미르셀과 오르미는 그 마음을 충분히 알고 있었다.

솔론은 여자의 몸에 좋다고 하는 것들을 수시로 가져왔다. 하루는 몇 뼘이 넘는 큼지막한 잉어를 잡아 뼈가 뭉개질 정도로 불에 끓인 후 그 국물을 담아냈다. 해또르 강에서 잡은 것이라고 했다.

미르셀은 솔론의 지극정성을 보면서 하루속히 이 두 사람을 맺어줘야겠다고 생각했다. 무엇보다도 확신할 수 있었던 건 초람의 눈빛과 몸짓에서 그녀 역시 이미 솔론을 마음에 두고 있음을 느꼈기 때문이다. 람보르 족장의 허락을 얻었으니, 이제는 부족원에게 알리기만 하면 될 일이었다.

아직 끝나지 않은 싸움이 언제 어떠한 모습으로 다시 밀려올지 모르는 불안한 상황임에도 솔론과 초람, 두 사람의 사랑은 이른 새벽의 샛별처럼, 따스한 봄날의 풀꽃처럼 아름답게 피어났다.

초람을 끝내 놓친 야르 족장은 치솟는 분노를 참을 수가 없었다. 솔론과 툼바도 도망간 데다가, 소투를 죽인 자까지 놓쳤으니 그 분노가 어느 정도인지는 짐작하고도 남음이 있었다. 그나마 재무르가 정성을 다해 소투의 장례식을 잘 치러냈기에 그에 대한 미안한 마음은 어느 정도 달랠 수 있었지만, 최측근을 죽음으로 몰고 간 람보르 부족의 겁 없는 도발을 도저히 용서할 수 없었다. 먼저 잘못을 저질렀고, 끝까지 용서를 빌어도 시원찮을 판에 약속을 어기고, 자신의 심복까지 죽인 람보르 부족이다. 아니, 겉으로 드러난 실상은 그렇지만 족장의 처소를 찾아왔던 것이니, 사실은 자신을 죽인 것이나 진배없었다.

소투의 장례식을 치르고 집에서 쉬고 있는 재무르에게 야르 족장이 찾는다는 전갈이 왔다. 잠시나마 쓰화와 편안한 쉼에 빠져 있던 재무르는 심상치 않은 기운을 느끼면서 서둘러 일어섰다.

"족장님이 급히 찾으신다고 하오. 내 다녀오리다."

"소투님이 그렇게 되셔서 이젠 족장님 옆에 당신밖에 없는 듯하니 더 의지할 듯싶어요. 무슨 일이든 부디 당신답게 잘 처신하시리라 믿어요."

당신답게 잘 처신하라는 쓰화의 말이 집을 나서는 재무르의 뒤로 날아와 붙었다. '당신답게, 나답게, 재무르답게...' 재무르는 족장의 처소를 향해 걸어가는 내내 쓰화가 던진 말의 의미를 곱씹었다.

재무르는 지금까지 불의에 굴복하지 않았다. 부러질지언정 휘어지지 않았다. 람보르 족장과 라이벌로 살아오면서 부족을 떠나온 건 그를 인정하지 못해서가 아니었고, 오히려 인정해서였다. 친구 사이지만 도저히 자기 자신이 꺾을 수 없는, 아니 꺾고 싶지 않은 대단한 인물이라고 여겼기에 1인자가 되기 위한 희망을 접고 스스로 물러난 것이었다. 그 이후에 재무르 역시 뼈를 깎는 노력 끝에 여기까지 온 것이었다.

"족장님, 재무르입니다. 찾으셨습니까?"

야르 족장의 거처로 들어섰다. 소투의 피습 사건 이후에 경계는 훨씬 삼엄해졌다. 지난번보다 두 배나 많은 전사가 집 안팎 곳곳에 배치되어 있었다. 재무르니까 기죽지 않고 들어서지 다른 사람들 같으면 족장을 만나기 전에 이미 기가 꺾일 것이었다.

"어서 오시오. 재무르. 소투의 장례식을 준비하고 치르느라 대단히 고생이 많았소."

"감사합니다. 족장님의 배려 덕분에 소투님을 잘 모셨습니다. 소투님께서 부족을 위해 노력하셨던 일들을 기리며 부족원 모두 하나 되어 그를 추모했을 것입니다."

"나도 그리했소. 소투가 죽은 건 안타깝지만 예우를 갖춰 보내주었으니 조금이나마 마음의 부담은 덜었소. 끝까지 마무리를 잘해준 덕분에 무사히 끝날 수 있었소."

"그나저나 심기가 매우 불편하실 듯한데 괜찮으신지요?"

재무르는 얼른 화제를 전환했다. 이제 죽은 소투의 일보다는 살아있는 족장에게 집중하기로 했다. 솔론과 툼바의 탈출로 심한 배신감을 느꼈을 텐데, 그것도 모자라 이번에 람보르 부족이 직접 목숨을 노렸고, 그로 인해 아끼던 심복을 죽게 했으니 그 분노가 쉽게 가라앉지 않을 것이었다.

"내가 오늘 쉬고 있는 재무르를 부른 이유가 있소. 큰일을 치렀기에 조금 더 쉬게 해주고 싶으나, 시간이 급해 더 이상 머뭇거릴 수 없소."

"괜찮습니다. 충분히 쉬었습니다. 말씀하십시오."

재무르는 족장을 뚫어지게 쳐다보면서 다음에 나올 말에 귀를 기울였다. 순간, 족장의 입에서 나온 말은 가히 충격적이었다. 재무르도 어느 정도는 예상했지만, 그 말 한마디 한마디가 가슴을 쿵쿵 내리치는 듯했다.

"재무르, 내 이번 기회에 람보르 부족을 이 땅에서 완전히 쓸어버리겠소. 처음엔 적당한 선에서 혼내주려고 했는데 이젠 도저히 용서할 수 없소. 야르 부족의 이름을 걸고 람보르 족장으로부터 갓난아이에 이르기까지 단 한 명도 남기지 않고 다 죽여서 멸족시킬 작정이오."

족장의 입에서 급기야 완전히 쓸어버리겠다, 멸족시키겠다는 말까지 튀어나왔다. '나도 람보르 부족이니 나까지 죽여야 진정한 멸족일 텐데..' 야르 족장이 이렇게까지 심한 표현을 쓴 걸 보면 이제 더 큰 싸움이 벌어질 터이고, 심상치 않을 거라는 걸 느꼈다. 이 싸움이 끝나면 야르 부족이든 람보르 부족이든 어느 한 부족은 이 땅덩어리에서 완전히 사라질 것이 눈에 보였다. 마음은 좀처럼 가라앉지 않았지만 애써 다독이며 말을 이었다.

"족장님의 심정이 어떠실지 충분히 짐작하고도 남음이 있습니다. 부하된 자로서 제가 무슨 말씀을 드려야 할지 모르겠습니다. 하지만, 조금 더 편하게 쉬시면서 마음을 살피실 것을 건의드립니다. 부디 그 노여움을 푸시고 평안을 다시 찾으시옵소서."

재무르는 눈치 보지 않고 담대한 마음으로 하고 싶은 말을 전했다. 남긴 말이 없으니 속이 후련했다.

"재무르, 나는 이미 소소르, 차루, 마투에게 다시 전면적인 싸움을 준비할 것을 명했소. 이번에는 단 한 명도 남김없이 우리 부족의 전사들이 다 참가할 것이오. 무엇보다도 내가 제일 앞에 나설 것이고, 람보르 부족을 멸족시키기 전까지는 나 역시 살아서 돌아오지 않을 것이오. 재무르는 나의 책사가 되어 함께 출정할 준비를 하시오."

족장의 말이 지금 딛고 있는 땅이 아닌 먼 곳에서 전해오는 소리인 듯 울리며 귀에 박혀 들어왔다.

야르 부족의 땅에서 위험한 기운이 싹트고 있는 그 순간, 람보르는 뒤숭숭한 잠에서 깨어났다. 아직 날은 밝아오지 않았다. 그냥 자리에 누워있기도 뭐해 밖으로 나섰다. 문밖에는 그를 지키는 전사들이 교대로 근무하고 있었다. 새벽부터 집을 나서는 족장을 보고 그들은 당황하는 눈치였다. 무슨 일이 있는지 걱정하는 기색도 엿보였다.

아무 말 없이 등을 두드리며 격려해 준 뒤 뒤편 언덕으로 발길을 돌렸다. 중대한 결심을 하거나, 마음이 혼란스러울 때마다 찾는 곳이었다. 그곳에서 조상들께 기도하고 명상하면서 마음을 다스리고 생각을 정리했다.

부족의 명운을 건 싸움을 치르는 그로선 무언의 허락을 득하는 자신만의 통과의례이자 엄숙한 의식이었다. 아니, 요즘 같으면 허락도 아니었다. 일방적인 통보였다. '제가 싸움을 치르고 있습니다. 조상님들은 그렇게 알고 계십시오. 부족이 이겨서 살아남을 수 있도록 도와주시면 됩니다.' 그렇게라도 해야 마음이 편했다.

또한, 이 행위 자체가 한 부족을 이끌어가는 족장으로서 해야 할 신성한 의무였다. 부족을 보호하고, 부족원을 살아남게 만드는 것, 그것이 지금 족장인 자기의 존재 의미였다. 부족을 위해서는 한 발짝도 물러서지 않겠노라고, 부족원의 목숨이 위태로울 때는 족장인 자신이 제일 먼저 죽기를 각오하고 싸우겠노라고 조상님들 앞에서 다짐하며 발길을 돌렸다.

돌아 나오면서 웬일인지 자꾸만 뒤가 당기는 느낌이었다. 앞으로 살아서 다시 이곳을 찾아 조상님들께 고하는 것이 자신의 삶에 허락될 수 있을지 두렵기조차 했다. 천하의 람보르도 무자비한 전쟁 앞에서는 더없이 약하고 미미한 하나의 인간일 수밖에 없었다.

긴 기도를 마치고 돌아온 람보르는 초람의 집으로 향했다. 어느 정도 원기를 회복했다는 소식을 들었기에 직접 가서 그동안의 노고를 격려하고 위로할 참이었다.

지금까지 초람에 대한 복잡한 마음도 다 정리했다. 전임 족장의 딸이라는 인연, 오랜 시간 동안 홀로 인내하며 고통을 삭여온 삶, 이젠 몰라볼 정도로 어엿한 여인으로 성장한 모습이 복합적으로 작용하여 잠시 람보르의 마음을 흔들었었는데, 이젠 모든 게 홀가분해졌다. 솔론의 존재가 그렇게 만들었고, 미르셀의 도움이 컸다. 그녀가 다녀간 후로 확실하게 마음을 잡았기에 이제는 그 어떤 것에도 다시 흔들리지 않을 자신이 있었다. 아직 끝나지 않았고, 어쩌면 앞으로 더 크게 다가올 전쟁이 변수지만, 할 수만 있다면 최대한 빨리 솔론과 짝을 맺어주고 싶었다.

"초람, 람보르 족장이야. 들어가도 될까?"

문 앞에 선 람보르는 대답이 들리기를 기다렸다 발을 들여놓았다. 방 안에서 초람을 보살피고 있던 여자들이 족장의 갑작스러운 방문에 당황해하면서 고개를 숙여 인사하며 서둘러 밖으로 나갔다. 얼핏 보기에도 초람의 상태는 많이 회복한 듯했다.

방에 들어온 람보르에게 초람은 앉은 자세로 공손하게 머리를 숙였다.

"족장님, 절 살려주셔서 감사합니다. 이렇게 돌아왔습니다. 저와 함께 갔던 다른 전사들도 무사히 돌아왔다고 들었습니다. 그동안 걱정을 끼쳐서 정말 죄송합니다."

"무슨 말을. 난 초람이 이렇게 무사히 돌아온 것만으로도 고맙고 또 고마워. 이제 아무 걱정하지 말고 편하게 몸 잘 추슬러."

"절 생각해주시는 족장님의 마음은 잘 알지만, 솔직히 편치 않습니다. 저는 야르 족장의 거처를 제대로 찾아갔고, 방 안에서 나오는 범상치 않은 사람을 향해 올가미를 던졌습니다. 하지만 그 사람을 처지하고 난 후 방에서 나오는 또 한 사람을 보면서 제가 죽인 게 야르 족장이 아닐 수도 있다는 걸 알아차렸습니다. 그게 사실이라면 그를 은밀하게 제거하여 더 이상의 싸움을 막으려고 하신 족장님의 뜻을 제대로 이행하지 못한 것이고, 오히려 들쑤셔 놓은 게 아닌가 싶어 걱정이 태산입니다."

죽을 고비에서 살아 돌아온 초람이지만 여전히 자기의 안위보다는 족장이 부여한 임무로 꽉 차 있었다. 그런 초람이 기특하기도 하면서 한편으로는 안쓰러웠다.

"걱정할 것 하나도 없어. 설령 그렇다고 해도 그건 초람의 잘못이 아니야. 일이 그렇게 되도록 정해졌을 뿐이야. 그것이 우리 부족의 운명이라면 난 기꺼이 헤쳐나갈 준비가 되어 있어. 여러 정황을 살펴보니 초람이 죽였다고 하는 사람은 야르 족장의 오른팔이라고 하는 소투 같아. 솔론과 툼바가 잡혀있는 동안에 만났었던 사람이고, 그 사람 역시 야르 족장만큼 범상치 않은 인물로 알고 있어. 꼭 야르 족장이 아니더라도 중요한 인물을 제거한 거야. 사실 소투라는 사람이 우리 부족에 대해 강경하다고 알려져 있던 사람이거든. 그런 면에서 족장으로서 초람의 임무 수행을 평가하자면 성공이라고 할 수 있어.

초람이라고 봐주는 거 아냐."

"그렇게 말씀해 주시니 감사합니다. 족장님."

초람은 감격에 겨워 말을 잇지 못하고, 이내 눈에선 물기가 서리면서 곧 눈물이 터져 나왔다. 아버지가 세상을 떠난 이후엔 여간해선 눈물을 보이지 않았었는데 그동안의 설움이 북받쳐 울음이 쏟아진 것이었다.

어깨를 들썩이며 계속 흐느끼고 있는 초람의 곁으로 다가간 람보르는 가만히 손을 잡아주며 달래주었다. 초람의 곁에 더 있으면서 그동안 궁금했던 이런저런 얘기를 나누고 싶었지만 그럴 틈이 없었다. 다른 건 신경 쓰지 말고 몸을 잘 추스르라는 당부를 하곤 이내 일어섰다. 내심 솔론에 관해 잠깐이라도 마음을 비추고 싶었지만 아직은 적절한 때가 아니었다. 다음 기회로 미뤄야 했다.

겨우 울음을 그친 초람이 일어나서 배웅하려는 걸 억지로 말린 채 람보르는 방을 나섰다.

어느덧 날은 환하게 밝아 있었다. 영롱한 햇살을 머금어 빛나는 푸른 잎새들 사이를 새들이 지저귀며 아침을 노래하고 있었다. 이 아름다운 세상에서 아름답지 못한 건 오직 잡아먹을 듯 노려보며 서로를 향해 날을 세우고 있는 인간뿐이라는 사실에 람보르는 마음이 아팠다. 어차피 벌어진 싸움이라 피할 수 없다면 빨리 끝내야 했다. 다시 좋은 세상으로 돌려놓아야 했다.

람보르가 향한 곳은 솔론의 선봉대였다. 선봉대를 시작으로 예비대, 후방대에 이르기까지 직접 눈으로 보고 발로 밟아보면서 전사들을 만나 다시 사기를 북돋워 줄 생각이었다. 족장이 직접 현장에 다닌다는 것만으로도 전사들에겐 큰 힘이 될 것이었다. 싸움터에선 최고 지도자가 언제 어디서든 함께 한다는 믿음이 사기를 올리는 데 대단히 중요하게 작용했다.

걸어가면서 보이는 모든 것들이 그날따라 하나하나 특별한 의미가 되어 눈에 들어왔다. 사람이 처한 상황에 따라 보는 눈이 달라지고, 생각하는 관점도 달라지는 건 당연했다. 그들이 밟고 서 있는 이 땅도 마찬가지다. 지금은 어떻게 하면 땅의 특성을 활용해 적을 잘 막아내고 이길 것인가, 하는 것에만 초점이 맞춰져 있었다. 하지만 이 땅은 늘 같은 땅이고, 예전부터 묵묵히 이 자리를 지켜온 땅이다. 이 땅 위에서 짧은 생을 스쳐 가는 인간들만이 그 장엄한 땅의 역사와 의미를 모른 채 함부로 짓밟는 것이다.

람보르는 지금 그가 두 발로 딛고 서 있는 붉은 언덕에서 울려 나오는 노래에 귀를 기울였다. 숱한 피와 땀과 눈물이 이곳에 스며 있을 것이다. 이쯤에서 제발 싸움을 멈추라는 절규가 귀에 들려오는 듯했다. 그런 염원을 담은 붉은 언덕의 노래가 이 땅에 발을 디디고 있는 모든 이의 가슴에 파고들길 간절히 기도하며 발걸음을 옮겼다.

어느새 룽가가 전갈을 넣었는지 산기슭까지 솔론이 마중 나와 있었다.

솔론이 지휘하는 선봉대는 싸움이 오랫동안 길어지고 있음에도 한 치의 흐트러짐도 없이 주어진 임무에 전념하고 있었다. 모두 솔론의 탁월한 지도력과 솔선수범 덕분임을 알고 있었다. 솔론의 등을 두드려주면서 격려하는 람보르의 손길에 더없는 애정이 묻어 나왔다.

야르 부족과의 첫 번째 싸움에서는 적들이 서쪽 계곡으로 접근하다가 갑자기 내린 비와 불어난 물에 휩쓸려 큰 해를 입고 물러났었다. 멀리 내려다보이는 계곡 곳곳에 흔적이 남아있었다. 보이지 않는 곳에는 아직도 묻혀 있는 야르 전사들이 있을 것이었다.

솔론은 첫 번째 싸움에서 야르 부족이 어떻게 공격해 왔으며, 다시 쳐들어온다면 어떤 모습으로 올 것인지에 대해 자기가 생각하고 있는 것을 자세하게 고했다. 선봉대의 배치와 앞으로의 싸움에 대비하고 준비하는 일에 대해서도 빼놓지 않았다.

역시 솔론이었다. 초람이 죽을 고비를 넘기면서 어렵게 살아 돌아온 상황에서도 흔들리지 않는 모습이 더 믿음직하게 다가왔다. 자신감 넘치는 그의 얼굴에서 초람의 얼굴이 겹쳐 떠올랐다.

솔론의 얘기가 끝나자 람보르는 주위를 물렸다. 눈치 빠른 룽가 역시 슬쩍 자리를 비켰다. 단둘만 남게 되자 람보르는 솔론을 뚫어지게 바라보았다. 갑자기 어색해진 상황에 솔론은 잠깐 어리둥절했지만 이내 평정을 찾았다.

"솔론, 고마워. 이렇게 부족을 위해 큰일을 하고 있으니."

"족장님, 과찬입니다. 부족한 저를 이렇게 믿어주시는 족장님이 계셔서 감사할 따름입니다. 저는 우리 부족과 족장님을 위해 제 한 몸 기꺼이 던질 각오로 싸우겠습니다."

"그래, 암, 그래야지. 그런데 이제 한 사람이 더 있지. 그 사람을 위해서라도 목숨 걸고 싸워야 해."

솔론은 무슨 말인지 모른다는 표정으로 람보르 족장을 바라보았다.

"한 사람이 더 있다니요? 그게 무슨 말씀이십니까?"

"솔론이 잘 알잖아. 초람말이야."

람보르 족장의 입에서 초람의 이름이 나오자 솔론은 속마음을 들킨 듯 당황스러워했다. 다른 때도 아니고 부족과 부족이 맞붙은 큰 싸움을 치르면서 선봉대장이라는 중책을 수행하고 있는 마당에 여자한테 마음이 쏠려 있다는 걸 들킨 것 같아 부끄럽기까지 했다.

솔론은 람보르 족장 앞에 납작 엎드렸다.

"족장님, 죄송합니다. 초람을 좋아하는 마음은 사실이지만 중대사를 앞두고 결코 마음을 다 뺏길 정도는 아닙니다. 지금 제 마음속엔 온통 적을 막아낼 생각만 있습니다. 반드시 적을 물리치고 이겨서 족장님께 증명해 보이겠습니다."

"아니, 그런 뜻이 아닌데. 내가 언제 솔론이 여자한테 마음을 뺏겼다고 했나? 그게 아니라, 솔론이 초람을 마음에 두고 있는 것 같아서 그래. 서로에게 좋은 인연이 된다면 이보다 더 좋은 일이 어디 있겠어. 꼭 그렇게 될 수 있도록 끝까지 선봉대장의 역할을 충실히 수행해 주길 바랄게. 초람뿐만 아니라 우리 부족 전체의 명운이 자네한테 달렸다는 걸 명심해.”

람보르 족장의 입에서 거듭 초람에 관한 말이 나오자 솔론은 선뜻 대답도 못하고 고개를 푹 숙이고 있었다.

“족장님, 우리 부족을 위해 모든 걸 다 바쳐서 기필코 지키겠습니다. 적들을 반드시 물리치겠습니다.”

솔론은 다른 건 언급하지 않은 채 전쟁에 임하는 각오만을 강하게 피력했다. 그런 그가 람보르는 더없이 미더웠다. 사나이 사이에 오가는 진한 우정이 전쟁이라는 극단적인 상황에서 더욱 단단하게 맺어지고 있었다.

족장이 떠나자 솔론의 가슴이 쿵쿵거리며 방망이질 치기 시작했다. 분명 미르셀이 족장에게 말한 듯했다. 초람의 마음도 모르는 상태에서 혼자 김칫국부터 마시는 것이 아닌가 싶지만, 미르셀과 족장이 알고 있다면 분명 좋은 인연으로 맺어질 가능성이 있을 거라는 기대감이 올라왔다. 새삼 자신도 족장처럼 부족과 혼인한 몸이라 혼자 살 거라고 큰소리치고 다녔던 기억이 떠올라 얼굴이 붉어졌다. 툼바와 미르셀도 숱하게 들었기에 속으로 흉보지는 않을까 창피하기도 했다. 그래도 괜찮았다. 이젠 둘 다 잡을 것이다. 전쟁에서 이겨 부족도 지켜내고, 사랑도 이뤄내리라 다짐했다.

흥분된 마음은 깊은 밤 꿈속에서까지 계속 이어졌다. 여간해서는 꿈을 꾸지 않는 솔론이건만 그날따라 뒤척거리면서 설핏 잠들었다 싶으면 깨고, 다시 잠들었다 깨고를 반복했다. 잠 속에서는 여지없이 초람이 나타났다. 한 번은 강인한 전사의 모습으로, 또 한 번은 지고지순한 여자의 모습으로 다가왔다. 그럴 때마다 솔론의 마음은 커졌다 작아지기를 반복하며 정신을 차릴 수 없었다. 툼바와 미르셀처럼 초람과 다정히 손을 잡기도 했고, 루미처럼 예쁜 아기를 안고 함께 바라보며 웃기도 했다. 누구에게도 내비치지 못하고 마음속으로만 그리던 상상의 나래가 꿈속에서 한없이 펼쳐지고 있었다. 꿈속에서도 그 행복한 꿈에서 깨지 않기를 바랐다. 그렇게 밤새 초람과 함께 하다 보니 아침에 잠에서 깨어났을 때는 마치 그녀가 현실에서도 자기 곁에 딱 붙어 있는 듯한 착각까지 들 정도였다.

솔론은 멍하니 앉아 꿈속으로 다시 걸어가 보았다. 꿈이 현실이 되기를 갈망하며 몇 번이고 계속해서 간밤의 꿈을 떠올렸다.

그날 솔론의 아침은 그렇게 설레었고, 행복했다.

하지만 현실은 달랐다. 솔론이 꿈속에서 헤매고 있는 사이에 야르 부족의 움직임이 시작되었다. 해또르와 모두아 전방에 야르 부족의 움직임이 조금씩 보인다고 앞에 나가 있는 정찰조에서 고해왔다.

솔론은 이내 냉정한 현실로 돌아왔다. 초람앞에서 쑥스러워 얼굴을 붉히는 청년이 아닌 람보르 부족을 지켜낼 당당한 선봉대장의 모습으로 우뚝 섰다. 서둘러 족장을 포함하여 여기저기 연락을 취하고, 1선을 지키고 있는 전사들을 독려했다. 시주르가 성심성의껏 솔론을 보좌하면서 이리 뛰고 저리 뛰며 고군분투했다. 람보르 족장과 부족을 위해, 초람을 위해 적들을 반드시 물리치리라 다짐했다. '할루할루!'를 거듭 외치며 진영을 누볐다.

솔론이 그렇게 분주하게 움직이고 있을 때, 초람도 완전히 회복하여 자리에서 일어났다. 오랜 시간 동안 누워있었던 게 죄송했고, 그런 자신을 정성껏 보살펴준 미르셀과 오르미, 부족의 여자들에게 한없는 고마움을 느꼈다. 어렸을 때부터 부모 없이 커 온 초람에게 그들은 부모고, 형제나 마찬가지였다. 아버지 족장이 세상을 떠나고 난 이후부터는 이 넓은 세상에 혼자만 남겨졌다고 생각했었는데, 그 이후에 처음으로 진한 사랑을 느꼈다.

초람은 스스로 여자가 아니라 강인한 전사라고, 눈물을 흘려서는 안 된다고 다짐하곤 했다. 이번에도 역시 올라오는 눈물을 애써 꾹꾹 눌러 참았다.

자리에서 일어난 초람은 아직 더 쉬면서 충분히 회복해야 한다는 부족 여자들의 만류를 뿌리치고 길을 나섰다. 초람이 회복하여 나온 것을 본 사람들은 누구 할 것 없이 다가와 식구처럼 살갑게 감싸주었다. 어떤 이는 손을 잡고 쓰다듬어주기도 하고, 또 누구는 살며시 끌어안고 등을 두드려주기도 했으며, 또 다른 사람은 좋은 말로 격려해 주기도 했다. 모두의 큰 사랑에 기꺼워하며 람보르 족장의 처소로 향했다.

다시 맞은 새날은 그 어느 때보다도 환했고, 눈에 바라보이는 세상은 더할 수 없이 싱그러웠다. 초람은 다시 태어난 듯했다. 앞으로 그녀의 앞에 펼쳐질 새로운 삶에 대한 기대로 인해 몸과 마음이 그 어느 때보다도 가뿐하고 상쾌했다.

족장의 처소에 도착한 초람은 앞을 지키는 청년들의 시선을 한몸에 받으며 안으로 들어섰다.

"족장님, 저 초람입니다. 들어가도 되겠는지요?"

대답 소리도 없이 별안간 문이 벌컥 열렸다. 초람은 깜짝 놀랐다. 람보르 족장이었다.

람보르는 선봉대로부터 야르 부족의 새로운 움직임이 시작되었다는 보고를 막 받은 직후였다. 신속하게 대응할 것을 지시하고 나가려던 참에 초람이 찾아온 것이었다. 시급을 다투는 와중에도 람보르는 반갑게 초람을 맞아주었다.

"어서 와. 몸은 좀 나아졌어? 아직 움직이면 안 될 텐데 조금 더 쉬지 않고 왜 찾아왔어?"

"괜찮아요, 다 나았습니다. 모두가 다 족장님의 보살핌 덕분입니다. 은혜에 감사합니다."

그렇게 말하고선 초람은 그 자리에 넙죽 엎드려 절했다. 람보르 족장에 대한 최고의 감사 표시였다.

람보르는 얼른 손을 내밀어 초람을 일으켰다.

"몸도 성하지 않을 텐데... 초람이 이렇게 살아 돌아오니 내 기분이 날아갈 것 같아. 다른 행동대원들만 돌아왔을 때는 나 자신을 많이 원망하기도 했어. 초람을 보낸 걸 후회하면서 말야. 만약에 잘못되기라도 하면 하늘에 가서 전임 족장님을 어떻게 뵐 수 있겠어. 할 수 있는 건 그저 기도하는 것뿐이었는데 그 기도를 들어주신 거지. 이렇게 무사히 살아 돌아와 완쾌되었으니 오히려 내가 고마워."

초람은 람보르 족장과 부족원 모두가 진심으로 자기를 염려해준 사실에 감동했다고, 오랜만에 느껴보는 진한 사랑이었다고 고백했다. 이제는 자기가 그 사랑에 보답해야겠다면서 품었던 말을 꺼냈다.

"모든 게 다 족장님과 부족원 모두의 사랑 덕분입니다. 거듭 감사드립니다. 그래서 족장님께 꼭 드릴 말씀이 있습니다. 아니, 부탁입니다. 꼭 들어주셔야 할 저의 간곡한 청이 있습니다."

람보르 족장은 다소 긴장하는 눈치였다. 궁금하기도 하거니와, 다시 한번 어려운 부탁을 하면 어쩌나 하는 듯한 모습이었다.

초람은 족장의 대답도 듣지 않고 말을 이었다.

"족장님, 급하실 테니 용건만 말씀드리겠습니다. 아무래도 제가 야르 족장을 제거하지 못한 게 마음에 걸립니다. 결과적으로는 임무를 완수하지 못한 것입니다. 그러니 이를 갚을 수 있게 저도 싸울 수 있게 허락해 주십시오. 이미 행동대장으로 임무를 수행했으니 당당한 전사의 자격을 갖추었다고 생각합니다. 이왕이면 솔론이 이끄는 선봉대에 속해 맨 앞에 서서 싸우고 싶습니다. 만약에 족장님께서 허락하지 않으신다면 혼자 도망가서라도 싸우겠습니다. 절 설득하시거나 말리지 말아주십시오. 족장님께 간곡히 부탁드리는 것입니다. 그래야만 아버지의 딸로, 람보르 부족의 전사로 자랑스럽게 설 수 있습니다."

내심 우려하던 말이 흘러나왔다. 한편으로는 역시 그 아버지에 그 딸이라는 생각도 들었다. 극구 만류하고 싶었지만, 그녀의 말대로 반대해도 소용없는 일일 듯싶었다.

다만, 마음에 걸리는 부분도 있었다. 이제껏 여자는 사냥이나 싸움에 참여하는 걸 허락하지 않았는데, 그녀만 예외로 둔다면 당연히 동요할 수 있을 것이었다. 또한, 무수한 고초를 겪고 간신히 살아 돌아온 초람을 다시 최일선으로 내보내는 것이 인간답지 않은 일이라고 여길 수도 있었다. 잘 모르는 사람이라면 당연히 족장이 너무한 거 아니냐고 할 게 뻔했다.

참으로 난감한 상황이었다. 람보르는 숨을 길게 내쉬며 호흡을 가다듬었다.

"초람의 말이 무슨 뜻인지 충분히 알겠어. 지금 이 자리에서 답을 내지 않고 조금 더 생각해볼게. 지금은 몸을 완전하게 회복하는 것이 가장 중요해. 미르셀과도 상의해 볼 테니 오늘은 이만 돌아가서 푹 쉬어. 앞으로 부족을 위해 큰일을 하려면 몸을 아낄 줄도 알아야 해. 진심으로 걱정되어서 하는 말이라는 거 알지?"

람보르는 초람에게 대답을 요구하듯이 물었다.

"네. 잘 알겠습니다. 제 생각은 확고하니 곧 족장님의 허락이 떨어지리라 믿습니다. 불쑥 찾아와서 죄송합니다. 이만 돌아가겠습니다."

초람은 조용히 고개 숙여 인사하고 나갔다. 방안에는 그녀가 남긴 진한 여운과 향기만이 잔잔히 감돌고 있었다. 초람의 뜻을 족장인 자기도, 미르셀도 막지 못할 거라는 걸 직감했다.

그녀의 몸에는 전임 족장의 피가 도도히 흐르고 있었다.

람보르는 야르 부족의 움직임을 확인하는 가운데 몇 사람에게 초람의 거취에 대해 넌지시 물어보았다. 의외의 반응들이었다. 우려는 하면서도 반대하는 사람은 없었다. 특히, 미르셀은 더 진보적이었다. 관습과 전통을 존중하는 것은 옳지만, 그 관습과 전통이 언제까지나 깨어지지 않는 불변의 진리는 아니기에 이참에 고려해볼 필요가 있다고 했다. 역시 유연한 생각을 가진 미르셀이었다. 논리적으로 뒷받침하는 말까지 덧붙였다. 여자가 사냥에 나가지 못하고 싸움에 참가할 수 없다는 것은 부족이 결정한 것이기에, 반대로 허락 역시 부족이 결정하면 되는 것이고, 부족의 우두머리인 족장의 결정이 곧 부족의 결정이기에 전혀 문제 되지 않을 거라고 했다.

미르셀은 진심으로 초람을 응원했다. 초람이 이미 행동대장으로서의 임무를 부여받고 야르 부족의 진영까지 들어갔던 전사이고, 이미 확고한 결심이 서 있기에 그 어떤 말로도 막을 수 없을 것이라고 했다. 아무도 초람의 뜻을 꺾을 수 없다는 걸 미르셀 또한 분명하게 알고 있었다.

결국, 람보르는 초람의 뜻을 받아들이기로 결심했다.

초람이 싸움터에 나간다는 소식은 전사들에게 금방 알려졌다. 미르셀까지 만난 후 람보르가 정식으로 명령을 내렸고, 바로 솔론의 선봉대에 배치한다고 발표했다.

솔론은 전혀 예상치 못했던 일에 몹시 당황하면서도 초람이 자기 곁으로 온 다는 사실에 들뜬 마음을 감추지 못했다. 선봉대 부대장인 시주르는 솔론의 마음을 어느 정도는 알고 있기에 초람을 최전선에 내보내지 말고 솔론 옆에서 선봉대장을 보좌하는 임무를 부여하자고 건의했다. 솔론의 마음을 꿰뚫어 보고 미리 선수를 친 것이었다. 솔론은 시주르의 건의를 받아들이는 형식으로 초람을 정식으로 자기 옆에 배치했다.

조금도 지체하지 않고 솔론이 있는 곳으로 찾아온 초람은 선봉대장인 솔론에게 예를 갖추었다. 그들이 있는 곳이 싸움터이고, 상하 관계가 명확하기에 깍듯하게 솔론을 섬겼다. 솔론의 상기된 표정에서 그의 마음이 느껴졌지만 초람은 애써 모른척했다. 자기 앞에 있는 솔론이라는 남자가 부족 내에서 여자들이 너도나도 흠모하는 청년임을 모르진 않았다.

초람의 마음에도 이미 솔론이 깊이 들어와 있었다. 하지만 겉으론 내색하지 않았다. 솔론은 람보르 족장의 뒤를 이을 재목이고, 부족과 혼인했다고 공언한 인물임을 알고 있기 때문이었다. 그녀의 처지를 봐도 그랬다. 남자를 마음에 두고 있을 때가 아니었다. 족장이 자기를 귀히 여기고 아낀다는 걸 알고 있는데 자칫 잘못하면 사람들의 입방아에 오를지도 모를 일이었다.

가장 중요한 건 부족의 여자로선 처음으로 싸움에 임하는 만큼 주어진 임무를 잘 수행함으로써 오래도록 이어져 온 관행이자 편견을 깨고 싶다는 것이다. 여자도 할 수 있다는 걸 당당하게 보여주고 싶은 마음도 크다. 그런 만큼 다른 생각을 할 겨를이 없었다. 오직 앞에 주어진 임무에만 충실하겠노라 굳게 마음먹었다.

초람이 배치된 후 선봉대는 활기를 띠었다. 단 한 사람, 초람이 왔을 뿐인데 선봉대 전체의 기운이 더욱 강해졌다. 시시각각 적의 위협이 다가오고 있는 긴박한 상황 속에서 솔론은 누가 오든 모조리 쓰러뜨릴 수 있다는 강한 자신감으로 충만했다.

초람은 별다른 말 없이 행동으로 솔론을 보좌했다. 크고 작은 일들을 직접 처리하기도 했으며, 시주르를 도와 솔론의 지시가 말단까지 잘 침투하는지 발로 뛰며 확인했다. 부족하거나 취약한 지역은 직접 다니면서 보완했고, 뒤에 있는 예비대나 후방대와의 연락도 세심하게 확인하는 등 빈틈없는 자세를 보여주었다.

전사들은 그런 초람에게 열광했다. 초람으로 인해 선봉대의 사기가 치솟고 용기가 뿜어져 나왔다. 솔론과 시주르는 그런 초람의 모습에 대단히 만족하면서 결전의 태세를 갖추어 갔다.

초람은 틈틈이 자신의 무기를 챙겼다. 비장의 카드이자 특기인 돌칼 날리기를 위해 그동안 준비해 둔 돌칼들이었다. 남자들의 경우에는 주로 사냥을 위해 주먹도끼와 돌칼, 돌창 등을 다양하게 만드는 데 비해, 초람은 오로지 돌칼에만 집중했다. 돌칼을 만드는 검돌은 주위에 즐비하게 널려있었다. 큰 돌에 충격을 가해 여러 개의 작은 돌들을 떼어내고, 날카롭게 다듬으면서 만들었다.

무엇보다도 돌칼만 만든 이유가 있었다. 돌칼은 제법 큰 것부터 아주 작은 것까지 다양하게 만들 수 있고, 손에 잡고 돌칼을 날리면 멀리 있는 대상물까지 단번에 눕힐 수 있기 때문이었다. 주먹도끼나 돌창, 나무창보다 훨씬 효과적으로 적을 쓰러뜨릴 수 있었다.

그동안 그녀가 만들어 놓은 돌칼은 족히 수백 개가 넘었다. 그녀의 집 한 귀퉁이에 모아 두었던 돌칼들을 전부 가져와 주로 움직이는 곳곳에 놓아두었다. 언제 어느 곳에서라도 자유자재로 사용할 수 있도록 준비한 것이다. 전사들에게도 나눠주었다. 선봉대 전사들은 틈나는 대로 돌칼 날리는 법을 배우고 닦았고, 훈련이 거듭되자 이미 상당한 수준에 올라간 전사도 생겼다.

초람의 몸에 두르고 있는 가죽띠에는 빙 둘러 작은 돌칼이 수십 개가 꽂혀 있었다. 그것을 몸에서 떨어뜨려 놓는 법이 없었다. 그 돌칼 한 방에 한 명씩 쓰러뜨릴 수 있는 그녀는 이미 부족 최고의 전사였다. 람보르나 솔론도 그녀의 돌칼 던지는 솜씨에는 이미 혀를 내둘렀을 정도였다. 그런 초람이 들어온 것만으로도 솔론과 선봉대는 천군만마를 얻은 셈이었다.

초람은 주어진 임무에 충실하면서도 자신도 역시 시간이 날 때마다 돌칼을 던지며 다가올 싸움에 대비했다.

하늘을 바라보니 오늘도 변함없이 맑고 푸른 기운에 눈이 부셨다. 람보르는 평화로움 속에서도 꿈틀거리는 격렬한 기운을 느꼈다. 지금 그가 발을 딛고 있는 이 땅에서 변함없이 살아갈 수 있을지조차 가늠하기 힘들 정도로 큰 위기가 다가올 거라는 것을 예감했다.

그럴수록 그의 의지도 강해졌다. '어떠한 일이 있어도 물러나지 않을 것이다. 이 싸움에 목숨을 걸 것이다. 부족원이 죽지 않도록 하는 게 가장 중요하지만, 행여나 잘못되면 기꺼이 그들과 함께 목숨을 던질 것이다.' 사람이 죽고 사는 건 정해진 이치이고, 하늘의 뜻에 달려 있음을 이미 깨달은 람보르이기에 떨리지도 불안하지도 않았다. 다만, 아무 죄 없는 사람들이 평온한 삶에서 갑자기 끔찍한 싸움 속으로 내몰리는 부조리한 일만은 끝까지 막아내야 했다.

이는 자기나 야르 족장처럼 최종 결정을 할 수 있는 사람만의 영역이었다. 그래서 야르 족장 그 한 사람이 더 안타까웠고, 야속했다. 그가 마음을 바꾸었다면 얼마든지 막을 수 있고, 일어나지 않을 수 있는 일이 이토록 심각한 상황으로 이어졌다는 게 참으로 기가 막힐 뿐이었다. 어쩔 수 없는 현실 앞에서, 이 싸움을 끝으로 후손들 만큼은 평화로운 세상에서 살아갈 수 있기를 간절히 염원할 뿐이었다.

람보르는 다시 엄중한 현실과 마주쳤다. 더 이상 감상적인 생각에 빠져있을 수 없었다.

후방대에 도착하자 툼바가 반갑게 맞았다.

"족장님, 잘 주무셨습니까? 왠지 안색이 편안해 보이지 않습니다. 잠을 설치신 모양입니다."

"내 걱정까지 해주니 고맙구나. 준비는 잘 되고 있지?"

"네. 걱정하지 마십시오. 후방대 전사들과 여자들이 주어진 일을 잘 해내고 있습니다."

"참, 그런데 데리고 있다는 야르 부족의 그 아이 말야. 지금 어디에 있지?" 람보르 족장의 입에서 갑자기 야르 부족 아이가 튀어나오자 툼바는 조금 당황했다. 혹시 무슨 일이 있나 싶었다.

"족장님. 그 아이는 잘 지내고 있습니다. 지금 미르셀과 오르미가 데리고 있습니다. 또래보다 성숙한 편이라 특별하게 문제를 일으킨 적도 없고, 이제는 우리 부족 사이에서도 잘 어울리고 있습니다."

"그래, 그렇다면 다행이다. 여느 집 아이가 아닌 듯싶으니 결코 소홀하게 대해서는 안 될 일이다. 행여나 잘못되면 나중에 더 곤란한 상황이 생길 수도 있으니 조금도 방심하지 말고 잘 보살피거라. 나머진 툼바 너에게 모두 맡기마. 널 믿는다."

아이 문제만 잠깐 거론한 후에 툼바를 믿는다는 말을 남기고 람보르는 다른 곳으로 떠났다. 믿는다는 족장의 말이 툼바의 머릿속에 오래도록 남았다.

다음으로 람보르가 향한 곳은 티아라가 이끄는 예비대였다. 예비대는 지난 첫 싸움에서 동쪽 바위 밑으로 다가오는 적을 물리친 공으로 사기가 많이 높아져 있었다. 능력은 있으나 즉흥적이고 불같은 성미로 인해 늘 아슬아슬한 티아라도 시간이 지날수록 제법 안정된 듯한 모습이었다.

티아라의 행동엔 자신감이 넘쳤다. 그 모습을 보면서 람보르는 일단 안심이 되면서도 지나친 흥분과 자만은 금물이기에 지긋이 어깨를 누르면서 조용한 말로 티아라의 마음을 가라앉혔다. 그리고 부대장 바요와 전사들까지 불러 모았다.

"티아라와 바요, 그리고 예비대 전사들 대단히 고생이 많다. 예비대가 잘 막아주고 싸워준 덕분에 첫 번째 싸움에서 적을 잘 물리칠 수 있었다. 하지만 지금부터는 상황이 다를 것이다. 내가 보고 듣고 느끼며 판단한 바로는 야르 부족이 곧 대대적으로 쳐들어올 것 같다. 이미 그들이 움직이기 시작했다."

모두 예상하고는 있지만, 족장의 입에서 비장한 말이 나오자 더 긴장할 수밖에 없었다. 그들은 다음 말이 궁금해 꼼짝도 하지 않은 채 눈을 크게 뜨고 족장을 바라보았다.

"이번 싸움에서 가장 큰 역할을 해야 할 전사들이 바로 예비대이다. 적의 규모는 첫 번째 싸움보다 훨씬 더 크고 많을 것이다. 아마도 이번엔 야르 족장이 앞장서서 부족을 이끌 것이다. 그들은 우리가 생각하는 것보다 훨씬 강하다. 당연히 우리에게도 분명 위기가 찾아올 것이다. 선봉대가 강력하게 막고 있다고 하더라도 저들이 계속 밀려오게 되면 어딘가는 뚫릴 수도 있을 거라는 말이다."

싸우기도 전에 족장의 입에서 뚫린다는 말이 나오니 다들 의아한 눈빛이었다. 그러나 현실을 직시하고 있는 족장의 말에 누구 하나 의문을 제기하는 사람은 없었다.

"이건 지극히 당연한 이치다. 강한 쪽이 한 곳을 집중적으로 누르면 약한 데
는 결국 뚫릴 수밖에 없다. 하지만, 나는 당하지 않을 것이다. 그것을 역이용
하는 계책이 있다. 어느 한 곳을 정해 일부러 뚫리는 것처럼 적을 유인하는 것
이다. 적이 눈치채지 못하게 우리가 원하는 쪽으로 유인하면 적은 작은 구멍
으로 물이 빨려들듯이 순식간에 그쪽으로 몰려들 것이다. 그렇게 좁은 공간에
적을 몰아넣은 후에는 선봉대가 방향을 돌려 앞을 굳게 막아 놓고, 그 이후에
예비대가 취약한 측면이나 후방을 치는 것이다. 그렇게 되면 어떻게 될 것 같
은가? 전혀 예상하지 못한 적은 크게 당황할 것이고, 좁은 공간에서 아우성치
다가 결국 도망치기 급급할 것이 분명하다. 나는 여기에 이번 싸움의 승부를
걸 생각이다. 즉, 내가 원하는 이번 전쟁의 결정적인 전투인 셈이다. 티아라를
중심으로 여러분 모두가 똘똘 뭉쳐 이번 기회에 예비대의 능력을 유감없이 발
휘하기 바란다."

람보르 족장의 말이 끝나자 티아라를 포함한 예비대원 모두의 얼굴에서 결
연한 표정과 함께 자신감이 번져 나왔다. 예비대를 인정해 주고, 예비대가 결
정적인 승리를 거둘 수 있도록 활용하겠다는 족장의 말 속에서 티아라와 예비
대를 향한 강한 믿음을 읽었기 때문이었다.

몇 가지 당부를 더 전하고 람보르는 예비대를 나섰다. 따라 나오는 티아라의
얼굴은 훨씬 더 밝아져 있었다. 그의 표정 속에서 이미 승리를 향한 열망과 자
신감이 넘쳐났다. 말없이 티아라의 등을 두드려주며 람보르는 자신의 마음을
전했다. '널 믿는다, 티아라!' 마음속으로 전해지는 침묵의 소리가 두 사람을
강하게 이었다.

예비대를 빠져나온 람보르가 선봉대를 향해 발걸음을 옮길 때 전사 한 명이
급하게 달려와 람보르 앞에 무릎을 꿇고 고했다.

"족장님, 지금 야르 전사들이 쳐들어오고 있다는 전갈입니다. 지난번보다 훨씬 많은 자들이 해또르 지역으로 다가오고 있습니다."

드디어 올 것이 왔다. 람보르는 하늘을 올려다보았다. 잠시 멈추어 서서 호흡을 가다듬었다. 이번 싸움은 쉽지 않다는, 누군가는 반드시 죽을 수밖에 없다는 서늘한 기운마저 온몸을 감쌌다.

시간이 없었다. 서둘렀다. 선봉대에 도착하여 솔론과 시주르, 초람을 포함한 선봉대 전사들을 불러 적들이 부족의 땅에 발을 들여놓지 못하도록 반드시 막아내라고 전하고선 다시 급하게 후방대 쪽의 지휘소로 향했다. 솔론과 다른 얘기는 나눌 여유조차 없었다. 무엇보다 초람과 눈빛으로만 인사하고, 한마디 말도 나누지 못하고 돌아서는 게 못내 아쉬웠다.

저녁이 되면서 상황은 순식간에 급변했다. 고요하던 하늘에서 갑자기 천둥번개와 함께 휘몰아쳐 내리는 소나기처럼 적들은 순식간에 밀려왔다. 조금 더 시간이 지나자 맨 앞에 나가 있던 정찰조가 적으로부터 불시에 습격을 받는 예상치 못한 일도 벌어졌다.

긴장한 채로 앞만 주시하고 있던 정찰조 전사의 뒤로 소리 없이 적이 다가왔다. 두 전사를 발견한 적은 재빨리 나무 뒤에 등을 기댔다. 어느덧 어둠은 짙게 깔렸다. 숲속은 한 치 앞도 보이지 않는 어둠에 덮여 있었다. 다가온 적은 두 전사에게만 온 신경을 집중했다. 그때 갑자기 한 전사가 몸을 돌렸다. 공기 속에서 전해져 오는 뭔가 다른 희미한 냄새를 맡은 탓이었다. 이내 수상한 느낌이 들어 살피려는 순간 난데없이 무언가가 뒤통수를 강타해왔다.

'억~', 채 비명조차 지를 틈도 없이 전사는 쓰러졌다. 뒤이어 달려든 적이 소리 나는 쪽으로 몸을 틀려는 다른 전사의 뒤를 사정없이 덮쳤다. 맨 앞에 나가 있던 정찰조 두 명이 그렇게 적의 손에 허망하게 당했다. 순식간에 일어난 일이었다. 원래는 적이 접근하는 것을 경고하고 재빠르게 뒤로 물러나야 함에도 그럴만한 여유조차 없었다.

잠시의 소동이 지나가고 숲은 다시 고요해졌다. 적들의 움직임을 알려야 하는 정찰조가 한방에 쓰러졌으니, 람보르 부족으로선 갑자기 눈이 없어진 셈이었다. 그렇게 두 전사를 쓰러뜨린 적은 바람처럼 사라졌다. 무서울 정도로 대범하고 자신감 넘치는 움직임이 아닐 수 없었다. 몇 명인지조차 알 수 없는 적이 향한 곳은 선봉대 쪽이었다. 정체를 알 수 없는 존재, 두 람보르 전사를 작은 소리 하나 내지 않고 순식간에 해치운 자들, 알 수 없는 강한 기운이 그로부터 뿜어져 나오고 있었다.

최초 보고 후 시간이 지나도 정찰조로부터 아무런 소식이 전해지지 않았다. 솔론의 마음이 다급해졌다. 아무래도 정찰조 쪽에 무슨 일이 벌어진 것 같다는 예감이 강하게 머리를 스쳐왔다. 부대장 시주르에게 정찰조의 상황을 한 번 확인해 보라고 명했다. 정찰조는 해또르 지역을 감시할 수 있는 맨 앞쪽에서부터 선봉대 바로 앞에 이르기까지 중요 지점마다 두 명씩 짝을 지어 임무를 수행할 수 있도록 했기에 뒤로부터 앞으로 전달하면 빠르게 상황을 파악할 수 있었다.

그렇게 명하고 얼마의 시간이 지났을까 충격적인 소식이 전해졌다. 맨 앞의 정찰조 전사 두 명이 적으로부터 습격당했다는 것이었다. 확인하러 간 전사들도 놀라서 미처 시신을 수습할 경황도 없이 바로 철수했다고 했다.

솔론의 동물적인 감각이 심상치 않은 기운에 대해 경고하고 있었다. 분명 정체를 알 수 없는 적이 나타났고, 정찰조를 죽인 후에 그들에게 다가오고 있었다. 앞에 나가 있는 전사들도 믿음직한 청년들이었는데, 그들이 허망하게 당했다면 보통 실력은 아닐 것이 분명했다.

그런 솔론을 옆에서 바라보는 초람의 얼굴도 한껏 굳어 있었다. 초람은 무의식적으로 자신의 배를 둘러싼 가죽 안에 촘촘히 꽂혀 있는 돌칼을 손으로 매만졌다. 적이 누구이건 간에 그들이 있는 곳을 피해갈 수는 없을 것이고, 그렇다면 그가 손 쓰기 전에 자신이 먼저 돌칼로 쓰러뜨릴 것이라 마음먹었다.

솔론이 신경 써야 할 것은 비단 그뿐만이 아니었다. 해또르와 모두아 지역에서 간간이 보였던 적의 움직임이 본격화되었다는 소식도 전해졌다. 똑바로 정신 차려야 했다. 맨 앞의 정찰조가 당한 곳도 잠시도 그대로 비워둘 수 없기에 새로운 정찰조를 내보냈다. 많은 수의 보이는 적과 보이지 않는 소수의 적, 지금 솔론의 마음은 오직 그곳에만 집중하고 있었다.

솔론은 경계를 더 강화하라고 명한 다음, 옆에 있는 부대장 시주르에게 상대적으로 압박이 덜한 동쪽 지역을 책임지라고 했다. 지난번과 마찬가지로 야르 부족의 주력이 서쪽으로 들어올 거라 자신하고 있기에 역할을 나눈 것이다.

시주르를 보내고 나서 모처럼 초람과 단둘이 있게 되자 솔론은 그동안 마음속에 꾹 담아두었던 말을 꺼냈다.

"초람, 이렇게 위험한 곳에 있게 해서 내가 많이 미안해."

"그게 무슨 말씀이세요. 제가 자처한 일이예요. 저는 대장님 곁에 있는 것만으로도 마음 든든해요."

은연중에 속에 있던 감정을 털어놓은 초람의 얼굴은 자기도 모르게 붉어졌다. 그런 초람을 바라보는 솔론의 심장도 쿵쾅쿵쾅 빨라졌다. 다급한 순간에도 왜 그 정념만은 꺼지지 않고 활활 타오르는지 솔론은 감당할 수 없었다. 그냥 흘러가는 대로 둘 수밖에 없었다.

"초람~~~"

솔론은 진지하게 초람의 이름을 불렀다.

"초람이 이토록 놀라운 실력을 갖추고 있다는 게 눈으로 보고도 믿기 어려울 정도야. 오직 혼자 힘으로만 뼈를 깎는 시간을 견뎌왔으니 그동안 얼마나 힘들었겠어. 그런데 이렇게 세상 밖으로 나와줘서 고마워. 지금부터는 내가 열심히 초람을 응원하며 항상 곁에 있을게."

"대장님, 고마워요. 아무것도 모르는 절 잘 받아주시니 참으로 마음 든든해요. 앞으로도 잘 부탁합니다."

약간의 장난기가 서린 씩씩한 말투에 더해 살짝 웃으며 고개를 숙이는 초람의 모습에서 여지없이 성숙한 여인의 향기가 풍겨왔다. 솔론은 계속 두근거리는 마음을 애써 참으며 진심 어린 주의와 당부를 전했다.

"이제 곧 적들이 쳐들어올 거야. 앞쪽 선봉대의 1선이 나가 있는 곳까지 그리 멀지 않아. 지금 우리가 있는 땅의 특성을 머리에 잘 담아둬. 전방으로는 어디를 통해 가고, 후방으로는 어디로 이어지고 있는지를. 어떠한 경우도 단독 행동은 금물이야. 물론 나만 따라오면 되지만 혹여나 예상치 않은 상황이 전개될 때는 혼자라도 신속하게 후방으로 이동해서 예비대나 후방대의 보호를 받을 수 있도록 해야 해."

"네. 알겠어요. 한시도 대장님 곁을 떠나지 않을 테니 저는 걱정하지 마시고 대장님이 더 조심하셔야 해요."

그렇게 말하는 초람의 어여쁜 미소가 솔론의 눈동자에 선명하게 새겨졌다. 싸움터가 아니라면 누가 봐도 한 쌍의 다정한 연인이었다. 눈에 넣어도 아프지 않을 사랑스러운 초람을 바라보면서 솔론은 그녀를 끝까지 지켜주겠노라고 다짐했다.

처음의 보고와는 달리 해또르와 모두아에 나타난 적들은 다시금 조용해졌다. 생각보다 쉽게 움직이지 않았다. 마치 보란 듯이 시위만 하다가 정작 싸우기는 멈춘 것이다. 금방이라도 쳐들어올 것처럼 왔다 갔다 하던 모습은 어쩌면 람보르 부족의 주의를 흩트리거나 혼란하게 만들 목적일 수도 있었다. '그들의 의도에 휘말려 들어가서는 안 된다.' 솔론은 마음을 다잡았다. 싸움은 크든 작든 어느 쪽이 주도권을 잡느냐가 승패를 결정했다. 겉으로 보기엔 쳐들어가는 쪽이 주도권을 잡는 듯 보이지만 그렇지 않은 경우도 많았다. 그 주도권이라는 것도 상황에 따라 수시로 변하고, 옮겨 다녔다.

이는 사냥에서도 마찬가지였다. 당연히 사냥하는 사람이 주도권을 쥔 것처럼 보이지만 상황에 따라서는 잡으려고 하는 대상인 동물에게 주도권을 뺏길 수도 있었다. 행동의 자유를 잃어버려 내가 하고자 하는 의지대로 행동할 수 없을 때가 바로 그런 때였다. 족장이었던 초람의 아버지도 결국은 그가 나선 사냥에서 한순간 주도권을 잃는 바람에 동물의 뿔에 받혀 변을 당한 것이었다. 솔론은 실전 같은 사냥을 통해 언제든지 자기 뜻대로 생각하고 움직일 수 있음이 진정한 주도권임을 터득했다.

앞에서 벌어지는 상황에 집중하면서도 정찰조를 단숨에 해치운 수상한 적의 정체가 솔론의 머릿속에서 떠나지 않았다. 계속 마음이 쓰였다. 언제라도 자기 자신과 맞닥뜨릴 것 같은 예감이 강하게 들었다. 초람에게도 그 예감을 말해주면서 전후좌우 모든 방향으로 촉각을 곤두세우며 대비하라고 당부했다. 마치 보이지 않는 누군가와 서로 팽팽한 끈을 마주 잡아당기고 있는 것처럼 긴장이 오래도록 이어졌다.

밤은 점점 더 깊어갔다. 앞에 있는 적들이 계속 이렇게 움직이지 않는다면 이 밤에는 싸움이 일어나지 않을 것이다. 칠흑같이 어두운 밤을 이용하지 않고 날이 밝은 다음에 쳐들어오는 건 누가 봐도 어리석은 일이었다. 잘하면 시간을 하루 더 벌 수도 있다는 생각에 솔론은 선봉대가 부족한 부분이 뭐가 있는지 다시 골똘히 생각했다. 뒤를 받치고 있는 예비대의 티아라에게는 솔론이 서측, 시주르가 동측을 맡을 거라고 얘기했고, 각자의 상황을 전달할 수 있는 통로를 만들라고 전했다.

그렇게 하나하나 확인하면서 분주하게 움직이는 중에도 여전히 알지 못하는 적의 존재가 솔론의 심기를 건드렸다. 그것이 수면 위로 올라온 건 먼동이 막 터오기 직전이었다. 아마도 날이 밝아오기 전의 가장 어두운 시간을 노린 게 아닌가 싶었다.

솔론과 초람이 자리 잡은 곳과 얼마 떨어지지 않은 곳에서 갑자기 부스럭거리는 소리가 들려왔다. 곧바로 "누구냐?~~~" 나직하지만 강한 람보르 전사의 목소리도 이어졌다. 그러나 아무런 대꾸도 없었다. 혹여나 잘못 들었거나, 스치는 바람 소리가 아닐까 싶기도 했지만, 솔론과 초람은 정신이 퍼뜩 들었다. 바짝 긴장했다. 소리가 난 쪽으로 신경을 팽팽히 곤두세웠다. 쥐죽은 듯한 정적이 이어지던 중에 다시 어둠을 가르며 목소리가 날아올랐다.

"누구냐~~~ 누구냐~~~"

이번에는 조금 더 다급했다. 심상치 않은 상황임을 감지한 솔론은 드디어 그가 왔다고 생각했다. 옆에 있는 초람에게도 긴장하라고 일렀다.

'푸드덕~~~' 목소리에 놀랐을까, 때마침 어둠을 뚫고 새 한 마리가 길게 날아올랐다. 허공을 뚫고 날아가는 새의 검은 뒷모습이 그 순간 더 크게 느껴져 왔다.

'툭~ 툭~ 툭~ 툭~'

새가 날아오름과 동시에 앞쪽에서 나무를 치는 소리가 들려왔다. 누군가 나타난 게 분명했다. 순간 솔론은 그동안 계속 마음에 걸렸던 존재, 정찰조 두 명을 순식간에 해치운 그자가 틀림없을 거라고 확신했다. 역시 범상치 않은 모습으로 코앞까지 다가온 것이었다. 아직도 사방은 어둠에 잠겨있었지만, 소리만으로도 충분히 그 위협을 느낄 수 있었다. 눈을 부릅뜨고 신경을 곤두세우며 소리에 집중했다.

잠시 곰곰이 생각하던 솔론은 갑자기 온몸에 소름이 돋았다. 그랬다. 그가 누구인지는 모르지만, 만약에 혼자라면 결코 그냥 온 것이 아닐 것이었다. 처음부터 끝까지 누군가를 목표로 하고 넘어왔을 게 분명했다. 더 큰 긴장감이 밀려왔다.

솔론의 곁에 있으면서 모든 걸 함께 보고 듣고 느끼고 있는 초람은 초람대로 이제야말로 그녀의 시간이 왔음을 직감했다. 걱정스러워하는 솔론과 손짓으로 의견을 주고받은 후 소리가 나는 쪽으로 뛰쳐나가 나무에 몸을 기대었다.

'슈슈슉~~~'

공격은 초람의 손에서 먼저 시작되었다. 첫 번째 돌창이 날았다. 동이 터오기 전의 어둠을 뚫고 날아가는 소리가 날카로웠다. 이어 연속해서 몇 개의 돌창이 날았다. 솔론의 눈에는 아직 보이지 않지만 분명 초람이 누군가의 움직임을 포착한 모양이었다.

'툭~ 툭~ 투둑~~'

강하고 둔탁한 소리가 크게 들려왔다. 초람의 손에서 날아간 돌창들이 나무에 박히는 소리였다. 그때였다. 초람의 돌창이 날아간 끝 언저리의 어둠 속에서 무언가가 날아올랐다. 정체불명의 적이 드디어 모습을 드러낸 것이었다. 그는 나무에 박힌 초람의 돌창을 차례대로 발로 밟고 날아올랐다. 두 손으로는 나뭇가지를 움켜잡은 뒤 나무와 나무 사이를 자유자재로 이동했다. 비록 어둠 속이지만 커다란 한 마리 새처럼 허공을 날아다니는 게 예사롭지 않았다.

그러더니 어느새 땅에 내려와 솔론과 초람 쪽으로 맹렬하게 달려들었다. 초람의 손에서 다시 돌창이 날았지만 워낙에 울창한 숲속이라 이번에도 나무에만 박혔을 뿐이었다. 아직 모습은 뚜렷하게 보이지 않았지만, 적은 놀랄 만큼 날쌔고 민첩했다. 미처 생각할 틈도 주지 않고 적의 공격이 이어졌다. 하늘에서 목표물을 발견하고 날개를 접은 채 지상으로 내리꽂는 수리처럼 날쌔게 솔론을 향해 돌진해 들어왔다. 손에는 날카로운 돌창을 움켜쥐고 있었다.

'야아악~~~' 적은 날아오르며 날카로운 돌창을 손끝에 내뻗은 채 솔론의 몸으로 파고들었다. 솔론은 어둠 속에서도 반사적으로 움직이며 가까스로 적의 돌창을 피했다. 가죽옷 끝에 날카로운 촉이 스쳐 갈 정도로 일촉즉발의 상황이었다. 순식간에 적에게 일격을 허용한 솔론도 가만히 있지 않았다. 돌창을 단단히 양손에 거머쥐고 적을 향해 몸을 날렸다. 두 사람의 돌창이 공중에서 부딪치면서 어둠을 뚫고 번쩍 빛을 발했다.

적의 능력은 상상을 초월할 정도로 대단했다. 람보르 최고의 전사인 솔론을 상대하면서도 전혀 밀리지 않았다. 한 번, 두 번, 세 번... 나중에는 헤아릴 수 없을 정도로 일진일퇴의 공방이 오고 갔다. 적은 몸의 움직임도 날렵했지만 발은 더 빨랐다. 솔론이 손을 뻗으면 멀어지고, 돌창을 거두면 다가왔다. 일정한 거리를 두면서 좀처럼 틈을 주지 않았다. 야르 전사 중에 솔론과 상대할 정도로 대단한 자가 있다는 것이 놀라웠다. 그도 분명 야르 부족 최고의 전사일 것이 틀림없었다.

더 애타고 긴장되는 건 초람이었다. 조금 떨어진 곳에서 두 사람이 싸우는 모습을 초조하게 지켜보고 있는 초람은 어찌할 방법을 찾지 못한 채 손에 쥔 돌칼만 만지작거리며 기회를 노리고 있었다. 아직 어둡기도 하거니와 두 사람의 방향이 수시로 바뀌기에 함부로 돌창을 날릴 수도 없었다. 적의 실력이 만만치 않음을 초람도 한눈에 알아차렸다.

두 사람은 서로 번갈아 가며 한 번 나아가고 한 번 물러섰다. 싸움은 좀처럼 끝나지 않고, 시간은 계속해서 흐르고 있었다. 소리를 듣고 솔론과 초람을 지원하러 온 선봉대 전사들도 섣불리 달려들지 못한 채 그저 지켜만 보고 있을 뿐이었다. 어느샌가 초람의 입에서는 계속 '제벨 사하바!' 가 맴돌았다.

둘의 싸움은 마치 호랑이와 사자의 다툼과도 같았다. 한쪽이 유리한 것 같다가도, 조금만 지나면 다른 한쪽이 유리해졌다. 그게 수시로 반복되었다.

그러던 중 상황이 급변했다. 시간이 제법 지나가고 있는데도 끝날 기미가 보이지 않자 다급해진 나머지 초람이 갑자기 두 사람을 향해 달려든 것이었다. 양손에는 그녀가 가지고 있는 돌칼 중에서도 가장 큰 것들이 들려 있었다.

솔론만 상대하던 적은 초람이 달려들자 깜짝 놀라는 듯했다. 몸의 움직임이 갑자기 확연히 달라졌다. 당황한 건 솔론도 마찬가지였다. 순간 초람이 끼어들지 않았으면, 하는 마음이 강하게 밀려왔다. 뒤로 물러나라는 소리가 목구멍 끝에까지 걸렸지만, 미처 입 밖으로 내보낼 틈이 없었다. 그런 솔론의 염려와 달리 초람은 빈틈을 보이지 않은 채 용감하게 적에게 달려들었다.

예기치 못한 초람의 등장으로 둘 사이에 유지되던 팽팽한 균형이 금방 깨져

버렸다. 순식간에 전세가 기울었다. 이제 적은 당황하다 못해 어쩔 줄 몰라 하는 게 눈에 보였다. 신출귀몰하듯 재빠른 움직임이 갑자기 주춤했다.

초람은 그 순간을 놓치지 않고 적의 품으로 달려들면서 돌칼을 쑤셔 넣었다. 목표도 정확했고, 타이밍도 맞았기에 분명 초람의 돌칼이 적의 심장을 뚫고 들어가리라 확신했다.

하지만 이상했다. 초람의 몸이 한없이 앞으로 쏠렸다. 돌칼의 끝에 걸리는 게 아무것도 없다고 느꼈을 때 둔탁한 충격이 초람의 옆구리에 가해졌다. 미처 소리를 내지를 틈도 없이 초람은 옆으로 쓰러지고 말았다.

이어서 솔론의 외침이 아련히 귀에 들려왔다. '초람~~~~~~' 눈앞에서 초람이 쓰러지는 걸 본 솔론은 순간 이성을 잃고 앞뒤 가리지 않은 채 적을 향해 달려들었다. 솔론의 결정적이고 치명적인 실수였다. 한순간도 방심을 용납하지 않는 게 싸움인데 초람이 쓰러지자 그만 평정심을 잃었던 탓이었다.

무작정 달려드는 솔론을 가뿐히 피한 적은 어느새 몸을 틀고 날아올라 솔론의 뒤로 가 있었다. 그야말로 전광석화 같은 동작이었다.

솔론의 뒤가 정면으로 노출되었다. 예상대로 적은 그 허점을 놓치지 않았다. 이번엔 손에 날카로운 돌도끼를 높이 쳐들고 솔론의 뒤를 향해 달려들었다. 옆에 쓰러져서 잠깐 정신을 잃었던 초람이 깨어나면서 그 모습을 보았다.

'안돼~~~' 소름 돋는 비명과도 같은 절규와 동시에 초람의 손에서는 돌칼이 날았고, 돌칼과 함께 초람의 몸도 솔론 쪽으로 함께 날아올랐다.

모든 게 찰나의 순간에 벌어진 일이었다.

세 사람은 누가 먼저랄 것도 없이 동시에 부딪쳤고 동시에 쓰러졌다. 서로 뒤엉킨 채 땅바닥으로 나뒹굴었다.

한동안 아무런 움직임이 없었다. 세상이 멎은 듯했다. 지켜보던 전사들도 차마 달려들 엄두도 못 내고, '어~어~' 하면서 지켜보고만 있었다. 그러나 잠시 후 드러난 모습은 너무나도 분명했다.

솔론의 등을 초람이 감싸 안은 채 엎어졌고, 그 뒤를 돌도끼를 든 적의 손이 파고들었다. 솔론은 넘어지면서 큰 돌에 머리를 부딪쳐 정신을 잃었고, 솔론을 품에 안고 적에게 뒤를 보인 초람의 등에서는 검붉은 피가 솟구쳤다. 적의 목에는 초람이 던진 날카로운 돌칼이 박혀 피가 흘러내리고 있었다.

세 명이 어우러져 쓰러진 땅은 세 사람의 피와 피가 섞이고 모여 흘렀다.

아직 정신을 놓지 않은 초람은 눈을 돌려 자신의 등 뒤를 공격해 온 적을 바라보았다. 어느새 동이 터 한 줄기 햇살이 숲으로 파고들었다.

눈부신 허공에서 두 눈동자가 마주쳤고 번쩍였다. 마주침은 놀람에서 시작되어 반가움이 스쳤다가 이내 안타까움으로 변했다. 어디선가 본 듯한 눈동자, 그랬다. 야르 족장의 집에서 뛰쳐나오다가 자신을 낚아챈 적이 있던 야르 부족의 청년, 절체절명의 순간에 자신을 품에 안은 채 아주 짧게 마주쳤던 바로 그 눈빛이었다. 그때 서로의 눈빛이 스치면서 잡은 손이 느슨해졌고, 이내 초람이 빠져나올 수 있었다.

돌칼이 꽂혀 피가 터져 나오는 목을 손으로 잡으며 버둥거리고 있는 그도 초람의 마음을 알아챈 것이 분명했다. 입술을 움직여 뭐라고 말하려는 듯했지만 아무런 말도 새어 나오지 않았다. 애처로운 눈빛만이 둘 사이의 허공을 갈랐다. 그 간절함은 오직 초람을 찾아 이곳까지 달려왔다고 말하고 있었다. 눈도 깜박이지 않은 채 초람의 눈망울을 하염없이 바라보기만 하던 적의 목은 얼마 지나지 않아 이내 스르르 꺾이고 말았다. 죽어가면서도 초람을 끝까지 눈에 담고 싶었던지 차마 감지 못한 눈에 한 방울 눈물이 맺혀 반짝였다.

전혀 예상하지 못했던 상황에 깜짝 놀란 초람은 한동안 넋이 나간 채 있다가, 그제야 자신도 등에 심각한 부상이 있다는 걸 알아차렸다. 온몸에서 피가 빠져나가고 있는 걸 느꼈고, 솔론을 힘껏 끌어안은 손도 스르르 풀렸다. 거의 눈이 감길 때쯤에야 초람의 품에 있던 솔론이 정신을 차렸다.

솔론은 깜짝 놀라서 후다닥 일어나 이미 늘어지기 시작한 초람의 몸을 부둥켜 안았다. 그리곤 이내 자신의 눈 앞에 펼쳐진 상황을 파악했다. 그의 애달픈 목소리가 날카롭게 허공을 갈랐다.

"초람, 초람, 초람, 눈 떠봐, 제발 눈을 떠봐."

솔론은 피가 솟아 나오는 초람의 상처 부위를 손으로 누른 채 눈이 감겨가는 그녀를 바라보며 외쳤다.

"안돼~~~ 안된단 말야~~~ 이대로 가면 안 돼. 눈 떠. 눈을 떠보란 말야."

솔론은 미친 듯이 절규했다. 이제 그의 외침은 온 산을 뒤덮고도 남았다. 그런 간절한 마음에도 불구하고 초람의 몸은 점점 축 늘어져 갔다. 품에 안은 몸은 아직도 뜨거웠기에 솔론의 절규는 더 처절했다.

"초람, 죽으면 안 돼. 아직 사랑한단 말도 못 했는데, 이대로 가면 안 돼."

하지만 언제까지 그러고 있을 수만은 없었다. 이내 이성을 찾은 솔론은 서둘러 초람의 몸을 살폈다. 등에는 적이 내리친 돌도끼가 아직 꽂혀 있었고, 손으로 눌렀음에도 피가 계속 흘러나오고 있었다. 그게 치명적이었다. 서둘러 돌도끼를 뽑아내고 자신의 가죽옷을 벗어 상처에 대고 눌렀다. 흐르는 피의 양이 눈에 띄게 줄어들었다.

솔론은 다시 온몸으로 초람을 끌어안으며 옆에 있는 전사들에게 외쳤다.

"하르삐리~ 하르삐리~~ 하르삐리 빨리 가져와."

서둘러 초람의 가죽옷을 벗긴 뒤 한 전사가 서둘러 가져온 하르삐리를 손에 쥐고 등에 나 있는 상처를 막았다. 희고 가녀린 등 뒤에 나 있는 상처는 크고 깊었다. 하르삐리를 붙이고 힘껏 누르자 솟구치는 피가 줄어들면서 초람이 힘겹게 눈을 떴다.

겨우 정신을 차린 초람은 자신을 품에 안고 있는 솔론을 금방 알아보았다. 초람이 정신을 차리자 솔론은 손으로 상처 부위를 계속 누르면서 뜨거운 가슴으로 그녀를 품에 꼭 안았다. 그녀만 살아난다면, 그녀만 있으면 솔론은 무엇이든 할 수 있었다. 지금 당장 자기 목숨을 대신 앗아간다 해도 기꺼이 바칠 수 있었다.

초람을 품에 안은 채 솔론의 간절한 기도는 계속 이어졌다.

하지만 그의 애절한 바람과는 달리 초람의 상태가 급격하게 나빠지기 시작했다. 그녀는 숨을 헉헉거리며 힘겹게 솔론을 불렀다.

"대장님... 아니 솔...론, 솔...로... ㄴㄴㄴ"

초람의 목소리에는 힘이 없었지만 무언가를 전하려고 하는 간절함만은 그 무엇보다도 강렬하게 솔론의 마음 깊이 파고들었다. 그녀의 입에서 대장이라는 말 뒤에 자신의 이름이 흘러나오자 솔론의 마음은 더 미어졌다. 눈물이 한없이 쏟아져 내리면서 그녀의 뺨 위로 뚝 뚝 떨어졌다.

그녀의 눈빛은 마지막 힘을 내면서 솔론을 바라보았다.

"초람, 초람. 나야. 나 솔론이야. 말해. 말해. 나 여기 있어."

"솔론, 고...마...워...요. 절... 좋아해...줘서... 사실... 저도 맘속으로...."

말할 때마다 초람의 입에서 울컥하고 피가 쏟아졌다. 계속 쏟아져 나오는 몽글한 핏덩어리를 솔론은 그의 넓은 가슴으로 다 받아냈다. 금세 솔론의 온몸이 초람의 따뜻한 피로 붉게 물들었다.

"맘속으로...솔론을 좋아했어요.... 그런 마음... 태어나서 처음이었어요..."

"그래. 그래. 알아. 알고말고. 나도 초람을 좋아했어. 지금까지 살아오면서 이렇게 뜨겁게 사랑한 사람은 초람이 유일해. 가지마, 초람. 내 곁을 떠나지 마... 죽으면 안 돼. 내 옆에 있어야 해. 내 옆에서 평생..."

솔론은 끝내 말을 잇지 못하고 이젠 온몸으로 통곡하면서 초람의 몸을 끌어안았다. 그의 울음소리는 점점 더 커져 산과 계곡에 퍼져갔다.

"저... 살고 싶어요. 으윽... 으윽... 울컥~~~"

초람이 힘겹게 말을 이어갈 때마다 입안에서 흘러나오는 핏덩어리는 끊이지 않았다. 그 때문인지 초람의 얼굴빛은 점점 더 창백해져만 갔다.

"알아. 다 알아. 말 안 해도 난 알아. 힘드니까 말하지 말고 조금만 참아."

"솔론 옆에서... 행복하게... 살고 싶어요."

"암, 살 수 있어. 내 옆에서 행복하게 살 수 있어. 힘내면 돼. 죽지 않고 버티면 돼. 내가 초람을 행복하게 해줄게. 평생 초람만 지켜주면서 살아갈게. 그러니 제발 제발 제발..."

솔론의 안타까운 절규와 간절한 바람에도 불구하고 초람의 몸은 꺼져가고 있었다. 이제는 소리조차도 제대로 나오지 않았다. 하지만 솔론을 바라보는 강렬한 눈빛만은 수그러들지 않았다. 떠나가기 싫어하는 마음을 대변하듯 그녀의 눈빛은 많은 말을 쏟아내고 있었다.

솔론은 할 수만 있다면 정말이지 자기의 목숨을 내주고서라도 그녀를 살리고 싶었다. 평생을 외롭게 살아온 그녀를 이대로 보낼 수는 없었다.

솔론을 바라보던 초람의 눈빛이 잠깐 강렬하게 반짝이더니 이내 눈꺼풀이 스르르 내려왔다.

"안 돼, 안 돼. 안 돼~~~ 초람, 내 곁에서 떠나면 안 돼. 초람이 떠나면 난 어떻게 살라고. 난 살 수 없어. 안 돼 안 돼~~~"

이제는 눈이 감겨 버린 초람의 몸이 심상치 않다는 걸 느낀 솔론의 몸부림과 절규는 커져만 갔다. 어떤 말로도 그 모습을 온전히 표현할 수 없었다. 그 안타까운 모습에 하늘의 별들마저 눈을 감았다.

그런 솔론의 마음을 알고 있다는 듯 초람도 있는 힘을 다해 버티고 또 버텼다. 다시 겨우 눈을 뜨고 정신을 차린 초람이 마지막 힘을 냈다. 초람의 뜨거운 눈빛은 이젠 솔론의 눈을 지나 뜨거운 심장 속에 콱 박혀버렸다.

"솔.....론............사랑.....해.......요...."

그 말을 끝으로 초람은 솔론의 품에서 가녀린 고개를 떨구고 말았다.

"나도 사랑해. 초람. 안 돼, 안 돼~~~~~~~~ 날 두고 이대로 가면 안 돼. 영원히 초람만 사랑할 거야. 초~~~ 람~~~ 초~~~ 람~~~"

솔론의 절규가 숲을 넘어 부족의 마을과 해또르 지역으로 울려 퍼져나갔다. 한동안 초람을 부둥켜안은 솔론의 절규는 오래도록 이어졌다. 옆에서 이를 지켜보던 전사들도 다 무너져 내리고 말았다.

짧은 생을 살면서 사랑했던 유일한 남자 솔론, 그리고 단 한 번 우연히 마주쳤다가 다시 만난 야르 부족의 청년, 그 두 남자의 애절한 눈빛을 가슴에 품고 초람은 영원한 하늘의 별이 되었다.

세상 그 어떤 사랑보다 뜨거운 솔론과 초람의 사랑을 두 사람을 지켜본 하늘이 담았다. 그날, 시리도록 찬란하게 빛나는 별 세 개가 우주 공간에 새로이 태어났다. 그들이 흘린 피와 눈물은 땅속 깊이 스며들어 붉은 언덕의 노래가 되었고, 사라지지 않는 영원한 전설이 되었다.

9. 결전으로 치달으며

이미 벌어진 일들은 뭐든지 쉽게 일어난 것처럼 보인다.

하지만, 세상의 어떤 일도 그냥 일어나지 않는다.

이유와 원인, 아귀가 맞아야 한다.

그렇게 얽히고설켜 믿어지지 않는 우연처럼 현실이 된다.

인간 세상사 모든 일이 그럴진대, 하물며 무시무시한 폭력과

피로 얼룩져 삶과 죽음을 극명하게 가르는 전쟁이라면 어떨까?

초람의 죽음은 곧바로 부족 모두에게까지 전해졌다.

솔론의 통곡은 그칠 줄 모르고 산을 울리며 퍼졌고, 동쪽을 지키던 시주르가

달려와 슬픔에 잠긴 솔론을 대신해 선봉대 지휘를 맡아 싸움에 대비했다.

족장의 지시를 받아 초람의 시신을 옮겨가기 위해 후방대 전사들이 급하게

도착했다. 하지만 솔론은 주변을 아랑곳하지 않고 여전히 초람을 껴안은 채

흐느끼고 있었다. 누구도 감히 가까이 다가서지 못하고 지켜만 볼 수밖에 없

었다. 마냥 대기하고 있던 전사들이 시주르의 손짓에 따라 마침내 솔론의 품

에서 살며시 초람을 떼어냈다.

"초람, 초람, 가지마. 안 돼. 못 보내. 이대로 널 보낼 수 없어. 나는 어떻게 하라고 너 혼자 간단 말야."

전사들이 시신을 수습하는 동안에도 솔론의 절규는 듣는 이들의 가슴을 후벼팠다. 품에서 떼어 놓기 싫은 초람을 후방대로 실어 보내면서 마지막 남은 눈물 한 방울까지 다 쏟아낸 솔론은 피가 배어나도록 입술을 깨물었다. 이제는 죽음도 두렵지 않았다. 아니, 싸우다 기꺼이 죽어도 좋다고 여겼다. 초람을 따라갈 수 있기에 겁날 것도 없었다. 죽어서라도 그녀 곁으로 가고 싶은 게 솔직한 심정이었다. 그만큼 사랑을 잃은 남자의 분노는 처절했다. 다른 건 다 참을 수 있어도, 딱 한 가지 결코 양보할 수 없는 둑이 무너졌기에 이제는 그 누구도 막을 수 없었다.

창자를 끊어내는 슬픔을 딛고 솔론은 분연히 일어섰다. 여전히 뺨 위로 흘러내리고 있는 눈물은 오직 한 사람, 초람만을 위해 흘리는 눈물이고, 이젠 그마저 남김없이 쏟아져 곧 말라버릴 것이었다. 멀어져 가는 초람의 마지막 모습을 지켜보면서 앞으로 단 한 방울의 눈물도 흘리지 않으리라 다짐했다.

야속하게도 상황은 초람의 죽음과 솔론의 통곡을 다독일 시간을 기다려주지 않았다. 부족을 둘러싼 상황은 점점 더 혼란스러워졌다. 솔론이 지휘하던 서쪽은 잠깐 사이에 일이 긴박하게 전개되면서 분위기가 심상치 않았다. 야르 부족 전사 수명이 수시로 나타났다가 사라졌다. 솔론을 대신해 임시로 지휘를 맡은 시주르는 맨 앞에까지 나가 전사들을 독려하며 한시도 경계를 늦추지 말 것을 주문했다.

솔론은 곧 정신을 차리고 싸움터로 복귀했다. 아직 야르 부족이 전면적인 공격을 시작하지 않았지만, 머지않아 대거 몰려올 것이 틀림없기에 긴장을 늦출 수 없었다. 앞에 나가 있던 정찰조들의 움직임이 더 활발해졌다. 그렇다면 이제 곧 적과 선봉대가 강대 강으로 맞붙게 될 것이 뻔했다.

죽음에 대한 두려움이 사라진 솔론은 한치도 망설이지 않았다. 시주르가 있는 쪽으로 달려가 다시 동쪽을 책임지라고 명했다. 솔론의 마음이 어떠한지 잘 알기에 시주르는 다소 걱정스러웠다.

"대장, 정말 괜찮겠어요? 저한테 맡기고 잠깐이라도 쉬어야 하지 않겠어요?"

"시주르, 날 생각해 주는 마음 고마워. 하지만 난 괜찮아. 초람을 내 곁에서 떠나보내면서 난 다시 태어났어. 내 목숨 바쳐서 우리 부족을 지키고, 나 역시 아무 미련 없이 먼저 떠난 초람 곁으로 갈 거야."

시주르는 섬뜩했다. 지금은 대장으로 받들고 있지만, 친구처럼 지내온 솔론이 이런 사람이었나 싶을 정도로 눈빛이 무서웠다. 솔론이 극도로 위험한 상태에 있음을 눈치챘다. 일부러라도 자기 몸을 던져버릴 듯한 모습이었다.

시주르는 솔론을 강하게 끌어안으며 말했다.

"대장, 그런 소리 하지 말아요. 떠나간 초람도 대장의 그런 모습을 원치 않을 거예요. 하늘에서 지켜보고 있을 것이니 절대 마음 약해지면 안 돼요. 초람은 대장이 이 싸움을 이겨내고, 장차 우리 람보르 부족의 족장이 되어 멋지게 이끌어 가는 모습을 기대하며 응원할 거예요. 그러니 제 말 명심해요. 알았죠? 대장!"

시주르는 강하게 솔론의 몸을 잡고 흔들면서 간절한 마음을 전했다. 그 마음을 누구보다도 잘 알고 있는 솔론은 시주르의 등을 연신 두드리며 아무 걱정 하지 말라고 했다.

마주한 솔론의 심장이 요동치고 있음을 느끼며 시주르의 마음은 타들어 갔다. 아무래도 안심이 되지 않았다. 그럴 리는 없겠지만 혹여나 솔론이 평정심을 잃고 무모한 싸움을 벌이면 자칫 부족 전체가 위험에 처할 수도 있기 때문이었다. 이는 솔론을 믿고 안 믿고의 문제가 아니었다. 지금은 그의 곁에서 자기가 더 단단히 중심을 잡아야겠다고 생각했다.

다행히도 동쪽은 지금까지는 큰 압박이 없었기에 뒤를 지키는 예비대장 티아라에게 전갈을 보내 서쪽은 선봉대가 확실히 막을 테니 동쪽을 중점적으로 살피며 함께 대비하라고 일렀다. 철두철미하게 조치한 후에 시주르는 솔론 곁에 남아 끝까지 보좌하겠다는 의사를 표했다. 솔론은 말없이 고개를 끄덕이며 동의했다. 여전히 슬픔과 분노가 가득한 솔론의 눈을 시주르는 차마 똑바로 바라볼 수 없었다.

후방대로 옮겨온 초람의 시신을 본 부족원 모두는 큰 충격과 비통에 빠졌다. 야르 부족의 전면적인 공격이 임박했다고 하기에 긴장한 가운데 전해지는 소식에 귀를 쫑긋 기울이고 있던 참에 청천벽력처럼 초람의 죽음을 접한 것이었다. 갑작스러운 초람의 죽음은 람보르 부족을 온통 슬픔에 빠뜨렸다.

그중에서도 람보르와 미르셀의 마음은 이루 표현할 수조차 없었다.

람보르는 족장의 체면까지 던져버릴 정도로 슬퍼하며, 제대로 몸도 가누지 못할 정도였다. 온몸의 피가 다 빠져나가 창백해진 초람의 시신 앞에 무릎을 꿇고 앉아 하염없이 통곡하며 눈물을 흘렸다.

"초람, 지켜주지 못해 미안해. 내가 너를 이렇게 만들었구나. 이를 어쩌나. 내가 미안해서 어쩌나. 아버지 족장님이 널 잘 부탁한다고 그렇게나 신신당부했는데 내가 널 이리 보내고야 말았으니 어쩌나… 이를 어쩌나…"

람보르의 눈에서 흐르는 굵은 눈물방울은 좀처럼 그칠 줄 몰랐다. 다른 부족원도 너나 할 것 없이 모두 무릎을 꿇은 채 하염없이 울었다. 초람의 시신을 둘러싼 눈물의 자리, 통곡의 시간은 그칠 줄 모르고 길게 이어졌다.

어느 정도 시간이 지난 뒤 룽가의 부축을 받은 람보르 족장이 뒤로 물러나자, 그동안 차마 앞에 나서지 못하고 뒤에서 울다가 초람 곁으로 온 미르셀의 통곡이 터져 나왔다. 몸부림치는 그녀의 오열이 어찌나 서럽던지 차마 볼 수 없을 정도였다. 평소에 미르셀이 초람을 얼마나 아끼고 챙겼는지 알기에 그 모습을 보는 오르미의 마음도 찢어질 듯 아팠다.

그 순간엔 그야말로 하늘이 울고, 땅도 울었다. 그날 그들이 흘린 눈물은 람보르 부족의 땅 깊이 스며들어 보이지 않는 흔적으로 새겨졌다. 그들의 눈물 한 방울 한 방울이 뭉쳐져 쪼개지지 않는 화석으로 굳어졌다.

초람의 안타까운 죽음은 람보르 부족을 각성시켰다. 나 자신을 지키고 내가 사랑하는 사람을 지키려면, 불의한 폭력에 분연히 일어나서 싸워야 한다는 걸 다시금 깨닫게 했다.

특히, 딸처럼 아끼는 초람을 떠나보낸 람보르의 마음은 더 그랬다. 사랑하는 여자와 영원히 이별한 솔론의 슬픔도 람보르의 마음을 더 힘들게 했다. 누구보다도 평화주의자였던 그들의 마음을 자극한 건 단순히 슬픔과 분노만이 아니었다.

람보르는 이번에는 그냥 넘어가지 않았다. 초람의 등에 돌도끼를 꽂은 야르 청년의 시신을 긴 나무에 매달아 람보르 부족의 마을이 시작되는 초입에 내걸었다. 적이 내려오고 있는 양쪽과는 달리 아직 중앙 지역엔 적들의 움직임이 없었기에 사방에서 다 보일 수 있게 최대한 높이 매달았다. 이는 초람을 잃은 람보르 개인의 분노이면서, 이제는 더 이상 물러나지 않겠다는 람보르 부족의 족장으로서의 강한 의지였다.

그 마음은 람보르 전사들에게 고스란히 전해졌다. 이번 싸움은 단순한 싸움이 아니라 이제 목숨을 건 혈투라는 것을, 이 싸움의 끝엔 죽음이 따라올 수밖에 없다는 것을 일깨웠다. 내가 살려면, 내 가족이 살려면 어쩔 수 없이 상대방을 죽여야 한다는 의지와 적개심이 그들의 마음속에서 활활 불타올랐다.

너른 벌판 끝 높은 나무에 내걸린 야르 청년의 모습은 야르 부족에게 엄청난 충격으로 다가갈 것이었다. 그들과 마찬가지로 야르 부족원의 적개심도 불타오르게 할 것이 분명했다. 종국에는 강대 강이었다. '결국 어느 한쪽이 이 땅에서 완전히 사라져야만 하는 것인가?' 람보르의 머릿속에는 그 물음이 끊이지 않았다.

이 상황을 가장 우려한 사람은 미르셀이었다. 아무리 아끼는 초람이 안타깝게 죽었을지라도 이렇게 나가면 안 될 거라고 생각했다. 적과 싸울 때는 그 어느 때보다도 냉정하고 냉철해야 하는데, 지금 자기 부족이 보여주고 있는 모습은 지나치게 감정에 치우쳐 있었다. 람보르 족장도 평소의 모습과는 다르기에 더 걱정됐다. 감정의 과잉은 사람의 판단을 흐리게 하고, 자칫 오판하게 만들 수 있기 때문이었다. 그게 그냥 평범한 사람이라면 자기 한 몸을 위태롭게 하는 정도로 그치지만, 람보르 족장이나 솔론, 티아라, 툼바처럼 부족 전체에 영향을 미칠 수 있는 사람들에게 있어서는 자칫하면 전체를 위태롭게 만들 수도 있었다.

미르셀은 고민에 빠졌다. 자기가 직접 나서고 싶은 마음이 굴뚝 같았다. 몰래 찾아가 마음을 달래주면서 조언해 주고 싶었다. 하지만 후방에 있는 람보르 족장은 그렇다 치더라도 지금처럼 중대한 시기에 여자의 몸으로 솔론이 있는 싸움터 한복판으로 찾아가는 건 도저히 부담스러웠다. 람보르 족장에게 조언해서 솔론을 달래주라고 할 수도 없었다. 람보르 족장도 솔론만큼은 아니지만 초람에게 특별한 감정을 가지고 있었다는 것을 알기 때문이었다. 더군다나 솔론처럼 대놓고 슬픔을 표출하지도 못한 채 홀로 고통을 감내하고 있을 터였다.

결국은 툼바였다. 미르셀은 조용히 후방대로 툼바를 찾아갔다. 가까이에 있지만 서로 다른 일에 집중하고 있기에 얼굴 볼 시간도 없었던 툼바는 미르셀이 찾아오자 초람을 잃은 슬픔 중에도 반가움을 숨기지 못했다.

"미르셀, 어서 와요. 많이 보고 싶었어요."

초람의 죽음은 람보르 족장이나 솔론 못지않게 툼바에게도 충격이었다. 미르셀이 얼마나 초람을 생각하고 보살펴 왔는지 누구보다 잘 알고 있었기에 더 그랬다. 그래서 미르셀이 다가오자 툼바는 마치 어린아이처럼 굴면서 그녀의 아픈 마음을 조금이라도 달래주려 했다.

주위에 아무도 없자 슬며시 미르셀의 얼굴을 향해 다가오는 툼바를 슬쩍 밀어내며 미르셀은 정색하고 얘기했다.

"장난치지 말아요. 툼바. 나도 툼바가 보고 싶었어요. 루미도 잘 있어요. 그런데 오늘은 꼭 할 말이 있어서 온 거예요."

할 말이 있어서 왔다는 미르셀의 말에 툼바는 긴장했다.

"툼바, 다른 게 아니라 솔론의 일이예요. 초람의 죽음으로 가장 많이 상심하고 있는 사람이 솔론이란 건 우리 부족 사람들이 다 알잖아요. 그래서 찾아왔어요. 지금 솔론의 마음을 잡아줄 수 있는 사람이 필요해요. 솔론이 선봉대장인데 마음이 흔들렸다가는 자칫 부족 전체가 위험하고 위태로워질 수가 있어요. 죽기를 각오한 사람처럼 무서운 사람은 없어요. 어쩌면 솔론은 자기 자신과 곁에 있는 사람을 위태롭게 할지도 몰라요. 만에 하나 초람 곁으로 가겠다고 무모하게 일을 벌이면 그 뒷감당을 누가 할 수 있겠어요. 더군다나 지금은 족장님이 야르 청년의 시신을 하늘 높이 걸어놓는 바람에 저들 역시 상당히 분노하고 있을 게 분명한 위중한 상황인데요."

"그러고 보니 미르셀 말이 맞아요. 사실 나도 그걸 우려했어요. 그런데 그런 일이라면 족장님이 직접 나서는 게 더 낫지 않을까요?"

역시 예상했던 대로였다. 툼바는 초람을 향한 람보르 족장의 깊은 마음을 눈치채지 못하고 있었다. 미르셀은 굳이 그 부분을 말하진 않았다.

"네. 당신 말대로 족장님이 가장 적임자인 건 분명해요. 그런데 지금 상황은 약간 달라요. 족장님 역시 초람을 아꼈기에 몹시 상심하고 계세요. 그리고 부족 전체를 봐야 하는 중차대한 상황이기에 일부러 솔론을 찾아가기도 여의치 않을 거예요. 그러니 내 생각엔 툼바 당신이 가장 적임자라고 생각해요."

툼바는 이내 미르셀의 말에 수긍하고 그렇게 하겠다고 대답했다. 후방대의 일은 잠시 마키루에게 맡겨두면 될 일이었다.

"역시 미르셀은 생각이 깊어요. 당신 마음도 아플 텐데 이런 것까지 신경 쓰다니 대단해요. 내가 솔론에게 가서 달래주고 올게요. 그런데 너무 걱정하진 말아요. 솔론은 그렇게 무모한 사람이 아니에요. 금방 본래의 모습을 회복할 거예요. 다녀와서 얘기해 줄게요.”

그렇게 말하곤 툼바는 미르셀을 끌어안았다. 이번에는 툼바의 다가옴을 피하지 않았다. 두 사람은 힘주어 서로를 꼭 끌어안고 몸을 떨었다. 입술이 마주쳤다. 그 입맞춤은 좀처럼 끝나지 않았다. 하늘의 해처럼 길었고, 해또르의 강물처럼 깊었다. 피어오르는 열정을 참아내기가 쉽지 않았지만, 지금은 참을 수밖에 없었다.

떨어지기 아쉬운 건 미르셀도 마찬가지였다. 아니 미르셀이 더했다. 늘 툼바의 곁에 있고 싶었고, 그의 넓은 가슴 안에서 쿵쾅거리는 심장 소리를 들으며 잠들고 싶었다. 하지만 지금 당장은 이 싸움이 끝나고 그런 날이 빨리 오길 기도하는 수밖에 없었다.

미르셀은 아쉬움을 달래며 일어섰다.

툼바도 서둘렀다. 미르셀이 떠나자 기다렸다는 듯이 다가온 마키루에게 당장 해야 할 일과 신경 써야 할 사항을 전하고 선봉대 쪽으로 빠르게 발걸음을 옮겼다.

야르 부족은 그들대로 큰 충격에 빠졌다. 전사들이 람보르 부족 마을 입구 쪽에서 큰 나무 위에 걸려있는 동료의 시신을 발견한 것이었다. 그 소식은 즉각 족장에게 전해졌다. 누구인지 확인할 필요도 없었다. 그러잖아도 이유 없이 갑자기 사라져서 찾고 있던 한 사람, 자기의 측근에서 늘 지켜주었던 치토였다.

치토는 야르 부족 최고의 전사였다. 훤칠한 키에 잘생긴 외모는 물론 사냥 실력도 부족 내의 으뜸이라 족장이 특별히 호위전사로 발탁하여 내내 곁에 두고 있었다. 정체를 알 수 없는 람보르 전사가 족장의 거처를 습격했을 때 치토는 잠시 자리를 비웠다가 일이 터지고 나서야 들어왔었다. 치토가 돌아왔을 때 서둘러 빠져나가는 람보르 전사를 발견하고 몸을 낚아챘으나, 순식간에 빠져나가는 바람에 끝내 놓치고 말았다고 했다.

그 짧은 순간에 무슨 일이 있었는지는 오직 치토만이 알고 있었다. 하지만 이유를 불문하고 잠시 자리를 비웠던 것에 대해서는 기꺼이 책임지기로 했다. 야르 족장도 그냥 넘어갈 수 없었다. 자신이 큰 곤경에 처할 뻔하면서 대신 소투가 죽는 일이 벌어졌기에 반성하는 차원에서 치토에게 잠시 근신하라 일렀었다. 그런데 알고 보니 단독으로 람보르 부족에게 쳐들어간 모양이었다. 지금까지 아무도 몰랐던 사실이었다. 죽은 채 나무 위에 걸리고 나서야 치토가 본인의 과오를 씻고, 죽은 소투의 복수를 하러 간 것이라고 야르 부족 사람들은 여겼다.

하지만 그건 아니었다. 치토가 그날 왜 홀로 람보르 부족의 땅에 들어가고, 뭐 때문에 거기서 죽었는지 아는 사람은 아무도 없었다. 짐작할 수조차 없었다. 하늘 아래 오직 단 한 사람만이 알고 있었고, 그 사람 역시 치토와 함께 같은 시간, 같은 자리에서 피를 흘린 채 눈을 감았다. 그들의 사연도 함께 땅에 묻혔다.

야르 족장의 거처에 초람이 쳐들어 왔을 때 치토와 초람은 아주 잠깐 눈이 마주쳤었다. 그 찰나의 순간에 치토는 순간 온몸이 마비되는 듯했다. 강렬한 느낌이 온몸을 휘감았다. 그는 알았다. 자기가 잡은 사람이 여자라는 것을, 그리고 그 순간에 여자의 눈빛이 자신을 사로잡았다는 것을. 눈빛을 본 순간 잡은 손이 저절로 스르르 풀려버린 것도 뒤늦게야 알아차릴 정도였다.

그날 이후부터 치토는 아무도 모르게 혼자 끙끙 앓았다. 족장의 거처가 습격을 당했던 날부터 자기 눈에 들어와 박힌 여자의 눈빛을 잊을 수 없었다. 그녀가 자신이 지키는 족장의 목숨을 노렸다는 것과, 소투를 대신 죽였다는 것이 내내 마음에 걸리긴 했으나 그 역시 문제가 되지 않았다. 마음은 오직 그녀를 찾아가고 있었다. 만나면 어떻게 할 것인지도 정하지 못했다. 아니, 정할 수도 없었다. 그저 그녀가 누구인지 알고 싶고, 다시 만나고 싶다는 것 그 하나밖에는 아무것도 없었다.

그리고 마침내 치토는 뜻을 이루었다. 전혀 예상치 못한 장소에서 적의 선봉대장인 솔론과 마주치게 되고, 그 옆에 있던 바로 그 여자를 보게 된 것이었다. 꿈에 그리던 사람이 눈앞에 나타나자 그때와 마찬가지로 몸에 힘이 쭉 빠졌다. 해치고 싶은 마음은 추호도 없었다. 자신의 정체를 모르고 달려들던 여자를 다치지 않게 하려고 몸으로 밀쳤는데, 그 이후에 솔론이 달려드는 바람에 그를 치려다가 그만 자기 손으로 여자를 죽게 만든 것이었다.

그뿐이 아니었다. 치토 역시 그녀가 날린 돌칼에 치명상을 입고 쓰러지고 말았다. 그래도 다행이라고 생각했다. 쓰러지며 고개를 돌리는 순간 비로소 그렇게 보고 싶었던 그녀의 눈을 다시 바라볼 수 있었다. 눈빛은 조금도 변함이 없었다. 놀랄 정도로 그때와 똑같았다. 그래서 행복했고, 그걸 본 다음에 죽을 수 있어서 다행이었다. 치토는 잠깐이나마 강렬하게 마음에 품었던 여인의 곁에서 그렇게 죽어갔다.

초람을 잃은 람보르 부족처럼 야르 부족 역시 치토의 죽음을 가볍게 받아들이지 않았다.

치토의 죽음에 가장 분개한 사람은 당연히 대대적인 공격을 준비하던 야르 족장이었다. 중대한 순간에 발견된 나무에 걸린 치토의 시신은 그의 마음속 분노를 활활 타오르게 했다. 소투와 치토 등 연이어 측근을 잃었기에 자신의 모든 걸 걸고서라도 람보르 부족을 쳐서 없애겠노라 어금니를 악물었다.

이제 야르 족장이 믿을 건 재무르밖에 없었다. 그동안 마음에 걸렸던 재무르의 태생도 더 이상 이유가 되지 않았다. 오히려 잘된 일인지도 몰랐다. 람보르 부족을 멸망시키고 난 뒤에 남은 이들을 모아 재무르에게 맡기면 같은 부족이기에 더 잘 다스릴 수도 있을 것이었다. 그렇게 생각하니 훨씬 마음이 편했다.

야르 족장은 사람을 시켜 재무르를 오게 했다.

"재무르, 어서 오시오."

그동안 돌아가는 상황을 소상히 파악하고 있었던지라 재무르는 족장의 갑작스런 호출에도 별다른 긴장 없이 방으로 들어섰다. 들어오는 입구를 지날 때는 슬쩍 호위전사를 살펴보았다. 어떤 상황인지 알아서 그런지 치토의 빈자리가 더욱 커 보였다. 람보르 마을 입구에 걸린 시신의 주인공이 호위전사 치토라는 걸 재무르도 이미 들어서 알고 있었다.

그 얘길 듣고 처음에는 귀를 의심했다. 그가 아는 람보르 족장은 그런 참혹한 일을 저지를 사람이 아니기 때문이었다. 야르 부족이 알지 못하는 큰일이 분명 람보르 부족 안에서 있었을 거라고 짐작했다. 시신을 내건 행위는 람보르 족장과 부족의 분노가 그만큼 크다는 걸 알리려는 것이기에 적진으로 쳐들어간 치토가 람보르 부족의 중요한 누군가를 죽였거나, 아니면 부족에게 큰해를 끼쳤다는 걸 의미했다. 몹시도 궁금했지만, 알아낼 방도가 없기에 기다릴 수밖에 없었다.

단지 추측하는 건 있었다. 그는 소투의 죽음을 막지 못한 죄책감을 견디지 못해 그자를 찾아내 복수하고자 홀로 람보르 부족으로 들어간 것이 틀림없었다. 그리고 분명 람보르 부족 내에서 무슨 일이 벌어졌을 것이었다. 문득, 자기가 아는 그 누군가가 치토와 싸우다 죽은 건 아닐까 싶은 생각이 들었다. '설마 람보르 족장은 아닐 테고... 혹시 솔론, 툼바... 아니면...' 재무르의 머릿속에서 여러 얼굴들이 명멸했다. 스치는 얼굴들 위로 어느새 족장의 근엄한 모습이 눈앞에 다가왔다.

재무르는 서둘러 족장에게 인사를 건넸다.

"네. 족장님. 찾으셨습니까? 치토의 일로 마음이 많이 불편하실 줄 압니다. 뭐라고 위로를 드려야 할지 모르겠습니다."

다시 바짝 정신을 차린 재무르는 족장에게 깍듯이 예를 표했다.

"재무르, 내 긴히 할 말이 있어서 불렀소. 소투도 죽고, 치토도 그런 참혹한 최후를 맞이하니 내 마음이 편치 않소. 이제는 그야말로 사생결단이오. 우리 야르 부족이 죽든지 아니면 람보르 부족이 죽든지 둘 중의 하나만 남을 때가 온 듯하오."

"족장님의 마음은 충분히 이해가 됩니다. 그러면 앞으로 어떻게 하실 생각이신지요?"

재무르는 족장의 심기를 거스르지 않으려고 최대한 조심스럽게 물었다. 내심 이번 일을 계기로 야르 족장이 더 이상의 무의미한 싸움을 멈췄으면 하는 바람이 강하게 들었지만, 그렇다고 지금 그 생각을 꺼내는 건 적절치 않았다.

"곧 전열을 정비해서 대대적으로 쳐들어갈 작정이오. 이번에는 나도 직접 나설 것이오. 이기지 못한다면 싸움터에서 죽겠다는 각오로 임하겠소. 재무르가 지금껏 내 곁에서 도와주었듯이 이번에도 더 많이 도와주었으면 하오."

재무르의 입안이 바짝 타들어 가면서 말라왔다. 그는 마른 입술을 훔치며 자신 있게 대답했다.

"네. 족장님. 저는 족장님의 부하이니 무엇이든지 명령만 내리십시오."

재무르는 한껏 고개를 숙였다. 어떻게 해서든 족장의 분노를 누그러뜨려야 했다.

"고맙소, 재무르. 이제 내 곁엔 그대밖에 없소. 참으로 든든하오. 이번 기회에 내 람보르 부족을 완전히 쓰러뜨리고, 그곳을 우리 땅으로 만들 작정이오. 그렇게 내 뜻대로만 된다면 지금 람보르 부족의 땅을 재무르가 다스리도록 할 생각이오. 어떻소. 이만하면 재무르를 생각하는 내 마음이 어느 정도인지 알겠소?"

야르 족장은 이미 람보르 부족을 완전히 내몰고 그 땅을 차지한 사람처럼 말했다. 허풍이라고 할 수도, 쉽게 무시할 수도 없었다. 람보르 부족을 멸한 다음, 이후의 상황까지도 이미 머릿속에 그리고 있는 사람이었다. 섬뜩했다.

"제게 맡겨주신다니 과분합니다. 하지만 저는 그런 것은 생각 안 하고 오직 족장님 곁에서 충실히 돕고자 할 따름입니다."

조심스럽게 다가오는 재무르를 보면서 족장은 더 이상 말을 이어가지 않고 그의 얼굴을 빤히 쳐다보았다. 전에도 그런 일이 가끔 있었지만, 이번에는 눈빛이 조금 달랐다. 완전히 믿는 것도 아니고, 그렇다고 의심하는 것도 아닌 야릇한 눈빛이었다.

재무르는 피하지 않고 담담한 표정으로 족장의 눈을 바라보았다.

"그래서 내가 재무르를 좋아하는 것이오. 마음속에 품은 뜻이 크고, 그 뜻을 이룰 수 있는 능력도 탁월한 사람이 겸손의 미덕까지 갖추고 있으니 내 옆에 있는 게 과분할 정도요. 하지만, 이번만은 그 겸손을 받아들일 수 없소. 난 단호하오. 반드시 람보르 부족을 쓸어버리고 그곳을 나의 땅, 우리 야르 부족의 땅으로 만들겠다는 말이오. 재무르는 나를 대신해서 그 땅을 잘 다스리면 될 것이오. 이것은 나의 명령임을 확실히 아시오."

"네, 족장님의 명령으로 받들겠습니다."

굳이 족장의 뜻을 거스를 이유도, 필요도 없었다. 지금은 그럴 때가 아니었다. 서둘러 뜻을 받들겠노라고 머리 숙여 복종했다.

하지만 정작 재무르가 신경 쓰고 있는 것은 그게 아니었다. 과연 언제 어떻게 쳐들어갈 것인지가 가장 중요했다. 야르 족장이 직접 나선다고 하니 이제는 람보르 부족이 큰 위기를 맞을 것이고, 자기가 어찌할 도리가 없을 거라는 생각에 마음이 몹시 무거웠다.

재무르의 대답을 듣고 난 야르 족장은 조금도 주저하지 않았다. 곧바로 소소르, 차루, 마투 등 세 명의 대장을 그 자리로 불렀다. 그들은 순식간에 족장의 처소로 달려왔다. 각각의 몸을 감싸고 있는 가죽에는 이미 작은 풀들을 잔뜩 꽂았다. 숲속으로 들어가게 되면 상대방 눈에 잘 보이지 않도록 위장한 모습

이었다. 햇볕에 검게 그은 얼굴에도 불에 타고 남은 숯으로 아예 새까맣게 칠
했다. 그런 상태로 이동한다면 밤에는 전혀 보이지 않을 것이었다. 그들의 모
습만 봐도 얼마나 절치부심하며 준비했는지 금방 느낄 수 있었다.

상황이 상황인 만큼 세 사람의 표정도 비장했다.

반면, 그 모습을 보고 있어야 하는 재무르의 마음은 계속해서 타들어 갔다.
오죽하면 그 자리에서 어떤 말이 오갔는지 머릿속에 잘 들어오지도, 떠오르지
도 않았다.

야르 족장은 재무르를 철석같이 믿고 있었다. 람보르 부족을 멸하고서는 그
땅을 다스리라고까지 했다. '하지만 어찌 그럴 수 있단 말인가? 자기 동족이
모두 죽어 나가는 걸 어떻게 잠자코 지켜만 보고 있으라는 말인가?' 그 걱정
과 괴로움이 얼마나 큰지 아무도 짐작하지 못할 것이었다. 오직 한 사람, 쓰화
만이 재무르의 마음을 어루만질 수 있었다.

서둘러 집에 돌아오자마자 재무르는 평소와는 다르게 일찍 자리에 누웠다.
혼란스러운 마음을 식히려면 아무것도 생각하지 말고 있어야 했다. 쓰화는 눈
치가 빨랐다. 재무르가 족장의 처소에 다녀온 것을 알고 있기에 그 안에서 무
슨 얘기들이 있었는지 짐작하고도 남음이 있었다.

족장이 선택할 수 있는 길은 두 가지, 하나는 이쯤에서 싸움을 멈추는 길이
고, 다른 하나는 어느 한쪽이 망할 때까지 싸우는 길이었다.

그걸 알고 있는 쓰화의 마음도 힘들긴 마찬가지였다. 족장이 이 싸움을 멈추
지 않을 거라는 걸 그녀 또한 잘 알고 있기 때문이었다. 자기 부족이 처참하게
죽어 나가는 모습을 재무르가 과연 눈 시퍼렇게 뜨고 지켜보고만 있을 수 있
을지 마음이 아팠다. 지금까지도 겨우겨우 참아왔다는 걸 잘 알고 있기에 앞
으로 더 큰 시련을 감당해야 할 그가 딱하고 가여웠다. 이 순간 쓰화가 해줄
수 있는 것은 아무것도 없었다. 그저 그를 꼭 안아주는 것밖에.

"당신 고생했어요. 지금 얼마나 힘들지 짐작조차 할 수 없고, 무엇 하나 도

울 수도 없으니 제 마음도 안타깝고 힘들어요.”

“쓰화, 고마워요. 당신의 그 마음으로 충분해요. 아무리 힘들어도 날 이해해 주는 단 한 사람, 당신만 있으면 돼요. 지금 내게 주어진 것은 나의 운명이자, 두 부족의 운명이에요. 마치 거스를 수 없는 거대한 형체 앞에 서 있는 것 같아요. 아마 야르나 람보르 두 족장도 나와 똑같이 느끼고 있을 거예요. 피할 수 없는 운명이 주어졌다는 걸요.”

“지금 상황에선 뜬금없는 얘기일 테지만 난 당신이 야르 부족이든 람보르 부족이든 어느 한쪽의 족장이었으면 어땠을까 싶어요. 당신이 족장이라면 분명 죽기 살기로 싸우지 않고 이 순간을 현명하게 넘어가지 않을까 생각해요.”

“쓰화, 그건 그래요. 하지만 람보르 족장은 절대 평범한 사람이 아니에요. 당신이 람보르 족장을 만나보지 않아서 그래요. 그는 보통 사람과는 다르고, 특히 야르 족장과는 아예 차원이 다른 사람이에요. 그런 그도 못 막는 게 이 싸움이에요. 그러니 결국 맞닥뜨릴 수밖에 없는 양 부족의 운명일 수밖에요.”

재무르의 말이 점점 더 작아지더니 이내 조용해졌다. 새근새근 숨소리만 들려왔다. 자기도 모르게 어느새 깊은 잠에 빠진 것이었다. 다행히도 재무르의 표정은 편안해 보였다.

재무르에게 있어 쓰화는 단순한 배필을 넘어 이 세상에서 가장 편안한 안식처와도 같았다. 쓰화의 품속에 있으면 항상 행복했고, 그곳을 벗어나면 금세 치열한 삶의 현장으로 내던져지는 느낌이었다.

쓰화는 자신의 품에서 금방 잠들어버린 재무르의 등을 쓰다듬으며 어루만졌다. 누구보다 큰 야망을 품고 있으면서도 한없이 겸손한 남자, 매사에 옳은 길로 가고자 하는 남자, 지금 자기의 품에 있는 사람이 바로 그런 멋진 남자이다. 그가 비록 자기 부족은 아니지만 남다른 면을 발견했기에 흔쾌히 그를 자신의 남자로 받아들일 수 있었다. 그리곤 언제가 될지는 모르지만 분명 이 세상에 큰 족적을 남길 사람이라고 확신했다. 재무르의 괴로움을 덜어줄 수만 있다면 무슨 일이든지 할 수 있었다.

하지만 표정과는 달리 재무르는 꿈속에서도 편하게 쉬지 못했다. 두 부족의 길이 싸움으로 이어질 것인지, 극적인 평화로 마무리될 것인지를 계속 생각하며 갈등하고 있었다. 일이 벌어지는 순간까지는 절대 희망을 놓아서는 안 된다는 재무르의 평소 신념은 꿈속에서 다가오는 많은 상념을 피하지 않고, 하나하나 맞서 상대하고 있었다. 그들을 향해 피할 수 없는 길이라고 큰소리치기도 했고, 피할 수 있는 길이 있으면 최선을 다해 피해 보라고 속삭이기도 했다.

재무르는 이 순간, 자신이 무언가를 결정할 수 있는 위치에 있지 않다는 점이 못내 아쉬웠다. 무엇이든 뜻을 펼치려면 그 뜻을 펼칠 수 있는 위치에 있어야 한다는 것을 시간이 갈수록 뼈저리게 실감하고 있었다. 쓰화의 따뜻하고 향기로운 품 안에서 깊은 잠에 빠져 평안한 듯 보이는 재무르지만 그 안에서는 그렇게 자신만의 또 다른 치열한 싸움이 이어지고 있었다.

재무르의 우려대로 야르 족장의 행보는 거침없었다. 부족 전체를 대상으로 전면적인 싸움에 돌입할 것을 선포했다. 피해갈 수 없는 길이었다. 그렇게 되면 필시 솔론과 툼바를 마주치게 될 것이고, 결국에는 람보르 족장과도 운명적으로 만날 수밖에 없을 것이었다. 서로 좋은 모습으로 만나길 그토록 원했지만 각자 다른 편에 서서 부딪칠 수밖에 없었다. 부족끼리 명운을 건 싸움, 그것도 두 부족이 죽느냐 사느냐라는 사생결단의 현장에서 마주쳐야만 한다는 것이 참으로 가슴 아프게 다가왔다. 그렇다고 지금에 와서 야르 족장을 배신하고 도망칠 수도 없었다.

야르 족장의 공격 명령이 떨어졌다. 해또르와 모두아 지역에서 머물고 있던 야르 전사들이 다시 움직이기 시작했다. 소소르, 차루, 마투를 위시한 그들의 위용은 대단했다. 하나의 큰 산이 움직이는 것 같았다. 미리 보내놓은 정찰조들로부터 계속해서 여러 가지 보고가 밀려들었다. 그들에 의하면 람보르 부족도 전쟁 준비를 다 끝내고 대기하고 있는 것 같다고 했다. 하지만 아무리 파악한다고 해도 자세한 부분까지는 다 알래야 알 수 없을 것이었다.

야르 족장과 재무르는 소소르가 이끄는 서쪽의 주력군과 함께 나아갔다. 주력군의 대장에서 물러난 마투는 여전히 불만인 듯했지만 한번 내린 결정을 여간해서는 물리지 않는 족장이기에 겉으로 표현하지 못했다. 마투의 아들은 여전히 돌아오지 않은 채 소식조차 몰랐지만 마투는 그것에 대해 내색조차 하지 않았다.

야르 부족의 공격은 동쪽을 맡은 차루가 먼저 앞서 나가는 것이었다. 지난번과는 다르게 야르 부족이 동쪽으로 집중하는 것처럼 보여 람보르 부족을 오판하게 만들기로 했다. 그렇게 하면 동쪽으로 람보르 부족의 주력을 끌어들일 수 있을 것이고, 상대적으로 방심하고 있을 서쪽으로 강하게 밀고 들어가 최대한 빨리 람보르 부족을 멸하는 것이 야르 족장의 복안이었다.

재무르는 야르 족장이 강압적이고 독단적이긴 하지만 사냥과 싸움에 관해서는 둘째가라면 서러워할 전략가임을 그동안의 경험을 통해 알고 있었다. 그러다 보니 이번에도 심히 염려스러웠다. 행여나 족장의 계략에 람보르 부족이 넘어갈 경우에는 의외로 쉽게 무너질 수도 있을 거라고 보았다. 그만큼 그들이 가지고 있는 힘은 강했다. 시시각각 들어오는 긴박한 상황에도 불구하고 재무르는 애써 담담한 표정을 유지하며 족장의 곁에서 자리를 지켰다.

소소르, 차루, 마투 세 사람의 대장은 서로 더 많은 공을 세우려는 듯 끊임없이 연락조를 보내 상황과 계획을 보고했다. 족장 옆에 앉아서 듣고만 있어도 재무르의 머릿속에는 두 부족이 펼칠 싸움의 모습이 환하게 그려졌다.

하지만 아직 누가 이길지 알 수 없었다. '승패는 분명 냉정한 것, 희망과 바람만으로는 결코 가져올 수 없는 것이다. 아무리 힘이 강하고 치밀하게 준비한다 해도 예상치 않게 우연히 벌어지는 일도 많기에 승리는 사람의 힘만으로는 거둘 수 없는 일이다. 자기가 뜻한 대로 최선을 다할 뿐, 그 결과와 승패는 오로지 하늘에 달려 있는 것이다.' 맘속으로 떠올리며 기도했다. 얄궂은 운명으로 적 아닌 적이 된 람보르 족장이 놀라운 혜안을 발휘하여 이 어려운 상황을 잘 헤쳐나가기만을 바랐다.

재무르는 어떠한 일이 벌어진다 해도 끝까지 참고 기다리기로 했다. 지금은 야르 족장과 람보르 족장, 이 두 사람의 시간이었다. 아직 자기의 시간은 오지 않았음을, 그러나 곧 올 거라는 걸 확신하면서 때를 기다렸다. 이제 물러설 수 없는 진정한 승부가 시작되었다는 걸 무겁게 받아들였다.

야르 족장의 계획대로 동쪽을 담당하는 차루의 부대가 가장 먼저 진격했다. 이들의 부대엔 지난번에 람보르 부족을 습격했던 전사들이 소속되어 있었다. 재무르는 그 일도 나중에서야 알고 내심 족장에게 서운했었다. 하지만 그때도 내색하지 않았다. 한 치의 틈도 보이지 않았다.

당시 족장은 람보르 부족의 동태를 파악하기 위해 아무도 몰래 지시를 내렸고, 임무를 받은 전사들은 운 좋게도 후방까지 들어갈 수 있었다. 모두아 지역에서 람보르 마을의 후방까지 가려면 상당한 거리를 돌아가야 하고, 중간에 험한 산악도 통과해야 하는데 그들이 그걸 뚫은 것이었다. 아마도 람보르 부족은 거기까지 생각하지 못해 미처 대비하지 못했을 것이었다.

지금도 생생하게 기억났다. 그때 그 소식을 듣고 가장 먼저 머릿속에 떠올랐던 사람이 람보르 족장이었다. 어쩌면 람보르 족장은 그들의 계획이 재무르의 머릿속에서 나왔다고 의심할 수도 있을 것이었다. 재무르 말고는 그쪽 지형을 속속들이 알고 있는 사람이 없을 것이기 때문이었다. 하지만 오해해도 어쩔 수 없는 일이라고 애써 씁쓸한 마음으로 자위하며 넘어갔었던 일이 떠올랐다.

그나마 다행이었던 것은 그들이 아주 우연히 그 통로를 발견해서 들어갔고, 그들이 성급하게 벌인 소동으로 인해 람보르 부족이 오히려 취약한 부분을 알고 대비하는 쪽으로 움직였을 거라는 점이었다. 야르 족장과 함께 있으면서도 람보르 부족의 움직임까지 속속들이 그릴 정도로 재무르의 생각은 과거와 현재를 오가고, 두 부족 사이를 넘나들었다.

모든 힘을 다해 쳐들어가고 있는 야르 전사들은 조직적이고 탄탄했다. 전사들의 사기도 높았고, 앞에서 싸우는 전사들을 따라가며 뒷받침하는 후방조직도 일사불란하고 체계적이었다. 야르 족장이 괜히 큰소리치는 게 아니었다. 그만큼 분명한 이유가 있고 믿는 구석이 있기에 자신감이 넘쳐 흐르고 있는 것이었다.

얼마 지나지 않아 재무르는 족장과 함께 서쪽의 주력군에 도착했다. 대장인 소소르가 호위전사에 둘러싸인 두 사람을 맞이했다. 그는 최초에 주력군을 맡았던 마투보다 용맹함은 떨어지지만 차분하고 진중한 성격에 집요함까지 갖춘 우수한 전사로 야르 족장이 충분히 신뢰할만한 인물이다. 재무르도 그의 뛰어난 점을 인정했다.

소소르는 서쪽으로 진격할 주력군의 계획을 족장에게 소상하게 보고했다. 앞에 걸쳐있는 천연장애물인 계곡을 극복할 방법까지 다 구상하고 있었다. 지난번에는 갑작스레 내린 폭우로 인해 부득이하게 물러날 수밖에 없었지만, 지금은 화창한 날씨가 이어지고 있어 진격하기에 더없이 좋은 때라고 판단했다. 람보르 부족 역시 그쪽에 대해 분명 충분히 대비하고 있을 것이기에 다양한 경우를 고려한 계획까지 치밀하게 마련했다.

소소르의 보고는 그것만이 아니었다. 첫 번째 계곡을 극복하고 난 다음에 이어질 대담하고 허를 찌르는 방책도 들어있었다. 소소르에게 이런 능력이 있는 줄은 미처 몰랐었다.

재무르는 자기 부족을 남김없이 무찌르고자 하는 소소르의 엄청난 계획을 아무렇지 않은 듯 잠자코 듣고만 있어야 했다. 그것은 고문이나 다름없었다. 차라리 다른 부족과 싸우는 것이라면 자기 자신이 직접 나서서 조언하면서 멋지게 해낼 텐데, 라는 복잡한 마음은 좀처럼 가시지 않았다. 그런 생각이 떠오를 때마다 재무르는 어떻게서든 람보르 부족은 야르 부족의 공격을 잘 막아낼 거라고 속으로 되뇌며 마음을 달랬다.

소소르의 보고를 다 들은 족장은 매우 만족한 표정이었다. 계획대로 하되 족장이 명령을 내리고 나서 공격을 시작하라고 말한 후에 발길을 중앙 쪽으로 돌렸다. 중앙군은 마투 대장이 맡고 있었다. 그는 주력군 대장이라는 자리에서 밀려났고, 자기 아들까지 람보르 부족의 손에 잡혀서 생사조차 확인하지 못한 상태였음에도 여전히 씩씩함과 용맹함을 잃지 않고 있었다.

지금은 비록 주력군을 지휘하지는 못하는 위치지만 결정적인 순간에 가장 큰 공을 세우겠다는 야심만은 표정에서부터 숨기지 않고 있었다. 천성 자체가 그러니 어떻게 할 수도 없을 것이었다. 그런 점을 족장도 충분히 알고 있지만, 워낙 능력이 출중하니 다른 사람보다 앞에 세울 수밖에 없을 것이었다.

그건 사실이었다. 재무르의 눈에는 정상적이지 않게 보일 정도로 족장은 계속해서 마투에게 신임을 보내고 있었다. 아들 문제만 해도 오죽하면 그렇게까지 했을까, 하고 이해하며 넘어가는 모습이었다. 하지만 재무르는 마투에 대한 경계를 풀지 않았다. 왠지 모를 꺼림칙한 느낌에 계속 예의주시했다.

야르 족장은 마투에게 동쪽과 서쪽이 충분히 진격하여 앞의 위협이 어느 정도 사라지고 나면 중앙 쪽으로 과감하게 밀고 들어가라고 명령했다. 자신 있게 대답하는 마투의 강한 눈빛은 재무르에게는 오히려 짙게 밀려오는 한 줄기 불안감일 뿐이었다.

두 부족이 제일 먼저 맞붙은 건 동쪽이었다. 차루에게 임무를 부여받은 야르 부족의 전사들은 해또르 지역을 지나 동쪽 산악 능선 쪽으로 나아갔다. 지난번에 당했던 과오를 되풀이하지 않겠다고 생각해 큰 바위가 있는 쪽에서 조금 더 멀리 돌아가기로 했다. 시간은 더 소요될 테지만 위험 부담은 그만큼 덜 수 있을 것이었다.

하지만 람보르 전사들은 그들의 움직임을 이미 예상하면서 대비하고 있었다. 동쪽을 담당하고 있는 시주르는 말쿠를 대장으로 한 정예 전사 열 명을 한 조로 편성하여 그들이 나아갈 수밖에 없는 길목 양쪽에 배치했다. 앞에 나가 있던 정찰조는 야르 전사들의 움직임을 미리 경고하고 뒤로 빠졌지만 열 명의 전사는 한 치도 양보할 수 없다는 각오로 그 길목을 지키고 있었다. 이 계획을 시주르는 솔론에게 미리 보고하고 허락을 득한 터였다. 시주르가 택한 그곳은 솔론이 보기에도 반드시 지켜야 할 결정적인 장소였다.

람보르 전사의 눈에 멀리서 야르 전사들이 조심조심 다가오는 것이 보였다. 온몸에 풀과 나무로 위장을 하고 얼굴은 숯으로 칠했는지 온통 새까맸다. 언뜻 보면 사람 형상을 한 기이한 동물들이 다가오는 것 같았다. 그중에는 눈에 띄게 요란한 형상의 전사도 있었다. 분명 저들을 이끄는 우두머리라고 여겼다. 얼핏 수를 세어보니 람보르 전사보다 배는 넘어 보였다. 아마도 주력이 오기 전에 미리 앞세운 듯했다.

시주르로부터 조장으로 임명받은 말쿠는 짧은 순간 고민했다. 저들이 다가오고 있다는 것을 보고만 하고 그냥 보낸 다음에 뒤에 올 더 많은 전사를 상대할 것인지, 아니면 지금 눈앞에 있는 저들을 바로 상대할 것인지는 초반의 승패를 좌우할만한 중요한 문제였다. 시간이 없기에 빨리 판단해야 했다. 그는 오래 기다리지 않았다. 결정은 신속했다. 즉시 명령을 내려 맨 앞에 다가오는 적을 습격하기로 했다.

"자! 이제 때가 왔다. 여기서 저들을 막아내야만 한다. 기고만장한 적들의 기세를 꺾을 수 있을뿐더러 시간을 벌 수 있다. 우리의 뒤에는 시주르 대장과 솔론 대장이 있다. 용감하게 적들을 무찌를 때가 왔다. 내가 '할루할루!' 라고 외치면 적들을 향해 창을 던지고 바로 덮치는 거다. 알겠나?"

나지막하지만 강하게 울려 나오는 말쿠의 말에 전사들이 고개를 끄덕였다. 바람도 숨을 죽였고, 숲속의 나무들도 나뭇잎 한 장 흔들리지 않은 채 그들을 지켜보았다.

‘할루할루!’ 드디어 말쿠의 날카롭고 강한 음성이 숲속을 뒤흔들었다. 그 짧은 구호가 채 끝나기도 전에 ‘슈슈슉~~~’ 나무창이 먼저 허공을 갈랐다. 수십 미터는 충분히 날아가 순식간에 목표물에 꽂히기 때문에 가장 먼저, 멀리 던지기에 적합한 무기였다. 보기에도 벌써 몇 명의 야르 전사가 쓰러지는 것 같았다. 이어서 ‘슈슈슈슉~~~’ 이번엔 돌창이 날았다. 다시 또 몇 명이 쓰러졌다. 첫 번째 타격이 성공했다. 적들은 이런 상황을 미처 예상치 못한 듯 순식간에 벌어진 람보르 부족의 공격에 당황하고 있었다.

말쿠는 적이 숨 쉴 틈도 주지 않고 몰아쳤다. ‘할루할루!’ 다시 한번 이어진 신호와 함께 열 명의 전사들은 적들을 향해 달려들었다. 곧 치열한 몸싸움이 시작되었다. 사방에서 창이 날고, 도끼가 허공을 갈랐다. 한 손에는 돌창을, 다른 손에는 주먹도끼를 손에 쥔 람보르 전사들은 여전히 수적으로 불리한 상황임에도 주눅 들지 않고 적들을 향해 몸을 날렸다. 이미 나무창과 돌창에 여러 명이 쓰러진 듯 처음보다는 적은 수의 야르 전사들을 보며 자신감이 더해졌다.

말쿠는 주무기인 길고 날카로운 주먹도끼를 맘껏 휘둘렀다. 그의 주먹도끼는 다른 사람의 것과는 달리 더 크고 날카로웠다. 가장 단단한 돌을 골라 작고 길게 깨뜨린 다음 오랜 시간을 두고 갈아서 만들었다. 한쪽 끝은 홈을 판 긴 나무 자루에 깊숙하게 밀어 넣고 여러 번 몇 겹으로 단단하게 꼰 넝쿨로 옭아 맸다. 그렇게 만든 주먹도끼는 단단하고 가벼워 치명적인 위력을 발휘했다.

야르 전사들은 말쿠가 주먹도끼를 자유자재로 다루며 달려들자 눈이 휘둥그레지면서 단숨에 겁을 먹었다. 하지만 그는 도망칠 여유조차 주지 않았다. 제대로 가슴팍에 주먹도끼를 맞은 적은 한 번에 쭉 뻗어버렸고, 팔과 어깨 등에 맞은 자들은 넘어져서 버둥거렸다. 산 능선에 걸쳐있는 좁은 길은 순식간에 피로 물들었다. 어느새 적의 숫자는 몇 명밖에 남지 않았다.

그러나 결코 무시할 수 없는 적이 한 명 버티고 있었다. 말쿠는 무리 중에서 눈에 띌 정도로 치장하고 당당하게 버티고 있는 자에게 달려들었다. 주 무기인 주먹도끼가 날카로운 소리를 내며 허공을 갈랐다. 손에 걸리는 것이 없었다. 상대방이 말쿠의 공격을 가뿐히 피한 것이었다. 그 첫 움직임만으로도 말쿠는 그가 보통 실력이 아님을 간파했다. 다른 전사들과 똑같이 상대해서는 안 되겠다고 생각했다. 금방 감이 왔다. 무엇보다도 서두르지 말아야 했다. 서두르다가 혹여나 예기치 않은 허점을 보인다면 그 순간이 바로 끝일 것이었다.

적은 똑같이 생긴 창을 양손에 들고 있었다. 주먹도끼 대 쌍창의 대결이 펼쳐졌다. 말쿠의 공격을 가뿐하게 피한 적이 유연하게 몸을 틀면서 쌍창을 길게 뻗어왔다. 쌍창의 위력은 말쿠가 생각한 것보다 훨씬 더 강했다. 한 개 정도면 가뿐히 피할 수 있을 텐데 두 개는 또 달랐다. 단지 두 배라는 숫자 그 이상이었다. 양손으로 현란하게 휘두르니, 마치 여러 개의 창이 날아다니는 듯했다. 그것을 동시에 피할 수 있는 공간을 확보하려면 몸을 더 많이 움직여야만 했기에 그만큼 체력 소모도 컸다. 땀이 비 오듯 흘렀고, 숨소리도 거칠어졌다.

그 와중에 눈을 힐끗 돌려 보니 이미 다른 적들을 다 물리친 듯 사방이 조용해졌다. 싸움을 끝낸 조원들이 대장인 말쿠를 지원하려고 다가오는 모습이 보였다. 말쿠는 긴장을 늦추지 못하는 상황에서도 번쩍 손을 들어 조원들을 제지했다. 이건 그들이 낄 싸움이 아니었다. 대장 대 대장의 일대일 싸움이어야 했다. 오직 둘만의 실력으로 정정당당하게 싸우고 싶었고, 나중에라도 비겁하게 떼로 덤벼들어 죽였다는 말을 듣고 싶지 않았다.

말쿠는 눈앞에 있는 적과의 대결에만 몰두했다. 양손에 든 창을 자유자재로 구사하는 그는 얼핏 보면 신들린 모습으로 춤을 추는 듯했다. 쉴 틈 없이 파고드는 공격은 갈수록 더 거세졌다. 하지만 말쿠가 정확하고 기민하게 대응해 나가자 시간이 갈수록 당황하는 기색이었다.

연이어 날렵한 쌍창을 피하고 나자 적의 움직임이 순간 달라졌다. 적도 말쿠가 보통이 아니라는 걸 직감한 듯 자세를 바꿨다. 공격하는 손의 순서가 바뀌자 적이 휘두르는 쌍창의 움직임도 거짓말처럼 달라졌다. 그건 말쿠의 움직임도 지금까지와는 반대로 바뀌어야 한다는 걸 의미했다. 잠시라도 방심하면 목숨이 위태로울 수 있는 그 짧은 순간에 몸의 움직임을 바꾸기란 아무리 뛰어난 전사라 하더라도 쉽지 않은 일이었다. 쌍창의 진정한 위력이 느껴졌다.

등에선 계속해서 진땀이 흘러내리고 있었다. 빨리 끝내야 했다. 자칫 시간을 끌다가는 예기치 않은 실수를 저지를 수도 있기 때문이었다. 조원들이 숨죽이고 두 사람의 싸움을 지켜보고 있기에 마음은 초조했다. 주변의 지형지물과 쭉 늘어선 나무들을 최대한 이용하면서 공격하기로 했다. 능선에 늘어선 나무들은 공격할 때는 든든한 버팀목이, 막아낼 때는 유용한 장애물이 되어주었다.

숨 쉴 틈도 없이 서로 치고받던 어느 순간 말쿠는 갑자기 옆에 있는 나무 위로 몸을 날렸다. 길게 뻗어있는 가지 위로 올라탔나 싶더니 순식간에 맹렬한 속도로 몸을 날려 적을 향해 들어갔다. 그와 동시에 손을 떠난 주먹도끼가 허공을 가르며 날았다. 적도 미처 예상하지 못한 방향으로의 회심의 일격이었고, 뜻대로만 된다면 그것은 곧 마지막 일격이 될 것이라 믿었다.

당황한 적이 나무 사이로 피해 들어가는 것이 언뜻 보였다. 그 찰나의 순간이 적의 운명을 갈랐다. 예상과는 달리 주먹도끼가 딱 한 발 차이로 늦었다. 날카로운 도끼날이 나무 속에 깊이 박혔고 말쿠는 땅에 닿자마자 앞으로 몸을 날려 떼굴떼굴 몇 바퀴 구른 다음에 일어섰다. 이내 상황을 파악한 말쿠는 당황했다. 최후의 일격을 날렸으나 적은 죽지 않았고, 주먹도끼는 나무에 깊이 박힌 채 손잡이가 부르르 떨리고 있었다.

기회 뒤의 위기였다. 순간 말쿠는 절체절명의 순간이 눈앞에 닥쳤음을 느꼈다. 이제 공은 적에게로 넘어갔다. 전세를 역전시킨 적은 한 치의 망설임도 없이 맨몸의 말쿠에게 달려들었다. 주먹도끼가 박혀 있는 나무까지는 거리가 꽤 있었다. 일단은 피하는 수밖에 없었다. 말쿠는 능선을 따라 일렬로 늘어서 있는 나무들 틈으로 재빨리 몸을 피했다. 나무는 비교적 촘촘히 늘어서 있기에 적이 긴 쌍창을 자유자재로 사용하기엔 아무래도 쉽지 않았다. 무기를 손에서 놓쳐버렸으니 적의 무기도 무용지물이 되도록 만들어야 했다.

적도 그런 의도를 눈치챈 듯했다. 한두 번 쌍창을 휘두르다가 거추장스럽다는 걸 깨달았는지 땅바닥으로 던지고 허리춤에 꽂힌 돌칼을 빼서 양손에 든 채 밀고 들어왔다. 쌍칼의 위력도 쌍창만큼이나 대단했다. 쉴 새 없이 휘두르면서 압박해 들어오는 적은 살기가 뻗친 광란의 춤을 추고 있었다. 그 위기의 순간에서도 그 모습이 이상하리만치 아름답게 보였다. 동작이 크지 않으면서 깔끔했고, 칼끝에는 힘이 실려 바람과 부딪치면서 절로 '슈슉~~~' 소리까지 어우러지고 있었다. 부드러우면서도 박력 있고, 유연하면서도 절도 있는 적의 움직임은 싸우는 상대만 아니라면 감탄할 정도로 대단했다. 야르 부족에 이런 전사가 있다는 게 경이롭게 여겨지기까지 했다.

하지만 승부는 냉혹했다. 대단하다고만 생각할 때가 아니었다. 설령 죽이기 아까울 정도의 대단한 실력자라 할지라도 그를 죽이지 못하면 내가 죽고, 내 옆에 있는 동료들이 죽을 수 있기에 철저하게 냉정해져야 했다.

말쿠는 빠드득 소리가 날 정도로 어금니를 깨물었다. 나무와 나무 사이를 계속 넘나들면서 두 사람은 맞부딪혔다. 손에 돌칼을 들고 있는 적에 맞서 어느새 말쿠의 손에도 단단한 나무 조각이 쥐어져 있었다.

말쿠의 분전에도 불구하고 싸움은 쉽게 끝나지 않았다. 두 사람의 실력이 엇비슷해서 좀처럼 승부가 나지 않았다. 서로의 몸에서는 땀이 비 오듯이 흘렀고, 갈수록 숨소리도 거칠어졌다. 말쿠에게 불리한 것은 무기였다. 손에 들고 있는 나무 조각은 적에게 큰 위협이 되지 못했다. 설령 공격이 성공하더라도 단 한 번의 동작으로 적의 숨통을 끊을 수는 없었다. 반면, 적의 돌칼, 그것도 양손에 들고 있는 쌍칼의 위력은 갈수록 말쿠를 위축시키면서 행동에도 영향을 미쳤다.

그 무기의 차이로 인해 점점 더 밀리고 있었다. 보다 못한 조원들이 합세하려고 움찔할 때마다 말쿠는 정신없는 중에도 손을 들어 저지했다. 이길 때 이기더라도 깨끗하게 이겨야 한다는 마음은 변함없었다. 다른 때는 몰라도 이 순간만큼은 그랬다. 일대일로 적을 상대해야 한다는, 전사로서 결코 양보할 수 없는 마지막 자존심이기도 했다.

말쿠의 그런 마음과는 달리 갈수록 몸은 점점 지쳐갔다. 반면, 적의 움직임은 조금도 달라지지 않았다. 처음의 모습과 변함이 없었고, 어떨 땐 더 강하게 치고 들어오기도 했다. 이제 전세는 확연히 기울어졌다. 말쿠는 쉴 새 없이 쏟아지는 적의 공격을 겨우겨우 막아낼 뿐이었다. 돌칼이 나무에 부딪힐 때마다 패인 조각들이 사방으로 흩어졌다. 그 위력은 무시무시했다. 더 이상 시간을 끌다가 행여 몸에 한 번 맞기라도 한다면 그야말로 치명타가 될 것이 뻔했다.

힘과 기술로 상대하기엔 이미 균형이 깨진 듯했다. 그렇다면 최후의 수단은 단 하나밖에 없었다. 말쿠는 나무 사이로 요리조리 몸을 움직여 피하면서도 눈은 자신의 주먹도끼가 박혀있는 나무쪽을 계속 주시했다. 거기까지 몇 보나 되는지 대충 가늠하면서 그 주위로 몸을 움직여갔다. 크게 다섯 보 정도의 거리에 들어오게 되면 하나둘셋, 단박에 세 걸음을 내디디면서 손을 뻗고 몸을 날리는 행동으로 이어질 그림을 그리고 있었다. 정확하게 주먹도끼만 뽑아 들 수 있다면 승부를 결정지을 수 있을 거라는 판단이 섰다. 그야말로 최후의 일격이고, 그게 성공하지 못하면 자신이 죽을 수 있다는 것까지 각오했다.

피를 말리는 움직임들이 이어지는 중에도 주먹도끼 쪽으로 적을 유인하면서 거리가 다섯 보 이내가 될 때까지 좁혀들어갔다. 상대를 포함해 심지어는 지켜보고 있는 조원들까지도 의도를 알아채지 못할 것이었다.

조금만, 조금만 하면서 몸을 움직이던 중 드디어 끝을 낼 때가 왔음을 직감했다. 다섯 보가 남은 바로 그 순간 말쿠는 젖먹던 힘까지 다 짜내 옆으로 몸을 날렸다. 하나둘셋 몸이 떠오르는가 싶었는데 어느새 주먹도끼를 손에 움켜쥐고 허공으로 날았다. 빙그르르 돌면서 땅에 떨어지는 바로 그때 말쿠를 향해 공격해 들어오는 적의 가슴이 열렸다.

순간 조금의 망설임도 없이 나무에서 뽑아 든 주먹도끼를 날렸다. '슈슈슉~~~' 도끼는 그대로 날아 적의 가슴 한가운데로 파고들었다. 엄청난 힘을 실은 주먹도끼를 정통으로 맞은 적은 순식간에 뒤로 나자빠졌다. 잠시 후 그의 가슴에선 검붉은 피가 콸콸 뿜어져 나왔다.

땅에 손을 짚고 무릎을 꿇은 자세로 끝까지 그것을 지켜본 말쿠는 그제야 참았던 안도의 한숨을 쉬며 옆으로 쓰러지고 말았다.

"대장, 대장, 대장......."

조원들의 외침이 희미하게 들리는 가운데 말쿠는 그만 기절했다. 혼신의 힘을 다한 사투가 끝났다. 혹여라도 이 싸움이 후세에까지 전해진다면 모든 걸 다 바친 말쿠의 이 혈투만은 반드시 기억되어야 한다고 그 장면을 눈앞에서 지켜본 조원들은 생각했다. 그렇게 동쪽으로 들어오던 야르 전사들은 한 사람도 남김없이 말쿠의 정예 전사들에 의해 몰살되고 말았다. 뒤따라오는 전사들에게 미처 알릴 틈도 없이 순식간에 사라져버렸다.

말쿠가 이끄는 전사들이 스무 명이 넘는 적들을 물리쳤다는 소식을 들은 시주르는 즉시 솔론 대장과 람보르 족장에게 승전보를 전하는 동시에 뒤쪽에 있는 티아라에게도 사람을 보내 그 소식을 알렸다. 부족의 피해는 서너 사람이 다친 것 말고는 없었다. 그야말로 완벽한 승리였다. 시주르의 전갈 속에는 적들이 동쪽 산악 능선으로 대거 쳐들어올 수 있으니 지난번과 같이 측방이 뚫리지 않도록 철저하게 대비해 달라는 내용도 포함되어 있었다.

소식을 전해 들은 티아라는 선봉대가 적을 물리쳤다는 소식을 듣고도 썩 기분 좋은 기색이 아니었다. 오히려 대장인 솔론도 아니고, 부대장인 시주르가 명색이 예비대장인 자기에게 명령하듯이 전하는 게 못마땅한 듯 전달 내용을 듣는 내내 얼굴을 찡그리고 있었다. 용무를 다 마친 시주르의 전사에게 알았으니 돌아가라고 냉정하게 말하고는 이내 고개를 돌렸다.

티아라는 솔론과 시주르가 이끄는 선봉대가 거둔 기선 제압이 마냥 좋지만은 않았다. 그가 마음속으로 생각하며 그리고 있던 모습은 어느 쪽이든 솔론의 선봉대가 속수무책으로 뚫리는 상황에서 자기가 예비대를 이끌고 들어가 적을 완벽하게 제압하고 무찌르는 것이었다. '역시 티아라가 람보르 부족 내에서 최고야, 그가 아니었으면 부족 전체가 적의 손에 완전히 무너지면서 위태로웠을 거야.'라는 소리를 듣는 게 싸움이 시작된 후 지금까지 내내 바라고 있는 모습이었다. 그렇게 해서 람보르 족장은 물론 모든 부족원으로부터 자기가 최고라는 찬사를 받고 싶은 게 솔직한 심정이었다.

생사가 오고 가는 치열한 싸움을 벌이는, 그것도 평범한 전사가 아니라 많은 부하의 생명을 책임지고 있는 대장의 중책을 맡은 자라고는 믿기 어려울 정도로 참으로 엉뚱한 발상이자 허무맹랑한 야심이 아닐 수 없었다. 하지만 티아라는 원래 그런 사람이었다. 이 싸움을 통해 자기의 입지를 단단히 굳힌 다음 솔론을 제치고 람보르 족장의 뒤를 이어받겠다는 야심을 품고 있기에 충분히 그러고도 남았다.

시주르의 전갈을 받자마자 티아라는 즉시 세 군데로 분산되어 대기하고 있는 예비대의 전사들을 직접 찾아다니며 선봉대가 뚫리면 사전 승인 없이 즉시 지원하여 적을 물리치라고 힘주어 강조했다. 그럴 때마다 마치 선봉대가 뚫리길 바라는 것 같은 속내가 말투에 배어 나왔다.

예비대의 세 개 조에는 각각 그 조를 이끄는 조장이 있다. 이때 한 조장이 티아라의 눈치를 보며 조심스럽게 말을 꺼냈다. 천리추라고 나이도 있고 사냥에도 노련한 전사이다.

"대장님, 우리 예비대가 지금 세 개 조로 분산되어 있는데, 이런 경우 결정적인 순간에 한데 모으기 쉽지 않습니다. 집중하지 않고 각자 싸운다는 건 어느 쪽이든 우리의 힘이 세 배로 줄어든다는 뜻입니다. 선봉대가 뚫리게 되고, 우리 예비대마저 수적으로 밀리면 자칫 적에게 당하는 우를 범할 수 있습니다. 지금이라도 다시 한번 생각해보시는 게 어떨까 싶습니다."

천리추는 노련한 전사답게 상황을 판단하는 식견도 뛰어나고, 다혈질인 티아라 앞에서도 움츠러들지 않았다. 자기가 아니면 말할 사람이 없다는 듯 티아라의 눈치를 보면서도 할 말은 하겠다는 표정이었고, 목소리의 톤도 묵직했다.

티아라는 아무 반응도 없이 그저 듣고만 있다가 의견을 제시한 천리추의 얼굴을 빤히 쳐다보았다. 한순간에 숨 막힐 듯한 긴장이 팽팽하게 이어졌다. 생각보다 길게 어색한 상황이 계속되자 천리추는 고개를 숙였다. 바른말을 했음에도 불구하고 마치 잘못 말했다는 듯한 표정을 짓고 있었다. 다른 조장들도 허공을 바라보면서 애써 티아라의 눈을 피하고 있었다.

티아라는 조금도 예상을 벗어나지 않았다.

"천리추, 쓸데없는 소리 하지 말고 잘 들어. 내가 말했지. 각각 배치된 곳이 적들이 올 만한 통로이니 그쪽을 예의주시하고 있다가 앞에 있는 선봉대가 뚫리면 바로 쳐들어가란 말야. 무슨 일이 있어도 자기가 맡은 지역이 뚫리면 안 돼. 각자 책임지고 싸우고, 결과에 대한 책임도 각자가 지는 거야. 나는 적과 우리의 상황을 보고 왔다 갔다 하면서 싸울 테니까. 만약에 한 군데로 적들이 대거 몰려오면 그때 가서 다른 조를 전환하거나 후방대에 지원요청을 할 테니까 너희들이 미리 걱정할 필요는 없다. 아무튼 딴 생각하지 말고, 오직 뚫리면 죽는다는 각오로 싸워. 알아들었지?"

티아라의 말은 지시와 명령이라기보다는 강압에 가까웠다. 알아서 싸우고, 알아서 죽으라는 말과 다를 바 없었다. 막무가내로 나오는 티아라 앞에서 대꾸하지도 못하고 세 명의 조장은 서로 쳐다보기만 했다. 각자도생, 자기의 살 길은 자기가 찾아야 했다.

천리추의 마음은 무거웠다. 티아라가 말한 대로 한다면 속수무책으로 뚫릴 게 분명했다. 그 이후의 상황은 불을 보듯 뻔했다. 솔론의 선봉대와 자기들이 맡은 예비대가 뚫리게 되면 바로 부족의 마을 중심으로 적들이 물밀 듯이 들어오는 모습이 될 것이었다. 적들의 손에 나자빠지고 피를 흘리는 노인과 여자들, 아이들의 모습은 상상하기조차 싫었다. 그런 상황을 피하기 위해서는 지금 이대로는 안 될 것이었다.

천리추는 이 난국을 타개할 묘책이 없는지 곰곰이 생각했다. 그러다 잠시 후 고개를 끄덕였다. 그제야 답답했던 마음이 조금 풀리는 듯했다. 티아라가 자기 생각만 장황하게 늘어놓고 황급히 자리를 뜨자마자 천리추는 다른 두 명의 조장을 붙잡았다. 그리곤 자기의 계획을 털어놓았다. 속이 답답했지만 아무 말도 할 수 없었던 두 명의 조장도 조금의 망설임 없이 기발한 생각이라면서 천리추의 말에 흔쾌히 동의했다. 티아라의 명령 범위 안에서 조장들이 충분히 할 수 있는 일이라고 여겼기에 상관의 명령을 무시하는 것은 아니라는 데 의견이 일치했다. 그렇게라도 하지 않으면 각개격파 당할 것이 불을 보듯 뻔했기에 그냥 두고만 볼 수는 없다는 절박함이 그들을 뭉치게 한 것이었다.

세 명의 조장은 예비대의 각 조를 다시 재편성했다. 양쪽 통로 쪽에는 감시하면서 경고할 수 있는 최소한의 전사만 배치하고, 어디든지 즉각 전환할 수 있는 중앙 쪽에 다수의 전사를 집중하는 것이 그들의 계획이었다. 대신 사람 수가 줄어들면서 생기는 양쪽의 공백은 장애물 등을 이용하여 막기로 했다. 그렇게 설령 갑자기 들이닥치는 적일지라도 지연시키거나 저지시켜 시간을 벌 수 있을 것이었다.

중요한 것은 집중이었다. 중앙에 위치하여 선봉대가 뚫리는 곳 어디라도 신속하게 달려간다면 예비대의 주력으로 적을 충분히 물리칠 수 있다는 자신감이 들었다. 이 모든 것은 자기들의 대장인 티아라가 아니라 선봉대장인 솔론이 준비하는 것을 보고 배운 것이었다. 마침 천리추가 중앙을 담당하고 있었기에 티아라에게 따로 보고할 필요도 없다고 생각했다. 자기가 책임지면 될 일이었다. 천리추는 중앙에서 자기가 이끄는 전사들, 곧 예비대의 주력이 결정적인 순간에 엄청난 힘을 발휘할 것임을 확신했다.

분초를 다툴 정도의 긴박한 상황이 계속 이어졌다. 야르 부족이 계속해서 앞으로 진출함에 따라 곳곳에서 적들을 발견했다는 보고가 연신 올라왔다. 책임지고 있는 지역 전체를 감시하기 위해 높은 고지 위에 올라가 있는 솔론의 눈에도 새까맣게 적들이 몰려오고 있는 것이 들어왔다. 적들이 이미 해또르를 넘어 코앞까지 다다른 것이었다. 한눈에 봐도 솔론이 책임지고 있는 서쪽으로 야르 부족의 주력이 집중하고 있다는 걸 알 수 있었다.

솔론은 선봉대 전사들에게 즉각 싸울 수 있는 태세를 갖추라고 명령했다. 주력이 들어오고 있는 서쪽은 자기가 맡을 테니 시주르에게는 동쪽을 확실하게 책임지라고 했다. 한 치의 땅도 적에게 내줘서는 안 되고, 한 걸음도 뒤로 물러설 수 없음을 강조했다.

이제는 승리가 아니면 죽음뿐이었다. 첫 번째 큰 싸움에선 예상치 않은 폭우가 쏟아지면서 하늘의 도움으로 적을 물리칠 수 있었으나, 이번엔 다를 거라 생각했다. 특히, 적들은 첫 번째 싸움에서의 경험을 바탕으로 계곡을 건너기 위해 치밀하게 준비할 것이 틀림없었다.

하지만 솔론도 자신 있었다. 지난번과는 달리 곳곳에 쉽게 넘어설 수 없는 장애물들을 새로 만들어 놓았고 틈이 없을 정도로 보강했기에 적들이 자기가 유인하는 쪽으로만 들어와 준다면 집중 공격으로 막아낼 수 있을 것이라 확신했다. 사냥할 때와는 받아들이는 강도가 비교도 되지 않았지만, 어떤 상황이든 이길 수 있다고, 아니 이긴다고 확신하는 자에게만 승리가 찾아온다는 걸 솔론은 이미 알고 있었다.

이는 단순하고 막연한 생각이 아니었다. '승리를 믿는 자 승리한다.' 평소 람보르 족장에게 자주 듣는 말이었다. 사냥을 나가서도 똑같았다. 반드시 잡을 것이라고 믿는 자만이 최고의 사냥꾼이 될 수 있음을 강조했다. 다만, 사냥은 그 대상이 동물이고, 싸움은 인간이라는 것이 다를 뿐이었다.

한번 시작된 싸움은 숲에서 타오르는 불처럼 순식간에 번져나갔다. 맨 앞에 나가 있는 정찰조는 벌써 뒤로 물러났고, 계곡의 처음이 시작되는 곳에서는 선봉대가 적의 선두와 맞붙는 일촉즉발의 상황이 이어졌다.

땅에서는 그렇게 위태로운 상황이 이어지고 있음에도, 하늘은 유달리 맑고 높았으며 청량한 새벽의 바람이 쉴 새 없이 밀려들고 있었다. 저 멀리 모두아 숲속 동쪽에서부터 먼동이 터오고 있었다. 그렇게 다급한 중에도 솔론은 자신들이 살아가고 있는 땅이 이토록 아름답다는 걸 새삼 느꼈다. 또 초람이 떠올랐다. 자칫 잘못하면 이 땅을 지키지도 못하고 그녀처럼 허망하게 하늘나라로 떠날지도 모른다는 생각에 미치자 솔론은 고개를 흔들었다.

'안 돼. 지금은 그런 생각을 할 때가 아니다. 오직 눈앞의 싸움에만 집중하자.' 솔론은 혼잣말을 내뱉으며 스스로 마음을 다잡았다. 다가올 일에만 신경을 곤두세웠다.

그런 마음은 야르 족장도 마찬가지였다. 야르 전사들은 동이 트는 것과 동시에 람보르 부족의 땅으로 더 깊이 진격해 들어갈 계획이었다. 하늘을 바라보니 마음이 상쾌한 게 야르 족장은 이번에는 왠지 좋은 결과가 있을 것 같은 예감이 들었다. 표정에도 자신감이 넘쳤다.

하지만 야르 족장의 옆에 있는 재무르의 마음은 달랐다. 야르 전사들의 움직임은 지난번과는 확연하게 달랐다. 그야말로 거침없이 나아가고 있었다. 그 기세를 지켜보고 있자니 람보르 부족이 아무리 대비를 잘했다 하더라도 그들을 완벽하게 물리치기란 쉽지 않을 거라는 생각이 계속 뇌리를 떠나지 않았

다. 다만, 그런 중에도 람보르 부족이 상황을 역전시키고 주도권을 잡을 기회
는 분명 있을 것이라고 여겼다. 이 지역을 누구보다 샅샅이 알고 있는 재무르
는 야르 부족이 계곡을 건너기 직전과 계곡을 건너는 도중이 가장 취약할 거
라는 걸 예견하고 있었다. 솔론이 그때를 놓치지 않는다면 야르 부족의 공격
을 충분히 막아낼 수 있을 것이었다.

그러면서 또 하나 믿고 있는 것이 있었다. 최후의 보루와도 같은 그것은 람
보르 족장이 절대로 쉽게 쓰러지지 않을 거라는 믿음이었다. 재무르는 어렸을
때부터 함께 자란 람보르 족장을 그 누구보다 잘 알고 있었다. 결국에 그는 람
보르 부족을 지켜낼 거라 믿었다. 다만, 그 엄청난 폭풍을 어떻게 최소한의 피
해로 현명하게 감당하고 이겨내냐가 관건일 것이었다.

"재무르, 재무르!"

옆에 있던 야르 족장이 갑자기 크게 이름을 불렀다. 생각에 골똘히 빠져 있
던 재무르는 순간 무엇을 들킨 것처럼 놀라며 대답했다.

"아 네. 족장님."

"무슨 생각에 그리 빠져 있소?"

"아무것도 아닙니다. 다음 상황이 어떻게 전개될지 마음속으로 예상하고 있
었습니다."

재무르는 얼른 말을 돌렸다. 굳어 있던 족장의 얼굴에 옅은 웃음기가 돌았
다. 그 모습을 보니 잠깐 긴장했던 재무르의 마음도 놓였다.

"지난번에는 갑작스레 내린 폭우로 인해 우리가 어쩔 수 없이 철수했지만,
이번에는 우리가 뜻하는 대로 쉽게 넘어갈 수 있을 것이오. 소소르가 잘 준비
했다니 이번에는 그를 믿어도 될 것이오."

"네, 족장님. 제가 보기에도 소소르 대장은 믿을만합니다."

재무르는 말을 아꼈다.

"그런데 말이오..."

이렇게 운을 띄운 다음에 족장은 재무르를 빤히 쳐다보았다. 강하게 밀고 들어오는 그 눈빛을 재무르는 피하지 않았다.

"네. 족장님. 말씀하십시오."

"내가 보기엔 지금 재무르의 마음이 많이 힘들 것 같소. 이렇게 우리가 전력을 다해 자기의 부족을 향해 쳐들어가고 있으니 말이오. 안 그렇소?"

재무르는 예상치 못한 족장의 말에 순간 당황했다. 속마음이야 어떨지 몰라도 그런 말을 직접 입 밖으로 꺼낼 줄은 상상도 하지 못했다. 아무리 마음을 떠본다고 해도 지금까지는 이렇게 대놓고 물어본 적이 없었다.

재무르는 애써 담담하게 입을 열었다.

"네. 족장님. 솔직히 말씀드리면 썩 좋지만은 않습니다. 하지만 제 마음에 동요는 없습니다. 이미 정해져 있기 때문입니다. 족장님 곁에 있는 한 저는 족장님의 부하로서 최선을 다할 뿐입니다."

재무르는 솔직했다. 갑자기 물어봤음에도 조금도 당황하지 않고 단호하게 답하는 재무르를 바라보면서 족장은 고개를 끄덕였다. 즉각 나오는 말과 행동은 평소 그 사람이 지닌 생각이 반영된 거라 믿기에 기분 좋게 받아들였다.

"에이, 그렇게 재미없게 말하지 말고. 지난번에야 직접 나서지 않았지만, 이번에는 맨 앞에서 나와 함께 있으니 곧 람보르 부족을 만나지 않겠소? 그러면 재무르의 마음이 상당히 힘들고 곤란할 것이 분명하니 내 미리 걱정해서 하는 말이오."

그 말 한마디에 재무르는 감동했다. 가만히 들어보니 일부러 재무르를 떠보기 위해 하는 의례적인 말이 아니었다. 야르 족장이 불같은 성격에, 타협하지 않고 꽉 막힌 부분이 있는 건 사실이지만 그릇이 작은 사람은 아니었다. 그러니 변함없이 충실한 재무르가 내심 걱정되기도 했을 것이었다. 하지만 그의 속내가 어떻든, 무슨 의도이건 상관없었다. 어떤 상황에서도 흔들리지 않는 자기 자신의 마음이 중요했다.

"제 속까지 살피시는 족장님의 배려에 깊이 감사드립니다. 하지만 염려하지 마십시오. 지금 저의 위치는 분명합니다. 흔들리지 않고 나아갈 것이고, 오직 제 본분에만 충실할 따름입니다."

그야말로 모범 답변이었다. 어떻게 물어봐도 재무르의 대답은 변함없을 것이었다. 그런 재무르를 바라보며 이제는 더 이상의 말이 필요 없다는 듯 야르 족장은 흡족한 표정을 지었다.

재무르는 고개를 숙여 예를 표했다. 어쩌면 한결같은 그런 모습이 족장에게 더 큰 믿음을 주는 게 아닌가 싶었다. 사실 그랬다. 꿀을 바른 달콤한 말이나, 치켜세우는 과한 칭찬도 없는 재무르의 담백함과 진솔함이 그를 옆에 붙들어 두고 싶게 만드는 가장 큰 요인이었다. 그를 향한 야르 족장의 신임은 한순간에 이루어진 게 아니고, 오랜 시간 서로의 마음이 합해지고 쌓여 만들어진 결과물이었다.

그러는 사이에 맨 앞에서 나아가고 있는 서쪽 주력군 대장 소소르에게서 보고가 들어왔다. 이미 선두가 첫 번째 계곡 앞에까지 도착했고 곧 계곡 쪽으로 공격해 들어갈 거라는 내용이었다. 이제 결전의 순간이 눈앞에 다가왔다. 야르 족장은 준비되는 대로 바로 공격하라고 명령했다. 그리곤 자기도 앞으로 나아갔다. 전사들이 공격해 들어가는 모습을 앞에서 직접 보고자 함이었다.

재무르는 묵묵히 야르 족장의 뒤를 따랐다. 소소르가 그들을 맞이했다. 전사들은 한 손에는 무기를 들고, 다른 손에는 잡다한 짐까지 챙겨 들고 있었다. 그 모습을 본 재무르가 옆에 있는 족장을 의식하지도 않고 갑자기 소소르에게 말을 건넸다.

"소소르 대장, 그대가 뛰어난 전사라는 걸 잘 알기에 충분히 잘할 거라 믿지만, 내 노파심에서 하나만 확인하고 싶소."

"네, 말씀하십시오. 재무르님."

소소르는 공손하게 예를 갖춰 재무르의 물음에 답했다.

"계곡을 건널 때 우리 전사들의 무기와 모습은 어떤 상태인지요?"

소소르는 재무르의 물음에 다소 의아한 듯한 표정을 지었다.

"우리 전사들은 한 손에는 주 무기인 돌창을 들었고, 다른 손에는 공격하는 데 필요한 물품들을 챙겨서 건너도록 할 것입니다. 계곡이 협소하다 보니 쭉 늘어서서 건너되 가능하면 한꺼번에 신속하게 건너려고 합니다. 그런데 왜 그러십니까?"

"소소르, 잠시 내 생각을 말해도 괜찮겠소?"

"네, 말씀하십시오."

"우리 전사들이 가장 취약할 때가 언제일까 생각해 봤소. 소소르 대장도 짐작하겠지만 아마도 계곡을 건널 때가 아닐까 싶소. 람보르 부족이 공격하거나 무슨 일이라도 생기면 달리 나아갈 통로가 없지 않소. 옆으로 피하거나 도망칠 수도 없고 오직 다 건널 때까지는 그 길로만 나아갈 수밖에 없다는 위험부담을 감수해야 하오. 그래서 내 생각에는 필요한 물품은 계곡을 건넌 다음에 일부 전사들을 시켜 옮기도록 하고, 싸우는 전사들은 한 손에는 돌창을, 다른 손에는 상대측에서 돌이나 다른 무기들이 날아올 가능성에 대비하여 나무 방패를 손에 드는 것이 좋을 듯싶소."

소소르가 미처 생각하지 못했을 수도 있는 야르 전사들의 취약점을 재무르가 지적한 것이다. 가만히 듣고 있던 족장의 눈빛이 빛났다. 소소르는 마치 정곡을 찔렸다는 듯 당황한 모습이었고 표정도 조금 일그러졌다. 하지만 평소에 재무르를 마음속으로 따르는 그였기에 불쾌하게 여기지는 않는 듯했다.

소소르는 평소의 자신감을 되찾으며 목소리를 높였다.

"재무르님의 조언에 감사합니다. 하지만 크게 염려하지 않으셔도 된다고 말씀드립니다. 이미 계곡 반대편까지 다 살펴보았습니다. 사전 정찰을 통해 그럴 위험은 거의 없다는 걸 확인했습니다. 설령 적들이 다른 곳에서 돌이나 다른 무기를 던진다 해도 계곡까지 미치지는 못할 것이기에 신속하게 나아가야 하는 시점에 굳이 두 번 일할 필요가 없다고 판단하였습니다. 재무르님의 말씀은 참으로 지당하십니다. 작은 것까지 세세하게 짚어주시는 혜안에 감사하고, 잘 새겨듣겠습니다. 나머지는 제게 맡겨주십시오.”

태도는 정중했지만 재무르의 조언을 단호하게 거부하는 소소르의 모습에서 자기 자신이 주력군 대장이라는 자부심이 묻어나왔다.

“알겠소. 소소르 대장이 그렇게 판단한다면 뜻대로 하셔야죠.”

재무르는 말을 아끼면서도 기분 나쁘지는 않았다. 책사로서 그가 할 일을 다 한 것이었다. 이제 나머지는 그의 몫이 아니었다.

야르 족장은 말을 보태지 않고 두 사람의 대화를 듣고만 있었다. 재무르가 조언한 부분이 얼마나 중요한 것인지 그도 분명 알고 있을 것이었다. 어쩌면 람보르 부족이면서 자기를 위해 충성을 다하고 있다는 것이 그 말 한마디로도 충분히 입증될 수도 있을 것이었다. 하지만 족장은 아무런 말이 없었다. 무언으로 전하는 소소르에 대한 믿음이자 응원일 것이었다.

소소르는 서둘러 일어나 전사들이 나아가는 쪽으로 달려갔다. 시간이 임박했음을 안 야르 족장도 잠시 뒤에 일어나서 계곡 앞쪽으로 더 나아갔다. 재무르도 뒤를 따랐다.

그들은 계곡이 훤히 내려다보이는 큰 나무 밑에 자리를 잡았다.

‘푸드덕~’ 날아오르는 새떼의 날갯짓이 요란스럽게 계곡 위를 덮는 순간 ‘꺼루꺼루~ 꺼루꺼루~’ 소소르의 우렁찬 목소리가 산을 휘감아 돌면서 길게 울려 퍼졌다. 그 소리가 떨어지기 무섭게 야르 전사들은 계곡을 향해 거침없이 내려가기 시작했다.

계곡에 이르는 길은 대부분 가파른 절벽이라 갈 수 있는 통로가 정해져 있었다. 두 군데의 통로를 통해 일렬로 내려가고 있었다. 마치 개미 떼가 먹이를 찾아 줄지어 내려가는 듯한 그 모습을 보고 있자니 장관이었다.

첫 번째 계곡 바로 위에는 험한 바위산이 있다. 소소르가 확인했다고 한 곳이 거기였다. 그곳까지는 람보르 부족이 나와 있지 않다고 호언장담한 것이었다. 그래서인지 멀리서 볼 때도 야르 전사들이 별다른 긴장감 없이 일렬로 서서 계곡을 건너고 있는 모습이었다.

하지만 재무르는 의구심이 일었다. '분명 솔론이 지키고 있을 터인데 이걸 그냥 보낼까? 그냥 지켜만 보고만 있을까?' 속으로 계속 되묻고 있었다. 재무르의 그런 의구심에도 불구하고 공격하는 야르 전사들은 아무런 불안감이나 동요 없이 앞만 보고 나아가고들 있었다. 주력군만 백 명도 넘게 몰려와 있으니 지금 내려가는 전사들만 따져보아도 수십여 명은 족히 넘을 듯했다.

그러던 중 재무르가 우려한 대로 야르 전사들이 거의 반쯤 계곡을 건넜을 때 갑자기 반대편 바위산 쪽에서 날카로운 소리가 들려오더니 큼지막한 돌덩이들이 우박처럼 쏟아지기 시작했다. 이어 아래쪽 곳곳에서 비명이 터져 나왔다. 개미떼와 같이 일렬로 나아가던 대열은 순식간에 흐트러지더니 곧 아수라장이 되어버렸다. 소소르의 호언장담은 그의 입에서 나온 지 불과 얼마 지나지 않아 순식간에 무너지고 말았다.

람보르 전사들의 반격은 재무르가 예상한 것보다 빨랐다. 방심한 채 큰소리치며 나아가던 야르 전사들의 대열 위로 돌덩이에 이어 나무창이 연달아 빗발처럼 날아들었다. 전사들은 속수무책으로 당하면서 흩어지고 있었다. 일부는 쏟아지는 돌덩이나 나무창에 맞아 계곡 밑으로 굴러 떨어졌다.

그들은 당황한 나머지 후퇴하라는 명령이 없었음에도 뒤로 물러나기 시작했다. 누가 봐도 살기 위해서는 물러나야만 하는 상황이었다. 맨 앞에서 이미 계곡을 건넌 수명의 전사는 반대편에 도착한 상태에서 어쩔 줄 몰라 발만 동동 굴렀다.

멀리서 이를 바라보는 야르 족장의 얼굴이 심하게 일그러졌다. 재무르는 이때다 싶어 입을 열었다.

"족장님, 람보르 부족의 반격은 예상했으나 이렇게 빨리 일어날 줄은 저 역시 짐작하지 못했던 일입니다. 빨리 전사들을 뒤로 물려 피해를 최소화해야 합니다."

"나도 그렇게 생각하오. 하지만 소소르가 대장이니 조금만 더 지켜봅시다."

족장은 다급한 상황에도 분별심을 잃지 않았다. 한 부족의 족장이라는 자리는 그냥 쉽게 얻어진 게 아님을 위기에서도 흔들리지 않는 모습에서 알 수 있었다. 그런 그도 분명 느끼고 있을 것이었다. 계곡을 건너기 직전에 소소르에게 건넨 재무르의 조언이 옳았다는 걸. 하지만 표정을 보니 아직은 인정하고 싶은 마음은 없는 듯했다.

그렇게 족장과 소소르가 미적거리는 중에도 람보르 부족의 공격은 계속되었고, 야르 전사들은 계속 계곡 아래로 떨어지고 있었다.

'꺼루꺼루~ 꺼루꺼루~' 소소르의 날카로운 목소리가 이번에는 두 번 짧게 계곡을 울렸다. 뒤늦은 철수 신호였다. 그 소리에 맞춰 야르 전사들은 가던 길을 되돌아 왔다. 돌아오는 것도 만만치 않았다. 람보르 부족은 쉴 새 없이 공격을 퍼붓고 있었고 이번엔 등을 보여야 했기에 피해자는 더 늘어났다. 이미 많은 전사가 돌이나 나무창을 몸에 맞고 계곡 밑으로 떨어졌다.

그렇게 허둥지둥 야르 전사들이 물러나자 람보르 부족의 공격도 거짓말처럼 멈췄다. 언제 그런 일이 있었냐는 듯 숲속은 다시 조용해졌다. 바위산 쪽에는 그림자조차 보이지 않았다. 무슨 일이 있었다는 걸 알려주는 건 아래쪽 여기저기서 울려 퍼지는 야르 전사들의 신음뿐이었다. 강한 자신감에도 불구하고 초반에 뜻밖의 큰 피해가 나자 얼굴이 굳어진 족장은 아무 말도 없이 아래쪽을 향해 내려가기 시작했다.

"소소르, 소소르, 어떻게 되었는가? 피해는 어느 정도인가?"

계곡 입구에 도착한 족장은 소소르에게 미처 다가가지도 못한 채 다급하게 입을 열었다. 전사들의 상태를 확인하느라 분주하게 움직이고 있던 소소르가 한걸음에 달려와 머리를 숙였다.

"족장님, 면목 없습니다. 사전에 정찰까지 다 마치고 돌아왔는데 이렇게 뜻하지 않게 기습을 당할 줄은 몰랐습니다. 지금 피해를 파악하고 있는데 스무 명이 넘는 전사들이 계곡 아래로 떨어진 듯합니다. 크고 작은 부상을 당한 전사는 더 많습니다. 빨리 전열을 가다듬겠습니다."

"알았다. 안타깝지만 어쩔 수 없지. 이럴 때일수록 침착해야 한다. 전사들이 당황하여 서두르지 않도록 해라. 그리고 다음 공격은 내가 직접 앞장설 것이다. 준비가 다 되면 보고해라."

족장은 비장한 표정으로 짧게 말하곤 바로 일어섰다. 애써 그들의 패배를 인정하고 싶지 않은 눈치였다. 특히 재무르 앞에서는 더 그럴 것이었다.

재무르는 말을 아끼면서 평소와 다름없는 표정으로 지켜보고 있었다. 일부러 소소르와는 눈도 마주치지 않았다. 그가 모를 리 없었다. 재무르의 말을 들었더라면 피해를 줄이면서 충분히 건너갈 수도 있었을 것이라는 걸. 그걸 알고 있기에 싸움에 진 자에게 괜히 언짢은 기분을 느끼게 하고 싶지는 않았다.

재무르는 후퇴하는 전사들 쪽을 쳐다보고 있다가 자리를 옮기는 족장을 따라 발길을 돌렸다. 족장이 계속 머물러 있으면 전사들이 신경 쓸 수밖에 없기에 배려해 준 것일 터였다.

야르 족장은 얼마 떨어지지 않은 곳의 큰 나무 밑에 자리 잡았다.

"소소르가 재무르의 말을 들어야 했어."

뜻하지 않은 말이 족장의 입에서 신음처럼 흘러나왔다. 의외였다. 재무르 앞에서 과오를 스스로 인정한 셈이었다. 비록 소소르를 언급하긴 했으나, 누가 봐도 그건 야르 족장, 그의 패배였다.

재무르는 한껏 몸을 낮춘 상태에서 족장의 심기를 살피며 조심스레 입을 열었다.

"어떤 경우에든 방심은 금물이기에 소소르에게 조금 조언했을 뿐입니다. 사실, 저도 람보르 부족이 그렇게 적극적으로 나올 줄은 예상하지 못했습니다.”

“아니오. 재무르의 말이 옳았소. 소소르 대장이 알아서 잘 지휘하기에 시시콜콜 간섭하기 싫어 그냥 믿고 맡겼는데 이런 꼴을 당하는구려. 하지만 아직도 그를 믿소. 그는 우리 부족에서 가장 용맹한 전사 중의 한 명이오. 오히려 이것이 전화위복이 되어 더 큰 승리를 가져올 거라 믿고 싶소. 그나저나 저들이 단단히 준비한 것 같은데 앞으로 우리가 어떻게 해야 하겠소?”

족장은 처음보다 많이 누그러져 있었다. 재무르는 속에 담고 있는 말을 다 쏟아내기로 했다. 그러자니 말이 길게 이어졌다.

“사실, 이 지역은 처음부터 우리가 불리한 곳이었습니다. 계곡을 건너다보면 어쩔 수 없이 약점이 노출될 수밖에 없는 건 당연합니다. 아쉬움이 있지만, 애초에 지형적으로 불리한 곳이었다는 걸 알면 너무 크게 자책하지 않으셔도 될 듯합니다. 족장님께서 말씀하신 대로 지금부터가 중요합니다. 람보르 부족은 초반부터 강하게 나오고 있습니다. 게다가 람보르 족장과, 솔론, 툼바를 위시하여 뛰어난 전사들이 많습니다. 절대 얕잡아 볼 상대가 아니기에 우리 대장들이 더 신중하게 접근해야 한다고 생각합니다.”

족장은 다른 때보다 더욱 신중하게 재무르의 말에 귀를 기울였다.

“한 말씀만 더 드리자면, 저들의 전사를 많이 죽이려고 하기보다는 재빨리 뚫고 들어가서 마을을 차지하고 항복을 받아내는 것에 중점을 두어야 한다고 생각합니다.”

어떻게 해서든 사람을 많이 죽이는 싸움이 되어서는 안 된다는 것이 재무르의 신념이었다. 비록 야르 족장을 돕고 있지만 자기 부족이 눈앞에서 죽어나가는 걸 보고 있을 수만도 없었다. 자기 아들의 죽음에 대해 반드시 보복하겠다고 나선 족장으로서는 받아들이지 않을 수도 있겠지만 솔직한 마음을 전했다.

재무르의 말을 다 듣고 난 족장은 의외로 담담했다.

"람보르 족장이 아무리 뛰어나다 해도 나와 재무르를 따라오진 못할 것이오. 전부터 그래왔지만, 나는 이번에도 재무르가 얼마나 뛰어난 사람인지 다시 한 번 느꼈소. 내겐 재무르만 있으면 되오. 람보르 족장보다 뛰어난 재무르, 당신 말이오."

족장은 재무르가 민망하게 느낄 정도로 치켜세웠다.

"과찬이십니다. 람보르 족장이 비록 족장님보다야 못하겠지만, 저와는 비교할 수 없을 정도로 뛰어난 인물입니다. 그냥 겸양으로 말씀드리는 게 아닙니다. 그러니 절대 과소평가해선 안 됩니다."

이는 겸손이 아니라 엄연한 사실이었다. 비록 두 부족 사이에서 양다리를 걸친 듯 불편하고 어려운 상황을 감내하고 있지만, 야르 족장을 돕는 몸이기에 그에게 솔직하게 충언하겠다는 마음은 한결같았다. 다만, 진정 재무르가 바라는 바는 야르 족장이 지금이라도 싸움을 멈추는 것이고, 돌이킬 수 없는 파국에 이르기 전에 이 상황을 끝내는 것이었다. 끝까지 그 끈을 놓지 말고 붙들어야만 했다.

한편, 동쪽의 분위기도 고조되었다. 미리 보냈던 선발대 전사들이 람보르 부족에게 전멸당한 후 차루 대장은 더 이상 뒤에 물러나 있지 않고 본인이 직접 앞장섰다. 선발대가 당한 것을 되돌려주자는 분기로 가득했기에 그 기세는 섬뜩할 정도로 강렬했다. 선두는 벌써 모두아 지역을 우회하여 숲속 깊숙이 들어가고 있었다. 초반에 람보르 부족의 마을 뒤쪽까지 몰래 들어가서 한바탕 휘집어 놓고 온 경험이 있는 전사들이 선두에서 이끌었다.

차루는 야르 전사 중에서도 손꼽힐 정도로 뛰어나고, 냉철했다. 그는 전에 있었던 승리에 도취하는 것을 경계했다. 지난번 싸움에서 이겼던 똑같은 방법으로 다시 이길 수 없음을 알고 있었다.

하지만 그런 그도 이미 선발대 전사들을 다 잃었다.

전쟁은 이토록 신묘했다. 차루는 자기 앞에 닥친 결과를 신중하게 되짚었다. 전에 그들이 이용했던 통로를 람보르 부족이 찾아냈을 것이 분명했기에 지난번과는 다르게 움직였는데, 그것도 결국 간파되었고, 선발대가 당하고 말았던 것이었다.

또 당할 수 없다는 생각에 이번에는 속임수를 사용하기로 했다. 동쪽의 주력이 전부 모두아 숲과 산을 우회하여 들어가는 것처럼 먼저 움직이면서도, 실제로는 대부분을 동쪽 지역의 중앙으로 나아가게 했다. 마투 대장이 담당하고 있는 전체의 중앙과는 다른 통로였다.

차루가 그 지역을 택한 이유가 있었다. 동쪽 산악 통로는 지형적인 특성상 쉽게 전환하기가 곤란했다. 한 번 접어들면 그대로 갈 수밖에 없는 땅이었다. 당연히 갑작스레 변하는 다양한 상황에 실시간으로 융통성 있게 대비하기가 곤란했다. 그래서 택한 방법이 지난번과 똑같이 우회해서 공격하는 것처럼 하면서 중앙 쪽으로 밀고 들어가는 것이었다.

차루의 계획은 순조롭게 착착 진행되고 있었다. 앞에 나가 있는 경계병으로부터도 특별한 움직임이 전해지지 않고 있었다. 필시 이번에도 아무런 거침이 없는 것이라고 받아들였다. 하지만 그것 역시 차루의 착각임이 얼마 지나지 않아 곧 드러나고 말았다.

'할루할루~' 갑자기 나지막한 소리가 울려 퍼졌다. 사방을 둘러봐도 온통 잎이 무성한 나무들뿐이었다. 동쪽으로 들어가고 있던 정찰조는 그 자리에서 멈춘 채 움직이지 않고 있었다. '쉬~~~이이익' 어디선가 무엇이 휙 날아오더니 순식간에 그들의 발목을 감아버렸다. 양쪽에 돌멩이가 매달려 있는 넝쿨이었다. 금세 발을 움직일 수 없는 상태가 되었다. 곧이어 사방에서 람보르 전사들이 뛰쳐나왔다. 정찰조 네 명은 꼼짝없이 잡히고 말았다. 람보르 전사들은 사로잡은 야르 전사들을 끌고 연기처럼 사라졌다.

차루는 전사들의 대부분이 속한 중앙에 자리 잡고 직접 진두지휘하고 있었다. 차루는 중앙의 무리를 다시 두 개조로 나누어 앞쪽에는 장애물을 극복하면서 쉽게 나아갈 수 있도록 통로를 만드는 전사들을 배치했다. 선두조에는 열 명이 배치되었다. 그들은 뒤따라오는 전사들이 수월하게 지나갈 수 있도록 돌창과 주먹도끼로 나무들과 넝쿨들을 걷어내며 나아갔다. 가시나무를 포함해 잡목이 우거져 이동하기가 쉽지 않았다. 뒤편의 후속조와는 어느 정도의 거리가 유지되고 있었다.

그들이 선택한 방향은 길도 없는 험준한 땅이기에 나아가려면 시간도 많이 소요될 것이었다. 이걸 잘 알고 있을 람보르 부족도 필시 야르 부족이 그쪽으로 올 거라고는 예상하지 못할 것이었다. 그것이 차루가 중앙 쪽을 택한 가장 큰 이유였다. 상대방의 허를 찔러 이쪽으로 주력을 투입한 것이었다.

선두에 속한 전사들이 뻘뻘 땀을 흘리며 겨우겨우 나아가고 있을 때 어디선가 나지막한 소리가 들려왔다.

'할루할루~' 분명 사람의 목소리인 듯한 소리에 야르 전사들은 재빨리 땅바닥에 엎드렸다. 그 소리를 끝으로 사방은 금세 조용해졌다. 그들은 잔뜩 긴장한 채 섣불리 움직이지 않았다. 조장은 한참을 더 기다린 끝에 손짓으로 조원들을 불러모았다. 큰 나무 옆 넝쿨 주위로 완전히 몸을 숨긴 후에야 비로소 숨을 몰아쉬었다.

하지만 쉼은 그야말로 아주 잠깐이었다. 어디선가 바람처럼 날아온 람보르 전사들이 순식간에 그들을 에워쌌다. 금세 돌창이 각각의 목에 겨눠졌다. 눈 깜짝할 사이에 아무 힘도 못 쓰고 람보르 전사들에게 허망하게 당해버린 것이었다. 순식간에 무기를 빼앗기고 손을 뒤로 묶인 채 끌려갔다. 그들 역시 연기처럼 사라졌다.

뒤에서 나아가고 있는 차루는 정찰조와 선두조 두 곳에서 무슨 일이 일어났는지 전혀 모르고 있었다. 공격이 순조롭게 이루어지고 있는 줄 알았다. 하지만 예리한 촉이 작동하면서 불길한 예감에 사로잡혔다. 어느 곳에서도 보고가 들어오지 않는다는 걸 깨닫고 곧 정상적인 상황이 아니라는 걸 직감했다.

차루는 자기의 의도가 람보르 부족에게 간파당했음을 알아차렸다. 자신들의 움직임이 그들의 눈에 훤히 보이는 게 아닌가 싶었다. 그 즉시 명령을 내려 전사들의 이동을 멈추게 했다. 전사들은 양옆 수풀 속으로 몸을 숨겼다. 이대로 무턱대고 가다가는 큰 낭패를 당할지도 모르기에 조금 더 신중하기로 했다.

그가 이끄는 후속조에서 날랜 전사 몇 명을 뽑았다. 나머지 전사들에게는 주위를 살피면서 대기하라고 하고 그들만을 데리고 직접 앞으로 나아갔다. 지금부터는 자신의 눈으로 직접 보기 전까지는 아무것도 믿지 않기로 했다. 여전히 별다른 움직임이 감지되지 않기에 긴가민가하면서 걸음을 옮겼다. 어느 정도 주변을 살핀 후에 수풀 속에 몸을 숨긴 채 대기하고 있던 전사들을 이끌고 계속 나아갔다.

산은 크고 작은 봉우리들이 연이어 이어졌기에 야르 전사들은 계속해서 오르락내리락해야만 했다. 경사가 가팔라서 앞에 있는 봉우리가 바로 코앞에 있어 손에 잡힐 듯하나 그곳에 가기 위해서는 내려갔다가 다시 그만큼 올라가야 했기에 시간은 꽤 걸렸다. 게다가 크고 작은 나무들과 넝쿨들이 뒤엉켜서 발을 떼놓기조차 점점 힘들었다. 하지만 그건 중요하지 않았다. 차루는 어떻게 해서든 람보르 부족을 뚫고 들어가서 빠르게 무찌르는 것에 온통 정신을 쏟고 있었다.

마투 만큼은 아니나 그 또한 야심이 컸다. 이번 싸움에서 가장 큰 공을 세우는 대장이 앞으로 야르 족장의 뒤를 이을 거라 확신하면서 거기에만 집중하고 있었다. 특히, 그는 재무르가 훌륭한 인품과 덕망, 뛰어난 실력을 갖춘 인물이라는 건 인정하면서도 그가 야르 부족 출신이 아니기에 나음 족장이 자기 차례가 될 수도 있다고 믿었다. 야르 족장이나 재무르를 포함하여 그 누구에게도 내색하지 않고 마음속에만 꼭꼭 품고 있었지만, 결코 양보할 수 없는 개인의 자존심이자, 나아가서 부족의 자존심의 문제라고도 여겼다. 그러면서 시간이 가면 갈수록 그렇게 될 가능성이 점점 더 커지는 상황으로 치닫는 것에 은근히 기대를 품었다.

앞의 상황을 예의주시하면서 나아가던 중 갑자기 공기가 달라졌다. 차루는 손을 들어 뒤따라오는 전사들을 세웠다. 전사들은 순식간에 수풀 속으로 몸을 숨긴 채 앞의 상황을 주시했다. 분명 누군가가 그들을 지켜보고 있는 듯한 느낌이 들었다.

그는 인내심을 발휘하면서 계속 기다렸다. 할 수만 있다면 끝까지 기다릴 작정이었다. 그러다 보면 결국엔 급한 사람이 서두르게 되고 모습을 드러내게 될 일이었다. 하지만 꽤 많은 시간이 흘렀음에도 별다른 움직임이 느껴지지 않았다. 긴장한 나머지 너무 예민하게 반응한 게 아닌가 싶었다. 얼마나 시간이 흘렀을까, 더 이상 지체할 수 없다고 판단한 차루는 일어나 조심스럽게 주위를 둘러보았다. 그리곤 손을 움직여 전사들을 불러 모았다.

그들이 다시 나아가려고 하는 순간 어디선가 '쉬익~~' 소리가 나면서 무엇인가가 날아들었다. 반사적으로 돌창과 주먹도끼를 쥔 손을 휘두르며 차루는 숲속으로 몸을 숨겼다. 분명 방금 휘두른 주먹도끼에 무언가가 부딪치면서 떨어져 나가는 소리가 났다.

드디어 람보르 부족이 나타났다. 그야말로 기습이었다. 주위를 돌아보니 이미 야르 전사 두 명은 람보르 전사가 던진 물맷돌에 발이 묶여 넘어져 있었고, 나머지 전사들은 차루를 따라 숲속으로 몸을 던진 상태였다. 잠시의 틈을 주지 않고 람보르 전사들이 고함을 지르며 달려들었다.

순식간에 맞붙었다. 전사들의 수는 람보르 부족이 훨씬 많았다. 그들은 아마도 처음부터 작정하고 야르 전사들을 기다린 듯했다. 만약에 정말 그곳을 예상하고 기다린 거라면 람보르 전사를 이끄는 대장도 보통 인물은 아닐 것이었다. 이제는 그가 직접 나서야 할 때가 왔다고 차루는 생각했다. 그는 람보르 부족의 대장으로 보이는 자를 향해 곧바로 몸을 날리며 치고 들어갔다. 차루가 마주한 람보르 전사들의 대장, 그는 바로 솔론의 선봉대 부대장인 시주르였다.

끈질기게 기다렸던 시주르는 치고 들어오는 차루를 보면서 드디어 때가 왔음을 느꼈다. 차루의 공격을 피하지 않았다. 둘은 다른 전사들이 싸우고 있는 곳을 피해 능선 위로 올라갔다. 부족의 명운을 건 싸움이 서로의 손에 달려 있음을 알기에 긴장감이 흘렀다.

차루는 양손에 돌창과 주먹도끼를 들고 있었고, 시주르는 돌창과 돌칼을 움켜쥐고 있었다. 시주르의 날카로운 눈은 그늘져 어두운 산속에서도 강렬하게 빛났다. 그의 몸에선 엄청난 기운이 쏟아져 나오고 있었다. 허리춤을 두르고 있는 가죽옷 둘레에는 크고 작은 돌칼들이 꽂혀 있어 언제라도 날아갈 준비를 하고 있었다.

그런 시주르의 모습을 한눈에 살펴본 차루는 놀라지 않을 수 없었다. 그가 예사로운 인물이 아님을 알아차렸지만, 단순히 그 때문만은 아니었다.

그의 눈길을 사로잡은 것은 시주르의 몸에 촘촘하게 꽂혀 있는 돌칼이었다. 그것을 보는 순간 야르 족장을 노리다가 소투를 죽이고 도망쳤던 람보르 전사가 머릿속에 떠올랐다. 그자가 습격했을 당시에 가장 가까이에서 뒤쫓았던 사람이 차루였기에 그 모습을 생생하게 기억하고 있었다. 대대적인 추격에도 불구하고 끝내 못 찾았고, 아마 계곡에서 떨어져 거센 물살에 떠내려갔을 거라고 추측했다. 그때 그에게서 보았던 것과 똑같은 모양의 돌칼이 눈앞에 있는 람보르 대장의 몸을 두른 채 꽂혀 있었던 것이었다. 그러니 깜짝 놀랄 수밖에 없었다. 혹여나 그때 그 인물이 아닌가 싶기도 했다.

그런 생각이 들자 좋지 않은 예감이 머리를 스쳤다. 싸우는 중에도 언제 그 돌창이 날아올지 모르기에 긴장해야만 했다. 시간이 흐르면서 차루의 손에 진땀이 흘렀다. 만만찮은 상대라는 걸 느꼈기에 돌창과 주먹도끼를 쥔 손에 힘을 주면서 정신을 바짝 차렸다.

그건 시주르도 마찬가지였다. 마주하고 있는 야르 대장이 예사로운 인물이 아님을 직감했다. 찰나의 순간에 그의 눈길이 자신의 몸을 두른 돌칼에 꽂혔고, 숨 막히는 상황 속에서도 계속 돌칼을 주시하는 게 심상치 않았다. 마치 전에 보았거나 이미 알고 있는 듯한 눈빛이었다. 어쩌면 야르 부족으로 들어갔던 초람과 맞부딪쳤던 전사일 수도 있겠다는 생각이 퍼뜩 들었다.

두 사람이 서로 그렇게 느낀 이유는 분명했다. 시주르의 몸을 둘러싼 돌칼은 바로 초람의 돌칼인 것이다. 마음속에서 강렬히 사랑했던 여인 초람을 황망하게 떠나보내고 난 후, 솔론은 돌칼 던지기의 일인자였던 초람의 뒤를 잇겠노라며 연습에 몰입했다. 그러면서 부대장인 시주르에게도 그녀가 직접 만들고 소중히 보관하던 돌칼 수십 개를 나눠주었다. 초람이 남겨 놓고 간 그 돌칼들을 솔론이 얼마나 소중히 생각하는지 알고 있기에 그걸 받는 순간 시주르는 감격했다. 그 정도로 자기를 인정해 주는 솔론을 위해서라면 모든 걸 바치겠노라고 다짐했다. 그때부터 시주르도 솔론을 따라 돌칼 던지기에 전념했다.

그런데 지금 마주하고 있는 자가 돌칼에서 눈을 떼지 못하고 있는 게 아닌가? 그것이 무엇인지 한눈에 알아챈 자라면 초람을 알고 있는 자가 분명했다. 시주르는 대장인 솔론을 위해서라도 적을 놓치지 않고 초람의 원수를 꼭 갚을 거라고 다짐했다.

두 사람은 서로를 마주한 채 왼쪽으로 빙빙 돌았다. 몸의 다른 부분은 일체의 움직임도 없이 오직 서로의 눈만 뚫어질 듯 노려보았다. 한참을 그렇게 돌다 잠시 멈춘 후 이번에는 반대편인 오른쪽으로 빙빙 돌았다.

숨 막힐 듯한 정적을 깨고 먼저 밀고 들어간 것은 차루였다. '쉭~ 쉭~' 바람가르는 소리와 함께 긴 돌창을 휘두르며 시주르를 공격했다. 얼핏 보기에도 강력한 일격이었다. 돌창이 허공을 가르는 소리만 들어도 공포감이 밀려올 정도였다.

과연 차루는 야르 부족 최고의 전사다웠다. 그의 공격이 쉴 틈 없이 이어지다 보니 시주르는 좀처럼 기회를 잡지 못했다. 이리저리 몸을 피하기 바빴다. 비록 솔론이나 툼바에게는 미치지 못하지만 시주르도 람보르 부족을 대표하는 전사 중의 한 명이었다. 그의 실력도 만만치 않지만, 지금은 막아내기에 급급할 따름이었다. 그런 중에도 끊임없이 적의 빈틈을 노리던 시주르의 돌칼이 차루의 몸 안쪽을 겨누며 밀고 들어갔다. 아직 돌칼을 날릴만한 상황이 아니었기에 양손에 쥐고 있었지만, 급소를 노리며 들어가는 시주르의 공격도 만만치 않았다.

차루가 주먹도끼로 시주르의 돌칼을 쳐낸 건 그야말로 간발의 차이였다. 등골이 섬뜩해진 차루는 자세를 다시 잡았다. 이제는 진정 자신의 실력을 보여줄 때가 왔음을 직감했다. 그야말로 죽느냐, 사느냐의 마음가짐으로 임했다. 차루의 팔뚝과 허벅지 근육이 부풀어 오르며 꿈틀거렸다. 그의 내면에서 끓어오르는 욕망을 대변하는 듯 온몸의 근육이 터질 듯이 움직였다.

시주르의 돌칼을 겨우 막아낸 차루의 다음 공격은 그의 주특기인 주먹도끼였다. 차루의 주먹도끼는 가장 강한 검돌로 만들었고, 그 끝이 대단히 날카로웠기에 무엇이든 살아있는 것은 한 번 스치기만 해도 살이 갈라지고 피가 터져 나왔다. 게다가 길고 튼튼한 나뭇가지에 단단히 고정했기에 휘두를 때마다 바람을 가르는 소리가 가슴을 섬뜩하게 울렸다.

시주르는 주먹도끼의 위력을 알고 있기에 가급적 거리를 두려고 했다. 어느 정도 거리가 있어야 주먹도끼를 피하면서 돌칼을 날릴 수 있기 때문이었다. 하지만 좁은 공간은 좀처럼 두 사람 간에 거리를 둘 여지를 주지 않았다. 지금과 같은 상황이 계속된다면 시주르가 많이 불리할 것이었다. 그가 가지고 있는 짧은 돌칼로 상대하기엔 차루는 너무 강했다.

그렇게 둘의 공방은 아슬아슬하면서도 끝날 줄 모르고 이어졌다. 시간이 갈수록 두 사람은 오랜만에 진짜 상대를 만났다고 여겼다. 특히 차루는 지금 적과 마주하고 있는 땅이 영광의 땅이 될 것인지, 자신의 주검을 묻을 땅이 될 것인지 둘 중의 하나를 택할 수밖에 없는 상황임을 느꼈다.

둘 중 한 명이 쓰러지기 전에는 끝날 수 없는 싸움이었다. 조금 더 신중하게 움직여야 했다. 적이 가지고 있는 돌칼은 비록 짧지만 언제라도 치명적인 상처를 입힐 수 있었다. 적도 그걸 노리는 듯했다. 어떠한 순간에도 틈을 내어줘서는 안 될 것이었다.

끝도 없을 것 같은 싸움이 이어지는 도중 갑자기 어디선가 불어닥친 돌풍이 두 사람이 맞붙은 산속을 헤집었다. 사방에서 바람이 불고 흙이 날아오르면서 주변이 금방 희뿌옇게 변했다. 누가 먼저랄 것도 없이 앞이 보이지 않는 흙먼지 속으로 몸을 날렸다. 내민 돌칼 끝과 휘두른 주먹도끼 끝이 맞닿으면서 둔탁한 무엇인가가 푹 걸리는 걸 느꼈다. 그리곤 강한 통증이 몸으로 파고들었다. 비명을 지를 틈도 없이 공중에서 부딪힌 채 땅으로 떨어졌다.

얼마나 지났을까, 두 사람은 동시에 눈을 떴다. 차루의 어깨엔 시주르의 돌칼이 꽂혀 있었고, 시주르의 허리는 차루의 주먹도끼가 스치면서 시뻘건 피가 흘러나오고 있었다. 땅에 쓰러진 채 두 사람의 눈이 마주쳤다. 강렬한 두 눈빛은 조금도 약해지지 않은 채 서로를 노려보고 있었다.

시주르는 끝까지 해야 할 일이 남았음을 순간 직감했다. 그는 자신의 허리춤에서 가장 긴 돌칼을 꺼내 손에 쥐었다. 그리고 있는 힘을 다해 차루를 향해 기어갔다. 가깝게 보였던 적이 그렇게 먼지 몰랐다. 차루 역시 두 눈을 똑바로 뜬 채 손에 무엇인가를 들고 시주르를 향해 비틀거리며 몸을 움직여왔다. 마침내 서로가 최후의 일격을 가하려고 하는 순간 양쪽에서 동시에 람보르 부족과 야르 부족의 전사들 몇몇이 뛰쳐나왔다. 그들은 잠시 서로를 노려보다가 이내 더 이상 싸울 형편이 아님을 직감하고 자기들 대장의 이름을 부르며 둘러업었다. 그리곤 서로의 진영을 향해 바람처럼 사라졌다.

여기저기서 싸움은 더 크게 번져갔다. 각 부족의 운명을 짊어진 람보르 족장과 야르 족장은 앞에서 벌어지는 싸움 소식에 촉각을 곤두세우며 이리저리 분주하게 오고 갔다.

시주르와 차루, 양쪽의 대장이 직접 맞붙어서 서로 크게 상처를 입고 물러났다는 소식은 가뜩이나 감정이 치닫고 있는 두 부족 전사들의 가슴에 더 큰불을 지폈다. 싸움에 대한 의지를 더욱 북돋웠다. 대장끼리도 저렇게 목숨을 내걸고 싸우고 있으니 전사들도 더 이상 물러날 곳이 없다고 여겼다.

다행히도 시주르의 부상은 크지 않았다. 허리춤에 재빨리 하르삐리를 대고 눌러 피를 멈추게 한 후 싸매고 나니 한시름 놓을 수 있었다. 그의 부상 소식을 듣고 놀랐던 솔론은 안도의 한숨을 내쉬었다.

시간이 지날수록 아수라장이 벌어졌다. 죽거나 다치는 사람이 속출했다. 특히 공격해 들어가는 야르 부족의 피해가 컸다. 속속 들어오는 전방의 소식에 툼바가 이끄는 후방대도 바빠졌다. 앞에 있는 솔론과 티아라를 지원하면서 뒤로 들어오는 야르 전사들이 없는지도 지켜야 하기에 툼바는 정신없이 뛰어다녔다. 그런 와중에도 여자들은 미르셀의 지휘 아래 일사불란하게 움직였다.

싸움이 점점 더 격렬해지면서 지금 그들에게 가장 필요한 것은 상처를 막을 수 있는 하르삐리였다. 아무 데서나 자라지 않는 풀이라 여자들은 눈에 띌 때마다 이 풀을 따서 말려 보관해 왔는데 미르셀의 선견지명 덕분에 그 양은 부족함이 없었다. 미르셀은 다친 전사들을 위해 이끼와 하르삐리를 선봉대와 예비대로 연신 보냈다. 그 덕분에 큰 상처에도 불구하고 피가 흐르는 걸 멈추게 하고, 상처가 커지고 번지는 걸 막아낼 수 있었다. 그 덕분에 시주르도 금방 회복할 수 있었다.

솔론의 탁월한 전략과 시주르의 목숨을 건 활약으로 선봉대는 서쪽과 동쪽에서 야르 전사들의 대대적인 공격을 성공적으로 막아냈다.

특히, 동쪽을 막고 있던 말쿠와 시주르가 연이어 야르 전사들을 온몸으로 막아낸 것이 결정적이었다. 야르 부족의 선발대와 본대를 그 두 사람이 나서서 막아냄으로써 동쪽의 강한 위협을 순식간에 제거할 수 있었고, 이는 주력군을 막아내고 있는 솔론에게 큰 힘이 된 것은 물론 람보르 부족 전체의 사기를 크게 드높였다.

성공 요인은 또 있었다. 바로 예비대의 활약이었다. 동쪽으로 들어오는 적을 막아내는 동안 시주르는 급하게 티아라의 예비대에게 지원을 요청했었다. 솔론과 시주르는 티아라가 예비대를 서쪽과 중앙, 그리고 동쪽에 균등하게 배치했다고 알고 있었기에 혹여나 결정적인 순간에 집중해서 지원하지 못할 수도 있음을 염려했었다.

하지만 그건 기우였다. 놀랍게도 천리추가 이끄는 예비대가 시주르가 원하는 때에 야르 전사들이 밀고 들어오는 쪽으로 정확하게 들어왔던 것이었다. 이끌고 온 전사의 수도 만만치 않았다. 차루 대장과 야르 전사들이 더 이상 공격하지 못하고 물러난 것은 차루가 다친 탓도 있지만, 바로 천리추의 예비대가 든든하게 뒤를 받친 게 컸다.

하지만 천리추는 공을 내세우지 않았다. 자세한 내막을 알지 못하는 솔론과 시주르는 당연히 예비대장인 티아라가 새롭게 조치한 것으로 생각했고, 그동안 의구심을 품었던 티아라의 능력을 다시 평가하게 되었다.

그러는 사이에 서쪽에서는 솔론의 선봉대도 적의 주력군을 성공적으로 막아냈다. 솔론이 싸움터의 상황을 꿰뚫어 보고 직접 눈으로 살피는 가운데 계곡을 건너는 야르 전사들을 급습하여 물러가게 한 것이었다. 적의 허를 찌르는 솔론의 탁월한 전략과 목숨을 건 대장들의 솔선수범, 그리고 예비대와 후방대까지 모든 전사가 한마음 한뜻으로 힘을 합친 통쾌한 승리였다.

그중 솔론의 능력은 단연 발군이었다. 솔론은 첫 번째 계곡만큼은 적이 크게 우려하지 않고 방심한 상태에서 건널 거라는 걸 미리 내다봤다. 야르 전사들의 움직임을 살피면서 분명히 계곡 반대편까지 넘어와서 정찰할 거라고 예상했기에 일단 고지와 능선에 배치되어 있던 전사들을 뒤로 잠시 물렸었다. 아니나 다를까 수명의 야르 전사들이 미리 들어와서 지형을 살펴본 후 다시 복귀하는 모습이 포착됐다. 그렇게 자기들의 눈으로 직접 확인하고 갔으므로 분명 계곡 바로 반대편에는 적이 없다고 여겼을 것이다.

그들이 물러가자마자 솔론은 원래대로 다시 선봉대 전사들을 계곡 최일선에 조용히 배치했고, 각각 수백 개의 돌과 나무창으로 무장시켰다. 적들이 계곡을 건너기 시작하여 중간지점에 이르면 동시에 공격하라고 정확하게 임무도 주었다. 그것이 절묘하게 맞아떨어졌다.

서쪽과 동쪽의 상황을 모두 보고받은 람보르 족장은 크게 기뻐하며 솔론과 시주르, 티아라를 크게 칭찬했다. 특히, 목숨을 내걸고 싸운 말쿠와 시주르는 전사들의 귀감이라고 치하했고, 적시에 선봉대를 지원한 티아라와 천리추의 예비대도 잘했다고 높이 평가했다.

내심 티아라의 행동을 불안하게 지켜보고 있었던 람보르 족장은 그가 어떻게 그렇게 빨리 예비대 전사들의 주력을 중앙 쪽으로 집중할 수 있었는지 궁금했다. 천리추를 포함한 예비대의 세 조장은 대장인 티아라에게 공을 모두 돌렸다. 승리는 그렇게 람보르 부족 전체를 하나로 만들면서 사기를 올렸다.

티아라는 예비대가 새롭게 움직였다는 걸 눈치챘으면서도 언급하지 않았다. 더 나아가서 천리추를 포함한 세 조장의 노력으로 그렇게 되었다는 걸 알면서도 일언반구도 없이 마치 자기 혼자만의 공인 양 우쭐하며 뽐냈다. 예비대의 조장들은 티아라가 본래 그런 사람이라는 걸 알고 있었기에 잘 막아낸 것만으로도 만족하기로 했다. 당장이야 람보르 족장을 포함하여 부족원 그 누구도 알지 못하지만, 하늘이 알고 땅이 알 것이라 여겼다.

하지만 이것으로 싸움이 완전히 끝난 것은 아니었다. 첫 번째 싸움에서 이겼다고 해서 승리의 기쁨에 도취할 시간이 없었다. 지금이야 일단 적들이 물러났으나 전열을 가다듬은 후에 다시 공격할 것이 틀림없었다.

더군다나 야르 족장이 그대로 물러서지 않을 것이기에 이어질 공격은 그야말로 사생결단식으로 강력할 것이었다. 곧 양 부족의 운명을 가름할 결판의 순간이 다가올 것이라는 생각에 솔론의 마음은 무거웠다.

　다음 공격을 막아내기 위해 솔론이 가장 고심한 것은 결정적인 장소를 선택하는 것이었다. 계곡이 한두 개가 아니라 계속 이어져 있기에 어디에서 결정적인 싸움을 벌일 것인가를 정하고, 그곳에 모든 걸 집중해야 했다. 계속되는 고심 끝에 그는 드디어 결정했다. 장소가 결정되고, 그곳의 지형이 환하게 머릿속에 자리 잡자 솔론은 곧바로 그곳에서 어떻게 싸울 것인가를 아주 세밀하게 그리고, 채워가기 시작했다.

　스스로 묻고 답하면서 밤잠도 설치며 고뇌에 고뇌를 거듭하던 솔론의 간절함은 마침내 숨겨져 있는 지혜의 문을 활짝 열어젖혔다. 솔론이 찾아낸 답은 바로 신기술, 정확하게는 새로운 무기였다.

　첫 번째 계곡에서는 지금의 준비만으로도 잘 막아냈지만 두 번째 계곡부터는 길이가 길고, 전사들이 배치된 고지나 능선에서 계곡을 막아내기가 쉽지 않았다. 그러니 똑같은 방법으로는 이길 수 없다는 걸 누구보다도 잘 알고 있었다. 보다 효과적이고 효율적인 방안을 찾아야 했다. 그러기 위해서는 그런 장소를 지배할 수 있는 무기가 절실히 필요했다. 이를 계속 고민했다.

　시주르가 부상으로 인해 치료를 받는 동안에 동쪽을 담당할 새로운 부대장도 임명했다. 그렇게 솔론의 시간은 일분일초도 버릴 것 없을 정도로 바쁘게 흘러가고 있었다.

　솔론은 야르 족장과 재무르가 서쪽 계곡 쪽에 와 있다는 걸 이미 파악하고 있었다. 직접 눈으로 확인하지는 못했지만, 선봉대 앞에 나가 있던 정찰조가 뒤로 물러나면서 야르 족장의 동태를 파악하고 와서 보고했다. 야르 족장은 싸움터에서도 자기 자신을 드러냈다. 쉽게 눈에 띄면 위험할 텐데도 장신구로 치장하면서 족장의 권위를 내세웠다. 그런 야르 족장 옆에 재무르가 있을 것이다. '무시무시한 야르 족장을 상대로 어떻게 하면 이기고 싸움을 빨리 끝낼 수 있을 것인가?' 라는 고민이 계속 머릿속을 떠나지 않았다.

하늘은 간절한 사람을 끝내 외면하지 않는다고 했던가? 야르 부족을 물리칠 답을 찾고, 새로운 무기에 골몰하던 솔론의 머릿속에서 번쩍하고 번개가 쳤다. 초람이 죽고 나서 남기고 간 많은 돌창을 손에서 떼놓지 않고 계속 만지작거리다 보니 문득 하나의 영감이 떠오른 것이다. 이는 분명 하늘의 별이 된 초람이 자기에게 전하는 것임을 느꼈다. 이제까지 없었던 새로운 것, 솔론은 그것이 싸움의 판도를 완전히 바꾸고 지배할 결정적인 무기가 될 거라고 확신했다.

솔론은 조금도 지체하지 않았다. 사람을 시켜 즉시 호로를 불러오라고 명했다. 그는 사냥이 끝날 때마다 잡아 온 사냥감을 해체하고 고기를 나누는 청년이다. 갑작스레 선봉대장 솔론이 찾는다는 말을 듣고 불려온 호로는 긴장한 기색이 역력했다.

솔론은 단도직입적으로 물었다.

"호로, 너한테 뭐 하나 물어볼 게 있어 불렀다. 내가 알기론 네가 사냥한 동물들을 해체하고 고기를 나누면서 특별히 힘줄만은 따로 떼 내어 보관한다고 들었는데 사실이냐?"

호로는 혹시 그로 인해 무슨 일이 생긴 건 아닌지 염려하는 기색으로 조심스레 입을 열었다.

"네. 맞습니다. 그렇게 하고 있습니다."

"그런 이유가 무엇이냐? 혹시 그 힘줄을 따로 쓸데가 있느냐?"

"아닙니다. 특별히 뭘 하거나 만들지는 않습니다."

그는 무슨 잘못이라도 했을까 싶어 강하게 부인하면서 말을 이었다.

"힘줄은 탄력이 매우 강하기에 무엇을 묶을 때는 매우 요긴하게 사용됩니다. 그러다 보니 부족의 여자들이 자주 찾곤 합니다. 그런 까닭에 저는 특별히 쓸 일이 없는데도 계속 떼 내어 보관하고 있는 겁니다."

“혹시 지금 네 수중에 가지고 있는 게 있느냐?”

“네. 몇 개는 늘 가지고 다닙니다.”

호로는 옷에 붙어있는 주머니를 주섬주섬 뒤지며 힘줄 몇 가닥을 꺼냈다. 솔론은 얼른 받아 만져보았다. 양 끝을 힘껏 손으로 잡아당기니 늘어나면서 팽팽해졌다. 계속 잡고 있다가 놓으니 금방 되돌아갔다. 엄청난 탄력이 느껴졌다. 손으로 튕기면 바람을 가르는 소리도 났다.

“호로, 너한테 이런 힘줄이 얼마나 있느냐?”

“직접 세보지는 않았으나 엄청 많습니다. 한번 가져와 보겠습니다.”

호로는 무슨 문제가 생긴 게 아닌가 우려하던 차에 솔론이 자기가 하는 일에 관심을 품고, 힘줄이 많이 있다는 것을 흐뭇하게 생각하자 좋은 일이 생길 것 같은 희망에 잽싸게 뛰쳐나갔다. 솔론은 곧바로 자기를 호위하는 선봉대 전사들 몇몇을 불러들였다. 그리곤 쉽게 휘어지면서도 부러지지 않는 단단한 나뭇가지들을 일정한 크기대로 잘라오라고 지시했다. 전사들은 바삐 움직였다.

잠시 후 전사들이 잘라온 나무와 호로가 가져온 힘줄이 거의 동시에 솔론의 앞에 놓였다. 솔론은 그들이 보는 앞에서 서둘러 돌칼로 나무의 양 끝에 홈을 판 후 반달 모양으로 구부린 채 여러 개의 힘줄로 강하게 묶었다. 그렇게 해서 완성한 다음 옆에 놓고 이내 다른 모양을 만들기 시작했다. 곧고 가는 나뭇가지를 크기가 일정하게 잘라 준비했다. 나뭇가지의 한쪽 끝은 힘줄에 걸 수 있도록 홈을 깊게 팠고, 다른 한쪽에는 솔론이 가지고 있는 돌칼 중에서 가장 작은 것을 힘줄을 이용하여 튼튼하게 묶었다. 모든 것을 머릿속에 그리고 있었던 듯 순식간에 능수능란하게 그럴듯한 무언가를 만들어 내는 모습에 보고 있던 전사들은 놀라움을 감추지 못했다.

솔론은 방금 만든 나무 사이를 이은 힘줄에 돌칼을 매단 기다란 나뭇가지 끝의 홈을 걸고 팽팽하게 잡아당겼다. 처음 보는 낯선 광경에 모두는 긴장하는 표정으로 솔론을 바라보았다.

솔론은 멀리 떨어져 있는 나무를 신중하게 조준하고 힘차게 잡아당겼다. 힘줄은 늘어날 대로 늘어지면서 팽팽하게 당겨졌다. 그리곤 갑자기 손을 놓자 힘줄에서 '휘잉~' 하는 소리가 나면서 돌칼을 매단 나무 살이 바람을 갈랐다. 탄력으로 강하게 당겨진 힘줄이 원위치로 돌아오면서 그런 움직임을 만들어 낸 것이었다. '쉭~~~' 소리를 내며 순식간에 날아간 나무 살은 퍽하고 그대로 나무에 꽂혔다.

모두 처음 보는 광경에 입을 다물지 못했다. 그제야 솔론은 회심의 미소를 지었다. 자신이 만들어 놓고도 스스로 놀랄 정도였다. 초람이 남기고 간 유산이 이렇게 유용한 무기로 다시 태어날 줄은 그녀 역시도 몰랐을 것이다.

전사들과 호로가 둘러앉자 솔론이 입을 열었다.

"잘 보았느냐? 어떠냐? 이것의 위력이?"

"정말 놀랍습니다. 어떻게 이런 걸 만드실 생각을 했는지 직접 보고도 믿기지 않습니다."

모두 이구동성으로 놀라움을 표했다.

"이것이 내가 만든, 아니지 하늘에 있는 초람이 우리를 위해 전하는 새로운 무기다. 방금 눈으로 보았듯이 이것은 세상을 바꿀 무기가 될 것이다. 나는 이것을 활과 화살이라고 명명한다. 지금까지 우리는 직접 손으로 찌르거나 던지거나 하면서 동물을 사냥하기도 하고 적과 싸우기도 했다. 하지만 이제는 달라져야 하고, 달라질 것이다. 더 유용한 도구와 무기를 만들어 내고 사용해야 한다. 방금 본 것처럼 우리 손으로만 하려고 하지 말고 가지고 있는 동물 힘줄을 이용하는 것이다. 탄력이 뛰어나기에 이를 이용해서 멀리 보내면 되는 것이다. 그러면 지금보다 더 멀리 있는 적과도 충분히 싸울 수 있다. 적보다 훨씬 더 유리한 입장에 설 수 있다는 의미다. 무슨 말인지 알겠느냐?"

솔론의 목소리는 무언가를 새롭게 창조했다는 희열로 인해 약간 들떠있었고, 초람의 이름을 언급할 때는 살짝 떨리기까지 했다.

그의 말은 계속 이어졌다.

"참으로 다행스럽게도 초람이 그동안 수많은 돌칼을 깎아 만들어 놓았다. 나는 초람을 보내고 홀로 많이 생각하면서 새로운 영감을 얻었다. 초람이 깎은 돌칼 중에서 작은 것을 고르고, 큰 것은 더 작게 잘라서 나무 끝에 매달아 멀리 쏘아 보내면 엄청난 위력을 지닌 무기가 될 거란 것을 알아차린 것이다. 호로가 크게 애썼다. 족장님께 아직 말씀드리지 못했지만, 지금 우리는 위대한 순간을 마주하고 있다. 이제 우리가 이 세상을 바꿀 것이다. 이 싸움에서 반드시 이길 것이다. 자! 이제는 때가 되었다. 당당히 나서자. 호로는 지금부터 어디 가지 말고 이곳에서 우리 전사들을 도와 활과 화살을 만드는 데 온 힘을 쏟거라. 그리고 미퉁은 잘 만들어진 활과 화살을 가지고 가서 족장님께 직접 고하고, 어떻게 사용하는지도 보여드려라. 선봉대장인 나 솔론이 만들어서 보고하는 거라고. 족장님께서 허락하시면 티아라의 예비대와 툼바의 후방대에도 이것을 나눠줄 거라고 말이다. 모두 즉시 시행하라."

솔론의 목소리엔 자신감이 가득했다.

미퉁과 호로를 포함하여 전사들은 큰 목소리로 대답하고, 잠시도 지체하지 않고 솔론의 명령을 이행했다.

전사들이 떠나자 솔론은 초람이 하늘나라로 가며 자신에게 남긴 선물이 바로 이 활과 화살이라는 생각에 그리운 마음으로 만지작거렸다. 이것만 있으면 그 어떤 적들이 몰려와도 손쉽게 쓰러뜨릴 수 있을 거라고 확신했다. 특히 지금 선봉대 앞에서 계곡을 넘어오려고 하는 야르 부족에게는 상대적으로 높은 산에서 아래를 내려다보고 날리는 활과 화살이 더 큰 위협으로 다가갈 것이었다. 빨리 만들어서 전사들이 숙달할 수 있도록 하는 게 급선무임을 깨닫고 솔론은 호로와 전사들을 독려했다.

솔론이 전한 활과 화살을 손에 들고 미퉁은 람보르 족장 앞에서 자세한 설명과 함께 시범을 보였다.

놀라운 모습을 보고 난 후에 람보르는 무릎을 치며 감탄했다. 역시 솔론이라고 외쳤다. 초람이 죽고 난 후에 의기소침해진 솔론이 잠시 두문불출한 적이 있어 염려했었는데 아마도 그때 영감을 얻은 게 아닌가 하고 생각했다. 아무튼, 초람이 남기고 간 돌칼 무더기를 솔론이 가장 결정적이고 중요한 때에 가공할 무기로 탈바꿈시킨 것에 대해 대단히 놀라면서도 자랑스러워했다.

람보르는 이 새로운 무기가 앞으로 두 부족이 치르고 있는 지금의 싸움은 물론 앞으로 계속 이어질 세상에 엄청나고 획기적인 변화를 가져올 것이라는 걸 직감했다. 그 누구든 손에 쥐는 순간 강력한 힘을 갖게 될 것이 분명했다. 그러면서도 한편으로는 그 무기가 가져올 무서운 결과에 두려움마저 느꼈다.

미퉁이 보고를 다 마치자 람보르는 크게 만족했다. 특별히 만든 이들의 노고를 칭찬하면서, 솔론에게 '최고의 람보르 전사'라는 칭호를 내릴 것이라고 했다. 그리곤 룽가를 시켜 활과 화살이 만들어지는 족족 예비대와 후방대에 있는 전사들에게 보내라고 일렀다. 최대한 빨리 사용법을 익혀 지금 벌어지고 있는 전쟁에서 반드시 이겨야 한다고 강조하는 것도 빼놓지 않았다.

새로운 무기와 관련한 람보르 족장의 명령은 순식간에 부족 전체에 전해졌다. 소식을 전해 들은 툼바는 역시 솔론이라고 하면서 자기 일처럼 기뻐했다. 솔론이 만든 활과 화살이 싸움의 판도를 완전히 바꿔놓을 것이라 확신했다.

하지만 예비대장인 티아라는 달랐다. 여전히 솔론을 가장 큰 라이벌로 의식하고 있는 티아라이기에 한 발짝 더 뒤졌다는 생각에 떨떠름한 표정을 숨기지 않았다. 룽가는 그런 티아라의 모습을 보면서 마음이 불편했지만, 짐짓 모른 척하면서 발길을 돌렸다.

사실 그랬다. 부족 전체의 일보다는 자신의 입지를 먼저 생각하는 티아라에게는 솔론의 성공이 그리 달갑지만은 않았다. 다른 사람을 인정하지 않는 성향이 문제였고, 중책을 맡았으면서도 여전히 달라지지 않는 그의 좁은 그릇이 화근이었다. 자칫하면 부족의 운명까지도 위태롭게 할 수 있다는 걸 깨닫지 못하고 있는 티아라를 보면서 룽가는 안타까웠다. 그래도 그는 족장을 포함하여 그 누구에게도 티아라의 흠집을 전하지 않은 채 침묵을 지켰다.

람보르 족장으로부터 기대 이상의 칭찬을 받고, 새로운 무기를 전 부족에게 널리 전하라는 명령에 고무된 솔론은 활과 화살을 만드는 일에 더욱 박차를 가했다. 만들 수 있는 재료는 무궁무진했다. 그 양도 양이지만 초람이 만든 돌칼은 들여다볼수록 정말 감탄이 절로 나올 정도로 섬세했다. 크기도 다양했기에 용도에 따라 골라서 쓸 수 있었다.

화살의 끝에 매달아 촉 역할을 하는 돌칼은 가지고 있는 것 중에서 아주 작은 것으로만 골랐다. 조금 큰 것은 깨뜨린 다음에 묶었다. 단단한 검돌은 깨기가 쉽지 않았기에 특별히 돌을 깨는 도구를 따로 만들어 사용했다. 나무 끝에 묶은 다음엔 끝을 날카롭게 갈았다. 팽팽하게 당겨진 힘줄이 밀어내는 힘으로 이 뾰족한 화살촉을 적의 가슴을 향해 날리는 것이다. 심장 한가운데에 정확히 맞으면 치명상을 입을 것이고, 다른 데 맞더라도 몸에 심각한 상처가 남을 것이다.

야르 부족을 막아내면서도 새로운 무기를 만드는 일까지 총지휘하고 있는 솔론은 눈코 뜰 새 없이 바쁘게 뛰어다녔다. 만드는 대로 즉각 분배했고, 사용법을 익히도록 훈련에 몰두했다.

새로운 무기는 선봉대에 우선 분배되었다. 계곡을 감시하는 서쪽에 가장 먼저 보내고, 이어 시주르가 있는 동쪽에도 전달했다. 다행히 시주르의 상처는 크지 않아 며칠 만에 바로 복귀했고, 솔론이 만들어 낸 무기에 감탄을 금치 못했다.

가장 신난 건 호로였다. 남들 뒤치다꺼리만 하면서 부족 내에서 존재감이 없었던 호로는 태어나서 처음으로 람보르 족장과 선봉대장인 솔론을 비롯하여 모든 전사들로부터 인정받았다. 거듭 되는 칭찬에 힘든 줄도 모르고 계속 활과 화살을 만들어 냈다.

호로는 남자이면서도 사냥 능력이 떨어지기에 참여하지도 못했다. 사냥 중에는 여자들과 함께 잔치 준비를 하고, 사냥이 끝나면 잡아온 동물을 손질하면서 주로 고기를 만지는 일만 하다 보니 의기소침할 수밖에 없었다. 그랬던 그가 다른 람보르 족장과 솔론 대장으로부터 직접 칭찬을 들으니 그야말로 하늘을 날 것 같은 기분이었다. 태어나서 처음으로 자기의 존재 의미를 느꼈다.

그는 고기를 해체할 때보다도 더 빠르게 손을 놀렸다. 활과 화살을 만드는 일은 그리 어렵지 않았고, 만들 재료도 풍부했다. 숙달되자 금방금방 만들 수 있었다. 시간이 어떻게 가는지도 모를 정도로 밤을 지새웠다. 그렇게 며칠이 지나니 어느새 예비대와 후방대에 줄 분량까지 충분하게 마련되었다.

활과 화살의 위력을 실감한 솔론은 스스로 생각해도 자기가 대단한 것을 만들어 냈다는 걸 알았다. 그를 도와 온몸으로 일해준 호로와 미퉁에게 특별히 고마움을 표했다.

그러면서도 한편으로는 마음이 무거웠다. 이것이 진정 인간을 위한 일인가 스스로 물었을 때 선뜻 대답할 수 없기 때문이었다. 인간을 더 많이 죽일 수 있는 강력한 무기를 만드는 일이 솔론에게 있어 마냥 신나는 일이 아님은 분명했다. 인간을 이롭게 하고, 행복하게 하는 일이라면 기뻐서 뛰어다니겠지만 지금은 그렇지 않았다. 사람을 더 많이 다치게 하고, 죽일 수 있는 걸 만들어 놓고 어찌 마냥 기뻐할 수만 있는가 싶었다. 심지어는 괜히 만들었나 싶은 마음도 들 정도였다. 하지만 어쩔 수 없었다. 이 역시 운명이었다.

이렇게 생각한 데에는 재무르에 대한 걱정도 한몫했다.

사람은 내 편이냐 아니냐를 따지고 구분할 수 있지만, 날아가는 돌창이나 돌칼, 화살촉은 누가 우리 편이고 누가 적인지 구분하지 못한다. 야르 족장과 재무르가 지금 자기 앞에 있는 서쪽 계곡에 와 있다는 걸 알고 있는데 혹여나 날아간 화살이 재무르라고 비껴가지는 않을 것이다. 나무판을 가지고 있기에 혹여 그걸 사용해서 막을 수는 있겠지만, 그래도 위험은 여전할 것이다. 그게 가장 마음에 걸렸다.

솔론은 손에 쥔 활과 화살을 보면서 어찌 됐든 이 화살이 재무르만은 피해가길 염원했다. 정말 말도 안 되는 부질없는 바람일 수도 있겠지만 솔론은 그렇게 기도했다.

활과 화살이 대량으로 만들어지자 이를 들고 연습하면서 람보르 전사들 사이에서는 연신 함성이 터져 나왔다. 엄청난 위력을 직접 눈으로 보면서 놀라지 않을 수 없었다. 지금까지 듣도 보도 못한 획기적인 무기가 손에 쥐어지자 마치 모든 걸 다 가진 듯 사기가 하늘을 찔렀다.

그 이후에는 누가 시키지 않아도 저마다 활을 손에 쥐고 멀리 떨어져 있는 나무를 향해 화살을 날리며 끊임없이 숙달했다. 화살은 그들이 날리는 족족 나무에 콱콱 박혔다. 팔의 힘이 강한 전사들의 경우에는 아주 멀리까지 활을 날릴 수 있었다. 그전까지 그나마 멀리 보낸다고 했던 돌덩이나 나무창과는 비교할 수도 없을 정도였다.

활과 화살이 보여준 놀라운 성능과 위력, 그리고 미치는 파급 효과는 예상을 훨씬 뛰어넘었다. 야르 전사들이 몰려올지라도 얼마든지 다 물리칠 수 있다는 강한 확신이 람보르 부족을 휘감았다. 이미 이겨놓고 싸우는 것이 아닐까 싶을 만큼 자신감이 넘쳤다.

특히 맨앞에서 지키는 전사들은 더 사기충천했다. 돌과 나무창을 던지려면 계곡 가까이 이어지는 능선의 끝까지 가야 하는 모험을 감수해야 했지만, 이제는 그럴 필요가 없었다. 적이 보이기만 하면 재빨리 쏘고 몸을 숨길 수 있기에 안전했다. 자기 몸은 보호하면서 적을 손쉽게 물리칠 수 있는 무기를 손에 쥐었다는 심리적인 안정 효과도 매우 컸다.

하지만 람보르 전사들은 방심하지 않았다. 첫 번째 계곡에서 야르 전사들을 물리친 이후에도 그들이 쉽게 물러나지 않을 것에 대비해서 긴장을 풀지 않았다. 완전히 물리칠 때까지는 승리의 기쁨을 누리는 것을 유보했다.

그들은 새로운 무기를 손에 쥐고 흥분된 마음으로 때가 오기를 기다리고 있었다.

람보르 전사들로부터 불의의 일격을 당하고 뒤로 물러난 소소르는 그제야 재무르의 말을 듣지 않은 걸 후회했다. 경솔하고 교만했음이 부끄러웠다. 곧 절치부심하면서 마음을 다잡았다. 오직 람보르 부족을 무찌르는 것만이 자신의 과오를 씻는 길이라 생각했다.

소소르는 야르 부족의 여러 대장 중에서는 말수도 적고 나름 합리적인 사람이지만 그렇다고 야심이 없지는 않았다. 인간의 야심이라는 것은 마법 지팡이와 같아서 누구나 손에 쥐고 싶어 했다. 소소르 역시 자신에게 주어진 기회를 놓치지 않으려고 애썼다. 마투 대신에 주어진 주력군 대장이라는 자리를 계속 차지하길 원했다. 특히, 람보르 부족인 재무르에 대해서는 더 특별한 감정이 있었다. 능력이 출중하기에 존경하며 따르고 있지만, 한편으로는 그에게만은 결코 호락호락한 모습을 보이고 싶지 않은 마음도 있었다.

그는 조금도 위축되지 않았다. 모든 전사들에게 나무 방패를 들라고 명령했다. 전열을 정비하고 난 뒤에 다시 공격할 때는 돌창과 나무 방패를 들고 계곡을 건널 거라고 천명했다. 첫 번째 계곡만 넘어서면 나머지 계곡을 넘기란 그리 어렵지 않을 것이고, 쉽게 이길 수 있을 거라면서 자신감만은 넘쳤다.

얼마 후 소소르는 입술을 깨물었다. 그의 지휘하에 야르 전사들은 공격을 시작했다. 이번에는 처음처럼 계곡을 따라 일렬로 내려가지 않았다. 창과 나무 방패를 손에 쥐고 몇몇 단위로 순차적으로 건너게 했다. 한 번 당하지 두 번 당하겠냐는 소소르의 의지가 엿보였다.

그렇게 야르 전사들의 공격이 다시 시작되자 반대편 절벽 끝에서 기회를 엿보던 람보르 전사들이 돌창과 나무창을 내려놓고 드디어 활과 화살을 집어 들었다. 새롭게 만든 무기를 처음으로 사용할 때가 온 것이다. 솔론의 신호에 따라 모두 기다렸다는 듯이 화살을 날렸다. 힘줄이 팽팽하다 못해 끊어질 정도로 힘껏 잡아당긴 다음 손을 놓았다.

화살은 절벽 위에서 계곡 아래를 향해 일시에 비 오듯이 쏟아지기 시작했다. 그 움직임은 마치 산과 산을 잇는 듯했다. 비록 짧은 시간이지만 집중적으로 조준 능력을 숙달한 람보르 부족의 솜씨는 놀라울 정도로 정확했다.

하지만 웬일인지 이번엔 야르 전사들 대부분이 잠시 당황할 뿐 쓰러지지 않고 계속 계곡을 건너는 것이었다. 그들의 손에는 나무 방패가 하나씩 들려 있었다. 그것으로 자신들의 몸을 막아낸 것이었다. 방패에 부딪친 화살은 꿰뚫지 못하고 계곡 아래로 떨어져 내렸다.

이번엔 반대로 람보르 전사들이 당황했다. 다른 방법을 쓸 수밖에 없었다.

솔론은 이 모습을 맨 앞에서 지켜보았다. 활과 화살을 처음으로 사용하는 현장을 지켜보고 싶어 직접 나선 것이었는데, 놀랍게도 적들이 전에는 사용하지 않았던 나무 방패를 들고 있는 것이었다. 그렇다면 분명 누군가가 그걸 들고 긴너라고 조언한 것이고, 야르 부족에서 그럴만한 인물이라면 재무르밖에 없을 거라 여겼다.

승패를 떠나 어느 부족의 젊은이든 헛되이 죽는 걸 원치 않고 있는 사람이 재무르임을 솔론을 알고 있었다. 그렇다고 해서 죽이지 않고 그들을 막을 방법 또한 없었다. 이것이 지금 솔론이 처해 있는 상황이었다. 희생은 불가피했다.

새로운 무기에도 적들이 쓰러지지 않자 당황한 람보르 전사들에게 솔론은 다시 명령을 내렸다. 활을 쥐고 있는 전사들을 계곡의 끄트머리 절벽 쪽으로 이동 배치했다. 계곡을 건넌 적은 분명 절벽으로 붙어 기어 올라올 것이었다. 람보르 부족의 땅으로 나아갈 수 있는 길은 그곳밖에 없었다. 그러려면 불가피하게 방패로부터 몸이 노출될 수밖에 없었다. 이번에는 그 순간을 노려야겠다고 생각했다. 솔론은 전사들에게 계획을 설명하고 반드시 그때 막아내야 한다고 강조했다.

그의 눈앞에서 야르 전사들이 죽어 나가면 야르 족장도 느끼는 게 있을 것이었다. 더 이상 공격했다가는 커다란 인명피해가 날 거라는 걸 알아차릴 것이다. 그렇게 해서라도 야르 족장이 마음을 돌려 물러났으면 하는 것이 솔론의 바람이었다. 동시에 충분히 가능성 있고, 달성 가능한 목표였다. 아마도 그건 반대편에 있는 재무르 역시 마찬가지일 것이었다. 두 사람의 염원이 계곡을 넘어 강하게 이어지길 바랐다.

방패를 들고 계곡을 건넌 일부 야르 전사들이 절벽 아래에까지 진출했다. 이제 절벽을 기어오르기 직전이었다. 아니나 다를까 솔론의 예상대로 그들에게 큰 허점이 생겼다. 몸을 가릴 정도의 큰 나무 방패를 들고 올라오기는 쉽지 않았다. 방패를 내린 상태에서 기어오르는 자가 대부분이었다.

절벽 끝으로 이동해 숨어서 이 모습을 내려다보고 있는 람보르 전사들은 때를 기다렸다. 그리곤 어느 정도 가까이 올라왔다 싶었을 때 솔론은 손짓으로 명령했다. 아까보다 가까운 거리에서, 그것도 위에서 아래를 내려다보고 활을 쏘니 더 정확하고 더 위력적이었다.

화살촉에 정통으로 맞은 전사들은 속수무책으로 아래로 굴러떨어졌다. 계곡을 건너고 있는 전사들도 앞서간 이들이 절벽을 오르다 계곡 아래로 떨어져 내리는 모습을 보곤 앞으로 나아가지 못한 채 다리만 덜덜 떨고 있었다. 뒤에서 목이 터질 듯이 독려하는 소소르의 외침도 소용이 없었다.

이미 전세는 순식간에 뒤집혔다. 만반의 준비를 했다고 자신했던 야르 부족으로선 전혀 예상하지 못한 참담한 패배였다. 멀리서 이 모습을 보고 있던 야르 족장과 재무르는 람보르 부족의 신무기와 솔론의 탁월한 전술에 벌어진 입을 다물지 못했다. 좀처럼 표정이 변하지 않는 야르 족장이지만 이번엔 속마음을 숨기지 못했다. 눈으로 보고 있는 상황이 몹시 안타깝고 못마땅한 듯 계속 찡그리고 있었다.

재무르는 아무 말도 할 수 없었다. 이 작전을 지휘하고 있을 솔론을 떠올렸다. 솔론이 이끄는 람보르 부족의 선봉대는 참으로 대단했다. 문득, 앞으로 솔론이 이끌어 갈 람보르 부족의 시대는 분명 지금의 람보르 족장이나 야르 족장 시대보다 훨씬 더 강하고 융성할 거라는 확신이 강하게 밀려왔다.

'야르 부족은 절대 람보르 부족을 이길 수 없다.' 이제 재무르는 마음속으로 깨끗이 승복했다. 재무르는 또다시 자신의 때가 오고 있음을 알아차렸다. 아직 차마 입 밖에 꺼내지 못하고 있지만, 야르 족장이 이쯤에서 전사들을 돌려 물러나길 바랐다.

야르 족장이 진정한 지도자라면 깨끗이 인정하고 철수함으로써 더 이상 헛된 죽음을 막아야만 했다. 람보르 부족이든, 야르 부족이든 청년들의 목숨을 한 명이라도 더 지켜주어야 마땅했다. 한 사람의 목숨을 귀히 여기지 않는다면 아무리 개인적인 능력이 뛰어난들 지도자가 되어서는 안 될 것이었다.

그런 강한 염원을 품고 재무르는 야르 족장을 뚫어지게 바라보았다. 옆에서 자기를 쳐다보는 재무르의 눈길을 분명히 느끼고 있을 텐데도 족장은 짐짓 모른 체하며 눈동자조차 돌리지 않았다. 일부러 외면하는 듯했다.

사실 재무르가 족장을 그렇게 뚫어지게 바라본 이유가 있었다. 자칫하면 무례하게 보일 수 있을 테지만 그렇게라도 족장의 마음을 확인하고 싶었다. 지금까지 수많은 전사가 죽었고, 지금도 계속 죽어 나가고 있는 이 상황을 과연 야르 족장은 어떻게 받아들이고 있는지 묻고 싶었다.

이 순간 족장과 같은 자리에서 같은 일을 겪고 있지만 재무르가 할 수 있는 역할은 그리 많지 않았다. 서로가 생각하고 느끼는 게 다른 만큼 눈앞에 벌어진 이 상황을 바라보고, 대하는 방식도 달랐다.

재무르는 문득 이런 것에까지 생각이 미쳤다. 만약에 시간이 흘러 먼 훗날 이 싸움에 대해 두 사람이 서로 마주 보고 얘기한다면 이 상황에 대해 결코 똑같이 얘기하지 않을 것이라는 점이었다. 사실도 그걸 바라보는 사람의 생각 속에서 다시 재구성되어 새로운 모습으로 세상에 나올 테니 말이다. 그러니 지금 벌이고 있는 야르 족장의 싸움과 재무르의 싸움이 서로 다른 건 당연할 것이었다.

마음속에서 불쑥 올라오는 이런저런 생각을 애써 누르면서 재무르는 참고 기다렸다. 아니, 어쩔 수 없이 참아야만 했고, 참을 수밖에 없었다. 이 상태론 야르 족장 앞에 섣불리 나서고 싶지 않았다. 그를 설득하고 싶지도 않았다. 재무르가 염려하는 건 혹시 모를 역효과였다. 자칫 족장의 심기를 건드려 예상치 못한 상황으로 치달을 수도 있기 때문이었다. 그래서 이 모든 상황을 지켜보고 있으면서도 무심한 듯한 하늘만 바라보고 있었다.

야르 족장의 침묵은 꽤 길었다. 한참 동안 아무런 말 없이 전사들이 쓰러져 간 계곡과 절벽 쪽만을 지켜보았다. 얼마나 지났을까, 족장의 입술이 열렸다. 어느새 그의 말투에서는 자신감은 사라지고, 전에 없던 놀람과 당혹스러움이 묻어나왔다. 깊은 탄식으로까지 이어졌다.

"재무르, 람보르 부족이 이토록 강하단 말이오? 못 믿겠소. 난 내 눈앞에서 벌어진 상황을 직접 보고도 믿기지 않소. 지금 람보르 부족의 맨 앞에서 싸우고 있는 자가 누구요? 혹시 지난번에 왔던 그 젊은이 중 한 사람이오?"

"네. 족장님. 사실 저도 놀랐습니다. 람보르 부족이 결코 호락호락하게 물러나지 않을 거라고 여겼지만, 이 정도일 줄은 몰랐습니다. 제가 없는 사이에 놀랄 정도로 강한 부족이 되었습니다. 족장님께서 말씀하신 대로 맨 앞에서 지휘하고 있는 자는 지난번에 왔던 젊은이가 맞습니다. 솔론입니다. "

"그랬구나. 솔론....솔론이었구나... 역시 내가 사람 보는 눈이 있었어. 정말 아까워. 솔론이 혼자 우리 진영에 남겨졌었던 그때를 놓친 게 실수였어. 그를 설득하는 일을 소투에게 맡기지 말고 내가 직접 했어야 했는데... 또 한 사람이 툼바라고 했지? 그 두 사람만 우리 편으로만 끌어들였어도 지금 이런 꼴을 당하진 않았을 텐데…"

야르 족장은 아쉬움이 큰 듯 계속해서 말꼬리를 흐렸다. 지나간 일들을 되새기는 중에도 연신 한숨까지 내쉬었다. 물론 그런다고 달라지는 건 아무것도 없었다. 지금 당장 눈앞에서 벌어지는 참혹한 전쟁을 멈출 생각은 하지 않고 지나간 일에 대한 회한과 후회만 늘어놓고 있을 뿐이었다.

재무르는 딱히 입 밖에 낼 말이 떠오르지 않아 그냥 지켜만 보고 있었다.

"재무르, 그런데 말이오. 난 도저히 물러날 수 없소. 만약에 이대로 끝낸다면 화병이 나서 죽을지도 모르오. 우리 부족이 어떤 부족인데 이런 수모를 겪어야 한단 말이오. 이번 싸움을 통해 저들이 절대 만만치 않다는 걸 알았지만 그렇다고 해서 물러난다면 억울해서 못 견딜 것이오. 끝을 봐야겠소."

람보르 부족이 강하다는 걸 인정하던 조금 전과 달리 족장은 여전히 물러날 생각이 없는 듯했다. 도무지 종잡을 수 없는 사람이었다. 재무르는 이제 용기를 내야 할 때가 왔음을 느꼈다. 더 이상 침묵해서는 때를 놓칠 것이었다. 그의 표정은 다른 때보다도 진중하고 단호했다.

"제가 아무리 족장님의 심정을 헤아린다고 해도 그 쓰라린 심정까지야 어찌 다 알겠습니까? 족장님을 모시고 있는 자로서 제 소임을 다하지 못한 것 같아 송구하기만 합니다. 하지만, 인정할 건 인정하고 물러나는 것도 나쁘지 않을 듯합니다. 다시 힘을 기르고 후일을 도모하는 것이 족장님이나 우리 부족을 위해서도 더 낫지 않겠습니까? 직접 보셨다시피 지금 이대로는 쉽지 않을 것입니다. 의지로만 될 일이 아니라고 생각합니다. 여기서 더 나아가면 전사들의 목숨은 물론 자칫 잘못하면 족장님도 위험해지실 수 있습니다. 간절히 말씀드리니 잘 살펴주십시오."

재무르는 최대한 예의를 갖춰 완곡하게 속마음을 털어놓았다. 족장이 받아들이지 않고 화를 낼 수도 있겠다고 생각했지만, 어찌된 일인지 그의 표정에서 노여움을 찾아볼 수 없었다. 무슨 생각을 하고 있는지 얼빠진 사람처럼 그저 허공만 응시할 뿐이었다. 재무르의 말이 타당하다고 여기는 건지 아닌지는 알 수 없지만 분명 마음속에 동요가 일고 있는 것만은 분명해 보였다.

"재무르의 충정을 내 모르는 건 아니오. 사실, 자기 부족과 싸워야 하는 재무르의 마음도 그리 편치만은 않을 거라는 걸 나도 잘 알고 있소. 그래도 나를 위해 애써주는 재무르가 있어서 지금까지 마음 든든했소. 나 역시 그대의 말이 무슨 뜻인지 알고, 그렇게 하는 게 맞다고 생각하오. 그래서 말인데, 이제 딱 한 가지만 원하오."

잠시 멍할 정도로 부드러워졌던 눈빛을 거두면서 족장은 어금니를 깨물며 말했다. 순간 재무르는 뭔지 모를 섬뜩함이 느껴졌다.

"딱 한 가지만 원하신다고요? 대체 그것이 무엇인지 여쭤봐도 되겠는지요?"

족장은 이번에는 고개를 돌려 직접 재무르의 눈을 주시하며 말했다.

"사람이오. 내 수단과 방법을 가리지 않고 딱 한 명만 없애고 싶소. 람보르 족장 딱 한 명만."

대수롭지 않은 듯 말하고 있지만, 야르 족장의 눈빛은 이미 지옥불처럼 활활 타오르고 있었다. 어느새 그 누구도 제어할 수 없는 광기로 변해버렸다.

그 말을 듣는 순간 재무르의 마음은 끝도 모를 심연으로 내려앉는 것 같았다. 야르 족장의 입에서 튀어나온 람보르라는 이름이 재무르의 심장을 할퀴고 지나갔다. 역시 그는 물러나려는 게 아니었다. 사실 이전에도 야르 족장은 람보르 족장을 없앤 다음에 재무르에게 부족을 맡기고 싶다는 얘기를 한 적이 있었다. 재무르를 통해 다스리게 함으로써 야르와 람보르 두 부족을 다 지배하려는 야욕이었다. 지금도 그 마음을 내보인 것이었다.

참으로 큰일이었다. 다른 건 몰라도 그것만큼은 절대 양보하지 않으려는 야르 족장으로 인해 재무르의 마음은 심하게 요동쳤다. 어쨌든 지금은 그의 마음을 누그러뜨리면서 시간을 벌어야 했다.

"족장님, 그렇다면 전사들의 공격은 이쯤에서 멈추고 전열을 정비하시는 게 좋을 듯싶습니다. 우리가 물러나지 않고 이곳에서 쭉 버틴다면 오히려 람보르 부족이 더 긴장할 겁니다. 어차피 시간은 우리 편입니다. 아직은 우리가 주도권을 쥐고 있습니다. 그러는 사이에 죽은 전사들을 후히 장사 치르고, 다친 전사들은 치료해서 모두를 다독이는 게 좋지 않을까 생각합니다.”

“알겠소. 대를 위해 소를 희생하라는 말도 있으니 그 부분은 내 흔쾌히 재무르의 말을 따르리다. 지금 당장 소소르, 차루, 마투에게 전갈을 보내 내 뜻을 알리도록 하시오. 즉시 현 위치에 머물면서 전열을 정비한다는 나 야르 족장의 명령을 전하도록 하시오. 어서 서두르시오.”

“네. 족장님. 알겠습니다.”

재무르는 혹여나 족장의 마음이 바뀔까 봐 신속하게 물러 나와 각 대장에게 명령을 전달했다. 부산히 움직이는 전사들 너머로 람보르 부족의 땅이 보였다. 계곡 건너 버티고 있는 절벽이 오늘따라 마치 거대한 산처럼 다가왔다. 야르 부족은 절대로 넘어가서는 안 되는 땅, 넘을 수도 없는 땅으로 느껴졌다. 지금까지 살면서 부족의 땅이 가진 의미를 이렇게까지는 생각해 본 적이 없었기에 재무르는 심호흡을 하면서 그 기운을 느끼고자 했다.

그러면서 문득, 자기 부족 사람들은 재무르 자신을 어떻게 바라볼지 생각해 보았다. 지금은 분명 적으로 인식되어 있을 것이다. 야르 족장 곁에서 아무리 노심초사하며 부족을 위한다고 해도 알아줄 사람도 없을 것이다. 그 생각만으로도 마음이 답답했다.

이제 그가 해야 할 일은 오직 하나였다. 무조건 이 상황을 끝내야 했다. 하늘을 올려다보면서 재무르는 이 땅에 진정한 평화가 오기를 간구했다. 그런 마음만큼 그의 기도는 다른 때보다도 절절했다. 그 기도 끝에서 야르 족장의 마지막 말이 계속 머릿속을 맴돌았다. 조급해지는 마음을 놀리기라도 하듯 계속해서 딱 한 명, 딱 한 명이라는 야르 족장의 말이 귓전을 두드렸다.

재무르는 좀전의 상황을 다시 떠올렸다. 딱 한 명이라는 말을 하면서 불타오르던 야르 족장의 눈빛이 낯설다고 느꼈는데 지금 다시 생각하니 그건 사람의 눈빛이 아니었다. 언제부턴가 야르 족장의 눈빛이 더 살벌하고 위험하게 변해 간다는 걸 느꼈다. 그 모습을 떠올리는 것만으로도 온몸에 소름이 돋았다. 이 대로 그냥 있다가는 정말 큰일이 벌어질 것이었다.

재무르는 이내 자기가 무엇을 해야 하는지 알아차렸다. 답은 명확했다. 야르 족장이 원하는 그 딱 한 명을 지키는 것이었다. 자기가 아니면 누구도 람보르 족장을 지킬 수 없다고 생각했다. 간절하면 통한다든가? '뜻대로만 이루어진 다면 충분히 가능할 것이다.' 그 순간 머릿속에 묘안이 떠올랐다.

야르 부족의 분위기가 달라졌다는 것을 제일 먼저 알아차린 사람은 솔론이 었다. 솔론이 진두지휘하고 있는 선봉대 바로 눈앞에서 갑자기 야르 전사들이 물러났기 때문이었다. 치열하게 확대될 것 같던 전쟁이 순식간에 소강상태로 접어들었다. 서쪽과 동쪽을 가리지 않고 사방에서 설치던 적의 모습이 온데간 데없이 사라졌다. 그렇다고 아예 물러난 것도 아닌 듯한데 무슨 일이 있는 게 아닐까 싶었다.

솔론은 전장의 주도권을 일거에 바꾼 게 새로운 무기 덕분이라 여겼다. 야르 전사의 수가 아무리 많고 강하다고 해도 멀리서 날아오는 화살을 감당하기란 역부족일 것이었다. 신무기인 활과 화살의 놀라운 성능과 위력은 그걸 만들어 낸 자신도 놀랄 정도였다. 초람이 준 선물이 분명했다. 그의 머릿속에 항상 함 께 하는 초람을 떠올리면서 하늘을 향해 마음을 전했다. 주변에 있는 전사들 에게는 들리지 않겠지만, 초람에게는 분명 크게 다가갈 거라고 믿었다.

"사랑하는 초람, 적들을 물리쳤어. 초람이 내게 준 돌칼을 이용하여 활과 화 살을 만들었고, 그걸로 직접 가까이 다가가지 않고도 싸워 이겼어. 이 모든 게 다 초람 덕분이야. 하늘에서도 날 지켜주고, 우리 부족을 지켜주고 있기에 이 긴 거야. 고마워. 아직 싸움이 완전히 끝나지 않았으니 방심하지 않고 끝까지 싸울게. 초람이 목숨 바쳐 지켜낸 우리 부족을 이젠 내가 지킬 거야. 하늘나라에서 잘 지내고 있어."

솔론은 마치 초람이 옆에 있기라도 한 듯 눈앞에서 벌어진 상황을 소상히 얘기했다. 숨 가빴던 시간이 지나가자 미치도록 초람이 그리워졌다. 그녀를 향해 다정하게 말을 이어가던 솔론의 눈에선 결국 눈물이 흘러내렸다. 사랑하는 사람을 위해 기꺼이 눈물을 흘리고 있는 솔론이 무안하지 않도록 옆에 있는 전사들은 애써 모른 척하며 자리를 피해주었다.

치열하게 전개되던 싸움은 잠시 멎었지만, 계곡을 사이에 둔 두 부족의 긴장감은 여전했다. 하루 이틀, 그리고 또 며칠이 지났다. 그렇게 마냥 시간이 흘러가던 어느 날 저녁에 생각하지도 못한 일이 벌어졌다.

후방대장인 툼바가 어떤 청년을 람보르에게 데려왔다. 몰래 부족을 찾은 야르 부족의 청년이라고 했다. 청년은 겁먹은 표정으로 두리번거리더니 툼바가 손짓하자 이내 람보르 앞에 무릎을 꿇고 품에 숨겨두었던 얇은 돌판을 꺼냈다. 편평한 면에 무언가가 적혀 있었다.

그것을 본 순간 람보르는 그 청년이 재무르가 보낸 사람임을 느꼈다. 서둘러 읽어 보았다. 돌판 위에는 람보르 부족이 쓰는 문자로 짧게 딱 두 문장만 적혀 있었다.

〈특별히 몸 조심할 것. 야르 족장과 협상하기 바람. 재무르.〉

재무르가 보낸 것이었다. 하고 싶은 말이 얼마나 많을까만은 이렇게 해서라도 급하게 람보르에게 전하고 싶은 그의 마음이 진하게 느껴져 왔다. 역시 재무르는 끝까지 부족의 안위와 람보르의 신변을 걱정하고 있었다. 그동안 재무르에 대해 오해했던 부분도 일부 있었지만, 마음 깊은 곳에서는 그가 결코 부족을 배신하지는 않을 거라는 믿음 또한 품고 있었다. 지금 전해진 그 짧은 편지가 그 믿음의 증명인 셈이었다. 이렇게 중차대한 순간에 위험을 감수하면서까지 몰래 사람을 보내 자기의 신변을 염려해주는 재무르에게 감동했다.

람보르는 땅에 꿇어앉은 야르 전사의 손을 잡고 일으켰다. 자신의 마음을 재무르에게 전해달라고 했다. 그리고 행여 야르 족장에게 발각되어 그 청년은 물론 재무르에게까지 불똥이 튀지 않도록 끝까지 조심하라고 당부했다.

야르 청년은 람보르에게 깊숙하게 허리 숙여 인사하고 뒤로 물러 나갔다. 람보르는 몇 년 만에 재무르와 이렇게나마 마음을 주고받았다는 사실이 믿기지 않았다. 야르 청년이 떠나고 나서도 아무런 미동도 없이 한참 동안 돌판을 내려다보았다.

점점 밤이 깊어가고 있었다. 람보르는 옆에 있는 돌판을 다시 손에 잡았다. 야르 청년이 왔을 때는 간략한 용건만 눈에 들어왔는데 깊어가는 밤에 홀로 돌판을 마주하고 있자니 그 짧은 글 안에 담긴 재무르의 마음이 가슴으로 속속들이 파고 들어왔다.

"람보르 족장! 참으로 오랜만이야. 먼저, 내가 떠난 뒤에도 훌륭하게 부족을 이끌어 오고 있는 람보르 족장의 지도력에 친구로서 존경을 표하고 싶어. 솔론과 툼바로부터 내 소식을 들어서 알겠지만 나도 잘 지내고 있어. 비록 지금은 야르 부족과 함께 있지만, 마음은 늘 우리 부족의 품에 있어.

어쩌다 생각지도 못한 일이 일어나 이렇게 우리 부족과 야르 부족이 싸움을 벌이게 된 것이 정말 안타까워. 아마도 내가 제일 힘든 상황이라는 걸 친구는 알고 있겠지? 또한, 지금 내 처지가 드러내놓고 돕기도 어려운 상황임을 충분히 이해할 거라 믿어. 야르 부족은 생각한 것보다 훨씬 더 강한 부족이니 전쟁이 완전히 끝날 때까지 방심하지 말고 단단히 준비해야 해. 할 수만 있다면 끝까지 가지 않도록 나 역시도 내가 할 수 있는 한에서 최선을 다할게.

용건 두 가지만 짧게 말할게.

첫째, 무엇보다도 람보르 족장 자네 자신을 보호해야 해. 자네가 곧 람보르 부족임을 잊지 말라는 말이야. 지금 야르 족장은 단 한 사람, 바로 자네를 노리고 있어. 언제 어떤 일이 벌어질지 모르니 주변 경계를 소홀히 하지 말고,

위험한 상황에 빠지지 않도록 몸을 보호해.

　또 하나는, 협상이야. 싸움에서 이기는 것이 꼭 힘으로만 이루어지는 게 아
님을 자네가 잘 알 거야. 다시 진지한 협상을 할 때라고 여겨. 필요하다면 자
네가 먼저 야르 족장에게 사람을 보내 협상을 제안하는 것도 좋다고 생각해.
야르 족장은 자존심 하나로 똘똘 뭉친 사람이니 그 심리도 잘 이용하고 대응
하면 잘 될 거라 믿어.

　내 친구 람보르 족장 다시 한번 부탁할게. 정말 몸조심하고, 부족의 앞날에
부디 좋은 결과가 있길 바랄게. 혹시 위험할 수도 있으니 따로 소식을 전하려
고 애쓰지 말고 내 마음만 받아줘. 우리 부족의 안녕을 기원하며.
영원한 친구 재무르.”

　돌판 속에서 흘러나오는 재무르의 말 한마디 한마디가 람보르의 가슴 속에
알알이 들어와 박혔다. 그 말은 밤새도록 떠나지 않고 주위를 맴돌았다.

10. 내일을 위해, 영원을 향해

잠시 허락된 숨 고르기와 함께 두 부족의 싸움은 새로운 갈림길에 서게 되었다. 서로 목숨을 건 대규모 싸움이라는 상황을 처음 겪고 있기에 그 암울함과 막막함은 생각 이상으로 많은 이들을 힘들게 했다.

어느 정도 시간이 흘러가자 그들은 막연하게나마 조금씩 참혹한 전쟁의 실체를 느끼게 되었다. 어느 한쪽이든 물러나지 않는다면 결국 끝까지 가야 한다는 걸 깨달았다. 그 끝은 분명했다. 모두가 죽어 나가면서 한 부족이 아예 멸망하여 이 땅에서 사라질 것이었다. 어쩌면 두 부족 모두 다시 일어서기 힘들 정도로 타격을 입고 공멸할지도 모를 일이었다.

이러한 싸움의 끝을 다른 사람들은 몰라도 두 사람만은 반드시 알아야 했다. 야르 족장과 람보르 족장! 이 싸움을 시작한 두 사람은 그들의 결정이 부족 전체의 미래에 어떠한 영향을 미칠 것인지 매 순간 심각하게 고민해야 했다. 이는 부족의 모든 걸 책임진 사람으로서의 당연한 책무이다. 그들의 부족이 지금 여기서 끝나느냐, 다음 세대로 이어지느냐는 그들의 손에 달려 있기에 그렇다.

그것만이 아니다. 지금까지의 모습이 후손에게까지 어떻게 남겨지고 이어질 것인지도 알아야 한다. 그것은 어쩌면 인류에게 이 땅에서의 삶을 허락한 신의 사랑에 대한 최소한의 보답일 것이다.

람보르와 야르 족장! 그들은 지금 자기 부족의 운명을 넘어 후손들이 살아갈 삶까지 떠안고 있다는 걸 과연 알고 있을까? 더 늦기 전에, 다시는 돌아올 수 없는 발걸음을 내딛기 전에 알아차릴 수 있을까?

재무르의 은밀한 전갈을 받고 난 이후 람보르는 몸조심하라는 그의 당부를 고맙게 받아들이면서도, 한편으로는 야르 부족과 협상하라는 쪽에 더 무게를 두면서 고민했다. 그의 말이 백번 옳았다. 람보르 역시 이 정도면 됐다고 생각했다. 이번 싸움이 안타까운 실수로 인해 일어났지만, 그 일 하나로 두 부족이 서로 죽기 살기로 싸우며 죽어 나가는 상황까지 온 건 말도 안 되는 일이었다. 이해하기도 어렵고 어처구니없는 일이기도 했다. 그러니 이제라도 멈춰야 했다. 여기서 그만 끝내야만 했다. 다만, 끝내는 모양새를 어떻게 만들어 갈 것인지 람보르는 '지혜의 시간'에 머물면서 거듭 고심했다.

마침내 결심하기까지는 미르셀의 도움도 컸다.

"족장님, 저도 처음엔 재무르님에 대해 약간의 경계심을 품고 있었는데, 시간이 지나면서 변함없는 족장님과의 우정과 부족에 대한 사랑에 감동했어요. 그동안 툼바로부터 얘기를 듣긴 했지만. 이 정도까지인 줄은 몰랐어요. 족장님께서 재무르님의 조언을 받아들이시는 게 좋다고 생각해요."

"나 역시 그렇게 생각하오. 편지를 받고 나서 고심한 결과, 더 이상의 싸움은 어리석고 무모한 일이라는 결론에 도달했소. 곧 준비해서 내가 직접 야르 족장을 찾아갈 생각이오. 야르 부족을 잘 아는 솔론과 툼바를 포함하여 많은 전사를 데리고 가서 이 싸움을 끝내기 위해 그들과 머리를 맞대겠소."

"역시 족장님다우세요. 족장님의 결단만이 지금의 혼돈을 끝내고 이 세상을 바꿀 수 있다고 생각해요. 그런데 한 가지 더 말씀드릴 게 있어요."

"고맙소. 말해보시오."

"족장님께서 야르 족장을 직접 찾아가는 것은 좋아요. 하지만, 완전히 끝날 때까지는 분명 끝난 게 아니란 걸 족장님도 분명 아실 거예요. 노파심에서 말씀드리지만 절대 방심하시면 안 돼요. 만약의 사태에도 소홀함이 없이 대비하셔야 할 거예요."

"만약의 사태라면?"

"제 입에 올리기 차마 외람되지만, 재무르님께서 말씀하신 것처럼 족장님의 신변 위협에 관한 문제예요."

"그렇소. 나 역시 여러 가지를 생각하고 있소."

"지금 당장은 무엇보다도 족장님의 안위가 가장 중요해요. 족장님이 곧 우리 부족임을 한시도 잊으시면 안 돼요. 또한, 아직 싸움이 완전히 끝난 게 아니니 솔론은 데리고 가지 마시고 남겨두세요. 그는 족장님의 뒤를 이어 우리 부족을 이끌어 갈 인재예요. 족장님을 보좌하는 사람은 룽가와 툼바를 포함하여 몇 사람을 더 임명하시고 솔론에게는 남아서 부족을 지킬 수 있도록 하시는 게 좋을 것 같아요."

"나와 부족을 위해 염려하는 미르셀의 마음에 감동하오. 나 역시 같은 생각이오. 마침 솔론을 남길까 고민하고 있었는데 역시 그래야 할 것 같소. 미르셀의 지혜로운 조언이 참으로 고마울 따름이오. 그대가 있기에 우리 부족이 난

관을 뚫고 여기까지 올 수 있었다고 생각하오."

"과찬이세요. 모든 건 족장님께서 잘 이끌어주시기에 가능한 일이에요. 저와 꼭 약속하셔야 해요. 족장님의 몸은 개인의 몸이 아니라 우리 부족의 몸이니 조심하신다고 말이에요. 모두 마음을 다해 족장님을 따르고 있다는 걸 잊지 마세요."

"고맙소. 그러면 나의 의사를 야르 부족에게 전하도록 해야겠소. 아무래도 이 일을 맡아서 해줄 적임자는 툼바가 좋겠소."

"네. 족장님. 툼바가 잘 해낼 거라 믿어요."

"알았소. 미르셀도 늘 조심하고, 부족의 여자들과 아이들을 잘 부탁하오. 그리고 초리 부족에게 가 있는 사람들도 잘 챙겨주고요."

"네. 족장님. 그럴게요. 나이 드신 분들은 초리 부족이 특별히 잘 챙겨주면서 공경하고 있으니 걱정하지 마세요. 저는 이만 가볼게요."

미르셀은 조용히 일어나 고개를 숙인 후 사뿐사뿐한 발걸음으로 람보르 족장의 처소를 나섰다. 그런 미르셀의 뒷모습을 보며 람보르는 초람의 모습을 떠올렸다. 초람이 살아있다면 어떨까 하는 생각과 함께 갑자기 그리움이 밀려왔다. 초람과 함께 겹쳐오는 솔론의 모습에 아픈 가슴을 꾹꾹 눌렀다.

이후의 일은 순조롭게 진행되었다. 람보르는 곧장 툼바를 불러들여 야르 족장에게 보낼 편지를 쓰게 했다. 편지 한 장에 두 부족의 운명이 달려 있다는 심정으로 진정성을 담아 거듭 사과하고 위로했다. 편지를 받은 후 야르 족장이 마음을 연다면 람보르 족장이 직접 찾아가 마음을 전하고, 이번 기회에 아예 두 부족이 화친을 맺고 싶다는 내용도 담으라고 일렀다.

툼바는 야르 부족의 언어를 잘 아는 청년을 불러 함께 편지를 작성했다. 그동안 누구보다도 마음고생이 심했던 툼바였다. 자신의 실수가 이토록 엄청난 전쟁에까지 이를 줄은 생각지도 못했다. 그랬기에 그동안 죄인이 된 심정으로 더 고군분투했었다. 무슨 일만 있으면 모두 자기의 책임인 양 마음 졸이고, 조마조마했기에 이 싸움을 끝내고 싶은 마음이 툼바보다 강한 사람은 아무도 없을 것이었다. 자기로부터 사건이 시작되어 무시무시한 사태로 번졌으니 마무리하는 것 역시 자기의 몫이라고 여겼다. 싸움을 끝내고 화친을 맺고 싶다는 람보르 족장의 편지가 반드시 야르 족장의 마음을 울려야 했다. 다시 한번 사과하는 마음과 싸움을 끝내고자 하는 간절함, 앞으로 두 부족이 함께 나아가고 싶다는 바람을 담기 위해 정성을 다했다.

준비가 끝나자 조금도 지체하지 않았다. 툼바는 람보르 족장의 승락을 받고 즉시 야르 부족을 향해 떠났다. 호위하는 전사들만 함께 하는 단출한 무리였다. 아직 전쟁이 끝나지 않은 상태에서 단 몇 명만이 적진으로 들어간다는 게 자칫 위험할 수도 있으나 툼바는 자신했다. 손에 아무런 무기도 들지 않았다는 표식을 하고, 큰길로 정정당당하게 나아가면 야르 부족이 처음엔 놀라겠지만, 곧 눈치채고 위협 없이 그의 일행을 맞아줄 거라고 여겼다.

그의 예상은 맞아떨어졌다. 긴박한 상황 속에서 경계를 늦추지 않던 야르 부족은 자기 부족의 땅으로 당당하게 걸어오고 있는 툼바 일행을 발견하고 나서 놀라는 눈치였다. 아직 싸움이 끝나지 않았기에 불안할 수 있음에도 불구하고 조금도 그런 기색 없이 거침없이 다가오는 툼바 일행의 모습이 그들 눈에도 예사롭지 않게 보였을 것이다.

야르 전사들은 툼바 일행을 예의주시하다가 특별한 위험 요인이나, 위협 의사가 없음을 알고 그들의 땅으로 맞아들였다.

툼바는 가장 먼저 재무르에게 그들이 왔음을 알려달라고 부탁했다. 이제부터 모든 건 재무르를 통해 해결할 생각이었다.

잠시의 기다림 끝에 재무르가 한걸음에 달려왔다. 툼바는 멀리서 달려오는 재무르를 반가운 마음으로 바라보면서 자기를 위해 변함없이 정성을 다하고 있는 재무르에게 감사했다.

"툼바, 어서와. 툼바가 왔다는 소릴 듣고 깜짝 놀라 달려온 거야. 지금 이런 상황에서 어쩐 일이야?"

재무르는 반갑다는 인사도 하기 전에 무슨 일이 있는지 궁금함을 먼저 전했다. 툼바는 재무르의 의도를 충분히 간파했다. 분명 재무르가 보낸 편지에 대한 응답임을 짐작하고 있으면서도 겉으로는 모르는 척한다는 걸 툼바가 모르진 않았다. 지켜보는 눈도 많고 상황이 상황인 만큼 조심해야 했다.

그 역시 아무것도 모르는 척하며 말을 이었다.

"네. 재무르님. 그동안 잘 지내셨죠? 이렇게 재무르님을 다시 뵈니 기쁩니다. 다름이 아니라 야르 족장님께 드리는 저희 람보르 족장님의 편지를 가지고 왔습니다."

툼바는 다른 사람들 모르게 눈을 찡긋해 보였다.

재무르는 자신을 믿어주고 어려운 조언을 귀담아 들어준 람보르 족장에게 마음 깊이 감동했다.

"그래, 아주 잘 왔어. 지금은 비록 서로 싸우는 사이이고, 아직도 싸움이 끝나지 않았지만, 야르 족장님도 툼바가 왔다는 얘길 들으면 좋아하실 거야. 야르 족장님이 솔론과 툼바 두 사람을 얼마나 좋아하는지는 알지?"

재무르의 말속에 들어있는 의미를 알기에 툼바는 슬며시 미소를 지었다.

툼바의 일행이 람보르 족장의 편지를 가지고 왔다는 소식이 곧 야르 족장에게 전해졌다.

툼바를 맞이하는 야르 족장의 표정은 반가워하는 듯하면서도 왠지 모를 냉랭함이 서려 있었다. 아무래도 붙들고자 했던 야르 족장과 도망친 툼바를 둘러싼 묘한 감정이 불쑥 일어난 탓일 것이었다.

툼바는 개인으로서가 아닌 람보르 족장을 대리하는 자격으로 왔음을 정확히 알리고, 정식으로 예를 갖추어 람보르 족장의 편지를 야르 족장에게 전했다. 툼바가 함께 데리고 간 청년이 야르 부족의 언어로 람보르 족장의 편지를 읽었다.

"야르 족장님께 람보르 족장이 올립니다.

그것이 언제였는지는 모르지만, 하늘과 땅이 생겨나고 그 안에 우리 인간이 살기 시작하면서부터 우리는 늘 하늘과 땅의 이치와 섭리에 몸을 맡기며 삶을 이어왔습니다. 경외하면서 그 길에서 벗어나지 않으려 애썼습니다. 폭우와 천둥과 번개로 하늘은 인간을 깨우쳤고, 풍요와 가뭄으로 땅은 인간을 길들였습니다. 야르 부족과 저희 람보르 부족은 그런 세상에서 살아가고 있습니다.

하늘과 땅의 품 안에서 지금까지는 모두가 평온했습니다. 야르 부족과 람보르 부족은 허락된 공간 속에서 각자의 삶을 영위해 왔습니다. 서로의 삶에 충실했습니다. 어렴풋이 다른 존재들이 있다는 건 알았지만 그들이 어떤 사람들인지 굳이 알 필요도 없이 살아올 수 있었습니다. 그랬기에 크게 위험하지도, 위태롭지도 않았습니다.

하지만 뜻하지 않게 두 부족 사이에 큰일이 벌어졌습니다. 우리 람보르 부족이 저지른 실수 하나가 그동안 생각하지 못했던 엄청난 싸움에까지 이르게 했습니다. 물론, 그 실수가 절대 작지 않다는 걸 분명히 알고 있습니다. 야르 부족의 그 어떤 아이라도 그럴진대, 하물며 족장님의 귀한 아들이었으니 가슴이 찢어지는 그 심정을 누가 헤아릴 수 있단 말입니까?

마땅히 저희 람보르 부족은 모든 정성을 다해 사죄드려야 했음에도 불구하고 족장님의 기대에 미치지 못했습니다. 미흡했음을 솔직히 인정합니다. 저희가 부족했기에 족장님의 심기를 상하게 했고, 급기야는 싸움이 벌어지는 걸 막지 못하는 상황에까지 이르렀습니다. 싸움은 참혹했습니다. 양 부족의 많은 젊은이가 하늘이 내려준 각자의 명을 누리지 못하고 죽어가야 했습니다.

저는 이 모든 것에 책임을 느끼고 있는 람보르 부족의 족장으로서 깊이 유감을 표하며, 다시 한번 야르 족장님께 온 마음을 다해 사죄드리는 바입니다. 부디 싸움을 멈춰주실 것을 간절히 바랍니다. 더 이상 싸움을 지속해서는 안 됩니다. 그치지 않고 계속한다면 두 부족은 더 깊은 수렁으로 빠져들 것입니다.

이긴 자는 없고 진 자만 남을 것이고, 산 자는 없고 죽은 자만 있을 것입니다. 그러니 이쯤에서 멈춰야 합니다. 이것이 우리 두 부족을 지금까지 보살펴준 하늘과 땅의 섭리를 따르는 길이라고 생각합니다.

제가 편지를 올리는 이유는 이 싸움을 끝내기 위한 저의 진정성을 야르 족장님께서 받아주시길 바라는 간절한 마음을 전하기 위해서입니다. 허락하시면 곧바로 제가 직접 찾아뵙고, 야르 족장님께 정식으로 사죄드리는 시간을 갖고 싶습니다. 부디 넓은 마음으로 헤아리셔서 저의 간청을 받아주실 것을 간곡히 말씀드립니다. 람보르 족장"

아르 족장은 조용히 눈을 감은 채 청년이 읽고 있는 편지의 내용을 귀담아 들었다. 툼바가 얼핏 보기에도 야르 족장의 표정이 그리 나쁘지 않았다. 내용이 이어지면서 조금씩 인상이 펴지는 게 희망으로 다가왔다.

편지를 다 읽었는데도, 야르 족장은 한참을 아무 말도 없이 툼바를 바라보았다. 여전히 매서운 눈빛이지만 그 끝에 살짝 정이 묻어나오는 듯했다. 다른 사람은 모를 것이고 오직 툼바만 알아차릴 수 있는 그런 눈빛이었다.

툼바는 야르 족장의 눈빛을 피하지 않고 응시하면서 사죄하는 뜻을 담아 정중하게 고개와 허리를 숙였다.

"자네 이름이 툼바라고 했지?"

야르 족장은 처음과는 확연하게 달라진 표정과 목소리로 툼바를 불렀다.

"네. 툼바라고 합니다."

"전에 같이 왔던 그 젊은이는 솔론이라고 했던가?"

툼바는 야르 족장이 솔론의 이름까지 기억하고 있다는 사실에 더 놀랐다.

"네. 솔론 맞습니다."

"이번에 올 때 같이 오지 그랬나? 그러잖아도 보고 싶었는데."

이번에는 보고 싶었다는 말까지 흘러나왔다. 하지만 그 말속에 뼈가 들어있다는 것도 느낄 수 있었다. 역시 야르 족장은 보통 사람이 아니었다. 끝까지 긴장을 늦추지 말아야 했다.

툼바는 아무 대꾸 없이 조용히 고개를 숙였다.

"툼바, 그대 족장이 보낸 편지를 다 읽었네. 무슨 마음인지, 어떤 뜻인지 잘 알겠네. 다만, 이 자리에서 바로 답을 주긴 어렵네. 며칠 말미를 주면 내가 마음을 정리한 다음에 사람을 보내 내 뜻을 전하겠네."

"네. 야르 족장님. 잘 알겠습니다. 저희 족장님께 가서 그렇게 전하고 기다리겠습니다. 오늘 따뜻하게 맞아주시고, 저희 족장님의 편지를 잘 받아주셔서 감사합니다. 또 뵙겠습니다. 그럼 저는 이만 일어서겠습니다. 족장님"

그렇게 대답하고 난 툼바는 조금도 지체하지 않고 곧바로 자리에서 일어섰다. 야르 족장에게 따로 더 하고 싶은 말이나 해야 할 일도 없었다. 재무르와는 별도로 만나 이런저런 얘기를 나누고 싶지만 야르 족장 앞에서 차마 내색할 수는 없었다. 분명 재무르도 자기에게 별도로 하고 싶은 말이 있을 것이기에 어떻게든 둘만의 시간을 만들지 않을까 은근히 기대했다.

정중하게 인사하며 떠나는 툼바에게 야르 족장은 아무런 말도 하지 않고 고개를 끄덕이며 눈빛으로 마음을 전했다.

"제가 툼바를 보내고 오겠습니다."

아니나 다를까 재무르가 일어서며 야르 족장에게 고하고, 미처 허락도 받지 않은 채 서둘러 툼바를 따라나섰다. 툼바를 호위하며 왔던 람보르 전사들이 순식간에 그들을 에워쌌다. 툼바는 손으로 그들을 잠시 제지하고 재무르 앞으로 나섰다.

어느 정도 걸어 나와 야르 족장의 거처에서 멀어지자 두 사람은 그동안 애써 감췄던 반가움을 더 이상 숨기지 않았다. 서로의 손을 꼭 잡은 후 다른 사람들보다 몇 발짝 앞서 걸어가며 단둘이서만 이야기를 나누었다.

"재무르님, 그동안 어떻게 지내셨는지요? 쓰화님도 잘 지내시죠? 지난번에 빠져나올 때 쓰화님이 여러 가지를 챙겨주시지 않았으면 아마 도중에 쓰러졌을 거예요. 쓰화님 덕분에 목숨을 구할 수 있었습니다. 정말 고맙습니다.”

툼바는 고개를 숙이면서 작은 목소리로 야르 부족을 탈출할 때 도와준 일을 언급하며 감사의 마음을 전했다. 재무르와 쓰화가 생명의 은인이라는 말도 빼놓지 않았다.

“고맙기는. 당연한 거 아닌가. 내가 도와준 것도 있겠지만 두 사람이 잘했던 거야. 지난번에 자네들이 떠나고 나서 야르 부족이 한참 동안 찾아다녔는데도 발견하지 못했기에 역시 무사히 잘 빠져나갔구나, 라고 생각했어. 그래서 이렇게 다시 만난 거잖아. 내가 더 고맙고 반가워.”

“재무르님, 혹시 그때 저희가 빠져나가고 나서 곤란한 상황을 겪지는 않으셨어요?”

“아니, 그런 일 없었어. 특별히 내가 의심받을 일이 없었잖아? 그런데 말야. 참으로 놀라울 정도로 신기한 게 있어.”

재무르가 놀라울 정도로 신기한 게 있다고 하니 툼바는 무슨 일인가 싶어 귀를 쫑긋 세웠다.

“그때 자네들이 처음에 노린 대로 동굴에서 바로 빠져나갔으면 분명 내가 의심받았을 수도 있었을 거야. 그 동굴의 비밀통로를 알아낸다는 게 그리 쉬운 일이 아니니까. 누구보다도 예리한 야르 족장은 그냥 넘어가지 않았을 거라 생각해. 그런데 바로 빠져나가지 않고 다시 돌아왔다가 축제 날에 떠났잖아. 그게 정말 잘한 것 같아.”

“네. 맞아요. 아무리 생각해도 하늘의 도우심이 있었던 것 같아요.”

“그래. 나도 그렇게 생각해. 아~ 잠깐, 그런데 곤란한 사람들이 있었지. 자네들을 감시했던 그 야르 청년 두 사람 말일세. 딴짓하느라 제대로 감시하지 못했다고 아주 곤욕을 치렀어.”

“그랬군요. 사실 빠져나오면서도 그들에게 미안하긴 했어요. 분명 고초를 당할 거라 생각했어요. 딱 하나, 그게 마음에 걸렸어요.”

“사느냐 죽느냐의 기로에 서서 그렇게 야르 부족의 청년까지 생각해주는 마음도 고마워. 역시 자네들은 대단해. 그런데 놀라지 말아. 실은 자네들이 도망칠 거라는 걸 눈치채고 있는 사람이 한 명 있었어.”

재무르의 입에서 나온 말을 듣고 툼바는 깜짝 놀라며 물었다.

“네? 그게 누군데요? 설마 야르 족장은 아닐테고…”

“아냐. 야르 족장이라면 알면서도 모르는 척 넘어가진 않았겠지. 실은 소투야.”

재무르의 입에서 소투의 이름이 나오자 툼바는 깜짝 놀랐다. 순간 그의 얼굴 위로 초람의 얼굴이 겹쳐왔다.

“소투… 네. 그랬군요. 지금 와서 생각해 보니 그 사람이라면 눈치챌 수도 있었을 거예요. 그런데 궁금한 게 있어요. 소투가 미리 짐작했더라면 결국 그도 자기만 알고 재무르님을 감싸줬었던 거군요.”

“그런 셈이지. 그에겐 보통 사람을 능가하는 탁월함이 있었어. 나도 많이 배웠으니까. 자네들이 범상치 않은 젊은이들이란 걸 잘 알아봤던 거지. 그리고 나에 대한 애정이 있었기에 그냥 묻어주었을 거야. 그래서 그가 더 그리워. 그런데 참 세상일은 알다가도 모르겠어.”

“그게 무슨 말씀이세요?”

“그가 죽은 게 안타까우면서도 한편으로는 그의 죽음으로 인해 상황이 좋아졌다는 거야. 아마도 소투가 살아있었으면 람보르 부족은 지금보다 더 힘든 상황이 되었을지도 몰라. 그날 야르 족장의 거처에서 소투가 변을 당한 것도 어쩌면 이렇게 흘러가라고 그랬던 게 아니었을까? 그게 운명인 거지. 그건 그렇고 궁금한 게 하나 있어.”

재무르가 궁금한 게 있다고 하자 그게 어떤 내용인지 툼바도 궁금했다.

“소투를 죽인 사람 말야.”

재무르가 소투의 죽음에 대해 언급하자 툼바는 가슴이 철렁 내려앉았다.

"사실 야르 족장의 거처가 습격당하면서 소투가 죽었다는 말을 접하곤 처음엔 믿기 힘들었어. 그렇게 대담하게 행할 수 있는 사람이 누굴까 싶었어. 혹여 솔론과 툼바 자네들은 아니겠지? 이미 지나간 일이니 지금 내게 말해줄 수 있는지?"

툼바는 당황했다. 그리곤 재무르의 얼굴을 바라보았다. 여기까지 온 이상 이제는 더 숨길 필요가 없다고 여겼다.

"재무르님, 혹시 초람이라고 아시죠?"

"초람? 초람? 아~ 알지. 전임 족장님의 딸이잖아. 족장님이 안타깝게 돌아가시고 난 후에 틀어박혀서 나오지도 않았잖아. 근데 초람이 왜?"

"초람이었어요. 소투를 죽인 행동대장이."

툼바의 입에서 초람이라는 말이 나오고, 그 초람이 소투를 죽인 사람이라고 하자 재무르는 차마 믿을 수 없다는 표정으로 벌렸던 입을 미처 닫지 못한 채 툼바를 쳐다보고만 있었다.

"다 말씀드리자면 긴데요. 초람은 전임 족장님이 세상을 떠나시고 그동안 홀로 칩거하면서도 무술을 계속 익혀왔고, 뛰어난 실력자가 되었어요. 그리곤 무슨 심경의 변화가 있었는지 더 이상 동굴 속에 머무르지 않고 부족을 위해 일하길 원했어요. 그 마음을 알아차린 미르셀이 행동대장으로 추천했고, 이를 람보르 족장님이 허락하셨던 거예요. 아마도 초람의 가슴 속에 응어리진 것을 풀고 세상 밖으로 나오게 하기 위한 나름의 배려였을 거예요."

"그랬구나. 초람이었구나. 그러면 초람은 어떻게 되었어? 무사히 돌아간 거지? 자네들이 돌아갔을 때처럼 그때도 야르 부족이 끝내 찾지 못했으니까? 살아 돌아간 거 맞지?"

"네. 천신만고 끝에 겨우 살아 돌아왔어요. 그런데 그만..."

툼바는 차마 다음 말을 이을 수 없었다.

"그런데 그만이라니... 왜? 그 이후에 무슨 일이 있었어?"

"기력을 회복한 초람은 부족을 위해 싸울 것을 청했고, 솔론이 이끄는 선봉대에 배치되었어요. 전에 야르 청년의 시신을 우리 마을 입구에 내걸었던 적이 있었죠? 그 야르 청년이 선봉대가 있는 곳까지 홀로 쳐들어왔고, 솔론, 초람과 싸우다가 그만 초람을 죽이고 그 사람도 죽은 거예요."

초람이 죽었다는 말에 재무르는 아무 말도 없이 한동안 허공만 바라보았다. 곧이어 '아~~~' 하는 탄식이 길게 이어졌다.

"그랬구나. 툼바의 말을 듣고 보니 그동안 들어맞지 않았던 한구석이 딱 채워졌네. 마을 입구에 걸린 그 야르 전사는 족장을 지키는 호위전사 중에서 가장 뛰어난 치토라고 하는 청년이야. 지금까지 우리는 그 치토가 야르 족장과 소투를 지키지 못한 죄책감에 홀로 들어가서 싸우다가 최후를 맞이한 걸로 알고 있었어. 그런데 그의 죽음이 초람의 죽음과 연관이 있다니..."

"정말 가슴 아픈 건 죽은 초람하고 솔론이 이미 깊은 마음을 나눈 연인 사이였다는 거예요. 초람이 죽은 것도 치토라는 그 청년의 공격으로부터 솔론을 구하려다가 그렇게 된 것이고요. 초람이 치토의 공격을 받는 순간 치토 역시 초람이 던진 돌칼에 목을 맞아 그 자리에서 함께 죽은 거죠. 그렇게 허망하게 초람을 보낸 후 솔론의 슬픔은 이루 말할 수 없었죠. 지금도 헤어나오지 못했고, 앞으로도 당분간은 계속 그럴 거예요. 참으로 가슴 아파요."

"그랬구나, 그런 일이 있었구나. 그런 일이 있었어..."

재무르는 몇 번이고 그 말을 혼자 되뇌었다. 그 마음이 어떨지 툼바는 짐작하고도 남음이 있었다.

이후 두 사람은 한참 동안 아무런 말도 없이 앞만 보고 걸어갔다.

곧 마음을 다잡은 재무르가 화제를 돌렸다.

"그나저나 오늘 툼바가 가져온 편지를 읽고 깜짝 놀랐어. 역시 람보르 족장이라고 생각했어. 나의 간절한 마음을 조금도 의심하지 않고 그대로 받아줘서 속으로 고맙다는 말이 몇 번이나 나왔어. 자네도 알다시피 람보르 족장은 큰 인물이야. 게다가 솔론과 툼바 두 사람이 뒤를 받치고 있으니 더 든든하고. 하지만 지금 내가 있는 야르 부족은 앞으로가 문제야. 겉으로는 강한 것 같지만 내부적으로는 위태하다는 걸 느껴. 혹여 야르 족장이 잘못되거나 문제가 생기면 한순간에 무너질지도 몰라."

"재무르님의 편지를 읽고 족장님은 미르셀과도 상의했어요. 미르셀도 편지에 담긴 뜻을 알아차리고는 재무르님이야말로 세상 이치에 통달하신 분이라고 했어요. 만약에 야르 족장에게 무슨 일이 생긴다면, 제 생각엔 재무르님이 이끌어가시면 어떨까 싶어요."

"어허! 이 사람. 큰일 날 소리를.,, 그런 말은 입 밖에 내지도 말게. 난 그런 거 꿈도 꾸지 않을뿐더러 행여나 야르 족장의 귀에 들어가면 내가 아무리 신임을 받더라도 무사하지 못할 수도 있어."

"죄송합니다. 재무르님. 제가 경솔했어요. 두 번 다시 입 밖으로 꺼내지 않을게요. 그냥 그러면 좋을 것 같아서…"

"날 그렇게 대단하게 여겨주는 툼바의 마음은 고마워. 그 마음만 잘 받을게. 그나저나 이제 물꼬를 텄으니 두 부족 사이에 물이 콸콸 흐르게 하는 게 중요하지. 람보르 족장에게 가서 잘 전해. 내가 어떻게 해서든 야르 족장을 설득하여 꼭 만날 수 있도록 할 테니 준비 단단히 하고 오라고 해. 내가 볼 때는 이번이 두 부족에게 있어 어쩌면 마지막 기회일지도 몰라."

"네. 알겠어요. 그런데 이번엔 제가 궁금한 게 있어요."

"뭔데? 이제 헤어질 때가 얼마 남지 않았으니 빨리 말해."

"이런 말씀 드리기는 죄송하지만, 지금까지 있었던 싸움에서 야르 전사들이 얼마나 죽었어요? 제가 알기론 피해가 클 것 같은데요."

"맞아. 피해가 컸어. 특히 서쪽으로 공격하던 전사들이 심했어. 첫 싸움에서는 물에 떠내려간 전사들이 많았고, 이번에는 솔론이 사용한 신무기로 인해 엄청나게 당했어. 참, 말 나온 김에 나도 그게 무척이나 궁금했는데 그 무기가 대체 뭐야?"

"아~ 활과 화살이에요. 그거 솔론이 만든 거예요. 죽은 초람이 돌칼을 엄청나게 많이 남겨두고 갔거든요. 그 돌칼을 이용해서 만든 무기에요. 나무를 구부려 만든 활이라는 것에 나뭇가지 끝에 작은 돌칼을 동물의 힘줄로 묶어 만든 화살을 끼워 멀리 날릴 수 있도록 한 거죠. "

"그렇구나. 아무리 생각해도 솔론은 참 대단한 친구야. 그 무기는 모르긴 몰라도 앞으로 세상을 바꾸는 무기가 될 거야. 그 활과 화살로 인해 야르 전사들 수십 명이 죽었어. 보이지도 않는 곳에서 날아온 날카로운 돌칼 끝에 심장이 정통으로 맞기도 했고, 계곡으로 떨어지며 몸이 으스러져 죽기도 했지. 물에 떠내려가 미처 찾지 못한 전사들도 많아. 야르 족장은 이들을 합동으로 장사지내려고 시신을 한군데 다 모았는데 참혹하기가 이루 말할 수 없었어. 그나저나 람보르 부족 피해는 어때?"

"네. 저희 쪽도 피해가 있지만 야르 부족만큼 크진 않아요. 하지만 야르 부족이 다시 대대적으로 공격하게 된다면 그쪽 수가 훨씬 더 많기에 피해 없이 막아내기란 힘들 것 같아요. 람보르 족장님을 포함해서 솔론과 저도 그걸 많이 염려하고 있어요."

"그래서 내가 편지를 보낸 거야. 이제 더 이상 서로 그런 끔찍한 피해가 있어서는 안 돼. 야르 족장은 자존심이 강하기에 결코 지금처럼 야르 부족이 당한 채 끝내려고는 하지 않을 거야. 쉽지는 않겠지만 그걸 설득시키는 게 관건이라고 생각해. 이건 전적으로 내 몫이니 내게 맡겨줘."

여기까지 말한 재무르는 잠시 말을 멈추고 주위를 둘러보았다. 그리곤 지금까지와는 다른 톤으로 조용히 말했다.

"혹시라도 야르 족장이 람보르 족장의 의견을 받아들이지 않을 수도 있어. 누구의 말도 안 듣고 자기 뜻대로 밀어붙일 수도 있다는 뜻이야. 그러면 나 역시도 더 이상 어찌할 수 없을 거야. 만에 하나 그렇게 된다면 툼바가 말한 대로 람보르 부족은 더 힘든 상황에 처할 거야. 그래서 하는 말인데, 앞으로 더 조심해야 해. 특히, 람보르 족장을 잘 지켜. 무슨 일이 일어나지 않게. 야르 족장이 사람을 시켜 직접 람보르 족장을 노릴 수도 있으니 절대 방심하면 안 돼. 우리 각자 위치에서 최선을 다하고, 또 다시 원치 않는 어떤 일이 벌어지면 그게 운명이려니 생각하자고. 나는 나대로, 툼바는 툼바대로."

"네. 재무르님. 무슨 말씀이신지 알겠어요. 그렇게 할게요."

"비록 몸은 야르 부족과 함께 하지만, 분명한 건 내가 람보르 부족이라는 사실이야. 처음에는 그런 내 처지가 괴롭고 힘들었는데, 이제는 마음을 다시 잡았어. 내가 그냥 이리저리 왔다 갔다 하는 사람이 아니라, 두 부족 사이에서 싸움보다는 평화를 위해 끝까지 포기하지 않고 노력한 사람으로 기억될 수 있다면 그것으로 나의 존재 의미는 충분할 거라 믿어. 툼바는 내 마음을 잘 이해하겠지?"

"네. 당연하죠. 저뿐만이 아니라 람보르 족장님과 솔론, 미르셀을 포함하여 부족 식구들도 다 알고 있어요. 이런 시기에 재무르님이 계시다는 것만으로도 얼마나 다행인지 몰라요. 부디 몸조심하세요. 쓰화님께도 안부 전해주시고요."

"그래. 고마워. 잘 들어가. 람보르 족장님께도 잘 말씀드려주고."

모처럼 만나 이런저런 얘기를 주고받다 보니 어느덧 야르 부족 마을의 초입까지 이르렀다. 곳곳에서 야르 전사들이 움직이고 있는 모습이 눈에 띄었다. 아직 전쟁이 끝나지 않았음을 그들의 움직임에서 알 수 있었다.

두 사람은 그곳에서 헤어졌다. 재무르는 조심히 가라며 툼바 일행을 배웅했다. 그리고 그 자리에 서서 멀어져가는 툼바의 뒷모습을 오래도록 지켜보았다. 람보르 부족의 앞날을 이끌어갈 든든한 청년이 그렇게 자기의 시야에서 멀어져가는 모습을 눈에 담았다.

한동안 앞만 보고 나아가던 툼바는 갑자기 뒤를 돌아보았다. 멀리 보이는 곳에서 거대한 석상처럼 움직이지 않고 지켜보며 서 있는 사람이 있었다.

재무르와 툼바는 그렇게 서로만이 알 수 있는 뜨거운 눈빛을 허공 속에서 주고받았다.

세상의 일은 겉으로 보이는 것이 전부가 아니다. 두 부족 간을 오가는 희망적인 움직임 뒤편에서는 알 수 없는 불온한 기운이 움직이고 있었다. 람보르 족장을 제거하기 위해 야르 족장이 꾸민 술수이다. 람보르 족장이 편지를 보내 화친을 청하기 전에 이미 야르 족장은 특공조를 편성하여 람보르 부족 마을의 후방 깊숙이 들어가게 했다. 그런 상태에서 태연하게 툼바 일행을 맞아들였던 것이었다. 야르 족장과 툼바가 만나는 동안 야르 특공조는 모두아 지역을 크게 돌아 람보르 부족의 손길이 미치지 않는 곳으로 우회하면서 접근했다.

문제는 람보르 부족 내부에도 있었다. 솔론이 티아라와 툼바에게 그렇게 신신당부했음에도 불구하고 측방에서 들어오는 통로에 대한 완전한 대비가 갖춰지지 않았다는 점이었다. 더군다나 후방대장인 툼바가 야르 족장을 만나러 자리를 비운 상황이었다. 책임을 굳이 따지자면 측방을 감시할 임무를 맡은 예비대장 티아라에게 있었다. 티아라가 방심한 틈은 생각보다 컸고, 야르 부족은 그 틈을 놓치지 않고 들어왔다.

잘 훈련된 야르 부족의 특공조 수 명은 바람처럼 람보르 부족의 후방에 나타났다. 그들은 다른 것은 하나도 신경 쓰지 않았다. 오직 한 사람, 람보르 족장의 목숨만을 노리며 들어갔다.

하지만 람보르 족장은 호락호락하지 않았다. 이런 상황을 예견하고 대비하고 있던 참이었다. 재무르가 전한 내용 중 몸조심하라는 말이 계속 마음에 걸려 자기를 호위하는 전사들을 배로 늘리고 후방 지역의 경계를 더욱 강화하고 있었다.

야르 부족 특공조는 후방대 전사들에 의해 금방 발각되고 말았다.

한바탕 큰 싸움이 벌어졌다. 몰래 침투한 야르 특공조는 뛰어난 실력을 보유하고 있었다. 더군다나 여자들에게도 무력을 행사하는 등 야만적인 행동도 서슴지 않았다. 벌써 몇 명의 람보르 전사가 그들을 막다가 다쳤으며, 미르셀과 함께 남았던 일부 여자들은 놀라서 기절하기까지 했다.

이들은 어느새 람보르 족장의 처소 앞까지 도달했다. 족장을 호위하는 전사들이 뼁 둘러선 가운데 야르 특공조가 그렇게 찾고 있는 람보르 족장이 마침내 그들 앞에 몸을 드러냈다.

람보르 족장이 보는 앞에서 호위 전사들은 눈 깜짝할 사이에 두 명을 해치웠다. 야르 특공조도 대단한 전사들일 테지만 미리 준비하며 기다리고 있는 람보르 족장의 호위전사에게는 상대가 되지 않았다.

특공조는 이제 단 두 명만 남았다. 그제야 람보르 족장이 직접 그들 앞에 나섰다. 야르 전사들은 람보르 족장의 당당하고 늠름한 위용에 몸이 얼어붙은 듯 행동이 눈에 띄게 느려졌다. 애초에 상대가 되지 않았다.

람보르는 그 남은 자 중 한 명이 그들의 조장임을 한눈에 알아차렸다. 그러자 한 치의 망설임도 없이 두 야르 전사들을 향해 직접 다가갔다. 하지만 전사들의 몸놀림과는 달리 람보르 족장의 몸짓에는 살기가 서려 있지 않았다. 죽이지 않고도 충분히 그들을 제압할 수 있다는 고수의 여유가 묻어나왔다.

람보르 족장에게는 그들을 살려 보내서 야르 족장에게 간담이 서늘할 정도의 경고를 날리겠다는 의도가 있었다.

람보르는 순식간에 몸을 날렸다. 호위 전사들도 족장의 그 현란한 몸놀림을 그저 멍하니 바라볼 뿐이었다. 야르 특공조장의 옆에 있는 전사가 목표였다. 그의 목을 손등으로 내리치면서 순식간에 기절시킨 람보르는 곧장 야르 조장에게 향했다.

이미 모든 것을 파악한 야르 특공조장은 그의 눈앞에서 펼쳐진 상황에 몹시도 당황했다. 졸지에 고립무원의 처지가 되자 다리부터 힘이 풀리면서 몸도 움직일 수 없었다. 도저히 상대가 되지 않음을 인정한 그는 끝까지 손에 쥐고 있던 돌창을 떨구며 람보르 족장 앞에 바짝 꿇어 엎드렸다. 싸움의 승패를 떠나 사람이라고는 느껴지지 않을 정도로 차마 범접할 수 없는 신비로운 기운을 람보르 족장으로부터 느낀 것이었다.

그는 고개를 들지도 못하고 엎드린 채 떨고 있었다.

람보르 족장이 몸을 돌리면서 한 마디 말을 던졌다.

"나는 더 이상 피를 원하지 않는다."

그리곤 이내 자리를 떠났다. 그제야 정신을 차린 호위 전사들이 야르 특공조 두 사람을 끌고 람보르 족장의 뒤를 따랐다. 룽가를 통해 야르 부족의 특공조장과 기절한 전사를 죽이지 말고 돌려보내라는 엄명이 떨어졌다.

이렇게 람보르 부족 안에서 한바탕 소란이 벌어지던 때에 야르 부족 내에서도 적막한 공기 중에 수상한 움직임이 꿈틀거렸다. 람보르 족장의 편지를 들고 야르 부족을 찾아왔던 툼바가 떠나고 나자 족장이 재무르를 찾는다는 전갈이 왔다. 곧 자신을 부를 거라는 예상은 들어맞았다. 돌아가는 툼바에게는 며칠 말미를 달라고 했지만, 성격이 급한 족장이기에 어떤 식으로든 서둘러 결론을 내리려고 할 것이었다.

"재무르, 툼바는 잘 돌아갔소?"

"네. 족장님. 마을 입구까지 배웅하고 왔습니다."

"다시 봐도 정말 믿음직스럽고 든든한 친구요. 실수로 내 아들만 죽이지 않았으면 더 좋은 마음으로 대할 수도 있는데 그게 아쉽소. 그나저나 재무르는 람보르 족장의 제안을 어떻게 생각하오. 사실 나는 이런 상황은 예측하지 못했소. 화친을 청하려면 애초부터 그럴 것이지."

"네. 족장님의 말씀이 무슨 뜻인지 충분히 알고 있습니다. 제가 볼 때도 그렇습니다. 아마도 람보르 족장 역시 쉬운 결정은 아니었을 거라고 봅니다. 이미 두 부족 간에 전쟁이 벌어져 한창 싸우고 있는데 갑자기 이런 제안을 한다는 것이 그리 간단한 일은 아니기 때문입니다.”

“그렇다면 무슨 다른 숨겨진 의도가 있는 건 아니겠소?”

“숨겨진 의도라뇨? 그런 건 아닐 것입니다. 제가 람보르 족장을 잘 알기에 감히 말씀드릴 수 있는데, 그는 결코 앞뒤가 다르거나, 뒤에서 다른 음모를 꾸밀 사람은 결코 아닙니다.”

앞뒤가 다른 인물이 아니고 음모를 꾸밀 사람이 아니라는 말에 힘을 주어 말하는 순간 야르 족장의 얼굴이 묘하게 일그러졌다. 족장이 평소와는 약간 다르다는 느낌을 받으면서도 재무르는 차분하게 말을 이었다.

“람보르 부족은 지금까지 우리 부족의 공격을 잘 막아냈습니다. 정확하게는 알 수 없지만, 지금도 결코 불리한 상황은 아닐 것입니다. 툼바 얘기를 들어보니 우리가 계곡을 건널 때 그들이 공격한 무기가 이번에 새로 만든 활과 화살이라고 합니다. 지금까지는 누구나 손을 이용하여 창을 딘지는 게 다였는데, 이제 그런 무기를 만들어 멀리까지 화살촉을 날릴 수 있으니 얼마나 유리하겠습니까? 그럼에도 그들이 먼저 화친을 청한 걸 보면 충분히 그 진정성을 받아들여도 좋을 듯합니다.”

“활과 화살이라~~~ 정말 대단한 무기라고 생각하오. 어떻게 그런 생각을 할 수 있는지 직접 목격하고도 이해가 되질 않소. 그거 하나만 보더라도 람보르 부족은 정말 대단하다고 인정할 수밖에 없소. 그나저나 수적으로는 우리가 많지만, 그들도 불리하다고 생각하지 않을 텐데 이렇게까지 사죄하면서 머리를 숙이는 걸 보면 재무르의 말대로 그들이 단지 지금의 상황을 잠시 모면하기 위해 그러는 건 아니라고 보오.”

“네. 족장님. 그렇습니다. 그 부분만큼은 의심하거나 오해하지 않으셔도 될 거라 생각합니다.”

"좋소. 그렇다면 최종 결정을 하기 전에 세 사람의 대장을 불러 그들은 어떻게 생각하는지 추가적인 의견을 들어보고 싶소. 그런데 말이오. 사실 내가 재무르에게 말하지 않고 한 일이 있소. 지금쯤 람보르 부족 안에서 난리가 났을지도 모를 텐데…"

족장은 뭔가 뒤가 켕기는 듯 말을 얼버무리며 곤혹스러운 표정으로 재무르를 바라보았다.

"그게 무슨 말씀이십니까? 람보르 부족 내에서 난리가 났을 거라니요?"

"사실, 내가 아무에게도 말하지 않고 일을 꾸몄소. 람보르 족장의 서한이 당도하기 전에 내가 특공조를 보냈소. 람보르 족장을 제거하라는 임무를 주고 보낸 것이오. 그러니 지금쯤은 무슨 일이 벌어져도 벌어졌을 것이오. 물론, 그들이 이렇게 화친을 청할 줄 알았으면 나도 좀 더 참았을 거요."

참으로 청천벽력과도 같은 말이었다. 재무르는 놀란 표정을 풀지도 못한 채 족장을 바라보고만 있었다.

"참으로 난망한 일이오. 만약에 그들이 성공해도 문제고, 혹여 발각되거나 실패했다면 람보르 족장이 우리를 어떻게 생각하겠소. 화친을 청하는 편지를 보내기까지 했는데, 상대방은 자기를 죽이려고 특공조를 보냈으니…"

족장의 말이 끝났음에도 재무르의 놀란 가슴은 진정되지 않았다. 대화 도중에도 뭔가 이상하다는 느낌은 받았지만 설마 그렇게까지 일을 벌일 줄은 몰랐다. 아무리 피도 눈물도 없는 야르 족장이지만 자기한테만은 말할 줄 알았다. 그런데 일언반구도 없이 그토록 엄청난 일을 이미 저지른 것이다.

아니, 그건 아무래도 좋았다. 당장 중요한 건 람보르 족장의 안위였다. 그가 죽거나 크게 다쳤다면 그야말로 큰일이 아닐 수 없었다. 벌렁거리는 심장을 애써 잠재우며 겨우 말을 꺼냈다. 말이 떨려 나오고 있었다.

"그런 일이 있으셨군요."

재무르는 이 한 마디를 꺼내고 잠시 숨을 골랐다. 순간의 침묵이 족장에게 던지는 의미가 있을 것이었다. 이미 벌어진 일이기에 최대한 건드리지 않는 가운데 침착하게 수습해야겠다고 생각했다. 차분한 어조로 말을 이어갔다.

"하지만 그건 족장님이 편지를 받기 전에 하신 일이 아닙니까? 그러니 뒤통수를 쳤다고 할 수는 없는 일이라고 생각합니다. 조금 더 상황을 지켜보시는 게 좋겠습니다."

"재무르의 말을 듣고 보니 그렇기도 하오. 그럽시다. 상황을 지켜봅시다."

의외로 재무르가 온건하게 나오자 족장은 조금 안심한 모양이었다. 표정과 말투를 보면 알 수 있었다. 그런 족장과는 달리 재무르는 람보르 족장의 소식이 궁금하여 견딜 수가 없었다. 당장이라도 뛰쳐나가서 알아보고 싶은 마음뿐이었다.

족장은 곧바로 소소르, 차루, 마투 세 사람의 대장을 족장의 방으로 불러들였다. 그들에게 지금까지 있었던 일을 소상하게 설명하고, 람보르 족장이 보낸 편지는 재무르에게 읽으라고 시켰다. 끝까지 다 듣고 난 뒤에 한 사람씩 의견을 구했다.

"그대들이 오기 전에 재무르와 먼저 여러 이야기를 나눴소. 우리 부족의 앞날을 위해 과연 어떻게 하는 것이 현명한 것인지 세 사람의 대장도 허심탄회하게 자기의 생각을 말하기 바라오."

"저 소소르부터 말씀드리겠습니다. 저는 족장님의 명을 받고 싸우는 사람입니다. 제게는 오직 어떻게 싸울 것인가와 어떻게 이길 것인가만 중요합니다. 그들과 계속 싸울 것인가 말 것인가는 오직 족장님께 달려 있습니다. 족장님이 어떤 결정을 내리시더라도 기꺼이 따를 것이며, 만약에 계속 싸우기로 하신다면 반드시 이길 수 있도록 하겠습니다."

"소소르, 자네의 충정을 잘 알겠네. 그런데 말야. 만약에 자네가 족장이라면 지금 이 상황에서 어떻게 하겠는가?"

"네. 족장님께서 그렇게 말씀하시니 제 의견을 말씀드리겠습니다. 저라면 람보르 족장의 제안을 받아들이고 화친을 맺는 쪽으로 하겠습니다. 그것이 두 부족의 인명피해를 줄이고, 공동으로 나아가는 방향이 될 것이기 때문입니다.”

이렇게 야르 족장과 소소르의 대화가 이어지는 가운데 갑자기 큰 목소리가 울려 나오면서 누군가가 그 대화에 끼어들었다. 마투였다.

“족장님, 저 마투입니다. 족장님께서 지목하지 않으셨는데 불쑥 끼어들어서 죄송합니다. 족장님. 이건 아닙니다. 이대로 끝내서는 안 됩니다.”

마투의 말에는 계속 싸워야 한다는 강한 의지와 더불어 소소르를 향한 반감까지 묻어나왔다.

“소소르 대장의 말은 온당치 않습니다. 지금 이 싸움에서 죽어간 우리 전사들이 얼마나 많습니까? 잘못은 저들이 저질렀는데 막상 죽은 건 우리 부족의 전사들이 더 많습니다. 죽은 자만 수십 명이 넘고, 다친 사람도 부지기수입니다. 이렇게까지 되었는데 화친을 맺다니요? 도저히 그냥 받아주어서는 안 됩니다. 아직 제 아들도 잡혀있는 상황입니다. 제가 아들을 생각한다면 다른 사람보다 더 앞서 화친을 주장했을 겁니다. 하지만 이건 아닙니다. 끝까지 싸워서 죽은 전사들의 원수를 갚고 우리 부족의 명예를 세워야 합니다.”

아들까지 전장에 보낸 마투는 예상대로 강경했다. 중간에 끼어들 정도로 흥분하면서 끝까지 싸워야 한다고 침을 튀기면서 강조했다. 점점 더 흥분하며 목소리가 높아지는데도 족장은 끝까지 마투의 말을 경청했다.

“그래, 마투 대장의 말도 일리가 있다. 차루는 어떻게 생각하는가?”

지켜보고만 있던 차루가 신중하게 입을 열었다.

“네. 족장님. 저도 한 말씀 드리겠습니다. 마투 대장이 이렇게까지 말씀드리는 심정을 저는 충분히 이해합니다. 다만 이 문제에 대한 답에 앞서 먼저 드릴 말씀이 있습니다.”

“그래, 무슨 말이든지 좋다. 어서 말하라.”

"마투 대장의 말대로 이번 싸움에서 전사들이 많이 죽었습니다. 저도 싸우다가 다쳤지만 죽은 전사들을 생각하면 너무나 안타깝습니다. 더군다나 그들의 죽음으로 인해 홀로 남겨진 가족을 보면 마음이 더 아픕니다. 우리 부족원 모두가 그들을 잘 보살피는 것만이 전사들의 죽음을 헛되이 하지 않는 것입니다. 그래서 다시 싸우냐 마느냐를 논하기에 앞서 먼저 최대한 예우를 갖춰 성심껏 그들의 장례식을 치러야 합니다. 그래야만 나중에 그 누구라도 부족을 위해 기꺼이 목숨을 바칠 것입니다. 이 부분을 먼저 잘 헤아려 주십시오."

평소 말수가 적은 차루인지라 더 설득력있게 느껴졌다.

"다음으로는 족장님의 물음에 대한 제 의견입니다. 저는 더 이상의 싸움은 무의미하다는 생각입니다. 우리 전사들이 많이 죽었다고 복수한다는 마음으로 나아간다면 지금보다 더 많은 전사가 죽어 나갈 게 뻔합니다. 아무도 예측할 수 없습니다. 그러니 할 수만 있다면 하지 말아야 하고, 부득이하게 시작했더라도 빨리 멈춰야 합니다. 더군다나 람보르 부족이 먼저 머리를 조아리면서 사죄하고 나온 상황이라면 더 이상 고민할 것도 없이 받아주어야 한다고 생각합니다."

람보르 부족의 대장과 일대일 싸움에서 몸을 다친 이후로 자중하며 지냈던 차루가 이토록 확실하게 자기 의견을 피력하는 모습에 재무르는 놀랐다. 야르 부족에도 소소르나 차루 같은 제대로 된 전사들이 있다는 사실에 안도감이 느껴졌다. 그들의 모습에서 솔론과 툼바의 모습을 떠올렸다.

세 사람의 대장들이 각자 자기의 의견을 피력하는 가운데 재무르는 계속해서 한 사람의 얼굴만을 예의 주시하고 있었다. 마투였다. 야르 족장에게 계속 싸워야 한다고 강하게 말하고 나서도 뭔가 하고 싶은 말이 남아 있는 듯했다. 억지로 참고 자제하는 모습이 표정에서부터 드러났다.

재무르는 그를 예의주시하면서 그 심정을 들여다보았다. 오직 공을 세워 자기의 존재를 드러내고 싶은 넘쳐나는 욕망은 그가 숨긴다고 해서 숨길 수 있는 게 아니었다. 함께 있는 내내 그의 얼굴은 계속 굳어 있었다.

세 사람의 생각을 다 들은 족장이 무겁게 입을 열었다.

"여기에 함께 있는 재무르와 나는 여러분들이 오기 전에 충분히 의견을 나눴다. 그런데도 그대들을 직접 불러 의견을 들은 것은 직접 싸움터에서 싸우는 대장이기에 최종적으로 결정하기 전에 참고하기 위함이다."

여기까지 말하고선 목이 타는 듯 물잔을 들어 꿀꺽꿀꺽 물을 마셨다.

"이 문제는 우리 부족의 지금과 앞으로 다가올 미래를 위해 어떤 선택을 하는 것이 더 나은 것인가의 문제이다. 이제 나는 결심했다. 람보르 부족과 화친을 맺을 것이다. 다만, 차루가 말한 대로 먼저 우리가 해야 할 일이 있다. 이 싸움에서 죽어간 전사들의 죽음이 헛되지 않도록 그들을 후히 장사지내고, 기록을 남겨 앞으로도 계속 기릴 수 있도록 하라. 세 사람의 대장들은 자기 휘하 전사들에게 족장의 뜻을 전하되, 완전한 화친이 이루어지기 전까지는 절대 방심하지 말고 준비하라. 알겠는가?"

"네. 알겠습니다. 족장님의 명령대로 거행하겠습니다."

세 사람의 대장은 허리를 굽히며 큰소리로 대답했다. 소소르와 차루의 얼굴은 밝았지만, 마투의 얼굴은 계속 어두웠다. 그 모습이 재무르에겐 계속 거슬렸다. 하지만 족장에게 굳이 말하지 않았다. 괜한 분란만 일으킬 것 같았기 때문이었다.

야르 족장은 곧 싸움 중단을 선언했다. 람보르 부족과 화친을 맺을 테니 잘 준비하라고 정식으로 명령했다. 이어서 준비 책임자로는 재무르를 임명할 것이라고 발표했다. 재무르의 어깨가 더 무거워졌다. 세 사람의 대장은 족장의 명령을 받들겠다고 맹세한 후 올 때와 마찬가지로 급히 물러갔다. 잠시 더 머물던 재무르도 예를 표한 후 물러 나왔다. 족장의 호위 전사들은 변함없이 문 앞에 서 있었다. 늘 듬직하게 여겨온 그들을 오늘따라 더 자세히 바라보았다.

그들에게서 람보르 부족의 청년들을 떠올렸다. 미래 세대를 위해서라면 지금이라도 멈추는 게 당연하다고 다시 한번 되뇌면서 발길을 옮겼다. 마음속으로는 부디 람보르 족장이 무탈하길 기도했다.

집으로 향하는 재무르는 모처럼 하늘을 올려다보았다. 푸르른 하늘이 싱그러웠다. 새들은 자유롭게 날아다니고 있었다. 넓은 광장 뒤로 숲들이 울창하게 펼쳐져 있고 저 멀리 후루투산도 바라다보였다. 모두아와 해또르를 지나가면 람보르 부족이 사는 마을이 있다. 재무르는 그 새들이 부러웠다. 그들처럼 훨훨 날아다닐 수만 있다면 지금 당장이라도 람보르 족장을 만나러 갈 수 있을 텐데, 라는 마음에 괜스레 기분이 이상해졌다.

이리저리 구석구석을 돌아보느라 숨 가쁜 하루가 지나갔다. 하지만 재무르의 마음은 영 개운치 않았다. 람보르 족장의 안위가 계속 마음에 걸려있는 가운데, 마투의 어두운 얼굴도 떠올랐다. 야르 족장이 화친하기로 결정하고 난 이후에 야르 전사들의 움직임이 어떨지도 궁금했다. 그런 와중에도 죽은 전사들에 대한 장례 문제를 처리하고, 람보르 부족과의 화친을 준비하는 등 재무르는 눈코 뜰 새 없이 바빴다.

밤늦게 돌아온 재무르는 종일 품고 있었던 불안감의 실체를 숨기지 않고 쓰화에게 꺼냈다.

"쓰화, 뭔가 느낌이 좋지 않아요. 심상치 않은 기운이 사라지지 않고 계속 느껴져요."

반갑게 맞이하는 쓰화를 보면서도 표정을 풀지 않은 채 대뜸 이상한 얘기부터 꺼내는 재무르의 모습이 평소와 달리 낯설었다.

"그러셨군요. 당신이 심상치 않다면 분명 뭔가가 있는 거예요. 그동안 당신의 예감은 늘 맞았잖아요. 그런데 하나 물어봐도 돼요?"

쓰화은 재무르의 마음을 온전히 이해하고 받아주면서도 궁금한 기색을 숨기지 않았다.

"혹시 족장님과 무슨 일이 있었어요? 당신이 그렇게 느끼는 이유가 분명 있을 텐데요."

"글쎄요. 람보르 부족과의 화친 문제가 주된 쟁점이었는데 두 가지가 걸려요. 하나는 화친을 청하기 전에 야르 족장이 람보르 족장을 해치려고 특공조를 몰래 보냈다는 점이에요. 아직 그 결과는 아무도 몰라요. 람보르 족장에게 무슨 일이 없기만을 기다릴 뿐이에요. 또 하나는, 마투 대장이 드러내놓고 화친을 반대했다는 거예요. 화친 쪽으로 결론이 난 이후에도 마투 대장이 여전히 불만을 품고 있는 것이 확실해요. 표정이 내내 어두웠으니까요."

쓰화는 최대한 온화한 표정을 유지하면서 재무르의 불안한 마음을 위로하려고 애썼다. 그런 그녀가 재무르는 더없이 고마웠다.

"너무 민감하다고 생각할 수도 있지만, 저쪽이나 이쪽이나 무슨 일이 일어날 것 같은 예감이 자꾸 들어서 그래요. 방금 족장님과 헤어지면서도 조심하시라고 말씀드렸는데, 원래 그러신 것처럼 크게 신경 쓰시는 것 같지는 않았어요. 나 혼자만의 기우일 수도 있는데 괜한 일로 불안하게 하면 안 될까 봐 더 이상 말씀드리지 않았어요."

"잘하셨어요. 너무 신경 쓰지 마세요. 어쩌면 지금까지 당신이 신경 쓸 일이 많았던 탓에 예민해져서 그럴 수도 있어요. 설마 무슨 일이 생길라고요. 특히 족장님이라면 워낙 강하신 분이라서 쉽게... 그나저나 람보르 족장 문제는 저도 걱정되네요."

쓰화의 위로에도 불구하고 재무르의 마음은 쉽사리 안정되지 않은 채 계속해서 불안감이 남아 있었다. 이유는 알 수 없었다. 그 실체 또한 잡힐 듯 잡히지 않았다. 머릿속에서 두 사람이 계속 떠나지 않았다.

그날 밤 재무르는 쉽게 잠들지 못했다.

아니나 다를까 결국 다음날 새벽에 일은 터지고 말았다. 먼동이 터올 무렵 야르 족장의 거처가 정체를 알 수 없는 한 무리의 괴한들로부터 습격을 받은 것이었다. 평소와 같이 방안에서 깊은 잠에 빠져 있던 족장은 저항 한 번 제대로 해보지 못하고 괴한들이 휘두른 흉기에 그대로 쓰러지고 말았다.

족장을 지키던 호위전사도 대부분 죽고, 겨우 살아남은 한 명이 재무르의 집으로 간신히 도망쳐왔다. 족장이 죽어가면서 마지막 순간에 뱉은 한마디 말을 전하러 온 것이었다. 재무르 앞에 엎드린 채 그 전사는 피 흘리며 죽어가는 족장이 힘겹게 입을 열어 빨리 재무르에게 가라는 말을 남긴 다음에 숨을 거뒀다고 고했다.

예상외의 상황에 충격을 받은 재무르는 그제야 내내 그를 감싸고 있었던 불안감의 실체를 확실하게 마주할 수 있었다. 난데없는 습격을 당한 야르 족장이 죽어가는 절체절명의 순간에 그를 찾았다는 것에 재무르는 놀랐다. 이는 누가 봐도 그를 가장 믿을 만한 사람으로 여겼다는 뜻이었다. 어쩌면 자신의 후계자로 재무르를 생각했는지도 모를 일이었다. 하지만 그 자리는 쉽게 오를 수 없는 자리라는 걸 재무르는 누구보다도 잘 알고 있었다.

무엇보다도 먼저 해야 할 일이 있었다. 야르 족장이 죽은 이상 뒷수습을 감당해야 했다. 더 이상 피하거나 물러날 수 없는 이 순간에 재무르의 머릿속에 한 사람의 얼굴이 스쳤다. 지금까지 그의 머릿속에서 떠나지 않고 있었던 한 사람, 바로 그자의 소행이라고 확신했다.

모든 상황을 짐작하고 꿰뚫은 재무르는 자리에서 벌떡 일어났다. 일분일초가 급했다. 승부사 기질이 안에서 꿈틀거렸다. 지금은 무엇보다도 야르 부족을 장악하는 것이 급선무였다. 놀란 채 옆에서 떨고 있는 쓰화를 안아주며 안심시킨 후, 도망쳐온 호위 전사를 데리고 급히 처소를 나섰다. 그의 잰 발걸음은 소소르를 향하고 있었다.

소소르는 아무것도 모른 채 잠에 취해 있다가 재무르가 부르는 소리에 벌떡 일어났다. 갑작스러운 재무르와 호위전사의 방문에 놀라는 소소르에게 재무르는 새벽에 일어난 사태의 전말을 알려주었다. 소소르 역시 깜짝 놀라긴 마찬가지였지만 평정심을 유지하려 애쓰는 듯했다.

아무래도 지금은 휘하에 가장 많은 전사를 거느리고 있는 소소르가 실질적으로 가장 큰 힘을 쥐고 있기에 그를 끌어들이는 게 중요했다. 재무르는 시간 끌지 않고 단도직입적으로 속마음을 털어놓았다.

마투가 벌인 짓이라는 말을 듣고 소소르는 마음을 정했다. 그리고 자기를 찾아와 사태를 알려주고 의견을 묻는 재무르의 뜻과 의도를 금방 눈치챘다. 재무르를 바라보는 그의 눈빛 속에 신뢰가 묻어 나왔다. 지난번 람보르 부족과의 첫 번째 싸움에서 졌을 때 야르 족장 앞에서 자신을 옹호해 주었고, 이어 다음에 공격할 때에는 나무 방패를 준비하라고 일러주기까지 한 재무르의 넓은 마음과 탁월한 식견에는 더할 수 없이 감명받기도 했다. 그날부터 소소르는 속으로 야르 족장과 재무르를 대등하게 세우며 따르기로 결심했고, 그 마음을 지금까지 품고 있었다.

소소르는 한 치의 망설임도 없이 재무르 앞에 넙죽 꿇어 엎드렸다. 재무르는 물론 옆에 있는 호위전사도 예상하지 못한 행동이었다. 소소르는 이 사태를 완전히 장악하고 헤쳐나갈 수 있는 사람은 오직 재무르밖에 없다면서, 재무르의 명을 받아 부족을 위해 신명을 바칠 것을 고했다.

재무르는 아무 말 없이 소소르의 두 손을 꽉 쥐면서 뜨거운 마음으로 화답했다. 하지만 지금은 서로의 마음을 나눌 여유조차 없었다. 그만큼 상황이 급박했다.

재무르는 제일 먼저 소소르 휘하의 주력군을 전부 끌어모았다. 무리를 이끌던 조장들에겐 긴급하게 기별이 갔고, 조장을 통해 연락받은 전사들이 속속 소소르의 거처 앞으로 모여들었다.

날이 밝았을 때는 어느새 거의 칠십여 명에 가까운 전사들이 보무도 당당하게 대열을 갖추고 서 있었다. 소소르는 재무르를 향해 고개를 숙여 깎듯이 예를 표한 후 그들 앞으로 나아갔다. 꼭두새벽같이 달려 나온 전사들은 모두 긴장하는 표정으로 앞으로 나아온 대장 소소르를 바라보고 있었다.

소소르는 돌려 말하지 않고 단도직입적으로 간밤에 야르 족장이 살해되었음을 알렸다. 이어 야르 족장이 숨을 거두면서 재무르를 찾았다는 말을 전하며, 지금부터 재무르가 야르 부족을 이끄는 새로운 지도자가 될 거라고 선포했다. 그야말로 전광석화처럼 재빠르고 전격적인 조치였다.

야르 전사들은 조금도 머뭇거리지 않고 화답했다. 그들은 소소르의 뜻에 전적으로 수긍하고 따른다는 뜻에서 우렁차게 '꺼루꺼루~ 꺼루꺼루~'를 외쳤다. 모든 상황이 재무르의 예상대로 신속하게 정리되어가고 있었다. 재무르의 판단이 옳았다. 역시 소소르는 야르 전사들에게 신뢰와 인정을 받고 있었다. 탁월한 상황판단과 싸움 실력까지 갖춘 소소르가 전폭적으로 재무르를 지지하고 나섰기에 모든 건 일사천리였다.

재무르는 그들 앞에 당당히 나섰다.

"용감한 야르 전사들이여! 나는 재무르다. 밤새 우리 부족에 큰 변고가 생겼다. 야르 족장님께서 누군가의 습격을 받고 그만 우리 곁을 떠나셨다. 이는 필시 더 이상의 싸움을 끝내고 평화의 길로 나아가겠다는 족장님의 뜻에 반기를 든 자의 소행이라고 생각한다. 족장님은 떠나시는 순간에 마지막 남은 호위전사를 나 재무르에게 보내 이 사실을 전 부족에게 알리라고 하셨다. 나는 야르 족장님의 뜻을 받들어 분연히 나설 것이다. 아직 확실히 정체를 알 수 없지만 족장님을 해친 자를 찾아내어 처단하고 원수를 갚을 것이다. 아울러 족장님의 뜻을 받들어 이 땅에서 일어난 싸움을 멈추고 모두 함께 평화롭게 살아가는 세상을 만들 것이다. 그대 용감한 야르 전사들이여! 나를 따르겠는가!"

재무르의 연설은 짧지만 강렬했다. 마치 이날을 위해 준비된 듯했다. 깊이 전사들의 가슴을 파고들었다. 족장이 변고를 당했다는 충격은 벌써 저만치 날

야가 버리고 오직 재무르의 시대가 열리고 있음을 그들은 온몸으로 보여주고 있었다.

'꺼루꺼루~~~ 꺼루꺼루~~~' 야르 전사들의 함성은 갈수록 커져만 갔다.

재무르를 중심으로 소소르 이하 야르 전사들이 하나로 뭉치자 곧 야르 부족을 이끄는 중요한 위치에 있는 다른 전사들도 속속 모여들기 시작했다. 특히, 시주르와의 싸움에서 다쳤던 차루 대장도 재무르와 소소르의 전갈에 한 치의 망설임도 없이 합류했다. 차루 대장의 가세는 천군만마였다. 이미 승부의 추는 기울어진 것이나 다름없었다. 하지만 재무르는 결코 쉽게 생각하거나 방심하지 않았다. 끝날 때까지 끝난 게 아님을 누구보다도 잘 알고 있었다.

그는 신속하게 반란을 진압하기 위한 진용을 구축했다. 소소르를 대장, 차루를 부대장으로 임명하고 즉시 야르 족장의 거처로 들어가 야르 족장을 죽인 자들을 몰아낼 것을 새로운 야르 족장 재무르의 이름으로 명령했다.

재무르의 명을 받은 소소르와 차루는 발 빠르게 움직였다. 그들의 몸짓을 보는 것만으로도 재무르의 가슴은 쿵쾅쿵쾅 요동쳤다. 그러는 사이에 벌써 몇몇 야르 전사들이 재무르를 둘러쌌다. 재무르를 불의의 공격으로부터 지키기 위해 소소르가 임무를 부여한 호위전사들이었다.

재무르는 그들과 함께 소소르와 차루가 달려나간 곳을 향해 발길을 옮겼다. 재무르는 위험을 무릅쓰고 앞으로 나아갔다. 소소르와 차루가 야르 족장의 거처는 물론 마투 무리가 점령하고 있는 지역을 되찾는 과정을 그의 눈으로 지켜볼 셈이었다. 그리고 마침내 반란이 진압되면 야르 부족의 상징인 족장의 옷을 입고 정식으로 부족원 앞에 나설 작정이었다. 야르 족장의 거처에 걸려 있는 그 옷을 확보해야만 비로소 야르 부족의 족장으로서 정통성을 유지할 수 있을 것이었다.

예상은 한치도 빗나가지 않았다. 야르 족장을 습격한 자는 역시 마투였다. 야르 부족의 대장들 중에서 가장 야심이 큰 마투는 족장의 승인도 받지 않고 독단적으로 자기 아들을 람보르 진영으로 들여보낸 일로 주력군 대장에서 밀려난 뒤 겉으로는 표를 내지 않았지만, 속으로 칼을 갈고 있었던 듯했다. 또한, 당시에 마투의 편을 들어주지 않고 오히려 주력군 대장 교체를 언급했던 재무르에게 반감을 품고 있었던 것이 분명했다.

어느 정도 그걸 눈치챘으면서도 야르 족장에게 더 강하게 말하지 못한 것이 후회로 다가왔다. 하지만 어쩔 수 없었다. 지금 다시 생각해도 그 당시는 꺼낼 상황이 아니었다. 마투가 불만이 있다는 사실은 야르 족장도 충분히 알고 있었기에 그걸 재무르가 입 밖으로 꺼내는 순간 또 다른 갈등이 일어날 것이었다. 그렇게 꺼림칙한 마음으로 예의주시하고 있었는데 결국 마투가 일을 저질렀다. 야르 족장이 화친을 결심하자 못 참고 터져버린 것이었다.

하지만, 또 다른 면으로 보면 그것은 마치 한여름날의 천둥처럼 언제 터져도 터질 일이었다. 안타깝다면 오직 야르 족장의 죽음을 막지 못했다는 것뿐이었다. 걸어가는 내내 재무르의 눈에서는 굵은 눈물방울이 흘러내렸다.

그런데 예상치 못했던 일이 하나 더 눈에 드러났다. 야르 족장의 거처를 향해 가는 재무르 앞에 두 명의 야르 전사가 가벼운 부상을 입은 모습으로 나아온 것이었다. 두 사람은 무릎을 꿇고 스스로 신분을 밝혔다. 그들 입에서 특공조라는 말을 듣고 재무르는 놀라지 않을 수 없었다. 바로 죽은 야르 족장으로부터 람보르 족장을 제거하라는 특명을 받고 떠난 전사들이었다.

'특공조가 살아오다니, 그렇다면 임무를 달성한 것인가?' 재무르는 순간 불안감이 엄습해왔다. 야르 족장의 죽음 위로 람보르 족장까지 겹쳐오니 정신이 혼란스러울 지경이었다. '살아 돌아왔다는 건 임무를 달성했다는 뜻이 아니던가?' 혹여나 람보르가 어떻게 되었을까 싶어 가슴이 떨려왔지만 재무르는 냉정을 유지하려 애썼다. 마치 다 알고 있는 척 침착하면서도 근엄한 목소리로 임무를 완수했는지부터 물었다.

두 사람은 아무런 대답도 없이 그저 죽을 죄를 지었다는 말만 되풀이하고 있었다. '죽을 죄를 지었다니? 대체 무엇이 죽을 죄란 말이던가?' 연신 고개를 조아리는 그들의 모습을 보니 분명 람보르 족장에게 아무런 위해를 가하지 못하고 돌아온 것임에 분명했다. 직접 그들의 입을 통해 들어야 했다.

"다시 묻겠다. 그대들은 야르 족장님이 부여한 임무를 완수했는가? 그간에 무슨 일이 있었는지 사실대로 고하라."

"재무르님, 아니, 족장님, 죽을 죄를 지었습니다."

"똑같은 소리만 반복하지 말고 묻는 말에 똑바로 답하거라. 람보르 족장은 어떻게 되었는가?"

"실패했습니다. 람보르 족장을 죽이지 못하고 왔습니다."

그제야 안심이 되었다. 속으로 가슴을 쓸어내렸다. 잠시 사라졌던 마음의 여유와 평정도 금방 돌아왔다.

"실패한 몸으로 이렇게 살아 돌아왔다면, 혹여 그들과 맞서 싸우지도 않고 그냥 돌아왔다는 말이냐?"

"아닙니다. 그게 아닙니다. 직접 싸웠습니다. 막판에는 람보르 족장과도 직접 마주쳤습니다. 하지만 그는 저희들로선 도저히 상대할 수 있는 사람이 아니었습니다. 마치 인간이 아닌 듯했습니다."

"그렇다면 너희들은 어떻게 죽지 않고 살아온 것이냐?"

"람보르 족장은 그를 죽이려는 저희 두 사람을 아무 말도 하지 않고 살려주었습니다. 그리곤 돌아서면서 딱 한 마디만 남겼습니다."

"딱 한 마디? 그래, 그게 무슨 말이더냐?"

"너무도 강렬한 말이라 지금도 귀에 생생하게 들려오는 듯합니다. 그것은 나는 더 이상 피를 원하지 않는다는 말이었습니다."

특공조 전사의 말을 듣는 순간 재무르의 마음속에서는 역시 람보르답다는 말이 절로 튀어나왔다.

"나는 더 이상 피를 원하지 않는다... 나는 더 이상 피를 원하지 않는다... 그래, 그렇구나. 화친을 요청하는 람보르 족장의 뜻에 진정성이 있었구나. 이제 람보르 족장의 행동을 완전히 믿을 수 있게 되었다."

옆에서 듣고 있는 야르 전사가 많기에 재무르는 이미 다 알면서도 일부러 람보르 족장의 뜻에 진정성이 있다는 부분을 더 크게 강조했다.

재무르는 람보르 족장에 대해 개인적인 감정을 드러내지 않으려 애쓰면서 담담하지만 근엄한 말투로 명령했다.

"소소르 대장과 차루 대장을 비롯한 전 부족원은 더 이상 피를 흘리는 일이 없도록 하라. 특히, 우리 야르 부족 간에는 더 이상 피를 흘려서는 안 된다. 돌아가신 족장님의 죽음을 헛되이 하지 않도록 신속하게 반란을 진압하되, 산 채로 사로잡아라. 절대 부족원끼리 죽이는 일이 없도록 하라. 죄에 대해서는 꼭 필요한 만큼만 물을 것이다."

족장이 된 재무르의 말은 평소보다 더 위엄있게 전사들의 가슴으로 파고들었다. 옆에 있던 전사들은 모두 땅에 엎드린 채 '꺼루꺼루~~~ 꺼루꺼루~~~'를 외치며 새로운 족장의 말에 전적으로 복종했다. 돌아온 특공조 두 명에게는 아무런 죄를 묻지 않겠다고 하면서 본래의 자리로 돌려보냈다.

재무르의 강력한 의지와 신속한 결단으로 마투의 반란은 빠르게 수습되어갔다. 역시 소소르 대장의 공이 가장 컸다. 야르 부족 내에서 손꼽히는 전사이기에 그를 따르는 전사들이 점점 불어났다. 처음엔 어쩔 수 없이 마투를 따랐던 자들도 속속 소소르 진영으로 넘어오기 시작했다. 하지만 안에서 터져 나온 갈등으로 인해 촉발된 야르 부족의 내분은 람보르 부족과의 싸움 못지않게 부족 내에서 큰 혼란과 상처를 남기고 말았다. 이미 벌어진 혼란을 수습하는 과정에서 재무르의 명령에 따라 피를 흘리지 않도록 최대한 노력했으나, 그 이전에 마투 무리가 족장을 습격하던 중에 이미 호위전사들을 포함하여 여러 명이 죽거나 다쳤다.

야르 전사들에게는 람보르 부족과의 전쟁이 끝나지 않은 상황에서 전혀 상상조차 할 수 없는 반란이 발생했다는 것이 큰 충격으로 다가갔다. 그것도 다른 누구도 아닌 부족 내 최고의 전사이고 전임 야르 족장이 신임했던 마투 대장이 일으켰다는 점이 가장 뼈아팠다. 치밀어 오르는 비통함과 배신감을 억누른 채 야르 전사들은 재무르와 소소르, 차루를 중심으로 일치단결하여 순식간에 반란을 진압했다.

마투에 의해 죽임을 당한 야르 족장과 죽은 전사들의 시신은 커다란 동물 가죽으로 덮여 있었다. 재무르는 소소르와 차루를 이끌고 나아가 족장의 시신 앞에 무릎을 꿇었다. 참혹한 족장의 시신을 본 순간 재무르의 눈에서는 다시 폭풍처럼 눈물이 쏟아져 내렸다. 믿었던 부하의 손에 죽어가면서 생의 마지막 순간에 그를 찾았던 족장을 떠올리자 지금까지 애써 참아왔던 울음이 이내 통곡이 되어 터져 나왔다. 그런 재무르를 보면서 소소르를 비롯한 야르 전사들도 그동안 참아왔던 슬픔을 더 이상 감추지 않고 목놓아 울기 시작했다.

절절한 애통함이 순식간에 온 야르 마을을 뒤덮었다.

재무르가 흘린 눈물은 뼛속에서 우러나오는 진한 눈물이었다. 누구보다도 야르 족장은 재무르에게는 특별한 사람이었다. 람보르 부족을 떠나 오랜 시간 동안 광야를 떠돌면서 자유를 찾아 세상을 떠돌던 재무르를 기꺼이 받아준 사람이 그였다. 재무르가 람보르 부족임을 알면서도 누구보다 아끼고 신뢰했으며, 람보르 부족과 싸움을 벌이면서도 껄끄러워하지 않고 챙겨주었다. 그런 족장의 성품을 알고 있기에 재무르 역시 족장을 진심으로 존경하며 마음으로 따랐다.

야르 족장이 자기 부족과 싸움을 치러야 하는 재무르의 마음을 몰랐을 리가 없었다. 분명 어찌할 수 없는 흐름 속에서 두 부족 사이를 오가며 안타까워했을 재무르의 마음을 손바닥 들여다보듯 속속들이 알고 있었을 것이었다. 그러면서도 혹여나 재무르가 불편해할까 봐 여간해서 입 밖에 꺼내거나 내색하지 않았던 통 큰 인물이었다. 비록 한순간의 잘못된 판단으로 람보르 부족과 전쟁을 벌여 많은 사람을 고통과 죽음으로 몰아넣었지만, 개인적으로 재무르에게 있어서는 더없는 애정과 연민을 느낄 수밖에 없는 사람이었다.

재무르는 일어서는 것도 잊은 채 족장에게 기꺼이 자신의 몸 안에 든 모든 눈물을 다 바쳤다. 그것은 자기를 인정해 준 사람을 위한 마지막 충성이었다. 재무르의 애도는 밤새도록 그치지 않았고, 슬픔의 강도는 떠오르는 해처럼 점점 더 높이 솟았다. 얼마나 슬피 우는지 옆에 있는 소소르를 포함하여 많은 야르 전사들이 염려할 정도였다.

이윽고 모든 걸 다 쏟아내고 마음을 가다듬은 재무르는 다시 결연한 모습으로 우뚝 섰다. 소소르와 차루 대장에게 람보르 부족과의 싸움이 끝나지 않았음을 상기시키고 대비하는 일을 소홀히 하지 않도록 명했다.

이어 호위 전사들에게 명해 야르 족장의 옷을 챙겨오라고 했다. 그 옷은 야르 부족이 터를 이룬 이후 대대로 족장에게만 전해져 오는 부족의 상징이자 최고의 권위였다. 전사들이 조심스럽게 움직이며 족장의 옷을 가져오자 소소르가 얼른 일어나 정중하게 받아 들고 재무르에게 족장의 옷을 입혔다.

야르 족장의 옷을 입은 재무르를 본 야르 전사들은 모두 자리에 엎드렸다. 그들의 입에서는 연신 '꺼루꺼루~'가 흘러나왔다. 새로운 족장에게 복종한다는 뜻이었다. 실질적으로 재무르가 야르 부족의 새 족장으로 올라서는 순간이었다. 아직은 전임 족장의 장례를 치르기 전이었기에 당장 정식으로 의식을 치르지는 못할 테지만 예기치 못하게 벌어진 사태를 수습하려면 먼저 족장의 자리를 이어받는 것이 시급했다.

이후 재무르의 행동은 준비된 자의 행보였다. 조금의 여유도 주지 않고 모든 걸 과감하게 밀어붙였다. 마침내 중대한 결심을 해야 할 때가 다가왔다. 그건 단죄의 시간이었다. 그 강을 건너야만 화합으로 나아갈 수 있기에 재무르는 모든 것에 우선해서, 그것도 직접 나서서 처리하기로 마음먹었다.

상황은 쉽게 정리되었다. 전임 족장을 해친 마투가 야르 전사들에게 붙잡혀 재무르 앞에 끌려 나왔다. 마투를 따르던 전사들은 대부분 죽거나 이미 소소르 대장 편으로 합류한 뒤라 예상외로 손쉽게 그를 잡아들일 수 있었다.

조금도 흔들리지 않는 엄중한 눈빛으로 마투를 노려보던 재무르는 첫 일성으로 마투를 따르던 전사들의 죄는 그 누구라도 묻지 않겠노라고 선언했다. 전사들은 단지 상관인 마투의 명령을 따랐을 뿐이기에, 새로운 족장의 명에 복종하겠노라고 다짐하면 부족의 이름으로 다시 하나가 될 수 있음을 선포했다.

재무르의 넓은 마음과 자비로운 조치에 어쩔 수 없이 마투의 편에 섰던 전사들의 마음이 돌아선 것은 지극히 당연했다.

재무르는 굳은 얼굴로 직접 마투 앞에 섰다. 곧이어 하늘까지 뻗친 재무르의 노기가 터져 나왔다.

"네 이놈 마투! 너는 야르 부족을 이끌어가는 대장 중의 한 사람으로서 어찌 들판에 뛰어다니는 동물만도 못한 짓을 했느냐? 그동안 족장님이 네 인품과 능력에 비해 과분할 정도로 아끼고 인정하셨다는 걸 잘 알면서도 그 큰 은혜를 갚지는 못할망정 가슴에 비수를 꽂다니 어찌 네가 사람이라 할 수 있겠느냐? 너는 도저히 용서받을 수 없는 짓을 저질렀다."

재무르의 목소리는 천둥이 하늘에서 내리치는 듯했다. 생전 처음으로 듣는 재무르의 호통에 옆에 있던 소소르와 차루 대장은 물론 야르 전사들도 오금이 저릴 정도였다.

"나는 네 앞에서 우리 야르 부족의 '눈에는 눈, 이에는 이'라는 것을 말하지 않을 것이다. 아니, 내가 족장이 된 이 순간부터 우리 부족의 삶에 '눈에는 눈, 이에는 이'라는 것이 더 이상 발붙이지 못하게 할 것이다. 너는 그 원칙을 적용하지 않더라도 충분히 죄를 물을 수 있다. 부모와도 같은 족장을 죽였다는 것은 인간으로서 행해야 할 가장 기본적이고 참된 도리를 저버린 것이기 때문이다. 내 마지막으로 묻노라. 진정으로 너의 죄를 고하고, 죽은 족장님과 부족원 모두에게 용서를 빌 의향이 있느냐?"

마투는 이미 모든 걸 체념한 듯했다. 비굴하게 목숨을 구걸하지 않겠다는 오기가 표정에 나타났고, 한 부족을 이끌던 대장다운 결기는 끝까지 남아 있었다. 그는 머리를 숙이지 않고 똑바로 든 채 재무르의 눈을 뚫어지게 바라보면서 입을 열었다.

"재무르, 나는 당신을 우리 야르 부족의 후임 족장으로 인정하지 않소. 당신은 지금 우리가 싸우고 있는 람보르 부족 사람일 뿐이오. 우리가 죽여야 할 적이란 뜻이오. 그런데 어찌 그대가 야르 족장을 상징하는 옷을 걸치고 있단 말이오. 심히 부끄럽소. 그리고 더 가관인 건 그런 사람이 좋다고 옆에 서 있는 소소르, 차루 자네들이야. 부끄러운 줄 아시오."

마투는 고개를 돌려 재무르 옆에 서 있는 소소르와 차루를 노려보았다. 그들의 눈빛이 허공에서 만나며 불꽃이 튀는 듯했다.

"나 역시 나를 아껴주던 족장님을 그렇게밖에 할 수 없었던 상황이 안타깝기는 하오. 하지만 어쩔 수 없었소. 람보르 부족을 끝까지 멸하지 않고 도중에 타협하기로 한 결정은 분명 잘못된 것이오. 나는 야르 족장이 우리 부족의 전통을 깨뜨렸다고 생각하여 부족의 이름으로 그를 단죄할 수밖에 없었소. 인간적으로야 미안할 따름이지만, 내가 아니라 그 누구라도 반드시 해야 할 일이었다고 생각하오. 더 이상 당신한테 목숨을 구걸하고 싶은 생각이 없소. 나를 구차하게 만들지 말고 빨리 죽이시오. 그리고 끝으로 한마디만 하겠소. 나를 따랐던 전사들은 아무런 죄가 없소. 모두 다 내 탓이니 당신이 말한 대로 그들은 꼭 살려주시오."

마투의 목소리는 갈수록 커지며 자기 자신의 행동을 정당화했다. 다만, 그 와중에도 비굴하게 목숨을 구걸하지는 않았고, 자신을 따르던 전사들은 살려주기를 요청했다. 비록 중한 죄를 저질렀지만 그래도 한 부족의 대장다운 모습이었다.

더 이상 시간을 끌었다가는 부족 내에서 동요가 있을 수 있을 거라 여겼기에 처벌 역시 빠르게 진행했다.

재무르는 즉시 마투를 처형하고, 그의 시신을 마을의 가장 큰 나무에 걸어 전 부족원이 교훈으로 삼을 수 있도록 하라고 명령했다. 새로운 족장을 따르기로 맹세한 전사들은 모두 용서하며 받아들였다.

개인적인 마음이야 마투를 죽이지 않고 추방해서 어딘가에서 계속 살아가도록 배려하고 싶었지만 그럴 수는 없었다. 이제 부족의 새로운 족장으로 추대되었으니 공과 사를 엄격히 구분해야 했다. 또한, 마투를 살려두었다가는 꺼지지 않은 불씨처럼 두고두고 화근이 될지도 몰랐다. 비록 마음은 아프지만 잘라야 할 싹은 과감하게 자르는 것도 지도자의 덕목일 것이었다.

또 중요한 게 있었다. 지금처럼 부족의 족장이 피습을 당해 죽은 혼란스러운 시기에는 처음부터 강력하게 이끌어 나가야 더 이상의 내분이나 동요가 없을 것이었다. 더군다나 마투가 말한 대로 재무르는 야르 부족 사람이 아니기에 족장의 정통성을 지켜가려면 더 강력한 힘이 필요한 때였다. 그렇게 급한 일을 마무리한 후에 덕을 베풀어 그들을 감화시키면 자연스럽게 족장으로 인정하고 따를 것이라 여겼다.

재무르는 서두르지 않으면서, 용기와 신념을 가지고 나아갔다. 마투가 끌려나간 후 급하게 처리해야 할 나머지 일들을 다 끝낸 재무르는 곧 족장의 방으로 거처를 옮겼다. 지키는 전사들의 숫자를 배로 늘려 경계를 강화했다. 마투는 처단했으나, 여전히 불만 세력이 남아 있을 것에 대비한 조치였다. 급하게 족장의 자리를 이어받느라 아직 거처를 옮기지 못한 쓰화를 위해서도 호위 전사들이 배치되어 물샐 틈 없이 지켰다.

재무르는 당장 처리할 것과, 시간을 두고 해야 할 것들을 차분히 정리했다. 그가 전임 야르 족장을 섬기면서 느꼈던 것들을 하나도 잊지 않고 마음에 품으면서 초심을 잃지 않기로 다짐했다. 또한 야르 부족의 모든 권한이 족장 한 사람에게 몰려 있음을 알고 있기에 시간을 두고 여러 사람에게 합당한 임무를 맡기고 그 역할을 제대로 수행할 수 있도록 권한도 주겠다고 생각했다. 함께 할 인재는 찾아보면 차고 넘칠 것이기에 서두를 필요는 없을 것이었다.

지금은 아직 전쟁이 끝난 게 아니기에 야르 부족 전사들을 이끌어 가는 두 대장에게 다시 중책을 맡겼다. 이번에는 정식으로 소소르에게는 총대장의 임무를 부여하고, 차루는 부대장을 맡도록 했다. 두 대장이 전쟁에 임하고 있는 전사들을 책임지기만 하면 나머지는 크게 걱정할 일이 아니었다.

재무르는 여자라고 차별하고 싶지 않았다. 솔직한 심정으로 부족원으로부터 신망을 받고 있고 능력이 있는 쓰화에게도 중요한 임무를 부여하고도 싶을 정도였다. 다만, 자기의 짝이기에 공과 사를 엄격하게 구분해야 했다. 그래야만 위계질서가 세워질 수 있을 것이기에 지금처럼 막후에서 조언하는 역할에만 충실하도록 했다.

부족의 전열을 재정비한 후 안팎으로 남은 중요한 일은 크게 두 가지였다. 하나는 람보르 부족에게 사람을 보내 싸움을 중단하자고 제의하는 것이고, 다른 하나는 야르 족장과 죽은 전사들의 장례를 치르며 내부 결속을 도모하는 것이었다.

람보르 부족이 역으로 먼저 쳐들어올 일은 없을 테지만, 서로가 대치한 상태에서 긴장한 채 불필요한 힘을 소모할 필요가 없었다.

재무르는 곧바로 람보르 부족에게 전사를 보내 자신의 의향을 전했고, 예상한 대로 람보르 부족은 그 제안을 받아들였다. 분위기를 물어보니 람보르 부족은 야르 족장에게 변고가 있다는 사실을 아직 모르고 있는 듯했다. 야르 부족의 느닷없는 싸움 중단 제의를 분명 의아스럽게 생각했겠지만, 굳이 안 받아들일 이유가 없기에 제의에 따르기로 한 거라 판단했다.

아직은 굳이 야르 족장의 죽음을 알릴 필요는 없을 것이었다.

다음으로 한 일은 내부 결속이었다. 갑작스러운 족장의 죽음으로 동요하고 있는 부족의 마음을 최대한 빨리 하나로 묶어야 했다. 야르 족장과 전사들의 장례를 정성껏 준비하라 지시한 후, 재무르는 우선 부족의 원로들을 일일이 찾아 인사드리고, 도움을 청했다. 이번만이 아니고 앞으로도 부족의 중요한 일을 결정할 때는 당연히 원로들을 찾아뵙고 의견을 구할 것이라고 정중하게 말씀드렸다.

부족원 마음을 다독이고 안정시킬 수습 방안도 논의했다. 회의에는 많은 사람이 참석했다. 그중에는 재무르가 처음 보는 사람도 있었다. 야르 족장이 살아있을 때만 해도 이런 회의는 열리지도 않았다. 오직 족장 혼자만의 생각과 결단으로 부족의 모든 것이 좌우되었기 때문이었다. 참석한 원로들은 전임 야르 족장의 죽음을 비통해하며 애도하면서도, 재무르가 새로운 족장이 되어 부족을 이끄는 것에 대해 축하를 건넸다. 일부는 더 발전할 야르 부족의 미래를 기대하는 마음을 아끼지 않았다. 그동안 재무르가 보여주었던 인품과 능력을 그들도 익히 알고 있을 것이었다. 몇 차례 덕담이 오고 가자 처음에 어색했던 분위기는 이내 풀렸다.

재무르는 회의 참석자들에게 람보르 부족과의 싸움을 중단하기로 합의했다고 전하며, 회의 전에 고심했던 생각을 꺼내놓았다. 세상을 떠난 전임 족장의 장례문제였다. 전쟁에서 죽은 전사들의 시신은 겨우 수습만 해놓고 아직 장례의식도 제대로 못 치르고 있기에 이번 기회에 전임 족장과 전사들을 합동으로 장사지내는 것이 어떠냐고 물었다.

재무르의 파격적인 제안에 원로들은 물론 옆에 있던 소소르와 차루 역시 놀라는 표정이었다. 소투가 죽었을 때도 성대하게 장사지낸 바 있는데, 족장의 장례의식을 다른 전사들과 함께 지내는 것이 예법에 어긋나는 게 아니냐는 의견을 차루가 조심스럽게 꺼냈다. 그러자 여기저기서 족장의 장례를 먼저 성대하게 치르고, 그 이후에 전사들의 장례를 치르자는 의견이 이어졌다.

재무르는 왜 그가 동시에 장례를 치르고자 하는지 그 이유를 설명했다.

"제 생각을 솔직하게 말씀드리겠습니다. 사람은 본시 태어날 때부터 죽을 때까지 모두가 다 똑같은 사람입니다. 그것이 이 땅에 사람을 낸 신의 뜻이라 저는 믿고 있습니다. 그 사람이 생전에 가지고 있는 자리와 위치는 그 사람의 역할을 정한 것이지 귀하고 천함을 구분한 것이 아닙니다. 제가 전임 족장님을 모시면서 늘 존경하고 따랐는데 어찌 장례의식을 소홀히 할 수 있겠습니까? 하지만 그렇다고 해서 전임 족장님의 목숨이 우리 부족 전사 그 누구의 목숨보다 더 귀하다고는 생각하지 않습니다. 사람은 지위고하를 가릴 것 없이 다 평등하고, 누가 더 소중하다고 말할 수 없습니다. 그가 살아있든 죽었든 간에 말입니다. 일반적으로야 전임 족장님이 가장 높은 사람이었으니 가장 귀하다고 할 수 있겠지만 죽은 전사의 가족에게는 그 전사의 목숨이 족장님의 목숨보다 더 귀한 것 아니겠습니까?"

재무르 족장의 말 한마디 한마디에 모든 사람을 다 동등하고 존귀하게 여기는 신념과 진정성이 묻어나오자 분위기는 더 숙연해졌다.

"그래서 저는 이번 기회에 돌아가신 족장님의 장례를 다른 전사의 장례와 같이 치르자는 것입니다. 이런 저의 마음을 안다면 아마도 부족원 모두가 좋아할 거라 생각합니다. 또한, 지금 이 상황에선 장례의식을 두 번이나 치르는 건 그리 좋은 방안은 아닐 것입니다. 시간도 많이 소요되고, 노력도 더 들 것인데 아직 싸움이 끝나지 않았으니 최대한 빨리 마무리 짓는 게 좋을 것입니다."

모두 숨죽이며 재무르를 바라보았다. 여러 원로들, 소소르, 차루는 물론 그 자리에 있는 그 누구도 지금까지 이런 식으로 생각해 본 적이 단 한 번도 없었다. 그의 말은 단순히 장례에 국한된 문제가 아니었다. 위대한 인간 평등, 인간 존중의 크고 넓은 마음을 담은 연설과도 같았다. 모든 사람이 고개를 끄덕이며 수긍했다.

재무르의 말은 계속 이어졌다.

"족장님의 장례의식을 별도로 하지 않는다고 해서 족장님에 대한 우리의 예우가 가려지거나 낮춰지는 건 결코 아니라고 생각합니다. 역으로 부족을 위해 목숨을 바친 전사들의 장례를 족장님과 함께 치른다면, 오히려 그들의 넋이 함께 더 위로받을 것입니다. 이런 모습을 족장님이 하늘에서 보신다면 사랑하는 부족원과 끝까지 함께 할 수 있어서 더 좋다고 하실 거라 저는 믿습니다. 어떻습니까? 반대 의견이 없으면 다 제 뜻에 따라주시겠다고 생각한 것으로 받아들여도 되겠습니까?"

재무르 족장의 말이 끝나자 박수가 터져 나왔다. 모두 이구동성으로 새로운 족장의 뜻에 마음을 더했다. 이의를 제기하는 사람은 단 한 명도 없었다.

"어려운 시기에 한마음으로 뜻을 같이해 주셔서 고맙습니다. 그러면 다음으로 이 장례의식을 맡아서 이끌어주실 분을 추천해 주시기 바랍니다."

재무르는 틈을 주지 않고 좌중을 둘러보며 말했다. 마치 기다렸다는 듯이 소소르가 입을 열었다.

"족장님의 높고 크신 뜻에 감명받았습니다. 아울러 장례의식을 책임지고 맡아서 할 분으로 핀토를 추천하겠습니다."

핀토, 그는 재무르도 익히 알고 있는 사람이었다. 앞에 나서기 싫어하는 성격이라 자주 눈에 띄지는 않지만, 누구보다 진중한 사람이기에 원로는 물론 많은 부족원으로부터 신망을 받고 있었다. 야르 족장이나 소투가 살아있을 때 가끔 의견을 구하는 걸 보면 그 사람이 어떤 사람인지 미루어 짐작할 수 있었다.

"소소르 대장 고맙소. 핀토 같이 훌륭한 분이 맡아주신다면 나도 한시름 놓을 듯싶소. 어떻습니까? 맡아주실 수 있겠습니까?"

재무르 족장이 고개를 돌려 바라보자 핀토는 자리에서 일어나 좌중을 향해 고개를 숙이며 인사했다.

"소소르 대장이 부족한 저를 추천해 주시니 몸 둘 바를 모르겠습니다. 족장님께서 중책을 맡겨주신다면 비록 능력은 부족하지만 성심성의껏 최선을 다해 떠나가신 분들을 모시겠습니다.”

“고맙습니다. 그러면 부족을 위해 목숨을 바친 장한 전사들의 유가족들과 잘 상의하여 장례의식을 준비하십시오. 이 자리에 계신 여러분도 품격있게 치러질 수 있도록 적극적으로 도와주실 것을 부탁합니다.”

일어나서 고개를 숙이며 당부하는 재무르의 겸손한 모습에 참석자들도 모두 고개를 숙여 답했다. 모두가 물러나고 난 뒤에 재무르는 소소르와 차루 단둘만 남겨 앞으로 남은 나머지 일들에 대해 상의했다.

“소소르, 차루 대장. 두 사람 앞이니 내 생각을 솔직하게 털어놓으리다. 나는 시간이 지날수록 이 싸움이 애초부터 잘못되었다고 생각해 왔소. 그래서 장례의식이 끝나고 나면 어떤 방법으로든 좋게 마무리 짓고 싶소. 지금 생각하는 것은 내가 직접 람보르 족장을 만나 담판을 짓고 끝내는 것이오. 두 대장의 의견은 어떠하오?”

“네, 족장님. 전적으로 동의합니다. 다만, 족장님이 직접 나서기보다 양 족장님을 대신하여 대리인이 나서면 어떻겠습니까?”

“물론 소소르 대장의 말도 일리 있소. 족장으로부터 권한을 부여받은 대리인이 나가서 협상해도 될 일이오. 하지만 나는 누구보다도 람보르 족장을 잘 알고 있는 사람이오. 어렸을 때부터 같이 크고 자랐소. 더군다나 이번에 내가 야르 부족의 새 족장이 되었기에 직접 만나서 이 상황을 끝내는 것이 양 부족을 위해 더 좋을 거라 생각하오.”

“네, 알겠습니다. 족장님 말씀을 듣고 보니 그게 더 좋겠습니다. 장례의식이 끝나고 나면 정식으로 람보르 부족에게 우리의 뜻을 건네는 게 어떠신지요? 그러기 위해서는 장례의식이 빨리 끝나야 하기에 저희도 최대한 돕겠습니다.”

“저, 차루도 족장님과 소소르 대장의 의견에 동의합니다. 람보르 부족도 족장님의 진정한 뜻을 잘 알 것이기에 우리의 제안을 거절하지 않고 받아들일 거라 믿습니다.”

“알겠소. 두 분의 뜻이 고맙소. 그러면 먼저 장례의식이 잘 치러질 수 있도록 핀토를 도와 수고해 주시오. 나머지는 내가 판단해서 준비하면서 처리해 나가겠소. 중요한 일이 있으면 두 대장과 수시로 상의하리다.”

“네. 족장님. 저희를 믿어주시니 감사합니다. 충성을 다하겠습니다.”

두 사람은 재무르의 진심어린 마음과 수시로 상의하겠다는 파격적인 대우에 감동한 듯 허리를 굽혀 최대한 예를 갖춘 다음에 족장의 방을 나섰다.

혼자만의 시간이 찾아오자 재무르는 가장 먼저 신께 감사의 기도를 올렸다. 그가 야르 부족의 새 족장이 된 것은 그동안 마음속에 품어온 뜻을 실현해 나가라는 신의 뜻으로 받아들이기에 이 싸움을 자기 손으로 끝낼 힘이 생겼다는 것이 그렇게나 기꺼울 수 없었다.

족장의 자리라는 게 바로 그런 의미였다. 지금 그가 앉아있는 최고의 자리는 권력과 명예를 쥐고 누리고 뻐기는 자리가 아니다. 이 세상을 올바르게 이끌어 가고 싶다는 그의 바람과 신념을 구현할 수 있도록 해주는 수단이자 역할에 불과하다. 똑같이 주어진 자리를 누군가는 선한 영향력을 위해 사용하고, 다른 누구는 자신의 욕망을 위해 사용한다. 그러나 그는 오직 선한 영향력을 펼치는 데만 사용하리라 다짐했다. 그렇게 할 수만 있다면 얼마든지 세상을 바꿔 나갈 수 있을 것이다. 새삼 그가 앉은 야르 족장의 자리가 더없이 귀하고 소중하게 다가왔다.

죽어가는 순간에 그를 찾고, 족장의 자리를 물려준 전임 야르 족장의 명복을 빌며 재무르는 오랫동안 고개를 숙였다.

회의를 마친 후 기도까지 끝낸 재무르는 서둘러 일어섰다. 그를 기다리고 있을 쓰화 곁으로 일분일초라도 빨리 가고 싶었다. 문을 나서자마자 순식간에 호위 전사들이 재무르를 둘러쌌다. 그야말로 빈틈없이 지키고 있는 그들만 봐도 자신이 족장의 자리에 올랐다는 걸 실감할 수 있었다.

발걸음이 빨라졌다. 마음보다도 몸이 먼저 알고 움직였다. 그 마음이 어떤 건지 아무도 모를 것이었다.

재무르 곁에 있는 호위 전사들도 처음 호위를 맡았기에 그의 발걸음이 다른 때보다도 훨씬 더 빨라졌다는 건 눈치채지 못할 것이었다. 새삼 그의 곁에 있는 쓰화의 존재가 크게 다가왔다. 앞으로 또 어떠한 상황이 닥칠지라도 쓰화만 있으면 충분히 이겨낼 수 있을 거라는 확신이 들었다.

"어서 오세요. 오늘도 힘드셨죠?"

서둘러 집으로 들어오는 재무르를 반기며 쓰화가 물었다. 궁금한 마음에 온종일 재무르를 기다렸을 텐데도 그녀는 평소와 다름없이 차분하게 재무르를 맞았다.

"힘들지 않았어요. 회의 시간에 원로들도 모두 참석해서 잘 끝났어요. 부족의 상황은 처음에 걱정했던 것보다 훨씬 더 빠르게 안정을 찾아가고 있어요. 당신은 너무 걱정하지 않아도 돼요."

"다행이에요. 그게 다 당신의 뛰어난 지도력 덕분이죠. 아마도 우리 부족원 모두가 당신이 족장이 된 게 참으로 다행이라고 생각할 거예요. 이미 많은 부족 여자들이 찾아와서 당신이 족장이 되어 정말 든든하고 기쁘다며 축하하고 갔어요. 저도 이제 족장님의 짝이 되었으니 지금보다 더 신경 쓰고 섬겨가면서 뒤에서 제가 할 수 있는 역할을 하도록 노력할게요."

"고마워요. 쓰화. 당신이 내 곁에 있는 것만으로도 힘이 돼요. 지금도 충분히 차고 넘치고, 앞으로도 그럴 거예요. 당신의 능력도 능력이지만 무엇보다 겸손하게 처신하겠다는 그 마음이 더 고맙고 소중해요. 무엇보다 당신이 부족원으로부터 사랑과 신망을 한몸에 받는 게 가장 기쁘고 좋아요. 이제부터 당신의 역할도 족장 못지않게 중요하니 나도 힘껏 도울게요."

"역시 멋지신 족장님! 당신이 늘 저를 과하게 평가하고 칭찬하기 때문에 제가 더 열심히 하게 되잖아요. 가만 보면 당신은 정말 수가 높은 분이에요. 그걸 알면서도 맨날 속아 넘어갈 정도로 들으면 기분이 좋아진다니까요."

쓰화는 마음이 편해졌는지 애교 섞인 농담까지 건넸다.

"그나저나 이제 우리가 사는 곳도 족장의 거처로 옮겨야죠?"

재무르는 잠시라도 떨어져 있기 싫다는 마음을 담아 전했다.

"당신 저하고 떨어져 살기 싫어서 그렇죠? 하지만 조금만 참으세요. 준비가 다 되면 제가 알아서 옮길게요. 그것보다도 먼저 당신이 해야 할 일이 산더미처럼 많이 있잖아요."

쓰화의 입에서 먼저 해야 할 일이 산더미처럼 많이 있다는 말이 흘러나오자 재무르는 순간 긴장했다. 혹여나 재무르가 놓치고 있는 큰일이 있는가 싶었지만 물어보는 것도 잊은 채 물끄러미 쓰화의 얼굴을 바라보았다.

"당신이 우리 야르 부족에 대해 잘 알고 있고, 부족을 누구보다 아끼고 사랑한다는 것은 저뿐만 아니라 부족원이라면 누구나 다 알고 있을 거예요. 하지만 분명한 건 당신의 태생이 야르 부족이 아니라는 점이에요. 언제라도 그걸 잊으시면 안 돼요."

재무르를 늘 위축시키는 태생이라는 단어가 다른 사람도 아닌 쓰화의 입에서 흘러나오자 재무르는 조금 긴장했다. 아니나 다를까 쓰화는 금방 그의 마음을 어루만졌다.

"태생이라는 말을 당신이 민감하게 받아들이신다는 걸 알아요. 그렇지만 아셔야 해요. 이 말이 무슨 뜻이냐면 아직도 당신에게 반감을 품고 있는 사람이 있을 수 있다는 얘기예요. 아니, 앞으로도 계속 그런 사람이 나타날지 몰라요. 전임 족장님은 최고의 심복처럼 믿는 마투 대장에게 당했어요. 그런 일이 있으리라고 누가 감히 상상이나 했겠어요? 그만큼 권력을 둘러싼 인간의 마음이 복잡하다는 뜻이겠죠. 이제 당신이 새로운 권력이 되었으니 지금까지 했던 것과는 달라야 해요. 두루 살필 것들이 많을 거예요. 제가 주제넘게 말씀드리는 것 같지만 충분히 미루어 짐작할 수 있어요.”

역시 쓰화였다. 방 안에 있어도 세상 돌아가는 걸 꿰뚫고 있으며, 앞으로 일어날 일에 대해서도 훤히 내다보는 혜안을 가지고 있었다.

“주제넘다니요. 무슨 그런 말을. 나한테 그런 말을 해주는 사람은 쓰화 당신밖에 없어요. 늘 고맙고 정말 대단해요.”

“고마워요. 당신이 그렇게 받아주셔서. 제가 볼 때는 당신이 가장 먼저 해야 할 일은 부족원의 마음을 모으는 일이예요. 당신 앞에서 충성을 맹세하는 사람들 말고, 뒤에서 움직이지 않고 있는 사람들이 누구인지 파악하고 그들을 다 품으로 끌어안아야 해요. 그러기 위해서는 처음 한 번에 그치지 말고 앞으로도 계속 부족의 원로들을 만나면서 그분들의 진정한 지지를 끌어내세요. 제가 옆에서 함께 하며 낮은 자세로 임하면 우리 부족 모두가 당신께 마음을 열 거라고 믿어요. 그런 다음에는 한 부족의 족장으로서 이 세상을 무대로 진정 펼치고 싶은 뜻을 마음껏 펼쳐가시면 돼요.”

재무르의 행보를 이미 꿰뚫고 있는 쓰화의 조언은 놀랄 만큼 시의적절했다. 혼란한 상황에서 족장으로 추대되긴 했지만, 아직 진정한 족장으로 인정받았다고는 할 수 없었다. 쓰화의 말대로 먼저 진정한 통합을 이뤄내야만 람보르 부족과의 관계도 자신이 원하는 대로 이끌어 갈 수 있을 것이었다. 더군다나 아직도 마투를 따르거나, 최소한 마투의 의견에 동조하는 사람들도 있을 것이었다. 아무리 장례의식 등을 신경 쓰고 예우한다고 해도 싸우다가 죽은 전사의 가족 일부는 싸움터에 나가서 죽은 것 자체에 분노하고 반감을 품고 있을지도 몰랐다.

이들의 마음을 달래주는 것이 진정한 통합으로 가는 첫걸음이라는 걸 다시 일깨워준 쓰화가 고마웠다. 족장의 여자로서, 야르 부족 사람으로서 쓰화가 그런 역할을 맡아서 해준다면 재무르에게는 그야말로 천군만마가 될 것이었다. 그런 마음을 담아 다시 또 바라보노라니 쓰화는 부끄러운 듯 손으로 얼굴을 가렸다.

"당신은 맨날 왜 그렇게 빤히 쳐다보시는 거예요? 사람 쑥스럽게."

애교스럽게 말하며 봄빛처럼 피워내는 쓰화의 고운 미소가 지친 재무르의 마음을 완전히 풀어지게 했다. 쓰화의 부드럽고 따뜻한 몸을 안은 채 조용히 눈을 감는 순간 머릿속에 지나온 시간이 스쳐 지나갔다. 전혀 생각지도 않았던 다른 부족의 족장이 된 자기 자신이 믿기지 않았다. 하지만, 그가 어렵던 시절부터 품었던 뜻만큼은 전혀 변함이 없었다.

오랜 시간 동안 광야에서 느끼고 깨달아 온 것, 그것은 이 세상을 진정으로 아름답게 만들어가는 것이었다. 인간이 자연의 질서에 순응하면서 자연 속에 자리 잡은 모든 것들과 조화를 이루며 살아가는 것, 그 속에서 서로 아끼고 사랑하는 것, 이것이 바로 재무르가 꿈꾸는 세상이었다.

그들의 조상은 혹독하고 험한 환경을 딛고 생존했다. 그리고 조금 더 나은 세상을 물려주었다. 우리 역시 지금보다 더 좋고 아름다운 세상을 우리의 아이들, 후손들에게 물려주어야 한다. 이것은 바람과 희망을 넘어 이 땅을 살아가는 자들의 엄중한 책무라고 재무르는 받아들였다. 어깨의 짐이 두 배 세 배 늘어나고 긴장감에 길고 깊었던 하루가 그렇게 지나갔다.

새로운 날이 밝자 재무르는 더 바빠졌다. 핀토가 책임지고 준비하는 장례의식을 틈틈이 들여다보면서 야르 부족의 통합을 위해 분주하게 움직였다. 그의 곁에는 소소르와 차루가 붙어 있었고, 호위전사들은 물 샐 틈 없이 신변을 보호했다.

재무르는 람보르 부족에게 소식을 전할 방법을 궁리했다. 람보르 족장이 보내온 대로 편지를 써서 보내는 것과, 믿을만한 사람을 보내서 야르 족장의 죽음을 포함해 그동안 야르 부족에게 일어났던 일을 소상히 알리고 화친 요청에 답을 하는 방법이 있었다. 둘 중에 어느 것이 좋을지 고심에 고심을 거듭했다. 약속한 대로 틈틈이 소소르와 차루에게 의견도 구했다.

결국 차루를 야르 부족의 특사로 임명하여 람보르 부족에게 보내기로 결정했다. 차루 대장은 누구보다도 뛰어나고 용맹한 전사이며, 신중한 성격에 지혜로움도 겸비해 두 부족 사이를 중재할 수 있는 적합한 인재이다.

차루 역시 재무르를 족장으로 인정하고 완전히 받아들여 충성을 다하고 있기에 재무르 족장의 요청을 기꺼이 받아들였다.

재무르가 차루를 선택한 이유는 또 있었다. 람보르 부족도 중책을 감당하고 있는 툼바를 보냈으니, 야르 부족도 그 격에 맞는 사람을 보내야 했다. 그 모든 걸 충족하는 인물이 차루였다.

차루는 재무르 족장의 뜻을 람보르 부족에게 전하기 위해 한시도 지체하지 않고 서둘러 떠났다.

핀토가 책임지고 준비한 야르 족장과 죽은 전사들의 합동장례식은 성대하게 거행되었다. 재무르 족장이 준비단계에서부터 적극적으로 관여했기에 차질없이 치를 수 있었다.

특히, 전임 족장은 오랫동안 야르 부족을 이끌면서 강대한 부족으로 성장시켰기에 그를 향한 부족원의 존경과 자부심은 남달랐다. 야르 부족의 역사에서 영원히 잊히지 않을 위대한 인물이라고 입을 모아 칭송했다. 부족을 위해 목숨을 바친 전사들에 대해서도 조금의 부족함 없이 최대한의 경의와 예를 갖췄다.

재무르는 족장의 옷을 입고 장례식을 주관했다. 그의 말 한마디 한마디는 간결하면서도 진한 감동을 담고 있었다. 전임 족장이 남기고 간 업적을 높이 평가하며 좋은 뜻을 잘 이어받겠다고 맹세했다. 좋은 뜻이라는 말을 할 때는 일부러 더 크게 강조했다. 이는 한편으로는 나쁜 것은 이어받지 않고 과감하게 버리겠다는 의미를 담은 것이었다.

특히, 싸움에서 목숨을 바친 전사들을 추모하면서는 합당한 예우를 통해 그들의 죽음을 헛되이 하지 않겠노라 했다. 남은 가족의 생계는 부족 차원에서 책임질 것이며, 그 어떤 차이나 차별도 없을 것이라고 천명했다. 본의 아니게 짝을 잃었기에 새로이 짝을 이루고자 하는 사람은 역시 부족 차원에서 새로운 가정을 꾸려주기로 했다.

모두의 예상을 훌쩍 뛰어넘는 재무르 족장의 조치에 야르 부족원 모두는 눈물을 흘렸다.

장례의식을 치르는 동안 재무르 곁에는 처음부터 끝까지 시종일관 소소르와 핀토가 보좌했다. 엄숙하면서도 간간이 통곡이 흘러나오는 가운데 재무르는 숙연하면서도 담담하게 부족의 장례식을 마쳤다.

전임 족장의 시신은 대대로 부족의 족장들이 묻혀 있는 곳으로 옮겨졌다. 전사들의 무덤은 마을이 훤히 내려다보이는 야트막한 언덕 양지바른 곳에 마련되었다. 그곳에 그들을 모시면서 앞으로도 계속 그들의 헌신을 기억하고 넋을 기리기로 했다.

장례의식을 끝냈다고 끝이 아니었다. 재무르는 시신을 아직 찾지 못한 전사들에게도 신경 썼다. 치열한 싸움 당시 람보르 부족의 창과 화살촉에 맞아 계곡으로 굴러떨어져 죽은 전사들의 경우에는 람보르 부족과 화친을 맺은 다음에 대대적으로 수색해서 한 사람도 빠짐없이 찾고 수습할 것임을 실종자 가족에게 약속했다. 산 자뿐만 아니라 죽은 자에 대해서도 한치의 소홀함이 없이 대하고 있는 재무르에게 야르 부족 사람들은 고마워하면서 조금씩 마음을 열어가고 있었다.

재무르의 옆에서 그림자처럼 수행하며 지켜보는 소소르는 마음속에서 감탄하지 않을 수 없었다. 지금까지 많은 사람을 봐왔지만 재무르 족장처럼 현명하면서 말 대신 행동으로 옮기는 사람을 보지 못했었다. 역시 재무르를 새로운 족장으로 모시길 잘했다는 생각에 스스로 뿌듯했다.

이제 람보르 부족과 화친을 맺으면 지금보다 훨씬 더 나은 세상이 펼쳐질 거라는 기대감이 가슴을 떨리게 했다. 단지 족장 한 사람이 바뀌었는데 부족 전체의 모습이 이토록 달라질 수 있다는 사실에 놀라면서, 아울러 자신이 재무르 족장의 심복임이 자랑스러웠다.

소소르는 재무르 족장을 도와 야르 부족의 새 시대를 함께 만들어가고 싶다는 큰 꿈을 품기로 했다. 그것은 새로운 시대에 대한 기대이고, 다가올 미래에 대한 희망이다.

그러한 꿈틀거림은 비단 야르 부족에서만 일어나지 않았다.

람보르는 야르 부족의 차루 대장 일행을 반갑게 맞아들였다. 싸움이 소강상태로 접어들면서 야르 부족이 뭔가 일을 꾸미는 게 아닌가 싶어 동태를 살피던 중 심상치 않은 사건이 벌어진 것을 예감하고 있었기에 갑작스러운 차루 일행의 방문 목적이 궁금하지 않을 수 없었다.

람보르 족장의 거처에 모여 있던 사람 중 시주르는 차루 일행을 보고 깜짝 놀랐다. 차루 역시 단번에 시주르를 알아보았다. 주먹도끼와 돌칼이 치열하게 오고 가던 생사의 현장이 떠올랐다. 다행스럽게도 서로 큰 부상이나 죽음으로 이어지지 않았지만, 핏발이 선 눈빛과 뜨거운 숨결을 주고받으며 서로 목숨을 건 절체절명의 순간을 함께 했던 두 사람이었다. 그 묘한 동질감은 몸에 난 상처와 더불어 가슴에 깊게 새겨져 있었다. 그리고 운명처럼 다시 만난 그곳에서 그 느낌이 다시 솟아났다.

시주르는 벌떡 일어나서 먼저 람보르 족장에게 고개를 숙여 예를 표한 후 차루에게 다가가 반갑게 손을 내밀었다. 차루 역시 소소르의 손을 굳게 잡았다. 이제는 서로 싸우는 적장으로 만난 게 아니었다. 시주르가 람보르 족장과 부족원에게 서로가 어떤 사이인지 그 내막을 알려주자 잠깐이나마 두 사람을 의아하게 바라보고 있었던 사람들의 눈빛에도 감격이 서렸다.

"어서 오시오. 차루 대장. 먼 길 오시느라 수고 많았소."

람보르는 시주르의 손을 잡고 앞으로 나아온 차루에게 환영의 뜻을 표했다.

람보르 족장 앞에 선 차루는 무릎을 꿇고 공손하게 허리를 숙인 채 머리를 땅에 대었다. 다른 부족의 족장에게 바치는 최대한의 예의였다. 그런 차루의 행동 하나하나가 앞으로 이어질 일이 어떠할지 대략이나마 짐작할 수 있게 했다.

"람보르 족장님께 인사올립니다. 저는 야르 부족의 차루라고 하옵니다."

"차루 대장. 반갑소. 내 그대에 대해서는 익히 들어 알고 있소. 용맹함과 실력이 야르 부족의 전사들 중에서 최고라고 말이오. 이제 일어나 앉으시오"

차루는 말없이 고개를 숙여 예를 표하고 자리에서 일어나 람보르 족장 앞에 앉았다. 고개를 돌려 옆에 있는 솔론, 툼바, 티아라 등 람보르 부족의 대장들과도 눈빛으로 인사를 나누었다. 솔론과 툼바는 이미 알고 있는 사이이기에 오가는 눈빛이 달랐다.

"족장님. 과찬이십니다. 저보다 훨씬 뛰어난 람보르 부족의 여러 대장들이 들으면 웃을지도 모를 일입니다. 부족한 저를 그리 여겨주시고 반갑게 맞아주시니 감사할 따름입니다."

"겸손하시기까지 하니 더 대단하시오. 그래, 어떤 일로 이렇게 갑자기 오셨소? 차루 대장이 올 정도면 단순한 일은 아닌 듯한데…"

람보르는 야르 부족 내에서 어떤 일이 일어나고 있음을 내심 짐작하고 있으면서도 차루의 입에서 나올 때까지 겉으로 내색하지 않았다. 아직 싸움이 완전히 끝나지 않은 상황에서 야르 부족의 동태를 예의주시하고 있다는 것을 굳이 꺼낼 이유가 없었다.

"람보르 족장님께 저희 족장님의 뜻을 전해드리기 위함입니다. 저희 족장님은 이전 족장님이 아니고 새로운 족장님이기에 용건을 전하기에 앞서 먼저 소상하게 말씀드리겠습니다."

여기까지 말하고선 차루는 잠시 뜸을 들였다. 새로운 족장이라는 말이 나오자 분위기가 술렁거렸다. 아주 잠깐이지만 람보르의 마음도 덜컥 요동쳤다.

혹시나 했던 것이 사실로 드러나는 순간임을 느꼈다. 그동안 마음속으로 고심하며 여러 가능성을 상정했음에도 직접 말로 전해 들으려니 기분이 또 달랐다.

람보르는 담담한 표정으로 차루를 바라보면서 다음 말을 기다렸다.

"람보르 족장님, 사실 저희 부족 내부에서 큰일이 있었습니다. 전임 야르 족장님이 그만 변을 당하셨습니다."

차루의 입에서 몹시 충격적인 말이 흘러나왔다.

"아니, 변을 당하다니? 웬만하면 변고라고 하지 않을 터인데, 그렇다면 혹시 야르 족장이 죽었단 말이오?"

족장의 교체는 어느 정도는 예상했음에도 불구하고 아예 죽었다고 하자 순간 람보르의 목소리도 조금 떨렸다. 순간 생전에 만났던 야르 족장의 모습과 그를 제거하기 위해 초람과 행동대원을 보냈던 일 등이 떠오르면서 만감이 교차했다

"네. 그렇습니다. 저희 부족의 마투라는 대장이 야르 족장님에게 불만을 품고 있다가 불시에 습격했고, 끝내 있어서는 안 될 불상사가 벌어졌습니다."

"어찌 그런 일이... 내 비록 야르 족장과 싸우고 있는 몸이나 이리도 허망하게 세상을 떠났다니 뭐라 말로 다 표현하기 힘든 심정이오. 일을 벌인 자가 마투라고 했소? 한 부족의 대장이라면 평소 족장이 많이 신임했을 터인데 어떻게 그런 행동을 했는지 이해되질 않소."

야르 족장을 죽인 자가 마투라는 말까지 듣자 람보르의 마음은 콕 집어서 말할 수 없을 정도로 복잡해졌다. 문득 그의 어린 아들이 잡혀 와 있다는 것도 생각났다.

람보르는 죽은 야르 족장에 대해 합당한 예를 갖췄다.

"내 달리 무슨 말을 할 수 있겠소. 그가 비록 우리와 싸우고 있는 사람이었지만 부족 대 부족의 입장으로 야르 족장의 죽음을 안타깝게 생각하며 명복을 비는 바이오. 아울러 족장을 잃은 야르 부족원에게도 위로를 보내오."

"족장님께서 그렇게 받아주시고 전임 야르 족장님의 명복을 빌어주시니 감사합니다."

"그렇다면 지금 야르 부족은 어떻소? 후임 족장은 뽑으셨소?"

"네, 재무르님이 후임 족장으로 추대되어 모든 걸 관장하고 계십니다."

차루의 입에서 재무르라는 이름이 나오자 주위는 다시 한번 술렁거렸다. 하지만 람보르 족장의 표정은 크게 변함이 없었다. 변고가 생겼다는 말을 듣는 순간 이미 재무르가 야르 족장의 뒤를 이을 거라고 충분히 예상했기 때문이었다. 그러니 이제는 더 이상 조심스러워 할 것도 없었다.

"어려운 상황임에도 금방 새로운 족장이 뽑히셨다니 다행이오. 재무르님은 내가 누구보다도 잘 아는 분이오. 실력으로나 인품으로나 야르 부족을 이끌어 가시기에 충분한 분이오. 람보르 족장이 진심으로 축하한다고 전해주시오."

"네. 알겠습니다. 족장님. 그리고 제가 찾아온 용건이 더 있습니다."

역시 그럴 것이었다. 단지 야르 족장의 죽음만을 알리려고 오지는 않았을 것이었다. 람보르는 담담한 눈빛으로 차루를 주시했다.

"재무르 족장님께서 람보르 족장님을 직접 뵙기를 청하십니다. 할 수 있는 한 최대한 빨리 중간지점에서 뵙자고 하셨습니다. 승낙 여부만 말씀해 주시면 구체적인 사안은 책임 있는 사람들이 별도로 의논하겠습니다."

역시 재무르다운 발 빠른 조치라고 생각했다. 생각하거나 망설일 필요도 없었다. 람보르도 적극적으로 화답했다.

"그럽시다. 못 만날 일이 뭐가 있겠소. 나도 재무르 족장님이 빨리 보고 싶다고 전해주시오. 앞으로 차루 대장의 상대로 우리 측에서는 툼바 대장을 임명할 테니 자세한 사항은 서로 잘 협조하도록 하시오."

"네. 알겠습니다. 족장님. 그럼 그렇게 알고 저는 이만 물러가겠습니다."

"먼길에 수고 많았소. 어려운 순간에도 우리 부족을 배려하신 점에 감사하고, 곧 직접 뵙겠다고 재무르 족장님께 전해주시오. 무사히 잘 돌아가시오. 차루 대장."

차루는 처음과 마찬가지로 무릎을 꿇고 머리를 땅에 대며 예의를 표한 뒤 람보르 족장의 처소를 나섰다.

툼바와 시주르가 차루를 배웅했다. 마을 어귀까지 걸어가면서 툼바와 차루는 앞으로 해야 할 사항에 대해 자세히 의견을 나눴다. 만나는 날, 함께 가는 사람들까지 세세하게 정했다. 시주르 역시 끝까지 동행하면서 중간중간에 차루와의 특별한 인연을 확인했다. 그래서일까, 시주르는 차루와 헤어지는 게 못내 아쉬운 듯 몇 번이고 뒤를 돌아보았다.

돌아오는 내내 툼바는 야르 부족의 족장이 된 재무르를 머릿속에 떠올렸다. 람보르 족장과 재무르 족장, 이 두 사람의 지도자가 이끌어 간다면 이 땅은 더없이 평온하고 아름다울 거라고 평소 늘 생각했었기에 그렇게 기쁠 수가 없었다. 걸출한 두 족장이 만나는 장면이 선명하게 떠오르면서 벌써 마음이 설레어왔다.

두 족장의 만남을 준비하는 일은 강물이 흘러가듯 순조롭게 진행되었다. 아직 공식적으로 전쟁이 끝난 상황이 아니기에 전쟁과 평화 두 가지 상황을 동시에 고려하면서 준비해 나갔다. 람보르는 치밀한 전략가답게 모든 상황을 염두에 두고 방향을 결정했고, 대장들에게도 확실하게 임무를 부여했다.

가장 우선한 것은 지금도 진행 중인 싸움에 대한 조치였다. 이를 책임질 사람이 중요했다.

람보르는 솔론에게 전권을 위임하면서, 족장을 대신해 전체 부족을 총지휘할 권한까지 다 넘겼다. 람보르 스스로 오래전부터 마음속에 담아둔 뜻이 있었기에 미적거릴 필요도 없었다. 지금이 마침 적기라고 여겼다.

툼바에게는 차루 앞에서 언급한 대로 야르 부족과의 만남과 협상에 관한 모든 것을 맡겼다. 툼바는 솔론과 더불어 야르 부족의 상황을 가장 잘 알고 있고, 특히 재무르와 신뢰 관계가 형성되어 있기에 누가 봐도 적임자였다. 툼바의 능력도 능력이지만, 그의 곁에 있는 미르셀의 존재와 조언이 더 필요하고 빛날 것이라 생각했다.

나머지 대장들은 지금까지 부여했던 임무를 변경했다. 티아라는 예비대장직에서 물러나 전체적으로 솔론을 보좌하는 총부대장의 임무를 부여했고, 시주르는 툼바를 도와 야르 부족과의 협상에 전념하도록 했다. 대신 바요와 마키루를 승진시켜, 각각 티아라와 툼바를 대신해 예비대장과 후방대장으로 임명했다.

이는 전혀 예상하지 못한 전격적인 조치이자, 상황을 꿰뚫는 람보르만의 탁월한 용인술이었다. 이제는 달라야 했다. 새로운 시대를 준비해야 하는 시점이기에 그것을 충분히 감당할만한 인물을 발탁하고 중책을 맡김으로써 부족 전체에 신선한 활력을 불어넣을 필요가 있었다.

람보르 족장의 조치에 대부분 수긍하면서 각자의 위치에서 발 빠르게 움직였다.

모든 걸 적확하게 마무리한 후 람보르는 혼자 조용히 부족의 마을 뒤편으로 걸어 올라갔다. 조상들을 향해 예를 표한 후 '지혜의 시간'으로 들어갔다. 생각해보면 참으로 파란만장했던 시간이었다. 이제 끝을 향해 가면서 지나온 그 시간을 돌아보는 게 의미 있는 일일 것이었다. 그리고 그 일을 그냥 헛되이 흘려버리지 않고 어딘가에 기록으로 남겨둔다면 먼 훗날 후손들이 보면서 자신들이 어떤 삶을 살아왔는지, 왜 싸워야 했고 서로 죽여야 했는지 알 수 있을 것이었다.

람보르는 조상의 무덤 근처의 동굴 속으로 들어갔다. 안에서부터 신선한 기운이 입구 쪽으로 밀려 나오고 있었다. 일 년 내내 이렇게 시원한 곳이기에 람보르는 가끔 이 동굴을 찾곤 했다.

이제부터는 이 동굴 안에서 의미 있는 일을 할 생각이다. 바로 이 안에 람보르 부족이 살아온 삶을 남기는 일이다. 커다란 동굴 안 벽에 그동안 있었던 일을 하나도 빠짐없이 남기는 원대한 작업이다.

이미 구상도 해놓았다. 해또르와 모두아 지역에서 들소를 사냥하는 모습, 야르 부족과의 치열했던 싸움을 있었던 그대로, 사실대로 쓰고 그릴 것이다. 첫 번째 싸움이 끝나고 하늘이 폭우를 내려 경고한 것도, 초람을 포함하여 안타깝게 죽어간 이들과 끝까지 함께 했던 사람들의 모습과 이름도 모두 새겨넣을 작정이다.

람보르는 '지혜의 시간'에 한참이나 머물면서 지금까지 치렀던 싸움이 갖는 의미를 곱씹었다. 이 싸움은 단순히 두 부족만의 싸움이 아니라는 것을 후세 사람들이 반드시 기억해야 한다. 앞으로 이 땅에서 숨쉬고 살아갈 이들도 그들과 똑같은 이유로 싸움을 벌일 것이고, 그들보다 더 사소한 갖가지 이유로 서로 싸울 것이기에 더 알아야 한다.

람보르가 강조하고 싶은 것은 이것이다. '최고로 좋은 것은 어떠한 일이 있어도 충돌까지 가지 않도록 하는 것이다. 즉 싸우지 않고 해결하는 것이 가장 우선시되어야 한다. 서로 싸우고, 피를 보는 건 그 어떤 이유로도 받아들여선 안 된다. 하지만, 욕망을 가진 인간이기에 불가피한 충돌을 피할 수는 없을 것이다. 그러면 최대한 빨리, 인명피해를 최소화하면서 결판을 내도록 노력해야 한다.' 무릇 크고 작은 무리를 이끄는 지도자라면 이를 분명히 깨닫고 신념화해야 한다. 그렇게 누군가는 이를 기록하고 남겨서 반드시 후세에 전해야 하고, 그 일을 할 사람이 람보르 자신이라는 것을 자각하고 있었다.

그런 결심을 하게 된 이유는 또 있었다. 람보르는 이제 새로운 때가 되었음을 알았다. 재무르가 야르 족장이 되었다는 사실을 알고 난 뒤에 그 마음은 더 굳어졌다. 지금까지는 자신이 부족을 잘 지켜왔지만, 이제 새로운 인물이 람보르 부족을 이끌어야 할 것이었다. 다행인 건 지금 당장 자기보다 훨씬 더 부족을 잘 이끌 강력한 후계자가 있기에 깊게 고민할 이유도 없었다.

람보르는 평소와 달리 그곳에서 더 오랜 시간을 머물렀다. 동굴 속 깊은 곳까지 들어와 넓은 공터의 한 가운데에 자리를 잡고 앉았다. 사방을 둘러보니 고요한 정적 가운데 여러 갈래의 빛줄기들이 동굴의 천장 위에서부터 비집고 들어오고 있었다.

참으로 신비로웠다. 사방은 커다란 바위가 평평하게 펼쳐져 있다. 그야말로 자기의 뜻에 딱 맞는 곳이었다. 그곳에 빙 둘러서 자신이 구상한 것을 펼쳐 놓으면 람보르 부족은 영원히 사라지지 않고 이 땅이 존재하는 한 함께 남을 것이다.

먼저 간 초람도 떠올랐다. 비록 짧았지만 강렬했던 그녀의 불꽃 같은 삶도 이 동굴 안에 분명히 남겨 오랫동안 그 이름을 기억하도록 하겠다고 하늘에 있는 초람과 약속했다.

얼마나 시간이 흘렀을까, 동굴 입구에서 람보르를 찾는 목소리가 들려왔다. 룽가였다. '지혜의 시간'에 머물 때는 늘 자리를 비켜주는데 오늘따라 시간이 너무 오래 걸리니 찾아 나선 듯싶었다. 람보르는 서둘러 동굴 밖으로 나섰다.

룽가는 아무 일 없이 나오는 람보르 족장을 보고 나서 그제야 안심이 된다는 듯이 가까이 다가왔다.

"족장님, 오랫동안 머무르셨습니다. 이제 내려가셔야 할 때입니다."

"그래. 시간이 이렇게 지났는지 미처 몰랐구나. 어서 내려가자."

"그런데 한 가지 드릴 말씀이 있습니다."

"왜, 무슨 일이 있느냐?"

"지금 족장님의 거처에 티아라가 와 있습니다."

"티아라가? 왜? 무슨 일로?"

"아무리 물어봐도 무슨 일인지는 답하지 않습니다. 그냥 무조건 족장님만 만나겠다고 고집부리고 있습니다."

"그래? 그러면 만나면 되지. 못 만날 게 뭐가 있겠느냐?"

“그런데 제 생각엔 그게 아닙니다. 티아라의 상태가 심상치 않습니다. 아마도 쎄르를 마신 듯합니다. 약간 횡설수설하는 것이.”

“뭐라고, 쎄르를? 지금 제정신이냐. 아직 전쟁이 끝나지도 않았는데 부족의 대장이라는 중책을 맡은 자가 쎄르라니?”

부족의 잔치가 있는 날에만 특별히 마시는 쎄르는 전쟁이 벌어지면서 람보르가 전 부족에게 일러 금지했는데 그걸 마시고 찾아왔다는 것부터 예사롭지 않았다.

“하지만 분명 느낌이 그렇습니다.”

“참으로 고약한 놈이로구나. 지금까지 숱한 잘못에도 불구하고 내 그리 용서해 주었건만 끝까지 말썽이구나.”

“아마도 이번에 족장님께서 행하신 자리 이동에 대한 불만인 듯싶습니다. 횡설수설하는 소리를 들어보니 예비대장 자리를 바요에게 물려주고 솔론을 보좌하는 부대장으로 임명된 것이 아마도 족장님의 신임을 받지 못하고 밀려났다고 생각하는 모양입니다.”

“밀려나다니? 누가 그런 소릴 하더냐. 이제 새로운 기운이 꿈틀거리는 상황에서 앞으로 전쟁을 총 책임진 대장과 부대장이 솔론과 티아라 두 명임을 만천하에 알린 것이거늘 오히려 영광스럽게 여기지 않고 왜 그리 엉뚱한 오해를 한단 말이더냐? 참으로 한심하구나.”

“티아라가 원래 그렇지 않습니까? 사냥 실력은 뛰어나나 경솔하고, 자기만을 생각하기에 이번에도 분명 그렇게 여긴 듯합니다.”

“이거 참으로 문제구나. 큰일이다. 어쩌면 이번에야말로 다시 생각해 봐야겠다. 앞으로 내가 없으면 어떻게 되려나.”

‘내가 없으면’이라는 말이 족장의 입에서 흘러나오자 룽가는 깜짝 놀랐다. 갑자기 걸음을 멈춘 채 람보르 족장의 얼굴을 빤히 쳐다보았다.

“족장님, 그게 무슨 말씀이십니까? 족장님이 없으면 어떻게 되다니요? 족장님이 왜 없으십니까? 이렇게 건재하신데요."

람보르는 속으로 아차 싶었다. 속으로 품고 있던 말이 자기도 모르게 새어나왔다. 아무 일도 아니라고 서둘러 수습했지만 룽가는 여전히 고개를 갸우뚱거리고 있었다.

"아무 일도 아니래도. 자 빨리 가보자. 티아라가 더 이상 소란피우지 않고 돌아가도록 해야 하지 않겠느냐?"

람보르는 말이 많아지면 속내를 들킬 것 같아 성큼성큼 앞서 걸어 나갔다. 룽가는 갑자기 빨라진 족장의 뒤를 서둘러 따라갔다. 족장의 거처 앞에 다다르자 안에서 소리치는 티아라의 고함이 밖으로까지 새어 나오고 있었다. 지키고 있는 호위전사들이 람보르를 향해 고개를 숙여 예를 표했다.

람보르가 방안에 들어서자 혼자서 날뛰던 티아라가 흠칫 놀란 듯 쳐다보더니 이내 땅에 엎드렸다. 룽가 말대로 쩨르 냄새가 희미하게 풍겨왔다.

"티아라, 무슨 일이냐? 나도 없는 방에 들어와 혼자서 떠들고 있는 모습을 보니 뭔가 심상치 않은 일이 있는 모양이구나."

람보르는 짐짓 모르는 척하며 티아라의 마음을 누그러뜨리려 했다.

"족장님, 죄송합니다. 안 계신데도 밖에서 기다리지 못하고 그냥 들어왔습니다. 밖에서 족장님을 지키는 전사들이 안 된다고 하는데도 제가 막무가내로 들어왔습니다. 불충을 저지른 저를 죽여주십시오."

"다짜고짜 들어와서 죽여달라니 그게 무슨 망발인가? 한 부족의 대장이라는 자가 어찌 그리 함부로 입을 놀리는가?"

"죄송합니다. 죄송합니다. 족장님."

냄새와 횡설수설하는 말투를 보니 룽가의 짐작대로 쩨르를 마신 것이 분명했다. 하지만 지금 그걸 가지고 나무라지는 않기로 했다. 어떻게 해서든 빨리 달래야 했다. 룽가에게 일러 오르미를 불렀다. 오르미가 와야 달래서 데리고 갈 수 있을 것 같았다.

"그래, 무슨 일로 왔느냐? 이유를 말해 보거라."

"족장님, 저는 지금까지 족장님께 모든 걸 다 바쳐 충성해왔습니다. 제 짝인 오르미 또한 미르셀을 도와 우리 부족을 위해서라면 자질구레한 모든 일을 도 맡아서 했다고 생각합니다. 그런데 족장님은 제 충정을 너무도 몰라주시는 것 같습니다."

"그럴 리가 있느냐? 너의 충정을 모르다니 어찌 그런 억지를. 내가 평소에도 너를 신임해왔고, 이번 야르 부족과의 싸움에서도 예비대장이라는 중책을 주 어 큰일을 맡겼거늘 왜 그렇게 생각하느냐?"

"이번 자리 이동에 너무도 충격을 받았고 실망했습니다. 제가 솔론을 보좌하 는 부대장이라니요? 대장에서 부대장으로 떨어진 것 아닙니까? 이건 저를 더 이상 신임하지 않겠다는 뜻 아닙니까? 전사들이 저를 두고 수군대고 있는 것 같아 견딜 수 없습니다."

티아라의 불만이 그의 입에서 멈출 줄 모르고 터져 나왔다.

참으로 어처구니없는 티아라였다. 다른 때 같으면 상대할 필요조차 없이 그 냥 돌려보냈겠지만 때가 때이니만큼 람보르는 차분한 표정으로 티아라를 쳐다 보면서 입을 열었다.

"티아라, 잘 들어라. 전혀 예상치 못한 야르 부족과의 싸움이 벌어지는 바 람에 우리 부족은 어려운 여건 속에서도 힘을 합쳐 부족의 명운을 걸고 싸웠 다. 모두가 잘 싸워줬다. 우여곡절이 있었지만 네가 예비대장을 잘 맡아주어 그래도 큰 피해나 위험 없이 지금까지 잘 버틸 수 있었고, 난 그 점을 높이 평 가한다."

람보르는 티아라의 흥분한 마음을 달래려 애썼다. 그가 그동안 부족을 위해 애쓴 것을 확실하게 인정하고 칭찬했다. 그저 빈말이 아니라 족장으로서 진심 으로 고마워하는 마음을 담았다. 평소와 다름없는 위엄에 티아라도 이내 감정을 추스르며 듣는 듯했다.

"야르 부족은 재무르가 새로운 족장이 되었고, 우리 부족과 더 이상 싸우지 않겠다는 뜻을 전해왔다. 이는 내 뜻과도 같다. 그래서 양 부족의 족장이 직접 만나기로 약속하고 준비하고 있음을 너도 모르진 않을 것이다. 다만, 그렇다고 해서 완전히 끝난 게 아니기에 나는 싸움에 관한 전권을 솔론에게 주고, 너에게 부대장의 임무를 준 것이다. 이는 단순히 예비대장에서 선봉대부대장으로 너의 지위가 떨어진 것이 아니라 오히려 여전히 싸움에 대비하는 우리 부족 전체의 총부대장으로 올라갔다고 받아들여야 할 것이다."

람보르의 말은 사실이었다. 겉으로 보이는 직책보다도 어떠한 임무를 맡았느냐가 더 중요하기에 티아라는 대장인 솔론에 이어 람보르 족장이 인정하는 2인자로 올라섰다는 걸 애써 강조하면서 티아라를 타일렀다.

"이제 이해하겠느냐? 내가 족장으로서 여전히 너를 믿고 있기에 그렇게 한 것이거늘 왜 오해하고 소란피운단 말이냐? 아직 싸움이 끝나지 않았는데 이렇게 경거망동하는 것은 옳지 않다. 이에 스스로 깊이 반성해야 할 것이다. 더 이상 할 말이 없으니 다른 생각하지 말고 그만 돌아가거라."

람보르가 차분하게 티아라를 달래고 있던 때에 마침 오르미가 문을 열고 들어섰다. 티아라가 족장의 처소에서 소란을 피운다는 소식을 듣고 서둘러 달려온 것이었다. 그녀가 들어서자 모두 문 쪽을 바라보았고, 순간 오르미는 람보르 족장과 눈이 마주쳤다. 눈치 빠르고 영리한 오르미는 이내 상황을 파악했다. 람보르 족장 앞에서 소란을 피우고 있었을 티아라의 모습을 보자 부끄러워하며 어찌할 바를 몰랐다.

"티아라, 마침 오르미도 왔으니 함께 집으로 돌아가 모처럼 좋은 시간을 보내거라. 나도 피곤하니 이제 그만 쉬어야겠다."

이 정도까지 했으면 티아라가 죄송하다고 하면서 수긍하고 돌아갈 줄 알았다. 하지만 그게 아니었다. 갑자기 상황이 돌변했다. 그때까지 듣고만 있던 티아라의 얼굴이 다시 붉어지기 시작했다. 오르미가 들어온 걸 본 티아라는 어디서 새로운 힘이 생겼는지 전보다 목소리가 높아지면서 이제는 아예 대놓고 따지고 들었다.

"그건 족장님이 저를 달래기 위해 하는 말씀 아닙니까? 세상에 어느 누가 그렇게 생각하겠습니까? 예비대장에서 선봉대부대장으로 쫓겨났다면서 다들 꼴좋다고 비웃고 있습니다. 차라리 바요를 선봉대부대장으로 보내고 저를 그냥 예비대장으로 두십시오. 안 그러면 집으로 돌아가지 않겠습니다."

티아라의 목소리가 계속 높아지자 순순히 돌아갈 것을 기대했던 오르미는 티아라 곁으로 다가가면서 애원했다.

"당신 왜 그래요? 어디 감히 족장님 앞에서 그렇게 할 수 있어요? 지금 많이 흥분했으니 여기 있으면 안 돼요. 족장님께 죄송하다고 말씀드리고 빨리 저와 함께 집으로 가세요. 어서요."

"여기 왜 온 거야? 누가 오라고 했어? 빨리 돌아가."

오르미의 간절한 애원에도 티아라는 꿈쩍도 하지 않았다. 돌아가는 분위기가 심상치 않음을 느낀 람보르는 자리에서 벌떡 일어섰다. 그리고 차분했던 지금까지와는 다른 목소리로 티아라를 꾸짖었다.

"티아라, 내 너를 지금까지 아끼고 믿어 조용히 타일렀거늘 어찌 이리 추태를 부린단 말이냐. 네 짝인 오르미 앞에서 부끄럽지도 않느냐? 네 마음 충분히 알았으니 오늘은 그만 물러가거라. 내일 맑은 정신으로 다시 얘기하자. 더 이상 소란을 피웠다가는 정말 용서하지 않을 것이다."

더는 참지 않겠다는 듯 람보르의 낮으면서도 강한 질책이 터져 나오자 옆에 서 있는 오르미와 룽가는 안절부절했다. 그 정도 되면 당연히 티아라가 수긍하고 물러갈 줄 알았다. 하지만 오산이었다. 쎄르의 힘인지는 몰라도 한 번 올라온 티아라의 감정은 좀처럼 누그러질 줄 몰랐다.

그러던 중에 어처구니없는 일이 벌어졌다. 갑자기 티아라가 웃통을 벗어 던진 것이었다. 몸을 감싸고 있던 가죽이 벗겨지면서 근육질의 상체가 훤히 드러났다. 더 놀란 건 어느샌가 그의 양손에 돌칼이 쥐어져 있다는 것이었다. 족장 앞에 나아오면서 무기를 들고 오는 건 있을 수 없는 일이었다. 그건 모든 부족원이 불문율처럼 지켜온 관례였다. 하지만 지금 티아라는 그것도 무시한 것이었다. 상황이 얼마나 심각한지 그 자리에 있는 사람들은 모두 잠시 말문을 잃고 티아라를 쳐다볼 뿐이었다.

제일 먼저 반응한 건 옆에 서 있던 룽가였다. 돌칼을 든 티아라의 모습을 본 그는 놀라면서 반사적으로 람보르 앞을 가로막았다. 그리곤 다급하게 소리쳐 호위 전사들을 안으로 불러들였다. 순식간에 호위전사들이 족장을 에워쌌다. 방안에는 심각한 정도를 넘어 위태로운 기운이 감돌았다.

"네 이놈 티아라!"

결국 람보르의 호통이 방안을 쩌렁쩌렁 울릴 정도로 휘몰아쳤다. 밖에서도 크게 들릴 정도였다.

"어찌 이다지도 무례하단 말이냐? 어디 감히 내 앞에서 돌칼을 꺼내 든단 말이냐? 그래 그 칼로 나를 찌르기라도 할 거란 말이냐?"

그런데도 티아라는 물러서지 않았다.

"제가 어찌 감히 족장님을 해할 수 있겠습니까? 아닙니다. 절대 아닙니다. 하지만 도저히 견딜 수 없습니다. 지금까지 우리 부족을 위해 목숨까지 바치겠다고 생각했는데 이런 대우를 받아야 한다는 게 끝까지 받아들여지지 않습니다. 이렇게 살 바에는 차라리 족장님 앞에서 저의 목숨을 끊어 진심을 증명해 보이고자 합니다. 족장님, 저의 충성을 끝까지 믿어주십시오."

티아라의 입에서 충격적인 말과 함께 '할루할루~'라는 구호까지 터져 나오자 오르미와 룽가의 입에서도 동시에 '안 돼요. 티아라~'라는 비명이 울렸다. 그 소리와 함께 티아라의 양손이 높이 치솟았고, 거의 때를 같이 하여 이번엔 람보르의 몸이 호위전사들을 뚫고 티아라를 향해 솟구쳤다. 호위전사 중 일부도 족장을 따라 반사적으로 몸을 던졌다. 그렇게 몇 사람의 목소리와 몸짓이 하나로 섞이면서 한 지점으로 뭉쳐졌다.

순간 족장의 처소는 깊은 정적 속에 휩싸였다. 그 어떤 움직임도 없었고, 그 누구의 신음도 들리지 않았다.

얼마나 시간이 흘렀을까? 방 안의 모습이 적나라하게 드러났다. 바닥에 쓰러져 있는 람보르와 티아라 위에 호위전사 몇몇이 엎어져 있었다. 호위전사들은 서둘러 일어났지만 람보르와 티아라 두 사람은 여전히 서로 부둥켜안은 채 움직임이 없었고, 몸 아래에선 검붉은 피가 조금씩 새어 나오고 있었다. 곧 오르미의 '악~~~' 하는 외마디 비명이 방안을 울렸다.

이내 정신을 차린 룽가와 호위 전사들이 서둘러 족장과 티아라에게 다가가 상태를 살폈다. 그제야 람보르와 티아라가 꿈틀거렸다. 티아라가 양손에 들었던 돌칼은 각각 람보르의 왼쪽 팔과 자신의 오른쪽 허벅지에 박혀있었다.

오르미는 채 충격이 가시지 않았을 텐데도 반사적으로 하르삐리를 외치며 밖으로 뛰쳐나갔다. 그리곤 곧 다른 여자와 함께 이끼와 하르삐리를 잔뜩 담은 그릇을 들고 들어왔다.

람보르는 이내 정신을 차렸으나, 티아라는 기절했는지 계속 눈을 뜨지 못하고 있었다. 룽가는 피가 솟구치는 족장의 팔에 두꺼운 나뭇잎을 대고 눌러 피가 흘러나오지 않게 막은 후에 서둘러 하르삐리를 붙이고 이끼를 댄 후 넝쿨로 동여매었다. 룽가의 신속한 조치로 람보르는 곧바로 방에 누울 수 있었다. 티아라는 오르미가 서둘러 허벅지에 꽂힌 돌칼을 빼내고 치료했지만, 여전히 깨어나지 않은 상태에서 호위전사들이 떠메고 밖으로 빠져나갔다.

전혀 뜻하지 않은 불상사가 일어났지만 그나마 람보르가 크게 다치지 않은 것이 천만다행이었다. 자칫 티아라가 손에 든 돌칼이 심장이라도 찔렀으면 치명적인 부상을 입거나 목숨을 잃을 수도 있었을 텐데 그러지 않은 게 람보르 개인을 넘어 부족에 있어서도 엄청난 행운이었다.

한바탕 소동이 끝나자 룽가의 신속한 조치가 이어졌다. 그는 서둘러 솔론과 툼바에게 이 사실을 알리고, 다른 부족원에게는 일체 함구하라는 지시를 내렸다. 호위전사들에게 람보르 족장에 대한 신변보호를 더욱 강화하라고 엄명했다. 다급한 상황에서도 람보르 족장을 보좌하는 룽가의 조치는 노련하고 신속했다.

족장에게 변고가 생겼다는 소식을 들은 솔론과 툼바가 한걸음에 람보르 족장의 처소로 달려왔다. 람보르 족장이 한쪽 팔에 상처를 입고 누워있는 모습을 본 솔론과 툼바는 망연자실했다. 그들도 람보르 족장이 더 크게 다치지 않았음에 안도했다.

어느 정도 시간이 흐르자 람보르는 자리를 털고 일어났다. 더 안정을 취해야 한다는 주위의 건의와 만류도 뿌리쳤다. 그리고는 무슨 일이 있었냐는 듯 곧 일상으로 복귀했다. 중차대한 시기였기에 지체할 틈이 없었다.

우선, 야르 부족의 새 족장이 된 재무르와 만나는 문제부터 챙기고, 아울러 티아라의 몸 상태를 살폈다. 티아라도 크게 다치지 않았음에 안도했다.

람보르는 티아라가 잘못을 뉘우칠 시간을 갖도록 모든 임무에서 배제하고, 근신하도록 명했다. 솔론에게는 야르 부족의 움직임에 대해 소상하게 물어보면서 아직 끝나지 않은 싸움에 철저하게 대비할 것을 명했다.

람보르 족장이 다쳤다는 소식을 듣고 미르셀도 깜짝 놀라 찾아왔다. 툼바가 말한 모양이었다. 람보르는 고맙고 미안한 마음을 전하며 야르 부족과의 담판이 잘 될 경우 초리 부족에게 몸을 맡긴 노인들과 여자, 아이들을 돌아오게 할 준비를 하라고 당부했다. 아울러 초리 족장한테도 직접 찾아가 감사의 인사를 하겠다는 뜻을 표할 테니 룽가에게 적당한 때를 맞춰보라고 지시했다.

람보르 족장이 팔을 감싼 모습을 보고 다쳤다는 걸 얼마 지나지 않아 대부분의 부족원이 알게 되었다. 그런 충격적인 일을 겪었으면서도 당면한 일들을 능수능란하게 처리해 나가는 족장을 보면서 모두 안도했다. 람보르 족장이 지닌 탁월함의 발로임을 부족원이면 다 알고 있었다.

솔론과 툼바는 수시로 람보르 족장을 찾으며 하루빨리 싸움을 끝내고 다시 평화를 되찾자고 손을 맞잡았다.

그런 일을 겪으면서 람보르의 마음속에서는 얼마 전 동굴에서 생각했던 것을 속히 실행해야겠다는 생각이 더 강하게 들었다. 람보르는 재무르 족장과의 담판을 통해 싸움을 완전히 끝낸 뒤에 솔론에게 족장의 자리를 넘겨주고, 미리 봐두었던 동굴 속으로 들어가기로 마음을 굳혔다.

상황이 어느 정도 정리되자 람보르는 솔론과 툼바, 룽가를 불러 이 사실을 전했다. 그들은 무척이나 놀라며 아직은 때가 아니라고 한목소리로 건의했다. 툼바는 람보르 족장이 왜 그런 결심을 했는지, 언제부터 그런 마음을 품었는지 몹시 궁금했다. 아직 신체적으로 강건한 람보르 족장이다. 지금까지 많은 일을 겪으면서 부족만을 위해 일했고, 야르 부족과의 싸움까지도 버텨왔는데, 거의 다 끝나가는 마당에 족장 자리에서 물러난다고 하니 그 모든 게 자기 탓인 것만 같아 마음이 무거웠다.

부족의 족장 자리를 이어받으라는 명을 받은 솔론의 마음도 편치 않았다. 야르 부족으로부터 부족을 안전하게 지켜내고 다시 평화로운 시대를 열어가려는 때였다. 그런 와중에 불의의 사고로 몸을 다치고 이젠 족장의 자리까지 내려놓는다고 하니 왜 그렇게 서둘러 물러나려고 하는지 도무지 이해하기 힘들었다.

'왜 그래야만 할까? 왜 그럴 수밖에 없을까? 비록 몸을 다쳐서 조금 불편하더라도 금방 회복할 것이고, 부족을 다스리는 데 있어 아무 지장이 없을 텐데 왜 나에게 물려주려고 하는 걸까?' 솔론의 마음속에서 대답 없는 물음이 끝없이 올라왔다. 더군다나 상대방 야르 부족은 재무르가 족장이 되어 새로운 시대를 펼쳐가려고 하는 때였다. '친구 사이인 두 사람이 힘을 합치면 두 부족이 얼마든지 강대한 부족이 될 수 있을 텐데 하필이면 왜 이 순간에...'라는 의문이 끊이지 않고 올라왔다.

깊어지는 생각 속에서 툼바와 솔론은 그것이 피할 수 없는 흐름임을 동시에 느꼈다. 지금껏 부족원 모두 위에 우뚝 서 있던 족장 람보르의 시대, 마치 영원할 것만 같은 그의 시대가 눈앞에서 저물어가고 있음을 느꼈다. 막상 현실로 닥치고 보니 새삼 지금까지 부족을 이끌었던 람보르 족장이 얼마나 위대했는지 더 와 닿았다.

람보르 족장은 람보르의 시대를 다른 누구의 손이 아닌 자신의 손으로 마감했다. 그리고 자발적으로 솔론의 시대로 넘겨주었다. 사람이 물러나야 할 때를 알고 그것을 행할 수 있다는 것이 얼마나 용기 있는 일인가를 그는 직접 행동으로 보여주었다. 더 대단한 건 그저 시간의 흐름에 따른 어쩔 수 없는 물러남이 아닌 새로운 기회를 위한 물러남이다. 꿈과 도전, 미래의 희망을 품은 물러남이다. 그래서 더 의미가 있다. 이는 부족의 지나온 삶을 잇고 새로운 역사를 펼치겠다는 람보르 족장, 오롯이 그의 숭고한 의지의 발로였다.

야르 부족과의 협상 준비는 착착 진행되었다. 날짜가 정해지고, 장소도 양부족의 중간지점인 해또르 지역에서 만나기로 했다. 족장으로부터 전권을 부여받은 툼바는 양 부족 사이를 부지런히 오가며 준비했다. 람보르와 야르 두 족장으로부터 전폭적인 믿음을 얻고 있는 게 가장 큰 이유이지만 한편으로는 매사에 성실한 툼바의 노력이 더 크게 작용했다.

결자해지, 두 부족의 싸움을 불러온 툼바이기에 그것을 마무리 짓고 해결하는 것도 당연히 툼바가 앞장서야 했다.

툼바는 자기를 둘러싼 이 세상의 모든 것이 다 하나로 연결되어 있음을 알아차렸다. 어느 것 하나도 우연히 이루어지는 게 아님을, 반드시 일어날 일이 일어나고 해야 할 일은 하도록 되어 있다는 것도 깨달았다.

지금 툼바도 우연이 아닌 운명의 길에 서 있다.

두 족장의 만남을 준비하는 일은 그리 어렵지 않았다. 역시 재무르가 야르 부족의 새로운 족장이 된 게 결정적이었다. 그의 배려가 크게 작용했고, 재무르 족장을 보좌하면서 실질적으로 모든 걸 관장하는 소소르와 차루 대장도 람보르 부족에게 관대했다. 솔론과 툼바가 보여주었던 늠름하고 의연한 모습에 더해 람보르 족장의 지도력이 그들에게도 큰 감동을 준 듯했다. 그런 상황이다 보니 준비하는 데 어려움이나 걸림돌이 없었다.

람보르 부족과의 협상을 잘 마무리 짓고 마을로 돌아오면서 툼바는 고개를 들어 주위를 둘러보았다. 싸움이 멈춘 땅은 이전보다 더 평온하고 정겨웠다. 아직 곳곳에 치열했던 싸움의 흔적이 남아있긴 하지만 곧 정리될 것이었다.

반면에 그동안 미처 눈치채지 못한 것도 보였다. 한동안 인간끼리 서로 싸우느라 사냥할 틈이 없었기에 해또르와 모두아 지역은 어느새 동물들의 천국이 되어 있었다. '동물들이 얼마나 좋았을까?', '인간끼리 서로 싸우는 모습을 동물들은 어떻게 바라보았을까?' 상상의 나래를 펼쳤다.

툼바는 재무르가 광야에서 몇 년 동안 머물면서 하늘과 땅의 이치를 깨달았다는 것이 무얼 말하는 건지 그제야 조금 더 이해할 수 있었다. 오직 그 땅에 직접 서 본 사람만이 알 수 있을 것이다. 모든 걸 다 내려놓는 겸허함과 홀로 견뎌야 하는 고뇌 없이는 깨달을 수 없을 것이다. 앞으로 자연의 이치와 섭리에 대해 더 깊이 생각하면서 순응하며 살아가겠노라 툼바는 다짐했다.

가벼운 발걸음을 더 재촉했다. 한시라도 빨리 미르셀과 루미가 보고 싶었다. 지금까지 가장 큰 힘이 된 건 뭐니 뭐니 해도 미르셀의 응원과 루미의 존재였다. 툼바가 맡은 일이 얼마나 중요한 일인지 일깨워주면서, 정성을 다해 임하면 상대방도 감동하여 쉽게 일이 풀릴 거라며 매사에 힘을 실어준 미르셀이 있기에 버티고 이겨낼 수 있었다. 지금은 오직 미르셀과 루미만이 머릿속에 크게 자리 잡았다.

툼바가 최종 협상을 마친 후 돌아오자 람보르 부족은 더 분주해졌다. 전체적인 준비는 툼바가 책임지고 했지만, 만나는 그 자리에서 함께 마실 것과 먹을 것은 미르셀과 오르미가 도맡았다.

의미를 담아 건넬 선물을 준비하는 일도 중요했다. 슈무끄와 마른 고기 등 식량을 준비하는 것은 기본이고, 특별히 람보르 부족이 가장 아끼는 하르삐리와 쎄르도 준비했다. 부족만의 보물이라고도 할 수 있는 하르삐리와 쎄르까지 아낌없이 챙기면서 세심하고 치밀하게 준비하는 미르셀의 정성을 보며 람보르는 거듭 칭찬했다.

또 하나 잊지 않은 게 있었다. 그동안 람보르 부족이 데리고 있던 야르 부족 마투 대장의 아이를 안전하게 돌려보내는 일이다. 부족의 여인들에게 사랑받으며 잘 자라고 있다는 얘길 들었기에 그간 안심하고 있었으나, 이제는 그 아이도 자기 부족의 품으로 돌려보낼 때가 되었음을 람보르는 잊지 않고 기억하고 있었다. 자신의 아이 루미 못지않게 마투 대장의 아이도 잘 보살핀 미르셀임을 모르지 않았다. 그동안 수고했고 고마웠다는 뜻을 담아 넌지시 말을 꺼내자 미르셀은 그 마음을 이미 알고 있다는 듯이 그러잖아도 다 준비하고 있다고 했다.

람보르는 환한 미소로 화답했다.

그것만이 아니었다. 람보르 부족의 선물 보따리엔 예상치 못한 것까지 포함되었다. 가장 큰 선물이라고 할 수 있는 람보르 부족만의 비밀 무기, 바로 활과 화살이었다. 솔론은 그가 만든 활과 화살을 야르 부족에게 선물로 주는 것을 직접 건의했고, 람보르도 흔쾌히 허락했다. 넘겨줄 물량을 넉넉히 준비했고, 이를 만드는 세세한 방법까지 야르 부족에 전수하기로 했다.

이는 그야말로 상대방에게 비장의 카드를 넘기는 셈이었다. 이것 하나만 보더라도 그들이 재무르가 이끌어 갈 야르 부족을 어떻게 받아들이고 생각하는지 확연하게 알 수 있었다. 여전히 적이라고 여기고, 언제든지 적이 될 수 있을 거라고 여기면 쉽게 넘겨주지 못할 것이다. 앞으로 절대 서로 싸우지 않겠다는 강한 믿음이 바탕에 깔려 있어야만 가능한 일이다. 아마도 재무르가 야르 족장이 되지 않았다면 어쩌면 그것만은 끝까지 넘기지 않았을지도 몰랐다.

활과 화살촉을 손으로 만지작거리며 솔론은 자신의 분신과도 같은 초람을 떠올렸다. 초람과의 짧은 만남과 뜨거운 사랑이 가슴속을 순식간에 훑고 지나갔다. 그 인연은 특별했고, 강렬했다. 야르 부족을 물리칠 수 있었던 결정적인 공도 초람으로 인해 세상에 태어난 활과 화살이라는 무기 덕분이었다.

더 놀라운 깨달음이 이어졌다. 초람과의 사랑이 이루어지지 않았기에 지금의 솔론이 있을 수 있음을 알아차린 것이었다. 솔론이 품었던 애초의 다짐, 람보르 족장으로부터 족장의 자리를 물려받으면 부족을 위해 결혼하지 않겠다던 그 약속을 지킬 수 있게 된 것도 하늘나라에 있는 별, 초람 덕분이었다. 초람은 이제 사랑하는 존재를 넘어 솔론의 정체성을 지키고 보호하는 수호신임을 느낄 수 있었다.

솔론은 앞으로 오직 초람만 가슴에 품으며 부족을 위해 헌신할 것이라고 초람에게 고백하고 다짐했다. 순간, 초람이 곁에 있는 듯 불어오는 바람이 그녀의 숨결처럼 느껴졌고, 그 바람이 스친 솔론의 얼굴은 붉게 물들었다. 초람의 손길이 솔론의 몸과 마음을 살며시 어루만지고 있었다.

만남을 준비하는 시간은 여느 때보다 훨씬 빠르게 흘러갔다. 어느덧 만나기로 한 날이 밝았다. 그날의 태양은 이른 아침부터 더 크고, 환하게 떠올라 세상을 빛내며 두 부족의 새로운 출발을 응원하는 양 당당하고 찬란했다.

싸움을 끝내고 평화로 나아가기 위한 첫걸음이다. 야르 부족과 람보르 부족의 만남은 지금 당장 그들의 마음을 여는 것에 그치지 않는다. 앞으로 후손들이 이어갈 세상을 여는 위대한 만남이다. 람보르는 잔잔하게 밀려오는 기분 좋은 흥분과 함께 그 의미를 절실하게 느끼고 있었다.

툼바의 마음 역시 기쁘고 설 다. 그의 실수 때문에 일이 벌어지고 급기야 부족 간의 큰 싸움으로 번지면서 갈수록 끝을 알 수 없는 캄캄한 동굴로 빠져드는 듯한 암울했던 순간을 떠올렸다.

그때는 정말 암담했다. '살아가면서 한 치 앞도 가늠할 수 없는 상황에 직면한다면 사람은 어떻게 될까?', '그 어떤 생각이나 판단, 행동도 할 수 없는 처지에서 할 수 있는 최선은 과연 무엇일까?' 그동안 품어왔던 숱한 물음이 현실로 다가오면서 꼬리를 물고 지금까지 툼바를 옥죄어 왔었음을 되새겼다.

싸움이 이어지는 동안에 그 물음에 대한 해답을 하나하나 찾아 나가며 툼바는 결코 물러나거나, 무력해지지 않았다. 시련이 그를 더 강하게 담금질했다. 그리고 마침내 답을 찾았다. '사람이 살아가는 세상에는 답이 없는 물음은 없다. 다만, 찾지 못할 뿐이다. 때로는 의외로 많은 사람이 쉬운 답조차 찾지 못한 채 허우적거리다가 끝내 사라진다.' 툼바는 그 생각을 붙들었고, 마침내 끝없던 속박과 억압으로부터 빠져나오는 때를 감격스럽게 맞이하게 된 것이다.

날이 밝아 집을 나서는 툼바에게 미르셀은 차분한 마음으로 잘 마무리하고 오라고 응원했다. 두 족장의 만남을 축하하고, 일이 잘 마무리될 수 있기를 끝날 때까지 기도할 거라고 했다.

툼바는 아름답고 현명한 미르셀이 있기에 이렇게 잘 풀릴 수 있었다고 말하면서 그의 넓은 가슴 깊숙이 미르셀을 끌어들였다. 어느새 부쩍 자란 루미도 두 사람 곁으로 다가왔다. 사랑스러운 가족을 품에 안은 툼바는 이 무참한 싸움으로부터 두 사람을 온전히 지켜낼 수 있었음에 감사했다. 그러면서 그들과 달리 싸움에서 죽어간 전사들, 소중한 사람을 잃은 이들을 떠올리며 기도했다. 누군가의 소중한 생명과 고귀한 헌신, 안타까운 죽음을 기억할 때만이 큰 싸움을 막을 수 있음을 앞으로도 잊지 않겠다고 마음에 새겼다.

약속한 장소로 향하기 위해 일행이 모였다. 람보르 족장이 나오면 바로 출발할 수 있도록 만반의 준비를 마쳤다.

툼바는 푸르른 하늘을 바라보며 크게 심호흡을 했다. 슬그머니 밀려오는 약간의 긴장과 흥분이 기분을 고조시켰다.

람보르 족장이 처소에서 나오자 일행은 곧바로 길을 나섰다. 부족원 모두가 나와 길 양쪽으로 늘어서서 박수와 환호로 일행을 격려하고 성원했다. 그들의 들뜬 기분을 아는 양 날씨마저 구름 한 점 없이 청량하고 맑았다.

해또르로 이어지는 길목에는 부족이 설치해 놓은 장애물이 여전히 놓여 있었고, 군데군데 생겨난 웅덩이 탓에 발밑을 신경 쓰며 걸어야 했다. 그 길을 몇 번이나 오갔던 툼바에게는 익숙한 풍경이었지만 처음 나선 전사들에게는 낯설 것이었다. 그래도 모두의 표정은 더없이 평온해 보였다. 그런 툼바의 기분 탓이었을까, 늘 별다른 표정의 변화가 없어 마음의 동요를 알 수 없는 람보르 족장도 오늘만큼은 약간 상기된 기색을 보였다.

이제 싸움은 끝났다. 툼바의 손에서 시작된 단 한 번의 실수가 한 아이의 죽음을 낳았고, 그 아이의 죽음은 또 다른 숱한 이들의 피를 불러왔다. 그리고 마침내 그들은 서로 죽고 죽이는 참혹한 상황에서 빠져나오려는 그 순간 앞에 서 있는 것이다. '우리는 왜 싸웠을까? 무엇이 우리로 하여금 서로 죽이고 죽는 싸움으로 몰아갔을까?' 툼바는 자기들이 벌인 이 싸움이 인류가 이 땅에 생겨난 이래 지금까지는 한 번도 경험하지 못한 이름, 후손들이 말하는 최초의 전쟁이라는 걸 알지 못했다. 그러나 목숨을 건 이런 싸움이 다시 얼마든지 벌어질 수 있을 거라는 건 알아차렸다. 그래서 지금 그들이 내딛는 발걸음이 더 중요하고, 의미 있음을 깨닫고 있었다.

야르 부족의 땅으로 향하는 내내 일행은 아무 말 없이 오직 앞을 향해 걸어갔다. 상황이 상황인지라 다들 생각이 많을 터였다. 드높은 하늘을 올려다보고, 햇빛을 받아 빛나는 울창한 숲을 바라봐도 변한 건 아무것도 없었다. 오직 인간 세상만이 잠시 시끄러웠을 뿐이다. 툼바도 다시 혼자만의 생각 속으로 빠져들었다. 사건이 일어난 날 그 아침부터 지금까지의 시간이 물 흐르듯 머릿속을 훑고 지나갔다. 단지 발단만 툼바였을 뿐, 두 부족의 비극은 피할 수 없는 운명이었다. '차라리 꿈이라면 얼마나 좋을까?' 숱하게 그 생각을 떠올리며 운명에 당당히 맞서고자 다짐했던 시간이 걸어가는 발걸음에 맞춰 명멸했다.

그 인고의 시간을 건너는 동안 툼바의 세계는 넓어지고 깊어졌다. 처음엔 겁이 났었고, 어찌할 바를 몰랐지만 그의 곁에는 사람이 있었다. 현명한 미르셀과 담대한 람보르 족장, 용감한 솔론과 성실한 룽가 등 부족원 모두가 함께 했다. 상대편에는 지혜로운 재무르와 쓰화가 든든하게 서 있었다. 이들과 함께하며 많은 것을 깨우치고 그만큼 성장했다. 보이는 것이 전부가 아니라는 것을 배웠고, 서로 죽고 죽여야 하는 싸움터에서 상대방을 속이는 것도 수단이자 전략이라는 걸 알게 되었다. 부족을 지키기 위해서는, 그런 의무와 책임을 진 사람들이라면 어떻게 생각하고 행동해야 하는지도 뼈저리게 느꼈다. '그래도 절대, 죽기 살기로 싸워선 안 된다. 싸움은 일어나서는 안 되는 일이고, 어떻게 해서든 막아야 한다.' 툼바는 그렇게 답을 찾았다.

싸움이 끝난 세상은 형언할 수 없이 아름다웠다. 화해의 길로 나아가는 길엔 감사가 넘쳤다. 어떤 부족이건 서로 품고 어우러지면서 이제 아름다운 꽃들로만 피어나길 간절히 바랐다. 곧 친구 사이인 람보르 족장과 재무르 족장은 이 싸움을 완전히 끝내기 위해 몇 년 만에 다시 만난다. 오랫동안 두 사람을 이어왔던 애증이 현실에서 과연 어떤 모습으로 펼쳐질지 툼바는 궁금함을 넘어 설레기까지 했다. '서로 말을 아끼고 있었지만 얼마나 보고 싶었을까?', '양 부족의 족장이 되어 싸움을 끝내는 자리에서 만나는 것이 얼마나 감격스러울까?' 해또르 지역으로 걸어가는 내내 계속되는 생각으로 머릿속은 복잡했지만, 기분은 더없이 좋았다.

이제 모두에게 새로운 날이 열리는 순간이다. 새로운 시대가 펼쳐질 것이다. 람보르 부족도 솔론이라는 새 족장을 맞아 더 강하고 행복한 부족이 될 것이다. 툼바는 새 족장 솔론을 도와 모든 걸 다 바쳐 부족을 위해 헌신할 것임을 몇 번이고 다짐했다.

람보르 부족 일행은 어느덧 해또르 지역에 발을 내딛고 있었다. 그동안 서로 목숨을 걸고 싸웠던 인간들, 언제 그랬냐는 듯 다시 손을 잡으려는 같은 인간들에게는 관심이 없는 듯 하늘 위에는 변함없이 빛나는 태양이 내리쬐고 있다. 황금빛으로 부서지는 햇볕이 해또르 지역의 모든 것을 눈부시게 비추고 있다.

크게 심호흡을 하며 해또르의 공기를 폐부 깊숙히 들이마신 툼바는 고개를 돌려 주변을 살펴보았다. 나무 잎사귀들은 오늘따라 유난히도 반짝이고 있고, 멀리 바라다보이는 물가에는 여러 동물이 떼 지어 물을 마시려 몰려와 있다. 해또르를 감싸고 있는 향기로운 꽃과 나무 냄새, 부드러운 바람결, 동물들의 울음소리, 새들의 지저귐, 모든 것이 생명의 기운으로 넘치고 있다. 말 그대로 살아있는 생명체들의 놀이터, 평화로움 그 자체이다. 이런 곳에서 인간들만이 싸웠다고 생각하니 문득 부끄러움이 밀려왔다.

툼바는 그 순간 해또르에 발을 딛고 서서야 비로소 느낄 수 있었다. 그들이 지금 무엇을 하려고 하고, 어디로 나아가려고 하는지를. 그동안 마음 한구석에 남아 있었던 막연한 두려움과 불안감은 씻은 듯이 사라져버렸다. 한 치 앞도 내다볼 수 없었던 뿌연 안개는 이미 저만치 물러간 뒤였다.

해또르의 중심부에 다다르자 저 멀리 재무르 족장이 이끄는 야르 부족 일행이 보였다. 이제는 익숙해진 그들의 모습이 한눈에 들어왔다. 빨리 뛰어가서 족장이 된 재무르를 얼싸안고 축하해 주고 싶은 마음을 애써 누르며 툼바는 발걸음을 재촉했다.

야르 부족은 재무르 족장, 소소르 대장, 차루 대장과 더불어 많은 전사가 함께 나와 있었다. 그들은 최대한의 예를 갖춰 람보르 족장 일행을 맞았다. 승자도 패자도 없는 싸움이었다. 아니, 어쩌면 그들의 싸움에는 애초부터 승리나 패배가 들어있지 않았을 것이었다.

싸움을 끝내고 그 자리에 함께한 사람들이 모두 승자이다.

람보르 일행이 다 도착하자 기다리고 있던 재무르가 앞으로 나왔다. 람보르가 보는 재무르는 이제 완전히 야르 부족의 족장다운 풍채와 위엄을 풍기고 있었다. 참으로 오랜만에 보는데도 불구하고 옛날의 모습을 전혀 잃지 않았다. 아마도 오랜 시간을 함께했던 친구를 만나러 나온 자리이기에 더 그렇게 느껴지는 게 아닌가 싶었다.

"람보르 족장, 참으로 오랜만이오."

재무르가 먼저 말을 건넸다. 이런 장면이 자기의 눈앞에서 펼쳐지리라고는 상상조차 하지 못했기에 건네는 인사말부터 떨려왔다. 지금은 친구로서가 아니라 부족을 대표하는 사람으로 만나는 자리이기에 반가운 마음을 애써 누르며 손을 내밀었다. 그래도 가슴에서 우러나오는 마음만은 숨길 수가 없었다. 얼굴에서 그 반가움이 활짝 떠올랐다.

그건 람보르 역시 마찬가지였다. 한걸음에 달려가 얼싸안고 싶은 심정이지만 꾹꾹 참으며 재무르 앞에 섰다. 오랜만에 만나는 친구 사이라 더할 수 없이 반갑지만, 족장으로서의 예를 갖추면서 친구 재무르의 손을 잡았다. 그 손을 잡았던 게 언제였든지 까마득했다.

"재무르 족장, 반갑소. 이게 얼마 만인가? 부족을 떠난 뒤 내가 얼마나 상심했는지 아시오? 나중에서야 살아있고 야르 부족의 일원이 되었다는 소리를 듣고 기뻤소. 이렇게 그대를 다시 만나다니 꿈만 같소. 그리고 야르 부족의 새로운 족장이 된 걸 축하하오."

얼마나 반가웠는지 람보르의 입에서 많은 말들이 쏟아져 나왔다. 이 훈훈한 모습을 바라보고 있는 사람들은 두 족장이 친구 사이라는 사실 하나만으로도 안도감이 들면서 마음이 편안해졌다.

반가운 재회 인사를 마친 람보르와 재무르는 주위를 돌아보며 다시 입을 모았다.

"우리만 인사할 게 아니라 함께 온 대장들과 전사들도 인사를 시키는 게 어떻겠소?"

"그렇게 합시다."

람보르 부족과 야르 부족의 대장들도 손을 마주 잡고 반갑게 인사를 나눴다. 불과 얼마 전까지만 해도 서로를 향해 창을 겨누고 화살을 날렸었던 사이었는데 이렇게 손을 맞잡으니 거칠지만 따뜻한 온기가 서로에게 전해졌다.

드디어 양 부족 간의 공식적인 협상이 시작되었다. 넓은 공터의 중앙에 양 족장이 자리한 가운데 마주 보고 길게 앉았다. 가운데는 부족 여자들이 미리 준비하여 들려 보낸 마실 것과 먹을거리가 가득 놓였다. 표정은 밝지만 그래도 아직 전쟁이 완전히 끝난 게 아니었기에 모두 진중했다.

먼저 입을 연 건 람보르였다.

"본격적인 대화에 앞서 전임 야르 족장님의 안타까운 죽음을 람보르 부족 모두와 함께 애도하는 바입니다. 비록 적이 되어 서로 창끝을 겨눴으나, 전임 야르 족장님은 훌륭한 지도자였음을 알고 있습니다. 아울러 전임 족장님을 잃은 야르 부족원 모두에게도 위로를 전합니다."

재무르 족장을 포함하여 야르 부족 전사들은 람보르 족장의 진심어린 배려에 고개를 숙여 감사의 마음을 표했다.

"람보르 족장님이 협상에 앞서 먼저 돌아가신 전임 야르 족장님의 죽음을 애도해 주시고, 부족의 마음을 위로해 주시니 참으로 감사합니다. 그 진정성 있는 위로가 부족원 모두에게 큰 힘이 됩니다."

재무르는 람보르를 바라보며 진심을 담아 말을 건넸다. 번갈아 가며 두 족장의 말이 계속 이어졌다.

"본의 아니게 람보르 부족과 야르 부족이 큰 싸움에 휘말렸습니다. 저희 부족의 실수로 전임 족장님의 아들이 죽게 되고, 그것이 이렇게 큰 싸움에까지 이르렀습니다. 비록 실수일망정 이는 전적으로 저희 람보르 부족의 잘못임을 잊지 않고 있습니다. 야르 족장님과 부족원 모두에게 진심으로 미안하다는 뜻을 다시 한번 전합니다. 아울러 그러한 사죄의 뜻을 담아 조그마한 성의를 준비했으니 받아주시기 바랍니다."

진심이 실린 사과의 말과 함께 람보르는 준비해 간 선물을 건넸다.

"그렇게 말씀해 주시니 거듭 감사합니다. 우리 두 부족을 큰 싸움으로 몰고 간 일은 분명히 실수였음을 저희도 알고 있습니다. 어찌 일부러 그랬겠습니까? 다만, 그 실수를 처리하는 과정에서 우리는 현명하지 못했습니다. 두 부족 간의 갈등이 일어났고, 결국에는 안타까운 싸움으로 이어지고 말았습니다. 그러는 중에 많은 젊은이가 목숨을 잃고 다쳤습니다. 이는 야르 부족에게도 책임이 크다는 걸 말씀드리지 않을 수 없습니다. 그리고…"

여기까지 말하고 나서 재무르는 람보르 부족뿐만 아니라 야르 부족 전사들을 일일이 돌아보았다. 다음에 이어질 말이 어떤 내용인지 궁금해하면서 모두 숨죽이며 재무르를 쳐다볼 뿐이었다.

"저는 족장이 된 순간부터 이번 싸움의 원인이 된 '눈에는 눈, 이에는 이'라는 야르 부족의 전통을 없애기로 했습니다. 사람이 살다 보면 얼마든지 예기치 않은 잘못을 저지를 수 있는 것인데, 그런 일이 일어났다고 해서 똑같은 행위를 요구한다는 것은 잘못이라고 생각합니다. 이해와 용서가 들어있지 않기에 문제가 많습니다. 그런 면에서 좀 더 너그럽게 받아들이지 못했던 야르 부족의 불찰도 있음을 너그러운 마음으로 받아주시기 바랍니다."

역시 재무르 족장이었다. 람보르 족장의 진심어린 사과를 받아들이며, 야르 부족 역시 같은 책임이 있다는 걸 두 부족을 이끌어 가는 주요 대장과 전사들 앞에서 천명한 것이었다. 쉽지 않은 일이라는 걸 누구나 다 알았다. 더군다나 야르 부족의 전사들이 지켜보고 있는 데서 조금도 주저함 없이 자신 있게 말한다는 것은 이미 야르 부족원의 신망을 확실하게 받고 있다는 강한 자신감의 방증이었다.

참으로 감동적인 두 족장의 인사말이 끝나고 서로 간의 대화가 이어졌다. 다른 대장들도 격식을 떠나 자연스럽게 의견을 주고받았다. 마치 이날을 오랫동안 미리 기다리고 있었던 듯 함께 한 이들의 표정은 밝고도 온화했다. 오고 가는 말들은 물처럼 자연스럽게 흘러나와 서로의 마음속에 파고들면서 잔잔한 감동을 불러왔다. 그 안에는 미움, 다툼, 증오의 언어는 단 하나도 들어있지 않았고, 오직 이해와 용서와 사랑만이 담겨 있었다.

이후에 공식적으로 진행된 양 부족의 협상은 순조롭게 진행되었다. 함께 마주하고 있는 대장들도 서로에게 묻고 답했다.

두 부족은 싸움 이전의 상황으로 돌아가기로 했다. 람보르 부족의 품에 있었던 마투 대장의 아이도 무사히 엄마 품으로 되돌아갔다. 마투 대장의 아이는 아직 아버지 마투 대장의 일을 알지 못했다. 그런 아이를 바라보는 재무르의 마음은 다시 찢어질 듯 아팠다. '헛된 욕심만 내려놓고 끝까지 마음을 모았다면 마투도 지금처럼 좋은 세상을 볼 수 있을 텐데. 아들을 다시 만날 수 있었을 텐데.' 그게 아쉽기만 했다.

비록 마투 대장은 헛된 욕심과 무모한 행동으로 인해 유명을 달리했지만, 가족에 대해서는 재무르가 관용을 베풀었다. 쓰화의 간청이 큰 역할을 했다. 부족의 일원으로 변함없이 품어가겠다는 애원에 용서해 준 것이었다. 그렇게 마투 대장의 아이는 건강한 몸으로 가족의 품에 안겼다.

협상이 다 끝나고 난 후에는 준비한 선물과는 별도로 서로 가지고 온 물품들도 나눴다. 특히, 람보르 부족이 건네준 활과 화살에 대해 야르 부족은 깊은 관심을 보였다. 재무르도 신기한 듯 연신 쳐다보면서 솔론의 탁월함을 칭찬했다. 솔론이 오지 않은 것에 대해선 이미 짐작하고 있는 듯했다.

야르 부족은 자기들에게 큰 피해를 준 대단한 무기를 아낌없이 내어준 람보르 부족의 용단에 깊이 감사했다. 앞으로 사냥을 할 때 요긴하게 쓰겠다는 말을 주고받으며 서로 웃었다. 야르 부족도 동물 가죽과 화려한 장신구, 저장해 놓은 식량 등을 푸짐하게 준비해 왔다.

앞으로 두 부족은 자주 만나기로 약속했다. 족장끼리 만나는 자리도 마련하고, 족장을 보좌하는 사람끼리는 날짜를 정해 정기적으로 만나면서 서로 상대할 통로도 만들자고 했다. 그러기 위해서는 이 만남을 서로 체계적으로 이끌어 갈 별도의 조직이 필요하다는 데에 공감했다. 양 측의 대표는 툼바와 차루에게 계속 맡기기로 했다.

두 부족 간 협상에서의 압권은 람보르가 족장의 자리에서 물러나고 솔론에게 넘겨준다는 선언이었다. 이미 람보르 부족은 알고 있는 일이지만, 재무르는 깜짝 놀랐다. 비록 왼팔을 다쳐 당장은 조금 불편하긴 하지만 족장 임무를 수행하는 데 조금도 지장이 없을 것이기에 다른 무슨 뜻이 있는지 거듭 물었다.

람보르 족장은 재무르 족장을 맞이한 야르 부족과 마찬가지로 람보르 부족도 새로운 시대를 열어가야 하기에 어렵게 결심했다는 말로 대신했다. 그러면서 앞으로 재무르 족장의 상대는 솔론 족장이 될 거라는 말을 유독 강조했다. 그건 솔론에 대한 확실한 응원이었다.

재무르 역시 충분히 수긍하고 맘껏 지지했다.

격식을 갖춘 공식적인 협상이 끝나자 람보르와 재무르는 둘만의 시간을 가졌다. 서로 말은 안 했지만, 간절히 기다렸던 시간이었다.

두 사람은 누가 먼저랄 것도 없이 서로를 끌어안았다. 가슴을 맞대고 등을 감싸 안은 팔에 절로 힘이 들어갔다. 다정하게 해또르 숲속을 걸었다. 그제야 말도 편하게 할 수 있었다.

람보르는 오랜 시간 동안 가슴 속에 담아두었던 말을 꺼냈다.

"재무르, 살아있어 줘서 고마워. 이렇게 널 다시 만나게 되니 꿈만 같아. 네가 뛰쳐나가서 혹여나 잘못되었을까 봐 지난 몇 년 동안 마음이 편치 않았어.

남들한테는 말을 할 수 없었지만, 솔직히 자나 깨나 네 생각만 했다고 해도 과언이 아냐."

진정한 친구의 우정이 물씬 풍겨 나오는 말에 재무르의 눈시울이 시큰해졌다.

"고마워 람보르. 네가 그토록 날 생각하는 줄 몰랐어. 나도 마음속으론 한순간도 부족을 떠난 적이 없었어. 그때 뛰쳐나갔던 건 다 내가 철이 없었던 탓이었지. 나온 후로 고생도 많이 하면서 내적으로 성장했다고 스스로 느끼지만, 때때로 많이 후회하곤 했어. 부족의 족장이 된 너를 축하해 주고 네 곁에서 성심을 다해 도왔어야 했는데 그때는 내가 옹졸해서 그러지 못했어. 미안해. 늦었지만 지금이라도 정식으로 사과할게. 지금도 그때를 생각하면 많이 부끄러워. 너에 대한 시기심도 있었다는 걸 부인할 수 없어. 너도 날 잘 알잖아, 내가 쓸데없이 자존심 센 거. 족장이 너로 결정되자 견딜 수가 없었고, 뛰쳐나가지 않으면 미칠 것 같았어. 그때는. 물론 지금은 당연히 아니지."

두 사람은 크게 웃었다. 사과하면서 부끄러웠다는 마음의 찌꺼기까지 모두 끄집어내는 재무르의 얼굴이 햇살을 받아 빛났다.

"하지만, 난 오랫동안 광야에서 방황하면서 깨달았어. 그게 얼마나 부질없고 헛된 것이었는가를. 한참 뒤에야 비로소 깨닫자 부끄러워 견딜 수 없었어. 그때가 가장 힘들었지. 그렇다고 다시 돌아갈 수도 없었어. 친구인 너한테 그런 마음을 품고 행동했는데 창피하고 미안해서 도저히... 그러던 중에 야르 족장을 만났고, 그가 날 품어주고 인정해 주는 바람에 함께 했던 거야."

차마 누구에게도 꺼내놓지 못했던 속마음을 남김없이 털어놓으며 마음을 주고받은 두 사람은 맞잡은 손을 더 세게 움켜쥐었다.

"고마워. 재무르. 네 마음 다 알아. 이제는 더 이상 떨어지지 말자. 그런데 솔직히 궁금한 게 있어."

람보르는 재무르의 얼굴을 똑바로 쳐다보면서 물었다.

"람보르 부족인 네가 어떻게 야르 족장한테 인정받고, 그 정도 위치에 올라갈 수 있었어?"

재무르가 먼저 애기하려고 한 걸 람보르는 놓치지 않고 물어왔다. 전에 솔론과 툼바에게는 약간 털어놓았던 것인데, 람보르한테는 자세하게 전해지지 않은 모양이었다.

"부족을 떠나 광야에서 방황할 때 나는 홀로 명상을 통해 세상의 이치를 깨달았고, 그걸 틈나는 대로 돌에 새기고 적었어. 나의 깨달음을 혼자만의 것으로 하지 않고 후세에 남겨야겠다는 생각에서 그렇게 했지. 어느 날 사냥을 나갔던 야르 족장이 그 흔적을 발견하게 되고 예사롭지 않다고 여겨 부족원을 시켜 나를 찾아 나섰다고 했어. 그러다가 만나게 된 거야."

"그랬구나. 정말 내 친구가 맞네. 훌륭해. 충분히 그럴 만도 하지. 죽은 야르 족장이 사람 보는 눈이 있었군. 역시 한 부족의 족장은 아무나 하는 게 아냐. 너의 진가를 알게 되면 누구라도 충분히 인정하고 곁에 두고 싶어했을 거야. 그런 면에서는 널 알아봐 준 전임 야르 족장이 고맙기도 하네."

람보르가 재무르의 등을 툭툭 치며 말했다.

"람보르, 나도 너한테 궁금하기도 하고, 솔직히 이해 안 되는 게 있어. 네가 아직도 한창인데 왜 솔론한테 족장 자리를 넘긴다는 거야? 솔론의 나이를 볼 때 아직 더 있다가 맡아도 될 텐데. 대체 무슨 생각인 거야?"

"네가 궁금해할 줄 알았어. 내가 솔론에게 족장의 자리를 넘기고 물러나려고 생각한 건 사실 꽤 됐어. 솔론이 부족을 충분히 이끌 역량을 갖췄고, 옆에서 보좌할 툼바도 있기에 지금이 적기라는 게 가장 큰 이유지만, 내가 하고 싶은 꿈이 있기 때문이기도 해."

여기까지 말하고 람보르는 재무르를 빤히 쳐다보았다.

"꿈이라니? 무슨 꿈인데?"

재무르는 람보르의 입에서 꿈이라는 말이 나오자 궁금한 듯한 눈이 휘둥그레졌다.

"내 꿈? 방금 네 입으로 말한 거야. 내 꿈이 곧 너의 꿈이야. 난 깜짝 놀랐어. 어쩌면 그렇게 우리 둘의 생각이 같은지. 족장의 자리에서 물러나서 내가 지금까지 보고 듣고 느꼈던 것을 기록으로 남기는 게 내 꿈이야. 네가 광야에서 했던 것처럼. 우리가 이렇게 살다가 그냥 죽으면 아무것도 남지 않을 것이고, 훗날 우리의 후손들이 이곳에서 람보르 부족과 야르 부족이 살았는지 알 턱이나 있겠어? 그래서 그걸 기록으로 남기겠다는 거야. 그걸 넌 이미 수년 전에 광야에서 했던 거고. 그런 면에서 재무르 넌 나보다도 더 세상을 앞서간 선구자야. 진심이야."

친구에게서 선구자라는 말까지 들은 재무르는 쑥스러워하면서도 지금 람보르가 무슨 말을 하는지 금방 알아차렸다. 광야에서 홀로 겪어낸 그 길이 얼마나 외롭고 힘든 싸움인지를 누구보다도 잘 알고 있는 재무르였다. 더군다나 족장의 지위까지 내려놓고 그 외로운 길을 걸어가고자 하는 람보르의 마음이 어떤지를 알기에 친구로서 안타까움에 속이 아려오기까지 했다.

"너무 그런 눈초리로 걱정하지 말아. 너처럼 광야에서 외롭게 혼자 하지는 않을 테니까. 너도 알지? 조상들의 무덤이 있는 곳 옆에 깊은 동굴이 있다는 걸. 그곳에 들어가면 넓은 공간이 나오는데 그 양옆으로 큰 벽이 길게 늘어서 있어. 그곳에 그림으로, 글자로 이 시대를 살아가는 우리의 이야기를 남길 거야. 너와 내가 경험했던 치열했던 싸움과 지금 나누는 대화까지 모두 담아서. 아마도 우리가 남긴 그 기록들이 먼 훗날까지 전해진다면 후손들에게도 조금은 도움이 되겠지. 당연히 우리의 삶도 사라지지 않고 의미 있고 가치 있게 세상에 계속 전해질 테고."

"그럼, 당연하지. 당연하고말고. 우리가 지금은 비록 이렇게 척박한 환경 속에서 살아가고 있지만, 네 말대로 어떤 삶이 진정 의미 있고 가치 있는 것이라는 점만큼은 훗날 우리의 후손 누구에게도 부끄럽지 않게 내놓을 수 있지."

"그래 맞아. 그래서 더 늦기 전에 나의 꿈을 행하기로 정한 거야. 그 꿈은 금방 끝나지 않을 거야. 아마도 내가 죽을 때까지 계속 이어질 것이고, 내가 죽으면 또 다른 누군가가 나의 꿈을 이어받겠지.”

“나도 그럴 거라 믿어. 역시 넌 내 친구야. 람보르. 하나도 변하지 않았어. 아니, 넌 그때보다 훨씬 더 멋지고 훌륭해. 내 진작 마음을 곱게 썼으면 람보르 널 좋은 친구로, 훌륭한 족장으로 모시면서 지금까지 살아왔을 텐데. 하지만 이제라도 널 다시 만나서 얼마나 좋은지 몰라. 나도 네 뜻을 잘 받들게. 나는 야르 부족과 함께 하면서 야르 부족의 일을 계속 기록을 남길게. 훗날 누군가가 이 해또르 지역의 붉은 언덕에 와서 우리가 남긴 걸 보게 된다면 분명 너와 나의 이름이 잊히지 않고 그들에게 오래도록 전해질 거야.”

“그래. 네가 그렇게 말해주니 고마워. 든든한 내 편이 생겨서 정말 좋아. 내가 동굴 안에 처박혀 내 꿈만 찾아간다고 혹여 외면하지 말고 가끔은 날 불러줘. 네가 불러주면 언제든지 달려갈게. 너한테 간다고 하면 솔론 족장도 말리지 않겠지? 하하. 그땐 진짜 솔론 족장의 허락을 받아야 하나? 바람도 쐴 겸 널 만나서 쩨르도 한 잔 나누며 세상 돌아가는 일을 너한테 듣고 싶어”

람보르는 호탕하게 웃었다. 이렇게 웃는 게 얼마 만인지 모른다는 생각이 들자 새삼 곁에 있는 재무르가 더없이 든든하게 느껴졌다.

람보르는 다시 한번 재무르의 등을 툭툭 치며 그를 향한 마음을 전했다. 재무르 역시 람보르의 어깨를 껴안으며 그 마음을 깊이 받아들였다. 앞으로 살아가면서 람보르가 진정 자기를 믿고 의지하면서 좋은 친구로 대할 거라는 걸 충분히 느낄 수 있었다.

“암. 여부가 있겠어, 네가 불러 달라고 하지 않아도 내가 먼저 보고 싶어서 찾아갈지도 몰라. 물론 족장의 신분이니 자주는 안 되겠지만 말야. 하하. 그리고 솔론 그 친구는 정말 대단해. 앞으로도 널 잘 모시면서 우리 람보르 부족을 훌륭하게 이끌어 갈 거라 믿어. 나도 솔론에게 잘 보여야 너를 만날 수 있겠지. 그리고 툼바도 대단하지. 난 툼바처럼 그렇게 책임감이 강한 청년을 본 적이 없어. 그가 야르 족장 앞에서 자신의 목숨을 바치겠다고 할 때는 그 비장함에 감동했다니까. 그들이 있는 한 우리 람보르 부족은 이상 없을 거야. 그러니 앞으론 부족 걱정은 조금 덜 하고 네 몸이나 잘 챙겨. 알았지? 하하하"

재무르의 호탕한 웃음소리도 해또르 지역에 울려 퍼졌다.

"아, 참! 이미 얘기 들었겠지만 난 혼인도 했어. 쓰화라는 야르 부족의 여인이 내 짝이야. 아름답고 현명한 여자야. 내 입으로 자랑해서 좀 그렇지만. 다음에 갈 때는 쓰화랑 같이 갈게. 쓰화가 음식도 잘 만들고, 마음도 정말 착하거든. 내가 네 얘길 하도 많이 해서 대체 어떤 사람인지 궁금해하고 보고 싶어 하니까 많이 반가워할 거야."

부족과 혼인했다면서 혼자 살기를 자처한 람보르에게 그 말을 건네면서 한편으로는 미안하기도 했지만, 그래도 크게 내색하지 않았다.

"그래. 나도 쓰화에 대해 얘기 많이 들었어. 솔론과 툼바는 쓰화가 생명의 은인이라고까지 했어. 빨리 보고 싶어. 다음에 꼭 모시고 와. 내가 람보르 부족 마을 구석구석을 잘 안내해 줄 테니. 그리고 말야. 우리 마을에서 멀리 떨어지지 않은 곳에 사는 초리 부족이라고 있어. 이번에 우리 노인과 여자들, 아이들을 잘 보살펴 주었어. 앞으로 초리 부족도 잘 챙겨줘. 비록 우리 두 부족처럼 강성하지는 않지만 순박하고 착한 형제 부족이니 우리가 더 챙겨줘야 할 것 같아."

"알았어. 그렇게 할게. 내가 기억해 둘게. 다른 부족을 위해 아낌없이 도와주고 지원해준다는 게 쉽지 않은 일인데, 앞으로 야르 부족도 초리 부족과 친하게 지낼 수 있도록 할게."

"고마워. 재무르. 네가 야르 족장이 되니 이렇게 좋을 수가 없네. 한마디만 건네도 척척 말이 통하고. 확실히 내가 천군만마를 얻은 듯한 기분이다."

"그래, 내 친구 람보르. 고마워. 앞으로 네 뜻을 이어받아 내가 솔론하고 힘을 합쳐 이 해또르와 모두아 지역을 세상에서 가장 살기 좋은 땅으로 만들어 갈게."

재무르는 진심을 다해 친구인 람보르 앞에 약속했다. 비록 친구 사이에 나누는 편안한 대화일지라도 양 부족의 족장으로서 꺼내는 말이기에 충분히 무게가 실려있었다. 이제 그들의 대화는 이 땅의 평화를 위한 공동의 노력으로까지 이어졌다.

"너 진짜 약속한 거다. 꼭 그래야 해. 당연히 알겠지만 그렇게 해야 하는 중요한 이유가 또 있어. 우리는 여기서 끝내고 화해했지만, 앞으로 이런 싸움이 또 안 일어난다고 아무도 장담할 수 없어. 우리 부족 말고도 많은 부족이 이 땅 어딘가에서 살아가고 있을 테니 말야. 앞으로 점점 더 살기는 어려워지고, 먹을 것이 부족해지면 필시 충돌하게 될 거야. 만약에 그런 일이 생기면 우리 람보르 부족과 야르 부족, 그리고 초리 부족까지 세 부족이 똘똘 뭉쳐서 함께 대응할 수 있도록 만들어 줘. 일종의 동맹인 셈이지. 이건 너와 솔론이 힘을 합치면 얼마든지 할 수 있을 거야."

"알았어. 나도 너와 똑같은 생각이야. 솔론과 만날 때마다 이런 문제에 대해 상의할게. 네가 걱정하고 염려하는 것 하나도 소홀함이 없이 잘 챙길게."

"그리고 말야. 한 가지 더 부탁할 게 있어."

"그래. 어떤 부탁이든지 말해. 내가 다 들어줄게."

친구인 람보르의 입에서 부탁이라는 말까지 나오니 재무르는 더 활짝 웃으며 큰소리쳤다.

"이 사람 싱겁기는. 내 개인적인 부탁이 아니라 너에 대한 일이야."

"나에 대한 일이라고? 무슨 일?"

"지금부터 내가 하는 말 잘 들어. 행여나 오해하지 말고."

"이 사람 갑자기 싱겁기는. 알았어. 무슨 말이 나와도 오해 안 해."

"네 신변에 관계된 일이야."

람보르의 입에서 신변에 관계된 일이라는 말이 나오자 재무르는 갑자기 심각한 표정이 되어 쳐다보았다.

"혹시 그럴 리는 없겠지만 특별히 너의 신변 보호에 허점이 없도록 신경 써야 해. 네가 야르 부족 사람이 아니란 건 그쪽 부족 사람들이 다 알잖아. 우리와 가까워지면 혹여나 야르 부족을 통째로 람보르 부족에게 넘기려고 하는 게 아닌가 의심하는 무리가 있을 수 있어. 충분히 가능한 얘기야. 지금이야 네가 워낙 출중하고 다 장악하고 있으니 가만히 있지만, 조금이라도 방심하면 금방 물고 뜯으려고 달려들지도 몰라. 그것이 권력의 속성이란 걸 똑똑한 네가 모르진 않겠지. 어련히 알아서 잘하겠지만 무엇보다도 너와 가족의 안위에 대해 철저히 해놓고 나머지 일에 신경 쓰도록 해. 노파심에서 하는 말이야."

람보르는 끝까지 마음에 담아두었던 말을 끝내 꺼냈다. 그 말을 하지 않고 헤어지면 두고두고 후회할 것 같았기에 솔직하게 털어놓은 것이었다.

"고마워. 람보르. 네가 내 친구라 해도 그 정도까지 날 생각할 줄 몰랐어. 네가 한 말 늘 마음에 품고 새기면서 각별하게 신경 쓸게. 우리가 앞으로 해야 할 일이 많으니 내가 더 조심해야겠지. 잘할게. 그리고, 람보르 너도 늘 조심해. 그리고 말야, 아까도 잠깐 말했지만 이번에 솔론과 툼바 두 젊은이에게 감동했어. 전임 야르 족장이 정말 그들을 탐낼만 했어. 야르 부족에게 잡혀있으면서도 얼마나 당당한지 난 그들과 내가 같은 람보르 부족임이 속으로 무척이나 자랑스러웠어. 많이 칭찬하고 변함없이 끌어줘."

"그래, 그렇게 할게. 솔론한테는 내 자리를 넘겨줄 정도로 대단하게 여기고 있어. 그리고 툼바는 정말 내가 아끼는 친구야. 특히, 툼바의 아내 미르셀은 나의 정신적인 조력자나 다름없어. 얼마나 지혜로운지 몰라. 우리 부족의 여자들과 아이들은 모두 미르셀로 인해 싸움 중에도 별 탈 없이 지낼 수 있었어. 네게도 현명한 쓰화가 있으니 앞으로 미르셀과 쓰화도 교류하면서 잘할 거라 믿어. 이런 말까지 하고 나니 속이 후련하다. 이제 할 말 다 했다. 가자. 앞으로 자주 만나자. 이제 곧 너도 족장이 얼마나 힘든지 금방 느낄 거다. 그 자리가 얼마나 고독한지도. 아마 허심탄회하게 얘기할 사람은 나밖에 없다는 걸 인정하게 될 걸. 하하하.”

“그래. 람보르. 네 말이 맞다. 벌써 그렇게 느낀다. 그러니 답답할 때마다 자주 찾아갈게. 문전박대하지나 마라. 하하하.”

두 족장이 내는 웃음소리가 해또르 상공에 울렸다. 어느새 여기저기서 몰려든 새들도 서로 각자의 빛나는 울음소리로 그들의 웃음에 화답했다.

“자, 시간이 많이 지났다. 다들 우리를 기다리겠다. 어서 가자. 가면서 널 다시 만나게 해준 저 푸르른 하늘을 향해 맘껏 외치고 싶어. 제벨 사하바! 제벨 사하바!”

“그래, 오랜만에 나도 한번 외쳐보자. 제벨 사하바! 제벨 사하바!”

람보르와 재무르는 서로 있는 힘을 다해 맘껏 ‘제벨 사하바!’를 외쳤다. 그리곤 마주보고 고개를 끄덕이며 손을 잡았다. 더할 수 없이 듬직했고 따뜻했다. 그 느낌이 가슴까지 전해져왔다. 누가 먼저랄 것도 없이 람보르와 재무르는 다시 힘껏 서로를 끌어안았다. 세상 누구보다 강인한 두 남자의 눈에서는 뜨거운 눈물이 흘렀다.

뚝뚝 떨어진 그들의 눈물이 그 붉은 언덕에 깊이 스며들어 영원히 이어질 인간의 역사로 알알이 맺혔다.

에필로그

사람의 감정은 묘하다. 늘 변하기에 알기가 쉽지 않다. 자기 자신의 감정조차도 제대로 읽지 못할 때가 많다. 다만, 어떠한 특정한 상황을 두고 느끼는 것은 대부분 비슷하다.

감정은 단순히 개인의 절대적이고 독립적인 상황이나 조건에만 의존하지 않는다. 대부분 타인과의 관계 속에서 결정될 때가 많다. 때론 이중적이기도 하다. 힘든 상황이나 큰 불행에 처한 사람을 보면 동정을 느끼면서도, 마음 한구석에서는 본인의 일이 아님에 안도하기도 한다.

인간의 삶은 감정과 욕망의 이중주다.

감정은 욕망에 좌우되며, 욕망과 상호작용한다. 많은 사람이 욕망으로부터 자유로운 삶을 살아가려고 애쓰지만 쉽지 않다. 욕망은 먼저 자기 자신부터 향하기에 그렇다. 중요한 것은 욕망이 허용할 수 있는 범위 안에 있어야 한다는 점이다. 일정한 선을 넘느냐 넘지 않느냐에 따라 인격이 평가된다.

욕망의 대상으로서의 타인은 다 같은 타인이 아니다. 자기 자신과 어떻게 연결되어 있고, 어떠한 관계로 맺어져 있는지에 따라 달라진다. 그 관계가 어떠하든 타인을 위해 아낌없이 자신의 욕망을 내던지고, 심지어 목숨까지 바치는 행위는 인간이 다다를 수 있는 지극한 헌신이다.

싸움터는 감정과 욕망으로 얽히고설킨 곳이다. 인간의 내면이 가장 극명하고 적나라하게 표출되는 장(場)이다. 나는 이 땅에 인류가 생겨난 이래 최초로 일어난 대규모 싸움을 내 눈으로 직접 보았다. 척박한 원시의 삶을 살아가는 두 부족이 어떻게 싸움에 이르렀고, 어떠한 결과를 마주했는지 하나도 빠짐없이 지켜보았다. 그 안에 담긴 그들의 진한 사랑을 오롯이 느꼈다. 때론 내가 더 긴장하면서 그 숨 가쁜 여정을 마치고 돌아왔다.

지금 내가 서 있는 곳은 처음 발을 내디뎠던 그들의 땅이다. 여전히 황량한 들판이다. 사방은 조용하고 거친 바람 소리만 들려온다. 모든 게 꿈만 같다. 내가 보았던 그들의 삶은 이제 전설이 되었다. 지금 내 곁에는 아무도 없다.

'기원전 10,976년의 제벨 사하바' 바로, 이 땅에서 후손들이 인류 최초의 전쟁이라고 부르는 큰 싸움이 벌어졌다. 누구도 의도하지 않았던 일이었다. 뜻하지 않은 싸움이 벌어졌고, 이내 붉은 핏빛 전쟁이 되었다.

그들의 비극은 여느 때와 다름없이 평온했던 어느 날 아침, 람보르 부족의 툼바라는 한 청년의 실수로 인해 일어났다. 다른 부족의 한 아이가 돌창에 맞아 죽었다. 더 큰 비극은 그 실수를 이해하고 받아들이지 않았던 데서 비롯되었다. 이내 큰 싸움과 살육으로 무섭게 치달았다.

누군가는 싸움을 막기 위해 끝까지 최선을 다했지만, 끝내 막을 수 없었다. 간절한 염원과 노력에도 기어이 벌어지고 말았다. 그들의 운명이었다.

싸움을 벌였던 이들은 평범하지만 평범하지 않았다.

계속 이어지는 안타까운 순간에도 나는 개입하지 않았다. 아니, 막을 수 없었다. 끝까지 참으며 지켜보았고, 때론 응원하기도 했다. 내 편과 네 편이 따로 없었다. 단지 죽어간 자들을 애도하고, 살아남은 자들을 격려했다.

그들이 아니더라도 그런 싸움은 언제 어디서라도 일어날 일이었다. 툼바가 아니었다면 다른 사람으로부터 시작되었을 것이다. 척박한 환경에서 어떻게든 살아남아야 했기에 영역의 침범을 피할 수 없었다. 불온한 기운은 사방에서 계속 꿈틀거렸고, 단지 그때, '제벨 사하바'에서부터 시작되었을 뿐이다.

이 싸움으로 인해 인간은 그들의 역사가 전쟁의 역사라는 끔찍한 오명을 뒤집어쓴 채 살아오고 있다. 지금도 여전히 그 굴레에서 벗어나지 못하고 있다.

전쟁이란 무엇인가? 만물의 영장이라는 인간들이 벌이는 일 중에서 가장 안타깝고, 어리석은 일이다. 내가 살아남기 위해, 내가 지켜야 할 누군가를 위해 적이라는 이름의 또 다른 누군가를 없애고 죽여야만 하는 모순덩어리다.

이 기막힌 아이러니인 전쟁이 언제까지 인간의 땅에 함께 할 것인지 나는 알지 못한다. 하지만 희망이 있다. 그 속에 뜨거운 사랑이 있음을 우리 눈으로 직접 확인했기 때문이다.

그들의 사랑은 뜨거웠고, 가슴 아팠고, 위대했다.

사라지지 않고 하늘의 별로 올라가 지금도 우리를 비추고 있다.

눈을 들어 다시 '제벨 사하바'를 돌아본다. 주마등처럼 스치는 장면들을 떠올리자니 모든 게 꿈만 같다. 거기서 무슨 일이 벌어졌었는지 지금까지는 아무도 알지 못했지만, 드디어 세상 밖으로 나온 것이 참으로 다행이다. 내가 그 통로가 되었다는 사실이 감사할 뿐이다.

나는 확실히 안다. 인류가 벌인 수많은 전쟁 속에는 우리가 채 알지 못하는 뜨거운 사랑이 있다는 것을. 그 사랑만이 어두운 밤하늘에 빛나는 하나의 별처럼 영원히 붙들어야 할 인간의 희망이라는 것을.

람보르 부족과 야르 부족이 싸웠고, 툼바와 미르셀이 사랑했으며, 솔론과 초람이 가슴 아프게 이별해야만 했던 그 땅, 붉은 언덕은 지금 물에 잠겨 있다. 인간들은 떠났고 거대한 댐과 호수만 남았기에 다시는 발을 디딜 수 없다. 람보르와 재무르가 손을 잡고 걸었던 해또르와 모두아의 숲길을 그들의 마음이 되어 걸어볼 수도 없다. 하지만, 내가 전하는 이 이야기를 통해 사람들은 그곳을 잊지 않을 것이다. 길을 잃고 헤맬 때마다 '제벨 사하바'를 떠올릴 것이다.

이곳을 떠나며 한 가지 더 고백하고자 한다. 매 순간 나는 그들의 생각과 행동 하나하나까지도 놓치지 않고 함께 하려고 했다. 때로는 자랑스러움으로, 또 때로는 안타까움으로 모든 걸 지켜보았다. 마음이 너무 아플 때도 있었지만, 참을 수밖에 없었다. 그것은 내게 주어진 영역 밖의 일이었다. 내가 목석처럼 지켜만 보고 있지 않았다는 걸 알아주었으면 하는 마음이다.

지금도 누군가는 전쟁을 일으키고, 다른 누군가는 원치 않는 전쟁에 빨려든다. 누군가의 소중한 목숨을 앗아가기도 하고, 자기의 목숨도 기꺼이 바친다. 그들을 향해 전쟁은 묻고 있다. 누구를? 무엇을 위한 것이냐고!

이제 그 물음에 제대로 답해야 한다. 이 이야기가 그 답이 되길 소망한다. 부디 어리석음과 안타까움, 참혹함을 이겨내고 함께 밝은 세상을 펼쳐가는 길이 되길 원한다. 지구촌에서 더불어 살아가고 있는 인류 모두가 함께 손잡을 수 있길 원한다.

우리의 소중한 오늘과 후손들이 살아갈 희망찬 내일을 향해 '제벨 사하바', 그 붉은 언덕의 노래가 온 세상에 힘차게 울려 퍼지길 간절히 소망한다.